Christiane Gibiec, Jahrgang 1949, studierte Germanistik und Sozialwissenschaften. Sie lebt und arbeitet als freie Journalistin und Autorin in Wuppertal. Im Emons Verlag erschienen »Eine Kugel für Mata Hari«, »Türkischrot« und »Die Reise nach Helsinki«.

Dieses Buch ist ein Roman. Die Hauptfiguren und die Handlung sind frei erfunden. Einige Nebenfiguren und der geschichtliche Hintergrund sind jedoch weitgehend authentisch.
In Köln wurden zwischen 1617 und 1653 vierunddreißig Frauen wegen angeblicher Hexerei hingerichtet, allein im Jahre 1630 starben neun auf dem Scheiterhaufen. Im umliegenden Kurköln wurden in diesen Jahren mehrere hundert Frauen als Hexen verbrannt. In Reutlingen gab es um 1620 keinen Hexenprozess. Hier fielen von Mai bis Oktober 1565 acht Frauen dem Hexenwahn zum Opfer, 1603 wurden sieben, 1633 sechs und 1660/61 neun Menschen wegen Hexerei getötet.

CHRISTIANE GIBIEC

Fünf Monde

HISTORISCHER ROMAN

EMONS VERLAG

Umschlagzeichnung: Heribert Stragholz
Druck und Bindung: Clausen & Bosse GmbH, Leck
Printed in Germany 2005
ISBN 3-89705-317-9

www.emons-verlag.de

Für meine Schwestern

Breite dich also in überfließendem Quell aus
und ströme aus in mystischer Belehrung,
damit jene von deiner Ausgießung und Bewässerung
erschüttert werden, die dich wegen Evas Übertretung
für verächtlich halten wollen.

Hildegard von Bingen

Erster Mond

Das Rad dreht sich in rasender Geschwindigkeit, eine gleißende, brennende Scheibe, die langsamer wird und steht. Auticara ist darauf gebunden, ihr Kopf, ihre ausgestreckten Arme und Beine rechts und links bilden ein Pentagramm.

Lamm Gottes, du nimmst hinweg die Sünde der Welt, erbarme dich unser.

Wie zu jedem Vollmond ist sie bei ihren Kindern und legt die Hände auf ihre Köpfe.

Seht den Morgenstern, er ist eure Führung.

Sie stehen im Kreis auf dem Hof und streifen die Beginenkutten zurück, ihre Gesichter bilden ein helles Fünfeck unter dem weißen Licht des Wintermondes: Susanna, Colomba, Agatha, Gislind, Elsa.

Jesus starb aus fünf Wunden blutend am Kreuz. Fünf Konjunktionen mit der Sonne geht die Venus ein, wenn sie durch den Tierkreis wandert. Fünf Chöre bilden die Engel, fünfzählig sind das Weinblatt und die Blüte der Rose.

Singt eure Klage, meine Kinder, die Zeit ist gekommen, dass die Welt meine Geschichte erfährt.

Der Weg führt nach Süden, er wird euch erlösen, die Heilung beginnt.

Die Bilder kommen zu Agatha, sie flüstert sie in den blau schimmernden Beginenhof.

Pferde jagen den Rhein hinauf. Ein Verlust. Ein Gewinn, etwas wird wiederkommen. Fünf Monde wird es dauern, fünf Monde der Angst und der Wanderschaft, der List und des Kampfes. Fünf Monde der Liebe.

Fünf ist die Zahl der Mitte, der Venus und der Fruchtbarkeit. Ein Verlust wird kommen, und nach ihm die Genesung.

Welcher Verlust, Agatha?

Ich kann es nicht sehen, Elsa, die Straße führt ins Dunkle, Äste versperren den Weg, ich muss den Kopf einziehen, um nicht erschlagen zu werden. Die Wolken stehen tief, Nebelfetzen treiben über das Feld und die Straße, hängen in blattlosen Baumkronen.

Von welchem Verlust, sprichst du, Agatha?

Ich sehe es nicht, Susanna, ich sehe einen Tunnel, ein Sog zieht uns hinein, ich jage, fliege auf den Flügeln eines warmen Windes.

Und der Verlust, Agatha? Der Verlust?

Er wird mir nicht gezeigt, Colomba, du weißt, dass sie nicht alles zeigen. Wir beide gehen Seite an Seite, Tage, Wochen und Monate. Wir suchen nach dem Verlorenen, das Teil unseres Herzens ist.

Kein Verlust, Agatha, wir haben genug verloren!

Ein Verlust und ein Gewinn, Gislind, ein Baum, der neue Früchte trägt. Du weißt, dass geschieht, was geschehen muss, jetzt und immerdar.

Mein Reich komme, mein Wille geschehe, wie im Himmel, also auch auf Erden.

Auticara schwebt und senkt Licht in ihre Herzen.

Sehet, der Mensch!

Hexentöchter

Cöln, 16. Januar 1630 – Agatha lief und wandte ihr Gesicht zum Himmel über dem Rhein, hinter dessen hoher Wolkendecke die Wintersonne gleißte, darunter strömte das Wasser wie schimmerndes Blei. Sie lief schnell den Treidelpfad entlang und überholte die Pferde, die die Schiffe den Rhein hinunter in Richtung Amsterdam zogen.

Sie lief, um die vom Schmerz verdrehten Augen der Frauen in sich auszulöschen und ihre Todesschreie, die, um Erlösung flehend, zu Tausenden über die Todesäcker gellten und an den glasigen Blicken ihrer Mörder abprallten. Die Bilder verfolgten Agatha bis in die Träume, und immer wieder sah sie Auticara mit ihrem schwarzen wehenden Kraushaar, das auf ihr rotes Kleid fiel, mit ihren schwingenden Hüften, ihrem schönen, vornehmen Gesicht, das von einem Riss in zwei Teile geschnitten wurde, und sie roch ihren Rosenduft, gemischt mit Zitrone und Lavendel.

Faccia da strega!

Ich gehe, meine Agatha, ich zahle den Preis für meine Sünden.

Du bist keine Sünderin, *mamma*, sie begehen den Frevel, sie ganz allein. Geh nicht, du kannst doch deine Kinder nicht allein lassen!

Gott fordert mir diese Sühne ab, *carissima*, und ich weiß, warum, ich muss den Weg gehen, den er mir gewiesen hat.

Ein Glanz blieb von den Frauen, die Agatha sterben sah, er schwebte über den Scheiterhaufen, während ihre Körper in Flammen aufgingen und sich der Gestank ihres verbrannten Fleisches süß und klebrig über den Richtplatz legte. Ein Licht blieb zurück, das später körperlos in den Himmel hinaufstieg und das sie nicht auslöschen konnten, die Häscher und Mörder, die Gaffer, die schon in der Nacht zu den Richtstätten pilgerten, um sich einen guten Platz zu sichern.

Agatha wusste nicht genau, warum sie sich das Morden immer wieder ansehen musste. Vielleicht, weil sie sich mit den Seelen der Opfer verbinden und ihnen hinüberhelfen konnte, weil das Licht ihr blieb als Gewissheit, dass sie nicht alles auslöschen konnten.

Sie lief seit der Hinrichtung der Christina Plum in der Morgendämmerung, vom Rabenstein auf Melaten, der Cölner Hinrichtungsstätte, bis auf kurcölnisches Gebiet nach Brühl und wieder zurück, sie lief durch die Rheinauen, bis ihr der Schweiß herunterrann und sich in ihrem Keuchen die Erinnerung an das Entsetzen langsam auflöste.

Jetzt zogen sich Schneewolken über Deutz zusammen, ein kalter Wind fegte vom Rhein herüber. Agatha wollte vor der Dunkelheit zu Hause sein, sie ging eilig über den Heumarkt, durchquerte Oben Marspforten und nahm die Abkürzung durch die Große Sandkaul.

Ein Rabe hüpfte durch den Schlamm der Gasse und schaute sich immer wieder um. Agatha lief ihm nach, der Wind fuhr ihr unter die Kutte, die sich wie ein riesiger Flügel aufblähte und ihr blaues Unterkleid freigab. Die Kapuze wehte ihr vom Kopf, die ersten Schneeflocken wirbelten vom Himmel, und die Kälte drang ihr bis auf die Knochen, mit ihr Angst und schwarze, bleierne Melancholie. Ein Schatten kroch Agatha den Rücken hinauf, einer mit Stiefeln, über deren Schäfte Spitzenstulpen fielen, und einem hohen schwarzen Hut. Blütenweiß leuchtete eine gefältelte Halskrause, die sich in ein schweres, blaurotes Kinn schnitt, ein dunkler Umhang schwang in üppigen Falten, lauernde Augen glitzerten im Schatten der Hutkrempe. Eine von der Kunst, *malefica, venefica, incantatrix*. Es raunte und wuchs, überrollte Agatha, die schwarze Woge nahm ihr fast den Atem. Ein hoher Ton sirrte durch die Dämmerung heran, ein bläuliches Licht. Der Rabe flatterte auf eine Mauer.

Mit der Angst überantworten wir uns ihnen, *carissima*, wir können sie bezwingen, indem wir sie durch uns hindurchlaufen lassen. Gib ihnen niemals Macht durch deine Angst, hörst du?

Ich höre dich, *mamma*, ich weiß, dass du bei mir bist.

Der Rabe verschwand in einem Garten, schwere Stiefelabsätze klackten in Richtung Quatermarkt davon.

Agatha bog erleichtert in die Schildergasse ein und nahm den Umweg über die Antonsgasse. Sie wollte noch in der Klosterkirche St. Cäcilien vorbeischauen, die direkt neben der Pfarrkirche St. Peter und der alten Wollküche lag. Am Eingang war eine Fackel entzündet, in deren Licht die Schneeflocken tanzten. Die Stiftsdamen versammelten sich gerade zur Vesper und nickten Agatha freundlich zu. Sie kam fast täglich, um eine Kerze anzuzünden und vor dem Marienaltar einen Rosenkranz zu beten.

Gegrüßet seist du, Maria, voll der Gnade, der Herr ist mit dir. Du bist gebenedeit unter den Frauen, und gebenedeit ist die Frucht deines Leibes, Jesus. Heilige Maria, Mutter Gottes, bitte für uns Sünder jetzt und in der Stunde unseres Todes.

Hört nicht auf die Pfaffen, Kinder, ihr wisst, wes Geistes Kind sie sind, egal, ob reformiert oder römisch-katholisch. Haltet euch an die Jungfrau Maria, sie wird euch helfen. Nehmt die Rosenkränze und sprecht mit ihr, ihr werdet sehen, wie beruhigend und erfrischend es ist. Die Heilige Jungfrau hat immer ein offenes Ohr für alles, was euch auf dem Herzen liegt, auch Wunder stehen in ihrer Macht, wenn ihr sie nur genug darum bittet. Und nehmt Zuflucht zu den Engeln, jede von euch hat zwei an der Seite: einen Cherub, in dessen Auge ihr euch spiegelt, und einen Seraph, der wie Feuer brennt und seine Flügel über euch breitet. Nehmt Zuflucht zu ihnen, sie werden euch immer den richtigen Weg weisen. Schließt die Augen, dann könnt ihr spüren, wie sie hinter euch stehen und leuchten.

Aber warum retten sie dich nicht, *mamma*? Warum haben sie dich nicht beschützt? Warum rufst du nicht die Mutter Maria, damit sie dich aus dieser Hölle holt?

Der Wille Gottes ist höher als alle Vernunft, Kinder. Erinnert ihr euch an die Geschichte von den sieben Plagen, die in der Offenbarung steht? *Und die sieben Engel mit den sieben Plagen tra-*

ten heraus; sie waren in reines, glänzendes Leinen gekleidet und trugen um ihre Brust einen Gürtel aus Gold.

In der weiten, runden Apsis von St. Cäcilien verklang das Kyrie der Stiftsdamen, Agatha huschte leise hinaus. Es war fast dunkel, das Schneetreiben wurde dichter, und sie war froh, als sie ihr Zuhause am Ende der Schildergasse tröstlich leuchten sah, ein geräumiges Doppelhaus aus Fachwerk mit vorkragendem Obergeschoss und reichen Schnitzereien auf den dunklen Balken.

Jakobe und Susanna standen mit Fackeln vor der Tür und verabschiedeten Frau Praetorius und Frau Kryn. Die beiden Patrizierfrauen, gute Kundinnen des Bekleidungsgeschäftes der Benedetti-Beginen, waren in wollene Umhänge gehüllt, die von funkelnden Agraffen zusammengehalten wurden, und trugen hohe Marderpelzmützen, unter denen an den Seiten lange, gekräuselte Locken wie Hundeohren heraushingen.

»Frau Praetorius, Frau Kryn, wie schön, Sie zu sehen. Gelobt sei Jesus Christus.«

»In Ewigkeit, Amen, liebe Frau Agatha.«

»Wie ist das werte Befinden?«

»Ach, wenn wir bei Ihnen sind, geht es uns immer gut. Wie herrlich die Kleider geworden sind, und erst die Umhänge, schmiegsam und leicht wie ein Hauch und doch so wunderbar warm. Frau Susannas Eierpunsch ist ebenfalls nicht zu übertreffen, eine wahre Labsal gegen die Winterkälte.«

Die beiden verabschiedeten sich rosig überhaucht, beluden sich umständlich mit einer Reihe von Paketen und verschwanden plappernd im Schneegestöber. Susanna berichtete, sie hätten zwar gut bestellt, sie jedoch geschlagene zwei Stunden aufgehalten, immer neuen Eierpunsch mit viel Wein verlangt und lang und breit ihre ausgefallenen Wünsche für die Frühjahrsgarderobe erörtert.

Frau Praetorius und Frau Kryn gehörten zum erlauchten Kreis der Gattinnen von Ratsmitgliedern und Zunftmeistern. Eberhard Praetorius stand der Schuhmachergaffel vor, Alois Kryn den Gewürzhändlern. Beide waren um die Fünfzig und verwitwet, sie hatten ihre jetzigen Ehefrauen, zwei mollige und nicht sehr hübsche, dafür aber blutjunge und mit einer üppigen Mitgift ausgestattete Schwestern aus dem Hause Fryge vor zwei Jahren geehelicht.

»Wenn es einen Preis für Dämlichkeit gäbe, würden sie ihn mühelos erringen«, höhnte Elsa oft, »sie bekämen ihn nachgeworfen, darauf wette ich.«

Gislind äffte die beiden nach, indem sie Süßigkeiten in sich hineinstopfte, alle herumliegenden Stoffe an sich raffte und über sich türmte, gackernd vor dem Spiegel auf- und abstolzierte und wie außer sich kreischte: »Spieglein, Spieglein an der Wand, wer ist das schönste Dickerchen im ganzen Land?«

Susanna schalt sie und mahnte, dass Gislind und Elsa einen erklecklichen Teil ihres Brotes, von dem sie ja nicht zu knapp äßen, eben jenen Damen zu verdanken hätten.

Frau Praetorius und Frau Kryn waren noch kinderlos – Frau Kryn gestand einmal grinsend, wenn sie so an ihren Mann denke, könne es damit wohl auch noch eine ganze Weile dauern – und vertrieben sich die Zeit mit Einkäufen und Anproben für ihre umfängliche Garderobe, die nach immer neuen Ergänzungen verlangte.

Wie sie waren viele Frauen der Cölner Oberschicht süchtig nach den Kleidern der Benedetti-Beginen, außergewöhnlichen Kreationen aus feinen Wolltuchen und persischer und syrischer Seide, die sie aus Venedig bezogen, einfach geschnitten, elegant. Jedes Gewand hatte etwas Besonderes, eine Einzelheit, die nur dieses Kleidungsstück auszeichnete. Das konnte eine Paspelierung sein, eine bestimmte Farbzusammenstellung, eine Spitze, der Schnitt eines Kragens – niemals fertigten die Benedettis zwei genau gleiche Kleidungsstücke an. Diese Exklusivität entzückte die Cölnerinnen genauso wie die perfekte Verarbeitung und der gute Sitz.

»Man schwebt in Ihren Kleider, sie fließen wie ein Hauch über einen hin«, schwärmte die Kryn, und Frau Praetorius kicherte hinter vorgehaltener Hand, seitdem sie bei den Benedettis kaufe, entwickele ihr Mann regelrechte Frühlingsgefühle, sogar im Winter.

Die Schnitte entwarf Agatha, eine Kunst, die sie mit traumwandlerischer Sicherheit beherrschte. Wenn sie den Körper eines Menschen sah, wusste sie, wie seine Kleidung geschnitten sein musste, damit er sich wohl und nicht eingeengt fühlte, aber trotzdem vorteilhaft und schlank zur Geltung kam.

»Frau Agatha braucht nur einen Lumpen zu schürzen, und schon sieht es wie das Gewand einer Königin aus«, zirpten die Damen, »schauen Sie nur, die Fettpölsterchen verschwinden, die Taille sitzt genau an der richtigen Stelle. Und wie der Kragen meinem Dekolleté schmeichelt. Und dieses Blau erst, wie es die Augen zum Leuchten bringt. Woher Sie das nur hat, niemals würde man einer Begine einen solchen Geschmack zutrauen, das sind Kleider für Herzoginnen oder Königinnen. Wenn Sie sich doch auch mal selbst ein bisschen schmücken würden! Da laufen Sie die ganze Zeit in der grauen Kutte herum, wo Sie und Ihre Schwestern solche Wunderwerke vollbringen.«

Besser noch als ihre Kleider verkauften die Benedettis ihre Umhänge aus Kaschmirwolle, einem besonders teuren und schwer erhältlichen Material. Agatha und Gislind webten sie nach einem speziellen Verfahren, das ihre Mutter schon in ihrer Heimatstadt Venedig erfunden hatte, und fütterten sie mit Seide. Auticaras Webtechnik verlieh den Stücken einen besonders weiten, glockigen Fall, war jedoch knifflig anzuwenden und erforderte große Geschicklichkeit am Webstuhl. Sie hatte immer wieder versucht, es ihren Töchtern beizubringen, aber Agatha war die Einzige, die das Verfahren richtig beherrschen lernte, nach und nach hatte sie in den letzten Jahren auch die fingerfertige Gislind unterwiesen.

Der Laden der Benedetti-Beginen – hier in Cöln benutzten sie, um ihre Spuren zu verwischen, den Namen ihrer Mutter und nicht ihren Vaternamen Cramm – war so beliebt, dass sie ihre Kleider zu jedem Preis und in großen Stückzahlen hätten verkaufen können. Aber sie hatten nicht genug Material und Webstühle und scheuten sich, den Betrieb zu vergrößern, weil sie die Konkurrenz nicht reizen und sich nicht zu weit nach vorne wagen wollten. Immer noch hatten sie das Schicksal der Postmeisterin Katharina Henot vor Augen, mit der vor zwei Jahren die beispiellose Welle von Hexenverbrennungen in Cöln begonnen hatte. Über den Fall Henot hielt sich hartnäckig das Gerücht, dass man sie hingerichtet hatte, weil sie für eine Frau zu geschäftstüchtig und den Bestrebungen der Taxis, das Postwesen allein zu beherrschen, im Wege war.

Agatha, Susanna und Jakobe betraten durch die schwere Holztür, die die Durchfahrt zwischen ihrem und Jakobes Haus abschloss, den gemeinsamen Innenhof. Er wurde von flachen Schuppen begrenzt, in denen sich die Werkstätten befanden und an deren Rückseite sich ein großer Garten anschloss. Jakobe rief ihren Mann Friedrich aus seiner Buchdruckerwerkstatt, damit er ihnen half, das Tor mit einem Balken zu verrammeln.

Seit der Hinrichtung der Katharina Henot waren in Cöln vierzehn Frauen als Hexen verbrannt worden, und es gab immer wieder neue Anklagen, die der oberste Hexenjäger von Cöln und Kurcöln, Erzbischof Ferdinand von Bayern, mit großer Leidenschaft betrieb. Agatha und ihre Schwestern lebten seitdem in wachsender Angst davor, selbst zum Ziel der Hexenverfolger zu werden. Sie hatten lange geglaubt, dass die Kutten ihnen Schutz und Tarnung bieten könnten, aber es gab immer mehr Anzeichen dafür, dass zunehmend auch Beginen unter Verdacht gerieten. Wie aufgeheizt und jeglicher Vernunft widersprechend die Stimmung war, zeigten die Vorgänge um Christina Plum, deren Hinrichtung Agatha am Morgen beigewohnt hatte. Die junge Obsthändlerin hatte in ihren Verhören viele ehrbare Cölnerinnen und Cölner – darunter einen Arzt und einen Dechanten, einen Syndicus und die Frau des Bürgermeisters – beschuldigt, der Hexensekte anzugehören. Die Obrigkeit war in heillose Aufregung geraten und hatte gar nicht gemerkt, dass Christina Plum lediglich all die Verdächtigungen und Denunziationen, mit denen die Bevölkerung so schnell bei der Hand war, ad absurdum führte. Später trieb sie die Sache auf die Spitze, indem sie verkündete, die Hexen hätten beim Tanz beschlossen, Schuldige wie Unschuldige zu besagen.

Jakobes Ehemann, der Ratsherr Friedrich von Essen, hatte die Verhörprotokolle des Gerichtsschreibers Stephan Muser eingesehen. Christina Plum hatte halluziniert und sich während der

Verhöre unangemessen verhalten, sie hatte sich vor den Turmmeistern gedreht und unflätig geschimpft, von Gesichten gesprochen und immer wieder von der Postmeisterin Henot, die in einer schwarzen Aura bei den Gürtelmachern erschienen sei oder zu Hexentänzen in ihren Weingarten eingeladen habe. Nach mehreren Folterungen hatte Christina Plum die Nahrung verweigert und ihre Bewacher beschimpft und verspottet.

Friedrichs Bericht machte für Colomba offenkundig, dass es sich bei der Obsthändlerin nur um eine Sinnesverwirrung handeln konnte. »Vieles an ihrem Verhalten wirkt, als sei sie toll und gehöre ins Hundshaus, aber manches sieht auch aus wie der Schachzug eines Genius. Wahrscheinlich gehört sie zu den Menschen, bei denen man die Trennlinie gar nicht genau ziehen kann, manche wandern auf dem schmalen Grat, der dazwischen liegt.«

Agatha und Susanna verschlossen die Haustür und legten in der Eingangshalle ihre mausgrauen, weiten Kutten mit flachen Kapuzen ab, unter denen sie Beinkleider und Tuniken aus Kaschmir trugen. Aus der Küche drang das Geschrei von Gislind und Elsa, dazwischen Paolos und Entgens kreischendes Gelächter.

Wie fast jeden Abend um diese Zeit trieben die beiden jüngsten der fünf Benedetti-Schwestern, Gislind und Elsa, ihre närrischen und frivolen Spiele, Agathas elfjähriger Sohn Paolo und die beiden Hausmädchen Entgen und Lyss waren begeisterte Zuschauer. Elsa lief wie ein Mann in der Küche herum, rollte die Augen und brüllte: »Wo ist das Dirnenhaus? Schönes Fräulein, ich will dich fleischlich erkennen, du musst mir zu Willen sein, Pfaffendirne, nackige Hure!« Dann warf sie sich hechelnd über Gislind, die in Unterwäsche breitbeinig auf dem Boden lag und spitze Schreie ausstieß.

»Jetzt der Erzbischof!« Entgen klatschte begeistert in die Hände.

Sie wollte die Geißelprozessionen des obersten Cölnischen Sittenwächters sehen, die er mit besonderer Leidenschaft zelebrierte. Die Benedetti-Schwestern hatten sich im letzten Jahr eine angesehen, und Susanna war vor Angst fast gestorben, weil Gislind und Elsa unter ihren Kapuzen von einem Lachkrampf in den anderen gefallen waren. Fast täglich imitierten sie seitdem den Hochwohlgeborenen, wie er barfuß und mit einem Holzkreuz auf der Schulter am Rheinufer entlangwankte und sich mit einer Peitsche den Rücken blutig schlug. Sie wanden sich mit übertriebenen Gesten und Fratzen und stießen Grunzlaute aus. Auf ein Zeichen von Gislind sprangen Paolo, Entgen und Lyss auf, um die Höflinge im Gefolge des Erzbischofs zu spielen, die ihm alles eifrig nachäfften und um die größten und blutigsten Striemen wetteiferten. Der Höhepunkt war erreicht, wenn Gislind und Elsa die Beine zusammenklemmten und das Kreuz gegen die fleischlichen Versuchungen schlugen. Dann war aus der Küche nur noch ein mehrstimmiges, keuchendes Gewimmer und Gekreische zu hören, und sie lachten, bis ihnen die Tränen aus den Augen liefen und sie das Pipi nicht mehr halten konnten.

Gislind und Elsa strotzten vor Kraft und Unternehmungslust. Susanna wusste kaum, wie sie sie im Zaum halten sollte, und musste sie fast mit Gewalt daran hindern, ohne die Kutte nach draußen zu gehen. Die beiden Jüngsten sträubten sich mit Haut und Haaren gegen die Zwangsbekleidung, sie fanden sie entwürdigend, wie die Fledermäuse sähen sie aus, lamentierten sie. Susanna litt, weil sie die beiden so beschneiden musste, sie wünschte sich nichts sehnlicher, als Elsa und Gislind in Freiheit und ohne Zwänge aufziehen zu können.

»In Venedig«, seufzte sie, wenn die Kleinen sie quälten, »wäre das alles kein Problem, da könntet ihr rumlaufen, wie es euch gefällt. Da ist immer und immer Karneval, ihr könnt euch gar nicht vorstellen, was sie da für Sachen tragen, ganz normal, jeden Tag. Da schert sich niemand darum, den Leuten ist es egal, alle sind ein bisschen toll, und wenn nicht, sind sie wenigstens großmütig. Nicht dieses Geklatsche wie hier in Cöln, dieses misstrauische Beäugen, dieses bösartige Hinterherhecheln. Auch der Einfluss der Kirche ist nicht so groß.«

Ihre Vorhaltungen beeindruckten die Kleinen wenig, und Susanna klagte oft, es sei leichter, einen Sack Flöhe zu hüten, als Gislind und Elsa in Schach zu halten. Sie folgte ihnen manchmal heimlich, wenn sie hinausgingen, um zu kontrollieren, ob sie auch wirklich die Kapuzen aufbehielten und nicht ihre schönen Köpfe zeigten, Gislind ihren rotgoldenen, lockigen Haarschwall, der ihr bis auf die Hüften fiel, Elsa ihr Ebenholzhaar, das schwarz und glatt zwischen ihren Schultern lag. Sie hätten sich so gerne aufgeputzt und gezeigt, so gerne mit den anderen Mädchen am Brunnen auf dem Neumarkt gestanden, geschwatzt und gelacht und nach den jungen Männern geschaut. Aber daran war überhaupt nicht zu denken.

Seit Beginn der Verfolgungen wuchs in Susanna, Agatha und Colomba die Angst, dass die Kleinen plötzlich alle Vorsicht fahren lassen und sie ins Gerede bringen könnten. Sie waren so zügellos, sie wollten nicht sehen, wie gefährlich die Zeit war, und Colomba und Agatha hatten schon überlegt, ob sie es ihnen nicht drastischer vor Augen führen mussten, ob Agatha sie nicht mit nach Melaten nehmen sollte, damit sie wussten, was auf dem Spiel stand.

Aber dann entschieden sie sich doch dagegen, weil sie befürchteten, alte Wunden in den Kleinen aufzureißen. Elsa war ohnehin in der letzten Zeit unglücklich und übellaunig und geriet immer wieder so hart mit Colomba aneinander, dass Susanna vermitteln musste.

Gislind allerdings, das Vaterkind, war rund, hell und direkt, sie wirkte unverwundbar, konnte sich durchsetzen und bekam immer, was sie wollte. Geradezu fassungslos waren die Großen über die Methoden, mit denen Gislind ihnen die Kaschmirwolle besorgte, aus der sie ihre Umhänge webten. Es gab einen Sarazenen, der aus Amsterdam in unregelmäßigen Abständen eine Ladung der kostbaren Fasern nach Cöln brachte, und Gislind hatte erreicht, dass er sie stets zuerst den Benedettis anbot, bevor er zu den anderen Tuchhändlern ging. Die Wolle stammte von Ziegen aus dem indischen Hochgebirge und war so weich und leicht, dass Entgen und Lyss voller Wonne darüber strichen und die Augen rollten, wenn das fertige Garn aus der Spinnerei kam.

Gislind brauchte gar nicht viel zu tun, sie setzte ihre Schönheit und den leisen Moschusduft, den sie seit ihrer Geburt ausströmte, ein, wie andere ihr Verhandlungstalent. Die Augen des Sarazenen leuchteten, wenn er ihre Kirschlippen sah und ihr rotblondes Haar, das sie ein wenig unter der Kutte hervorschimmern ließ, ihre weiche, ovale Hand, die sie unter dem grauen Ärmel hervorschob, ihren bräunlichen Unterarm mit den zitternden blonden Härchen, die zarte Beuge ihres Ellenbogens. Gislind sprach ein paar Worte mit dem Sarazenen und sendete ihren Duft aus, er lächelte und antwortete leise, in einer weichen und kehligen Sprache. Schnell prüfte sie die Ballen und nickte Colomba und Agatha zu, wenn sie mit der Qualität einverstanden war. Dann stellte sie sich dicht vor den glutäugigen Jungen, atmete, schloss kurz die Augen, schob die Kapuze noch ein wenig weiter vom Haar, hauchte ihm mit ihrem süßen Atem den Preis entgegen, den sie bereit waren zu zahlen, und er akzeptierte immer, ohne die sonst übliche langwierige Schacherei. Später erzählte Gislind, dass die Wolle im Hochland von Kaschmir vorsichtig und sanft von den Bäuchen der ganz jungen Ziegen gezupft werde, damit sie keine Schmerzen litten, und kein Mensch konnte sich vorstellen, wie sie das aus dem unverständlichen Plappern des Sarazenen herausgehört hatte. Er zeige es ihr mit Gesten, sie verstehe ihn einfach, sagte sie.

Gislind und die Männer, Gislind mit ihrem Hang zu verbotenen Vergnügungen. Agatha, die ihre Vertraute war, wusste, dass sie manchmal Rauschsalben benutzte und sich nachts auf verbotene Feste schlich. Letztes Jahr war sie im Karneval einmal bis zum Morgen weggeblieben, Susanna war fast umgekommen vor Angst und hatte hinterher eine Woche nicht mit ihr gesprochen. Das hatte Eindruck gemacht, Gislind hatte hoch und heilig geschworen, es nie wieder zu tun. Aber Agatha vermutete trotzdem, dass sie sich manchmal nachts heimlich davonschlich, und versuchte immer mal wieder, sie auszuforschen. Gislind bestritt alles und behauptete außerdem, ganz genau zu wissen, wo ihr Gefahr drohe und wo nicht, sie könne sich hundertprozentig auf ihr Gespür verlassen.

Agatha beendete mit einem energischen »Schluss jetzt!« die Geißelprozession des Erzbischofs und scheuchte die jüngeren Schwestern und die Hausmädchen in die Küche, damit sie Colomba halfen, in dem großen Wohnraum im rückwärtigen Teil des Hauses den Abendbrottisch zu decken.

»Im Gymnasium haben sie gesagt, es hätte ein Hexensabbat stattgefunden«, sagte Paolo, als sie beim Essen saßen, »ganz bei uns in der Nähe auf dem Neumarkt soll es gewesen sein.«

Gislind lächelte herablassend. »So ein Blödsinn, da lachen ja die Hühner! Da wird vielleicht ein bisschen in den Badestuben herumgetanzt, ein bisschen Schierlingssalbe geschmiert und Hanf geraucht, ein bisschen unflätig geküsst und hinter dem Busch gehechelt. Hexensabbat, das ich nicht lache, das ist ja wohl reichlich übertrieben für dieses Gespringe. Vielleicht sollte ich mal selbst ein schönes Fest veranstalten, eins, bei dem man richtig Spaß hat. Willst du mir nicht ein paar gute Salben rühren, Colomba?«

Die vernünftige Colomba, nach Susanna die Zweitälteste, war ein dankbares Opfer für Gislinds Provokationen. Sie warf empört ihren Kopf herum, ihre krause Mähne zitterte.

»Ich weiß nicht, warum ich mir immer wieder so ein Gerede anhören muss, meine Salben sind gegen Krankheiten, nicht zum Herumhecheln, pfui Spinne, lass mich mit deinen abartigen Gelüsten in Ruhe.«

Sie wandte sich empört an Susanna. »Muss so etwas Thema beim Abendessen sein? Und dazu noch vor den Kleinen?«

Elsa tippte sich mit dem Finger an die Stirn. »Mich wirst du damit ja wohl nicht meinen, schließlich bin ich eine vollwertige Frau!«

Paolo schlug sich auf ihre Seite, er grinste wissend und schaute Colomba mit einer Mischung aus Mitleid und Herablassung an, froh, sich für die Lateinlektion rächen zu können, mit der sie ihn und Simon am Nachmittag nach der Schule traktiert hatte. *Esse, sum, es, est, sumus, estis, sunt*. Oh, wie er es hasste!

Elsa hatte sich noch nie gerne etwas sagen lassen, aber seitdem sie vor drei Monaten fünfzehn geworden war und zum ersten Mal menstruiert hatte, war sie der Meinung, überhaupt keine Vorschriften mehr dulden zu müssen.

Susanna biss sich auf die Lippen. Was wäre Auticaras Meinung zum Benehmen der Kleinen? Drehte sie sich nicht, wenn sie es sähe, bei so viel Widerspenstigkeit und Aufmüpfigkeit im Grabe herum? Niemals hätten Agatha, Colomba und Susanna sich derartige Frechheiten herausnehmen können.

So, so, meine Töchter glauben also, sie sind ihrer Mutter keinen Gehorsam schuldig? Sie glauben, sie dürften einfach die Arbeit liegen lassen, die ihnen aufgetragen wurde? Einfach im Garten herumspringen und den Herrgott einen guten Mann sein lassen, als wären sie Tagediebe? *Mamma mia*, schaut euch diese Erbsen an, sie sind schon fast verfault, nur, weil meine Töchter ihre Pflichten versäumen, weil sie sie im Haufen in der Ecke liegen lassen, statt sie auszuschälen und schön an die Luft zum Trocknen zu legen, wie sie es von ihrer Mutter gelernt haben. Aber essen wollen sie immer, nicht wahr? Immer schön am gedeckten Tisch sitzen und abwarten, was heute in die Schüsseln kommt. Wir leben nicht im Schlaraffenland, Kinder, die Trauben fallen uns nicht von allein in den Mund. Und auch noch Widerworte, Colomba? Was gefällt dir daran nicht? *Dio mio*, da werden wir wohl doch zu anderen Mitteln greifen müssen, da werden wir sie wohl zwingen müssen, einen Nachmittag lang still zu sitzen, bis alle Erbsen ausgeschält und fein zum Trocknen ausgebreitet sind, da werden wir sie wohl mal wieder ein bisschen zusammenbinden müssen, *allora, facciamo la treccia*. Colomba hat nur den Mund aufgemacht, ihn aber gleich wieder geschlossen, weil Diskussionen zwecklos sind, wenn *mamma* in dieser zornesroten Stimmung ist. So setzen sie sich ergeben wie die Lämmer im Garten in den Kreis, sie wissen schon, wie es am wenigsten wehtut. Auticara geht energisch zu Werke, sie greift die dicken Haarsträhnen ihrer Töchter – Susannas blonde, wellige Vaterhaare, die in der Sonne schimmern wie Gold, Agathas schwarzrötliche, die schon ein wenig Mutterkrause haben, und Colombas schwarze, krause Mähne, die ebenso widerspenstig ist wie die von Auticara – und flicht sie fest zusammen, sodass die drei Kopf an Kopf aneinander gebunden sitzen und ihre Haare sie überspannen wie ein schwarzrotblonder Schirm. Das Sonnenlicht flirrt durch das Haargespinst, es ziept heftig, sobald sie sich voneinander fortbewegen, und so sitzen sie stundenlang zueinander gebeugt unter ihrem zarten Dach, das ihre Gesichter beschattet, ihre fleißig schälenden kleinen Finger, die Erbsen, die mit trockenem Klackern in den Topf fallen, ihre Münder, die unentwegt plappern, ihre bebenden Schultern, wenn sie sich zusammen ins Gras hocken, um Pipi zu machen, und dabei vor Lachen fast ersticken.

Stumme und andere Sünden

Ich bin gespannt, wie euch dieser Nachtisch schmeckt!« Gislind schaute erwartungsvoll in die Tischrunde. Bei einem ihrer Streifzüge durch den Hafen hatte sie ein Säckchen Kakaobohnen von einem Matrosen geschenkt bekommen und am Nachmittag zusammen mit Elsa ein Rezept aus einem italienischen Kochbuch ausprobiert. Sie hatten einen Mahlstein angewärmt und darauf geröstete Kakaobohnen zusammen mit Zucker, Vanilleschoten, getrockneten Jasminblüten, Zimt und Ambra zu Pulver verrieben. Dann hatten sie die fettige Masse kräftig geknetet, zu kleinen Kugeln geformt und in zerstoßenen Mandeln gewälzt. Eine zweite Variante der Rezeptur empfahl, die entstandene Paste in heißer Milch aufzulösen und zu trinken. Paolo und Simon, der Sohn von Jakobe und Friedrich, hatten schon am Nachmittag gekostet und vor Wonne die Augen verdreht, sie hätten auf der Stelle alle Kugeln aufgegessen, wenn Gislind nicht eingeschritten wäre.

Nach dem Abendessen hatte sie einen Teller davon auf den Tisch gestellt, den Colomba zunächst misstrauisch beäugte.

»Es nennt sich Schokolade und wird die Welt erobern, jeder wird sich die Finger danach lecken«, schwärmte Gislind, »versucht es, so was Köstliches habt ihr noch nie gegessen.«

Auch Agatha, Susanna und sogar Colomba mussten zugeben, dass das unansehnliche braune Zeug himmlisch schmeckte, ein samtiges, cremiges, bittersüßes Manna, das im Mund zerging und einen unvergleichlichen Nachgeschmack hinterließ.

»Was haltet ihr davon, wenn wir solche Kugeln zum Verkauf anbieten? Wir könnten bestimmt gute Geschäfte machen.« Gislind schaute erwartungsvoll in die Runde, aber Susanna winkte ängstlich ab.

»Der Klerus liebt solche Schwelgereien nicht, außerdem ist Fastenzeit, wir müssen ihre Aufmerksamkeit ja nicht mit Gewalt auf uns lenken.«

»Es ist sehr viel Zucker drin, der schmeckt zwar gut, ist aber medizinisch bedenklich, er schwächt den Körper«, meldete sich Colomba. »Man sollte sich nicht an solche Nahrungsmittel gewöhnen. Sie machen dick und träge und tun dem Organismus nicht gut.«

Gislind schnappte sichtbar ein und schüttete später, als sie nach dem Abendessen Agatha in der Werkstatt noch beim Vorrichten eines Webstuhles half, ihr Herz über Susanna und Colomba aus.

»Alles, was schön ist, finden sie schlecht, nun soll sogar schon die Schokolade sündig sein. Manchmal denke ich, sie werden bald wie die verschrobenen alten Nönnchen, die auf dem Neumarkt herumlaufen, als hätte unsere Zwangskutte auf ihr Inneres abgefärbt. Wir leben wie Gefangene!«, schimpfte sie. »Hier die Priester, da die Hexenkommissare, dort die Stadtbüttel, die ehrbaren Hausfrauen, die Ratsherren, die Mitglieder der Zunft. Wir drehen und winden uns irgendwie dazwischen, bloß nicht anecken, bloß nicht auffallen, nirgends hingehen. Soll ich vielleicht den ganzen Tag backen, kochen, weben und bei Jakobe sitzen? Oder vor mich hinstarren und nicht nach rechts und links gucken? Soll das mein Lebensinhalt sein? Sie fürchten um unser Leben, sagen sie, ja gut, aber was ist das für ein Leben? Ein Gefängnisleben, darum braucht man ja wohl nicht zu fürchten. Ich finde, wir sollten uns nicht so einschüchtern lassen, und Elsa sieht das genauso.«

»Ein Gefängnisleben hat unsere Mutter gehabt«, sagte Agatha streng, »sie hat ein halbes Jahr im Turm gesessen, sie hat hungern müssen und ist genotzüchtigt und dreimal den Torturen unterworfen worden, ihr habt ja keine Ahnung, was das bedeutet. Das ist ein Gefängnisleben, nicht eures, ihr habt genug zu essen, ihr werdet geliebt, nicht geschunden und gedemütigt.«

»Elsa und ich können diese ewigen Geschichten von ihr nicht mehr hören, Auticara hier, Auticara da. Unsere arme, gequälte

Mutter, sie hängt uns langsam zum Hals raus, für alles muss sie herhalten, für jedes Verbot, für jeden Zwang, den Colomba uns auferlegt!«

Es schmerzte Agatha, wenn Gislind so sprach, Susanna würde es das Herz zerreißen. Aber vielleicht mussten die Kleinen es so sehen, sie waren ja gerade fünf und sieben, als Auticara starb, vielleicht war das ihre Möglichkeit, damit fertig zu werden. Beide sagten stets, dass Susanna ihre Mutter sei, an ihre wirkliche hätten sie so gut wie keine Erinnerung.

Gislind zerrte wütend an einem Kettfaden. »Warum sind wir damals eigentlich ausgerechnet nach Cöln gegangen? Hätte es nicht einen besseren Platz für uns gegeben?«

»1620 gab es keine Verfolgungen, erst 1626 haben sie wieder mit dem Morden angefangen. *Mamma* hat es damals zusammen mit Jakobe geplant, als abzusehen war, dass man sie anklagen würde. Für Cöln sprach in erster Linie, dass sie uns hier in Jakobes Obhut wusste und dass es weit weg von Reutlingen war. Es war auch ihre Idee, ein Beginenkonvent zu gründen, außerdem dachte sie, in einer großen Stadt wären wir anonymer und schon deshalb besser geschützt.«

»Da hat sie doch sicher auch Recht gehabt, in einer Stadt mit vierzigtausend Einwohnern werden sie doch nicht ausgerechnet auf uns kommen.«

»Sie haben die Beginen im Visier, sie behaupten, viele von ihnen tarnten sich nur als gottesfürchtig und seien es nicht wirklich. Und das stimmt ja auch, bei uns zumindest. Sie würden uns ja noch nicht einmal zu Unrecht verfolgen, aus ihrer Sicht verhalten wir uns verwerflich. Vielleicht haben wir von Mutter das Falsche gelernt, vielleicht sind wir wirklich nicht demütig genug. Stell dir mal vor, es würde jemand beobachten, wie du und Elsa euch manchmal aufführt, denke nur an die Geißelprozessionen.«

»Es geht sie doch überhaupt nichts an, was wir tun. Wir stören niemanden, wir tun keinem etwas zuleide.«

»Aber wir akzeptieren ihre Ordnung nicht, wir stellen ihre Macht infrage. Das reizt sie, und das wollen sie zerstören.«

»Warum können sie uns nicht einfach in Ruhe so leben lassen, wie wir wollen? Warum müssen sie uns bespitzeln und bedrohen?«

Agatha sah Gislind ratlos an.

»Warum führen sie seit zwölf Jahren einen Krieg, der ganze Landstriche verwüstet? Warum schlagen sie sich gegenseitig die Köpfe ein, stehlen, brennen Häuser nieder, metzeln, notzüchtigen, richten Blutbäder an? Ich weiß nicht, was sie treibt, meine Gislind, ich weiß nicht, was in den Köpfen dieser Männer vorgeht. Das Schlimmste ist, dass das alles im Namen Gottes geschieht.«

»Ich will nicht immer an das Schreckliche denken, Agatha, ich will, dass es auf der Welt schön ist, dass man keine Angst haben muss und ein bisschen Spaß hat.«

Nachdem der Webstuhl fertig vorgerichtet war, setzte Agatha sich auf die Bank in der Werkstatt, und Gislind kuschelte sich auf ihren Schoß, wie sie es manchmal tat, wenn es keiner sah, um ihrer großen Schwester Geheimnisse ins Ohr zu flüstern.

»Will meine Gislind mir nicht sagen, was sie tut, wenn sie so lange am Hafen ist? Ich glaube nicht, dass sie da nur nach Kakaobohnen Ausschau hält.«

Agatha wiegte Gislind, die zu wispern begann, hin und her.

»Ich laufe dem warmen Wind entgegen, der vom Rhein kommt, ich rieche Vanille, Zimt, Jasmin, schmecke Kakao auf den Lippen. Am Hafen liegt immer noch das Schiff von Sahib, meinem Sarazenen, inzwischen hoch mit Säcken beladen, die Segel sind geflickt, es ist fertig zum Auslaufen in Richtung Amsterdam. Er hat schon gewartet und tritt aus dem Schatten eines Lagerhauses, ich streife die Kutte ab, rolle sie zusammen und stopfe sie in einen Mauerspalt. Ich trage meine goldfarbene Tunika, schüttele mein Haar darüber und lasse es halb über das Gesicht fallen, ich weiß, dass ich weithin leuchte, aber niemand mich erkennen wird. Meine Schöne, mein goldener Schatz, flüstert er, fasst meine Hüften und streicht mir durch die Locken, wir laufen schnell am Rhein entlang bis zum Severinswall. Da gibt es hinter hohen Mauern einen verlassenen kleinen Garten, wir schlüpfen hinein. Es ist mild, und die Erde duftet, aber sie ist zu nass und zu kalt, um sich darauf zu legen. Er hat ein Buch dabei, das aus Indien stammt und Kamasutram heißt, darin ist wunderbar beschrieben, wie man sich gegenseitig zur höchsten Lust bringt. Er zeigt mir die Abbildungen, die uns sehr erregen. Er riecht ein wenig scharf und dunkel, er ist so warm, Agatha, so ein warmer Mann ist etwas Wunderbares. Wir stellen uns an die Mauer und rauchen Hanf, den er immer dabei hat, ich lehne mit dem Rücken an ihm, er streichelt mich unter der Seide, am liebsten habe ich seine rauen Hände auf meinem Bauch. Ich bin schon nass, seine Finger finden den richtigen Weg, wir stehen fast reglos, ich spüre seine Festigkeit, sein Finger gleitet langsam hin und her. Wir kommen gleichzeitig, ganz sanft, wir stöhnen, dann beißt er meine Brustwarzen, bis ich noch einmal überschwemme. Ich schiebe mit meinen Lippen Kakaokugeln zwischen seine, er flüstert mir Geschichten aus dem Buch ins Ohr, ich sehe gebogene Leiber, braun, schlank, sehnig, rosige Knospen überall, nasse Münder, Seligkeit. Dann nimmt er mich auf die Hüften, er hat einen Schafsdarm dabei, sodass er eindringen darf, und ich schreie, bis er mir den Mund zuhält.«

»Und wenn es zu Ende ist, Gislind, was machst du dann mit ihm?«

»Ich mache gar nichts, denn er versteht die Spielregeln. Wenn es vorbei ist, gehen wir zurück, er wartet, bis ich meine Kutte hervorgeholt habe, er schaut, ob mich niemand beobachtet, ein letztes Mal legt er seine Hand auf meinen Bauch, bevor ich die Knöpfe schließe. Am nächsten Tag fährt er zurück nach Amsterdam, und ich bin traurig, aber nur ein wenig, denn irgendwann wird er wiederkommen, und es gibt ja auch noch andere Männer auf der Welt. Es ist gut, dass sie immer wieder fahren, weil es einen Punkt gibt, an dem sie anhänglich werden, besitzergreifend, als hätten sie plötzlich ein Anrecht. Deshalb nehme ich auch nur die durchreisenden Männer, mit einem aus Cöln gäbe es sicher Scherereien.«

»Du kennst sie doch gar nicht, hast du keine Angst vor ihnen?«

»Ich habe einen Blick dafür, ob ich ihnen vertrauen kann. Es kommen nur wenige infrage, die meisten sind lüstern und denken nur an sich, das sehe ich sofort, sie mögen Frauen nicht wirklich, sie gebrauchen sie nur, um ihren Druck loszuwerden. Ich suche mir die Sanften aus, die Genießer, denen auch an meiner Freude liegt, nicht nur an der eigenen Gier. Die besten sind die Sarazenen, sie wissen sehr genau, wie man einer Frau wohl tut. Natürlich kommen nur sehr wenige in Frage, man muss schon ziemlich genau hingucken.«

Dieses Kind, Agatha konnte es kaum fassen. Panik überfiel sie, wenn sie daran dachte, was Gislinds Verhalten für Folgen haben konnte. Aber sie würde es erst recht tun, wenn Agatha es ihr verbot.

»Weiß Elsa davon?«

»Ja, aber ich habe schon bereut, sie eingeweiht zu haben, weil sie mich andauernd quält, dass sie mit will. Gestern sagte sie, sie würde am liebsten einen Matrosen finden, der sie mit auf eine Reise um die Welt nimmt. Aber ich glaube, dass Elsa in Wirklichkeit gar keine Männer will, ich glaube, sie liebt eher die Frauen.«

Gislinds Stimme war nur noch ein Hauch, sie forschte angespannt in Agathas Gesicht, wie sie wohl reagieren würde. Aber Agatha war nicht übermäßig überrascht, auch sie hatte Beobachtungen gemacht, die allerdings ganz und gar nicht zu ihrer Beruhigung beitrugen.

Am vorhergehenden Sonntag waren sie im Konvent der Goldspinnerinnen gewesen, die bei St. Jakob wohnten, einer Gemeinschaft von Beginen, mit denen die Benedettis sich angefreundet hatten. Sie bezogen Goldfäden von ihnen und trafen sich in unregelmäßigen Abständen an den Sonntagen nach der Messe, um gemeinsam zu singen. Die Meisterin der Goldspinnerinnen war Barbara, eine lebhafte, kluge Frau, die aus der einflussreichen Cölner Patrizierfamilie Overstolz stammte und, genau wie die Benedettis, die Kutte nicht aus Gottesfurcht trug, sondern darunter Schutz suchte, um unbehelligt von einem standesgemäßen Ehemann ein selbstbestimmtes Leben führen zu können. Die Beginen sangen Kirchen- und Volkslieder, außerdem versuchten sie sich unter Susannas Anleitung an den schwierigen Madrigalen von Claudio Monteverdi und Heinrich Schütz, deren weit ausschwingende oder in großen Sprüngen hinauf- und hinabhüpfende Tonläufe und seltsame, sich oft aneinander reibende Harmonien sie immer aufs Neue entzückten.

An diesem Sonntag hatte Meisterin Barbara aus Anlass ihres Geburtstages zu Kräutertee und einem überaus köstlichen Kuchen eingeladen, anschließend zauberte sie eine Flasche Mandellikör hervor. Die Beginen schlugen die Kapuzen zurück und tranken ein Gläschen nach dem anderen, machten Späße, zogen über die Männer her und kamen aus dem Lachen überhaupt nicht mehr heraus. Sogar Susanna und Colomba hatten rote Wangen und bemerkten glücklicherweise nicht, was sich zwischen Elsa und der Begine Hildegardis anbahnte.

Hildegardis war ungefähr achtzehn, wie Gislind, sie hatte einen knabenhaften Körper, feste, bräunliche Haut, blondes Haar, das sie in aparten Flechten auf dem Kopf zusammengesteckt hatte, eine gerade, etwas zu lange Nase, einen breiten, schönen Mund und bernsteinfarbene Augen. Ihre langsamen, geschmeidigen, kraftvollen Bewegungen erinnerten an die einer Katze, ihr Lachen war herzlich und strahlend.

Die Gastgeberinnen heizten den Kamin tüchtig an, sodass ihnen warm wurde und sie die Kutten ganz ablegten. Hildegardis trug ein hellblaues Unterkleid aus dünner Baumwolle mit eingewebten Goldfäden, das über ihren Körper floss und ihr glattes Dekolleté und ihre kräftigen Arme freiließ. Sie bemühte sich sehr um Elsa und war ständig um sie herum, Blicke flogen hin und her.

Agatha bemerkte, dass auch Meisterin Barbara das Geschehen aufmerksam beobachtete. Als Hildegardis Wein nachschenkte und sich dabei über Elsa beugte, sahen sie, dass die Brustwarzen der Kleinen sich unter ihrem Hemd aufrichteten und Elsa an Hildegardis' Achselhöhle Witterung aufnahm. Mit seligem Gesichtsausdruck lehnte sie sich zurück, in ihren Augen funkelten Sternchen, und sie schaute lächelnd der Begine nach, die in den Nebenraum entschwand. Unter der Tür drehte Hildegardis sich noch einmal prüfend um, ob der Fisch an der Angel saß, jedenfalls war es Gislind so vorgekommen, und Agatha bestätigte diesen Eindruck.

Elsa, die vor dem Besuch bei den Goldspinnerinnen gemault

und zuerst gar nicht hatte mitkommen wollen, war nun bester Dinge und strahlte und plapperte, sprang immer wieder auf, um der Begine zur Hand zu gehen, flatterte herum und machte ein schiefes Gesicht, als Susanna zum Aufbruch drängte. Leuchtend verabschiedete sie sich von Hildegardis. Seitdem war sie schon zweimal wieder bei den Goldspinnerinnen gewesen, weil Susanna etwas auszurichten hatte, sie hatte sich direkt gemeldet und freudig auf den Weg gemacht. Früher hatte sie solche Botengänge nur unter Protest und mit höchstem Widerwillen erledigt.

»Warum soll ich Elsa mit zu den Männern nehmen, wenn sie Frauen will?«, fragte Gislind.

Agatha konnte ihr darauf nicht antworten, heiße Angst drückte ihr Herz zusammen, und sie wollte sich nicht ausmalen, was alles mit Gislind und Elsa geschehen konnte, wenn sie sich nicht zügelten.

»Du weißt, dass ihr uns alle in Gefahr bringt«, sagte sie nur, »allein, was du da am Hafen treibst, kann dich wegen Hurerei in den Kerker bringen. Und die stumme Sünde, du lieber Himmel, das ist doch das allerschändlichste Verbrechen überhaupt.«

Gislind zuckte nur mit den Achseln.

»In Gefahr sind wir doch sowieso. Ich würde kaputtgehen, Agatha, wenn ich so leben sollte wie ihr und wie es die Obrigkeit verlangt, und Elsa geht es genauso.«

Lagunenaugen

Das Unglück der Cramms hatte begonnen, als Hans Cramm, der Vater von Susanna, Colomba, Agatha und Gislind, den ersten Seitensprung beging. Hans war nicht nur ein überaus freundlicher, sondern auch ein hübscher und erotischer Mann gewesen, der eine unwiderstehliche Wirkung auf Frauen hatte. Sie war vor allem seinen großen, leuchtenden Augen zuzuschreiben, die seine Töchter von ihm geerbt hatten. Ihre Farbe richtete sich nach dem Licht, meistens waren sie strahlend blau, manchmal irisierten sie ins Grünliche, manchmal waren sie ganz hell, mit scharfen, dunklen Rändern und pechschwarzen Pupillen. Auticara nannte sie Lagunenaugen, Sternenaugen, Katzenaugen, und je nachdem, wie sie auf ihren Mann zu sprechen war, auch Engels- oder Teufelsaugen. »Ich denke an mein Venedig, wenn ich sie sehe«, sagte sie manchmal versonnen, »an das Licht der *laguna*, sie leuchtet in den gleichen Farben, meistens strahlt sie, manchmal schimmert sie auch wie Seide oder ist ganz milchig und trübe, je nachdem, ob es gute oder schlechte Tage sind. So sind auch eure Augen.«

In den ersten zehn Jahren ihrer Ehe war Hans' Liebe zu Auticara zu groß, um den vielfältigen Verführungsversuchen durch andere Frauen, denen er ausgesetzt war, zu erliegen. Die Großen hatten viele Erinnerungen daran, wie der Vater strahlte, wenn Auticara hereinkam, wie er sie um die Hüften nahm und durch die Küche wirbelte, wie sie sich manchmal in der Abenddämmerung hinter den Rosen im Stalleingang küssten und dabei lachten, wie Glück und Liebe das Haus erfüllten, ihr schönes, helles Haus am Reutlinger Marktplatz mit seinem frisch leuchtenden Fachwerk, seinem breiten Giebel, seinen großen Fenstern, deren Butzenscheiben die Mädchen einmal in der Woche so lange blank reiben mussten, bis Auticara zufrieden war und das Denkmal des Kaisers auf dem Marktbrunnen wieder klar und deutlich zu erkennen war. Auticara verwendete unendliche Sorgfalt auf die Einrichtung und wirtschaftete fröhlich und voller Energie den ganzen Tag im Haus herum.

Das änderte sich nach Gislinds Geburt. Auticara ging es schlecht, sie erholte sich nicht von der schweren Niederkunft, an der sie fast verblutet wäre. Sie war erschöpft, traurig, zänkisch und zeigte die dunkle, zerstörerische Seite ihres Wesens. Wenn sie nicht weinte, stritt und schimpfte sie, blieb im Bett, erschien erst mittags in der Küche und verbreitete üble Laune. »Der Rabe sitzt wieder auf ihrer Schulter«, sagte Vater, und Colomba diagnostizierte eine Wochenbett-Melancholie. »Wir müssen Gislind schützen«, sagte sie, »das Dunkle gräbt sich schnell in die Seele eines so kleinen Kindes.«

Susanna und Agatha nutzten die günstige Gelegenheit und schwänzten die Schule, versorgten Gislind und trugen sie immer mit sich herum. Colomba allerdings, die stets die Klügste und Lernwilligste der Schwestern war, versäumte keinen Tag Unterricht. Sie konjugierte laut ihre lateinischen Vokabeln in sämtlichen Tempi, während sie Johanniskrauttee und belebende Wickel für Auticara zubereitete, und erledigte abends bei Kerzenschein ihre schriftlichen Aufgaben. Sie war nicht nur ausgesprochen begabt für fremde Sprachen, sondern schien auch mit medizinischen Kenntnissen geboren worden zu sein. Seitdem sie laufen konnte, war sie mit Gretel Schuler, der Nachbarin und Mutter von Jakobe, in die Felder und Wälder um Reutlingen gezogen und hatte, zunächst unter Gretels Anleitung, Wurzeln und Kräuter gesammelt. Bereits als Achtjährige war sie für die medizinische Versorgung der Familie zuständig.

Wenn Auticara die Düsternis überfiel, übernahmen die Töchter ihre Pflichten. Agatha kümmerte sich zusammen mit Gretel um den Hühnerstall, die Schafe und Ziegen, die Kühe, den Karpfenteich und die Karnickel, Susanna und Colomba fegten und schmückten die Gaststube, legten leinernes Tischzeug auf, ordneten Spiegel und Blumengebinde an, stellten Schalen mit Rosenöl auf, banden hier eine Schleife und hängten dort eine Girlande auf, bestückten die Kerzenleuchter, polierten das Silber, so, wie Auticara es all die Jahre getan hatte und wie es die Gäste des Gasthauses »Zur Goldenen Traube« schätzten und erwarteten. Schon wenn sie hereinkamen, leckten sie sich die Lippen und machten Auticara Komplimente, die, wenn es ihr gut ging, strahlend schön in ihrem roten Kleid, mit ins Haar geflochtenen Rosenknospen am Eingang stand und eine Platte mit delikaten Häppchen anbot. »Einzigartig, Frau Cramm, so ein Gasthaus gibt es im ganzen Reich nicht noch einmal.«

Susanna war neun, als Gislind geboren wurde, Colomba acht und Agatha sieben. »Meine kleinen Orgelpfeifen«, nannte ihr Vater sie und küsste sie der Reihe nach, »was täte ich nur ohne meine fleißigen Mädchen.«

Die Großen halfen ihm auch in der Küche und lernten so nebenbei seine hervorragenden Kochkünste. Er band Gislind mit einem Tuch auf die Hüfte, sie sangen zusammen und erzählten sich Geschichten, die Kleine, die ihrem Vater aus dem Gesicht geschnitten war, strampelte und kreischte vor Vergnügen. Sie rupften Hühner und Täubchen, hackten Kräuter und mischten sie unter die Farcen der Pasteten, stellten Quittenpaste her, kneteten Teig, rieben Mandeln und Nüsse, kochten Marmeladen für die Törtchen und Krapfen, die Ludwig Schuler buk und die nirgends so köstlich waren wie in der »Goldenen Traube«.

Im Herbst putzten sie mit Pinseln und kleinen Messern die frischen Pilze, die in riesigen Körben in der Küche standen. Auch später in Cöln hatte Agatha, sobald sie daran dachte, den würzigen, moderigen Pilzgeruch in der Nase, empfand den Ekel vor den schleimigen Schnecken, die über die seidenglatten, feuchten Hüte krochen, spürte unter den Fingerspitzen die samtigen, bräunlichen, rosa- oder elfenbeinfarbenen Lamellen und die gelben, klebrigen, manchmal schleimigen Schwämme, schauderte bei dem Gedanken, an Giftkrämpfen zu sterben. Die Mädchen kannten und liebten ihre Steinpilze, Maronen, Pfifferlinge, Champignons, Morcheln, Kremplinge, Butterpilze, Hexenröhrlinge, Edelreizker und hatten großen Respekt vor den Giftpilzen. Sie wurden zu regelrechten Expertinnen, und ihr Vater nannte sie seine kleinen Pilzhexen.

Meistens lieferten die Pilzfrauen die Mengen, die sie für die Gäste brauchten, aber wenn eben Zeit war, zogen ab dem Spätsommer auch die Kinder mit Hans und Ludwig Schuler in die Wälder rund um Reutlingen. Mit voll getürmten Körben und Kiepen kamen sie abends nach Hause und saßen noch die halbe Nacht, um die Pilze zu putzen, klein zu schneiden, einzusalzen und, auf Fäden gezogen, zum Trocknen aufzuhängen. Vater füllte Omeletts, Pasteten, Maultaschen und Geflügel damit, gab sie in die Fleischsaucen, stellte feine Suppen her. Mit Argusaugen überwachten er und Ludwig, ob sich kein Giftpilz in den Riesenbergen versteckte, die sie verarbeiteten.

Pilze waren die Spezialität der Cramms, dafür war die »Goldene Traube« bekannt geworden. Schon im frühen Sommer bestellten die Ratsherren, die gut situierten Reutlinger Händler und Handwerker und zunehmend auch die Honoratioren aus dem Umland ihre Pilzessen, zu denen es Klöße und verschiedene Braten gab. Bald überstieg die Nachfrage das Angebot, obwohl die Cramms die Gaststube vergrößerten und zusätzliche Tische aufstellten.

Agatha spürte als Erste, dass mit Vater und dem Spülmädchen etwas nicht stimmte. Die Luft im Hause war dick und unangenehm, Vater sprach nicht und war wie abwesend, verschwand immer mal wieder, wenn auch das Mädchen fort war, und kam mit offensichtlich schlechtem Gewissen zurück. Die Kleine war hübsch, höchstens fünfzehn, ließ ihre Brüste halb aus dem Kleid hängen, wackelte mit dem Hintern, hielt ihm die halb geöffneten Lippen hin und schmachtete ihn an.

Eines Tages nach dem Mittagessen, Auticara hatte sich hingelegt, verschwand der Vater in der Küche. Agatha schlich hinterher und sah ihn mit seltsamen Bewegungen hinter dem Mädchen stehen, das mit hochgeschlagenen Röcken bäuchlings auf dem Küchentisch lag. Beide keuchten und stöhnten und bemerkten Agatha nicht, die schnell wieder hinauslief und den Schwestern im Garten zeigte, was sie gesehen hatte. Sie drückte ihren kleinen Unterleib nach vorne und hechelte und stöhnte, Susanna und Colomba taten es ihr nach. Sie erstickten fast an ihren Kicheranfällen, bis Auticara hinter ihnen stand, Ohrfeigen austeilte und sie zwang zu sagen, bei wem sie Derartiges beobachtet hatten.

Das Lachen verging den Mädchen vollends, als Auticara mit einem Wutgeschrei über Hans herfiel, wie sie es selten erlebt hatten. Die meisten Anwohner des Reutlinger Markplatzes wurden Zeugen, wie sie raste, tobte und auf ihn einschlug. Die Mädchen kannten heftige Auseinandersetzungen zwischen ihren Eltern, aber dieses Mal war Auticaras Zorn nicht zu bändigen, ihr Ausbruch dauerte sicher einen halben Tag. Danach war sie erschöpft, aber ihre Lethargie war verschwunden. Sie ließ ihren Mann links liegen, eröffnete ihren Töchtern, man werde nach Venedig zu Tante Mabilia Benedetti reisen, und begann unverzüglich, Reisekisten zu packen. Dann saßen sie in der Postkutsche, voller Trauer darüber, den unglücklichen Vater zurücklassen zu müssen, aber auch voller Vorfreude, endlich Auticaras Heimat kennen zu lernen, von der sie schon unendlich viele Geschichten gehört hatten.

Sie war in Venedig aufgewachsen, dort hatte ihre Mutter Alessandra Benedetti einen Tuchhandel betrieben. Mabilia war die Schwester von Auticaras Vater Paolo Benedetti, der gestorben war, als Auticara zehn war. Auticaras Verhältnis zu ihrer Mutter war schlecht gewesen, und sie hatte keinen Kontakt mehr zu ihr gehabt, seitdem sie mit Hans Cramm elf Jahre zuvor aus Venedig in die schwäbische Reichsstadt Reutlingen gekommen war, um ihn zu heiraten.

»Meine wirkliche Mutter ist Mabilia«, hatte Auticara stets gesagt, »sie hat mich geschützt, als ich klein war, zu ihr konnte ich immer gehen, wenn es zu Hause schlimm war, und es war oft schlimm, Kinder, das könnt ihr mir glauben. Alessandra war keine Mutter, sie war eine Schinderin und Sklaventreiberin, die nichts im Kopf hatte als Geld, Macht und wie sie mich mit Flüchen und Schlägen zur Arbeit antreiben konnte. Es galt nur, was sie sagte, als Kind hatte man überhaupt keine Stimme bei ihr, wenn ich eine eigene Meinung äußerte, schrie sie mich nieder. Sie war keine Mutter, sie war eine Teufelin, nein, ich möchte sie nie mehr wiedersehen. Niemals, niemals werde ich euch das antun, Kinder, was meine Mutter mir angetan hat.«

Die Hasstiraden Auticaras konnten Stunden dauern, sie war nicht zu bremsen, wenn sie einmal angefangen hatte, die Mädchen hörten ihr schon lange nicht mehr zu. Es war immer wieder das Gleiche, und die Geschichten von der Großmutter, die sie gar nicht kannten, interessierten sie nicht sonderlich. Man konnte auch sicher sein, dass die Melancholie einsetzte, wenn Auticara einen heftigen Ausbruch hinter sich hatte.

Auf der vierwöchigen Fahrt nach Italien saß sie den ganzen Tag kerzengerade in der rumpelnden Postkutsche und starrte mit dunklen Augen hinaus. Wenn ein Rad brach oder das Wechseln der Pferde mal wieder Stunden dauerte, hockte sie genauso unbeweglich in der Wirtsstube oder unter einem Baum. Sie war so erstarrt vor Schmerz und Verletzung, dass die Mädchen sie nicht erreichten, obwohl Agatha sang, Colomba Gedichte aufsagte, Susanna Bilder malte und Püppchen bastelte und sie sich überhaupt alle Mühe gaben, ihre Mutter von ihren Qualen zu befreien.

Die lösten sich erst auf, als sie nach dem Brenner auch die Dolomiten passiert hatten, das Brentatal bei Padua erreichten und nach der anstrengenden, heißen Postkutschenfahrt auf ein Schiff umsteigen konnten, das sie nach Venedig brachte. Schon während sie auf dem Brentakanal an den eleganten Sommervillen der reichen Venezianer vorbeiglitten, hellte sich Auticaras Stimmung auf. Dann fuhren sie in die *laguna* ein, die aquamarinblau, türkis und rosa vor ihnen lag. Im dunstigen Horizont tauchten die Türme von Venedig auf, golden zitternd, verschwommen und zart, wie geklöppelte Spitzen verbanden sie sich mit dem wolkenlosen Adriahimmel, es roch nach Schlick und nach Meer, nach Wind, Süden und Salzbänken. Auticara warf den Kopf zurück und hielt das Gesicht in die Sonne, das plötzlich hell und glücklich war, ihr vorher stumpfes und borstiges Haar wehte ihr nun weich und glänzend über die Schultern.

Mabilia griff sich ans Herz und weinte vor Freude, als ihre geliebte Nichte mit ihren Töchtern vor der Tür stand. Sie wurden herzlich in ihrer kleinen, heiteren Casa Paradiso an der Calle Paradiso aufgenommen und liebten die zierliche Tante mit den schwarzen, rund um den Kopf liegenden Haarflechten und den lebhaften, neugierigen Augen sofort.

Auticara lebte auf, lachte und zischelte den ganzen Tag mit Tante Mabilia in dem unverständlichen venezianischen Dialekt, schimpfte auf den Dreck in den *stretti* und in den Kanälen, schwärmte vom Olivenöl, kochte *fegato alle cipolle*, stellte *golosessi* her und all die anderen venezianischen Köstlichkeiten, die die Mädchen aus ihren Erzählungen kannten. Sie nahmen eine Gondel, und Auticara zeigte ihren Töchtern Venedig, die *serenissima*, die zwischen den Wassern schwebende Herrscherin unter den Städten, die Traumstadt mit ihren unvergleichlichen, leicht wie auf einem Aquarell hingetupften Häusern und Palästen, den zahlreichen, vor Pracht überbordenden Geschäften mit Spiegeln, Glasperlenketten und Spitzentüchern, fantastischen bunten Kleidern, üppigem Glitzer und Glanz, der aus jeder Ecke quoll.

Auticara zeigte ihnen jedoch nur einen Teil der Stadt. Sie durchstreiften das quirlige San Polo, in dem die Calle Paradiso unweit des Canal Grande und der Ponte di Rialto lag, machten lange Spaziergänge über Santa Croce und Dorsoduro bis zum Canale della Giudecca. Sie umrundeten die Landzunge, wo der Canal Grande auf das Hafenbecken von San Marco traf, spähten zum Dogenpalast hinüber und bewunderten seine zweigeschossigen, filigranen Arkaden und seine helle, hohe, von rosigen Rauten überblühte Fassade, die ihnen vorkam wie ein Wunder aus dem Morgenland. Sie sahen von Ferne das Gewimmel auf der Piazetta und den hoch aufragenden Campanile, die Kuppeln der Basilika, rund wie Brüste, das treibende, bunte Leben an der Riva degli Schiavoni. Aber Auticara sorgte dafür, dass sie niemals zu lange dort standen, und trieb die Mädchen am Ufer zurück nach Hause. Auch wenn sie mit dem Boot zum Lido fuhren, glitten sie am Dogenpalast vorüber, aber sie stiegen niemals auf dieser Seite aus, niemals betraten sie den Stadtteil San Marco, der nicht zum Venedig Mabilias gehörte, sondern zu dem der *nonna* Alessandra, und den Auticara, obwohl sie dort in der Riva degli Schiavoni aufgewachsen war, zur verbotenen Zone erklärt hatte.

Am Anfang ihres Aufenthaltes sprach sie davon, ihren Töchtern San Marco zu zeigen und vielleicht auch einmal die *nonna* aufzusuchen, aber sie tat es nicht und gebrauchte Ausflüchte, wenn die Mädchen nachfragten. Schließlich kamen sie nicht mehr darauf zu sprechen, weil Auticara jedes Mal Ansätze von Melancholie zeigte.

»Ach, die Riva und der Markusplatz, da treibt sich jetzt im Frühling sowieso nur das ganze modische Volk herum, außerdem wimmelt es von leichten Mädchen«, sagte sie mit dem Unterton, den ihre Töchter hassten und von dem sie wussten, dass er keinen Widerspruch duldete, »da ist es nicht schön, vielleicht gehen wir im Herbst mal hin. Auf der Piazetta streunen sowieso nur die Taschendiebe herum, auf dem Campo San Polo ist es viel schöner.«

Natürlich wussten die Mädchen, dass das nicht stimmte. Wie oft hatte Auticara zu Hause von ihrer Riva degli Schiavoni geschwärmt, von dem lebhaften Treiben dort, dem regen Handel, den glutäugigen, bunt gekleideten Sarazenen, die mit ihren Booten aus den geheimnisvollen Ländern des Ostens kamen, voll beladen mit indischem Pfeffer, Zimt, Ingwer, Gewürznelken und anderen orientalischen Spezereien, die den Reichtum der Stadt und ihre Bedeutung für den Welthandel mehrten. Wie oft hatte sie von den Krächen mit ihrer Mutter erzählt, die vor Wut außer sich geriet, wenn Auticara sich in bestickte Hosen und Tuniken kleidete und den Kopf mit einem großen Tuch nach Art der Sarazeninnen umwickelte, um draußen auf der Riva zwischen den Schiffen herumzustreifen.

Es schützte mich vor den Matrosen, Kinder, außerdem gefielen mir die Sachen manchmal einfach besser als die affigen, prunkvollen Roben der Venezianerinnen, die unpraktisch waren wie sonst was und geschmacklos noch dazu. Mutter schimpfte, weil ich die Kleidung der Heidenteufel trug, ich sähe aus wie eine Ungläubige, schrie sie, rannte hinter mir her und wollte mir die Sachen vom Leib reißen, aber ich war schneller und lief auf die Straße zwischen all die Menschen, da traute sie sich nicht mehr, mich zu schlagen und an meiner Kleidung zu zerren. Immer wollte sie mich zu Hause halten, den ganzen Tag sollte ich in der muffigen Werkstatt hocken, in der man husten musste und ganz bleich und grau wurde von der schlechten Luft. Ich habe etwas getan für mein Brot, das könnt ihr mir glauben, mit acht habe ich weben gelernt und die ersten Kleider genäht, und wie gut ich mit Stoff umgehen konnte, hat als Erste die Nachbarin *signora* Cordoluzzi gemerkt, nicht meine Mutter, nicht, dass ihr denkt, die hätte in mir jemals eine Begabung gesehen, nein, nein, für meine Mutter war ich immer nur dumm und faul. Dass ich eine gute Näherin und Weberin war, hat sie erst interessiert, als sie gemerkt hat, dass sie damit Geld machen konnte, vorher hat sie es völlig ignoriert. Um Mutter ertragen zu können, musste ich zwischendurch hinaus, ich musste die Schiffe und das Wasser sehen, die Algen und Muscheln riechen, das gekochte Hammelfleisch, den Fisch, die frischen Gewürze, Pfeffer, Zimt und Safran, ach, ihr könnt euch gar nicht vorstellen, von welchen Gerüchen mein Venedig erfüllt ist. Auch die Menschen haben einen anderen Schweiß, alles ist ein wenig feucht, alles ist üppig, der grässlichste Gestank und die wunderbarsten Düfte. Man kann es überhaupt nicht mit diesem trockenen, langweiligen Reutlingen vergleichen, wo es im Winter höchstens mal nach Lebkuchen und Holzfeuer riecht. Ich musste den Lärm auf den Kanälen und Gassen hören, die Gesichter aus der ganzen Welt sehen, an deren Staunen ich erst bemerkte, was meine *serenissima* für ein Wunder war, was für ein Geschenk es bedeutete, dort leben zu dürfen. Die Riva und die Piazza, das war wie mein eigenes, pulsierendes Herz, und natürlich auch die Piazetta, wo ich euren Vater kennen gelernt habe. Seine Augen haben mich mitten ins Herz getroffen, als er mich fragte, welches der vielen Boote nach Torcello fahre. Ich sehe ihn noch vor mir, als wäre es gestern gewesen, jung und strahlend stand er direkt neben dem Campanile, und, ob ihr es glaubt oder nicht, das Erste, was ich gedacht habe, war, was ein Mann mit solchen Augen für schöne Kinder haben würde. Und dann dachte ich die ganze Zeit an das Hohelied.

Er küsse mich mit dem Kusse seines Mundes.

Dieser Satz wiederholte sich, immer und immer wieder klang er durch meinen Kopf, ohne dass ich etwas dagegen tun konnte. Ich glaube, ich habe ihn angestarrt wie eine Eselin.

Wie oft hatten die Mädchen diese Geschichte gehört, wie bildhaft hatten sie die Szene immer wieder vor Augen gehabt, und nun war plötzlich nicht mehr die Rede davon, dass sie den Ort sehen sollten, an dem es sich zugetragen hatte. Sie sprachen untereinander davon, wie gerne sie zur Piazetta gehen würden, Auticara gegenüber schwiegen sie jedoch und hüteten sich, an diese Erinnerungen zu rühren. Denn wie das Venedig der *nonna* Alessandra waren auch Gespräche über ihren Vater während der ganzen Reise verboten.

Nach wenigen Wochen verschwand Auticara an den Abenden. Da Mabilias Hausmädchen mit Entzücken auf Gislind aufpassten, vermissten Susanna, Agatha und Colomba ihre Mutter überhaupt nicht, sondern waren froh, abends ungestört zur Ponte di Rialto gehen zu können. Dort herrschte lebhaftes Treiben, und der Gesang der Gondolieri wehte über den Canaluzo, wie die Venezianer ihren Canal liebevoll nannten. Die Kinder aus der Nachbarschaft trafen sich, spielten Hüpfspiele auf den Treppen der Ponte und alberten herum, die Jungen übertrumpften sich gegenseitig im Imponiergehabe und bemühten sich sehr um die deutschen *ragazze*, denen das Italienische inzwischen so flüssig über die Lippen ging wie ihre Vatersprache.

Am Anfang spähten sie immer mal wieder nach San Marco hinüber, zum Teil voller Neugier, zum Teil auch mit der Furcht, die *nonna* – obwohl sie kaum eine Vorstellung von ihr hatten – könne plötzlich auf der anderen Seite des Canal aus einer der Gassen treten.

Mabilia rief sie erst hinein, wenn es dunkel wurde, dann saßen sie noch lange mit ihr in der Loggia, spielten Karten, sangen, erzählten Familiengeschichten, lauschten auf die Geräusche aus den Nachbarhäusern und sogen die weiche Nachtluft in sich hinein.

Auticara sahen sie beim Frühstück wieder, sie wurde immer schöner, strahlte und gurrte, sang und spielte mit ihren Kindern und war die beste Mutter der Welt.

Eines Nachts wachte Agatha von einem leisen Lachen auf der Gasse auf und sah aus dem Fenster. Unten im Mondlicht lehnte Auticara mit einem jungen Fischer, den Agatha vom Lido kannte, in heftiger Umarmung an der Hauswand. Auticara beugte sich zurück, ihr Haar hing wie eine schwarze Fahne herunter, der Fischer liebkoste ihre Brüste und schob ihre Röcke hoch, sie drängte ihm seufzend entgegen. Agatha war nicht überrascht, weil sie sich so etwas schon gedacht hatten. »Sie hat einen Liebhaber«, hatte Colomba vermutet, »ich bin sicher, dass sie sich an Vater rächen will.«

Es wurde Agatha unangenehm, die beiden zu beobachten, und sie hustete laut, die Liebenden ließen erschrocken voneinander ab, und der Fischer schaute nach oben zum Fenster. So sah Agatha im Mondlicht zum ersten Mal das glatte, schwarze Haar und die leuchtend grünen, mit braunen Einsprengseln versehenen Augen ihrer Schwester Elsa.

An einem heißen Spätnachmittag im August – Tante Mabilia hatte gerade ihre Siesta beendet, und sie tranken in der Loggia Zitronenlimonade – meldete der Hausdiener die *signora* Alessandra Benedetti. Auticara wurde blass unter ihrer Bräune und lehnte zuerst kategorisch ab, ihre Mutter zu empfangen. Mabilia geriet sichtlich in Not, sie musste sich Kühlung zufächeln, und ihre Hände flogen, während sie versuchte, ihre Nichte umzustimmen.

»Wir können Alessandra nicht die Tür weisen, wenn sie schon herkommt, *cara mia*«, beschwor sie Auticara, »versuche doch wenigstens, eine Weile mit ihr Konversation zu machen. Du weißt, wie sie ist, du wirst sie nicht mehr ändern. Aber sie ist immerhin deine Mutter, und du kannst ihr nicht verwehren, ihre Enkelkinder zu sehen.«

»Enkelkinder, Enkelkinder«, schnaubte Auticara, »wahrscheinlich will sie sie nur in Augenschein nehmen, um festzustellen, wie schlecht ich sie erzogen habe.«

Mabilia obsiegte, Alessandra wurde empfangen. Die Mädchen saßen bewegungslos, hoch aufgerichtet und mit gefalteten Händen am Tisch, als ihre Großmutter die Loggia betrat, sogar Gislind hatte erfasst, dass die Lage ernst war, und blieb brav auf Susannas Schoß sitzen.

Alessandra, die damals um die fünfzig sein mochte, war eine

imponierende Erscheinung. Wie Auticara war sie groß und gerade gewachsen, sie beherrschte auf der Stelle den Raum mit den gleichen brennenden Augen. Ihr ausladendes Kleid aus schwarzem Seidenbrokat mit einem weißen, hochgeschlossenen Spitzenkragen raschelte.

Alessandra Benedetti stammte aus Sizilien und war in bitterer Armut aufgewachsen, eine Tatsache, mit der sie nach Auticaras Darstellung immer wieder ihren Geiz und ihre Raffgier begründete. Als junges Mädchen war sie auf der Suche nach Arbeit nach Venedig gekommen und hatte im Handelshaus Benedetti eine Stelle als Dienstmädchen angetreten. Mit ihrer Schönheit, aber auch mit ihrer Tatkraft und Energie hatte sie den Sohn des Hauses, Paolo Benedetti, bezaubert, der nach kurzer Zeit um ihre Hand anhielt. Paolo war ein zurückhaltender, fast schüchterner Mann, ihm fehlte die feste Hand, die das schwächelnde Geschäft brauchte, und so war Alessandra die richtige Frau für ihn. Sie arbeitete sich in die Buchführung ein, verhandelte geschickt mit Kunden und Lieferanten und bewahrte das Unternehmen nicht nur vor einem drohenden Abstieg, sondern brachte es auch wieder zur Blüte. Sie legte großen Wert auf vornehme Kleidung und gute Umgangsformen und setzte durch, dass im Haus Italienisch gesprochen wurde und nicht das zischende, weiche Venezianisch, das sie gewöhnlich fand. Auch sie selbst mied konsequent den Dialekt ihrer Heimat, obwohl sie sonst eine typische Sizilianerin war mit langer, spitzer Nase und einem porzellanweiß gepuderten, schmalen Gesicht, auf dessen leicht rissiger Wangenhaut ein wenig Rouge verrieben war. Über ihr ebenholzfarbenes Haar, das von Silberfäden durchzogen und auf dem Hinterkopf zusammengesteckt war, fiel eine schwarze Spitzenmantilla.

Als junge Frau war Alessandra ohne Zweifel schön gewesen, schöner sicher noch als ihre Tochter, weil kein Riss ihr Gesicht entzweischnitt. Aber jetzt war sie verblüht, in ihren Mundwinkeln saß Verbitterung, ihre Züge waren streng und freudlos. Sie musterte ihre Enkeltöchter lauernd und brachte nicht das leiseste Lächeln hervor, auch nicht, als die Mädchen sich zum Begrüßungsritual aufstellten, tiefe Knickse machten und auf Auticaras

Geheiß in bestem Italienisch ihre Namen und ihr Alter nannten. Die *nonna* nickte unbewegt dazu, dann wandte sie sich mit der gleichen herrischen Kopfbewegung ab, die sie von Auticara kannten. Nur als sie die niedliche Gislind präsentierten, sah es einen Augenblick so aus, als beschleiche Alessandra ein wenig Rührung. Dann nahm sie Auticara ins Visier, die sich vor ihr verbeugt und ihr die Hände geküsst hatte.

»Ich habe fünftausend Goldkronen auf den Namen meiner Tochter Auticara Benedetti auf der Banco della Piazza di Rialto deponiert«, sagte Alessandra unvermittelt, und die Kinder erschraken vor ihrer hohlen, heiseren Stimme, »das Gold ist sicher angelegt. Ich möchte mich nicht länger dem Vorwurf meiner einzigen Tochter ausgesetzt sehen, engherzig und geizig zu sein. Hier sind die Papiere.«

Sie nahm einen Umschlag aus ihrem Beutel und reichte ihn Auticara, dabei sah sie angestrengt an ihr vorbei. Auticara tat, als sähe sie die hingestreckte Hand nicht, ihr Blick wurde dunkel und starr, der Riss vertiefte sich.

Geld, Geld, Kinder, sie hatte nichts im Kopf als Geld, keinen anderen Gedanken hatte sie, als möglichst viel zusammenzuraffen und in den Sparstrumpf zu stecken oder auf die Bank zu tragen. Und wenn ich sie mal um ein paar Florin für Schuhe oder ein bisschen Schmuck gebeten habe, hat sie gekeift, ich sei hoffärtig und verschwenderisch, wenn es nach mir ginge, würden wir bald bankrott machen, Geld verdiene man, indem man arbeite, und nicht, indem man es für Luxus verschwende. Jedes Vergnügen verbot oder vermieste sie mir, sogar, wenn ich mal einen Roman lesen wollte, schlug sie ihn mir um die Ohren, dass es nur so knallte. Für sie gab es nur Arbeit, Arbeit und noch mal Arbeit, dabei habe ich nun wirklich meinen Teil zum Geschäft beigetragen, viele Kunden kamen ja nur meinetwegen. Aber das hat sie nie anerkannt, eher hätte sie sich die Zunge abgebissen, als mir auch nur das leiseste Lob, die kleinste Anerkennung zu zollen. Raffen, sparen, schimpfen, antreiben, was anderes kannte sie nicht, und bei unserer letzten großen Auseinandersetzung, bevor ich ging, habe ich ihr gesagt, sie sei der engherzigste und geizigste Mensch, den ich kenne.

Auticara rang um Fassung und übersah weiter den Umschlag, den ihre Mutter ihr immer noch hinhielt, schließlich holte sie Luft.

»Und wie ist das Befinden der hochehrwürdigen Frau Mutter?«

Alessandra steckte den Umschlag wieder ein, ihr Gesicht wurde zu einer Wand.

»Wie soll das Befinden schon sein, wenn man von der einzigen Tochter zurückgewiesen wird und keine Freude an seinen Enkelkindern haben darf.«

»Was heißt denn zurückgewiesen! Du kommst hierher, und anstatt dass du nach dem Ergehen deiner Enkeltöchter und deiner einzigen Tochter fragst, redest du über Geld. Geld, Geld, sonst ist dir nichts wichtig, ich kann es nicht mehr hören!«

»Geld ist der Lebensnerv, der Puls, die Antriebskraft des Menschen, sein Geist und seine Seele, und ich möchte wissen, wo du geblieben wärst, wenn du nicht in einem wohlhabenden Elternhaus aufgewachsen wärst. Mein Geld kommt auch dir zugute, ich habe mich doch nur für meine Kinder krummgelegt.«

Auticara machte eine wegwerfende Handbewegung und verfiel ins Keifen.

»Ja, ja, diese alte Leier ist mir gut bekannt, sehr gut, *madre mia*. Ich dachte, dir wäre in all den Jahren, in denen du deine Tochter nicht gesehen hast, vielleicht mal was anderes eingefallen. Ich brauche dein Geld nicht, ich verdiene selbst genug, und denke bloß nicht, dass du dir unsere Liebe erkaufen kannst!«

Sie wurde rot und bleich und riss Gislind von Agathas Schoß, die sofort anfing zu schreien.

Alessandra stand mit unbewegtem Gesicht auf, griff wieder in ihren Beutel, legte vor die erstarrt dasitzenden Mädchen jeweils eine Münze auf den Tisch und nickte ihnen knapp zu. Dann verschwand sie mit rauschenden Röcken, ohne sich noch einmal umzudrehen, der Besuch hatte kaum eine Viertelstunde gedauert.

Auticara schäumte, Mabilia rang die Hände und versuchte immer wieder, sie zum Einlenken zu bewegen. »Sie kann nicht anders, du als ihre einzige Tochter solltest ihr verzeihen, anstatt immer noch Öl ins Feuer zu gießen.«

»Verzeihen? Dieser Frau? Niemals! Wer bin ich denn, dass ich mich kaufen lassen muss! Nein, nein, *carissima zia mia*, sie ändert sich nicht, sie wird niemals wie eine Mutter sein. Kommt Kinder, wir machen noch einen kleinen Abendausflug zum Lido, damit wir diesen Besuch ganz schnell vergessen.«

Sie tat leichthin, als würde ihr das alles nichts ausmachen, aber unterwegs wurde sie immer düsterer, noch nicht einmal der grünäugige Fischer, der strahlte, als sie am Lido ankamen, vermochte sie aufzuheitern.

Seine Tochter Elsa wurde sechs Monate, nachdem Agatha ihn mit ihrer Mutter vom Fenster aus beobachtet hatte, in einem elenden Wirtshaus in den Alpen geboren. Sie waren überstürzt aus Venedig abgereist und die Mädchen dachten zuerst, dass der Grund dafür ein Besuch von Auticaras jüngerem Bruder Massimo war. Etwa zwei Monate nach dem Besuch der Großmutter in der Casa Paradiso hatte er eines Abends ans Tor geklopft und den Hausdiener zur Seite geschoben, ohne abzuwarten, ob er empfangen würde. Plötzlich hatte er in der Loggia gestanden und von Auticara verlangt, mit ihm zur Riva degli Schiavoni zu kommen, um sich bei Alessandra zu entschuldigen.

»Sie ist deinetwegen krank geworden!«, rief er mit seiner dröhnenden Stimme. »Der *dottore* sagt, sie habe die Blutarmut und eine schwere Melancholie. Beides führt womöglich zum Tod, und sie bedarf der Hilfe und des Trostes ihrer Kinder.«

Mit seinem plumpen Körper und seinem bulligen Lockenkopf stand er da und redete ungeschickt auf Auticara ein. Sie war zunächst unentschieden, ob sie gehen sollte, aber dann machte er den entscheidenden Fehler. In dem Versuch, sie zu einer schnelleren Entscheidung zu bewegen, sagte er, Alessandra werde sie enterben, wenn sie nicht käme.

Auticara explodierte auf der Stelle, und es entbrannte ein fürchterlicher Streit, sie brüllte, Massimo beschimpfte sie als Metze und Dirne, die ihre Mutter auf dem Gewissen habe. Schließlich schrie Auticara, ganz sicher werde sie niemals mehr in ihrem

Leben einen Fuß in die Riva degli Schiavoni setzen und erpressen lasse sie sich schon mal gar nicht. Dann wies sie ihrem Bruder die Tür.

»Meine Mutter wird nicht sterben, das fühle ich«, räsonierte Auticara hinter ihm her, »im Gegenteil, sie wird steinalt und mich noch lange Jahre überleben.«

Ab diesem Zeitpunkt war das venezianische Paradies abrupt zerstört. Auticara benahm sich, als wären die Furien hinter ihr her, sie packten in Windeseile, nahmen die nächstmögliche Postkutsche nach Norden und ließen eine untröstliche Mabilia zurück.

Unterwegs merkten die Mädchen, dass der Zusammenstoß mit Massimo keineswegs die einzige Ursache für die plötzliche Abreise gewesen war, und entdeckten den noch viel gewichtigeren Grund: Auticara war hochschwanger, bisher hatte sie es geschickt unter weiten Röcken und Umhängen verbergen können. »So ist es, Kinder«, sagte sie, als Agatha ihr die Hand auf den Bauch legte und damit kundtat, dass sie es wussten. »Damit müssen wir jetzt fertig werden. Aber ich weiß ja, dass ich mich auf meine großen Töchter verlassen kann.« Sie streichelte Susanna über den Kopf. »Ich bin ja schon mal schwanger über die Alpen gegangen, beim ersten Mal war meine Sannina dabei.«

Sie mussten die Reise immer wieder für ein paar Tage unterbrechen, weil Auticara in der Postkutsche Atemnot bekam und ihre Füße anschwollen. So wurde es Ende Oktober, bis sie den Brenner überschritten, und sie beteten erfolgreich, dass kein Schnee fiel.

Kurz vor München sprang Auticaras Fruchtblase, und sie kamen mit Mühe und Not in einer schrecklichen, kalten Absteige unter. Während Auticara von heftigen Wehen gepeitscht wurde, fing es an zu schneien. Colomba und Susanna halfen bei der Geburt, Agatha achtete auf Gislind und spähte immer wieder auf den Flur, damit niemand sie überraschte. Auticara biss auf Stoffstreifen, wenn die Schmerzen sie überwältigten, zum Glück dauerte es nur wenige Stunden, bis Elsa auf der Welt war. Colomba, die gerade zehn geworden war, nabelte den Säugling fachkundig ab, als habe sie so etwas immer schon getan, säuberte ihn vom Schleim und achtete darauf, dass die Nachgeburt vollständig war. Sie vermutete, dass Elsa, die sehr klein war, sicher vier bis sechs Wochen zu früh gekommen war, und Auticara bestätigte, dass es so sein könne. Aber die Kleine war kerngesund und begann sofort, kräftig zu saugen.

Colomba versorgte Auticara mit medizinischen Kräutern, und sie erholte sich einigermaßen, sodass sie nach drei Tagen weiterfahren konnten. Je näher sie Reutlingen kamen, desto deutlicher wurde, dass es Auticara nach Hause drängte, und die Mädchen registrierten befriedigt, dass sie Sehnsucht nach Hans hatte. Auch sie hatten den Vater die ganze Zeit vermisst und dachten mit einer Mischung aus Vorfreude und Bangen an das Wiedersehen, denn es stellte sich natürlich die Frage, wie er auf den Neuankömmling reagieren würde.

»Entweder so oder so«, sagte Auticara schulterzuckend, als Agatha sie darauf ansprach. »Ich bin jedenfalls so weit, dass ich ihm verzeihen kann, wir werden sehen, wie es umgekehrt ist. So oder so, es wird sich zeigen, was von der großen Liebe übrig geblieben ist.« Sie tat, als sei ihr Hans' Reaktion ziemlich egal, erst später wurde deutlich, wie sehr entsetzliche Eifersucht und Angst um seine Liebe sie gequält haben mussten.

Als sie staubig und erschöpft das Haus am Reutlinger Markt betraten, war Gretel Schuler dabei, die Gaststube aufzuwischen. Sie kippte vor Schreck den Eimer um und rief Hans aus der Küche, der fassungslos in der Tür stehen blieb und mit den Tränen kämpfte, als er seine Familie sah. Auticara nahm Susanna Elsa ab, trat vor ihn und hielt ihm das Bündel hin.

»Sie gehört jetzt auch zu uns«, sagte sie fest, »wenn du sie nicht willst, gehen wir alle wieder.«

Ihm liefen die Tränen, er küsste Auticara und die Kinder, vor allem Gislind entzückte ihn, die er zuletzt als Krabbelkind gesehen hatte, und die jetzt süß, blondlockig und gebräunt auf ihren strammen Beinchen stand. Dann nahm er den Säugling und liebkoste das dunkle Köpfchen, das schon damals vorwitzig, selbstbewusst und mit spitzer Nase aus den Tüchern schaute.

»Ich hatte solche Angst, euch nie mehr wiederzusehen«, schluchzte er und sah Elsa lange an. »Wie dankbar bin ich, dass du mir dieses Kind bringst. Es gibt mir die Möglichkeit, dir meine Liebe zu beweisen. Ich werde sie annehmen wie meine anderen Kinder und genauso lieben, vielleicht noch mehr, weil sie mich immer daran erinnern wird, dass ich das Wichtigste in meinem Leben fast verloren hätte.«

Er hat sein Wort nie gebrochen, er hat Elsa geliebt, wie er alle seine Töchter liebte. Sie war so klein und pfiffig, so flink und schlau, sie konnte ihn immer um den Finger wickeln. Wie die anderen trug er auch sie mit seiner Liebe, er gab ihnen allen ein gutes Fundament dafür, dass sie ihr Unglück später so ertragen konnten, dass sie nicht daran zerbrachen.

»Ich weiß nicht, wie es kommt, er braucht nur seine Arme auszubreiten, und ich bin wie erlöst«, sagte Auticara oft, »er ist mein Halt, meine Rettung, meine Sicherheit, mein Lebensquell, ohne ihn bin ich verloren.«

Trotz seiner Freude über die Heimkehr wurde es zwischen Hans und Auticara nicht mehr wie vorher. Sie behielt sich vor, das Personal einzustellen, und die Nachbarn zerbrachen sich das Maul darüber, dass nur noch ältere Frauen oder hässliche Mädchen in der »Goldenen Traube« eine Chance hatten. Wenn Hans nicht da war, wartete Auticara unruhig auf seine Rückkehr, wenn er kam, fragte sie ihn misstrauisch aus, wo er gewesen war. »Sie hatte ihr Vertrauen zu mir verloren«, sagte er später einmal verzweifelt zu Agatha, »und es gab nichts, womit ich es zurückgewinnen konnte.«

Corpus Delicti

Durch das Küchenfenster sah Agatha Paolo und Simon in ihren grauen Kitteln, die sie als Schüler des Gymnasiums Tricoronatum auswiesen, nach Hause kommen. Sie steckten ihre Köpfe zusammen und kicherten, und Agatha hoffte inständig, dass sie nicht wieder irgendeinen Streich ausheckten. Dann kam der kleine Peter auf den Hof, und sie teilten mit ihm einige Süßigkeiten, die sie aus ihren Kitteltaschen holten.

Paolo war eigentlich ein umgänglicher Junge, aber er machte Agatha das Leben schwer, weil er gegen jedes Unrecht aufbegehrte und sich, wenn er es für nötig hielt, heftig für seine Mitschüler einsetzte. Dabei ließ er jede Vorsicht außer Acht und stachelte den um ein Jahr jüngeren Simon, der von viel sanfterer Natur war, ebenfalls an. Die meisten Lehrer fanden das höchst despektierlich, ihre Erziehungsziele waren Gottesfurcht und Disziplin, und sie legten keinerlei Wert darauf, dass ihre Schüler eigene Meinungen hatten und selbständiges Denken lernten. Agatha war deshalb schon mehrfach einbestellt und ermahnt worden, Paolo zur Raison zu bringen. Wenn sie mit ihm schimpfte, schaute er sie unschuldig lächelnd an und fragte, ob sie wirklich verlange, dass er seinen Mund halte, wo doch gerade sie ihn immer wieder ermahne, Schwächeren zu helfen und für Gerechtigkeit einzustehen.

»Soll ich wirklich vor der Obrigkeit in die Knie gehen, *mamma?*«

Natürlich sollte er das nicht, insgeheim freute sich Agatha über seine Unbeugsamkeit, die ja auch eine Frucht ihrer Erziehung war. Mit seinem Eifer und seiner Liebenswürdigkeit schaffte er sich andererseits immer wieder Freunde, auch unter den Lehrern. Der gutmütige Schulleiter Regens Adam Kasen mochte Paolo, und der sympathische Jesuit Friedrich Spee von Langenfeld, der im vergangenen Jahr einige Zeit am Tricoronatum unterrichtet hatte, hatte Paolos freien Geist ausdrücklich gelobt und Agatha gegenüber betont, er würde sich glücklich schätzen, wenn er mehr von solchen klugen und neugierigen Schülern hätte. Spee gehörte auch zu denen, die sich immer wieder vehement gegen die Hexenverfolgungen aussprachen. Einmal hatte Paolo mit leuchtenden Augen aus dem Unterricht berichtet, der Graf habe laut und deutlich gesagt, man solle nicht auf das Gekläffe der Denunziatoren hören.

Paolo hatte viel von seinem Vater Francesco, der zwar liebevoll, sanft und hilfsbereit gewesen war, aber trotzdem geradeheraus und von entwaffnender Ehrlichkeit. Und Paolo trug das kämpferische Erbe Auticaras, deren brennende Augen er als Einziger geerbt hatte.

Vor einigen Wochen hatten Paolo und Simon den kleinen Peter mitgebracht, den sie auf dem Rückweg von der Schule weinend, verstört, zerschunden und halb verhungert hinter dem Dominikanerkonvent aufgelesen hatten. Der Junge kannte sein Alter nicht, und er wusste auch nichts über den Verbleib seiner Eltern. Obwohl Colomba ihn auf etwa acht Jahre schätzte, war er höchstens auf dem Entwicklungsstand eines Fünfjährigen.

Jakobe und Colomba brauchten unendliche Geduld, bis sie etwas aus dem Kleinen herausbekamen und reimten sich schließlich aus seinen spärlichen Auskünften zusammen, dass seine Mutter ihn eines Tages vor dem Konvent abgestellt hatte, weil sie ihm nichts mehr zu essen geben konnte. Daraufhin hatten ihn die Geistlichen als Küchenjungen aufgenommen, und ein paar von ihnen hatten sich als Gegenleistung dafür, dass sie ihn durchfütterten, an ihm vergangen. Er konnte es nicht aussprechen, nickte nur unter Qualen auf die entsprechende Frage und war dankbar, dass Jakobe und Colomba ihn trösteten und seine Wunden behandelten, ohne weiter nachzufragen.

Eigentlich sollten Paolo und Simon nichts von dem Frevel der Geistlichen erfahren, weil Agatha und Jakobe sie nicht mit solchen Dingen belasten wollten. Aber Paolo belauschte Susanna und Agatha, als sie sich darüber unterhielten, er sprang hinter der Tür hervor, heulte vor Entsetzen und schlug mit den Fäusten gegen die Wand. Fast besinnungslos vor Wut rief er immer wieder, die Priester seien Verbrecher, man müsse ihnen das Handwerk legen. Agatha schärfte ihm ein, dass er so etwas um Gottes willen niemals laut auf der Straße sagen dürfe, da schimpfte er, auf der Welt werde sich im Leben nichts ändern, wenn alle so feige wären wie seine Mutter und seine Tanten. Agatha schämte sich, weil er Recht hatte und sie ihm eigentlich nur beipflichten konnte.

Ab diesem Zeitpunkt vermisste sie ein großes Stück weißer Seide, maß dem aber zunächst keine Bedeutung bei. Die Jungen spielten oft für sich und zogen sich immer wieder in den Schuppen hinter Friedrichs Buchdruckerwerkstatt zurück. Wenn Agatha fragte, was sie machten, legten sie die Finger auf den Mund und flüsterten, sie bereiteten eine Überraschung zu Jakobes Geburtstag vor.

Eines Nachmittags rief Friedrich aufgeregt aus dem Schuppen. Er hatte etwas gesucht und war auf die zusammengerollte Seide gestoßen. Sie ließ sich zu einer etwa drei Meter langen Fahne ausbreiten, auf der ein Gemälde prangte, und sie brauchten eine Weile, bis sie begriffen, was sie da sahen: Drei Priester, an deren Fingern Brillanten funkelten, hatten ihre tiefroten Gewänder bis über die Knie geschürzt, schwangen kokett die knotigen Beine und sahen mit dämonisch grimassierenden Gesichtern, von denen eines unverkennbar die Züge des Erzbischofs trug, auf einen kleinen Jungen hinunter, der mit angstgeweiteten Augen zu ihren Füßen hockte. Darüber stand in riesigen Lettern:

Schande den Übeltätern!

und darunter, etwas kleiner:

Kinder sind kein Freiwild für den Klerus!

Die Schrift prunkte in violett, darum herum glänzte ein Rand aus goldenen Kreuzen, zwischen denen grünes Laub und blaue Trauben rankten. Es war ein buntes, auffallendes, sorgfältig gemaltes Kunstwerk, das von großem Talent zeugte; Jakobes langjähriger Malunterricht hatte Früchte getragen.

Sie waren entsetzt. Was wollten die Jungen mit dieser Fahne?

Wollten sie sie öffentlich aufhängen und riskieren, dass sie alle wegen Ketzerei im Frankenturm landeten? Sie mussten eine ordentliche Abreibung bekommen, sie wussten gar nicht, was sie da im Begriff waren anzurichten.

»Eigentlich ist ihre Idee gut, und wir sollten uns freuen, dass sie mitleidig sind und sich für die Gerechtigkeit einsetzen«, brachte Jakobe heraus, nachdem sie den ersten Schreck überwunden und ihre Fassung wiedergewonnen hatte. »Außerdem finde ich, dass es wunderbar gemalt ist, sie sind richtige kleine Künstler. Im Grunde genommen können wir stolz auf sie sein.«

Paolo und Simon kamen aus der Schule, und ihre Ohren wurden rot, als sie die Fahne sahen. Friedrich nahm sie streng ins Gebet, und sie gaben zu, dass sie das Corpus Delicti am Dominikanerkonvent anbringen wollten. Friedrich ohrfeigte sie nicht, schilderte ihnen aber in drastischen Worten, was eine solche Aktion hätte nach sich ziehen können.

»Sie denken doch, dass sie ihre Schweinereien machen können, wie sie wollen, wenn niemand protestiert!« Paolo ereiferte sich, und Simon unterstützte ihn nach Kräften, sie waren ganz durchglüht von ihrer Mission.

»Man muss etwas tun«, beharrte Paolo, »es sind Unholde, man darf sie nicht einfach so wüten lassen.«

Die Erwachsenen mussten ihnen Recht geben, und so beschlossen sie, dass Jakobe einen Brief an den Prior der Dominikaner schreiben sollte mit der Drohung, Anzeige zu erstatten, wenn ihr ein solcher Frevel an einem Kind noch einmal zu Ohren käme. »Friedrichs Ratsmandat wird uns schützen«, sagte sie, »außerdem ist es mir egal, ob es mich in Misskredit bringt, man muss sich ja schließlich selbst noch in die Augen sehen können.«

Damit waren die Jungen einigermaßen zufrieden. Colomba plädierte allerdings dafür, dass sie als Strafarbeit zehn lateinische Verben in sämtlichen Tempi schriftlich durchkonjugieren sollten, womit sie sich maulend einverstanden erklärten.

Peter lebte seitdem im Haus von Friedrich und Jakobe und ging Friedrich in der Werkstatt zur Hand. Entgen und Lyss hatten ihn unter ihre Fittiche genommen, seine Wunden verheilten langsam, und er gewann zunehmend Freude am Leben. Aber die

Schänder hatten ganze Arbeit geleistet. Peter stotterte und nässte ein, er konnte niemandem in die Augen sehen, seine kleine Seele war verletzt und verstört.

Jakobe trat aus der Hintertür ihres Hauses, sie hielt einen Brief in der Hand und kam mit den Jungen zu Agatha in die Küche.

»Mutter hat geschrieben, sie hat es in den Knien, und der Vater hat einen bösen Husten, schon den ganzen Winter«, sagte sie bedrückt und gab Agatha den Brief, »hier, lies es selbst. Oh, wenn ich nur dort sein könnte. Ich mache mir ununterbrochen Vorwürfe, ich bin eine so schlechte Tochter. Manchmal liege ich in der Nacht wach und denke, was sie wohl machen, so ganz allein und mit den zunehmenden Gebrechen.«

»Bald bist du bei ihnen«, beruhigte Agatha sie im Hinblick darauf, dass Jakobe jeden zweiten Sommer zusammen mit Simon die beschwerliche Reise nach Reutlingen antrat, um sich um ihre Eltern Gretel und Ludwig Schuler zu kümmern. Drei Monate war sie jedes Mal fort, und wenn sie zurückkam, brachte sie eine riesige Kiste mit Marmelade, getrockneten Pilzen, schwäbischen Würsten und geräucherten Speckseiten mit, auf die sie sich voller Wonne stürzten.

»Wenn ich sie doch überreden könnte, nach Cöln zu kommen, sie könnten herrlich und in Freuden bei uns leben«, jammerte Jakobe, »aber sie sind so starrsinnig. Einen alten Baum verpflanzt man nicht, sagt Mutter, ich kann reden und reden, sie will es nicht. Für Vater wäre es vielleicht wirklich ein bisschen viel, seitdem er das Zittern hat, vielleicht könnte er die Reise gar nicht durchstehen. Gebe Gott, dass er die Medizin regelmäßig nimmt, die Colomba geschickt hat, und ihre Anweisungen befolgt.«

»Gretel wird darauf achten«, sagte Agatha. »Sie können sich so eine große Stadt gar nicht vorstellen, vielleicht könnten sie sich hier wirklich nicht zurechtfinden und würden nur im Haus hocken. Stell dir vor, Gretel könnte nicht mehr in die Wälder ziehen und hätte ihren Garten mit den Blumen und den Obstbüschen nicht mehr, das würde sie gar nicht aushalten.«

Schulers hatten früher in Reutlingen eine Bäckerei betrieben,

Hans Cramm war als Achtjähriger zu ihnen in die Lehre gegeben worden, und die freundlichen, warmherzigen Menschen hatten ihn immer behandelt wie ein eigenes Kind. Das änderte sich auch nicht, als zwei Jahre später Jakobe geboren wurde, das einzige Kind der Schulers, das am Leben blieb. Hans betrachtete sie zeitlebens als seine kleine Schwester.

Als Hans Auticara aus Italien mitbrachte, wohnten sie zuerst bei Schulers, dort wurden auch Susanna und Colomba geboren. Dann kauften sie das große Haus am Markt, das ziemlich heruntergekommen und deshalb billig zu haben war. Nachdem sie den Kaufvertrag unterschrieben hatten, kam Agatha auf die Welt. Hans und Auticara eröffneten das Gasthaus, schufteten Tag und Nacht und verdienten bald so viel Geld, dass sie nicht nur den Kredit ablösen, sondern das Haus auch nach und nach renovieren lassen konnten. Es war ein Festtag, und Auticara trug die kleine Agatha auf dem Arm, als das prächtige Schild mit einer geschnitzten Traube und dem Schriftzug »Zur Goldenen Traube« – natürlich in großen, goldenen Lettern – an der frisch gestrichenen Fassade angebracht wurde.

Kurz nachdem sie das Gasthaus eröffnet hatten, begann Ludwig zu kränkeln. Er bekam einen keuchenden Husten von dem Mehlstaub, der so schlimm wurde, dass er die Bäckerei schließen musste. Da die Cramms ohnehin Hilfe brauchten, holten sie Schulers, die in das Obergeschoss zogen und ab da zu ihnen gehörten.

Gretel unterstützte Auticara dabei, den Haushalt, den Garten und die Tiere zu versorgen, Ludwig kochte mit Hans und half beim Bedienen. Durch seine freundliche, hilfsbereite Art war er bei den Gästen außerordentlich beliebt.

Jakobe saß schon damals in jedem freien Augenblick am Fenster oder im Garten und malte. Sie bekam Unterricht bei einem Kunstmaler und brachte es bereits als junges Mädchen zu meisterlichen Stillleben, die man ihr aus den Händen riss. Sie bekam gute Preise für ihre Bilder, und als sie ihren späteren Mann, den Buchdrucker und Kupferstecher Friedrich von Essen kennen lernte, hatte sie sich schon einigen Ruhm erworben und einen ordentlichen Spargroschen zugelegt. Sie ließ das Geld ihren

Eltern in Reutlingen, als sie mit Friedrich fortging, außerdem schickte sie ihnen immer wieder etwas aus Cöln, damit sie keine Not litten. Trotzdem konnte sie sich nie von dem Schuldgefühl befreien, die beiden im Alter allein gelassen zu haben.

Jakobe mit ihrem dicken, blonden, lockigen Haar, das keine Haube bändigen konnte und ihren Kopf umkränzte wie ein unordentlicher Heiligenschein, mit ihrem klaren Gesicht, ihrem Witz, ihrer Fröhlichkeit, ihren schönen, kräftigen Händen, die immer in Bewegung waren.

Wie Hans und Auticara hatten auch Friedrich und Jakobe aus Liebe geheiratet, was keine Selbstverständlichkeit war, denn die meisten Ehen wurden wegen der Mitgift geschlossen und wegen der Vorteile, die eine günstige Verbindung schaffen konnte.

Friedrich war durch Süddeutschland gewandert, um etwas von der Welt zu sehen, bevor er in Cöln das Geschäft seines Vaters übernahm. Er traf Jakobe beim Einkaufen auf dem Reutlinger Markt. Wie oft erzählten sie später, dass es ihnen beim ersten Blick durch und durch gegangen sei und sie gleich gewusst hätten, dass sie füreinander bestimmt waren. Schulers trauerten sehr, als Jakobe heiratete und nach Cöln ging, aber sie waren auch froh, dass ihre Tochter in so gute Verhältnisse kam, und vor allem, dass sie Auticaras Ende nicht mit ansehen musste.

Friedrich war der älteste Sohn einer Buchdruckerfamilie, die seit zwei Generationen im Cölner Rat saß und ebenso lange in der Schildergasse eine gut gehende Druckerei und Kupferstecherei für Reiseberichte, Atlanten und Kartenwerke betrieb. Außerdem stach Friedrich Jakobes Zeichnungen in Kupfer und druckte prächtige Bildbände daraus, die sich gut verkauften.

Die Haushälfte, in der die Benedettis jetzt wohnten, gehörte zum Familienbesitz der von Essens, durch eine glückliche Fügung stand sie damals leer, als sie aus Reutlingen fliehen mussten.

Agatha dachte oft daran, wie freundlich sie empfangen worden waren, als sie, erschöpft und traurig von der Reise und allem, was davor geschehen war, in der Schildergasse eingetroffen waren. Jakobe war hochschwanger, deshalb, aber auch, um den Mädchen einen schönen Empfang bereiten zu können, hatte sie die Hinrichtung in Reutlingen nicht abgewartet, sondern war vorher nach Cöln gegangen. Sie hatte das Haus so geschmückt, wie Auticara es getan hätte: Vorhänge und Draperien in zarten Farben hingen vor den Fenstern, Behälter mit Duftölen standen in den Zimmern, Blumen und Früchte waren in Vasen und Schalen angeordnet. Zusammen mit Friedrich hatte Jakobe eine Schneiderei eingerichtet und zwei nagelneue Webstühle aufgestellt, damit die Cramm-Mädchen gleich anfangen konnten, das Handwerk fortzusetzen, das ihre Mutter sie gelehrt hatte. »Nur Kochen und ein Gasthaus führen, das reicht nicht aus, es ist immer besser, mehrere Fertigkeiten zu haben«, hatte Auticara stets gesagt, »Kleidung werden die Menschen immer brauchen, damit werdet ihr jederzeit euer Brot verdienen können.«

Das helle, duftende Haus und die geräumige Werkstatt, in der sie sich unter Susannas Anleitung bald an die Arbeit machten, trugen viel dazu bei, dass die Schrecken in den Hintergrund traten und sie sich in Cöln einigermaßen heimisch fühlten. Kurz nach ihrer Ankunft wurde Simon geboren, ziemlich genau ein Jahr nach Paolo, und die beiden Kinder taten ihr Übriges, dass wieder Freude in ihr Leben einkehrte.

Obwohl sie und Friedrich es sich heftig wünschten, wurde Jakobe kein zweites Mal schwanger, und so begann sie, sich neben Simon auch um arme Kinder zu kümmern, die hungrig und verwahrlost auf der Schildergasse herumliefen. Vormittags versorgte und unterrichtete Jakobe sie, an den Nachmittagen malte sie, bis die Sonne unterging.

Oft sagte sie, sie habe eigentlich Lust, alles in ein Stillleben zu verwandeln, das ganze Haus. Und sie gab sich alle Mühe. Zapfen, Samen, frische und getrocknete Blüten, getrocknete Käfer mit fein ziselierten Panzern, aufgespießte Schmetterlinge, Zitronen, Pomeranzen, Rheinkiesel, Seidenkokons, Rosenblätter, kandierte Früchte, feinstes Zuckerwerk ordnete Jakobe in Silberschalen an, drapierte sie wie zufällig auf einer Spiegelscherbe, komponierte sie auf Fensterbrettern, Kaminsimsen und in der Mitte des großen Esstisches zu einem Bild. Die Hausmädchen maulten, weil der viele Krimskrams Staub anzog und sie mit dem Putzen nicht nachkamen. Aber Jakobe ließ sich nicht bremsen, immer wieder brachte sie besondere Steine und seltsame Fundstücke vom Rheinufer mit, trug Arme voller Blattwerk und Blumen aus dem Garten herein, dazu allerlei Kleingetier, das sie unter dem Laub hervorscharrte oder von den Ästen der Obstbäume las. Dann saß sie an ihrem Arbeitstisch vor dem Fenster und zeichnete konzentriert, ihre Wangen waren rosig, ihr Kleid floss hellblau an ihr herunter, die Sonne spielte in ihren Locken. Ihre Ölbilder und kolorierten Zeichnungen – Blumenbuketts, oft mit Vögeln und Insekten dekoriert – waren gefragt wie nie, sie kam kaum mit der Produktion nach. Die Leute schwärmten davon, wie zart und filigran Jakobes Motive waren. Zwischen zitternden Gräsern wuchs eine Lilienblüte, eine bepelzte Raupe kroch über ein Rosenblatt, drei gelbweiß gesprenkelte Käfer mit glänzendem, braunem Chitinpanzer krochen durch zartes Laub, anmutige Falter schwebten mit durchsichtigen Flügeln durch ein Gespinst aus Rispen und Blüten. Es waren Bilder wie ein Wunder.

Seit einiger Zeit versuchte Jakobe sich auch an Porträts. Sie hatte die Köpfe der Cramm-Mädchen gezeichnet, alle fünf zusammen in einer anmutigen Komposition, und die beiden Jungen: Simon, mit seinem runden, liebenswerten Bubengesicht und den dicken Locken seiner Mutter, Paolo mit erhobenem, schmalem Kopf, fast schon ein Mann.

Der Anfang vom Ende

Jakobe war auch diejenige, die den Anfang von Auticaras Ende erlebt hatte. Sie hatte gerade Friedrich kennen gelernt, es war Weihnachten 1618, das Jahr, in dem am 23. Mai in Prag protestantische böhmische Adlige die kaiserlichen Räte Martinic und Slavatka aus dem Fenster des Hradschins geworfen und damit den erbitterten, blutigen Krieg zwischen Katholiken und Protestanten ausgelöst hatten, der dreißig Jahre dauern sollte.

Auticaras Launen wechselten zu dieser Zeit stark, sie war oft melancholisch und zänkisch, an manchen Tagen wiederum besonders aufgedreht. Seit Colombas Geburt hatte sie es abgelehnt, eine Haube zu tragen, die sie albern fand, nur manchmal bändigte sie ihr Haar mit einer kunstvoll gearbeiteten Calotte, und an hohen Feiertagen trug sie zum Kirchgang eine schwarze Spitzenmantilla. Die Reutlinger hatten sich an dieses Auftreten der »Italienerin« gewöhnt und ließen sie gewähren, weil sie freundlich und die Ehefrau des angesehenen Hans Cramm war.

Ihre Duldsamkeit fand allerdings ein Ende, als Auticara sich öffentlich in der Kleidung der Heiden zeigte. Sie hatte ihre Sarazeninnentracht aus Venedig mitgebracht und sie manchmal im Haus getragen, aber nun begann sie, darin auch über den Markt zu gehen, das große Tuch wie ein Turban um den Kopf geschlungen mit einem langen, seitlich herunterhängenden Zipfel. Die Reutlinger Hausfrauen mit ihren züchtigen Hauben gafften sie an wie eine Schießbudenfigur auf der Kirchmesse, tuschelten und schickten böse Blicke hinter ihr her. Auticaras Verhalten sprach sich herum wie ein Lauffeuer.

Die Mädchen litten, sie schämten sich in Grund und Boden und versuchten vergeblich, ihre Mutter von den Provokationen abzubringen. Auch Jakobe warnte und mahnte, erntete aber nur ein spöttisches Auflachen und die Bemerkung, sie, Auticara, schere sich keinen Deut um das Getratsche der Weiber.

Das Sarazeninnentuch hatte Auticara auch um den Kopf geschlungen, als es zu der folgenschweren Begegnung kam, nach der ihre Schwiegereltern Lorentz und Mathilde Cramm alles daran setzten, sie auf den Scheiterhaufen zu bringen.

Hans und Auticara hatten immer ein schlechtes Verhältnis zu den alten Cramms gehabt. Hans war der Erstgeborene und kam direkt nach seiner Geburt zu seiner Amme Bärbel, der Frau eines Handwerkers, die ihren eigenen Säugling verloren hatte und deshalb den niedlichen Hans mit ihrer ganzen Liebe überschüttete. Nach ihm brachte seine Mutter Mathilde noch fünf weitere Kinder zur Welt, drei Mädchen und zwei Jungen, die aber alle in ihren ersten Lebensjahren starben. Als Hans sechs geworden war, holte sein Vater Lorentz ihn von der Amme zurück in sein Gasthaus »Zum Schwan«, das hinter dem Rathaus lag, um ihn das Gewerbe lernen zu lassen. Allerdings war Hans für sein Alter klein und schmächtig und hatte nicht genug Kraft, die schweren Weinfässer in die Gaststube zu rollen oder die Bierhumpen zu den Gästen zu tragen, wie sein Vater es wünschte. Der Junge quälte sich einige Tage damit ab, um die Schläge zu vermeiden, die der Alte ihm androhte. Dann begannen die Gäste, über den Hänfling zu spotten und zu lachen, worauf Lorentz Cramm einen Wutanfall bekam und seinen Sohn, der sich gerade damit abmühte, eine große Weinkanne auszuspülen, mit einem Fußtritt durch den ganzen Schankraum beförderte. Die Gäste schlugen sich auf die Schenkel vor Vergnügen. Mathilde, die alles von der Küchentür aus beobachtete, grinste hämisch und machte keinerlei Anstalten, ihrem Sohn zu Hilfe zu kommen.

»Memme!«, schrie Cramm außer sich, »verzogenes Balg, jämmerlicher Trottel! Die Amme, diese elende Schlupfhure, hat dich verzärtelt und verhätschelt, ich will dich lehren, was Arbeit heißt!«

Er prügelte auf Hans ein, der laut weinend versuchte, die Schläge abzuwehren, aber das brachte den Alten noch mehr auf.

»Jetzt greint er auch noch wie ein altes Weib, er ist ein Duckmäuser, aus so einer Memme wird niemals ein richtiger Mann!«

Er nahm Hans beim Kragen und warf ihn in hohem Bogen aus der Gaststube. Ab da ließ er den Jungen nur noch im Keller arbeiten, dort musste er die faulen Kartoffeln aussortieren oder zwischen den Weinfässern sauber machen. Die zwei Jahre, die Hans zu Hause verbrachte, bis sein Vater ihn zu Schulers in die Bäckerlehre schickte, seien die schlimmsten seines Lebens gewesen, erzählte er später Auticara und manchmal auch seinen Töchtern, allerdings versuchte er ihnen gegenüber stets herunterzuspielen, wie sehr seine Eltern ihn verletzt hatten.

Nachdem er zu Schulers gekommen war, beschränkte sich sein Kontakt zu ihnen auf einen Besuch einmal im Jahr am Nachmittag vor Weihnachten.

Als er als Neunzehnjähriger auf Wanderschaft nach Italien gegangen war, hatte ihm sein Vater beim Abschied, ohne seine Zustimmung abzuwarten, mitgeteilt, er werde in der Zeit seiner Abwesenheit mit dem größten Reutlinger Metzger über eine Heirat zwischen Hans und dessen Tochter verhandeln. Doch sein Sohn ignorierte diese Order und brachte stattdessen eine Italienerin mit, die noch dazu bereits einen dicken Bauch hatte. Die Wut des Alten kannte keine Grenze.

Immer wieder hatte Auticara die Szene heraufbeschworen, wie sie die alten Cramms kennen gelernt hatte.

Ich wusste damals ja noch gar nicht, wie sie sind, wie teuflisch und gemein, euer Vater hatte sie mir bis dahin immer wesentlich harmloser geschildert, als sie in Wirklichkeit waren. Ich habe mich demütig vor ihnen verbeugt, Kinder, ich habe ihnen Reverenzen erwiesen, ich habe mich ausgesprochen höflich verhalten und alle Anstandsregeln beachtet, ich war ganz die züchtige Schwiegertochter, so schwer mir das auch fiel. Aber ich sah in ihren Augen, dass sie das gar nicht wahrhaben wollten, ich sah ihre Verächtlichkeit gegen das Fremde, das andere Blut, das Dunkle. Wie Dreck haben sie mich behandelt, der Alte hat mich überhaupt keines Blickes gewürdigt, und auch sie hat getan, als wäre ich Luft, sie hat immer nur auf mein rotes Kleid gestarrt mit ihren toten Augen.

Trotz allem bestand Hans darauf, dass sie die vorweihnachtlichen Besuche beibehielten. Er und die Mädchen seien schließlich die einzigen Erben, da beiße die Maus keinen Faden ab, und davon werde schließlich auch sie profitieren, sagte er nur, wenn Auticara, die schon Tage vorher von der Melancholie befallen wurde, ihn beschwor, ihnen endlich diese Tortur zu ersparen.

»Ich bin wochenlang krank davon, aber dir scheint das ja nichts auszumachen. Ja, ja, einer der mit der Glückshaube geboren ist«, keifte sie, »der ist dickfellig, der kann so was aushalten, an dem läuft alles ab.«

In der Tat hatte Hans Cramm bei seiner Geburt die Fruchtblase auf dem Kopf gehabt, und abgesehen von dem zweijährigen unerfreulichen Intermezzo in seinem Elternhaus hatte er es stets gut gehabt und bei Menschen gelebt, die ihn liebten. Später bewies er eine glückliche Hand beim Aufbau der »Goldenen Traube« und pries sich selbst – zumindest, wenn es ihm mit Auticara gut ging – als größten Glückspilz der Erde, weil er die Liebe seines Lebens gefunden und mit ihr so wunderschöne Töchter bekommen habe.

Jedes Mal bestand er darauf, dass sich die Mädchen für den Besuch bei seinen Eltern herausputzten und ermahnte sie, höflich und freundlich zu sein. Geschlagene zwei Stunden mussten sie dann bei den Großeltern auf hochlehnigen Holzstühlen in einem muffigen Raum sitzen, der sich Bibliothek nannte, stumm und ohne sich zu rühren. Es wurde hartes Quittenkonfekt vom vorigen Jahr gereicht, das sie verabscheuten, ihre Großmutter sprach niemals mit ihnen, sondern beobachtete nur misstrauisch Auticara, die die ganze Zeit starr auf den Tisch sah, auch, wenn Susanna und Agatha auf Geheiß des Vaters ein Weihnachtsgedicht deklamierten und Colomba ein Stück der Weihnachtsgeschichte auf Latein vortrug. Der Alte sah seine Enkelinnen nicht an, sondern wippte während der Darbietungen ungeduldig mit dem Fuß und begann sofort, wenn es vorbei war, einen Monolog an seinen Sohn Hans zu richten, in dem es um die hohen Kosten seines Betriebes, die Faulheit der Knechte und Mägde und die Steuerlast ging. Hans ließ den Vortrag mit gesenktem Kopf und immer mal wieder nickend über sich ergehen, wenn es vorbei war, war er genauso erleichtert wie der Rest der Familie.

Im Winter 1618, in dem Elsa drei geworden war, fieberten die Kinder kurz vor Weihnachten, für Auticara ein willkommener Grund, den verhassten Besuch ausfallen zu lassen. Gegen Abend wollte sie mit Jakobe noch einige Einkäufe machen, und sie nahmen Elsa mit, die unruhig war und unbedingt hinaus wollte. Trotz Jakobes Warnung nahm Auticara ihr Sarazeninnentuch und umhüllte damit ihren Kopf und Elsa, die sie auf dem Arm trug.

Auf dem Weibermarkt kamen ihnen Mathilde und Lorentz Cramm entgegen, und Auticara wollte mit dem üblichen knappen Gruß an ihnen vorbeigehen, als ihre Schwiegermutter sich vor ihr aufbaute. Der Alte blieb einige Schritte entfernt stehen. »Wie der Inquisitor persönlich«, beschrieb Jakobe Mathilde später, »mit ihrer langen Nase unter der steifen, schwarzen Haube sah sie aus wie ein Rabe.«

So, so, die fiebernde *signora*, so spät noch auf der Straße?

Die letzten Besorgungen zum Fest, ehrwürdige Frau Schwiegermutter. Der Kleinsten geht es etwas besser.

Auticara knickst und schlägt das Tuch zurück, unter dem Elsa mit spitzer Nase hervorschaut.

Sage deiner Großmutter, der ehrwürdigen Frau Cramm, guten Tag, Elsa.

Elsas Blick ist unwillig, sie prustet mit den Lippen, bis Blasen erscheinen.

Elsa, wirst du der Frau Großmutter guten Tag sagen?

Es sieht aus, als wolle Elsa in Richtung Mathilde spucken, Jakobe legt ihr schnell den Ärmel über das Gesicht und nimmt sie Auticara ab. Die wickelt ihr Tuch um den Kopf wie einen Turban und schaut ihre Schwiegermutter provozierend an. Mathilde ist weiß vor Wut.

Von so einer Mutter ist ja wohl nichts anderes zu erwarten als ein solcher Bankert!

Auticara lodert, Jakobe legt Elsa, die unruhig wird, an die Schulter und geht mit ihr auf und ab.

Dafür hättet Ihr euch wohl zu entschuldigen, Frau Schwiegermutter.

Mathilde richtet sich auf, ihr Gesicht ist teigig, in den Winkeln ihres schmalen, rotblau glänzenden Mundes hängen weiße Klümpchen.

Das ist ein Hurenbastard, den man vor einem Kloster ablegen sollte, damit er nicht länger Schande über die Familie bringt, so wie seine Mutter uns allen Schande macht. Ganz sicher bin ich nicht die Großmutter von so einem Wechselbalg, und ich habe mich für gar nichts zu entschuldigen.

Elsa ist die Tochter Ihres Sohnes, und mit jeder anderen Behauptung beschädigt Ihr meine und seine Ehre.

Der Rabe wird immer kälter, er plustert sich auf.

Ganz Reutlingen spricht über den Bastard, die heidnische *signora* hat meinen Sohn zum Hahnrei gemacht.

Daraufhin ohrfeigte Auticara ihre Schwiegermutter rechts und links in aller Öffentlichkeit. Während Mathilde sie fassungslos und wutverzerrt anstarrte, trat Lorentz Cramm auf Auticara zu und versuchte, sie ebenfalls zu schlagen, aber sie wich ihm aus, entriss Jakobe Elsa und rannte mit dem Kind im Arm über den Weibermarkt, als wären die Furien hinter ihr her, gefolgt von der vollkommen aufgelösten Jakobe. Dies alles wurde begleitet von Pfiffen und Rufen des Reutlinger Volkes, das den Vorfall genau beobachtet hatte.

Hans saß bei den fiebernden Mädchen, als Auticara außer Atem zu Hause ankam. Der Riss in ihrem Gesicht war tief, als sei sie in sich verrutscht, sie sah panisch von einem zum anderen. In Stößen kam aus ihr heraus, was geschehen war, ihre Augen saugten sich an ihrem Mann fest.

»Sie ist eine Hexe«, keuchte sie, »sie ist das Böse. Du musst mich vor dieser Frau schützen, ich will mit dieser Familie nichts mehr zu tun haben.«

Wie schon so oft vorher verlangte Auticara auch diesmal von Hans, sich von seinen Eltern loszusagen, und wie immer lehnte er es mit dem Argument ab, er sei von ihrem Blut, und er werde seine Töchter nicht um ihr Erbe bringen. Das sei doch dummes Zeug, sie hätten selbst genug Geld, keifte Auticara weiter, ihm gehe es doch nur darum, seinem Vater zu zeigen, was in ihm stecke, dafür nehme er jede Demütigung und dazu auch noch die seiner Frau auf sich.

Dem alten Cramm gehörte das Gasthaus »Zum Schwan«, das eins der ersten Häuser am Platz gewesen war, bis Hans und Auticara ihm mit der »Goldenen Traube« Konkurrenz machten. Zu der Zeit, als Auticara ihre Schwiegermutter ohrfeigte, war Lorentz Cramm im Begriff, den immer schlechter gehenden »Schwan« zu verkaufen, und, so ging das Gerücht, in dem Dörfchen Betzingen, das zur Reichsstadt Reutlingen gehörte, eine Schankwirtschaft zu eröffnen. Den Ausschlag hatte wohl gegeben, dass es Hans gelungen war, die einträglichen Konventikel der Ratsherren, zu denen sie einmal im Monat bei mächtigen Fress- und Saufgelagen sowie Musik- und Tanzdarbietungen zusammenkamen, vom »Schwan« in die »Goldene Traube« zu holen. Hier war die Einrichtung schöner und das Essen besser, außerdem hatte es Ratswahlen gegeben, und eine neue Generation war ans Ruder gekommen, die sich den alten Seilschaften nicht mehr verpflichtet fühlte.

Dieser Triumph über seinen Vater genügte Hans offensichtlich, außerdem, so vermutete insbesondere Colomba, wollte er sich auch nicht dem Druck beugen, den Auticara auf ihn ausübte.

»Jeder soll mit seinen Problemen umgehen, wie es ihm möglich ist«, sagte er, wenn sie herumschrie, »löse du dein Problem mit deiner Mutter, ich mache es mit meinem Vater, wie ich es für richtig halte.«

Irgendwann reagierte Hans nicht mehr auf ihr Wüten, er zog den Kopf zwischen die Schultern und wandte sich ab.

Auf die Nachricht, dass Auticara seine Mutter geschlagen hatte, reagierte er nicht so, wie sie es erwartete.

»Du wirst dich entschuldigen müssen«, sagte er, »daran führt kein Weg vorbei, fürchte ich.«

»Mich entschuldigen, wo sie mein Kind einen Bankert und mich eine Hure geschimpft hat?« Auticara wurde zur Furie. »Bist du überhaupt noch mein Mann? Wie kannst du so etwas verlangen?«

»Aber sie ist ein Bankert«, sagte er hilflos, »schau dir unsere

Elsa doch an. Keiner von uns hat diese Augen und das Haar, sie unterscheidet sich sehr von unseren anderen Töchtern. Es ist kein Wunder, dass die Leute reden.«

Auticara tobte Stunden, und diesmal endete der Streit nicht wie üblich, indem Hans sie beruhigte und sie sich im Bett endgültig vertrugen. Etwas hatte sich geändert, es war geschehen, was Auticara sich Tausende von Malen in ihren schlimmsten Alpträumen ausgemalt hatte. Sie erreichte ihn nicht mehr, er hatte sich abgewandt, sein Blick ging durch sie hindurch. Sie war nicht mehr das Zentrum seines Lebens, eine andere Sonne war an seinem Himmel aufgegangen, und Auticara hatte es gemerkt, bevor es ihm selbst ins Bewusstsein gedrungen war.

»Das war der Augenblick, in dem mir alle Felle davonschwammen und ich angefangen habe aufzugeben«, hat sie später gesagt, als ihre Töchter sie im Turm besuchten und sie ihnen immer und immer wieder die ganze Geschichte erzählte. »Ich hatte ihn verloren, und damit war mir auch mein Leben nichts mehr wert.«

Das Mädchen, das fünfzehn war wie Susanna, hatte sich zwei Tage vorher als Tänzerin für die Konventikel vorgestellt. Die Ratsherren hatten nach unterhaltenden Darbietungen verlangt, und Hans hatte begonnen, nach Tänzerinnen und Musikern Ausschau zu halten.

Sie sprachen in der Gaststube zum ersten Mal miteinander und waren so vertieft, dass sie Agatha, die vor der Anrichte stand und das Geschirr polierte, gar nicht bemerkten. Sie verhandelten auf Französisch, er mit unterwürfiger, weicher Stimme, sie nachlässig hingehaucht, mit einem eigenartig schnalzenden Akzent, träge und lasziv. Agatha verstand nicht, worum es ging, aber sie merkte, dass eine seltsame Stimmung entstanden war und etwas Klebriges in der Luft lag, etwas wie zäher Schleim. Dann tanzte das Mädchen für Hans, still und blass, mit einem fein gemeißelten Gesicht, das an eine Madonnenfigur erinnerte. Sein dünnes, rotes, gewelltes Haar war auf dem Hinterkopf mit einer Spange zusammengehalten und wehte ihm nach wie ein Gespinst, seine Bewegungen waren auf seltsame Weise schwebend und weich, es lief auf den Zehenspitzen, dann schlängelte und wand es sich, geheimnisvoll wie eine Elfe, räkelte sich mit seinen dünnen Gliedern. Seine Schenkel und Brüste zeichneten sich unter dem dünnen Stoff seines schmutzig weißen Kleides ab, seine Haut war rosaweiß und so dünn, dass man darunter die Adern pulsieren sehen konnte. Agatha sah, wie ihr Vater sich veränderte, wie er aufleuchtete und den schimmernden Blick erwiderte, wie Blitze zwischen den beiden hin und herschossen.

Das Mädchen war leicht und biegsam wie Gummi, gleichzeitig körperlos und so extrem körperlich, dass es später, wenn es zu vorgerückter Stunde bei den Konventikeln auf dem Tisch tanzte, die Männer fast um den Verstand brachte.

»Sie roch scharf«, sagte Colomba angewidert, wenn die Rede auf sie kam, »wie eine Ziege. Vielleicht waren die Männer deshalb toll auf sie wie die Rüden auf eine läufige Hündin.«

»Sie hat nach Ambra gerochen«, hatte Hans kurz vor seinem Tod einmal zu Agatha gesagt, aber das war auch das Einzige, was sie jemals aus seinem Munde über das Mädchen gehört hatte.

Nach dem Gespräch in der Gaststube war er mit verändertem Blick in die Küche gekommen und hatte traumwandlerisch fortgefahren, die Hasenrücken mit Speckstreifen zu spicken und mit gestoßenem Pfeffer einzureiben.

»Sie wird bei uns tanzen«, hatte er nach einer Weile gesagt, »sie hat es in Frankreich gelernt, aber sie stammt aus der Wallonie. Ihr Name ist Socia Yss.«

Der Verlust

An dem Abend, bevor Paolo entführt wurde, kamen, als die Jungen im Bett waren, Jakobe und Friedrich mit düsteren Gesichtern herüber.

»Heute auf der Ratssitzung haben die Schöffen Heinrich von Aldenhoven und Johann zum Romschwinckel nach den Benedetti-Beginen gefragt, jemand hat ihnen wohl zugetragen, dass Colomba einem Kind einen Abzess aufgeschnitten hat«, sagte Friedrich leise.

»Dann sind wir also jetzt so weit.« Susanna wurde bleich und hielt sich an der Tischkante fest, Agatha durchfuhr es heiß. Aldenhoven und Romschwinckel gehörten zu den Bütteln des Erzbischofs und zu den schärfsten Hexenverfolgern in Cöln, die meisten Hinrichtungen der letzten Jahre gingen auf ihren Eifer zurück. Agatha erinnerte sich schaudernd an die unangenehmen Gesellen, die sie im letzten Jahr einmal bei einer Gesellschaft kennen gelernt hatten. Jakobe hatte ein Essen für die städtischen Honoratioren gegeben, Susanna, Agatha und Gislind hatten mit aufgetragen und Jakobe bei ihren Pflichten als Gastgeberin unterstützt. Alle Ratsherren, aber besonders diese beiden Schöffen, hatten unmäßig dem Essen und dem Wein zugesprochen und sich den jungen Beginen gegenüber herablassend und unfreundlich verhalten.

»Einen Abzess schneidet ja wohl jeder Bader auf, daraus können sie mir doch keinen Strick drehen«, erregte sich Colomba. »Wird jetzt sogar schon bestraft, wer sich um das Wohl der armen Kinder kümmert? Sollen wir sie verkommen und vor unseren Türen sterben lassen, hinter denen so viel Reichtum wohnt?«

Vor zwei Jahren war in Cöln eine neue Medizinalordnung eingeführt worden, über die Colomba außerordentlich erbost war. Sie erlaubte nur noch männlichen Wundärzten, chirurgische Tätigkeiten auszuführen, Frauen durften überhaupt nicht mehr ärztlich tätig sein, außer als Hebammen.

»Allmählich glaube ich, dass sie in ihrem Wahn vor nichts mehr zurückschrecken. Sie verhaften ja auch ständig Kinder, Fünfjährige, Sechsjährige, das muss man sich mal vorstellen!« Agatha lief erregt in der Küche hin und her. »Sie sind gierig auf das Morden, jetzt reichen nicht mehr die Frauen, jetzt müssen sie schon Kinder brennen sehen. Abstruse Dinge wie das Hasenmachen werfen sie ihnen vor oder dass sie dem Teufel beiwohnen. Dabei sind es doch bloß arme Kreatürchen, die sich vielleicht ein bisschen aufspielen wollten, vielleicht mal ein Hasenfell in die Luft geworfen und gesagt haben: Laufe in des Teufels Namen! Solche Sachen haben wir doch alle mal gespielt, jedes Kind tut es. Oder sie mussten, wie unser Peter, den alten Kerlen zu Willen sein, und bilden sich in ihrer Not ein, der Teufel sei es gewesen.«

Jakobe rang die Hände, sie konnte sich vor schlechtem Gewissen kaum lassen. »Ich bin es schuld, ich habe ihre Aufmerksamkeit auf euch gelenkt, ich hätte diesen unseligen Brief an die Dominikaner nicht schreiben dürfen. Ich dachte doch, dass Friedrichs Ratsmitgliedschaft euch und uns alle schützen würde, aber nun bin ich nicht mehr sicher. Niemand kann mehr sicher sein in dieser Stadt!«

Nach Friedrichs Einschätzung stand zurzeit etwa ein Drittel der neunundvierzigköpfigen Ratsversammlung eindeutig auf der Seite der Hexenjäger. Außerdem gab es eine Fraktion von acht Aufgeklärten, die sich vehement gegen die Anklagen aussprach. Der Rest, so Friedrich, schwanke wie die Fahne im Winde, man wisse nie, auf welche Seite er sich schlage, oft sei es ausschließlich von ihrer Tagesverfassung abhängig oder ob einer der Scharfmacher gerade in angenehmer Stimmung und guter Redelaune sei. »Manchmal, wenn wieder eine Anklage durchgekommen ist«, sagte Friedrich verzweifelt, »denke ich, dass die Qualität des Mittagsmahles der hochehrwürdigen Ratsherren darüber entscheidet, ob eine Frau gequält, torquiert und getötet wird oder nicht.«

Am nächsten Tag war Elsa gleich nach dem Mittagessen mit Paolo zum Rheinufer aufgebrochen, missmutig, nach einem heftigen Streit mit Susanna. Gegen halb drei war sie ohne ihn zurückgekehrt.

Vollkommen aufgelöst, grün vor Angst und schlechtem Gewissen saß sie dann am Küchentisch und berichtete stockend, immer wieder geschüttelt von Weinkrämpfen, wie es sich zugetragen hatte.

Sie hatte sich mit Hildegardis verabredet, um Rheinkiesel zu suchen, am Rheinufer nördlich der Stadt gab es besonders viele und schöne Exemplare. Susanna hatte darauf bestanden, dass sie Paolo mitnahm, weil er frische Luft und Bewegung brauchte, er hatte eine Woche lang gefiebert und war nicht in der Schule gewesen

»Ich nehme ihn ja gerne mit«, heulte Elsa, »ihr wisst, wie sehr ich ihn liebe. Aber heute war es mir nicht recht, manchmal will man ja auch was für sich machen.«

»Heilige Mutter, vergib mir, hätte ich nur auf dich gehört, hätte ich nur nicht darauf bestanden, meinen Willen durchzusetzen, oh, meine arme Elsa, oh mein Gott, warum, Heilige Mutter, hilf ihm, hilf unserem Paolo, oh Herr, unser Gott, sei ihm und uns allen gnädig!« Susanna rang schluchzend die Hände, sie gab sich selbst die größte Schuld. Agatha war immer noch starr vor Entsetzen.

Elsa und Paolo waren am Rheinufer entlang bis zur nördlichen Stadtmauer gegangen. Da hatte Elsa schon gesehen, dass ein Reiter ihnen folgte, dem aber keine Bedeutung beigemessen. Paolo blieb zurück und schlug mit einem großen Stock Steine über das Wasser, er war ungehalten, weil er sich lieber bei den Schiffen herumtreiben wollte, statt mit Elsa auf das Vorfeld vor der Mauer zu gehen. Er maulte, da sei nichts los, es sei langweilig wie nur irgendwas, er sei doch kein kleines Kind mehr, das an der Hand gehen müsse.

Elsa wollte nicht riskieren, Paolo allein in der Stadt zu lassen – »hätte ich es nur getan, da wäre er sicherer gewesen«, weinte sie immer wieder – und befahl ihm, ihr zu folgen. Er schimpfte die ganze Zeit, auch noch, als sie am Kunibertsturm auf Hildegardis stießen und mit ihr das Stadttor passierten. Elsa war so wütend, dass sie sich nur ab und zu nach ihm umdrehte, um zu sehen, ob er nicht entwischt war. Paolo ging ein ganzes Stück hinter den Frauen, immer wieder hörten sie ihn den Stock schlagen und sahen die Steine über das Wasser flitzen.

Und dann sah Elsa wieder den Reiter, der ungefähr den gleichen Abstand zu Paolo hatte wie dieser zu ihr. Es kam ihr gleich so vor, als ginge diesmal etwas Bedrohliches von ihm aus, und sie wollte Paolo rufen. Aber da kam Hildegardis mit einem besonders schönen Stein und lenkte sie ab. Sie gingen dicht am Wasser und hielten nach weiteren Kieseln Ausschau, Hildegardis erzählte Elsa von ihrer kleinen Werkstatt, die sie sich im Konvent eingerichtet hatte, griff in die Falten ihrer Kutte und hielt Elsa einen schmalen Ring, ein kunstvolles Flechtwerk aus hauchdünnen Goldfäden, als Geschenk hin. Elsa wollte ihn gerade an den Finger stecken, als sie von hinten Paolo schreien hörten, zuerst laut und wütend, dann hell und hilflos. »Ganz spitz, es zerriss regelrecht die Luft«, stieß Elsa hervor, »es gellt mir immer noch in den Ohren.«

Sie fuhren herum und sahen, wie der Mann Paolo auf sein Pferd zog und mit ihm davongaloppierte. Es war ein kräftiger, bulliger Kerl mit einem dunklen Lockenkopf, ein guter Reiter, dessen Gesicht Elsa nicht erkennen konnte. Der Ring flog ins Wasser, sie rannte wie von Sinnen hinter dem Pferd her, hatte aber keine Chance, es einzuholen. Trotz des wilden Galopps schlug der Mann seinen Umhang um den strampelnden Paolo, bevor er sich vor Stadtmauer und Kunibertsturm nach rechts wandte. Sie sahen ihn noch eine ganze Weile über das Vorfeld sprengen, dann verschwand er am Horizont.

Elsa zitterte am ganzen Leib, sie und Hildegardis schrien um Hilfe, aber es war sonst keine Menschenseele dort. »Wir dachten zuerst, es sei ein Scherge des Erzbischofs«, schluchzte Elsa, »der uns vielleicht Angst einjagen sollte, aber dann kam es mir vor, als hätte der Mann sehr italienisch ausgesehen, außerdem kam mir die Gestalt irgendwie bekannt vor.«

Agatha löste sich aus der Starre und schloss die Augen, ihr Oberkörper wiegte sich hin und her. Sie sah Auticara lächelnd auf ihren Bruder Massimo deuten, mit seinem breiten, lockigen Kopf, ein Pferd jagte mit wehenden Mähnen nach Süden.

»Massimo«, flüsterte sie, »ich glaube, dass unser Onkel Paolo entführt hat, um ihn nach Venedig zu bringen.«

Susanna wischte sich die Tränen ab, ihre Stimme war tonlos. »Die *nonna* Alessandra, sicher steckt sie dahinter.«

Colomba kam herein. Sie hatte schon im Hof von Entgen und Lyss gehört, was geschehen war, und stürzte auf Elsa zu, ohrfeigte sie rechts und links und schrie, sie habe nur ihr Vergnügen im Kopf, statt auf das Kind zu achten, sie sei ein vollkommen verantwortungsloses Subjekt. Elsa ließ die Schläge und die Vorwürfe ergeben und ohne Gegenwehr über sich ergehen, fast wirkte sie dankbar für die Züchtigung. Dann lief Colomba hinüber zu Jakobe, die sofort nach Friedrich ins Rathaus schickte.

Er kam kurze Zeit später, gleichzeitig mit Gislind, die zunächst versteinerte, als sie von der Entführung hörte, Agatha musste es ihr mehrmals sagen, bevor sie es richtig begriff. Dann warf sie ihre Kutte auf den Boden und trampelte darauf herum, schlug mit den Fäusten an die Wand, stieß Flüche aus, streckte die Arme gen Himmel, ihre Augen funkelten vor Wut.

»Ich habe es satt, dieses verdammte Unglück, warum verfolgt es uns immer und immer wieder, warum lässt es uns nicht in Ruhe? Wir müssen etwas tun, wir müssen es ausrotten, wir können nicht die ganze Zeit hier sitzen und stillhalten. Ihr seht doch, wohin das führt, es reißt nicht ab!«

Sie schrie und bekam rote Flecken im Gesicht und am Hals, dann flüchtete sie zu Susanna, die sie wiegte und tröstete.

»Agatha hat es beim letzten Mond gesehen, sie hat gesagt: ein Verlust.« Gislind schluchzte.

»Und ein Gewinn.« Agatha stieß es hervor, dazwischen weinte sie ebenfalls haltlos und schmiegte sich an Colomba. »Er wird zurückkommen, ich weiß es. Ich muss nach Italien, ich muss ihn wieder holen.«

Simon war ebenfalls vollkommen aufgelöst, als er vom Verschwinden des Freundes hörte, und unterstützte vehement Agathas Vorhaben. »Und ich komme mit«, verkündete er mit glühenden Wangen, »ich werde Paolo retten.«

Elsa konnte sich nicht beruhigen und wimmerte, wieder und wieder, als sei es in ihre Augäpfel eingebrannt, sehe sie das davonsprengende Pferd mit dem bulligen Mann vor sich und dem schreienden Paolo, wie er unter den Umhang gezwungen wurde.

Sie schliefen nicht in dieser Nacht, sondern saßen bis zum Morgengrauen in der Küche und schmiedeten Pläne, wie sie Paolo zurückholen konnten.

Paolos Vater

Agatha und Colomba jagten durch die Rheinauen, der Februarwind roch schon ein wenig nach Frühling und peitschte die Mähnen ihrer Pferde, an die sie sich in scharfem Galopp krallten. Paolos Entführung war jetzt drei Tage her, Agatha und Colomba wollten am übernächsten Tag nach Venedig aufbrechen, um ihn zurückzuholen. Deshalb ritten sie jeden Tag am Rheinufer, um sich an die Sättel zu gewöhnen. Colomba tat sich schwer, aber Agatha saß immer besser auf dem Pferd, sie genoss die Geschwindigkeit und die vorüberjagende Landschaft.

Nun mussten sie zum dritten Mal in ihrem Leben die Höllentour nach Venedig auf sich nehmen, und sie waren übereingekommen, diesmal nicht mit der beschwerlichen und langsamen Postkutsche, sondern zum Teil zu Pferd in Männerkleidung, zum Teil als wandernde Beginen zu reisen, um so erheblich schneller voranzukommen. Susanna hatte ihnen die alten Rucksäcke herausgesucht und eine Liste mit Beginenkonventen zusammengestellt, in denen sie unterwegs übernachten und Hilfe finden konnten, wenn sie es brauchten.

Gislind und Elsa stichelten eifrig an Reithosen aus weichem Leder für Agatha und Colomba, sie polsterten die Hinterteile aus, damit ihre Schwestern sich nicht wund ritten. Elsa beneidete sie glühend um die Männerkleidung, immer wieder probierte sie Agathas enge Hose an und strich über das weiche Leder, stolzierte breitbeinig auf und ab und machte die Reitbewegungen auf dem Männersattel nach.

Seitdem die Kleinen wussten, dass Agatha und Colomba fortgingen, waren sie wie die Lämmchen. Sie blieben zu Hause und halfen, wo sie konnten, *tesorino* hier, mein Liebchen da, wir werden euch vermissen, passt bloß auf euch auf. Elsa war ohnehin handzahm, weil das schlechte Gewissen sie fast umbrachte, keine von Agathas Beteuerungen, dass sie die Entführung sowieso nicht hätte verhindern können, konnte ihr die Schuldgefühle nehmen. Gislind und Elsa machten viele kleine Geschenke für Paolo zurecht, drückten Küsse darauf und steckten sie in die Rucksäcke.

Simon schlich herum, er vermisste Paolo und hatte sich widerstrebend damit abgefunden, dass er nicht mit nach Italien durfte. »Sie müssen schnell vorwärtskommen«, hatte Friedrich gesagt, »und was meinst du, wie anstrengend es ist, den ganzen Tag zu reiten und über die Alpen zu gehen. Nein, nein, mein Sohn, dazu bist du noch zu jung, das musst du dir aus dem Kopf schlagen. Später werden wir die Reise zusammen machen.«

So blieb Simon nur, einen feurigen Rappen mit einem jugendlichen Reiter darauf für Paolo zu zeichnen, der ebenfalls im Rucksack verstaut wurde.

Agatha musste gegen Angstfantasien kämpfen. Paolo konnte so aufmüpfig und widerspenstig sein, er wurde frech, wenn er unter Druck geriet, er ließ sich von niemandem etwas vorschreiben, außer vielleicht von Susanna und Agatha, und das auch nur, wenn sie vorher ausführlich mit ihm diskutierten. Was war, wenn er seinem Großonkel, dessen Unbeherrschtheit und Jähzorn ihr noch gut in Erinnerung waren, nicht gehorchte? Was war, wenn Massimo ihn bedrohte oder sogar schlug? Wäre Paolo in der Lage nachzugeben?

Agatha und Colomba waren froh, dass die Reise nun bald losgehen konnte, die Vorbereitungen waren so gut wie abgeschlossen. Sie brachten ihre Mietpferde in den Stall zurück und liefen zurück in die Schildergasse, dabei sprachen sie darüber, dass sie bisher alle ihre Venedigreisen überstürzt angetreten hatten und dramatische Ereignisse vorausgegangen waren.

Das zweite Mal waren sie Mitte Februar 1619 zu Tante Mabilia gefahren, sieben Wochen nachdem Auticara Mathilde Cramm geohrfeigt hatte. Die alten Cramms hatten zur Jagd auf sie geblasen, zunächst, indem sie das Gerücht in die Welt setzten, im

Gesicht von Mathilde Cramm sei unmittelbar, nachdem sie von ihrer Schwiegertochter geschlagen worden war, eine schwärende Wunde entstanden, aus der ein schwarzes, dickes Haar gewachsen sei, ein Hexenhaar. Das Wort war in der Welt, die Leute hechelten es mit weit aufgerissenen Augen über den Markt und durch die ganze Stadt, zuerst hinter der Hand, dann immer offener. Manche drehten sich um, wenn Auticara kam, manche spuckten ihr vor die Füße.

Der Hexenkommissar Karl Jetter stand abends in der Gaststube und ließ sich nach mehreren Kannen Wein dröhnend und selbstgefällig darüber aus, dass er die »Goldene Traube« demnächst günstig erwerben werde, der Cramm habe hohe Prozesskosten zu gewärtigen.

Trotzdem fand das nächste Konventikel statt, Socia drehte sich weiter auf dem Tisch und ging danach mit Hans in den Stall. Auticara war wie von Sinnen, kramte Kisten vom Dachboden, lief mehrmals zur Poststation und eröffnete schließlich ihren Töchtern mit hohler, falscher Harmlosigkeit und Zuversicht in der Stimme, dass es wieder einmal an der Zeit sei, nach Venedig zu reisen, die Mädchen müssten sich dringend um Mabilia kümmern, sie selber könne diesmal leider nicht mitkommen.

Agatha war gerade fünfzehn geworden, als sie kurz vor der Abreise merkte, dass sie die Fähigkeit besaß, Ereignisse vorherzusehen. Auticara packte mit ihren Töchtern die Reisekisten und erzählte eine Geschichte nach der anderen aus ihrer Heimat, von Mabilias köstlichen *dolci*, vom milden Licht über der *laguna*, von den sonnengereiften Tomaten, die durch nichts zu übertreffen seien. Später überlegten sie oft und immer wieder ohne Ergebnis, warum Auticara nicht mit ihnen gefahren war, zu diesem Zeitpunkt hätte sie den Reutlinger Verfolgern noch ohne Probleme entkommen können.

Auticara striegelte ihnen die Haare und massierte, wie sie es in regelmäßigen Abständen tat, Sonnenblumenöl hinein, damit sie seidig und geschmeidig blieben. Die Mädchen hassten diese Prozedur, bei der sie das ölige Haar einen Tag in Tücher wickeln und es sich dann mühsam gegenseitig auswaschen mussten. Vor allem Gislind schrie wie am Spieß und versuchte, sich durch Davonlaufen zu entziehen, aber Auticara fing sie ein und gab ihr Klapse auf den Hintern.

»Im Haar und in den Augen sitzt die Seele, Kinder, ihr müsst die Schätze, die euch gegeben wurden, pflegen und bewahren. Auch meine *dolcissima*, meine kleine Moschuskatze, sie hat Haare wie Rotgold vom lieben Gott bekommen, das prachtvolle Haar der Venezianer hat die Heilige Jungfrau ihr geschenkt. Das ist eine Verpflichtung, und darauf muss man ganz besonders achten.«

Als sie mit den geölten Haaren zusammen im Kreis saßen, wurde Agatha plötzlich schwindelig, dann tauchte in einem glasklaren Bild Auticara vor ihr auf, die lichterloh brannte. Agatha erschrak furchtbar und schrie, sie wolle das nicht sehen, sie zitterte und wand sich. Die Kleinen weinten, Susanna und Colomba waren kreidebleich.

Auticara setzte sich auf ihr großes Bett, und alle fünf krochen zu ihr, sie wiegte ihre Töchter in den Armen, und Agatha wusste in diesem Augenblick, dass ihre Mutter ihr Schicksal ebenso deutlich voraussah wie sie.

»Der Tod ist nichts Schlimmes«, sagte Auticara mit ihrem weichen Akzent und ihrer schönen, ein wenig gurrenden Stimme, die so sanft, aber auch so entsetzlich scharf sein konnte, »wenn ein Mensch stirbt, geht er nur in einen anderen Zustand über. Er begegnet der Summe seiner Taten, er geht zu Gott und läutert sich, dann kommt er wieder, vielleicht in einer anderen Gestalt und mit einer anderen Aufgabe. Aber die Seele geht niemals verloren, Kinder, ich möchte, dass ihr das wisst und immer im Herzen tragt. Die Seele ist über jeden Frevel der anderen erhaben, nur über den eigenen nicht, der wird sich als Schuld immer wieder auf sie zurückwerfen. Wenn also jemand grausam zu euch ist, verzeiht ihm in dem Wissen, dass er am grausamsten zu sich selbst ist.«

Agatha wusste, dass sie Recht hatte, aber Colomba wollte nichts davon hören und wütete, niemals werde sie den bösen Großeltern verzeihen, die die Hexenjäger auf sie hetzten, auch Vater nicht, der sie alle ins Unglück stürze, er müsse sich schämen, sich mit einem Mädchen einzulassen, das gerade so alt sei wie seine Töchter.

»Pfui Spinne!«, rief Colomba immer wieder, während Auticaras Gesicht versteinerte, »pfui Spinne, mit einer Metze, einer Hure, er soll sich in Grund und Boden schämen!«

Hans stand schon an der Poststation, als Auticara und Schulers die Mädchen mit einem ganzen Karren voller Gepäck zur Abfahrt geleiteten. Es schneite, und sie sahen wie weiß gepuderte Engel aus. Hans weinte und nahm jede in den Arm, Gislind und Elsa heulten laut und klammerten sich an ihn, auch Susanna und Agatha liefen die Tränen. Nur Colomba stieß ihn von sich, als er sie umarmen wollte. »Wir müssen deinetwegen fort«, zischte sie, »du bist es, der die Familie zerstört.«

Den Großen blieb das Bild lebenslang eingebrannt, wie ihre Eltern in den Schneewirbeln standen, als sich die Kutsche in Bewegung setzte, weit voneinander entfernt, Hans tränenüberströmt, Auticara kalkweiß mit ihrem durchschnittenen Gesicht.

So verbrachten sie das entscheidende Jahr 1619, in dem Auticara sich auf den Scheiterhaufen zubewegte, bei Tante Mabilia in der Casa Paradiso, vordergründig fröhlich und unbeschwert, aber im Grunde genommen wussten sie, welche Bedrohung über ihnen schwebte. Auch in Norditalien gab es Hexenverbrennungen. Tante Mabilia bemühte sich zwar, Zeitungen und Berichte darüber von ihnen fernzuhalten, aber es gelang ihr nicht immer. Die Großen kuschelten sich abends oft in einem Bett zusammen und flüsterten sich die schrecklichen Geschichten ins Ohr, auch überlegten sie unablässig, wie die Dinge sich zu Hause entwickeln mochten. Sie wünschten die Großeltern Cramm zur Hölle und beteten darum, dass ihr Vater zur Vernunft kommen und ihre Mutter sich mäßigen möge. Immer wieder trösteten sie sich damit, dass bald ein Brief kommen werde mit der Nachricht, dass Jakobe die beiden zur Vernunft gebracht habe und alles wieder ins Lot gekommen sei.

Der Frühling, Mabilias Herzlichkeit und das heitere venezianische Leben drängten ihren Kummer allmählich in den Hintergrund. Sie verbrachten die Tage am Lido und schlenderten abends durch die Gassen und am Canal Grande entlang, spielten nächtelang mit Mabilia Karten und scherzten und musizierten mit den Nachbarn.

Einmal überschritten sie auch die Ponte di Rialto, gingen zur Piazza di San Marco, sahen sich das mondäne Treiben auf der Piazetta an und spähten ängstlich die bevölkerte Riva degli Schiavoni hinunter, an deren Ende sie das Haus der *nonna* Alessandra wussten. Trotz der Großartigkeit der Piazza und des atemberaubenden Anblicks des Dogenpalastes und der Basilika blieben die Beklemmung und das ständige Bewusstsein, dass sie sich auf verbotenem Territorium befanden. Susanna sprach zwar immer wieder davon, dass sie die *nonna* besuchen müssten, und auch Mabilia mahnte, aber sie trauten sich vor allem deshalb nicht, weil sie nicht wussten, was sie der Großmutter von zu Hause erzählen sollten. Sollten sie ihr sagen, dass die Ehe ihrer Eltern zerrüttet war und Auticara der Hexerei beschuldigt wurde?

Einmal gingen sie morgens aus dem Haus und sahen Alessandra Benedetti zusammen mit Auticaras Bruder Massimo am Aufgang zur Ponte di Rialto stehen und die Riva del Vin hinunterschauen. Sie drehten sich aber schnell um, als sie die Mädchen aus der Calle Paradiso kommen sahen, und verschwanden unter dem Dach der Brücke.

Agatha hatte gerade erst angefangen, über Männer nachzudenken, als sie buchstäblich in Francescos Arme stolperte. An einem schönen Maimorgen trat sie aus der Gasse, um Brot zum Frühstück einzukaufen, und beobachtete, wie die ersten Sonnenstrahlen, die sich über das Dach eines Palazzo schoben, auf den Canal Grande trafen. Nebelwölkchen staubten über dem Wasser, in denen sich das Sonnenlicht brach, leuchtende Wirbel, Elfen und Kobolde drehten sich, und Agatha stand wie verzaubert.

Eine vorüberschießende Gondel machte dem Schauspiel ein Ende. Sie wollte enttäuscht ihren Weg fortsetzen, stolperte über einen Stein und wäre gefallen, wenn sie nicht von hinten gehalten worden wäre. Sie drehte sich um, und ein freudiger Schrecken durchfuhr sie, ihr Herz begann zu stolpern und zu springen, und sie hatte das Gefühl, als würde sie den Mann, der ihren

Ellenbogen hielt, seit langer Zeit kennen. Sie riss die Augen weit auf, das Blut schoss ihr ins Gesicht.

»Sind dies die schönen deutschen Augen einer Nichte von Mabilia Benedetti? Anscheinend können sie auch die kleinen Wassergeister sehen?«

Seine braunen Augen lächelten, seine Stimme war samtweich, seine Haut wie Honig.

»Das mag schon sein, ehrwürdiger *signore*. Aber ich wüsste nicht, welches Recht er haben könnte, mich anzusprechen.«

»Ich kenne Mabilia schon sehr lange, ich habe sie nur noch nicht besucht, weil ich eine Weile fort war und erst seit kurzem wieder in Venedig bin. Außerdem hörte ich, dass sie Einquartierung aus Deutschland hat. Natürlich hätte ich mich beeilt, wenn ich gewusst hätte, wie wunderbar diese Einquartierung beschaffen ist, was für eine milchweiße Haut sie hat ...«

»Der Herr kann sich seine Schmeicheleien sparen, und jetzt bitte ich darum, meinen Weg fortsetzen zu dürfen.«

»Es wäre mir ein großes Vergnügen, die schönen deutschen Augen auch im Abendlicht sehen zu dürfen, vielleicht heute gegen neun auf der Piazza San Marco, beim Campanile?«

»Abends gehe ich mit meinen Schwestern, außerdem führt unser Weg niemals über die Piazza San Marco.«

»Dann werde ich der ehrwürdigen Tante Mabilia Benedetti meine Aufwartung machen und offiziell darum bitten müssen, ihre Nichte kennen lernen zu dürfen.«

»Das bleibt ganz dem Belieben des ehrenwerten Herrn anheimgestellt.«

Agatha drehte sich schnell um und lief weiter, sie hatte schon viel zu lange dort gestanden.

»Francesco«, rief er laut hinter ihr her, »Francesco di Fiesole ist mein Name! Und der des schönen Fräuleins?«

Sie antwortete nicht, er würde es schon noch in Erfahrung bringen.

Er kam am gleichen Nachmittag, und es stellte sich heraus, dass die Familien sich seit langem kannten. Francescos Vater Sandro betrieb in Padua einen Tuchhandel und hatte früher viel mit Auticaras Vater Paolo zusammengearbeitet. Nach dessen frühem Tod war es allerdings zu einem Zerwürfnis zwischen Alessandra und Sandro di Fiesole gekommen, klärte Tante Mabilia die Mädchen auf. Niemand wunderte sich darüber, denn Alessandra stand in dem Ruf, eine gerissene und raffgierige Geschäftsfrau zu sein.

Mabilia nahm Francesco, den sie schon als Kind sehr gemocht hatte, mit offenen Armen in der Casa Paradiso auf. Mit seinen Scherzen und Komplimenten wärmte er allen das Herz und nahm nicht nur die missmutige Colomba, sondern auch die besorgte Susanna, die am liebsten einen Bannkreis gegen Männer um sie gelegt hätte, für sich ein.

Agatha zweifelte keinen Augenblick daran, in Francesco den Mann ihres Lebens gefunden zu haben. Trotzdem ließ sie ihn zunächst eine Weile werben, um sicher zu gehen, dass er es ernst meinte. Er kam jeden Nachmittag gegen fünf, saß in der Loggia und spielte mit Gislind und Elsa, die wie die Kletten an ihm hingen. Vor allem Gislind wich nicht von ihm, und ihre blauen Augen sprühten Sternchen, wenn sie nur seine Stimme auf der Treppe hörte.

Während die Kleinen auf ihm herumkletterten, versuchte er, Agatha zu einem Treffen außerhalb des Hauses zu bewegen.

»Die Augen der *signorina* Cramm bringen mich fast um den Verstand, was gäbe ich drum, sie einmal allein sehen zu dürfen, ohne ihre liebreizenden Schwestern. Zu gerne wüsste ich, wie die Himmelsaugen und der rote Mund mit den Seidenlippen und die Wangen aus Alabaster glänzen, wenn das Mondlicht auf ihnen verweilt.«

»Der *signore* raspelt Süßholz, und ich weiß gar nicht, was er gegen meine Schwestern hat.«

»Nichts, nichts, *cara mia*, aber drei schöne *signorine* sind vielleicht ein bisschen viel auf einmal …«

»Der *signore* ist ein Halunke und Schürzenjäger, ich glaube nicht, dass ich ohne den Schutz meiner Schwestern mit so einem ausgehen sollte.«

»Die *signorina* gebraucht so seltsame deutsche Worte, die ich gar nicht verstehe.«

»*Mascalzone, donnaiolo*, das versteht er doch wohl? Glaubt er vielleicht, dass sich eine ehrbare deutsche *signorina* so einfach am Abend mit einem italienischen Hallodri trifft?«

»Sie könnte es vielleicht versuchen, vielleicht würde es ihr ja sogar Freude machen, und sie würde womöglich auch Gefallen daran finden, ein wenig an den *signore* heranzurücken, sodass er ihren süßen Duft riechen könnte, ein wenig Lavendel, ein wenig Rose, und mir scheint, auch etwas Bergamotte und Zimt?«

»Im Gegensatz zu den venezianischen *signorine* benutzen die deutschen kein Duftwasser, so etwas schickt sich nicht bei uns.«

»Wer spricht denn von Duftwasser? Ich glaube eher, dass es die milchweiße Haut meiner schönen *tedesca* ist, die so betörend riecht, vielleicht auch ihr seidiges Haar.«

»Ach, schenke er sich seine Schmeicheleien, niemals würden es meine älteren Schwestern zulassen, dass ich allein mit dem *signore* gehe. Und Tante Mabilia erst, die Hände würde sie ringen, Zustände würde sie kriegen, die Luft würde ihr wegbleiben.«

»Dann werde ich der *zia* noch mal meine Aufwartung machen und ihr bei meinem Leben schwören müssen, dass ich der *signorina* nichts antun werde, was sie nicht selber wünscht, kein Haar werde ich ihr krümmen ohne ihr Einverständnis.«

Francesco ließ nicht locker und überschüttete Susanna und Mabilia, die sorgenvoll dreinblickten, mit Komplimenten und Beschwichtigungen. Dann lud er Agatha zu Abendspaziergängen ein, die sich täglich ein wenig länger ausdehnten. Colomba schaute finster, enthielt sich aber eines Kommentars und ließ immer mal wieder Andeutungen über wirksame Verhütungsmittel fallen.

Eines Abends mietete Francesco eine Gondel, um Agatha zum Lido zu rudern. Während die untergehende Sonne am Himmel glutrot loderte und die Wellen der *laguna* sanft unter ihnen schaukelten, schliefen sie zum ersten Mal miteinander. Agatha zweifelte niemals daran, dass sie das Richtige tat, und sie wusste sehr schnell, dass sie schwanger war. Es wunderte sie kaum, denn Auticara hatte ihnen erzählt, dass auch sie Susanna gleich beim ersten Mal empfangen hatte. Ihr seid alle Kinder der Liebe, meine Töchter, sie sind die schönsten. Und sie kommen, wann sie wollen. Allen meinen Töchtern wünsche ich, dass sie ausschließlich Kinder der Liebe empfangen.

Francesco war der dritte Sohn, und seine beiden älteren Brüder führten in Padua das Handelsgeschäft des Vaters. Er war froh darüber, denn seine Leidenschaft gehörte der Glasbläserei, und er überlegte, ob er in die Lehre zu seinem Onkel Andrea di Fiesole gehen sollte, der auf Murano einen Glasofen gepachtet hatte. Dorthin hatten die venezianischen Glasbläser vor vierhundert Jahren ihre Werkstätten verlegt, weil der Betrieb der heißen Schmelzöfen in der Stadt zu gefährlich war. Allerdings bereiteten Francesco die strengen Regeln der Glasbläserzunft Kopfzerbrechen. Zum einen war es schwierig, überhaupt aufgenommen zu werden, wenn man nicht aus einer alten Gasbläserfamilie stammte, zum anderen durfte man Venedig nicht mehr verlassen, wenn man einmal zur Zunft gehörte.

Als Agatha und Francesco beschlossen hatten zu heiraten, verstärkten sich Francescos Zweifel, ob er sich diesen Zwängen unterwerfen sollte. »Wenn ich in die Zunft gehe, *carissima*«, sagte er, »sind wir zusammen auf Murano gefangen, ich weiß nicht, ob du das möchtest. Ich glaube, du könntest dann nie mehr nach Deutschland zurück.«

»Vielleicht verzeihst du es mir nicht, wenn ich dich davon abhalte«, gab Agatha zu bedenken, »ich sehe doch, wie deine Augen leuchten, wenn du von der Glasbläserei sprichst.«

»Man hat eine Menge Privilegien auf Murano, aber man ist auch ein Gefangener der Republik«, sagte Francesco. »Man wird unnachsichtig verfolgt, wenn man versucht, aus der Stadt zu kommen. Viele Glasbläser, die sich der Zunftordnung nicht unterwerfen wollten, sind schon im Canale Orfano gelandet. Für solche Fälle beschäftigt unser Großer Rat eine Menge Agenten, und die sind nicht zimperlich.«

Sie fuhren auf die Glasbläserinsel und besuchten Andrea di Fiesole, den Bruder von Francescos Vater, der, nachdem seine Frau und sein erstes Kind bei der Geburt gestorben waren, nie mehr geheiratet hatte. Er betrieb eigenständig einen nur kleinen

Ofen, war aber ein Meister seines Faches und gehörte zu den Lieferanten des Dogenpalastes. Seine kunstvollen Pokale, Kerzenhalter und Statuetten aus mehrfarbigem Glas, die in einem kleinen Laden ausgestellt waren, entzückten Agatha über alle Maßen.

Sie betrat mit Francesco die dunkle Werkstatt. Das gleißende Feuer in Andreas Schmelzofen beleuchtete nur die Hälfte seines strengen, schmalen Gesichtes, und er unterbrach seine Arbeit nicht, als sie ihn begrüßten und sich zu ihm und seinen drei Gehilfen in die sengende Hitze stellten.

Francesco nahm eine Zange, langte damit in das Ofenloch und holte geschickt und schnell einen glühenden Gasklumpen heraus. Der Meister nahm ihn mit einem dünnen Eisenrohr ab, blies sofort Luft hinein und drehte den entstehenden Hohlraum, bis sich eine Kugel bildete, dann zog er mit einer Zange Fäden aus dem Rest des Klumpens, drehte und hielt das Stück immer wieder ins Feuer, damit es weich und elastisch für die weitere Verarbeitung blieb. Francesco schmolz kleinere, farbige Glasklumpen zu glühenden Tropfen, die Andrea ebenfalls geschickt aufbrachte, indem er drehte, blies und zog. Zunächst hatte das Stück, das er hergestellt hatte, die Form einer Vase, dann hielt der Glasbläser es noch einmal ins Feuer, wo es sich wunderbarerweise wie eine Blume zu einer flachen, mit zartfarbigen Ornamenten verzierten Schale entfaltete. Francesco nahm sie vorsichtig mit der Zange und trug sie in einen hinteren Raum zum Auskühlen. Agatha war fasziniert von dem Vorgang, der ihr wie ein stummer, geschmeidiger, präzise aufeinander eingespielter Tanz erschien, und sie sah, wie hingebungsvoll Francesco sich dieser Arbeit widmete. Konnte sie wirklich verlangen, dass er sie ihr zuliebe aufgab?

Als die Schale fertig war, bedeutete Andrea Francesco, ihm den nächsten Glasklumpen zu reichen, und sie arbeiteten noch eine Weile weiter, ohne dass der Onkel Notiz von Agatha genommen hätte.

»Dies ist *signorina* Agatha Cramm aus Deutschland, *zio*, sie ist die Nichte von Mabilia Benedetti und die Enkelin von Alessandra Benedetti. Vielleicht kennst du Alessandra, sie hat eine

Tuchmanufaktur in der Riva degli Schiavoni«, sagte Francesco schließlich. »Agatha und ich lieben uns und möchten heiraten.«

Andrea hielt kurz inne, sein verächtlicher Blick streifte Agatha. Dann wandte er sich wortlos wieder seinem Schmelzofen zu.

»Er ist nicht immer so, wenn wir zusammen arbeiten, ist er durchaus freundlich«, sagte Francesco verlegen, als sie draußen waren. »Gesprächig war er allerdings niemals, immer ist er einsilbig und verschlossen gewesen. Aber er ist mein Onkel, ich kenne ihn schon mein Leben lang, in den Ferien bin ich immer bei ihm gewesen, jeden Handgriff von ihm kenne ich wie meinen eigenen. Und er ist wirklich einer der besten Glasbläser, die wir hier haben.«

»Vielleicht mag er grundsätzlich keine Frauen?«

»Das ist gut möglich. Ich glaube, er hat es seiner Frau nie verziehen, dass sie ihn so früh verlassen hat, ich habe ihn danach nie mehr mit einer gesehen und oft gedacht, dass er es allen stellvertretend übel nimmt. Nein, nein, *cara mia*, ich glaube, Onkel Andrea ist nichts für dich, ich glaube, es ist besser, wenn wir nicht nach Murano gehen.«

Ebenso wie ihre Schwestern versuchte Agatha während der Zeit in Venedig, nicht an zu Hause zu denken, obwohl sie gelegentlich Visionen von Auticara hatte, die nichts Gutes verhießen.

Umso unvermittelter schlugen die Ereignisse im Herbst über ihnen zusammen wie der Nebel über der *laguna*. Francesco hatte Agatha vorgeschlagen, dass sie nach Laziale gehen sollten, einem Örtchen südlich von Rom, bei dem sich sein Gut befand. Er war sicher, dass seine Weinberge und Olivenhaine in den Albaner Bergen genug abwarfen, um sie alle zu ernähren. »Deine Familie könnte mitkommen«, beschwor er Agatha, »dort stehen sie unter dem Schutz des Vatikans, es gibt keine Hexenverfolgungen.«

Anfang Oktober wollte Francesco nach Padua, um seinen Vater um die Heiratserlaubnis zu bitten. Er konnte sich kaum von Agatha trennen und schenkte ihr zum Abschied eine kleine, gläserne Statuette, die er bei Andrea geblasen hatte. Sie war nicht größer als eine Hand und aus durchsichtigem, klarem Glas, eine grazile Frauengestalt mit zurückgebogenem Oberkörper, zum Himmel gewandtem Gesicht und emporgestreckten, filigranen Armen, die in zarten Fingern ausliefen. Über ihren Rücken rieselte ein üppiger, vergoldeter Haarschwall.

»Sie ist mir einfach herausgeflossen, ich habe an meine Agatha gedacht, als ich sie geblasen habe«, sagte er und überreichte ihr die Figur in einem mit Seide bezogenen Kästchen. »Sieht sie nicht aus wie meine bezaubernde Liebste, wenn sie mit ihren Engeln spricht?«

Agatha nahm vorsichtig das vollendete Figürchen, das wie ein glatter, schwerer Tropfen in ihrer Hand lag.

»Eine *signorina d'oro*, sie ist aus deinem Atem«, sagte sie und fühlte, wie ihr die Tränen hochstiegen, »ich habe noch nie eine so schöne Figur gesehen.«

Francesco nahm sie in den Arm. »Sie wird dich immer beschützen«, flüsterte er, »solange sie bei dir ist, werden wir uns nicht verlieren.«

Der Abschied war herzzerreißend, Agatha war blind vor Tränen und klammerte sich an Francesco, als müsste sie ihn für immer gehen lassen.

Er wollte drei Tage später zurück sein, aber sie warteten vergeblich. Nach einer Woche schickte Mabilia einen Boten nach Padua, der kurze Zeit später mit der Nachricht zurückkam, dass *signore* Sandro di Fiesole seine Frau und zwei seiner Söhne am Englischen Schweiß verloren und seine Tuchhandlung verkauft habe, er selbst habe die Seuche nur knapp und sehr geschwächt überstanden. Nun sei er mit seinem Sohn Francesco in Richtung Rom aufgebrochen.

Francesco hatte einen kurzen Brief für Agatha hinterlassen, in dem nichts weiter stand als: »Ich muss meinem Vater helfen und ihn begleiten, *cara mia*, werde aber so schnell wie möglich zurück sein. Warte auf mich, ich liebe dich mehr als mein Leben.«

Agatha war wie betäubt und versuchte zu sehen, was geschehen war, aber sie sah nur eine Gruppe von Reitern nach Süden hetzen.

Die *signorina d'oro* blieb in den einsamen Jahren, die folgten, ein Trost für Agatha, immer, wenn sie sie in die Hand nahm, glaubte sie, Francescos Stimme zu hören, und hatte die innere Gewissheit, dass sie ihn wiedersehen würde.

Kurz danach erreichte die Mädchen ein Brief ihres Vaters, der lange unterwegs gewesen sein musste. Auticara sei verhaftet und in großer Gefahr, sie müssten sofort heimkommen, schrieb er. So kam es, dass sie genauso überstürzt aus Venedig abreisten, wie bei ihrem ersten Aufenthalt, und auch diesmal wieder eine untröstliche Mabilia zurückließen.

Nach einer mühsamen, immer wieder von Schneefällen unterbrochenen Alpenüberquerung erreichten sie Reutlingen, wo der Alptraum in vollem Gange war. Auticara saß seit vier Monaten im Schuldturm, weil man sie allerhand absurder Dinge beschuldigte. Schadenszauber, Hexensabbate, Teufelsbuhlschaft, das ganze dumme Zeug. Sie selbst bezichtigte sich immer wieder, Socia Yss umgebracht zu haben, aber darauf gingen die Ankläger gar nicht ein, offenbar war ihnen eine Hexe lieber als eine Mörderin. Hans Cramm hatte einen Advokaten beauftragt, Auticara gegenüber dem Gericht zu vertreten. Dieser sagte Susanna, solange Auticara sich immer wieder selbst beschuldige, könne er nicht viel machen, und sie verzweifelte fast daran, wie wenig ihre Mutter zu ihrer Verteidigung beitrug. »Ich werde doch keinen Rechtsvertreter vorschicken, was soll das alles«, lamentierte Auticara, wenn Susanna ihr Vorhaltungen machte, »ich bin eine Mörderin, da gibt es nichts zu verteidigen.« Sie beauftragte den Juristen lediglich damit, ihr Konto auf der Banco della Piazza di Rialto in Venedig aufzulösen und von dem Geld, das ihre Mutter ihr dort angelegt hatte, jeweils eintausend Golddukaten auf fünf Konten bei einer Cölner Bank, ausgestellt auf die Namen ihrer Töchter, zu transferieren.

Zu dieser Zeit hatten sie die »Goldene Traube« schon verlassen, Hans hatte sie verkaufen müssen, weil die Kosten für das Gefängnis und den Advokaten immer höher wurden. Karl Jetter hatte nur auf die Gelegenheit gewartet und das Haus am Markt für den Spottpreis von eintausend Florin erworben, der kaum ausreichte, um die Rechnungen zu bezahlen. Hans war mit Schulers in ein kleines Haus mit Garten in der Nähe der Stadtmauer gezogen und erwartete dort seine Töchter. Sie gingen nur noch hinaus, wenn es unumgänglich war, vor allem gingen sie nicht mehr auf den Markt, weil sie es nicht ertragen hätten, ihr schönes Haus in den Händen des Hexenjägers zu sehen. Nur Gretel erledigte noch gelegentlich auf dem Weibermarkt die nötigsten Einkäufe.

Auch die Mädchen mieden, als sie zurück waren, die Gassen von Reutlingen, da jeder Gang zum Spießrutenlauf wurde. Hagazussa, Hex', Hex', Hex' zischelte es, die Leute feixten, spuckten aus oder wechselten die Straßenseite, wenn sie kamen.

Hans war um Jahre gealtert, er ging gebeugt, sein Gesicht war blass, die Lippen bläulich, er atmete schwer und kam kaum noch die Treppe hinauf. »Ich bin schuld an allem, was geschehen ist, ich bin ihr untreu geworden, ich habe sie nicht vor diesen Teufeln geschützt, es ist richtig, dass Gott mich straft«, klagte er, »mein Leben ist verwirkt, ich habe Schuld und Sünde auf mich geladen. Aber sie nicht, es ist nicht gerecht, dass sie das Leiden auf sich nehmen muss.«

Die Mädchen durften ihre Mutter zweimal in der Woche besuchen, sie brachten ihr zu essen und schleppten frisches Wasser mit Rosenöl zum Waschen heran, dabei bemerkten sie schlimme Wunden an Auticaras Körper, die Colomba mit Salbe und Umschlägen zu behandeln versuchte.

Susanna übernahm den Vorsitz des Haushaltes, Colomba versorgte nicht nur die hochschwangere Agatha, sondern auch den kranken Vater. Sie tat alles für ihn, was in ihrer Macht stand, verabreichte ihm stündlich Wickel und Tropfen, massierte ihm die Beine, die am Schluss voller Wasser waren, war immer um ihn herum. Aber sie behandelte ihn kühl und brachte es nach wie vor nicht fertig, ihm zu verzeihen.

Agatha kam Anfang Januar nieder, Gretel und Colomba halfen bei der außerordentlich schwierigen Geburt. Paolo lag verkehrt herum, Colomba musste ihn in Agathas Bauch drehen, und es war ganz allein ihren medizinischen Künsten zu verdanken, dass Mutter und Sohn die Tortur überlebten. Nach einem Meer von Schmerzen hielt Agatha den kleinen Kerl schließlich in den Armen, bis auf die Augen war er Francesco wie aus dem Gesicht geschnitten.

Für Agatha und ihre Schwestern war der Säugling ein Lichtblick in dem wachsenden Grauen. Er war von Anfang an ein fröhlicher kleiner Bursche und eine große Freude für seinen immer schwächer werdenden Großvater, der ihn, so oft es ging, auf den Knien schaukelte. Manchmal überfiel Agatha die Panik, dass der Kleine das erste Jahr nicht überleben könnte, dann setzte sie sich in eine Ecke und ging in sich, und jedes Mal sah sie ihn als Erwachsenen: stolz, frei und mutig wie seinen Vater, energisch und leidenschaftlich wie seine Großmutter.

Schon mit sechs Wochen strahlte und brabbelte er, als wäre er groß und verständig, zu dieser Zeit wechselte seine Augenfarbe von einem dunklen Blau zu dem brennenden Schwarz von Auticaras Augen. Sie ließen ihn nie schreien, nachts lag er bei Agatha und suchte sich die Brust, wann er sie brauchte, am Tag war stets eine um ihn, bewachte seinen Schlaf, wiegte ihn oder spielte mit ihm und entlockte ihm seine gurrenden Säuglingslaute. Sie wickelten ihn nicht fest ein, sondern windelten ihn locker, wie Auticara es ihnen bei Gislind und Elsa beigebracht hatte, und nähten ihm Beinkleider, sodass er frei strampeln konnte. Auch traktierten sie ihn nicht mit Klistieren, sondern massierten seinen kleinen Bauch, wenn er Verdauungsprobleme hatte, und er dankte es ihnen mit seinem sonnigen Gemüt.

Die Mädchen nahmen Paolo mit ins Gefängnis und legten ihn seiner Großmutter auf den Schoß.

»Mit diesem wunderschönen Kind bleibt euch ein Stück von mir, *carissime*, schaut nur, wie die Natur es eingerichtet hat, dass ich nicht verloren gehe.«

»Du wirst nicht verloren gehen, *mamma*, du musst bei uns bleiben, du darfst nicht auch noch sterben. Wenn du nur kämpfen würdest!«

Die Mädchen heulten und schrien.

»Ich habe genug gekämpft, jetzt ist die Zeit der Demut. Immer wenn ihr den Kleinen seht, werdet ihr mich sehen, es ist ein Zeichen, dass euch gerade dieses Kind geboren ist.«

Bestimmt eine Stunde lag er auf ihrem Schoß, und sie sahen sich unverwandt an, der Winzling lächelte seine Großmutter an und erkannte sich in ihren Augen, in der Kraft, der Wärme, der

Süße und Schönheit ihres Blickes, aus dem das Wissen um die Dinge der Welt leuchtete.

Da hatten sie ihr die Haare schon abgeschnitten, in grauen, räudigen, verlausten Büscheln waren sie wieder nachgewachsen und standen wie ein Dornenkranz um ihren Kopf. Und dann knirschte der Schlüssel, die Gewaltdiener kamen, im Vorraum standen die Daumen- und Schienbeinschrauben bereit, mit denen sie Auticaras Knochen zertrümmerten.

»Ich schreie nicht, *carissime*, diesen Triumph lasse ich ihnen nicht. Ich denke an mein wunderschönes Enkelkind, während sie es tun.«

Als Paolo acht Wochen alt war, starb Hans, nachdem er am Tag vorher Auticara noch einmal im Turm hatte besuchen dürfen. Er hatte sie vorher nur bei den Gerichtsverhandlungen gesehen und mehrmals einen Besuch beantragt, der aber nie bewilligt worden war.

Susanna fand ihren Vater morgens tot im Bett. Er lächelte, er war friedlich im Schlaf gestorben und nicht, wie Colomba die ganze Zeit befürchtet hatte, elend erstickt. Es war ihnen ein Trost in all dem Schmerz, dass seine Leiden so sanft beendet wurden. Als sie es Auticara erzählten, war sie nicht traurig, sondern strahlte von innen heraus auf eine seltsame, milde Art.

»Wir sind versöhnt, Kinder«, sagte sie, »er ist gegangen, nachdem zwischen uns alles in Ordnung gebracht war. Er hat nie aufgehört mich zu lieben, hat er mir gesagt, alles andere war eine Verblendung, eine Irreleitung, eine Prüfung, die er nicht bestanden hat, so hat er es ausgedrückt. Ich habe ihn um Verzeihung gebeten, dass ich ihm keine gute Frau war mit meiner bösen, zänkischen Art, mit meiner Verbohrtheit und Selbstsucht. Und ich habe ihn um Verzeihung gebeten für Elsa. Er will vor mir im Himmel sein, hat er gesagt, er will uns dort einen schönen Platz suchen und auf mich warten. Bald bin ich bei ihm, das soll euch ein Trost sein, Kinder. Wir sind eure Eltern und werden euch niemals wirklich verlassen, wir werden auch vom Himmel aus über euch wachen und immer bei euch sein, bis zum Ende aller Tage.«

Die Pest

Im Rat der Freien Reichsstadt Cöln wurde nach wie vor gegen die Hexen gehetzt, die Schöffen von Aldenhoven und zum Romschwinckel schwangen den *Malleus Maleficarum*, als wäre es die Bibel, und beantragten eine Anklage nach der anderen. Und immer wieder waren die Beginen das Thema. Sie seien gar keine richtigen Nonnen, hechelten die Klerikalen, und würden die Kutte nur benutzen, um darunter ihr Hexentreiben zu veranstalten. Jedes Mal, wenn der schwere Eisenring gegen die Haustür schlug, fürchteten die Benedetti-Beginen, Gewaltdiener könnten vor der Tür stehen und sie zum Verhör schleifen.

Colomba und Agatha wollten in zwei Tagen in aller Herrgottsfrühe abreisen, allerdings sorgten sie sich, ob Susanna mit allem alleine fertig wurde. Sie waren nicht sicher, ob Gislind und Elsa ihr eine Stütze sein würden, wenn es hart auf hart kam, und ob es Susanna überhaupt gelingen würde, sie zu bändigen. Sie nahmen sich die Kleinen zur Brust und ließen sie hoch und heilig im Angesicht der Heiligen Jungfrau schwören, auf jegliche Tollheiten zu verzichten und Susanna getreulich zur Seite zu stehen. Friedrich und Jakobe versprachen ebenfalls, ein Auge auf alles zu haben.

In der Nacht wurde vor den Häusern, wie schon mehrmals zuvor, randaliert und ans Tor geschlagen, sie kümmerten sich jedoch nicht darum. Als Simon morgens aus dem Haus zur Schule gehen wollte, lag direkt vor der Haustür ein vier- oder fünfjähriges Mädchen, das stark fieberte, Schüttelfrost hatte und aus der Nase blutete. Es war ein niedliches, blondes Ding, er nahm es in den Arm, weil es so wimmerte, und entlockte ihm, Männer hätten es hier abgelegt, es wisse nicht, wo Mutter und Vater seien. Simon rief Friedrich und Jakobe, die gleich Colomba holten, weil sie an die Pest dachten, die zurzeit vereinzelt wieder in Cöln auftrat. Colomba scheuchte alle fort, band sich einen essiggetränkten Lappen vor Mund und Nase und zog Handschuhe an, bevor sie die Kleine untersuchte. Sie ließ sie sofort ins Pesthaus bringen und ordnete für Simon strengste Quarantäne an. Er durfte nicht in die Schule, Friedrich und Jakobe durften ihn weder berühren noch ihm das Essen durch die Tür schieben. Es war entsetzlich.

Colomba verbot jeden Außenkontakt, zum Glück hatten sie reichlich Vorräte im Haus. »Im Notfall schlachten wir eben die Hühner«, sagte sie, »der schwarze Tod zeigt sich innerhalb von wenigen Tagen.«

Sie schlossen den Laden und verrammelten die Türen, Gislind und Elsa maulten, aber Agatha drohte ihnen Schläge an, wenn sie sich nicht fügten. Colomba ordnete an, alle müssten sich Mulltücher vor Nase und Mund binden und sie regelmäßig mit Essigwasser anfeuchten. Darin spülten sie auch die Kleider aus, die sie am Morgen getragen hatten.

»Die Pest wird vermutlich durch Speichel übertragen«, dozierte Colomba. »Simon ist also in größter Gefahr, weil er das Kind angefasst hat. Alles wird abgewaschen, alles wird ausgeräuchert und ausgeschwefelt.« Sie befahl, und niemand widersetzte sich, aber sie hofften inständig, dass das Kind gesund würde.

Während Agatha die holzvertäfelten Wände in der Eingangshalle mit Essigwasser bearbeitete, dachte sie darüber nach, ob sie auf dem Weg nach Venedig in Reutlingen Station machen sollten, um die Schulers zu besuchen. Sie hatte mit Jakobe und Colomba am vorhergehenden Abend darüber gesprochen, Colomba hatte sich allerdings nicht begeistert gezeigt und Agatha gefragt, ob sie wirklich wieder in die Stadt wollte, wo man ihnen ihre Mutter, ihre Habe und ihr Haus, ihre ganze Würde genommen hatte. Das Bild von Großvater Lorentz Cramm stieg in Agatha auf, seine hellen, schwarz geränderten Augen, die an einen klirrend kalten Eissee erinnerten und nicht an die warme *laguna*, sein Schritt, der fest und schwer, nicht weich und federnd wie der seines Sohnes war, seine knarrenden Stiefel, über deren Schäfte an hohen Feiertagen Spitzenstulpen fielen.

Er und Großmutter Mathilde sitzen auf der Holztribüne in der ersten Reihe der Honoratioren – Schöffen, Hexenkommissare, Ratsmitglieder –, die Auticaras Hinrichtung beiwohnen. Es ist Ende März 1620, ein ungewöhnlich kalter Tag. Susanna, Colomba und Agatha hocken zitternd unter dem Holzgestell, das bei solchen Gelegenheiten vor dem Rathaus aufgebaut wird. Sie wollen Auticara in ihrer letzten Stunde nicht allein lassen, bringen es aber nicht fertig, sich unter die Menge zu mischen, die über den Reutlinger Markplatz wogt. Die Hinrichtung der venezianischen Hexe hat sich wie ein Lauffeuer in ganz Schwaben verbreitet, Tausende sind gekommen, um sie brennen zu sehen.

Sie sieht wunderschön aus, als sie auf den Richtplatz gestoßen wird, sie ist schon jenseits der Angst, ihr Gesicht klar und zusammengerückt. *Gratia Dei cum omnibus vobis*, die Gnade Gottes sei mit euch allen, auch mit den Mördern! Der Herr behüte und bewahre meine unschuldigen Kinder, ruft sie mehrmals.

Dann ziehen sie ihr einen Sack über den Kopf und erdrosseln sie mit einem Würgestrick, schnell und lautlos, sie schreit nicht, zuckt nur noch einige Male.

Herr, unser Gott, wir empfehlen dir unsere Mutter Auticara.

In den Augen der Welt ist sie tot. Lass sie leben bei dir.

Und was sie aus menschlicher Schwäche gefehlt hat, das tilge du in deinem Erbarmen.

Herr Jesus Christus, Sohn Gottes, erbarme dich deiner Dienerin, die du aus der Mitte ihrer Familie weggerufen hast.

Nimm alle, die sie zurückgelassen hat, in deinen Schutz.

In Ewigkeit, Amen.

Die Mädchen flüstern und sitzen bewegungslos, sie schauen nicht hin, bis das Feuer zu knistern beginnt. Agatha wird immer ruhiger, sie hat einen starken Rosenduft, gemischt mit Zitrone und Lavendel, in der Nase und ist bei Auticara, die in den Glanz hinaufsteigt und keine Schmerzen mehr hat. Agatha bedeutet es ihren Schwestern, die sich ein wenig aus ihrer Erstarrung lösen.

Dann kriechen sie unter der Tribüne hervor, um sich nach Hause zu stehlen, sie wollen nicht warten, bis der Geruch des verbrannten Fleisches über den Markt weht. Unbemerkt kommen sie durch die Menge, weil alle auf das Feuer starren, das nun hochlodert, die Massen drängen sich vor der ehemaligen »Goldenen Traube«, hinter deren geschlossenen Fensterläden nun der Hexenkommissar mit seiner Gemahlin haust.

Da kommen ihnen am Rande des Marktes die alten Cramms entgegen. Der Rabe mit weißen Klümpchen in den Mundwinkeln, der Alte mit breitem Kopf und hellen, kalten Augen. Er schaut seine Enkelinnen triumphierend an, dann spuckt er aus und sagt: Ich werde nicht ruhen, bis die ganze Hexenbrut ausgerottet ist.

Da tritt Agatha vor, später wird sie nicht mehr sagen können, was sie getrieben hat. Sie steht hoch aufgerichtet, ein blaues Licht ist um sie. Ihre Stimme ist klar und überdeutlich zu verstehen, ein hoher Ton sirrt in der Luft. Der Alte ist wie gebannt, der Rabe schaut regungslos.

Es ist uns eine Genugtuung zu wissen, dass der gnädige Herr Großvater sich mit seiner Bösartigkeit und Grausamkeit selbst am meisten Schaden zufügt, dass er sich auf geradem Wege in die Hölle befördert, dahin, wo er unsere Mutter bestimmt nicht treffen wird. Wenn wir es könnten, würden wir dem Herrn Großvater das Martyrium des ewigen Fegefeuers wünschen, wir würden ihm die Torturen wünschen, die er unsere Mutter hat ertragen lassen, wir würden ihm wünschen zu wissen, wie es sich anfühlt, wenn man genotzüchtigt und gebunden ins Wasser geworfen wird, wenn sich der Würgestrick in den Hals schneidet und den Kehlkopf eindrückt. Leider steht das Verfluchen nicht in unserer Macht, aber Gott der Herr hat es so eingerichtet, dass die Qualen, die man anderen zufügt, auf einen selbst zurückfallen, das ist so sicher wie das Amen in der Kirche. Und wir werden zusätzlich beten, dass es so geschieht, gnädiger Herr Großvater, gnädige Frau Großmutter, ich und meine Schwestern, die wir nun ohne Eltern sind.

Bei den letzten Worten sieht Agatha jedem der beiden in die stumpfen Augen, dann drehen die Mädchen sich ohne Gruß um.

Sie gehen mit gesenkten Köpfen durch die Stadt zu Schulers Haus, kauern sich um Gretel und Ludwig, die mit den Kleinen zu Hause geblieben sind. Die beiden weinen die ganze Nacht mit den Mädchen und halten sie in ihrem Elend, so gut sie können.

Am nächsten Tag treten sie die Reise nach Cöln an, wo Jakobe und Friedrich auf sie warten, und sind erleichtert, die Stadt verlassen zu können, in der sie alles an ihre Schande erinnert. Sie wissen jedoch weiterhin um die Vorgänge in Reutlingen, da Gretel regelmäßig schreibt und Jakobe Neuigkeiten mitbringt, wenn sie ihre Eltern besucht. Das Einzige jedoch, was sie noch von den alten Cramms erfahren, ist, dass sie in Betzingen, eine Schankwirtschaft eröffnet haben. Mehr hören die Mädchen nicht von ihren Großeltern, und sie treten allmählich in den Hintergrund, wie ein Alptraum, der langsam verblasst.

Colomba kam herein, Agatha sah schon an ihrem Gesicht, dass es nicht gut stand.

»Das Mädchen ist tot, eindeutig Lungenpest.«

»Und was bedeutet das für uns?«

»Desfinizieren, desinfizieren, alles und jedes, keinen Fuß vor die Tür setzen, fünf Tage Quarantäne. Wir müssen die Reise aufschieben.«

»Und Simon? Und Jakobe und Friedrich?«

»Simon ist in höchster Gefahr, ich werde ihm Echinacin geben, vielleicht schützt ihn das vor einer Infektion. Aber er hatte das Mädchen auf dem Arm, die Wahrscheinlichkeit, dass er sich angesteckt hat, ist groß. Alle müssen sich fernhalten, ich gehe als Einzige zu ihm, mit Maske, Umhang und Handschuhen.«

»Was könnten wir tun, wenn er krank würde?«

»Nicht viel, außer beten. Wir müssten ihn ins Pesthaus bringen.«

»Ich habe Angst, Colomba, was sollen wir tun?«

»Was ich gesagt habe: desinfizieren und abwarten.«

In solchen Situationen war Colomba nicht zu übertreffen: Ernst, klar und entschlossen, wusste sie genau, was zu tun war, und überzeugte jeden durch ihre Autorität. Niemals hätte man ihre Anordnungen in Zweifel gezogen. Sie hielt allen einen eindringlichen Vortrag darüber, dass sie mit ihrem und dem Leben anderer spielten, wenn sie ihre Anweisungen nicht bis aufs I-Tüpfelchen befolgten. Gislind bekam zuerst einen Wutanfall, dann fügte sie sich gottergeben und füllte zusammen mit Elsa die Räucherpfannen mit Wacholder, Lorbeer, trockenem Wermut, Schwefel und Salbei zum Desinfizieren, außerdem Lavendel und Sandelholz, das gut für den Kreislauf und das seelische Befinden war. Sie schwenkten die Gefäße durch die Häuser und räucherten jede Ecke aus, bis sie husteten und in dem graublauen, beißenden Nebel nichts mehr zu erkennen war.

Susanna machte in der Küche Essigwasser heiß, als Entgen und Lyss hereinkamen. Sie schluchzten, hielten sich fest an den Händen und knicksten mehrmals, bevor Entgen es schließlich bebend herausbrachte: »Wenn wir sterben müssen, Lyss und ich, möchten wir in einem Grab liegen, wir möchten im Tod nicht getrennt werden.«

Susanna schlug die Hände über dem Kopf zusammen und versuchte, ein fröhliches Gesicht zu machen.

»Hier wird nicht gestorben! Wer erzählt euch denn so einen Blödsinn? Los, holt Eimer, das Essigwasser ist fertig, damit putzt ihr jede Ecke des Hauses aus, verstanden?«

Sie zitterten und schluchzten, Susanna nahm sie in den Arm und streichelte die kleinen Köpfe, Entgens strohiges, helles, Lyss' dünnes, braunes Haar, unter dem die Kopfhaut hervorschien.

»Seid mutig, wir müssen diese Prüfung bestehen. Wenn wir zusammenstehen, werden wir es schaffen. Wir bezwingen die Krankheit, und wir holen Paolo wieder, aber wir dürfen nicht heulen, sondern müssen alle Kräfte sammeln, damit wir stark genug gegen das Böse sind.«

Entgen und Lyss nickten eifrig und machten sich mit emsigem Ernst an die Arbeit. Colomba zog einen weißen Kittel an, den sie fest am Hals verschloss und band ein essiggetränktes Tuch vor Mund und Nase. Darüber streifte sie eine geschlossene Haube, die bis zum Hals reichte und lediglich Schlitze für die Augen hatte, außerdem zog sie Handschuhe an. Dergestalt vermummt ging sie zu Simon, der verschreckt in seinem Zimmer auf dem Bett saß. Sie räucherte auch sein Zimmer aus und gab ihm Medizin, dabei versuchte sie, ihn aufzumuntern, aber es gelang ihr nicht. Gislind hatte ihm einen großen Teller mit Schokoladenkugeln zurechtgemacht, der ihn wenigstens etwas tröstete.

»Muss ich sterben, wenn ich die Pest bekomme, Colomba?«, fragte er mit verschmiertem Mund.

»Du wirst sie nicht bekommen, das alles ist reine Vorsicht, in vier, fünf Tagen ist es vorbei.«

»Aber wenn doch?«

»Manche Menschen überstehen die Pest. Du bist jung und kräftig, und ich habe gute Medizin, wir würden es schaffen, mein Simon, das weiß ich.«

»Was würden Vater und Mutter machen, wenn ich sterben müsste? Für sie wäre es doch am allerschlimmsten. Versprichst du mir, dass ihr sie tröstet, so gut ihr könnt?«

Colomba konnte nicht antworten, weil sie einen Kloß im Hals hatte, sie wirtschaftete im Zimmer herum und war froh, dass sie die Haube über dem Kopf trug und Simon die Tränen nicht sehen konnte, die ihr in die Augen schossen.

Am nächsten Tag wurde das Leben in der Schildergasse endgültig zum Alptraum. Simon bekam noch in der Nacht Fieber und starke Schmerzen, Colomba flößte ihm gleich Tollkirsche und Eisenhut ein, aber es half nicht. Dick vermummt in ihre Schutzkleidung saß sie dann den ganzen Tag an seinem Bett und gab ihm immer wieder Opium, während Friedrich und Jakobe händeringend und mit Gott hadernd vor der Tür standen und Jakobe wimmerte, sie wolle auch nicht mehr leben, wenn ihr einziges Kind dahingerafft werde.

Am Abend kam Colomba weinend aus dem Zimmer. Sie hatte die kleine Leiche in ein Leinentuch eingeschlagen und schickte einen Boten zum Pesthaus, damit sie abgeholt wurde. Sie mussten Friedrich und Jakobe fast mit Gewalt daran hindern, in Simons Zimmer zu gehen. Bis die Pestdiener kamen, zündeten sie Kerzen und Räucherwerk an, setzten sich im Kreis zusammen und sprachen das Totengebet. Sie spürten Simon die ganze Zeit in ihrer Mitte, Agatha verband sich mit ihm und half ihm, in den Glanz zu kommen.

Die eingemummten Pestdiener luden die Leiche auf einen Karren und malten das weiße Pestkreuz an Jakobes und Friedrichs Haus, dann verbrannten sie im Hof alles, womit Simon in Berührung gekommen war.

Jakobe und Friedrich zogen zu den Benedettis, sie waren erstarrt und wie betäubt, Friedrich verstummte, und Jakobe war drei Tage lang blind. Es war kaum mit anzusehen, wie sie litten.

Sie räucherten und wuschen noch mehrmals die Häuser und die Werkstätten aus, schwefelten gründlich alle Kleider und warteten zehn weitere Tage, aber es zeigten sich bei keinem Krankheitszeichen. In dieser Zeit überredete Friedrich Jakobe, mit Agatha und Colomba bis Reutlingen zu reisen, um bei ihren Eltern Trost zu suchen und Abstand zu gewinnen.

Zweiter Mond

Sie nehmen Abschied voneinander im blau schimmernden Beginenhof, biegen sich der Mondscheibe entgegen, die grell zwischen den Wolken aufgleißt, flehen um Erkenntnis.

Geht in Ruhe, meine Kinder, ich bleibe bei euch, ich beschütze euch auf dem Weg, der der Weg des Lebens ist.

Essen vom Baum der Erkenntnis.

Leben und Tod.

Der Tod ist nichts, Kinder, er ist wie der Übergang vom Tag zur Nacht, vom Schlaf zum Wachsein. Er ist nichts. Wenn ihr das wisst, seid ihr frei von aller Angst.

Erlösen vom Übel. Und führe mich nicht in Versuchung.

Gut und Böse.

Unser ist das Reich und die Kraft und die Herrlichkeit, das dürfen wir nie vergessen, Kinder. Wir sind Gott, wir sind die Liebe, in uns erlöst er sie.

Nehmt zu euch die Cherubim und die Seraphim, die Fürsten der Ehre, das lebendige Licht, schaut die göttlichen Augen.

Sie stehen stumm, ihre Gedanken treffen sich in der Mitte des Sterns. Fünf Leiber gebogen wie Weidenruten, fünf Schreie um Erlösung.

Die Engelschöre sind bei ihnen und hüllen ihre Herzen in Licht.

Den Rhein hinauf

Agatha, Colomba und Jakobe brachen Ende Februar auf, zunächst, um kein Aufsehen zu erregen, zu Fuß in Beginenkutten, die sie über die Reitkleidung zogen.

Agatha hatte sich vorgenommen, in Venedig nicht nur Paolo zu suchen, sondern auch nach Francesco zu forschen. Womöglich war er doch nach Murano gegangen, vielleicht wusste Mabilia, zu der sie die ganzen Jahre keinen Kontakt gehabt hatten, wo er geblieben war. Kurz vor der Abreise vertraute Agatha Gislind die *signorina d'oro* an, die kleine Glasfigur von Francesco, die sie unter ihrem Bett in einer Seidenschachtel aufbewahrte. »Pass gut auf sie auf«, sagte sie, »sie wird euch beschützen.«

Gislind brachte sie in aller Herrgottsfrühe zum Stadttor am Bayenturm, sie kannte einen der Wächter, der sie ohne viele Fragen, allerdings gegen ein gutes Handgeld, aus der Stadt ließ. In Rodenkirchen nahmen sie sich Pferde und ritten den ganzen Tag, südlich von Bonn übernachteten sie in einem Gasthaus.

Jakobe bereitete das Reiten große Probleme, weil sie gar nicht geübt war, sie wurde wund und konnte weder laufen noch sitzen. »Lass nur«, sagte sie, wenn Colomba sie mit einer Salbe behandeln wollte, »der Schmerz ist eine Gnade, manchmal spüre ich dann den um mein Kind nicht mehr so stark.«

Sie ritten und liefen im Wechsel, meistens folgten sie den Treidelpfaden und bedauerten die Pferde, die die schweren Schiffe gegen den Strom flussaufwärts ziehen mussten. Jakobe und Colomba gewöhnten sich an die Anstrengungen der Reise, ihre Gesichter wurden frischer, ihre Glieder geschmeidiger und kräftiger, bald saßen sie zu Pferde wie geübte Männer.

Susanna hatte ihnen große Hüte besorgt, die sie tief in ihre Gesichter zogen, wenn sie reitenden Männergruppen begegneten; wie oft waren sie vor marodierenden Banden auf den Straßen gewarnt worden.

Erst jetzt kamen sie richtig zum Nachdenken darüber, was in Cöln über sie hereingebrochen war. Vieles sprach dafür, dass jemand das kranke Kind bewusst vor Jakobes und Friedrichs Haus gelegt hatte, damit sie sich infizierten, und sie vermuteten stark, dass der Anschlag Jakobe gegolten hatte, als Rache für den Brief, den sie wegen des kleinen Peter an die Dominikaner geschrieben hatte.

»Und da trifft es mein schuldloses Kind«, weinte Jakobe wieder und wieder, »hätte ich doch das kleine Mädchen gefunden, hätte ich Simon nur auf die Straße begleitet, wie ich es sonst immer tue, ich hätte es verhindern können, dass er sich den Tod holt! Wäre ich doch statt seiner gestorben!«

Agatha und Colomba waren froh, dass sie endlich jammern und klagen konnte, noch bei der Abreise war sie wie erstarrt gewesen.

Agatha schloss immer wieder die Augen, um Kontakt zu Paolo aufzunehmen. Sie sah ihn gesund auf einem Pferd oder an der Seite einer schwarz gekleideten Frau, von der sie vermutete, dass es Alessandra war. Und immer wieder sah sie die kräftige Gestalt ihres Onkels Massimo.

Massimino mio, figlio mio grande! Oh, Kinder, er war immer der Schönste und der Klügste für meine Mutter, dabei war er schon in der Schule ein Versager. Und dann machte sie ihn noch zum Vorsteher der Firma. *Il presidente* für einen halbwüchsigen Dummkopf, das muss man sich mal vorstellen, obwohl er noch nicht mal alle Zahlen richtig schreiben konnte. Kein Wunder, dass er immer unverschämter und aufgeblasener wurde. Mutter wollte, dass ich die Arbeit mache und er das Lob einheimst, aber durch die Rechnung habe ich ihr immer wieder einen Strich gemacht. Er hat es auf mich abgewälzt, wenn er die Kontobücher eintragen oder Rechnungen schreiben sollte, sogar Prügel hat er mir angedroht. Mutter glaubte mir natürlich kein Wort, wenn ich ihr sagte, wie unfähig Massimo war, sie nannte mich eifersüchtig und neidisch und von Grund auf schlecht und faul, immer habe ich mich in den Vordergrund spielen und Massimo ausstechen wollen. Dabei war da nichts auszustechen, Massimo hat niemals mehr zu bieten gehabt als Großmäuligkeit und Angeberei, er war ungeschickt in allem, das Einzige, wobei er sich jemals hervortat, waren Raufereien auf der Piazza oder die Reitturniere und die Bootsrennen auf der *laguna*, bei denen er manchmal Preise holte. Da hättet ihr Mutter sehen sollen! Drei Tage lief sie stolzgeschwellt herum und konnte über nichts anderes sprechen. Als ich Vater kennengelernt hatte und nach Deutschland wollte, beschwor Mutter mich, das Geschäft nicht im Stich zu lassen, es könne ihren Ruin bedeuten. Da hatte ich natürlich meinen Triumph. Du hast doch deinen Massimo, habe ich gesagt, der ist doch sowieso in allem besser und klüger als ich. Kein Wunder, dass sie den Kleiderhandel aufgegeben hat, als ich fort war, und dann anfing, diesen Dreck herzustellen, dieses leichte, billige Tuch. Sie hat günstige Wolle in Livorno eingekauft und viele Spinnmaschinen und Webstühle aufgestellt, daran lässt sie nun Kinder und junge Mädchen Tag und Nacht für einen Hungerlohn schuften. So kann sie die englische Konkurrenz unterbieten. Aber sie gilt als Schinderin, und den guten Leumund, den das Handelshaus Benedetti über viele Generationen in Venedig hatte, hat sie schon lange verspielt.

Bei Boppard fragten sie in einem Beginenkonvent, das Susanna ihnen aufgeschrieben hatte, nach einer Herberge für die Nacht und wurden herzlich von den Beginen der Jungfrau Maria aufgenommen. Die Gastgeberinnen richteten Badewasser mit Lavendel her und gaben den Reisenden ein erfrischendes Tonikum zum Einreiben.

Die sechs Beginen betrieben eine kleine Apotheke, und Colomba war beeindruckt von der Vielfalt ihrer Zubereitungen: Salben, Pillen, Tinkturen, Kräuteraufgüsse und Auszüge aus allen möglichen Pflanzen waren in Fläschchen und Tiegeln in den Regalen aufgereiht. Es gab auch eine große Auswahl an Amuletten, mit Schnitzereien und Ziselierungen geschmückten Halbedelsteinen an einem Lederband, die, so berichtete Meisterin Adelheid, reißenden Absatz fanden. »Die Leute wollen es so«, erklärte sie, »ich gebe ihnen einen Aufguss oder Tropfen, die wirklich helfen, dazu ein Amulett, dann glauben sie auch daran, dass es hilft, und wir wissen ja, wie wichtig der Glaube bei der Heilung ist.«

Colomba wetterte immer sehr gegen den Aberglauben in der Medizin, es werde so viel Schindluder getrieben, viele Menschen würden mit Wundermitteln übers Ohr gehauen, die überhaupt nichts bewirkten, außer, dass sie die Taschen des Verkäufers füllten. Aber sie konnte sich mit Adelheids Auffassung anfreunden, die naturwissenschaftlichen Erkenntnisse in ein wenig Aberglauben zu verpacken, denn auszurotten war er so schnell doch nicht.

Die Tafel zum Abendessen war festlich weiß gedeckt, es gab einen guten, leichten Moselwein und gebratene Tauben mit Kraut und getrockneten Weinbeeren. Die Gastgeberinnen zündeten Dutzende von Kerzen an, die Gäste fühlten sich warm und geborgen. Bald hatten sie so viel Vertrauen gefasst, dass sie einander ihre Gedanken offenbarten.

Wie die Benedettis und die Goldspinnerinnen von St. Jakob benutzten auch diese Beginen den Konvent als Tarnung. Sie wollten nicht einem Ehemann zu Diensten sein und ein Dutzend Kinder gebären, und nach Agathas Eindruck – den Jakobe und Colomba später bestätigten – fanden zumindest einige von ihnen, wie Elsa, ohnehin mehr Gefallen an Frauen.

Als sie von ihrem Leben in Cöln berichteten, kamen sie schnell auf die Hexenfrage und die unselige Rolle, die die Kirche dabei spielte. Da brach regelrecht das Eis, und sie hechelten sich nach Herzenslust über den Klerus aus. Meisterin Adelheid zauberte ein wenig Hanf aus einer Schublade hervor, sie rauchten, entspannten sich und fingen an zu kichern, dann erzählte Agatha von ihren Hanfsitzungen in Cöln, die sie alle vier Wochen abhielten, wenn sie gemeinsam bluteten und Bauchkrämpfe hatten. Fast immer war es um den Vollmond herum, Susanna fing meistens an mit übler Laune und bleichem Gesicht, dann setzte die Blutung auch bei den anderen innerhalb von drei, vier Tagen ein. Die Maria-Beginen hatten die gleichen Erfahrungen gemacht, es schien ein allgemeines Phänomen zu sein, wenn Frauen zusammen wohnten. Colomba hielt Hanf für ein gutes Mittel bei Frauenkrämpfen, und auch gegen die Melancholie, die manche Frauen in dieser Zeit überfiel, helfe nichts so gut, sagte sie, außer vielleicht Johanniskraut.

Irgendwann erzählten sie auch von dem Ziel ihrer Reise und von der Entführung Paolos, nur von Auticara und von der Pest sprachen sie lieber nicht. Die Gastgeberinnen saßen mit großen Augen und konnten gar nicht genug von den abenteuerlichen Geschichten bekommen, sodass es nach Mitternacht wurde, bis sie erschöpft in ihre Betten fielen.

Sie wachten erfrischt auf, Jakobe lächelte und sagte, sie habe zum ersten Mal seit Simons Tod wieder tief und erquickend geschlafen. Ihre Freundinnen bereiteten ihnen ein üppiges Frühstück, gaben ihnen eine besonders gute Salbe gegen das Wundreiten und eine Kräutermischung gegen plötzlich auftretende Schmerzen mit und stopften ihnen die Taschen mit Gebäck, Süßigkeiten und getrockneten Früchten voll, sie konnten es gar nicht abwehren. Bei ihrem herzlichen Abschied versprachen sie sich, in Verbindung zu bleiben.

Jakobe, Agatha und Colomba zogen wieder ein Stück zu Fuß durch das Rheintal, durch das manchmal schon ein Frühlingswind fuhr. Die Berge waren nahe ans Ufer gerückt, aus den Wäldern, die sich hier und da mit einem hellgrünen Schleier überzogen, ragten trutzige Burgen. Der weite, blassblaue Himmel war mit weißen Wolkenschlieren überzogen, die Sonne kam heraus und wärmte die Erde, die Knospen an den Büschen und Bäumen wurden immer praller, je weiter sie nach Süden kamen. Sie gingen schnell unterhalb eines Hanges, linkerhand floss ihnen der Rhein entgegen, der graues, schlammiges Schmelzwasser mit sich brachte und hoch angeschwollen war. Immer wieder überholten sie Postkutschen und beglückwünschten sich jedes Mal zu der Entscheidung, sie zu meiden. Bei der ersten war gerade ein Rad gebrochen, die Reisenden saßen missgelaunt daneben und warteten darauf, dass der fluchende Postillion den Schaden behob. Dann überholten sie eine zweite, die im Schneckentempo über die Straße rumpelte, und erinnerten sich mit

Schaudern an ihre ersten Italienreisen in diesen unbequemen Kisten.

Agatha lief und war in ihrem Element, das schwebende Gefühl stellte sich ein, sie dachte an das Wiedersehen mit Paolo und sah die blaue *laguna* vor sich. Mit kräftigen Schritten lief sie vor Jakobe und Colomba her, das Gesicht zum Himmel gewandt, die Kapuze glitt ihr vom Haar.

Sie bemerkte den Reiter, der ihnen entgegensprengte, erst ziemlich spät und zog schnell die Kapuze wieder hoch. Das Gesicht des Mannes lag im Schatten seiner breiten Hutkrempe. Er schien zuerst das Pferd zügeln zu wollen, dann preschte er an Agatha vorbei auf Colomba und Jakobe zu, die stehen blieben und ihm nachschauten.

Agatha war wie vom Donner gerührt. Sie kannte diesen Mann, die Erkenntnis rollte heran, wogte über sie hinweg und nahm ihr fast den Atem. Sie machte kehrt und hastete zu Colomba und Jakobe zurück, die sich über den eiligen Reiter wunderten, der schon hinter der Flussbiegung verschwunden war. »Vielleicht haltet ihr mich für toll«, keuchte Agatha, »aber mir ist, als wäre dieser Reiter gerade Francesco gewesen.«

In dem Augenblick, in dem sie den Reiter sahen, war Agatha fest davon überzeugt, dass es Paolos Vater war, ihre Zweifel wurden jedoch immer größer, je länger es zurücklag. Sie ging in sich und fragte, aber sie bekam nur die Antwort, dass sie auf dem schnellsten Weg nach Italien müssten und sich nicht aufhalten dürften.

In St. Goarshausen bekam der Rhein gefährliche Strudel und Untiefen. Viele der flussaufwärts fahrenden Schiffe wurden entladen und über die Strudel getreidelt, ihre Fracht wurde über die Höhenstraße nach Rüdesheim gebracht.

Als sie den schroff und hoch aufragenden, schiefergrauen Loreley-Felsen passierten, vor dem ganze Gruppen von Reisenden Halt machten und ihre Wegzehrung auspackten, legten sie ebenfalls eine Pause ein. Sie wollten das Echo ausprobieren, von dem sie schon viel gehört hatten.

»Was macht uns froh?«, rief Agatha laut über den Fluss gegen die zerklüftete Felswand.

»Francescooo!«, hallte es zurück, Jakobe und Colomba verstanden allerdings »Paolooo!«.

»Wo gehen wir hin?«, rief Colomba.

»Italien!«

Diesmal hörten sie es alle drei.

Bei Bingen verließen sie das Rheintal und nahmen eine Abkürzung über Bad Kreuznach und Alzey. Sie waren froh, dass Friedrich ihnen eine Karte mitgegeben hatte, auf dem die Hauptwege eingezeichnet waren. Bei Worms stießen sie wieder auf den Fluss, dem sie bis Karlsruhe folgen wollten, dann führte die Route am Nordrand des Schwarzwaldes entlang nach Reutlingen.

Colomba tat die Reise gut, sie war entspannter als zu Hause und sah weniger streng aus. Manchmal richtete sie ihren Blick sehnsüchtig in die Ferne und sagte mit weicher Stimme, sie freue sich so sehr auf Venedig, dieses Paradies aus Wasser und Licht, sie erinnere sich mit so viel Sehnsucht an die Türme im goldenen Nachmittagsdunst, wenn man von der *laguna* aus auf die Stadt schaue, sie höre die Wellen mit einem zarten, saugenden Geräusch an die Ufermauer des Canal Grande klatschen, sie fühle das Schweben und leichte Schlingern, das sich einstelle, wenn man zwischen den wiegenden Wassern lebe, das Gefühl des Träumens vor dem hin- und herschwankenden Horizont.

Agatha dachte oft, dass Auticaras Tod bei Colomba die tiefsten Spuren hinterlassen hatte. Colomba war immer die klügste der Schwestern gewesen, sie schien schon mit einem großen Wissen geboren worden zu sein, stellte als kleines Kind die schlauesten Fragen und schlug sich tapfer als einziges Mädchen auf der Lateinischen Schule. Auticara hatte durchgesetzt, dass sie aufgenommen wurde, indem sie mit der Fünfjährigen immer wieder bei dem Scholaren vorgesprochen und darauf gedrungen hatte, dass Colomba ihr fehlerloses Latein und ihre Übersetzungskünste vorführen durfte. Außerdem hatte sie den Regens in die »Goldene Traube« eingeladen und ihm in ihrem prächtigsten Festkleid so lange schön getan, bis er schließlich Colomba als Ausnahme am Unterricht teilnehmen ließ unter der Bedingung, dass sie still und fügsam zuhöre und die Jungen nicht bei ihren Studien störe.

Colomba tat dies natürlich nicht, sondern beteiligte sich lebhafter als alle anderen und überflügelte ihre Klassenkameraden schnell. Manchen Lehrern war sie deshalb ein Dorn im Auge, aber die meisten waren von ihrer Auffassungsgabe begeistert und förderten sie nach Kräften. Zu Hause las sie alles, was ihr unter die Finger kam: Flugschriften, Zeitungen, Bücher, die Auticara trotz der hohen Kosten reichlich anschaffte oder auslieh. Auticara war stolz, wenn Colomba gute Noten brachte, aber sie ließ ihr keine Ruhe, zeigte sich selten zufrieden und stachelte sie immer weiter zu Höchstleistungen an.

Ein Fehler im Diktat ist einer zu viel, Colomba, meinst du nicht?

Ich habe drei beim Katechismus-Abschreiben, Susanna auch, sagt Agatha schnell, um Auticara den Wind aus den Segeln zu nehmen.

Wenn man ein schlaues Mädchen ist, braucht man gar keine Fehler zu machen. Colomba, ich denke, du solltest noch eine Seite zusätzlich abschreiben.

Agatha und Susanna können abschreiben!

Auticara beugt sich zu Colomba hinunter und flüstert, bei Susanna und Agatha lohne es sich gar nicht, aber sie sei intelligent.

Du kannst einmal eine gelehrte Frau werden, mein Täubchen.

Dazu brauche ich nicht abzuschreiben!

Colombas Nasenspitze ist weiß vor Zorn, Auticara wird schrill.

Ich will nur dein Bestes, ich will, dass du aus dir herausholst, was du kannst!

Hole du doch aus dir heraus, was du kannst, lass mich gefälligst damit in Ruhe!

Muss ich mir das gefallen lassen? Da schuftet man den ganzen Tag, für wen denn wohl? Für niemand anderen als für euch, und das ist der Dank. Ich möchte, dass einmal etwas aus dir wird, dass du nicht hinter irgendeinem Herd versauern musst. Du schreibst jetzt sofort ab, Colomba!

Auticara gibt Colomba eine Ohrfeige, worauf diese völlig aus der Fassung gerät und wie am Spieß brüllt, zwischendurch gellt es aus ihr heraus: Weißt du, wie ich dich ab jetzt nennen werde? Alessandra werde ich dich nennen, du bist keinen Deut besser, als die schreckliche *nonna*, du lässt einen auch nicht in Ruhe, keifst, schreist und quälst, wie es nicht schlimmer geht. Genau wie sie, genau, wie du es immer von ihr erzählst!

Dieser Vergleich bringt Auticara vollends hoch, sie versucht wieder, Colomba zu schlagen, Susanna und Agatha werfen sich dazwischen, sodass sie die Prügel und das Wüten abbekommen. Colomba läuft ins Zimmer hinauf und kommt den ganzen Nachmittag nicht mehr herunter.

Agatha geht ihr nach, Colomba sitzt auf ihrem Bett und zieht sich Haarsträhnen aus der Kopfhaut. Mutter habe alle anderen lieb, nur sie nicht, schluchzt sie und lässt sich durch nichts von diesem absurden Gedanken abbringen.

Wenn die Stimmung sich wieder beruhigt hat, tut sie alles, um Auticara gefällig zu sein, aber richtig entspannt ist das Verhältnis zwischen den beiden selten.

Als sie das letzte Mal im Turm sind, ist Colomba besonders mitgenommen. Sie ist weiß wie die Wand, ihre Hände zittern. Auticara mustert ihre Töchter eine nach der anderen, bei der elenden Colomba verweilt sie und sagt: Am meisten wünsche ich mir, dass ich meine großen Mädchen noch einmal lachen sehe.

Susanna und Agatha sind wie versteinert, sie können keine Miene verziehen, aber Colomba lächelt und tut eine halbe Stunde lang so, als wären sie zu einem Sonntagnachmittagsbesuch im Gefängnis und nicht zur Henkersmahlzeit ihrer Mutter. Als sie draußen sind, erbricht sie sich, bis nur noch grüner Schleim kommt, und Susanna muss sie stützen, damit sie es bis nach Hause schafft. Seitdem haben ihre Schwestern Colomba nie mehr lachen sehen, nicht ein einziges Mal.

Liebe

Gislind langweilte sich zu Tode, seitdem Agatha und Colomba fort waren, sie wusste kaum, wie sie den Tag herumbringen sollte. Auf die Straße durfte sie nur, wenn es unumgänglich war, und zu Hause war es trostlos. Kein Paolo redete ununterbrochen beim Essen, keine Agatha fragte beim Frühstück nach ihren Träumen, keine Colomba schaute streng. Kein Schwätzchen mit Jakobe am Nachmittag, an Simon konnte sie gar nicht denken, ohne sofort in Tränen auszubrechen.

Friedrich saß abends bei ihnen. Er hatte Jakobes Porträt von Paolo und Simon gerahmt und auf die Anrichte gestellt, wo sie es immer sehen konnten, und Susanna stellte jeden Morgen einen Strauß frisches Grün und am Abend eine brennende Kerze davor. Friedrich war immer noch stumm vor Trauer, manchmal schluchzte er, wenn sie beim Abendessen über die Kinder sprachen. Sein einziger Trost war Peter, der jetzt in Simons Zimmer schlief, ständig um Friedrich herum war und ihm in der Werkstatt zur Hand ging. Peters kleines Gesicht leuchtete, wenn Friedrich ihn einen guten Jungen nannte, ihm die Wange streichelte oder ihn auf den Schoß nahm. »Ich will diesem Kind ein Vater sein«, sagte Friedrich, »vielleicht kann ich an ihm wieder gutmachen, was ich an meinem eigenen versäumt habe.« Es war ihm nicht auszureden, dass ihn Schuld an Simons Tod traf, genau wie Jakobe war er davon überzeugt, dass Simon hätte gerettet werden können, wenn sie mehr auf ihn Acht gegeben hätten.

Auch Susanna weinte viel, auch sie war ganz aus dem Tritt und wusste nicht richtig, wie sie durch den Tag kommen sollte. Sie webte ein wenig und kochte stundenlang kräftige Hühner- und Rindersuppen für Friedrich, Elsa und Gislind, Entgen, Lyss und Peter, um ihre Widerstandskraft zu stärken. Außerdem lief sie den ganzen Tag mit dem Echinacin-Auszug hinter ihnen her. Susanna hatte immer noch panische Angst vor der Pest, obwohl in Cöln keine neuen Fälle mehr aufgetreten waren und ein großes Sterben nicht zu befürchten war. Colomba hatte einen sorgfältig ausgearbeiteten Plan zur Stärkung der Widerstandskraft gegen Krankheiten aller Art hinterlassen, an den sich Susanna akribisch hielt.

Aber noch mehr Angst als vor der Pest hatte sie vor der Obrigkeit. Wieder waren Gewaltdiener dagewesen und hatten nach Colomba gefragt, Elsa hatte sie abgewiesen und ihnen gesagt, Colomba sei in Süddeutschland, um ihre Großmutter zu besuchen.

Seitdem war Susanna geradezu hysterisch, sie beschwor die Mädchen, bloß nirgends alleine hinzugehen, und Gislind hielt sich meistens daran, allerdings nicht Elsa, die immer wieder zu den Goldspinnerinnen verschwand. »Dagegen kann Susanna nichts haben«, zischte sie, wenn Gislind sie ermahnte, »da bin ich hinter Klostermauern. Ich weiß gar nicht, was sie will.«

Offiziell brachte die Begine Hildegardis Elsa das Goldspinnen bei, und außer den beiden wusste nur Gislind, was sich in der kleinen Werkstatt auf dem Dachboden des Konventes wirklich abspielte.

»Sie zieht aus einer Unze Gold mit ihrem Zieheisen einen hauchdünnen Faden, wie ein Haar, ganz dünn, länger und länger, er hört gar nicht auf, sie arbeitet mit ihren schönen, kräftigen Armen, ihre Haut ist so glatt, sie duftet. Dann schlingt sie den Faden um uns beide herum, immer und immer wieder, bis wir ganz eingehüllt sind in das goldene Gespinst.«

»Und dann, Elsa, was macht sie dann?«

»Sie küsst mich und streichelt mich in all dem Gold, ach, Gislind, es geht mir durch und durch. Die Haut einer Frau ist auf jeden Fall viel weicher als die eines Mannes.«

»Woher willst du das wissen? Die Männer haben auch sehr schöne weiche Stellen.«

»Aber ganz bestimmt haben sie nicht die weiche Brust. Die

von Hildegardis ist ja nicht so groß und verhältnismäßig fest, aber wenn man sie berührt, ist sie weich wie ein Sahnekäse.«

»Ein Sahnekäse, darauf wäre ich allerdings nicht gekommen. Schmeckt sie auch so gut?«

»Viel, viel besser. Ach Gislind, es ist das Schönste, es ist schöner als alles, was ich mir jemals vorgestellt habe.«

»Hast du es dir denn überhaupt mit Frauen vorgestellt?«

»Ich dachte immer, das darf man nicht, es muss so sein, dass es ein Mann ist. Aber ich habe schon manchmal gemerkt, dass sich die Heimlichkeit zusammenzog, wenn ich eine schöne Frau sah.«

»Was hast du noch mit ihr getan, außer den Sahnekäse zu lecken?«

»Rutsch zu mir, Gislind, ich kann es nur erzählen, wenn du nahe bei mir bist.«

»Sag schon, spann mich nicht so auf die Folter.«

»Ich habe ihr die Brustwarzen gebissen und an ihnen gesaugt, sie schwemmte sofort über, dann hat sie es bei mir getan.«

»Hast du dabei ihre Heimlichkeit gefühlt?«

»Ja, ich war tief in ihr drinnen, und sie bei mir, sie sagt Rosenbusch zu der Heimlichkeit.«

»Wie schön! Wie ist es, einen anderen Rosenbusch zu fühlen als den eigenen?«

»Es ist, als gäbe es keine Grenze mehr, nichts Fremdes, als würde man miteinander verschmelzen und eins sein. Ich weiß, was sie spürt, sie weiß, was ich spüre, wir wissen genau, was wir tun müssen, um der anderen gut zu tun. Es ist ein Gefühl, das man immer wieder haben will.«

»Ich hätte Angst, es an jemanden zu binden, von dem ich dann nicht loskomme. Sei vorsichtig, Elsa, davon kannst du sehr unglücklich werden. Ich hole mir von den Männern, was mir gefällt, aber ich binde mich nicht an sie.«

»Das könnte ich nicht, ich will nur sie, ich werde richtig schwindelig, wenn ich sie rieche, sie ist so weich und nass. Ich kann mir nicht vorstellen, dass es mit dem Schaft der Männer genauso schön ist.«

»Oh, das ist auch etwas sehr Angenehmes. Der Schaft ist fremd und wunderschön, er fühlt sich wie glatte, schwere Seide an, man kann sich nicht vorstellen, selbst so etwas zu haben. Er ist hart und weich zugleich und fasst sich gut an, jedenfalls wenn die Männer empfindsam sind und nicht immer nur ans Zustoßen denken. Das ist etwas, was ich wirklich hasse.«

»Willst du dich denn niemals verlieben, Gislind?«

»Ach, ich weiß nicht. Ich hoffe immer, dass es mir erspart bleibt.«

Nach Simons Tod waren die Mägde und Knechte der von Essens und der Benedettis nicht wiedergekommen, die Angst vor dem Pesthaus war zu groß. Nur Entgen und Lyss waren geblieben, sie hätten ohnehin nicht gewusst, wohin, und versicherten Susanna immer wieder, sie würden bei ihr bleiben und ihr getreulich beistehen bis zum Tod. Noch mehr als sonst machten sie sich überall im Haus nützlich, waren selbständig und umsichtig und wurden zu Susannas Stütze. Gislind und Susanna wunderten sich oft, wie gut sie sich entwickelt hatten, wenn man bedachte, in welchem Zustand sie vor vier Jahren in der Schildergasse angekommen waren.

Die Schwestern waren damals acht und zehn Jahre alt gewesen und hatten mit ihrem Vater Auf dem Berlich gelebt, gleich um die Ecke von der berüchtigten Schwalbengasse, einem der Hurenviertel von Cöln. Ihre Mutter war an der Schwindsucht gestorben, und sie blieben ihrem gewalttätigen Vater überlassen, der Entgen missbrauchte, sie auch den Nachbarn gegen Branntwein anbot und ihr immer wieder in Aussicht stellte, sie in die Schwalbengasse anschaffen zu schicken. Einmal versuchte er es auch bei Lyss, aber sie bekam sofort die Nesselsucht und wurde ohnmächtig, sodass er von ihr abließ. Entgen übernahm den Dienst am Vater bereitwillig, weil sie sich damit sein Wohlwollen einhandelte. Da sie den Körper nicht spürte, wenn es unangenehm wurde, machte es ihr nicht so viel aus, und sie vergaß es unmittelbar danach.

Die Kinder überstanden diese Qualen, indem sie immer beieinander blieben und sich nur trennten, wenn der Vater rief. Dann hockte Lyss hinter der Feuerstelle in der Küche und wartete zitternd das Ende des Keuchens ab, Entgen sah angestrengt zum Fenster hinaus. Wenn es vorbei war, ging sie sofort wieder zu ihrer Schwester. Sie hielten sich bei den Händen, wann es eben ging, verrichteten alle Arbeiten gemeinsam, schliefen nachts eng ineinander gerollt, aßen und tranken zusammen, bewegten sich in einem Rhythmus, führten die gleichen Gesten aus. »Man könnte denken, sie wären zusammengewachsen«, sagte Susanna oft.

Als sie größer wurden und der Vater anfing, Lyss zu schlagen, beschloss Entgen, dass sie fortgehen müssten. Sie hatten gehört, dass Kinder in Jakobes Haus Hilfe finden konnten, und schlüpften durch die rückwärtige Mauer in den Garten. Dort blieben sie sitzen, bis Susanna sie abends zufällig entdeckte, als sie versuchten, eine Katze zu fangen. Sie wollten sie töten, braten und essen, wie sie es zu Hause auch getan hatten, wenn nichts anderes mehr da war.

In den ersten Wochen waren sie wie zwei scheue Vöglein, die vor Erschöpfung kaum noch den Schnabel öffnen konnten. Sie zitterten, verbargen die Köpfe zwischen den Armen und klammerten sich aneinander, wenn sich jemand näherte, denn ihre größte Angst war, dass man sie trennen konnte.

Aber dank Colombas Behandlungen, Jakobes gutem Essen und der freundlichen Zuwendung, die sie von allen erfuhren, erholten sie sich. Als sie merkten, dass sie nicht geschlagen und misshandelt und auch nicht auseinander gerissen wurden, waren sie von tiefer Dankbarkeit erfüllt und halfen im Haus und im Garten, so gut sie konnten.

Morgens gingen sie zu Jakobe in den Unterricht, vor allem Lyss war eifrig und lernwillig. Sie rechnete bald bis zwanzig, schrieb einfache Sätze und versuchte alles zu entziffern, was ihr an Geschriebenem vor die Augen kam. Damit hatte sie endlich etwas, womit sie Entgen übertrumpfen konnte, die sonst in allem weiter und schneller war.

Sie waren anstellig und hilfsbereit, putzten, nähten und webten, halfen beim Kochen und im Garten. Und, was Susanna und Gislind als ein regelrechtes Wunder empfanden: Sie ließen sich in den Arm nehmen und trösten, das war am Anfang überhaupt nicht möglich gewesen.

Susanna, Colomba und Agatha waren für sie Respektspersonen, aber Gislind und Elsa betrachteten sie als ihresgleichen, zu ihnen fassten sie so viel Vertrauen, dass sie ihnen alle ihre Geheimnisse erzählten. Im letzten Herbst während der Kirchmesse am Dom hatten sie etwas entdeckt, wovon Colomba und Susanna auf gar keinen Fall wissen durften, Entgen hatte es Gislind verschämt und aufgeregt zugeflüstert.

In einer Badestube in einem Hinterhaus an Unter Messermacher wurden während der Kirchmesse abends heimliche Feste veranstaltet. Entgen hörte davon auf dem Markt von den anderen Mädchen, sie schlich sich mit Lyss hin, dann trauten sie sich alleine aber nicht hinein. Entgen wusste von Gislinds Hang zu solchen verbotenen Vergnügungen und weihte sie in der Hoffnung ein, Gislind werde mit ihnen gehen.

»Da können wir springen und tanzen und lustig sein«, flüsterte sie, »da gibt es Musik und Wein, es ist richtig was los.«

Gislind sprang sofort an.

»Wann ist es wieder?« Sie funkelte aufgeregt.

»Heute das letzte Mal, dann ist die Kirmes vorbei.«

Gislind sah Entgen streng an.

»Wir können hingehen, aber ich muss mich darauf verlassen, dass ihr den Mund haltet. Wenn Susanna das erfährt, ist es vorbei mit Springen, sie sperrt uns ein und bewacht uns, und wir dürfen nie wieder raus.«

»Nie wieder?«

»Nie wieder, Entgen, schreib dir das hinter die Ohren. Und ein paar Ohrfeigen wird es auch setzen.«

Entgen verzog das Gesicht und hielt sich die Backe, dann gab sie Lyss einen Klaps.

»Du verrätst nichts, sonst gehn wir in den Turm!«

Lyss guckte so verschreckt, dass Gislind sie beruhigte, in den Turm müssten sie nicht gleich, aber eigentlich war sie froh, dass die beiden ordentlich Angst hatten.

Als Susanna, Colomba und Agatha im Bett waren, stahlen sie sich – nachdem Gislind Elsa eingebläut hatte, die Sache um jeden Preis geheim zu halten – auf Zehenspitzen zur Hintertür hinaus. Hinten im Gartenhäuschen hatte Gislind Masken deponiert, die sie mitnahmen, dann schlüpften sie durch eine lose Zaunlatte und schlichen sich, an die Hauswände gedrückt, durch die kleinen Gassen an der Dombaustelle vorbei bis Unter Messermacher, voller Angst, einen der Nachtwächter auf sich aufmerksam zu machen.

Getarnt mit ihren Masken betraten sie die Badestube, die sich in einem riesigen Kellergewölbe befand. Sie gehörte einem unangenehmen Hünen namens Anselm Butt, der am Eingang stand und kontrollierte, wer hineinwollte. Einige Männer vor ihnen mussten bezahlen, aber die jungen Mädchen ließ er mit anzüglichem Grinsen und einladender Handbewegung gratis hinein.

Drinnen ging es hoch her. Erhitzte, leicht bekleidete Leiber drängten sich, Sackpfeifen, Drehleiern und Flöten lärmten, Trommeln wurden wie rasend geschlagen, eine Pauke wummerte dumpf und gleichmäßig, in der Mitte des Raumes wurde getanzt. Als sich Gislinds Augen an die rauchige Umgebung und das diffuse Licht der Fackeln gewöhnt hatten, sah sie, dass sich, nach der Kleidung zu urteilen, eine Menge honoriger Cölnerinnen und Cölner hier herumtrieben, die geschminkt und vielfach ebenfalls maskiert waren. An den Wänden reihten sich Verkaufstische für Wein und Bier auf, die dicht umlagert waren, unter einer Esse brutzelte ein Schwein am Spieß. Die Stimmung war fiebrig, wie Gislind es liebte. Von dem Hauptraum gingen Nebengelasse ab, in einigen standen dampfende Holzwannen, in denen sich Paare tummelten, in anderen lagen Strohsäcke auf dem Boden, die ebenfalls einschlägig belegt waren.

In dem abgelegensten, nur durch ein paar Kerzen erhellten Raum verkaufte eine Frau, vor deren Tisch sich eine lange Schlange gebildet hatte, Salben. Auch Gislind erstand einen Tiegel mit Schierling, Mohn, Portulak, Hanf und ein wenig spanischer Fliege.

»Frisches Menschenfett«, flüsterte die Verkäuferin mit einem Augenzwinkern, aber Gislind drängte den Gedanken sofort beiseite. Sie wusste, dass eingefleischte Salbenbenutzer darauf schworen, weil es am besten von der Haut aufgenommen wurde. Die Henker boten Menschenfett feil und sicherten sich damit bei der lebhaften Nachfrage einen guten Nebenverdienst. Gislind rieb sich vorsichtig ein wenig Salbe auf die Brust, den Mädchen gab sie nur einen winzigen Klecks auf den Unterarm, damit sie Ruhe gaben.

Natürlich hatte Colomba sie immer wieder vor den Salben gewarnt: »Hütet euch, man weiß nie genau, was sie hineintun. Wenn Aconit dabei ist, glaubt man, man sei ein Werwolf, vom Stechapfel bekommt man starke Halluzinationen, sieht Gespenster und hört Stimmen. Das kann sehr unangenehm werden, ich habe schon Fälle gesehen, wo die Leute gar nicht mehr aus dem Rausch zurückgekommen und toll geworden sind.«

Lyss blieb die ganze Zeit ängstlich an Gislinds Hand, aber auf Entgen, die zwischen den Tanzenden herumhüpfte und ihre Röcke hob, musste sie höllisch aufpassen.

Als sie damals zu den Benedettis kam, hatte Entgen vor jedem Mann, der sich ihr anzüglich näherte, den Rock gehoben und ihn über sich steigen lassen, egal, ob er angenehm oder brutal war. Colomba und Gislind hatten überlegt, dass man sie nicht gänzlich davon abhalten konnte, wenn man sie nicht Tag und Nacht einsperren wollte. Man konnte jedoch verhindern, dass sie mit den bösartigen, unangenehmen Kerlen ging. Colomba hatte Entgen untersucht und festgestellt, dass sie nicht schwanger werden konnte, ihre Eileiter waren vernarbt, ihre Gebärmutter war verkümmert und hart wie ein Stein. Colomba verabreichte ihr vorbeugend kleine Dosen Quecksilber und Tee aus Guajak-Holz, trotzdem konnte man nur beten, dass sie sich nicht die Franzosen holte. Gislind nahm Entgen ins Gebet und bläute ihr ein, dass sie sich nicht mehr heimlich auf die Gasse schleichen, sondern nur in ihrer Begleitung hinausdürfe und ihre Zustimmung brauche, wenn sie mit einem Mann gehen wolle. Deshalb behielt Gislind Entgen in der Badestube im Auge und stimmte einmal zu, dass sie mit einem auf die Strohsäcke ging. Während Entgen fort war, guckte Gislind sich einen Jungen aus, der sie schon die ganze Zeit bewundernd angestrahlt hatte, einen hübschen, frischen Burschen von sechzehn, siebzehn Jahren. Gislind hatte ihm zugenickt und wollte, als Entgen zurückkam, gerade die Mädchen instruieren, wo sie auf sie zu warten hätten, als sich ein älterer Mann mit steifem, leicht humpelndem Gang und einem mächtigen Bauch, der Gislind trotz seiner Maske bekannt vorkam, an Entgen heranmachte und ihr Zeichen gab. Gislind musste eine Weile überlegen, bis es ihr wie Schuppen von den Augen fiel: Es war die unverwechselbare, massige Statur des Ratsherrn und Schöffen Heinrich von Aldenhoven, den sie von einem Abendessen bei Jakobe und Friedrich kannte. Gislind hielt die Luft an. Es war kaum zu glauben, in diesem Sündenpfuhl ausgerechnet dieser Moralrichter, der sich dazu noch unzüchtig an einem blutjungen Ding vergreifen wollte!

Gislind zog Entgen, die auf Aldenhovens auffordernden Blick hin herumtänzelte und Anstalten machte, den Rock zu heben, zurück und zischte den Alten an, er solle seine dreckigen Finger von dem Kind lassen. Durch die Maske traf sie ein hasserfüllter Blick, der sie auf der Stelle ernüchterte. Schweren Herzens ließ sie den hübschen Jungen stehen und lief mit Entgen und Lyss nach Hause.

Seitdem die Gewaltdiener nach Colomba gefragt hatten, hatte Gislind immer wieder überlegt, ob sie den Besuch in der Badestube und damit auch dieses Zusammentreffen gestehen sollte, in Anbetracht von Susannas verängstigtem Zustand hatte sie jedoch erst einmal davon abgesehen. Trotzdem ging das Erlebnis mit dem Schöffen Gislind nicht aus dem Kopf, und der Gedanke ließ sie nicht los, dass man ihm einen Strick daraus drehen konnte.

Elsa sah aus dem Fenster und überlegte, ob es nicht besser war, sich gleich umzubringen, als sich hier in dem grässlichen Cöln zu Tode zu grämen. Es regnete seit drei Tagen, die Frühlingslüfte hatten sich wieder verzogen, und ein grauer, schwerer Himmel hing über der Stadt. Sie und Gislind webten den ganzen Tag, damit die Zeit schneller herumging, dabei stellten sie ernsthafte Überlegungen an, ob sie nicht auf einem Schiff anheuern und nach Indien fahren sollten, wenn der Alptraum in Cöln überstanden war.

»Indien ist das Paradies«, schwärmte Gislind, »immer warm, und die hübschesten Menschen der Welt leben da. Sie tragen die wunderschönen Saris, du weißt, *mamma* hat uns oft davon erzählt.

In den herrlichsten Farben, unterschiedliche Rottöne, Orange, Grün, und überall Gold. Außerdem malen sie sich einen Punkt in die Mitte der Stirn, und sie beten zu Elefanten- und Affengöttern. Die Männer sind beweglich und haben schöne Gesichter, die Frauen sind wie braune Gazellen.«

Wie schön und geschmeidig die Inderinnen auch immer sein mochten, Elsa wollte sich jedenfalls auf keine Frau mehr einlassen.

Bis vor drei Tagen war sie fast täglich den ganzen Nachmittag bei Hildegardis gewesen, und sie hatten sich bis zum Wahnsinn geliebt, trotz der ständigen Angst, entdeckt zu werden. Aber das, fand Elsa, hatte es umso prickelnder gemacht. Jeden Abend hatte sie gebetet, die Nacht und der Vormittag möchten schnell vergehen, damit sie wieder zu der Geliebten konnte, die ihr mit ihren aufgelösten Flechten, ihren bernsteinfarbenen Augen und rosigen, durstigen Lippen immer vor Augen stand. Diese Schlange! Da hatte sie in ihren Armen gelegen, gestöhnt und geschrien, hatte Elsa trinken wollen, sie an Stellen gebissen, über die zu reden der Anstand verbot, war über- und übergequollen, hatte ihr die Zunge in den Mund gesteckt und gar nicht genug bekommen können, und dann plötzlich: nichts mehr, *niente, nulla*. Absolut gar nichts, von einem Tag auf den anderen. Hildegardis ließ sich mit Krankheit verleugnen, Elsa zitterte und zappelte wie ein Fisch auf dem Trockenen und schrieb ihr jeden Tag drei Briefe, von denen Hildegardis keinen beantwortete. Lediglich ein kurzes Billet überreichte Schwester Bernarda Elsa an der Pforte der Goldspinnerinnen: »Ich bitte um Verzeihung, wenn ich das ehrwürdige Fräulein Elsa Benedetti nicht empfangen kann, ich bitte sie, es nicht persönlich zu nehmen. Ich muss mich ins Gebet versenken und Gott um Vergebung bitten für meine schweren Sünden.«

Elsa schäumte, Hildegardis war ja wohl nicht bei Trost!

Ihr war, als würde ihr die Haut bei lebendigem Leib abgezogen und das blutende Herz aus der Brust gerissen, sie fieberte nach der Geliebten mit allen Sinnen, sie war richtig krank und bereute inständig, nicht auf Gislind gehört und ihre Gefühle im Zaum gehalten zu haben. Gislind hatte Recht gehabt, man war verraten und verkauft, man saß in der Falle, man wurde vollkommen abhängig und zum Idioten, wenn man sich darauf einließ.

Die Zeit dehnte sich. Der Gedanke, sie bis zur Rückkehr von Agatha, Colomba, Jakobe und Paolo mit Weben totschlagen zu müssen, war kaum zu ertragen. Gislind und Elsa rechneten, dass es früher Sommer würde, fünf Monde hatte Agatha im Januar gesagt. »Noch drei Monate Stubenarrest«, stöhnte Gislind, »das halten wir im Leben nicht aus.«

Susanna flatterte nur noch herum, sie ließ Gislind und Elsa nicht aus den Augen, vergewisserte sich abends, dass sie in ihren Betten lagen, und ließ keine Gelegenheit aus, sie vor allen Gefahren dieser Welt zu warnen. Entgen und Lyss hätte sie am liebsten angebunden. Sie ging auch mehr und mehr dazu über, alle Einkäufe selbst zu erledigen, noch nicht einmal dieses Vergnügen ließ sie ihnen mehr.

Friedrich berichtete aus der Ratssitzung, der Schöffe von Aldenhoven habe nach dem Pestfall in der Schildergasse gefragt, insbesondere, ob da die Beginen ihre Finger im Spiel gehabt hätten.

Friedrich hatte daraufhin zu Protokoll gegeben, wie sich Simon angesteckt hatte, und dem Rat eindringlich das segensreiche Wirken der Begine Colomba Benedetti vor Augen geführt, die mit Sicherheit ein Ausbreiten der Epidemie verhindert habe. Es war eine Qual für ihn, vor der ganzen Versammlung darüber zu sprechen, die Tränen stürzten ihm aus den Augen, als er es zu Hause berichtete, und er drückte Peter an sich, der auf seinem Schoß saß und seine Hände tröstend auf Friedrichs legte.

Am Nachmittag klopfte es so heftig an die Haustür, dass sie in ihren Webstühlen zusammenschraken. Gislind ging nachsehen, wer es war, und streifte nachlässig die Kutte über. Sie blieb eine ganze Weile fort und kam ohne Kutte zurück, ihre Haare schimmerten fast überirdisch. Hinter ihr stand ein Mann in der Tür, groß, dunkel, hübsch anzusehen, eine Haut wie Honig. Gislind macht einen verwirrten Eindruck, ihre Augen flackerten und strahlten seltsam, ihre Lippen glänzten.

»Francesco«, flötete sie, »er behauptet, Francesco zu sein.«

»Francesco? Welcher Francesco?«

»Di Fiesole«, sagte der Mann auf Italienisch zu Elsa. »Wir haben uns in Venedig kennen gelernt, aber die *signorine* Gislind und Elsa waren noch sehr klein. Sehr klein und sehr niedlich, wenn ich mir die Bemerkung erlauben darf.«

»Das kann jeder behaupten, das sagt noch nichts darüber aus, dass wir uns wirklich kennen, *signore*, da müssen Sie schon noch bessere Beweise liefern.«

Elsa warf den Kopf zurück, der Mann grinste unverschämt.

»Kein Problem. Ich kenne Ihre Schwestern Agatha, Colomba und Susanna, und ich weiß zum Beispiel, dass die *signorina* Elsa ein viereckiges Muttermal am … am unteren Ende des Rückens hat.«

In der Tat, das konnte nur jemand wissen, der Elsas Hinterteil kannte, und da gab es außer ihren Schwestern eigentlich nur noch eine …

»Francesco, erinnerst du dich denn nicht, Agathas Mann, Paolos Vater!«

Gislind ließ die Augen nicht von dem Mann und wirkte, als hätte sie Salbe genommen. Ihre Pupillen waren riesig, sie stotterte und lispelte, so hatte Elsa sie noch nie erlebt.

Dann kam Susanna die Treppe herunter, sie schlug die Hände an die Wangen, als sie den Fremden sah, wurde kreidebleich, dann rot, stieß einen Schrei aus, stammelte, wimmerte, juchzte schließlich und fiel ihm um den Hals.

»Das kann nicht sein, das ist doch nicht möglich!«

»Mia carissima Sannina«, sagte er, beiden liefen die Tränen, und sie konnten gar nicht aufhören, sich zu herzen und zu umarmen.

»Wo sind mein Sohn und Agatha? Und Colomba?«

Susanna berichtete in Stichworten, Francesco funkelte vor Wut, als er hörte, dass allem Anschein nach Massimo Benedetti Paolo entführt hatte. »Dem drehe ich eigenhändig den Hals um«, stieß er hervor, »und ich glaube, ich kenne auch den Grund dafür, dass er es getan hat. Aber das erzähle ich euch alles später.«

Susanna scheuchte Entgen und Lyss, dass sie ein heißes Bad mit Rosmarin und Lavendel für Francesco zubereiteten, und trug Gislind und Elsa auf, für ein Abendessen zu sorgen. »Lasst euch was einfallen«, sagte sie, »damit er ein schönes Begrüßungsmahl bekommt.«

Gislind lief dienstfertig und ohne zu murren zum Fischmarkt und kam mit einem prächtigen Salm zurück, den sie, assistiert von Elsa, in Schalotten und Weißwein dünstete. Sie wieselte durch die Küche, rührte eine Sahnesoße mit Meerrettich an, schmeckte ab, würzte hier, dekorierte dort, und Elsa wunderte sich immer mehr, denn eigentlich war es nicht die Art ihrer Schwester, einen solchen Eifer bei den Essensvorbereitungen an den Tag zu legen.

Dann saßen sie am gedeckten Tisch. Der Regen hatte nachgelassen, und draußen war es wärmer geworden. Sie öffneten die Türen und rochen den Vorfrühling, im Garten platzten die ersten Knospen auf. Gislind stellte eine Riesenschüssel mit Schokoladenkugeln direkt vor Francesco und machte einen Knicks dabei. Elsa war fassungslos.

Francesco, frisch gebadet und erfrischt, zapfte das Fässchen Rheinwein an, das Friedrich aus dem Keller geholt hatte und sie stießen mit den Pokalen aus Venezianer Glas an, die noch von Auticara stammten. In ihnen spiegelten sich das Kerzenlicht, die glückliche Susanna und der strahlende Francesco. Er war ein schöner Mann, das musste sogar Elsa zugeben, und er schien tatsächlich so nett und freundlich zu sein, wie die Großen immer behauptet hatten.

Sie begannen zu essen, und Francesco fragte, wie lange Agatha, Colomba und Jakobe schon unterwegs seien. Dann rechnete er murmelnd und zählte mit den Fingern.

»Sie müssen es gewesen sein«, sagte er schließlich und erzählte von drei Beginen, die er vor Boppard am Rhein getroffen hatte. »Die Erste, an der ich vorbeiritt, lief schnell, mit zum Himmel gewandtem Gesicht, und ich dachte, sie läuft wie meine Agatha, wie meine schöne *signorina* Cramm, die ich in wenigen Tagen wiedersehen werde. Mit den Gedanken an sie habe ich mich regelrecht weggeträumt, sodass ich die beiden, die ein Stück hinterherkamen, nur aus den Augenwinkeln wahrnahm. Wie konnte ich nur so dumm sein, an ihnen vorbeizureiten, aber wie hätte ich auch drauf kommen sollen, dass sie es sind.«

»Oh, mein Lieber, vielleicht ist alles ganz richtig so.« Susanna nahm selig lächelnd seine Hände. »Vielleicht war das alles eine Fügung, damit wir hier Hilfe bekommen. Womöglich wärst du gleich wieder mit ihnen zurückgegangen und gar nicht nach Cöln gekommen! Ich kann dir gar nicht sagen, wie froh ich bin, dich hier zu haben.«

Dann erzählte Francesco, was damals geschehen war, als sie in Venedig vergeblich auf ihn gewartet hatten.

Als er nach Padua gekommen war, um die Heiratserlaubnis einzuholen, fand er seinen Vater vollkommen gebrochen vor. Francescos Mutter und seine beiden Brüder waren am Englischen Schweiß gestorben, der Vater hatte die Epidemie, die in Padua grassierte, nur knapp überstanden. Er hatte sich eine Weile nicht um seine Geschäfte kümmern können und war endgültig in den Ruin geraten, als Alessandra Benedetti ihm ohne jede Rücksicht eine ganze Ladung Rohwolle vor der Nase weggekauft hatte.

Die Situation war also nicht dazu angetan gewesen, Heiratspläne zu schmieden, zumal es sich bei der Braut um die Enkelin der verhassten Konkurrentin handelte. Stattdessen musste Francesco mit seinem Vater sofort nach Laziale, südlich von Rom, aufbrechen, um einen Teil des Landbesitzes der Familie zu verkaufen. Mit dem Erlös konnten fällige Wechsel bezahlt und das Haus in Padua erhalten werden.

»Ich habe auf der Reise immer nur an Agatha und mein Kind gedacht«, sagte Francesco mit Tränen in den Augen, »ich glaube, ich bin fast blind vor Kummer nach Rom geritten.«

Die Verhandlungen mit potenziellen Käufern zogen sich hin, und dann starb der geschwächte Vater von Francesco ganz plötzlich an einem Herzschlag. In der Folge gab es unendlich viel zu tun und zu ordnen, sodass es ein dreiviertel Jahr dauerte, bis Francesco wieder in Venedig war. Er fragte sofort bei Mabilia nach Agatha und ihren Schwestern, aber sie konnte ihm nur von der überstürzten Abreise berichten und einen Brief von Susanna zeigen, in dem sie mitteilte, dass Agatha einen Sohn geboren habe, Auticara als Hexe verbrannt worden und Hans Cramm gestorben sei.

»Wir sind in Gefahr und gehen weit fort von Reutlingen, niemand darf wissen, wohin, *carissima zia mia*, auch du nicht«, hatte Susanna geschrieben. »Wir dürfen keine Spuren hinterlassen, der Herr möge uns die Gnade gewähren, dass wir uns später, wenn die dunkle Zeit vorüber ist, noch einmal in die Arme schließen dürfen.«

Francesco war außer sich und überlegte lange, ob er nach Deutschland reiten sollte, um nach den Cramm-Mädchen zu forschen. Aber er kam zu dem Schluss, dass es zwecklos war, er konnte schließlich nicht das ganze Reich nach ihnen absuchen.

So ging er zu Andrea di Fiesole nach Murano und wurde in die Zunft der Glasbläser aufgenommen. Er vertiefte sich in das Handwerk, und seine Gläser, Vasen und Figuren gehörten bald zu den gefragtesten auf der Insel. Immer, wenn er die Gelegenheit hatte, nach Venedig zu kommen, besuchte er Mabilia, streifte durch die Gassen und trieb sich in der Nähe der Fondaco dei Tedeschi herum. Er sprach alle Deutschen an, die er traf, und beschrieb ihnen die schönen, deutsch-italienischen *signorine,* aber niemand hatte je von ihnen gehört.

Manchmal gab es Frauen, die ihm gefielen, aber immer, wenn sie ernste Absichten zeigten, machte er einen Rückzieher, weil sich Agatha dazwischenschob, die Sehnsucht nach seinem Kind und die Gewissheit, beide wiederzufinden.

Dann kam ihm der Zufall zu Hilfe. Ende Januar 1630 besuchte ihn ein alter Geschäftsfreund seines Vaters auf Murano und berichtete von Alessandra Benedetti, die, inzwischen hochbetagt, einen Schlaganfall erlitten hatte. Kurz zuvor, erzählte der Freund, habe sie von einem durchreisenden Händler Unglaubliches erfahren. Er habe ihr beiläufig einen Kaschmirumhang von ungewöhnlicher Qualität gezeigt, Alessandra habe sofort die Webtechnik Auticaras erkannt und erfahren, dass der Händler den Umhang in Cöln bei fünf jungen Beginen namens Benedetti erstanden habe. Sie ließ sich die Frauen beschreiben und hörte, dass sie nicht nur außergewöhnlich schön und geschäftlich sehr erfolgreich waren, sondern dass auch ein etwa zehnjähriger Junge bei ihnen lebte. Und als der Händler hinzufügte, wenn er es recht bedenke, habe der Junge die gleichen Augen wie die *sig-*

nora Benedetti, und, welch ein Zufall, es sei ja auch der gleiche Name, gab es für Alessandra keinen Zweifel mehr, dass sie einen Urenkel in Cöln hatte.

»Ich dachte, auch mich trifft der Schlag, als ich das hörte«, sagte Francesco. »Ab da habe ich fieberhaft überlegt, wie ich nach Deutschland kommen konnte. Ich wusste ja nicht, dass Massimo schon unterwegs war, sonst hätte ich mich gar nicht mehr so lange aufgehalten. Ich mache mir solche Vorwürfe, dass ich diesem Unhold nicht zuvorgekommen bin.«

»Aber was ist mit der Zunft, du durftest doch gar nicht aus Venedig fort«, warf Susanna mit schreckgeweiteten Augen ein, »es ist dir doch bei der Todesstrafe verboten.«

»Das ist in der Tat ein Problem.« Francesco sah mit ernstem Gesicht vor sich auf den Tisch und trank sein Weinglas leer. »Ich werde nicht nach Venedig zurückkönnen, das ist der Preis, den ich zahlen muss. Ich habe mich bei Nacht und Nebel davongemacht, niemand hat es gemerkt. Inzwischen, vermute ich, wissen sie es längst, ich glaube, es gibt nirgends auf der Welt einen so guten Geheimdienst wie in Venedig. Aber wie sollen sie mich finden, niemand weiß, dass ich nach Cöln geritten bin. Lediglich der Freund, der mir die Geschichte erzählt hat, könnte es erahnen, aber er ist absolut vertrauenswürdig, er würde nichts verraten.«

»Und wenn sie ihn foltern? Sie sind doch nicht zimperlich. Ich erinnere mich gut an *mammas* Erzählungen, wie sie die Gewalttäter auf dem Markusplatz enthauptet und gevierteilt haben«

»Er ist wieder in Padua, ich wüsste nicht, wie sie auf ihn kommen könnten. Und ich bete auch die ganze Zeit, dass sie Wichtigeres zu tun haben, als sich um einen entsprungenen Glasbläser zu kümmern.«

»Und was ist mit deinem Onkel Andrea?«

Francesco biss sich auf die Lippen. »Dem habe ich nichts gesagt, für ihn war mein Verschwinden genauso überraschend wie für alle anderen. Natürlich kann es sein, dass er jetzt die Agenten auf dem Hals hat. Aber was sollte ich denn tun? Nie und nimmer hätte ich dort sitzen bleiben können mit dem Wissen, dass ihr in Cöln seid. Hinzu kommt, dass mein Onkel ein schwieriger Mensch ist, in den letzten Jahren haben wir uns nicht mehr so gut verstanden, und ich hatte mir schon überlegt, einen eigenen Schmelzofen zu pachten.«

»Agatha wollte sich natürlich in Venedig nach dir erkundigen. Wie es jetzt aussieht, bringt sie sich und Colomba doch damit in große Gefahr.«

»Gebe Gott, dass sie es nicht tut«, flüsterte Francesco. »Ich denke die ganze Zeit darüber nach, wie wir sie warnen könnten.«

»Wenn wir eine Eildepesche zu Massimo in die Casa Benedetti schicken, wissen wir nicht, in welche Hände sie gerät, und man könnte sie auf jeden Fall nach Cöln zurückverfolgen«, sagte Friedrich.

Susannas Hände, die das Weinglas hielten, zitterten. »Die einzige Möglichkeit, die mir einfällt, ist, mich mit ihr zu verbinden, in der Hoffnung, dass sie meine Gedanken empfängt. Das haben wir schon mehrmals gemacht, jetzt muss es sich bewähren. Die Heilige Jungfrau möge uns helfen, dass es gelingt.«

Francesco legte seine Hände auf die ihren. »Lass uns mutig und zuversichtlich sein, *Sannina mia*, lass uns darauf vertrauen, dass alles gut wird. Wir sind stark und stehen zusammen, wir werden es schaffen, wir werden wieder beieinander sein, hörst du? Irgendwo werden wir uns ein schönes, ruhiges Leben aufbauen. Lass uns nach Laziale gehen, ich habe dort Weinberge und Olivenhaine, davon müssten wir leben können. Der Arm der Venezianer wird nicht bis dahin reichen, und vor dem Hexenvorwurf schützt uns der Vatikan.«

Susanna richtete sich auf und atmete mehrmals tief ein und aus, ein hoher Ton fuhr aus ihrem Mund, dann lächelte sie Francesco verzagt an. »So wird es sein, wir werden mutig in die Zukunft sehen, schon um der Kinder willen. Und ich danke dem Herrgott und der Heiligen Jungfrau und allen Engeln von Herzen, dass sie dich als Hilfe geschickt haben.«

Sie kamen überein, dass Francesco bei Friedrich wohnen sollte, damit kein Gerede aufkam. Friedrich war hocherfreut über die angenehme Einquartierung und lief mit Entgen und Lyss hinüber, um ein Bett für den Gast herzurichten.

Susanna war so mit allem anderen beschäftigt, dass sie erst sehr spät merkte, in welchem Zustand sich Gislind und Elsa befanden. Sie hatten eifrig dem Wein zugesprochen, und je betrunkener Gislind wurde, umso penetranter nötigte sie Francesco die Schokoladenkugeln auf. Er ließ sie sich am Anfang genießerisch im Mund zergehen, betonte aber mit einem Seitenblick auf Gislind wiederholt, wie groß seine Sehnsucht nach Agatha sei. Immer wieder sah er sich sehnsuchtsvoll Jakobes Porträts der Schwestern und der Jungen an und wies schließlich sogar die Kugeln zurück, was Gislind in tiefe Melancholie stürzte. Elsa beobachtete, wie ihre Schwester abblitzte. Mit jedem Glas, das sie trank, sah sie Gislinds Erniedrigung ein bisschen schärfer und wusste gleichzeitig, dass sie mit Hildegardis das Gleiche erfuhr, dass sie um Liebe bettelte wie ein Hund. Je länger Elsa Francesco betrachtete, umso stärker beneidete sie Agatha und auch sonst alle, die mit der Liebe ihres Lebens zusammen sein durften, die nicht zurückgestoßen und gedemütigt wurden. Wie elend und ohne Mut Hildegardis war, sie verschanzte sich hinter der Kutte und lief vor ihren Gefühlen davon, sie schützte Gott vor, weil sie zu feige war, sich zu ihrer Liebe zu bekennen. Als das Weinfass leer war, brannte Elsa, sie hätte schreien und Hildegardis an den Haaren über den Hof zerren, die aufplatzenden Knospen von den Bäumen reißen können.

Die Drohung

Am 6. Februar 1630 wurde die dreißigjährige Catharina Bly auf Melaten hingerichtet, am 27. Februar die siebenundsiebzigjährige Sophia Haas. Susanna hörte es morgens beim Einkaufen auf dem Markt, sie bekam eine Gänsehaut, das Grauen kroch ihr den Rücken hoch. Niemand war mehr sicher, noch nicht einmal die Greisinnen. »Ich bleibe dabei, dass wir fortgehen sollten«, sagte Francesco, als sie es ihm erzählte. »Mit Rom könnten sich doch vielleicht auch Gislind und Elsa anfreunden.«

»Ach, die beiden haben ihren eigenen Kopf, ich weiß gar nicht, ob sie mit uns gehen würden. Außerdem müssen wir auf Agatha und Colomba warten, wir können doch nicht einfach fortgehen, wer weiß, ob wir sie jemals wiederfinden würden.«

Susanna konnte über eine Umsiedlung gar nicht nachdenken, allein die Vorstellung, den ganzen Hausstand auflösen zu müssen, trieb ihr den Schweiß auf die Stirn.

Sie zeigte Francesco die Stadt, er war beeindruckt von der Geschäftigkeit und dem Wohlstand in Cöln, den dicken, trutzigen Stadtmauern, der Weite des Rheins und dem Treiben im Hafen. Das Stapelrecht, dem die Stadt ihre Prosperität verdankte, zwang alle durchfahrenden Kaufleute, ihre Waren zunächst Cölner Händlern anzubieten, bevor sie sie weiterverkaufen konnten. Deshalb wurde hier unentwegt umgeschlagen, gepackt und geladen, Waren wurden in Lagerhäuser gekarrt, in offiziellen Handelsbüros ge- und verkauft, unter der Hand verschachert.

Sie spazierten zuerst an den Oberländer Schiffen vorbei, die mit breitem Rumpf und hohem Bug den Rhein hinaufgerudert wurden, dann an den flachen, schnellen Niederländern, die den Fluss hinunter bis Amsterdam und Rotterdam fuhren.

»Fast so viel Betrieb wie in Venedig«, sagte Francesco, »nur dass hier alles solider wirkt, nicht so toll und hektisch.«

»Gegen Venedig ist Cöln eine kleine Stadt, es hat gerade mal ein Drittel der Einwohner.«

»Mir gefällt der Rhein, er fließt so schnell und kräftig, ganz anders als unsere dümpelnde, stinkende *laguna*. Aber mir scheint, dass es hier, wie bei uns, viele Fremde gibt.«

»Es gibt Portugiesen, Niederländer, Franzosen, sie kommen von überall her. Es kommen auch immer mehr Menschen, die vor dem Krieg fliehen müssen, die Stadt wird gar nicht mit ihnen fertig, viele fristen ein elendes Leben an der Stadtmauer.«

Es war ungewöhnlich schwül für einen Märztag, die Hafenarbeiter bewegten sich langsamer als sonst, Susanna öffnete die Kutte und streifte die Kapuze herunter. Sie erzählte Francesco von Agathas Leidenschaft zu laufen, ihren weiten Märschen am Rhein entlang und von ihrer Lust zu reiten. Zuerst sah er eine Weile versonnen auf den Fluss, dann fragte er, offenbar unter großen Nöten, ob Agatha ihn wohl noch liebe.

»Ich habe immer darauf gewartet, dass sie mir eine Nachricht zukommen lässt, jedes Mal, wenn die Post kam, habe ich zuerst geschaut, ob ein Brief von ihr dabei ist.« Er wurde rot und trat von einem Bein auf das andere. »Wenn es einen anderen Mann gibt, sage es mir, Susanna, damit ich sie mir gleich aus dem Herzen reiße und mich nicht erst Illusionen hingebe.«

»In unserem Leben gibt es keine Männer«, beruhigte ihn Susanna, »zumindest im Leben von uns Großen. Agatha ist dir treu und wartet auf dich, das weiß ich genau. Ich glaube ohnehin, dass sie ein sehr treuer Mensch ist, ganz anders als zum Beispiel unsere Gislind. Bei den Kleinen bin ich mir nicht immer sicher, was sie treiben, ich glaube, dass sie vieles tun, was sie besser nicht täten. Aber Agatha, nein, für sie würde ich meine Hand ins Feuer legen.«

Susanna erzählte Francesco von ihrem Überlebenskampf in den letzten zehn Jahren, von ihrem zurückgezogenen Leben und der panischen Angst, jemand könne ihre wahre Identität herausfinden und die Hexentöchter auch als Hexen anklagen. »Deshalb haben wir niemals Briefe geschrieben, wir konnten ja nie sicher sein, ob sie ihren Bestimmungsort erreichen oder unterwegs den falschen Leuten in die Hände fallen.«

Als hätte er auf das Stichwort gewartet, trat ihnen in diesem Augenblick der Schöffe Heinrich von Aldenhoven in den Weg. Susanna wunderte sich, dass er sie gleich erkannte, denn bei der Abendgesellschaft bei Friedrich und Jakobe, wo sie ihn zum ersten Mal gesehen hatte, war sie ganz von ihrem Beginenhabit eingehüllt gewesen. Sein Blick streifte ihre goldenen Haare, die ein wenig zerzaust waren, weil sie sie nur nachlässig aufgesteckt hatte, dann blieb er misstrauisch an Francesco hängen.

»So, so, die ehrwürdige Begine Susanna Benedetti macht einen Spaziergang?«

Sogar ihren Namen wusste er noch.

»Jawohl, ehrwürdiger Herr Schöffe, ich befürchte allerdings, dass es gleich Regen geben wird, womöglich zieht sogar ein Unwetter heran, schwül genug ist es ja. Wie ist das werte Befinden?«

Die Wolken hatten sich zusammengezogen, der Himmel hing tief und bleiern über ihnen, in der Ferne donnerte es, und eine plötzliche Windböe hüllte sie in einen Staubwirbel. Aldenhovens Augen wurden schmal.

»Viel Arbeit, Begine, viel Arbeit. Auch der Teufel ruht und rastet nicht, er sucht immer neue Opfer, um sie in sein Reich zu ziehen.«

Der Wind fuhr in Susannas Kutte, die sich hinter ihr bauschte wie ein riesiger Flügel und ihr Unterkleid aus gelber Seide freigab.

Aldenhoven grinste anzüglich.

»Manchmal könnte man denken, ganze Horden flögen durch die Luft.«

»Da wünsche ich dem ehrwürdigen Herrn Schöffen recht viel Erfolg bei dieser schwierigen und verantwortungsvollen Aufgabe.«

Susanna nickte ihm zu, zog ihre Kutte zusammen und die Kapuze über den Kopf, Francesco nahm ihren Arm, es donnerte wieder, und dicke Regentropfen klatschten herunter. Sie waren schon weitergegangen, als Aldenhoven noch einmal rief, herrisch, bellend, als erteile er einen Befehl.

»Begine!«

Sie drehten sich um.

»Der Teufel wählt viele Verkleidungen, manchmal erscheint er auch in Engelsgestalt!«

Dann rauschte ein Wolkenbruch herab, es donnerte infernalisch, gleichzeitig durchschnitten Blitze den graugelben Himmel über dem Rhein. Sie waren klatschnass, als sie in der Schildergasse ankamen, Susanna zitterte vor Kälte und Angst. Das war eine unverhohlene Drohung gewesen.

Sie zogen sich trockene Sachen an und entzündeten ein Feuer im Kamin, dann erzählte Susanna dem angespannt zuhörenden Francesco wieder, wie schon in den Tagen vorher, von der Jagd auf Auticara.

Sie muss sich ausziehen, und sie suchen ihren Körper nach Hexenmalen ab, akribisch, die Augen dicht über ihrer Haut. Sie finden eins unter ihrer Hüfte, das kleine, viereckige, pelzige, das Elsa von ihr geerbt hat, hell und samtig wie eine Aprikose. Sie machen die Nadelprobe und stechen, bis Blut kommt und noch viel tiefer, die Stelle beginnt zu eitern und heilt nie mehr zu. Zu diesem Zeitpunkt ist Auticara bereits dreimal torquiert worden. Man hat ihr die Daumen gequetscht und mit den spanischen Stiefeln die Schienbeine gebrochen, beim so genannten Zug haben sie ihr die Hände auf dem Rücken zusammengebunden und mit einem Seil hochgezogen, das sie mehrmals wieder herunterschnellen lassen und wieder hochziehen, außerdem hat man ihr Gewichte an die Füße gehängt. Dabei wird ihr eine Schulter ausgekugelt, die Arme werden mehrfach gebrochen, sie leidet wahnsinnige Schmerzen. Außerdem hat sie die Wasserprobe überstanden, bei der man ihr Hände und Füße zusammengebunden und sie ins Wasser geworfen hat. Dass sie nicht ertrinkt – der Himmel allein weiß, wie sie das bewerkstelligt hat – nehmen sie als untrügliches Zeichen für ihre Schuld. Anschließend wird sie von drei Gewaltdienern und dem Hexenkommissar Jetter genotzüchtigt.

Aber sie spürt die Übergriffe schon nicht mehr, nur ihr Kopf existiere noch, ihr Fleisch nicht mehr, sagt sie immer wieder zu den Mädchen, die kaum aushalten können, was ihre *mamma* alles ertragen muss. Seid ruhig, *carissime*, ich spüre meinen Körper gar nicht mehr, und meine Seele bekommen sie nicht, da können sie machen, was sie wollen.

Sie gesteht unter den Torturen alles, was sie hören wollen: Schadenszauber, nachdem starker Hagelschlag im Frühjahr die Obstblüte vernichtet hat, die Teufelsbuhlschaft, Ritte durch die Luft, die Verbindung zu Komplizinnen, allerdings nennt sie nur erfundene Namen. Außerdem gibt sie zu, Mitglied der Hexensekte zu sein, einem Ratsherren das Glied weggehext und bei einem Hexensabbat aus der Leiche eines Kleinkindes Salbe gemacht zu haben.

Was soll diese dumme Anklage, eifert Auticara, warum hängen sie mir so etwas Aberwitziges an? Sie können mich als Giftmörderin köpfen oder rädern, verbrennen, ersäufen, vierteilen oder hängen, was auch immer, es ist mir gleichgültig. Aber das? Brauchen sie das für ihre widerlichen Fantasien? Sie gieren nach den Hexen, die geilen, alten Böcke, die sich nie richtig an die Frauen rangetraut haben, die Angst vor dem Geschlechtlichen haben und gleichzeitig an nichts anderes denken können. Notgeile Verbrecher sind sie, die das, was sie hören wollen, in uns hineinfragen, genau, wie es in diesem vermaledeiten Hexenhammer steht.

Hat die Crammin den Teufel nicht unflätig geküsst?

Hat sie nicht mit Frauen und Männern sodomistische Unzucht beim Hexensabbat betrieben?

Hat sie nicht in der Osternacht einen Fluch gesprochen, dass der Hagel die Obstblüte zerstörte und das Kalb im Leib der Kuh starb?

Hat sie nicht ein Kind getötet, um daraus eine Hexensalbe herzustellen?

Nein!, schreit Auticara, solche Dinge fallen mir nicht im Traum ein, ich komme überhaupt nicht auf die Idee, dass man so etwas tun kann. Möglicherweise habe ich dieses Mädchen umgebracht, gewünscht habe ich es mir jedenfalls. Dafür will ich mich gerne bestrafen lassen.

Susanna ringt die Hände, weil Auticara nicht davon abzubringen ist, dass sie zu Recht im Kerker sitzt.

Niemand hat dich wegen Socia Yss angeklagt, *mamma*, du brauchst nichts zu gestehen, dessen du nicht beschuldigt wirst. Es ist doch gar nicht klar, dass du etwas mit ihrem Tod zu tun hast, es gibt doch viele Zweifel daran. Ich verstehe es nicht, dass sie nicht diesen Fall untersuchen, sie könnten sich doch das ganze Hexenbrimborium sparen.

Ich habe ihr den Tod gewünscht, ich denke, das reicht, dafür gehöre ich bestraft.

Wenn jeder, der einem anderen mal den Tod wünscht, hingerichtet würde, gäbe es bald keine Menschen mehr auf der Welt!

Ach, *Sannina mia*, du kannst mir nicht ausreden, dass ich eine Sünderin bin.

Schulers vermuten, dass niemand von den Reutlinger Honoratioren, vor allem nicht Lorentz Cramm, ein Interesse daran hat, dass die Umstände von Socias Tod aufgeklärt werden. Vielleicht, weil Machenschaften ans Licht kommen könnten, die die Herren lieber unter der Decke halten wollen.

Friedrich war im Rathaus zu Ohren gekommen, dass bei dem starken Gewitter am Vormittag ein Blitz ganz knapp neben dem Schöffen von Aldenhoven in den Boden gefahren sei. Direkt vor seinen Füßen, so wurde getuschelt, habe es geknistert und gezischt. Und kurz vorher habe der Schöffe mit einer von den Benedetti-Beginen gesprochen. Man konnte sich an allen zehn Fingern ausrechnen, dass ihm dieses Zusammentreffen hochwillkommen sein musste, um daraus einen Schadenszauber abzuleiten. Friedrich war übel geworden, als er es hörte, und er hatte sich vorgenommen, Susanna davon erst mal nichts zu sagen. Dennoch musste er sie warnen.

»Es hat wieder Verhaftungen gegeben«, sagte er nur zu Francesco und Susanna, als er nach Hause kam, »ich denke, ihr solltet euch möglichst wenig draußen zeigen. Was ist mit Gislind und Elsa? Könnt ihr sie im Zaum halten?«

Susanna hob hilflos die Schultern und strich mit zitternden Händen durch die Luft. Gislind war zwar handzahm, blieb zu Hause und ging Susanna zur Hand. Allerdings himmelte sie Francesco an, dass es kaum noch mit anzusehen war, und man konnte nur beten, dass es nicht mit einem Drama endete. Aber Elsa war ein wirkliches Problem, sie war unglücklich und störrisch, sprach nicht und hatte anscheinend jedes Vertrauen zu Susanna verloren. Ganz plötzlich schien es auch mit ihrer Freundschaft zu der Begine Hildegardis vorbei zu sein, von der sie am Anfang so geschwärmt hatte.

Gegen Mittag war sie ausgegangen, sie hatte zwar die Kutte getragen, aber darunter leuchtete ihr rotes Seidenhemd. Obwohl sie gepudert war und ihre Haare glänzten, sah sie gehetzt und unglücklich aus. Als Susanna sie fragte, wohin sie wolle, keifte sie nur, noch säße sie ja nicht im Turm, sie wolle nicht sterben, ohne gelebt zu haben, und sie könne ja wohl einen Spaziergang machen, sie brauche frische Luft und Bewegung. Susanna drang in Gislind, aber auch die wich aus und machte nur seltsame Andeutungen.

»Ich weiß es nicht, bei Elsa habe ich das Gefühl, sie entgleitet mir vollkommen«, sagte Susanna verzweifelt, »manchmal weiß ich nicht mehr ein noch aus. Wir müssen uns eine sinnvolle Beschäftigung für sie überlegen, dieses Herumsitzen und Warten ist Gift für sie.«

Reutlinger Erinnerungen

Agatha und Colomba sahen beklommen die Türme der Marienkirche am Horizont auftauchen. Jeder Stein am Weg war ihnen vertraut, als sie sich dem Stadttor von Reutlingen näherten, aber ihre Gefühle waren mehr als zwiespältig. Der Zwingerturm, der Ort, an dem sie die Hölle kennen gelernt hatten, stand immer noch unübersehbar an der Stadtmauer wie ein hochgereckter Zeigefinger. In dem halben Jahr, das zwischen ihrer Rückkehr aus Venedig und Auticaras Tod gelegen hatte, waren die Großen fast täglich zu ihr in das dreckige, kalte Verließ gegangen, in dem das Wasser von den Wänden lief.

Es hat alles seinen Sinn, alles geschieht zu unserem Besten.

Auticara schaut zum Turmfenster, durch das ein wenig Licht fällt, ihr Gesicht ist verklärt. Sie wird immer schmutziger, seit einigen Wochen lehnt sie es ab, sich mit dem Wasser zu waschen, das ihre Töchter ihr in einem Eimer heranschleppen. Sie isst auch nicht mehr von dem Brot und dem Kuchen, den sie ihr mitbringen, sie bekommt nur noch die Hühnersuppe hinunter, die Susanna ihr kocht und für die Colomba sorgfältig unterschiedliche Heilkräuter heraussucht, je nach Auticaras Zustand.

Nach jedem Besuch im Schuldturm überfällt die Mädchen Verzweiflung. Susanna weint bitterlich, weil sie findet, dass ihre Mutter sich stärker wehren müsste. Sie trägt nichts zu ihrer Verteidigung bei, straft ihre Häscher mit Verachtung und lehnt jede Zusammenarbeit mit dem Advokaten ab, den Hans zu ihrer Verteidigung bestellt hat.

Colomba schimpft auf Auticaras Ansichten und wirft ihr eine heillose Gedankenverwirrung vor. Alles zu unserem Besten, wie ich das nicht mehr hören kann, wie sie sich allem unterwirft, so devot, das ist doch früher niemals ihre Art gewesen. Und außerdem: Entweder glaubt man an das, was die Kirche sagt, oder man tut es nicht, ich finde, *mamma* sollte sich mal für eine Richtung entscheiden. Einerseits schwärmt sie von Galilei, Bruno und Campanella, beschwört die Naturwissenschaften und die Ratio. Andererseits die Gebete, die Unterwerfung, das Gerede von den Engeln und der Heiligen Jungfrau, diesen Mischmasch, den sie uns glauben machen will, versteht kein Mensch, der entbehrt doch jeder Logik.

Agatha nimmt keine Stellung. Sobald sie zu Hause ist, drückt sie ihr Kind an die Brust und sucht in dem kleinen Gesicht die Züge Francescos, dessen Verlust ihr jeden Tag aufs Neue das Herz zerreißt. Sie ruft die Heilige Jungfrau an und bittet sie, ihnen allen beizustehen. Sie weiß, dass Auticara Recht hat, dass das eine und das andere sie bestimmt. Der Himmel und die Erde. Gut und Böse. Oben und unten. Und dass man seinen Aufgaben nicht entrinnen kann, dass der Lebensweg ein Weg des Lernens ist. Sie weiß, dass großer Kummer manchmal hilft, diese wunderbare Sphäre in sich zu finden, die für andere unerreichbar ist, in die keine Anfechtung, keine Angst vordringen. Sie kennt die Freiheit, die Auticara durch ihre Leiden erreicht.

Sie mieden das Haupttor und schlichen sich rechts an der Stadtmauer vorbei zum Haus von Gretel und Ludwig, das am anderen Ende der Stadt lag. Die beiden Alten brachen in Freudentränen aus, nachdem sie begriffen hatten, wer da plötzlich vor ihnen stand.

Schulers waren alt geworden. Gretels Locken, die früher so dick und widerspenstig gewesen waren wie die von Jakobe, kringelten sich nun dünn und grau, ein Schleier hatte sich über ihre fröhlichen, hellen Augen gelegt, ihre Hände waren voller Gichtknoten. Ludwig war schwach und gebeugt, er zitterte und zog die Füße über den Boden.

Colomba begann gleich damit, ihnen aus der Reiseapotheke Medizin zusammenzustellen. Jakobe lief hin und her, schaute sich im Haus und im Garten um, richtete etwas zu essen. Agatha saß bei Gretel am Feuer, hielt ihr die Hand und berichtete, weshalb sie nach Italien mussten.

Gretel war außer sich über Paolos Entführung. »Wird euch das Unglück denn niemals verlassen?«, jammerte sie.

Agatha hatte einen Kloß im Hals, weil sie noch nichts von Simon gesagt hatten, noch dachten die Großeltern, er sei bei Friedrich geblieben und nicht mitgekommen, weil er in die Schule musste.

»Cramm ist wieder in der Stadt, er kämpft um seine Stellung«, flüsterte Gretel mit vorgehaltener Hand, als Agatha nach den Neuigkeiten in Reutlingen fragte. »Einige Nachbarn aus Betzingen haben ihn vor dem Kleinen Rat beschuldigt, er habe dort ein Hurenhaus geführt und die Mädchen zur Unzucht gezwungen, er habe ihnen Salben gegeben und sie geschlagen und gequält.«

»Und was geschieht nun mit ihm?«

»Man weiß nicht, wie sich der Rat verhalten wird. Man hört, dass die Stimmen für und gegen ihn sich in etwa die Waage halten. Cramm soll jeden Abend mit einigen Getreuen im ›Ochsen‹ sitzen und Stimmung gegen seine Widersacher machen.«

»Was ist mit Jetter?«

»Die französische Krankheit hat ihn wohl richtig erwischt, es geht ihm schlecht, sagen die Leute. Im Winter hörte ich schon, sein Geist sei verwirrt, er soll auch unter sich machen und nicht mehr laufen können. Vielleicht lebt er schon gar nicht mehr.«

»Hoffentlich stirbt er langsam und qualvoll, er soll elend dahinsiechen, der Schaft soll ihm abfaulen!«

Agatha loderte, Wut und Hass gegen den Mann, der ihre Mutter auf dem Gewissen hatte, stiegen wieder in ihr hoch.

Gretel schlug die Hände vor den Mund.

»Fluche nicht, versündige dich nicht, mein Kind, nicht um dieser Kreatur willen.«

Bei ihren Besuchen im Turm steht er manchmal am Ende des Ganges, der zu Auticaras Zelle führt, ein Hüne in hohen Stiefeln, über die Spitzenstulpen fallen, und mit einem gefältelten, immer blütenweißen spanischen Kragen, der seinen Stiernacken bis zum derben, blauroten Kinn umschließt. Ein breitkrempiger Hut beschattet sein Gesicht und seine lauernden Augen.

Diese Kleidung trägt er ebenfalls an dem unseligen Abend im vorhergehenden Spätsommer, an dem Auticara den Schritt ins Schattenreich tut, Jakobe erzählt es den Mädchen später wieder und wieder. Auticara hat den ganzen Nachmittag geschimpft, auf das Wetter, die viele Arbeit, die verlausten Rosen, die man abhacken und verbrennen sollte. In Wirklichkeit ist sie krank vor Eifersucht auf die Tänzerin, die Schlupfhure, wie sie sie nennt, den Abschaum, den Dreck. Die Mädchen sind in Italien, in der »Goldenen Traube« ist das Konventikel zusammengetreten und tafelt fürstlich. Die Ratsherren schwelgen in Rebhühnchen und Milchlamm mit Rosmarin, Rehbraten, Forellen, Sommergemüse und Buttersoße, Eierspeisen und Ludwigs köstlichen Kuchen. Hans probiert zu dieser Zeit Rezepte mit den neuartigen Erdäpfeln aus, die im Garten prächtig gedeihen, er brät sie in Butter mit Ingwer und Zwiebeln, und die Ratsherren können nicht genug davon bekommen.

Jakobe, Gretel und einige Aushilfen tragen auf, Ludwig schleppt unentwegt neue Weinkrüge heran. Nach dem Hauptgang tritt Hans in die Mitte des Gastraumes und hebt die Arme, den Blick verzückt in die Ferne gerichtet.

»Hochehrwürdige Herren«, flötet er mit seltsam hoher Stimme, »heute habe ich Ihnen einen Kunstgenuss von ganz ungewöhnlichem Liebreiz anzukündigen, eine Tänzerin, die einem Wunder gleichkommt. Staunen Sie mit mir über eine Künstlerin aus der Wallonie, die Sie alsbald verzaubern wird.«

Sein schwärmerischer Blick gleitet zur Eingangstür, die sich geöffnet hat und Socia Yss in einem fast durchsichtigen Kleid aus weißem Schleierstoff freigibt. Die Männer stöhnen auf, die Luft ist auf der Stelle mit Socias unverschämter Erotik geschwängert. Sie umgibt sie wie eine Aura und legt sich in jeden Winkel des Raumes. Man sieht, man riecht, man fühlt das Band zwischen Hans und dem Mädchen, sie glühen auf die gleiche Weise, auf ihren Gesichtern schimmert derselbe Glanz, an beiden kleben Reste von Heu, in dem sie am Nachmittag zusammengelegen haben.

Auticara, die zwischendurch die Hoffnung gehegt hat, das Verhältnis sei beendet, wird grau und fällt in sich zusammen, sie klammert sich an Jakobe und flüstert immer wieder, der Teufel solle diese Frau holen, wenn sie nicht überhaupt selbst der Teufel sei.

Der schwere, hartgesichtige Karl Jetter, der bei jedem Konventikel unmäßig isst und trinkt, giert nach einer Hexe, er will endlich eine brennen sehen. Die letzten Verfolgungen, an denen er als junger Büttel mit großem Eifer teilgenommen hat, liegen siebzehn Jahre zurück. Seitdem Jetter vor zehn Jahren zum Hexenkommissar ernannt wurde, hat er, unterstützt von Lorentz Cramm und anderen ehrbaren Reutlinger Bürgern, immer wieder Beschuldigungen vor den Rat gebracht, der ihm aber nie gefolgt ist.

Jetzt hat sich die Stimmung gewandelt. Auticaras Ohrfeigen für Mathilde Cramm haben die Runde gemacht, außerdem schürt der alte Cramm Gerüchte, sie veranstalte heimlich Hexensabbate. Und sie verhält sich so falsch, wie sie nur kann: Anstatt sich zurückzuhalten und das Gerede zu entkräften, trägt sie weiter die Sarazeninnenkleidung und schimpft überall laut auf ihre Schwiegereltern. Der Riss in ihrem Gesicht wird immer tiefer, und wenn sie vor Wut und Verletzung über die Untreue ihres Mannes nicht mehr weiß, wohin mit sich, sieht sie wild und böse aus. *Faccia da strega*. Sie ist ein ideales Opfer, und Jetter hat sie von Anfang an im Visier. Er belauert sie, wenn er in der »Goldenen Traube« ist, manchmal geht er so dicht an ihr vorbei, dass seine hohen, festen Lederstiefel ihren Rock streifen. Auticara schüttelt sich vor Ekel. »Der widerliche Bock«, zischt sie in der Küche, »die Suppe kommt mir hoch, wenn ich den nur von hinten sehe.«

An diesem Abend ist Jetters Stunde gekommen. Während Socia sich zum süßlichen Spiel eines Geigers dreht und windet, die Männer den Wein kannenweise in sich hineinschütten und die Stimmung immer geiler und aufgeladener wird, stellt er sich neben Auticara, die mit Jakobe wie erstarrt in der Küchentür lehnt. In einer Tanzpause streift er mit den Händen hart ihre Brust und stößt heraus: »Jetzt wird die Crammin sich ja wohl nicht mehr zu zieren brauchen!«

Da spuckt Auticara ihm mitten ins Gesicht, tritt ihm mit ihren schweren Arbeitsschuhen ins Gemächt und verlässt mit letzter Kraft die Gaststube. Jetter wischt sich Auticaras Speichel von der Wange und hält sich schmerzverzerrt den Unterleib. Hans versucht, alles zu überspielen, holt schnell weitere Tanzmädchen herein und winkt Ludwig, damit er mehr Wein bringt. Der Geiger spielt wie ein Rasender, Socia springt barfuß auf den Tisch, die anderen Mädchen hüpfen in der Gaststube herum. Der Abend artet in eine Orgie aus, die Männer greifen nach dem jungen Fleisch und sind wie von Sinnen.

Jetter, weiß vor Wut, nimmt sich die dunkeläugige, kleine Kati mit den schwarzen Haarschnecken und stößt sie vor die Tür. Kurze Zeit später kommt er höhnisch grinsend und sich die Hose zuknöpfend wieder zurück, hinter ihm her stolpert weinend das blutjunge Ding.

Gretel und Jakobe schleppen neue Speisen heran, spülen in der Küche die Schüsseln, wischen Erbrochenes aus dem Hausflur und versuchen, nicht an Auticara zu denken, die oben in ihrem Zimmer sitzt und sich die Haare in Büscheln herausreißt.

Am darauf folgenden Tag wird sie zum ersten Verhör vor den Kleinen Rat geladen. Eine Woche später ist Socia Yss tot, Auticara sitzt im Zwingerturm, und Hans alarmiert seine Töchter in Italien, schnell nach Hause zu kommen.

Gretel und Agatha hörten lautes Weinen aus dem Hof und gingen hinaus. Jakobe und Ludwig hielten sich umarmt, von Schluchzern geschüttelt, und Gretel erfuhr kurze Zeit später, dass sie ihren einzigen Enkel verloren hatten. Jakobe, Colomba und Agatha fanden kaum Trost für die beiden Alten, wo sie doch selbst untröstlich waren über Simons Tod. Sie konnten nichts anderes tun, als einander immer wieder zu versichern, dass Simon geborgen bei Gott war, zusammen mit Auticara, die ihn an ihr Herz genommen hatte.

Es wurde Nacht, Jakobe hatte Hühnchen gebraten und Ludwigs selbst gekelterten Wein aus dem Keller geholt. Sie schürten das Feuer und setzten die beiden Alten daran, die sich vor Kummer und Trauer nicht lassen konnten. Gretels Knie wickelten sie in die Kaschmirdecke, Ludwig bekam einen Trank, um das Zittern zu mildern. Colomba zündete Räucherwerk aus Lavendel und Sandelholz an, Jakobe stellte Schokoladenkugeln auf den Tisch, die Gislind mitgegeben hatte.

Der volle Mond schob sich hinter dem Apfelbaum hervor, dessen Blüten schimmerten wie Schnee.

Dritter Mond

Ihre Gedanken treffen sich in der Mitte des blau schimmernden Sterns, alle, die zu ihnen gehören, sind nahe.

Geht nun vorwärts, meine Kinder, es ist Zeit.

Der Vater, der Sohn und der Heilige Geist.

Mein Wille geschehe, wie im Himmel, also auch auf Erden.

Susanna steht mit ausgebreiteten Armen, sie glüht in der Dunkelheit. Hinter ihr der Schatten eines Hünen, bedrohlich und mächtig, neben ihr ein Mann mit schmalem Gesicht.

Ich kann das alles nicht mehr tragen, Agatha, ich habe nicht die Kraft!

Sie kommt von oben, Susanna, lasse sie einfach in dich hinein, alles wird gut werden, hörst du? Du brauchst keine Angst zu haben. – Ist es Francesco, der bei dir ist?

Der Himmel hat ihn uns geschickt, meine Agatha, er wartet hier auf dich. Du darfst in Venedig nicht nach ihm suchen, hörst du? Damit würdest du euch in große Gefahr bringen.

Ist er geflohen? Hat er die Zunft verlassen?

Ja, und es darf niemand wissen, dass er in Cöln ist, es wäre euer Tod, wenn ihr über ihn sprechen würdet.

Wir werden schweigen, Susanna, ihr könnt euch darauf verlassen.

Segel blähen sich, eine Bojer schießt über das Meer. Gislind ist tränenüberströmt, in Tränen auch Elsa, die mit den Füßen im Feuer steht.

Was ist mit den Kleinen, Susanna, warum weinen sie?

Es ist die Liebe, Agatha, sie ist noch mächtiger als das Böse, sie trifft unsere Kleinen hart.

Auticara schickt göttliches Licht und Kraft in ihre Herzen.

Wir gehen weiter, Susanna, bald müssen wir über die Alpen. Wir bleiben beieinander, hörst du? Unsere Herzen werden immer in Verbindung sein.

Fahl steht die Rose unter dem Märzmond.

Himmel und Hölle

Gislind«, sagte Francesco mit seiner weichen Stimme, nachdem sie ihn einmal unter Aufbietung ihres ganzen Mutes gefragt hatte, ob er sie ein klein wenig möge, »*piccolina, dolcissima*, natürlich liebe ich dich herzlich, aber nicht so, wie du es gerne möchtest. Meine Frau ist Agatha, eine andere wird es niemals geben. Du bist meine kleine, allerliebste Schwester, ja? Wollen wir es so halten?«

Natürlich wollte sie es nicht so halten, sie begehrte ihn, träumte von seinen Augen und seinem Haar, in der Nacht peitschte sie das Verlangen, sie glaubte, ihn in ihrem Bett zu fühlen, seine Honighaut zu riechen und seinen Mund auf ihrem zu spüren, aber wenn sie aufwachte, war nur Elsa da, die sich genauso verzweifelt neben ihr hin- und herwarf. Manchmal war Gislind kurz davor, sich durch den Hof zu seinem Zimmer zu schleichen und sich einfach neben ihn zu legen. Aber sie tat es nicht, weil sie befürchtete, dass er sie womöglich auch da verschmachten und am langen Arm verhungern ließe.

Für Susanna mochte es der Himmel sein, der Francesco geschickt hatte, aber für Gislind war es die Hölle. Wenn er nur nicht so lieb und freundlich gewesen wäre, wenn sie ihn wenigstens hätte hassen können. Sie hätte jaulen und brüllen können vor Verzweiflung. Ob man vor Liebe sterben konnte? Susanna behauptete, manchmal mache sie stark, aber in den meisten Fällen nur blind und dumm. Gislind fragte sich allerdings, wie sie das beurteilen wollte. Soweit sie wusste, war Susanna noch nie für einen Mann entbrannt. »Wann hätte ich das tun sollen«, hatte sie gesagt, als Gislind einmal danach gefragt hatte, »in den letzten zehn Jahren, als eigentlich meine Zeit für diese Dinge gewesen wäre, hatte ich weiß Gott anderes zu tun. Außerdem hatte ich zur Genüge mitbekommen, was die Liebe anrichten kann, oder das, was man dafür hält. Angst, Leid und Tod waren doch hauptsächlich ihretwegen über uns gekommen. Ich halte es mit der großen Karthäuserin Margarete d'Oingt, die sagt: Süßer Herr, wenn du mir keine andere Gnade erwiesen hättest als die, dass du nicht erlaubt hast, dass ich in der Knechtschaft und Unterwerfung durch einen Mann lebe, so hast du mir schon genug getan.«

Gislind verdrehte die Augen, das war typisch Susanna. Sie selbst konnte sich jedenfalls nicht vorstellen, ohne Männer zu leben, schon gar nicht, wenn sie so anziehend waren wie Francesco. Er war nicht wie die meisten Männer, die sich nicht dafür interessierten, was Frauen sagten, er liebte es, ihre Geschichten und Geheimnisse zu hören, er war ganz bei der Sache und hörte aufmerksam zu. Trotzdem fand Gislind, dass er nichts Weibisches hatte, er war ein erotischer Mann, fest und kräftig, mit breiten Schultern, ein wenig fleischig, mit einer Samthaut, in die sie hätte hineinbeißen können. Sie stellte sich vor, dabei seiner sanften Stimme zuzuhören, die ihr frivole Dinge ins Ohr flüsterte, seine Zunge in ihrer Ohrmuschel zu spüren und auch sonst überall, sie konnte sich kaum dagegen wehren. Jedes einzelne Haar stand ihr zu Berge, wenn er in die Nähe kam, es war, als würden Blitze aus ihrer Haut schlagen.

Susanna hatte beim letzten Vollmond eine Verbindung zu Agatha und Colomba gehabt und das sichere Gefühl bekommen, dass die beiden gewarnt waren und wussten, wie sie sich in Venedig zu verhalten hatten. Seit der Vision ging es ihr besser, sie wirkte erfrischt und voller Zuversicht, alles werde sich zum Besseren richten.

Wie Friedrich vermutet hatte, brachte von Aldenhoven im Rat den angeblichen Schadenszauber von Susanna Benedetti zur Sprache, und Friedrich bot all seine rhetorischen Künste auf, um das Gerede abzuwiegeln. Er machte sich zunutze, dass einige Ratsmitglieder, die bisher das Lager des Erzbischofs gestärkt hatten, inzwischen um den Ruf des heiligen Cöln im Vatikan fürchteten. Immer wieder gab es Meldungen aus Rom, Papst Urban III.

mokiere sich über die vielen Scheiterhaufen in Deutschland und bezeichne sie als *spectaculum horrendum.*

»Ich weiß nicht, ob es etwas bewirkt hat«, sagte Friedrich, »ich glaube, bei einigen hat es doch einen Eindruck hinterlassen.«

»Hätten wir doch die Macht, Schadenszauber zu betreiben«, ereiferte sich Gislind, »ich würde auf der Stelle einen Blitz durch den alten Bock hindurchjagen, dass er tot umfällt.«

Sie kam mehr und mehr zu dem Schluss, dass man diesem Mann das Handwerk legen musste, und beichtete schließlich Francesco und Susanna ihren Ausflug in die Badestube und wie sich von Aldenhoven an Entgen herangemacht hatte.

Susanna rang vor Entsetzen die Hände, aber Francescos Augen leuchteten kämpferisch. »Das müssen wir ausnutzen, das könnte ihm den Hals brechen. Vielleicht sollten wir bei der nächsten Kirchmesse hingehen, ihn anlocken und in flagranti stellen, vor Zeugen. Und dann drohen wir, ihn wegen Kindesmissbrauchs anzuzeigen und in Cöln unmöglich zu machen.«

Susanna war bleich, ihre Augen waren dunkel vor Angst.

»Wenn er überhaupt wieder dorthin geht«, sagte sie zögernd.

»Da bin ich fast sicher. Solche Leute müssen ihre perversen Gelüste immer wieder befriedigen, das war kein einmaliger Ausflug.«

Francescos Feuer zerstreute allmählich ihre Bedenken.

»Aber wer glaubt uns? Die Ratsmitglieder werden annehmen, wir wollten nur von dem Hexenvorwurf ablenken.«

»Wir müssten jemanden mitnehmen, an dem er nicht so einfach vorbeikommt, jemanden, der einen guten Namen in Cöln hat.«

Gislind, bei der Francescos Begeisterung helles Entzücken auslöste, überlegte, dann fiel ihr Meisterin Barbara ein.

»Sie ist doch eine Overstolz. Hat ihr Vater nicht lange Zeit im Rat gesessen, und gehört er nicht zu den reichsten Männern von Cöln?«

»Ja«, sagte Susanna, »bis ihn vor ein paar Monaten der Schlag traf. Nun hat sein Bruder den Sitz übernommen.«

Gislinds und Francescos Augen funkelten.

»Vielleicht können wir Barbara auf unsere Seite ziehen. Man muss diesen Leuten die Stirn bieten«, eiferte Francesco, »was haben wir zu verlieren? Sollen wir ihrem Treiben zusehen wie die Lämmer, die sich auf die Schlachtbank führen lassen?«

Gislind strahlte ihn an.

»Meinst du, wir können Barbara vertrauen?« Susanna war immer noch ängstlich.

»Wenn jemandem, dann ihr«, beharrte Gislind, »ich kann sie sehr gut leiden, und ich weiß, dass sie genauso denkt wie wir.«

Elsa hatte die ganze Zeit stumm dabeigesessen. Als Gislind Meisterin Barbara erwähnt hatte, war ihr das Blut in den Kopf gestiegen, nun wandte Susanna sich ihr zu, ganz erfrischt von ihrer Vision.

»Elsa, *carissima*, willst du nicht gleich morgen früh bei unseren Freundinnen an St. Jakob vorbeispringen und Meisterin Barbara zum Abendessen einladen? Sag ihr, wir müssen ihr eine wichtige Angelegenheit vortragen.«

Elsa sagte immer noch nichts, ihr Gesicht wurde immer röter.

»Was ist, *tesoro mio*, du gehst doch immer sehr gerne dorthin.«

Elsa sprang rot und mit verzerrtem Wutgesicht auf.

»Bin ich hier die Magd? Bin ich der Postkurier? Bin ich die dumme Trine für alles? Geht doch selbst, wenn ihr unbedingt dahin müsst, ich für meinen Teil habe keinen Bedarf!«

Sie schrie und lief hinaus, Susanna wollte hinterher, ließ es aber, als zuerst Türenschlagen und dann ein Trampeln auf der Treppe zu hören war.

»Was hat sie nur«, jammerte Susanna, »sie scheint ja richtig verzweifelt zu sein.«

»Es ist wegen Hildegardis.«

Es hatte sowieso keinen Zweck mehr, irgendetwas vor Susanna zu verbergen, und Gislind versuchte, es so harmlos wie möglich vorzutragen. »Elsa liebt sie, aber anscheinend wird es nicht erwidert.«

Susanna sah Gislind verzweifelt an. »Oh, mein armes Kind, ich habe mir so etwas schon fast gedacht. Was für ein schreckliches Leiden, wir müssen ihr helfen, aus dieser Not herauszukommen.«

Dann eilte sie hinauf, kurze Zeit später war Elsas lautes Weinen zu hören.

Am nächsten Morgen ging Gislind zu den Goldspinnerinnen und überbrachte die Einladung. Barbara freute sich und versprach, am Abend gegen acht zu kommen. Susanna und Gislind kochten, Elsa, Entgen und Lyss deckten eine festliche Tafel, Friedrich und Francesco suchten den besten Wein zum Essen heraus. Elsa saß klein und blass dicht neben Susanna.

Die Männer waren beeindruckt von der schönen, geistreichen und mutigen Barbara Overstolz, die, nachdem sie sie in ihre Pläne eingeweiht hatten, in derben Ausdrücken gegen die Hexenverfolger und den Klerus vom Leder zog und sich vor lauter Vorfreude, von Aldenhoven eins auswischen zu können, die Hände rieb.

»Mein Vater hat ihn ja lange genug im Rat erlebt, und noch nicht mal er konnte diesen Fanatiker leiden, obwohl er weiß Gott zu den Konservativen gehört. Mit Wonne gehe ich mit euch in die Badestube, ein größeres Vergnügen, als den vorzuführen, kann ich mir gar nicht vorstellen. Das Problem ist nur, dass es noch vier Wochen dauert bis zur nächsten Kirchmesse, ich fürchte, so lange können wir nicht warten. Wir müssen schon vorher etwas finden, wie wir die Stimmung im Rat zu euren Gunsten umdrehen können. Einige Frauen der Ratsherren waren doch eure Kundinnen, wäre das nicht ein Ansatz? Bei denen steht ihr doch sehr hoch im Kurs.«

Barbara war voller Feuer, aber Susanna sah sie zweifelnd an.

»Neulich traf ich die Kryn und die Praetorius, sie waren freundlich und erkundigten sich danach, wann wir den Laden wieder aufmachen würden und sie ihre Frühjahrsgarderobe bestellen könnten. Auch Frau Hardenrath und Frau Geil grüßten mich auf der Straße, sie waren allerdings noch nicht oft bei uns, und ich weiß nicht, wie sie zu uns stehen. Der Mann von der Geil ist ja Stimmeister, er muss die Hexengerüchte überpüfen.«

»Wir könnten sie einladen und dabei unsere Sachen verkaufen, wir haben doch noch einige Umhänge und Kleider, die wir anbieten könnten«, schlug Gislind vor. »Dann käme auch wieder ein bisschen Geld ins Haus. Ich könnte außerdem Schokoladenkugeln machen und heiße Schokolade zum Trinken anbieten, dazu backen wir Kuchen.«

»Wir hatten die Pest im Haus, da wollen sie womöglich gar nicht zu uns kommen.« Susanna zögerte immer noch.

»Ich habe eine Idee«, sagte Meisterin Barbara. »Meine Mutter geht jede Woche in die Devotessengemeinschaft St. Ursula von Ida Schnabels, ihr wisst, das sind die Damen, die sich unter Anleitung der Jesuiten mit geistigen Übungen beschäftigen. Ihr Favorit ist unser hochverehrter Friedrich Spee von Langenfeld, der viele Texte mit ihnen gelesen hat, als er noch in Cöln war. Glaube, Liebe, Hoffnung, ihr kennt seine wunderschönen Gedichte. Meine Mutter gerät immer ins Schwärmen, wenn sie von ihm spricht. Wenn ihr mich fragt, sind die Devotessen alle ein bisschen in Spee verliebt, aber das ist ja auch kein Wunder, er ist ja wirklich ein angenehmer Mann, wie ihr wisst. Sie treffen sich einmal in der Woche, es sind auch viele der Ratsfrauen dabei. Ein Jesuit liest fromme Texte und legt sie aus, dann spricht er mit den Damen darüber, und sie kommen sich sehr heilig dabei vor. Aber hinterher schwelgen sie natürlich in Kuchen und Naschwerk und süßem Wein, nach den geistigen Übungen werden sie ganz leiblich und haben immer mächtigen Spaß. Mutter wollte mich schon mehrmals überreden mitzugehen, aber bisher hatte ich keine große Lust. Ich könnte hingehen und erzählen, dass ich bei euch zu einem geselligen Nachmittag eingeladen bin und mich schon sehr darauf freue, sicher würde Mutter mich unterstützen.«

»Ihr könntet auch Pflanzenminiaturen von Jakobe anbieten«, warf Friedrich ein, »einige habe ich noch da liegen, ich kann sie schnell rahmen. Die Damen haben sie uns immer aus den Händen gerissen.«

Barbara lachte. »Mit Speck fängt man Mäuse, das sind doch hervorragende Ideen. Wir müssen sie auf unsere Seite ziehen und sie davon überzeugen, dass sie eine wichtige Mission erfüllen, wenn sie sich gegen den Hexenwahnsinn stark machen. Vielleicht könnte ich einen Vortrag halten, ich kenne den Grafen Spee und seine Gedanken ja recht gut.«

Jetzt hatte auch Susanna Feuer gefangen. »Das hört sich ausgesprochen gut an, einen Versuch ist es auf jeden Fall wert. Und es würde mich sehr beruhigen, wenn du das ein wenig in die Hand nehmen könntest, Barbara. Wir laden einfach zu einem literarischen Nachmittag mit Mode und fremdländischen Köstlichkeiten ein, wir werden ja sehen, wie sie reagieren. Meinetwegen können wir gleich morgen die Einladungsbillets schreiben.«

»Und ich gehe übermorgen zu den Devotessen«, sagte Barbara, »ich werde sie schon richtig auf die Sache einstimmen.«

Gislind war erleichtert, endlich wich die Lethargie von Susanna, endlich kam etwas in Bewegung. Allerdings dachte sie mit Grausen an die schwatzhaften Damen, die Schokoladenkugeln in Massen vertilgen, ein Kleidungsstück nach dem anderen anprobieren, dabei unentwegt Entzückensschreie ausstoßen und eine schreckliche Unordnung hinterlassen würden.

Elsa war ein Stein vom Herzen gefallen, als sie Susanna endlich ihre Liebe zu Hildegardis gestanden hatte, und noch froher war sie, dass Susanna mit Verständnis reagiert hatte. »Die Liebe ist die Liebe, sie tut, was sie will«, hatte sie nur geseufzt, »sie fragt nicht nach richtig oder falsch.« Sie hatten lange beratschlagt, was Elsa tun konnte, um die Verletzung durch Hildegardis zu mildern, und Susanna hatte ihr geraten, das Gespräch zu suchen.

So stellte Elsa sich Hildegardis am Sonntag nach der Messe in dem schmalen Gang zwischen St. Cäcilien und St. Peter entgegen. Hildegardis wollte zunächst mit züchtig niedergeschlagenen Augen zwischen ihren Schwestern vorbeihuschen.

»Guten Tag, ehrwürdige Begine Hildegardis«, sagte Elsa laut, »man könnte ja den Eindruck bekommen, dass Sie Ihre Freundinnen nicht mehr kennen.«

Hilegardis wurde rot und blass und löste sich nur zögernd aus der grauen Reihe, aber dann kam sie heran, und Elsa zog sie zur Seite.

»Was soll das Theater, warum plötzlich dieses heilige Getue?« Sie zischte vor Wut, ihr Speichel spritzte Hildegardis ins Gesicht.

»Es geht nicht, wir können nicht zusammen sein, ich habe mein

Leben Gott geweiht.« Hildegardis wich zurück, ihre Augen flackerten.

»Was für ein dummes Zeug! Gott ist die Liebe, und ich liebe dich. Und du mich auch, das hast du mir bei Gott geschworen, nicht nur einmal. Vielleicht bist du ja auch eine verdammte, infame Lügnerin, das würde Gott allerdings weniger gefallen. Du kannst mich doch nicht einfach fallen lassen, was bildest du dir eigentlich ein!«

Elsa hatte Hildegardis hinter einen Vorsprung der Friedhofsmauer gedrängt und stand dicht vor ihr. Sie rochen einander, Hildegardis Augen wurden schmal, und sie zog Elsas Hand unter ihre Kutte. Elsa fühlte ihren glatten Bauch unter dem seidenen Unterkleid und ließ ihre Hand hinuntergleiten, dann stieß Hildegardis sie abrupt zurück.

»Morgen um fünf in der Goldschmiede«, flüsterte sie, »aber ich habe nur wenig Zeit.« Ihr Atem war heiß an Elsas Wange, sie wand sich an ihr vorbei, lief auf ihren schmalen, leichten Füßen hinter ihren Schwestern her und glitt mit demütig gesenktem Kopf zwischen sie.

Elsa ging am nächsten Tag zu ihr, und sie liebten sich hastig unter ihren Kutten. Aber das Glücksgefühl, das sie am Anfang überwältigt hatte, wollte sich nicht mehr einstellen, und Elsa schlich bedrückt nach Hause.

Als sie am nächsten Tag unter einem Vorwand wieder bei den Goldspinnerinnen vorsprach, hörte sie, dass Hildegardis in der Frühe nach Dormagen hatte aufbrechen müssen, weil ihre Mutter plötzlich krank geworden war. Elsa verzehrte sich nach ihr und redete sich immer wieder ein, sie werde bald zurückkommen und dann endlich begriffen haben, dass sie zusammengehörten.

Zu all diesem Kummer musste sie sich auch noch das Liebesgestöhne von Gislind anhören, in deren Kopf nichts anderes mehr Platz hatte als Francesco. Den ganzen Tag, jeden Abend, sogar im Schlaf fantasierte sie von ihm, bis Elsa sie fragte, ob sie wirklich Agatha den Mann wegnehmen wolle. Da wand Gislind sich und weinte bitterlich, weil sie wusste, dass das die Konsequenz wäre, wenn Francesco sie wiederlieben würde.

»In welche Richtung ich auch denke, ich sehe keinen Ausweg. Wenn ich ihn bekomme, versündige ich mich an meiner Schwester, wenn nicht, bohrt sich auch ein Messer in meine Brust. Ich kann nichts tun gegen diese unentwegten Gedanken an ihn, Elsa, sie sind stärker als ich. Nun siehst du, wohin das mit der Liebe führt, ich wusste es immer, niemals wollte ich, dass es so weit kommt.«

Heulend, klein und elend lag sie auf ihrem Bett, die mutige, starke Gislind war kaum wiederzuerkennen.

Elsa sprach mit Susanna darüber, die der Meinung war, Gislind habe, um mit dem Schock durch Auticaras Tod fertig zu werden, ihre Gefühle zu stark unter Kontrolle gehalten, und jetzt schössen sie hervor wie der heiße Dampf aus einem Kessel.

»Ich glaube, es war ein Fehler, dass wir sie damals mit in den Turm genommen haben«, klagte Susanna, »sie war ja gerade erst sieben geworden. Ich hatte sie auf dem Arm, weil ich mir gleich dachte, dass es zu viel für sie werden könnte, und ich fühle es noch, wie sie versteinerte, als sie *mamma* in ihren Ketten sah, abgemagert und mit verfilztem Haar. Jetter belauerte uns aus der Ecke, wie er es immer tat, Gislind erfasste die gewalttätige Atmosphäre, sie hatte Angst und wollte nicht zu *mamma* gehen. Ich sah, wie es sie schmerzte, und überredete Gislind mühsam, ihr die Hände zu küssen. Hätte ich es doch bleiben lassen! Noch mehrere Tage danach war sie blass und stocksteif, sie sprach kein Wort mit uns und lief fort, sobald wir von *mamma* sprachen.«

Als die Großen von der Hinrichtung kamen, hatte Gislind sich ein Hüpfspiel im Garten aufgemalt und versuchte, es Elsa beizubringen. Sie lachte und schwatzte in vermeintlicher Fröhlichkeit, aber ihre Augen waren wie erloschen. Damals, glaubte Susanna, hatte sie sich vorgenommen, immer obenauf zu sein, damit sie sich niemals so erniedrigt fühlen musste wie ihre Mutter.

Die Vorbereitungen für den literarischen Nachmittag lenkten sie für eine Weile von den trüben Gedanken ab. Gislind und Elsa formulierten Einladungsschreiben für zehn Ratsfrauen, die regelmäßig bei ihnen kauften, und kratzten sie in feinster Schönschrift auf Büttenpapier aus Friedrichs Werkstatt.

Sehr geehrte Frau Kryn,
die Benedetti-Beginen geben sich die Ehre, Sie zu einem literarischen Konvent am Freitag, dem 5. April, um vier Uhr nachmittags in die Schildergasse einzuladen. Neben ausgewählten Stücken aus unserer Werkstatt halten wir ungewöhnliche Köstlichkeiten aus fremden Ländern für Sie bereit. Meisterin Barbara Overstolz wird einen Vortrag über Ansichten unseres hochehrwürdigen Grafen Friedrich Spee von Langenfeld halten. Wir würden uns freuen, wenn Sie uns die Ehre Ihres Besuches erweisen würden
Mit vorzüglicher Hochachtung
Susanna Benedetti

Barbara hatte die Devotessengemeinschaft von Ida Schnabels besucht und dort beiläufig das Gespräch darauf gebracht, wie sehr sie sich auf den Nachmittag bei den Benedettis freue, bei denen es doch immer etwas ganz Besonderes gebe. Als einige der Damen mit gerunzelter Stirn über die Hexenvorwürfe sprachen, die ihre Männer ihnen zugetragen hatten, hielt Barbara eine flammende Ansprache. Sie bezeichnete die Benedetti-Schwestern als ihre besten Freundinnen und erinnerte daran, dass Spee die Verfolgungen stets verurteilt habe. Ihre Worte schienen gewirkt zu haben, als Entgen und Lyss die Einladung austrugen, kamen umgehend acht Zusagen.

Am Montagmorgen wurde Susannas hoffnungsfrohe Stimmung abrupt beendet. Ein Gewaltdiener brachte eine Vorladung für Frau Susanna Benedetti zu einer Interrogatio im Rathaus, um sich wegen Schadenszaubers zu verantworten. Susanna war leichenblass, als sie das Schreiben zeigte, und sie brachte bis zu dem Verhör, das am Donnerstag stattfand, kaum einen Bissen hinunter.

Francesco begleitete sie und wartete draußen, während Turmmeister Adrian de Bruyn und mehrere Syndici ihr absurde Fragen stellten, zum Beispiel, ob sie schon einmal Wetter gemacht habe, ob sie der Malefizien kundig sei, ob es manchmal nachts in ihrem Bett kalt werde – in Anspielung auf die Vorstellung, dass der *incubus* eiskalt ist, wenn er nachts zu den Hexen kommt –, ob sie Katharina Henot, Christina Plum oder Catharina Bly gekannt habe, bevor sie verbrannt wurden. Wahrheitsgemäß verneinte Susanna, aber sie sah an ihren misstrauischen Gesichtern, dass sie ihr nicht glaubten.

»Sie haben es wie bei *mamma* gemacht«, schluchzte sie, als sie zu Hause davon erzählte, »die gleichen blödsinnigen Fragen, und egal, wie man antwortet, man ist immer schuldig.«

Der weitere Gang des Verfahrens war, dass nach der Interrogatio die Syndici ein Gutachten für den Rat erstellen mussten, auf dessen Grundlage darüber entschieden wurde, ob man eine Beschuldigte verhaftete oder freiließ. Friedrich schätzte, dass es bis dahin etwa vier bis fünf Wochen dauern würde.

Susanna war verstört, jedes Mal, wenn es gegen die Haustür klopfte, wurde ihr speiübel, und sie schickte Francesco hinaus. Jeden Augenblick gewärtigte sie den Haftbefehl und sah sich unter den Torturen im Frankenturm sitzen.

Auch Elsa litt entsetzlich, weil die Begine Hildegardis zwar von ihrer Mutter zurückgekehrt war, sich aber nicht meldete und Elsa mehrmals an der Pforte abweisen ließ. Gislind schimpfte, Hildegardis sei eine dumme Kuh, Elsa solle sie dahin schicken, wo der Pfeffer wächst. Das war natürlich ganz falsch und veranlasste Elsa zu einer flammenden Verteidigungsrede. Der Kummer nahm sie außerordentlich mit, sie nahm ab, und es sah immer mehr so aus, als zeige sich in ihrem Gesicht der gleiche Riss wie bei ihrer Mutter. Susanna nickte nur stumm und brach in Tränen aus, als Gislind fragte, ob ihr das auch aufgefallen sei.

Gislind war von außen kaum etwas anzumerken, aber in ihr rumorte es immer stärker. Sie hätte Francesco ohrfeigen können, wenn er betont harmlos daherkam und sie behandelte wie ein dummes, kleines Ding.

»Natürlich begleite ich dich zum Hafen, meine Gislind, komm, wir machen einen schönen Spaziergang.«

Dabei versenkte er seine braunen Augen in ihre, legte womöglich noch den honigfarbenen Arm um ihre Schulter, sodass ihr das Blut ins Gesicht schoss.

»Was ist, mein Kleines, warum machst du so ein Gesicht?«

Idiot, hätte sie schreien können, Hundsfott, siehst du nicht, wie du mich mit deiner Wärme, deinem süßen Geruch, deinen seidenweichen Reden quälst? Und mit deiner samtenen Haut? Manchmal hatte sie Lust, ihn zu verprügeln und alles kurz und klein zu schlagen.

Sie machten sich auf den Weg zum Hafen, um einen frischen Fisch für das Abendessen zu kaufen, und schlenderten an den Schiffen vorbei, die in Vierer- und Fünferreihen hintereinander lagen. Gislind fühlte die Blicke der Matrosen, die ihr folgten. Auf einem flachen Niederländer, der in der vierten Reihe lag, sah sie plötzlich Sahib, den Sarazenen aus Amsterdam, der, mit einem Seitenblick auf Francesco, unauffällig die Hand hob.

Gislind wusste auf der Stelle, was sie jetzt zu tun hatte. Warte, Francesco di Fiesole, es gibt noch andere schöne Männer unter der Sonne, die die Freuden mit mir durchaus zu schätzen wissen. Sie streifte die Kapuze ab und schüttelte ihr Haar, dann winkte sie mit Sternchenaugen Sahib heran.

Francesco sah mit offenem Mund zu, wie der Fremde geschickt über die Laufplanken lief, die die Schiffe miteinander verbanden, und federnd auf den Kai sprang, Gislind ihn zur Seite zog und ihm klarmachte, dass sie später wiederkommen werde, um mit ihm in den Severinsgarten zu gehen. Dann zog sie die Kapuze wieder über den Kopf und trat an Francescos Seite, übersah aber geflissentlich seinen hingestreckten Arm. Er war in höchstem Maße verunsichert.

»Woher kennt meine kleine Schwester die Männer von den Schiffen?«

»Oh, mein hochehrwürdiger großer Bruder, alle Männer von den Schiffen kenne ich freilich nicht, nur einige wenige, die mir angenehm sind und die meinen Liebreiz zu schätzen wissen.«

»Ich denke doch, dass alle Männer den Liebreiz von meiner Gislind zu schätzen wissen.«

»Der eine mehr, der andere weniger.« Sie warf den Kopf zurück.

»Und der junge Sarazene schätzt ihn sehr?«

»Außerordentlich«, schnappte sie, »er ist geradezu entzückt.«

Francesco sagte nichts mehr, er rückte ein Stück ab und schaute sie immer wieder von der Seite an.

Sie kauften einen großen Salm, und Gislind drückte ihm das schleimige Paket in die Hand.

»Du kannst ihn schon mal in der Küche abgeben, ich komme später.«

Da stand er mit kläglichem Gesicht und konnte sich nicht entschließen zu gehen.

»Was soll ich Susanna sagen? Sie stirbt vor Sorgen, wenn ich dich nicht mitbringe.«

»Denk dir was aus.« Gislind wurde immer bissiger. »Du kannst ja sagen, dass du mich unterwegs verloren hast.«

Schnell drehte sie sich um und ließ ihn stehen, sein Gesicht war so bekümmert, dass ihr das Herz ganz wund wurde.

Im Severinsgarten war es wie üblich, sie rauchten ein bisschen Hanf und machten ihre Spielchen, aber Sahibs rauhe Hände ließen Gislind diesmal kalt. Sie wurde traurig und ging bald wieder, Sahib winkte ihr unglücklich nach, weil er dachte, es sei seine Schuld, dass es ihr nicht gefallen hatte.

Auf dem Weg nach Hause überlegte sie, ob sie aus Francescos Blick schließen konnte, dass es ihn geschmerzt hatte, als sie mit dem Sarazenen ging. Zuerst frohlockte sie innerlich, weil er so traurig ausgesehen hatte, aber dann stand ihr Agatha vor Augen, und sie musste wieder weinen, weil sie so große Sehnsucht nach ihr hatte und sie niemals, niemals verletzen wollte.

Susanna schlief seit dem Verhör bei Gislind und Elsa, sie wurde von Alpträumen gequält, alle Dämonen, die sie längst überwunden glaubte, standen wieder an ihrem Bett. So kam in den Nächten ein Stöhnen und Seufzen aus dem Zimmer der drei, ein Herumwerfen und Mit-den-Zähnen-Knirschen, ein Hochschrecken und Wimmern.

Gislind träumte jetzt oft von Auticara, was sie vorher nie getan hatte.

Sie sitzt auf ihrem Schoß, der wunderbar süß nach Lavendel und nach *mamma* duftet, Auticara wiegt das blondlockige runde Ding hin und her und singt mit glockenklarer Stimme:

Es waren zwei Königskinder,
Die hatten einander so lieb
Sie konnten zusammen nicht kommen
Das Wasser war viel zu tief.

Ach Liebster, könntest du schwimmen
So schwimm doch herüber zu mir
Drei Kerzen will ich dir anzünden,
Und die sollen leuchten dir.

Die drei Flammen werden zu Auticara, Agatha und Colomba, sie laufen schnell am Rhein entlang, Auticara in ihrem roten, Agatha in ihrem blauen, Colomba in ihrem grünen Kleid, die tränenüberströmten Gesichter zum Himmel gewandt. Die Haare wehen hinter ihnen her wie dunkle Fahnen.

Wie immer es auch ist, Kinder, denkt daran, dass kein Zustand ewig dauert, das Gute nicht, aber auch nicht das Schwere. Noch nicht einmal die Torturen haben ewig gewährt, obwohl ich es manchmal dachte. Das Wesen des Lebens ist zu lernen, dass die Aufgaben, die wir bekommen, uns schleifen wie Diamanten. Wir dürfen uns nicht dagegen wehren, sondern müssen das Leben durch uns fließen lassen, damit es die Seele läutert und klärt. Ich glaube, um das zu lernen, musste ich im Turm sitzen.

Reisegefährten

Agatha und Colomba ruhten sich drei Tage in Reutlingen aus, wuschen ihre Wäsche und ergänzten ihre Essensvorräte, bevor sie weiterzogen. Gretel, Ludwig und Jakobe standen im Morgengrauen voller Abschiedsschmerz vor der Tür, als Agatha und Colomba in Männerkleidung zur Pferdestation schlichen.

»Wir werden in allerhöchstens zwei Wochen in Venedig sein«, sagte Agatha, als sie Jakobe unter Tränen umarmte, »wir werden Paolo suchen und sofort zurückkommen. Gebe Gott, dass wir ihn in der Casa Benedetti finden. Aber wir werden nicht nach Francesco forschen, weil ich immer sicherer bin, dass er in Cöln ist.«

»Passt bloß auf, ihr dürft auf keinen Fall die Agenten des Großen Rates auf euch aufmerksam machen!« Jakobe schluchzte und wollte sie gar nicht loslassen.

Es war schon jemand vor Agatha und Colomba an der Station. Ein langer, dünner Kerl stolzierte im Stall auf und ab und begutachtete durch seine kreisrunde Nürnberger Brille die Zähne und das Fell der Pferde. Agatha und Colomba hatten mit einem betrunkenen Stationswärter gerechnet, der nicht merken würde, dass sie Frauen waren, und wollten auf der Stelle umkehren, aber da hatte der Hagestolz sie schon durch die Brillengläser aufs Korn genommen.

»Wenn ich den ehrwürdigen Herrschaften behilflich sein dürfte«, näselte er, »würde es mir ein Vergnügen sein.«

»Wir kommen schon zurecht, danke vielmals.«

Colomba kiekste auf und ab in dem vergeblichen Versuch, ihre Stimme tiefer zu machen, und bemühte sich um einen hochmütigen Ausdruck, aber an seinem Grinsen sahen sie sofort, dass er ihr Spiel durchschaute. Den feurigsten Rappen hatte er sich schon herausgesucht. Agatha und Colomba standen unschlüssig im Stall vor der Reihe von glänzenden Pferdehintern und wussten nicht, welchen sie nehmen sollten.

Er zeigte auf zwei und raunte in Colombas Ohr: »Ich würde diese nehmen, die scheinen mir ganz gut im Futter zu stehen. Die anderen sind Schindmären, die brechen in Kürze zusammen.«

Colomba sah Agatha verzweifelt an, als müssten sie sich des Mannes erwehren, aber Agatha fand ihn angenehm und stimmte erfreut und ohne Zögern zu, als er vorschlug, die Reise gemeinsam fortzusetzen.

So lernten sie Benedict Paryla kennen, einen Syndicus aus Karlsruhe, der in Leiden die Rechte, und, wie er mit bedeutendem Blick betonte, auch Philosophie, Naturwissenschaften und Medizin studiert hatte. Er war auf dem Weg nach Bergamo, um sich dort im italienischen Recht weiterzubilden. Er schlug vor, Agatha und Colomba bis Bozen zu begleiten, und erzählte lebhaft von seiner Schwester Margareta, einer Landschaftsmalerin, die ebenfalls schon mehrfach in Männerkleidung gereist war.

»In unseren unsicheren Zeitläuften benötigen Sie Schutz, meine Damen«, verkündete Benedict Paryla großspurig, »ich will gerne meinen bescheidenen Beitrag dazu leisten. Man weiß ja nie, ob sich nicht irgendwo versprengte Truppen herumtreiben. Gefährlich kann es vor allem werden, wenn wir den Brenner überqueren, die Wegelagerer nutzen das unübersichtliche Gelände.«

Agatha fand, der Himmel habe ihn geschickt, schließlich gab auch Colomba zu, dass es angenehm war, wenn ein Mann vorausritt und die Gespräche mit anderen Reisenden, die Verhandlungen um die Übernachtungen und das Abendessen übernahm, sodass sie nicht in ständiger Angst vor Entdeckung leben mussten. Allerdings mokierte sie sich immer wieder darüber, dass er ein Wichtigtuer sei mit seinen beiden Universitätsabschlüssen, und in der Tat wusste er zu jedem Thema etwas zu sagen und tat das ausführlich. Besonders ärgerte Colomba sich darüber, dass er vehement für die studierten Medikusse Partei nahm und betonte, dass er, wenn er krank sei, nur einem solchen vertrauen würde.

»Die haben auch nichts anderes zur Verfügung als den ewigen Aderlass, das Schröpfen, das Purgieren, genau wie wir gewöhnlichen Heiler auch«, fuhr sie ihn scharf an, »und vom Segen der Kräuter haben sie meistens überhaupt keine Ahnung. Und wenn es darum geht, einem Kranken Trost zu spenden und ihn seelisch aufzurichten, versagen sie völlig. Ich habe jedenfalls keine Lust, mir so ein dummes Zeug anzuhören!« Benedict sah sie nur von der Seite an, dann gab er seinem Pferd die Sporen und ritt ein Stück voraus.

»Lass ihn doch«, beschwichtigte Agatha, »du weißt doch, wie Männer sind. Ich finde ihn nett, er hat Witz und Charme, außerdem scheint er wirklich ein kluger Kopf zu sein, da lass ihn ruhig ein bisschen reden.«

Alles an Benedict Paryla war lang und dünn: Arme und Beine, das Gesicht, die Nase, die Haare. Jedes Mal, wenn sie eine Rast machten, faltete er seine Beine zusammen, klemmte die Brille auf die Nase, zog ein Traktat aus der Tasche und deklamierte gelehrte Abhandlungen aus allen möglichen Wissensgebieten. Besonders gerne ließ er sich über Astronomie und Astrologie aus, wobei er niemals ruhig saß, sondern immer wieder aufsprang, umherstolzierte und mit kreiselnden Armen geschliffene Ausführungen machte. Er war ein brillanter Redner, und seine Einstellungen waren ausgesprochen radikal, oft dachte Agatha, dass Auticara ihre helle Freude an ihm gehabt hätte. Colomba schüttelte manchmal unwillig den Kopf, wenn ihre Schwester ihm allzu begeistert zuhörte.

Benedict war ein Anhänger Johannes Keplers und überzeugt davon, dass sich mit der Horoskopie bedeutsame Ereignisse für die gesamte Menschheit voraussagen ließen.

»Eine Konjunktion von Mars und Jupiter zieht mit Sicherheit Krieg und Verwüstung nach sich«, dozierte er, »wir hatten die Konstellation vor dem Großen Krieg, und wir sehen, dass es sich bewahrheitet. Und ein Sextil von Mond und Venus bringt eine große Liebesgeschichte hervor, das ist so sicher wie das

Amen in der Kirche.« Dabei richtete er seine Brillengläser auf Colomba, die sofort ihrem Pferd die Sporen gab.

Am Anfang dachten sie, er sei Lutheraner oder Calvinist, aber er entpuppte sich immer mehr als Freigeist und Atheist reinsten Wassers. Für den Klerus wäre er ein Häretiker gewesen, die Inquisition hätte sich mit Freude auf ihn gestürzt, wenn seine Ansichten ihr zu Ohren gekommen wären.

»Hochehrwürdige Damen, hinsichtlich der Gleichheitsfrage irren alle großen Denker, von Aristoteles bis Luther. Ich will keinem von beiden die Bedeutung absprechen, aber in Bezug auf die Stellung der Frau und das Verhältnis von oben und unten in der Gesellschaft unterliegen sie doch gewaltigen Irrtümern. Kein Gelehrter dieser Welt hat jemals einen vernünftigen Grund dafür anführen können, dass die Frau dem Manne untertan sein muss, dass Kirche und Adel sich am Volk mästen und auf seine Kosten ein unmäßiges Wohlleben führen. Ich sage: einen vernünftigen Grund, denn das, was üblicherweise behauptet wird – die Naturgegebenheit von Sklaven- und Herrentum und die Ungleichheit von Männern und Frauen, die Gottgewolltheit der Ständegesellschaft – hält keiner logischen Überprüfung stand, wenn Sie mich fragen, ist es der reine Kokolores. Ehrwürdigste Reisebegleiterinnen, liebreizendste Gefährtinnen auf diesem mühseligen Wege, ich will doch hoffen, dass ich mit diesen Ausführungen Wasser auf Ihre Mühlen gieße!«

Selbst Colomba musste das zugestehen, aber natürlich musste sie ihm gleich Kontra geben.

»Sieht denn der ehrwürdige Herr Syndicus Paryla auch einen Ausweg? Sieht er einen Weg, die Gesellschaftsordnung einer größeren Gerechtigkeit zuzuführen?« Colomba näselte spitz, als examiniere sie ihn.

Er faltete wieder die Beine zusammen, setzte sich zu ihnen und senkte die Stimme, obwohl niemand in der Nähe war. »Natürlich gibt es einen Weg, die unteren Stände müssen die oberen außer Gefecht setzen, die Bauern haben es uns vor über hundert Jahren vorgemacht.«

»Aber sie wurden niedergeschlagen, es hat gar nichts gefruchtet.«

»Es muss eine Bewegung geben, die über die Länder Europas hinwegfegt, die alle erfasst. Die Menschen müssen sich wehren, mit Taten, aber auch mit Worten, abertausende von Stimmen müssen sich gegen die Ungerechtigkeit und die Willkür erheben und etwas ganz Neues aufbauen.« Er runzelte die Stirn. »Ich weiß gar nicht, warum das ehrwürdige Fräulein Colomba jetzt so skeptisch dreinschaut.«

Colombas Gedanken waren von ihrem Gesicht abzulesen: Fantast, schwärme du nur herum, abertausende Stimmen, und ausgerechnet für die Frauen und die Armen. Auticara hatte sie immer angehalten, die großen Philosophen zu lesen, sodass sie nun dagegenhalten konnte.

»Sie meinen in der Art von Thomas Morus' ›Utopia‹? Oder Campanellas ›Sonnenstaat‹? Das sind schöne Theorien, ehrwürdiger Herr Syndicus, mehr ganz sicher nicht. Überdies würde ich mir Campanellas Ideen zur Überwachung der Volksgesinnung nicht unbedingt zu Eigen machen – wobei wir diese Verhältnisse de facto ja bereits haben. Die Hexenverfolgungen sind nichts anderes, Staat und Klerus maßen sich doch an, in unser aller Leben herumzuschnüffeln, dass es nicht mehr feierlich ist.«

Benedict riss seine blauen Augen hinter den Brillengläsern auf und schien durchaus beeindruckt zu sein.

»Campanella ist ein Schwätzer«, fuhr Colomba fort, und ihre Stimme wurde immer sicherer, »aber Morus ist durchaus ernst zu nehmen. Abschaffung des Privateigentums, Abschaffung des Geldes, gemeinsame Verköstigung der Familien, dagegen kann man nichts haben, am wenigsten als Frau.«

»Ich bin ganz der Meinung des ehrwürdigen Fräuleins!«

In dieser Art diskutierten sie stundenlang und vergaßen dabei die Zeit, während sie zügig durch das Donauried und das liebliche Voralpenland im Herzogtum Bayern ritten. Die Wege waren eben und gut ausgebaut, sodass sie schnell vorankamen. Sie trabten durch Wiesen, an Bächen entlang, durch wohlhabende Dörfer mit großen Bauerngärten, in denen eifrig gepflanzt und gehackt wurde, überall dampfte und duftete die Frühlingserde. Abends verzehrten sie in den Gasthäusern Schweinsbraten mit Klößen und tranken das dünne, bayrische Bier dazu. Dabei breitete Benedict weitere von seinen Gedankengebäuden aus, oder, wie Colomba sagte, von seinen Hirngespinsten.

»Die Menschheit wird eine Revolution gegen Armut und Ungleichheit durchführen, und irgendwann wird sie auch Raum und Zeit überwinden. Man wird sich mühelos von einem Punkt der Erde zum anderen bewegen und Gedanken wie Strahlen durch die Atmosphäre aussenden und empfangen können. Da werden Dinge passieren, die sich unserem Vorstellungsvermögen noch vollkommen entziehen«, schwärmte er. »Denken Sie an den Pistolenschuss, meine Damen, da beschleunigt sich auch etwas auf bis dahin ungekannte Weise, es kommt auf die Energie an, die dahinter steckt, das Pulver in diesem Fall. Da wird es Entwicklungen geben, von denen wir bisher nur träumen können.«

Agatha schloss immer wieder die Augen und bemühte sich zu sehen, was an seinen Visionen dran war. Er hatte Recht, sie sah kleine Vorrichtungen, mit denen die Menschen über lange Entfernungen miteinander sprechen konnten, und große vogelähnliche Geräte, in denen sie umherflogen. Aber sie führten auch Krieg damit, sie konnten riesige Kanonen um die halbe Welt schießen.

Sie öffnete die Augen, weil das, was sie sah, sie erschreckte.

»Ich will das gar nicht sehen, die Menschen werden ihr Wissen und ihr Können nutzen, um sich gegenseitig zu zerstören, und einige werden eine unvorstellbare Macht erlangen. Es wird genug Geld und Nahrung für alle geben, aber nur einige wenige werden alles an sich raffen. Wie ist Ihre Meinung dazu, ehrwürdiger Syndicus?«

Benedict Paryla legte einen Finger an die Nase und schob dabei die Brille nach oben.

»Dass der Mensch fehlbar ist, hochverehrte Damen, und die Vernunft einsetzen muss, um ein soziales Wesen zu werden, wissen wir ja schon seit Thomas von Aquin. Wir können also nur hoffen, dass unsere Spezies Vernunft erlangen wird, aber womöglich wird sie das nicht freiwillig tun. Wahrscheinlich hat Machiavelli, so angreifbar er auch sein mag, Recht, wenn er sagt, dass der Mensch eine feste Hand braucht. Meine Hoffnung ist, dass er sich eines Tages freiwillig den sozialen Gesetzen unterwirft und einsieht, dass alle in Frieden leben können, wenn sie Verantwortung füreinander übernehmen, anstatt sich zu bekämpfen und gegenseitig umzubringen.«

Seine Augen leuchteten, und er wollte eben zu weiteren Ausführungen ansetzen, als eine höchst seltsame Truppe über die Gaststube hereinbrach. Fünf Männer und zwei Frauen in bunten Gewändern setzten sich lachend, polternd und durcheinander schwatzend zu ihnen an den Tisch. Bei der Beredsamkeit des Syndicus' dauerte es keine fünf Minuten, bis sie im Gespräch waren.

Es war eine Theatergruppe aus dem Elsass auf dem Weg nach Norditalien: Antoine, der Anführer, mit tiefblauen, blitzenden Augen, die immer in Bewegung waren, überhaupt gestikulierte, parlierte, tänzelte, federte der ganze Mann vor Lebenslust und Lebendigkeit. Dann die zarte, vierzehnjährige Feigin, braunäugig und fröhlich, die sich wie eine Elfe bewegte, und die etwas ältere, rothaarige, temperamentvolle Petronella, eine Tänzerin mit elegantem Hüftschwung und fließenden Bewegungen. Zwei lachende junge Frauen, denen die Lust am Komödiantentum aus den Augen blitzte, mit wunderbaren Singstimmen, die sie alsbald vorführten. Außerdem Georges mit seinem lieblichen Frauengesicht und Gilles, der Kobold der Truppe, sowie Ulrich und Gerard, zwei theaterbegeisterte junge Bauernburschen, die vor Kraft strotzten.

Sie tranken Wein und waren bald in eine lebhafte Unterhaltung vertieft. Die sieben waren schon seit zwei Jahren als Gruppe unterwegs und spielten überwiegend Stücke von dem Dichter William Shakespeare.

»Er ist zwar schon vierzehn Jahre tot, aber er ist der großartigste Dichter, der je gelebt hat«, behauptete Antoine, »so einen gab es vorher nicht, und wird es in den nächsten tausend Jahren auch nicht mehr geben.« Benedict pflichtete ihm bei, auch er war ein enthusiastischer Anhänger des großen Engländers.

Agatha fragte nach dem Leben auf der Straße, und die Theaterleute berichteten, dass sie sich zwar mehr schlecht als recht von ihrer Kunst ernährten, es zum Überleben aber reichte, und dass sie sich für die schwierigsten Wegstrecken, zum Beispiel die bevorstehende Alpenüberquerung, sogar Maultiere nehmen konnten. Auch wenn es manchmal mühsam und gefährlich war, zogen sie das Wanderleben einem wohl geordneten, bürgerlichen Stadtleben vor.

»In den Städten stehst du immer unter Beobachtung«, sagte Petronella, »alles, was du tust, wird von den Nachbarn beäugt, bewertet, denunziert, man kann sich doch kaum frei bewegen. Unterwegs lässt es sich besser atmen, dafür nehme ich gerne ein bisschen Unsicherheit in Kauf.«

Colomba und Agatha schauten sich nur an, wie viel hätten sie zu diesem Thema beizutragen gehabt. Sie sagten aber nichts, weil sie sich vorgenommen hatten, mit Fremden nicht über ihre Geschichte zu sprechen. Auch Benedict wusste nichts davon.

Es wurde ein lustiger Abend, sie diskutierten hitzig, und die Schauspieler erzählten witzige und groteske Anekdoten von ihren Reisen, bis sie sich vor Lachen bogen. Agatha bemerkte, dass Antoine immer wieder ihren Blick suchte, und sie erschrak ein wenig darüber, wie angenehm es ihr war.

Sie waren in der Nähe von Bad Tölz und sahen die Alpen vor sich liegen, am nächsten Tag würden sie ins Gebirge kommen. Antoine schlug vor, dass sie den Weg über den Brenner gemeinsam machen sollten. Eine größere Gruppe bot mehr Schutz, außerdem führten die Schauspieler zwei Planwagen für die Theaterausrüstung mit, in denen sie alle übernachten konnten. Sie schlugen sofort ein, sogar Colomba, die die misstrauischste von ihnen war, begrüßte das Vorhaben.

Die Fröhlichkeit der neuen Reisegefährten war ansteckend, und Agatha und Colomba bereuten ihre Entscheidung nicht. Mit den Frauen waren sie gleich vertraut: Feigin mit ihrer immer währenden Freundlichkeit und guten Laune und Petronella, die so schön war, dass Agatha sie immerzu hätte ansehen können. Während sie hinter den Wagen bergan liefen, übte sie ihre Tänze. Sie schwebte in ihren Wanderschuhen so leicht über den unebenen Fahrweg, als wäre es ein Tanzboden, drehte und wand sich mit erhobenen Armen, wurde zu einer Königin, einer Elfe, einer Schlange, zu einem geschmeidigen Luftgeist, einem drehenden Derwisch, einem wilden, Zähne fletschenden Dämon.

Am zweiten Abend der gemeinsamen Reise übernachteten sie am Ufer eines kleinen Bergsees, und die Frauen nahmen vor dem Abendessen ein ausgiebiges Bad. Das Wasser war kalt und klar, sie gerieten in einen regelrechten Rausch, planschten und spritzten herum und wuschen sich mit einer feinen Seife, die Petronella aus dem Wagen hervorzauberte, gegenseitig die Haare. Sie saßen nackt am Ufer, um sich von der Abendsonne trocknen zu lassen, als sie von hinten aus dem Gebüsch ein unbändiges Kichern hörten. Sie verständigten sich mit den Augen und banden sich notdürftig Tücher um die Leiber, dann sprangen sie mit Geheul hinter den Busch und erwischten Ulrich und Gerard, die sie so schnell, dass sie sich gar nicht wehren konnten, jeweils zu zweit packten und mit Schwung in den See beförderten. Prustend kamen die Jungen wieder herausgekrochen, und sie lachten den ganzen Abend über die beiden begossenen Pudel. Als sie am Feuer saßen, dachte Agatha, dass sie das Leben seit langem nicht mehr als so angenehm und leicht empfunden hatte, wie zurzeit, trotz der beschwerlichen Reise. Voller Wohlgefühl lehnte sie sich an Colomba und spürte, wie Antoines Augen auf ihrem frischen, duftigen Haar verweilten.

Die Straße über den Brenner war ausgewaschen, löcherig und voller Steine, sie mussten die Maulesel führen und teilweise die Planwagen von hinten anschieben. Einige Male kamen ihnen an engen Stellen andere Wagen entgegen, und die Männer bugsierten die Gefährte mit äußerster Vorsicht aneinander vorbei, während neben ihnen die Felswände in schwindelnde Tiefen stürzten. Wenn eine gefährliche Situation überstanden war, fuhren die Schauspieler gleich mit ihren Scherzen und Geschichten fort und stimmten fröhliche Gesänge an, sodass die Mühsal immer wieder schnell vergessen war.

So zog der Tross langsam, wie eine bunte Raupe, durch die dünner werdende klare Luft über die kurvige Passstraße. Die Landschaft wurde immer bizarrer und belohnte sie nach jedem anstrengenden Anstieg mit den herrlichsten Ausblicken: Riesige Felswände aus Granit mit marmornen Einschlüssen ragten plötzlich in den Himmel, Wasserfälle gleißten, sprudelnde Bäche quollen zwischen den Felsen hervor. Abhänge mit dunkelgrünen Fichten und hellgrüne Wiesen, auf denen Kühe mit großen Glocken um den Hals weideten, standen in lieblichem Kontrast zu den schneebedeckten Gipfeln und dem dunkelblauen Himmel, manchmal gerieten sie in Wolkenbänke und tappten in dichtem Nebel voran. Einmal sahen sie einen Adler seinen Horst anfliegen, aus dem sich hungrige Schnäbel reckten.

Zwei Tage, nachdem sie den Pass überquert hatten, kamen sie allmählich in südlichere Gefilde. Wie jeden Abend schoben sie auch an diesem die Wagen zu einer Schutzburg zusammen und bereiteten das Abendessen. Da sie sich gut mit Proviant versorgt hatten, litten sie keine Not und sprachen nach den Anstrengungen des Tages ordentlich dem Wein zu.

Agatha hielt sich gerne in der Nähe von Antoine auf, sie genoss seine Blicke, seine Augen, seine breite Brust und sein Geruch gefielen ihr, seine Komplimente taten ihr gut. Er bewegte sich leicht und elegant, war geistreich und von geschliffener Sprache, höchst bewandert in der Literatur und ein gewandter Plauderer. An den Abenden saß er neben Agatha, beide versuchten Colomba zu ignorieren, die ihre Blicke missbilligend hin- und herwandern ließ. Agatha hätte sich gewünscht, dass sie sich stattdessen um Benedict gekümmert hätte, der stets an ihrer Seite saß und ihre spitzen Bemerkungen ungerührt über sich ergehen ließ, ganz offensichtlich fand er trotzdem Gefallen an ihr. Es tat Agatha weh, dass Colomba so voller Abwehr war, immer musste sie auf dem Posten sein, immer aufpassen, ob alles seine Ordnung hatte. Wie gut täte es ihr, dachte Agatha, wenn sie sich der Leichtigkeit und der Liebe öffnen könnte, zumindest ein wenig.

Antoine folgte ihrem Blick und erriet ihre Gedanken, wie er es oft tat, wenn sie zusammen waren.

»Shakespeare erzählt die schönsten Liebesgeschichten, *chère demoiselle* Agatha, Romeo und Julia ist die anrührendste, die jemals geschrieben wurde. Die Kinder zweier verfeindeter Familien lieben sich, aber sie dürfen nicht zusammen sein, weil die Familienehre es verbietet.«

»Sie konnten zusammen nicht kommen, das Wasser war viel zu tief«, sang Agatha. »Es gehört zum Traurigsten auf der Welt, wenn eine Liebe sich nicht erfüllen darf.«

»Wie wahr, wie wahr. Aus den bekümmerten Augen des Fräulein Agatha könnte man schließen, dass es damit schon Erfahrungen gemacht hat.«

Sie schlug den Blick nieder und antwortete nicht, inständig hoffte sie, dass er nicht merkte, wie sehr sie plötzlich die Sehnsucht danach überfiel, an die Brust eines Mannes zu sinken und in seinen Armen zu liegen, das Blut hämmerte ihr in den Schläfen, fast trieb es ihr die Tränen in die Augen. Sie atmete tief und fragte sich, wie so oft in den vergangenen Jahren, warum Francesco sie verlassen hatte und sie ihr Leben damit verbringen musste, zu warten und sich in Einsamkeit zu verzehren.

Sie räumten das Essen fort, Ulrich, Gerard und Feigin spielten auf einer Geige und kleinen Flöten Scherzlieder und Tänze. Die Musik fuhr ihnen in die Beine, und Antoine forderte Agatha zu einem Menuett auf. Petronellas schöne Augen folgten ihnen traurig, während Agathas Füße unter Antoines Führung wie von selbst tanzten. Da nahm Petronella eine Fackel, sprang in die Mitte und führte einen wilden, leidenschaftlichen, verschlungenen Tanz auf, bei dem sie Antoine und Agatha mit der Fackel immer mehr an den Rand drängte und schließlich schwer atmend und mit wütenden Blicken vor ihnen stand.

Sie hat Recht, dachte Agatha, wer bin ich denn, dass ich einfach hier auftauche und ihr den Mann wegnehme.

Hinter einem großen, gezackten Bergmassiv schob sich der abnehmende Mond hervor. Ulrich wollte gerade die Geige wieder ans Kinn setzen, als sie Stimmen und Schritte hörten, die sich vom Fahrweg her näherten. Sofort war es mucksmäuschenstill, Gilles verschwand wie der Blitz in dem hohen Wagen mit dem festen Aufbau, Petronella und Feigin sprangen in den anderen und zogen Colomba und Agatha hinterher. Durch einen Spalt in der Plane beobachteten sie zitternd, wie drei finstere, breitschultrige Gesellen, denen die Lust zum Rauben und zum Morden im Gesicht stand, in dem bläulichen Licht aus einem Fichtenwäldchen traten.

»Wer da?«, rief Antoine mit festem, starkem Bass.

Benedict sprang nach vorne mit ausgestrecktem Arm, im Mondlicht blitzte eine Pistole.

»Stehen bleiben oder ich schieße!«

Auch seine Stimme war laut und tief. Colomba keuchte, ihre Finger krallten sich in Agathas Arm.

Antoine hatte plötzlich ebenfalls ein Gewehr im Anschlag, Ulrich und Gerard stellten sich neben ihn, schwangen riesige Knüppel und schauten so böse sie nur konnten.

Die drei Finsterlinge mit Schlapphüten und wuchernden Bärten kamen näher, so lange, bis Benedict einen Schuss in die Luft abgab.

»Der nächste trifft«, rief er, »macht, dass ihr fortkommt!«

Die drei ließen sich nicht beirren und schoben sich weiter heran. Jetzt sahen sie, dass die Banditen verrostete Harnische über der Brust trugen, wahrscheinlich fühlten sie sich unverwundbar.

»Er soll nicht zum Mörder werden«, flüsterte Colomba, die schneeweiß geworden war, »Himmel hilf, dass er keinen Menschen töten muss!«

Plötzlich ertönte von oben ein ohrenbetäubendes Geschrei, lang gezogene, heulende Töne, Kreischen, Wimmern. Dann lautes Hahnenkrähen, das Meckern eines Esels, Katzengejaule.

»Foutez le camp«, schnarrte es über ihnen, und sie hörten, dass es Gilles mit verstellter Stimme war, *»allez, allez, engeance infernale, puanteur de tous les diables! Que l'enfers vous avale!«*

Seine Stimme überschlug sich, schnalzte und gluckste, knarrte, knirschte, fiepste. Die drei Bösewichter starrten entgeistert auf das Dach des Planwagens. Petronella kroch zur hinteren Öffnung des Wagens und reckte ihren Kopf hinaus, dann hielt sie sich prustend die Hand vor den Mund. Colomba, Feigin und Agatha brachen ebenfalls in Gekicher aus, als sie hinaussahen.

Der Anblick war umwerfend. Gilles saß rittlings auf dem runden Wagendach, in der Hand hielt er eine Fackel und beleuchtete damit sein schwarz geschminktes, sich immer wieder in Konvulsionen verzerrendes Gesicht. Er stieß weiter Beschimpfungen aus, rollte die Augäpfel hin und her, sodass nur das Weiße zu sehen war, schürzte und wölbte seinen rot geschminkten Mund, schnaubte und prustete, als wäre er rasend. Er presste die Schenkel gegen das Wagendach und schwang die Fackel wie einer der apokalyptischen Reiter.

Antoine stand immer noch mit dem Gewehr im Anschlag, Benedicts Arm hielt ausgestreckt die Pistole, ohne zu zittern.

Die Ganoven waren wie gebannt, sie flüsterten miteinander, dann traten sie zögernd den Rückzug an. Die Dunkelheit verschluckte sie schnell.

Sie ließen ihre Helden, vor allem Gilles, hochleben. Benedict legte einen Arm um Colomba, schlug mit dem anderen Antoine auf die Schulter und schaute stolz und glücklich in die Runde, dabei rief er immer und immer wieder: »Denen haben wir es gezeigt, was? Haben wir denen gezeigt, was eine Harke ist?«

Colomba sah ihn bewundernd an, ihr Gesicht war weich und glücklich.

Die Männer teilten Wachen für die Nacht ein. Benedict, Ulrich und Gerard machten den Anfang, Gilles und Antoine wollten sie gegen vier Uhr ablösen.

Agatha schlief nur leicht und schreckte hoch, als draußen die Wachen wechselten. Sie musste hinaus und traf auf Antoine, der sein Gewehr im Arm hielt. Die Luft war kalt und klar, im Osten wurde der Himmel hinter den Bergmassiven ein wenig heller.

»Gilles schläft so fest«, flüsterte Antoine, »ich habe es nicht fertig gebracht, ihn zu wecken.«

Agatha setzte sich zu ihm an den Eingang der Wagenburg, die ersten Vögel zwitscherten zaghaft. Er legte seinen Arm um sie, sie küssten sich und drängten ihre Körper aneinander, streichelten und liebkosten sich, bis sie stöhnten.

»Ich habe einen Mann«, flüsterte sie in seinen Armen, »ich liebe ihn und möchte ihn nicht hintergehen.«

»Warum ist er nicht bei dir? Warum lässt er seine schöne Agatha allein und schutzlos in der Welt umherziehen?«

»Weil ich ihn vor zwölf Jahren verloren habe. Aber ich werde ihn wiederfinden, ich weiß, dass er lebt und auf mich wartet.«

Die Morgenröte leuchtete hinter dem Berg hervor, und die Vögel begannen ein ohrenbetäubendes Konzert. Agatha und Antoine erkundeten ihre Körper und stillten ihr Verlangen mit Händen und Mündern, sie flüsterten, seufzten, verströmten sich.

Die Anspannung des nächtlichen Überfalls fiel ab, sie schliefen Arm in Arm ein und erwachten, als Colomba in der Morgensonne über ihnen stand, »huhu« rief und ein strenges Gesicht machte.

Antoine sprang erschrocken auf.

»Hier finde ich also meine Agatha«, sagte Colomba tadelnd, »ich dachte schon, sie wäre uns abhanden gekommen. Hundertschaften hätten uns überfallen können, ohne dass ihr es gemerkt hättet.«

Agatha sprang auf, sie fühlte sich erquickt und hatte das Gefühl, auf der ganzen Reise nicht so tief geschlafen zu haben wie in der kurzen Stunde in Antoines Armen. Allerdings schämte sie sich in Grund und Boden vor Colomba und vor Benedict, der grinsend herübersah. Auch Feigin und die Jungen feixten, Petronellas Augen schleuderten allerdings Blitze. Alle wussten offenbar, was im Morgengrauen geschehen war. Schnell machte Agatha sich nützlich, tränkte die störrischen Tiere an einem Bach in der Nähe und füllte die Schläuche mit Wasser.

Dann ging sie mit Gilles hinter den Wagen her, sie wollte allein sein und darüber nachdenken, ob sie sich schuldig fühlen musste.

Tue immer, was du tun musst, hörte sie Auticara sagen, egal, ob du der falschen Spur folgst. Auch die Irrwege muss man erkunden, auch sie halten Erkenntnisse für uns bereit.

Colomba setzte sich mit Petronella und den Jungen an die Spitze des Zuges, Antoine und Benedict eskortierten ihn und ritten immer wieder zurück und voraus, um sicher zu gehen, dass ihnen niemand folgte oder auflauerte. Antoines Blick streifte Agatha mit einer Mischung aus Stolz und Traurigkeit, und ihre Gefühle gerieten immer mehr durcheinander. Einerseits gefiel er ihr außerordentlich, andererseits hatte sie immer wieder Francesco vor Augen, so nah und so lebendig, als laufe er neben ihr her. Sie beschloss, erst mal Abstand zu halten, aber das Herz tat ihr weh.

Abends am Feuer bat sie Colomba, sich mit ihr ein wenig abseits zu setzen. Agatha gestand die Verwirrung in ihrem Herzen und weinte, dann bekannte Colomba, auch Benedict stürze ihre Gefühle in das größte Durcheinander. Sie denke unablässig darüber nach, ob er es ernst meine oder nur seine Wirkung ausprobieren wolle, um sie hinterher fallen zu lassen. Sie umarmten sich, und Agatha versicherte Colomba eindringlich, dass Benedict mit Sicherheit sie meine und nicht nur auf eine Eroberung aus sei. »Das passt überhaupt nicht zu ihm, außerdem würde er sich dazu sicherlich keine so harte Nuss aussuchen wie ausgerechnet meine Colomba.«

Sie folgten dem Kuntersweg durch die Schlucht der Eisack, die schnell und schlammig durch das Gebirge schoss. Hier zogen viele Reisende ihres Weges, und das Gelände wurde allmählich übersichtlicher. Gerard, Ulrich und Feigin machten den ganzen Tag Musik, und je näher sie ihrem gemeinsamen Ziel Bozen kamen, desto fröhlicher wurde Petronella, zumal nicht zu übersehen war, dass Antoine und Agatha sich aus dem Weg gingen. Die Schauspieler sprachen viel von der bevorstehenden Shakespeare-Aufführung, sie wollten »Macbeth« spielen, ein Drama um einen machtgierigen König und seine blutrünstige Gemahlin.

Sobald die Sonne sich zeigte, rochen und schmeckten sie den Süden. Das Herz tat ihnen vor Sehnsucht weh, wenn sie sich Paolo, Mabilia und die Calle Paradiso vorstellten, Beklommenheit überfiel sie allerdings, wenn sie daran dachten, sich von den Reisegefährten trennen zu müssen.

Am Abend vor ihrer Ankunft in Bozen setzte sich Antoine neben Agatha ans Feuer und rezitierte aus Stücken von Shakespeare, der sie immer mehr faszinierte. Was für ein Dichter, welche Figuren, welche Worte und Geschichten, welche Verwirrungen, welches Drunter und Drüber, welche Tiefe des Gefühls im Schönen wie im Entsetzlichen!

»Vielleicht ist er schuld, dass wir alle so durcheinander sind«, sinnierte Colomba, »vielleicht hat er uns mit seinen verrückten Geschichten angesteckt.«

Antoine war ein Kenner von Shakespeares Werken, er hatte viele Stücke ins Deutsche und Französische übersetzt. »Romeo und Julia« hatte es ihm besonders angetan, er behauptete, diese Liebestragödie werde die Menschen noch in tausend Jahren bewegen.

Er sah Agatha schmachtend an, aber sie war nicht sicher, ob in seinen Augen nicht auch der Schalk lauerte.

»Oh, wie sie auf die Hand die Wange lehnt! Wär' ich der Handschuh doch auf dieser Hand und küsste diese Wange!«

»Hör auf damit, Antoine, du weißt, dass ich dieses Süßholzraspeln überhaupt nicht leiden kann.«

»Der Liebe leichte Schwingen trugen mich, kein steinern Bollwerk kann der Liebe wehren; und Liebe wagt, was irgend Liebe kann.«

»Fang nicht immer wieder davon an, geh, Antoine, du bringst mich ganz durcheinander.«

Antoine, mit fistelnder Frauenstimme:

»Es tagt beinah, ich wollte nun, du gingst; doch weiter nicht als wie ein tändelnd Mädchen ihr armes Vöglein in gewohnter Fessel ein wenig hüpfen lässt von ihrer Hand und dann zurück es zieht am seid'nen Faden.«

»Nein, nein, so ist es nicht Antoine, so wird es niemals sein. Du weißt, dass mein Herz dem Vater meines Kindes gehört, er wohnt ganz fest darin. Daran könntest du niemals etwas ändern.«

Er legte ihr die Hand auf den Arm und schaute offen und warm, er kannte sie, er lockte, sie hätte in ihm versinken können.

»Ach Herz! Wie süß ist's, Liebe selbst besitzen, da schon so reich an Freud' ihr Schatten ist!«

Sah sie eine Träne in seinem Auge? Ach was, er war ein Schauspieler, er konnte ihr alles vormachen.

»Ich tue, was du willst, *mon ange*«, flüsterte er an ihrer Wange, »ich würde auf dich warten, von mir aus jahrelang, wenn du mir nur ein bisschen Hoffnung machen würdest.«

Die Luft war süß und geschwängert vom Duft einer früh blühenden Rose, sie spürte seinen Körper und sog seinen Duft ein, seine Seufzer streiften ihre Wange. Wie gerne hätte sie einmal wieder eine ganze Nacht bei einem Mann gelegen.

In diesem Sommer duften sie um die Wette, meine Gallica und meine Damaszena, sie übertrumpfen sich gegenseitig, da haben die Ziegen mit ihrem Gestank gar keine Chance. Schaut, Kinder, die Alba, wie sie schon wieder von Knospen übersät ist, hier, dort, sie rieseln herunter wie Schnee, überall, es kommen immer wieder neue, obwohl ich sie schon so oft ausgeschnitten habe. Sie werden sich noch zu Tode blühen! Und diese Farben, so kräftig waren sie noch in keinem Sommer, schaut, die Damaszena, sie glüht richtig in der Mitte, und meine Gallica erst, sie protzt und prangt wie eine Herzogin. Sogar meine zarte Alba versucht mitzuhalten, seht, wie sie sich anstrengt mit ihrem gelben Herzchen, aber gegen so viel Prunksucht kommt sie nicht an.

Auticara plappert, steigt zwischen den Rosenbüschen herum, kontrolliert die Blätter auf Schädlinge, schneidet sorgfältig die verblühenden Blüten heraus und bettet sie in ihren Korb.

Die Rose gibt uns so viele Geschenke, was täten wir nur ohne ihre Schönheit und ihr wundervolles Öl, das uns heilt und pflegt, wir Frauen könnten gar nicht auf sie verzichten. Und ihr wisst, *piccoline*, dass sie die Liebesgeister weckt, dass sie in unmittelbarem Bunde steht mit Amor, Venus und Aphrodite, sie ist ihre heimliche Gefährtin, sie gibt ihnen erst Kraft und Feuer.

Wie ihre Augen glänzen, wie sie strahlt, wie sie aufleuchtet im Abenddämmer. Die Haare fallen ihr ins verschwitzte Gesicht, sie schaut lächelnd Vater entgegen, der aus der Küchentür tritt. Sein Hemd ist bis zur Brust geöffnet, seine Augen strahlen hell. Er wischt sich die Hände an der Schürze ab und kommt zu ihnen, küsst die Mädchen auf die Wangen, dann Auticara auf den Mund, immer und immer wieder, sie gurrt, schließlich wird Agatha wütend und schlägt dem Vater gegen das Bein.

Die Eltern lachen, bleiben Wange an Wange stehen.

Lieblich duften deine Salben; dein Name ist wie ausgegossenes Salböl: darum lieben dich die Jungfrauen! Sage mir doch, du, den meine Seele liebt: Wo weidest du? Wo hältst du Mittagsrast?

Siehe, du bist schön, meine Freundin, siehe, du bist schön; deine Augen sind wie Tauben. Wie eine Lilie unter den Dornen, so ist meine Freundin unter den Töchtern.

Er führt mich ins Weinhaus, und die Liebe ist sein Banner über mir. Er stärkt mich mit Rosinenkuchen, erquickt mich mit Äpfeln; denn ich bin krank vor Liebe.

Mach dich auf, meine Freundin, komm her, meine Schöne! Denn siehe, der Winter ist vorüber, der Regen hat sich auf und davon gemacht.

Sie flüstern und liebkosen sich mit heißem Atem, Auticara wirft den Kopf zurück, und er küsst ihre Kehle, ihre Brust, streichelt ihre Taille. Es ist ihr Spiel, das sie lieben, und das sie in der letzten Zeit selten gespielt haben.

Die Nacht bringt keine Kühlung, die Luft ist dick vom Rosenduft, die Grillen kreischen, Getier schwirrt im Schein der Kerze, die Auticara auf den Gartentisch gestellt hat. Der Himmel ist tintenblau, im Westen schimmert noch ein grünlicher Schein, die Dunkelheit legt sich weich über den Garten.

Später im Bett hören die Mädchen Auticaras Schreie, die anders klingen als sonst, verzweifelter, Agatha kann deshalb lange nicht einschlafen. Wenige Wochen später findet sie Auticaria hinter der fast verblühten Rosenhecke, wie sie wieder und wieder erbricht.

Was ist, *mamma*, was hast du?

Der faulige Geruch, es ist so widerlich, ich kann diesen Gestank nicht ertragen, er stülpt mir den Magen um.

Auticara wankt, als Agatha sie ins Haus bringt, sie muss sich hinlegen, Agatha muss Türen und Fenster dicht verschließen, damit der Rosengeruch draußen bleibt.

Auf Auticaras Schulter sitzt der Rabe und fächert die Flügel auf.

In dem Winter, in dem Auticara mit Gislind schwanger ist, überziehen sich die Gallica, die Damaszena und die Alba mit den grauen Fäden der Spinnmilben, und ihre Blätter werden trocken. Obwohl Gretel eifrig und gewissenhaft die Pflege übernimmt, erholen sie sich nie wieder richtig.

Hagazussa, Incubus

Nach der Ankunft in Bozen musste Agatha einen kühlen Kopf behalten, weil Colomba noch weitaus verwirrter war als sie. Sie war weinerlich und verzagt, nörgelte herum, befürchtete, dass sie ohne Begleitung auf dem Weg durch die Dolomiten überfallen werden könnten und sah alles in düsteren Farben. Benedict hatte sich schon erboten, seine eigenen Pläne zu ändern und sie nach Venedig zu begleiten, aber das lehnte sie kategorisch ab. Colomba zeigte den launischen Wesenszug, den sie von ihrer Mutter hatte, und es kam Agatha vor, als würden Colombas Vernunft, ihre Disziplin und Besonnenheit auf der Reise zusammenfallen wie ein morsches Haus. Stück für Stück bröckelte alles ab, was bisher ihre Stärke ausgemacht hatte, und übrig blieb ein ängstliches kleines Mädchen.

Agatha und Colomba wollten sich in Bozen ein wenig ausruhen und das Theaterstück sehen, bevor sie am übernächsten Tag allein weiterreisten. Wenn alles gut ging, würden sie in fünf Tagen in Venedig sein. Die Schauspieler planten weitere Vorstellungen in Bozen und in der Umgebung, Benedicts Weg führte in Richtung Bergamo, wo er wissenschaftliche Kapazitäten konsultieren wollte.

Seit ihrer Ankunft liefen die Vorbereitungen für die Macbeth-Aufführung auf Hochtouren. Die Kostüme und Requisiten wurden überprüft, zwischen den Wagen probten die Schauspieler immer wieder einzelne Szenen und memorierten ihre Texte.

Agatha ging mit Colomba und Benedict durch die Stadt, sie hängten Zettel an den Häusern auf, die die Vorstellung am Abend den lesekundigen Bozenern ankündigten:

Die Theatergruppe von Antoine Lacadé gibt sich die Ehre, zu der Aufführung des Stückes »Macbeth« von William Shakespeare auf dem Platz vor der Dominikanerkirche einzuladen. Erleben Sie heute Abend die erregende, schreckliche Tragödie um ein blutrünstiges Königspaar!

Nachdem alle Zettel verteilt waren, blieb Agatha ein wenig hinter Benedict und Colomba zurück. Der Weg war staubig, der Schwindel überfiel sie, und sie sah, wie eine muntere Schar Kinder mit schwarzen Krausköpfen hinter den beiden her hüpfte, sie zählte, und es waren fünf an der Zahl, zwei Jungen und drei Mädchen. Aus einigen leuchteten die Cramm-Augen, andere stolzierten mit langen Gliedern und trugen runde Nürnberger Brillen. Colomba ging hoch aufgerichtet mit stolzem schwangeren Leib.

Agatha wurde leicht, fast hüpfte sie weiter und schloss zu den beiden auf, die mal wieder in einen ihrer endlosen Dispute verstrickt waren.

»Natürlich kommen wir alleine zurecht, hochehrwürdiger Herr Syndicus, schließlich habe wir es bis Reutlingen ja auch ohne Sie geschafft.«

»Aber wir sind in einem fremden Land, Colomba!«

»Wir sprechen Italienisch wie Deutsch, für uns macht es keinen Unterschied, ob wir hier oder da sind.«

»Im Übrigen weiß ich überhaupt nicht, warum du plötzlich mit mir sprichst, als sei ich ein Fremder.«

»Warum soll ich dich nicht hochehrwürdiger Syndicus nennen, du selbst erwähnst es doch auch bei jeder Gelegenheit.«

»Gestern Abend hast du noch gezittert und gebebt bei dem Gedanken, allein über die Dolomiten zu gehen. Denke an die Gesellen auf dem Brenner, denke dran, dass es gut war, eine Pistole dabei zu haben.«

Colomba schaute mit spitzer Nase und hartem Mund geradeaus.

»Wo kämen wir denn da hin, wenn wir uns nur in männlicher Begleitung auf die Straße trauten? Nein, nein, wir werden das gut alleine schaffen.«

Benedict war wütend, und Agatha fürchtete schon, er werde Colomba stehen lassen, als plötzlich ein ohrenbetäubender Lärm losbrach. Sie waren am Dom zu Maria Himmelfahrt angekommen und sahen die Schauspieler prächtig kostümiert und geschminkt um die Ecke kommen. Ulrich und Gerard zogen den Planwagen, obendrauf hockte Gilles in der gleichen Aufmachung, in der er die Banditen verscheucht hatte. Wie damals schlug er seinen Schellenbaum, gurrte und schnalzte, rief französische Sätze und spulte ein solches Feuerwerk an Faxen ab, dass die Bozener, die sich in Windeseile auf dem Platz versammelt hatten, in lautes Gelächter ausbrachen.

Vor dem Wagen schritten Antoine und Petronella in prunkenden Perücken und Gewändern mit riesigen weißen Krägen und prächtigen Brokatüberwürfen als König und Lady Macbeth, Petronella drehte eine Leier, Antoine fidelte auf seiner Geige. Feigin und Georges folgten in bizarren Hexenkostümen und mit schrillem Flötenspiel. Agatha und Colomba waren die prächtigen, perlenbestickten Kleider, Wämser und Schärpen, gepluderten Hosen und Spitzenhemden vertraut, weil sie sie unterwegs ausgebessert und gerichtet hatten.

Feigins und Georges Gesichter waren weiß geschminkt, ihre Haare standen vom Kopf wie Besen, ihre Münder und Augen waren dunkelrot umrandet, und wenn sie nicht bliesen, sangen sie auf eine monotone Melodie:

Strega, strega, sortilega
malefica, venefica,
hagazussa, incubus,
heut' Abend gibt's was auf die Nuss!

Colomba erschrak, als sie das Lied hörte, sie drängte sich unwillkürlich an Benedict, der schützend den Arm um sie legte.

Georges begann auf der Trommel einen langsamen, dumpfen Rhythmus zu schlagen, Macbeth und die Lady tanzten mit majestätischen Schritten eine Pavane. Antoine führte seine Königin an der Hand, die schöne, glutäugige Petronella schritt hoheitsvoll mit einer langen, schimmernden Schleppe und bog ihren schmiegsamen Körper dem melancholischen Macbeth entgegen, dessen braune Locken über seinen kunstvoll gefältelten, blütenweißen Kragen fielen. Bewundernde Ahs und Ohs kamen aus der Zuschauermenge.

Antoine erhob seine Stimme: »Heute Abend hier in Bozen die Sensation der Sensationen, die blutrünstige Tragödie des ›Macbeth‹, erfunden von dem großen Engländer, dem formidablen Meister der Bühnenkunst, William Shakespeare! Um neun auf dem Platz vor der Dominikanerkirche! Kommen Sie rechtzeitig und sichern Sie sich einen guten Platz!«

Der Andrang war groß. Bereits um acht umringten Hunderte die Bretterbühne vor der Kirche. Gilles und Georges tanzten, musizierten und rissen Witze, jetzt schon gingen die Zuschauer begeistert mit. Gegen neun wurden Fackeln entzündet, dann begann unter dem tintenblauen Südtiroler Himmel, an dem langsam Sterne aufglänzten, das Spektakel um den König, dem ein Hexenorakel Macht verhieß und der deshalb, angetrieben von seiner ehrgeizigen Gemahlin, zum blutrünstigen Mörder wurde.

Colomba, Agatha und Benedict standen ganz vorne an der Bühne und bewunderten die Freunde, die mit so großem Ernst bei der Sache waren, dass bald alle vergaßen, dass es sich nur um ein Spiel handelte. Antoine hatte das Stück in Szene gesetzt und nicht mit Anspielungen auf den Großen Krieg und die Rücksichtslosigkeit der Machthaber gespart. Bewegend zeichneten er und Petronella die Tragödie des Königspaares, *dieses toten Bluthunds und seiner höll'schen Königin*, das der Versuchung durch die Macht erlag und an der eigenen Schuld zerbrach. Die Heeresführer und schottischen Edlen, Grafen und Offiziere wurden im Wechsel von allen dargestellt, Feigin, Gilles und Georges spielten die drei Hexen mit wunderlichen Gebärden, schrillem Gekreische, aufreizenden Bewegungen, stampfenden Kreistänzen, hochfahrend und wild.

Schon in der ersten Hexenszene, in der Macbeth die Königskrone prophezeit wurde, bemerkte Agatha, dass Colomba sehr bewegt war.

»Es sind freie Frauen«, flüsterte sie, »schau nur, wie rabiat und selbstbewusst sie sind, sie haben keine Angst.«

Feixend, kichernd, Zauberformeln beschwörend rührten die

drei in dem Hexenkessel, aus dem stinkende Rauchwolken hochstiegen, und Feigin, die in die Rolle der Hekate geschlüpft war, schrillte:

So recht! Ich lobe euer Walten;
Jede soll auch Lohn erhalten.
Um den Kessel tanzt und springt,
Elfen gleich den Reigen schlingt,
Und den Zaubersegen singt.

Colomba hing an ihren Lippen und bewegte die ihren mit, sie wurde immer blasser.

Ha! Mir juckt der Daumen schon,
Sicher naht ein Sündensohn
Lasst ihn ein, wer mag's sein.

Macbeth betrat die Szene, grau, gebückt, gezeichnet von seinen Schandtaten.

Nun, ihr geheimen, schwarzen Nachtunholde! Was macht ihr da?

Er ging an den Bühnenrand, sah lauernd ins Publikum, hündische Angst und Überheblichkeit wechselten in seinem Blick.

Ein namenloses Werk!

Die Hexen kreischten im Chor, und Macbeth beschwor sie in einem langen Monolog, ihm die Zukunft vorauszusagen.

Gießt der Sau Blut, die neun Jungen fraß, noch zu; werft Fett, gedrungen aus des Mörders Rabenstein, in die Glut.

Die Hexen keiften, Colomba stieß einen Schrei aus und blickte Hilfe suchend um sich, Benedict nahm ihren Arm.

Sei blutig, kühn und frech; lach aller Toren,
Dir schadet keiner, den ein Weib geboren:
Kein solcher kränkt Macbeth.

Da war Colomba schon ohnmächtig, mit einem Seufzer war sie an Benedicts Brust gesunken. Er trug sie durch die Menge zu den Wagen und legte sie gemeinsam mit Agatha auf ihr Lager. Sie hielten ihr Riechsalz und Kampfer unter die Nase, flößten ihr ein Löffelchen Branntwein ein, legten ihr die Beine hoch. Benedict fühlte ihr besorgt den Puls, dabei kam sie langsam wieder zu sich. Sie zitterte, er deckte sie zu und nahm ihre Hand.

»Eine Ohnmacht, mein Liebes, ich denke, nur etwas Nervosität, ich glaube nicht, dass es etwas Ernstes ist.«

Colomba lächelte matt, Tränen quollen hervor, sie flüsterte. »Es ergreift mich so sehr, dass sie nichts zu befürchten haben, sie dürfen aufmüpfig und frech sein, sie sind mächtiger als die Herrschenden.«

»Sprichst du von den Hexen? Warum beschäftigt dich das so sehr?«

Benedict schaute liebevoll auf sie hinunter und streichelte sie, noch nie hatte Agatha ihn mit so weicher Stimme gehört. Colomba schloss die Augen und atmete heftig, ein innerer Krampf schüttelte sie.

»Einmal musst du es erfahren«, sagte Agatha schließlich und hielt dabei Colomba die Hand. »Unsere Mutter wurde als Hexe verbrannt. Es ist jetzt zehn Jahre her, aber wir können es immer noch nicht verwinden.«

Colomba setzte sich abrupt auf, ihre roten Augen weit aufgerissen, sie pumpte Atem, öffnete den Mund und krächzte, schließlich gellte es aus ihr heraus: »Sie haben ihr entsetzliches Leid angetan, bevor sie sie ermordet haben, gedemütigt und gequält haben sie sie, nur weil sie eine schöne und mutige Frau war, eine ungewöhnliche Frau, die sich nicht alles hat gefallen lassen! Sie haben sie behandelt wie eine Schwerverbrecherin, sie haben sie genotzüchtigt und ihr die Knochen gebrochen, sie haben sie unter Wasser gestoßen, für nichts und wieder nichts, so geht man noch nicht mal mit Tieren um, wie sie mit unserer Mutter umgegangen sind!«

Sie heulte und weinte, krallte sich an Benedict fest, bebte, schüttelte sich. Er hielt sie und bedeckte ihr Gesicht mit Küssen, flüsterte auf sie ein, sie wimmerte und schmiegte sich an ihn.

Agatha ging leise hinaus. Jetzt stand sie unmittelbar vor der Bühne und beobachtete die Wahnsinnsszene der Lady Macbeth. Petronellas Spiel hatte Agatha schon bei den Proben tief beeindruckt.

Noch immer riecht es hier nach Blut; alle Wohlgerüche Arabiens würden diese kleine Hand nicht wohlriechend machen. Oh! Oh! Oh!

Die Lady beleuchtete ihr Gesicht von unten gespenstisch mit einer Kerze, sie sprach singend auf einem hohen Ton und schwankte hohläugig umher, umnachtet, überwältigt, zerstört.

Es folgte das grausige Ende. Die Jungen sprangen mit großen Ästen vor der Brust auf die Bühne, Macbeth stand fassungslos, als sich die Prophezeiungen der Hexen erfüllten: Der Wald von Birnam stieg nach Dunsinan hinauf, Macduff, von keinem Weib geboren, sondern aus dem Leib seiner Mutter herausgeschnitten, erdolchte den Tyrannen mit einem riesigen Messer.

Da fiel der schöne König im Schlachtgetümmel, Florette kreuzten sich, Säbel klirrten, Fackeln irrlichterten über die Bühne unter dem nun fast schwarzen, sternenbesäten Himmel, an dem der halbe Mond hing.

Die Zuschauer tobten und applaudierten, als es vorbei war, Hochrufe brandeten auf, es gab zahlreiche Vorhänge. Georges und Gilles mussten einige akrobatische Kunststückchen, Petronella und Feigin noch zwei Tänze dazugeben, bevor die Schauspieler endlich von der Bühne durften.

Alle waren erschöpft, aber glücklich über den großen Erfolg, sie feierten, tanzten und sangen, der Wein floss in Strömen.

Colomba ging es besser, sie saß zwischen Agatha und Benedict in der Runde.

»Er hat mich gefragt, ob ich ihn heiraten will«, flüsterte sie.

»Und? Was hast du gesagt?« Agathas Stimme zitterte.

»Dass ich ein bisschen Bedenkzeit brauche. Er soll nach Bergamo gehen, wir reiten nach Venedig. In gut drei Wochen treffen wir uns wieder hier in Bozen und reisen gemeinsam zurück nach Cöln, natürlich nur, wenn die Liebe bis dahin anhält und er es noch will.«

Oh, die vorsichtige Colomba, Begeisterung und schnelle Entschlüsse waren nicht ihre Sache. Aber ihr Gesicht leuchtete, ihre Haut war durchsichtig und hatte einen rosigen Schimmer, manchmal legte sie ihre Hand auf Benedicts Arm und lächelte.

Gilles fidelte bis weit nach Mitternacht, Antoine holte Agatha zu einer Courante.

»Dieses ist unser letzter Abend, *chère Agatha, ma belle, mon désir*«, flüsterte er, während sie sich in seinen Arm eindrehte, »mein Herz zerreißt, wenn wir uns nicht voneinander verabschieden. Ich werde dich vermissen, wenn du fort bist, wird das Licht aus meinem Leben verschwunden sein.«

Alles in Agatha lechzte nach ihm, und so stahlen sie sich davon in einen kleinen Park in der Nähe der Stadtmauer. Sie fielen übereinander her und stillten ihren Hunger, lachten, seufzten und liebkosten sich, brannten und fieberten nacheinander bis zum Morgengrauen. Dann weinten sie beide, weil sie wussten, dass ihre Wege sich trennen mussten, und sie klammerten sich ein letztes Mal aneinander.

Lauf nicht vor dem Schmerz davon, sagte Auticara, er ist unser Lehrmeister und unsere Richtschnur, er zeigt uns, dass wir leben.

Die Gärtnerinnen Gottes

Elsa und Gislind saßen missmutig am Fenster, um sich herum ein Berg von Stoffen, und säumten Umhänge. Am nächsten Tag stand der literarische Nachmittag bevor, schon die ganze Woche nähten, putzten und dekorierten sie. Aus der Küche dufteten Kuchen, die Susanna buk, in der Speisekammer stand eine große Schüssel mit Eiern für den Eierpunsch bereit, Entgen, Lyss und Peter zerrieben emsig Kakaobohnen, Zucker und Jasminblüten.

»Hoffentlich haben wir es bald hinter uns, ich höre jetzt schon das dumme Gerede: Nein, wie reizend, ach, wie köstlich!«

Elsa stöhnte, Gislind warf sich einen Umhang über den Kopf und flatterte mit den Armen wie eine Fledermaus. »Wir nehmen von jeder Farbe einen, packen Sie mir doch gleich einen ganzen Stapel ein, wir können den Hals nicht voll kriegen, verehrte Frau Susanna«, äffte sie das Geplapper von Frau Kryn und Frau Praetorius nach, »wir sind nämlich die verwöhntesten und dümmsten Puten von ganz Cöln.«

Susanna stand in der Tür und sah ihnen mit tadelndem Blick zu.

»Es wäre uns allen sehr geholfen, wenn ihr euch morgen darum bemühen würdet, dass es ein Erfolg wird«, sagte sie, »ihr wisst, was davon abhängt.« Sie wandte sich ab und hatte schon wieder Tränen in den Augen, Elsa lief schnell zu ihr und küsste sie auf die Wangen.

»Du kannst dich darauf verlassen«, sagte sie, »du weißt, dass wir dich nicht im Stich lassen, *Sannina mia*, weine doch nicht immer.«

»Ich kann nichts dafür«, schluchzte Susanna, »es läuft mir einfach über, meine Nerven sind am Ende.«

»Was machen wir nur«, seufzte Gislind, als Susanna verschwunden war, »womöglich bringt es sie um, wenn wir nach Indien gehen, und ich weiß eigentlich auch nicht, was ich ohne meine Susanna machen soll, der Gedanke, sie zu verlassen, zerreißt mich fast.«

»Wir gehen ja nicht für immer, wenn wir zurückkommen, gehen wir zu ihnen nach Rom«, sagte Elsa entschlossen. »Wenn man so denkt, wie du, kommt man nirgendwo hin. Wir müssen fort, Gislind, du kannst es doch auch nicht mehr in diesem Cölner Mief aushalten. Wenn wir den literarischen Nachmittag hinter uns haben, kümmern wir uns um ein Schiff, irgendjemand wird uns schon bis Amsterdam mitnehmen.«

Gislind und Elsa hatten sich bereits über Reisewege nach Indien kundig gemacht und beschlossen, zunächst Amsterdam anzusteuern, um von dort aus eine Passage nach Lissabon zu buchen. Dann würde es weiter nach Mosambique gehen, von wo aus, so hatte Elsa in mehreren Berichten gelesen, mit dem Südmonsun Segelschiffe nach Indien an die Malabarküste ausliefen. In einem guten Jahr konnten sie dort sein.

Friedrich und Francesco wussten von den Reiseplänen, Susanna ahnte vielleicht etwas, aber sie sprachen das Thema ihr gegenüber nicht an. Die Männer versuchten immer wieder, Elsa und Gislind das Abenteuer auszureden, und hielten ihnen drastisch alle möglichen Gefahren vor Augen. Die Schiffe seien fahrende Höllen, sagten sie, manche hätten Hunderte von Sklaven an Bord, man müsse mit Seeräubern und Notzüchtigungen rechnen, Vorräte und Wasser seien knapp, für Frauen sei es sowieso undenkbar, eine solche Fahrt unbeschadet zu überstehen. Viel besser sei es doch, sie kämen mit nach Italien.

»Ihr übertreibt«, hatte Elsa geantwortet, »Sklaven gibt es nur auf den Westindienfahrern, und es haben schon andere Frauen solche Reisen überstanden. Wir kaufen uns in Amsterdam Hosen und Tuniken, wir gehen als Sarazeninnen, wie *mamma* es getan hat, da tut uns keiner was. Außerdem sind wir stärker, als ihr denkt. Wenn es nach euch ginge, würden nur die Männer die Welt sehen und die Frauen hinter dem Ofen sitzen bleiben. Und wenn man den Reiseberichten Glauben schenken kann, sind die

Europäer sowieso die gefährlichsten, sie haben doch in Indien die Menschen zu Tausenden erschlagen und ausgeraubt, vor denen müssten wir viel mehr Angst haben.«

Elsa hatte Friedrichs Bibliothek geplündert und alles gelesen, was sie an Reiseberichten finden konnte. Atemlos hatte sie Gislind immer wieder von den gezähmten Elefanten in Indien erzählt, die auf dem Rücken ein Häuschen trugen, in dem man sitzen konnte; von den Zibetkatzen, groß wie Füchse; von den Echsen, die die Europäer erschlugen, um das angeblich köstliche Fleisch zu essen; von den Hindinnen, die auf einer Insel vier Tagereisen vom indischen Festland entfernt lebten und am Nabel eine mit Moschus gefüllte Tasche trugen, die, wenn die Tiere zu bestimmten Jahreszeiten ihre Leiber an den Bäumen rieben, zur Erde fielen und von den Menschen aufgesammelt wurden; von all dem Gold, den Saphiren und Rubinen in Hülle und Fülle, die in Indien zu Spottpreisen gehandelt wurden; von dem Pfeffer, der dort so üppig wuchs wie hierzulande die Weinreben.

Elsa konnte stundenlang schwärmen und sich die Einzelheiten ausmalen, den Blick verträumt in die Ferne gerichtet. Berichte von reisenden Frauen fand sie in den Büchern zwar nicht, aber sie war überzeugt, dass sich allen Widrigkeiten zum Trotz viele als Pilgerinnen oder mit Männerkleidung getarnt auf den Weg machten.

Gislind ließ ihre Nähnadel sinken und sah durch das Fenster in den Hof, in dem Francesco herumwirtschaftete. Er schlug lose Planken am Schuppen fest, besserte ein Fenster aus, räumte Unrat fort. Um ihn herum schwatzte der kleine Peter, der sorgfältig die Steine fegte und Francesco umsichtig zur Hand ging. Gislind stellte sich vor, wie er glücklich strahlend seine Arme ausbreiten würde, wenn Agatha zurückkam, und wieder stieg der maßlose Schmerz in ihr hoch, der nicht aufhören wollte und den sie zu hassen begann.

Sie drehte sich heftig zu Elsa um. »Ehrlich gesagt sind mir die Hindinnen und der Moschus und das Gold und die Edelsteine ziemlich egal, das Einzige, was ich weiß ist, dass ich ihn nicht mehr sehen will. Er quält mich so entsetzlich, und ich kann ihn mir nicht aus dem Herzen reißen, wenn ich ihn ständig vor Augen haben muss.«

Auch Elsa hatte gute Gründe, Cöln so schnell wie möglich zu verlassen. Am vorhergehenden Vormittag war ein Billet von Hildegardis eingetroffen, in dem sie um ein Treffen gegen drei am Kunibertsturm gebeten hatte. Danach war Elsa nicht mehr ansprechbar gewesen. Zwei Stunden hatte sie sich in ihrem Zimmer gewaschen, mit Duftwässern eingerieben, unterschiedliche Unterkleider anprobiert, geputzt und gekämmt, mit flatternden Händen Rouge auf ihren kalkweißen Wangen verrieben. Trotz aller Bemühungen sah sie elend aus, als sie um Viertel vor drei aufgeregt davonstürzte, nachdem sie Susanna vorgelogen hatte, Meisterin Barbara habe sie um einen Gefallen gebeten.

Hildegardis war ebenso bleich wie Elsa, als sie ihr am Kunibertsturm entgegentrat. Sie waren verlegen, wussten nicht, was sie sagen sollten, und liefen schnell aus der Stadt auf das Vorfeld. Als sie weit genug von der Stadtmauer entfernt waren, sanken sie unter den Zweigen einer dicken Uferweide, über die hellgrüne Knospen rieselten, aneinander.

»Ich bin verrückt nach dir, ich kann ohne dich nicht leben, ich sterbe ohne dich«, flüsterte Elsa zwischen zwei Küssen, »du hast die Goldfäden um mich geschlungen, das war ein Versprechen, du kannst mich doch nicht immer wieder verlassen.«

Sie liebkosten sich und drangen ineinander, seufzten und gurrten, keuchten, stöhnten, bissen sich, leckten sich gegenseitig die nassen Finger ab, verschränkten die Zungen in den geöffneten Mündern und ließen erst voneinander ab, als sich Leute näherten.

Auf dem Rückweg drängte Elsa auf ein nächstes Treffen. Da sagte Hildegardis, und ihre Stimme war plötzlich ganz hart: »Mein Leben gehört Gott und dem Konvent, daran wird niemand etwas ändern, auch du nicht.«

Angst und Zorn schossen in Elsa hoch und rissen etwas in ihr entzwei. Zuerst stand sie wie erstarrt, dann holte sie aus, ohrfeigte Hildegardis rechts und links und trat ihr mit aller Kraft gegen das Schienbein.

»Was soll dieses Theater? Warum lässt du mich nicht in Ruhe

und treibst es mit deinem Jesus oder der Heiligen Jungfrau oder wem auch immer? Muss ich herhalten, damit du dich immer wieder bußfertig auf der Erde wälzen und dir einreden kannst, der Sünde zu widerstehen? Du redest mit zwei Zungen, Begine, du bist eine schamlose, böse Lügnerin. Aber mein Bedarf ist jetzt gedeckt, ein für allemal. Mit mir nicht mehr, du kannst dir eine andere suchen, bleib mir mit deiner Bigotterie vom Leibe!«

Sie schrie so laut, dass die Wachen vom Stadttor herüberschauten.

Hildegardis hielt sich das Bein, Wut und Schmerz im Gesicht. Elsa wollte sich gerade umdrehen und davonstürmen, als etwas aus Hildegardis Kehle herauskrächzte, ein Wort, das Elsa das Blut in den Adern gefrieren ließ. »Hexe«, kam es aus dem bleichen Mund der Begine, »du bist eine von der Kunst. Ich habe es immer schon gewusst.«

»Lass dich von der nicht verrückt machen, die ist doch sowieso nicht ganz richtig im Kopf«, beschwichtigte sie Gislind, als Elsa ihr Erlebnis herausstieß, »die gehört doch ins Hundshaus, wer glaubt denn so einer! Ich werde mit Barbara sprechen. Hauptsache, Susanna erfährt nichts.«

Aber sie war in höchstem Maße alarmiert und ging noch am gleichen Abend zu den Goldspinnerinnen. Von Barbara erfuhr sie, dass Hildegardis sich sofort nach ihrer Rückkehr am Nachmittag auf den Boden der Kapelle geworfen und mit dem Kopf auf die Steine geschlagen hatte, bis ihr die Stirn aufgeplatzt war. Dabei hatte sie unablässig gerufen: *»O domine, dimitte mihi debita mea, dimitte mihi peccata mea!«* Sie sei von Blut überströmt und wie rasend gewesen, berichtete Barbara bekümmert, die Schwestern hätten sie nur mühsam aufheben und ins Bett bringen können, schließlich hätten sie ihr Opium zur Beruhigung gegeben.

»Ich habe mir schon etwas überlegt«, beschwichtigte Barbara die aufgeregte Gislind. »Ich werde sie in ein befreundetes Konvent nach Augsburg schicken. Von dort kam gerade eine Anfrage, ob wir nicht eine gute Handwerkerin hätten, sie brauchen jemanden, der die jungen Frauen unterweisen kann. Es ist ein strenger Konvent, allerdings mit einer gütigen Meisterin, sie hat Menschenkenntnis und wird sich um Hildegardis kümmern. Es wird ihr gut tun, eine verantwortungsvolle Aufgabe zu bekommen und Abstand von Cöln zu gewinnen. Gleich nächste Woche setze ich sie in die Postkutsche, bis dahin halten wir sie hier unter Verschluss. Ich werde ihr strengstes Ausgehverbot erteilen und zwei Schwestern zu ihrer Bewachung abstellen, habt keine Angst, es wird nichts passieren.«

Sie sah Gislind an und strich ihr über das Haar. »Du bist blass, meine Kleine, wie schrecklich anstrengend ist das alles für euch, was für entsetzliche Ängste müsst ihr durchstehen.«

Gislind sagte zuerst nichts, ihre aufgerissenen Augen füllten sich mit Tränen, die überliefen und in ihre Mundwinkel rannen.

»Ich sehe kein Licht in der Dunkelheit«, schluchzte sie schließlich und verbarg ihr Gesicht an Barbaras Schulter. »Ich kann es nicht mehr aushalten, die Schwierigkeiten werden größer und größer, sie hängen über uns wie riesige Mühlsteine, die uns jeden Augenblick erschlagen können. Sag mir, was wir tun können, damit dieser Alptraum aufhört, manchmal denke ich, ich will lieber sterben, als dass es so weitergeht. Warum immer wieder wir? Hat das denn niemals und niemals ein Ende? Was kann ein Mensch denn noch alles ertragen, man muss doch irgendwann mal zur Ruhe kommen. Wir sind unseres Lebens nicht mehr sicher, Barbara, ich habe so schreckliche Angst, immer, immer stelle ich mir vor, wie sie mir die Haare abschneiden, wie ich da stehe mit der geschorenen Glatze, wie sie mich nackt ausziehen und schlagen, wie es wehtut, blutige Striemen schneiden mir in die Haut, die entsetzlich brennen, und ich sehe die hässlichen Fratzen. Sie sind keine Menschen, Barbara, und doch sind sie welche und haben Macht über unser aller Leben. Wir müssen fort, sonst werden wir alle toll, es ist mehr, als wir ertragen können. Versprichst du mir, dass du dich um Susanna kümmerst, wenn Elsa und ich nicht mehr da sind? Es wird sie schrecklich bekümmern, wir alle werden so furchtbar leiden, wenn wir uns trennen müssen.«

Barbara versprach es und umarmte und wiegte die jammernde Gislind, bis sie ruhiger wurde.

Heilige Maria, bitte für uns; Heilige Mutter Gottes, bitte für uns; Lamm Gottes, du nimmst hinweg die Sünde der Welt; Herr, verschone uns; Herr, erhöre uns; Herr, erbarme dich.

Am Freitag nach Ostern trafen pünktlich um vier die geladenen Damen ein: Frau Kryn und Frau Praetorius schnatternd und voller Vorfreude auf die zu erwartenden Genüsse, ebenso die Frauen des Ratsherrn Richartz und des Stimmeisters Geil, dazu vier weitere vornehme Cölnerinnen, alle ihrem Stande gemäß prächtig ausstaffiert.

Der Verkaufsraum war mit großen Sträußen aus Frühlingslaub und leuchtenden Forsythien geschmückt, Tischchen waren mit Leckereien voll getürmt und mit getrockneten Rosen in silbernen Schalen geschmückt, vor den Fenstern bauschte sich hellblaue Seide. An Ständern hingen, nach Farben sortiert, die Umhänge und die Kleider, Jakobes Pflanzenminiaturen leuchteten an der Wand.

Die Frauen waren so mit sich selbst und der Bewunderung des geschmückten Raumes beschäftigt, dass sie nicht merkten, wie blass und angespannt die Benedetti-Beginen unter ihren Kutten und ihrem aufgesetzten Lächeln waren. Elsa und Gislind standen am Eingang und nahmen den Besucherinnen artig knicksend die Garderobe ab, Susanna machte Konversation und dankte dem Himmel, dass Meisterin Barbara ihr gut gelaunt und strahlend zur Seite stand. Als alle da waren, klatschte sie in die Hände.

»Meine hochehrwürdigen Damen, sehr verehrte Kundinnen! Meine Schwestern und ich schätzen uns außerordentlich glücklich, Sie heute hier bei uns empfangen zu dürfen. Da die Bitte mehrfach an uns herangetragen wurde, wollen wir Ihnen einige Stücke aus unserer Werkstatt anbieten. Außerdem können wir Ihnen neue Arbeiten von Frau Jakobe von Essen zeigen, die zurzeit leider auf Reisen ist. Wir laden Sie herzlich ein, mit uns einen angenehmen Nachmittag zu verbringen. Außerdem darf ich Ihnen einen Vortrag über die neuesten Ansichten unseres hochverehrten Grafen Friedrich Spee von Langenfeld ankündigen, den unsere Freundin, die ehrwürdige Meisterin der Goldspinnerinnen an St. Jakob, Barbara Overstolz, halten wird.«

Susanna versagte fast die Stimme, die Ansprache kostete sie Kraft. Sie klatschte wieder, Elsa trug krampfhaft lächelnd ein Tablett mit dampfenden Schokoladentassen herein, die Entgen und Lyss in der Küche vorbereitet hatten, Gislind folgte mit einem großen Kuchenteller und strahlte in die Runde.

»Nun, wo die Fastenzeit zu Ende ist, zur Einstimmung eine besondere Labsal, meine Damen, wir freuen uns, Ihnen eine echte Trinkschokolade anbieten zu können, eine Köstlichkeit aus der Neuen Welt, ein Hochgenuss der besonderen Art. Dazu wird Ihnen ein Stück Kuchen sicher munden«, rief Susanna in das aufkommende Gemurmel hinein. Die Frauen stürzten sich regelrecht auf die Leckereien und stießen genießerische Laute aus, genau, wie Gislind es vorhergesehen hatte. Anschließend inspizierten sie die Kleidung und Jakobes Bilder, in kürzester Zeit war ein großer Teil verkauft.

Die Stimmung war fröhlich und ungezwungen, nur Dorothea Geil und Amalia Richartz, offensichtlich gute Freundinnen, standen abseits und tuschelten immer wieder hinter vorgehaltener Hand. Susanna trat zu ihnen in der Absicht, sie in den Kreis einzubeziehen.

»Wie ist das werte Befinden, verehrte Frau Geil? Mir scheint, dass wir in diesem Frühjahr nicht so sehr von Unwettern heimgesucht werden wie im letzten Jahr, wissen Sie noch, welch starke Hagelschläge wir um Ostern herum hatten? Die ganze Blüte war dahin. Wie froh bin ich, dass wir jetzt die schönen Forsythien haben.«

Frau Richartz und Frau Geil sahen sich vielsagend an und zogen die Münder schief.

»Allerdings, verehrte Frau Benedetti, das ist uns noch gut erinnerlich«, brachte Frau Geil schließlich spitz heraus. »Mich wundert allerdings, dass Sie sich darüber beklagen, Sie müssten doch eigentlich am besten wissen, wie man böses Wetter vertreiben kann.«

Susanna wurde heiß und unwohl, Hilfe suchend sah sie sich nach Barbara um, die in lebhafte Gespräche verwickelt war.

»Wo ist eigentlich Ihre Schwester Colomba?«, fuhr die Geil fort. »Die Schwester von Frau Richartz benötigt dringend eine gute Hebamme, sie kommt nicht in die Hoffnung«, flüsterte sie mit vorgehaltener Hand, »ihr Mann hat gedroht, wenn sie nicht dieses Jahr einen Erben hervorbringt, wird er sie vor die Tür setzen.«

»Ich weiß nicht, ob meine Schwester da etwas tun kann«, erwiderte Susanna unsicher, »zurzeit ist sie ja auf einer längeren Reise, zusammen mit Frau von Essen und unserer Schwester Agatha.«

»So, so, eine längere Reise, und wohin reist man, wenn ich fragen darf?«

»Oh«, flötete Susanna und sandte gleichzeitig Stoßgebete um Vergebung für die Lüge zum Himmel, »sie besuchen unsere Eltern in der Nähe von Augsburg, sie sind alt und gebrechlich und benötigen die Unterstützung ihrer Töchter.«

Sie hatten sich diese Legende zurechtgelegt, damit alle die gleichen Antworten gaben, wenn jemand nachfragte.

»Benedetti ist ja eigentlich kein typischer Name für Augsburg, wo stammen Sie denn ursprünglich her?«

»Unser Großvater väterlicherseits ist aus Norditalien eingewandert«, antwortete Susanna schnell. Das Gespräch wurde ihr immer unangenehmer, sie kam sich vor wie auf einem Prüfstand.

»Aber Ihre Augen sehen gar nicht italienisch aus«, insistierte Frau Geil, »wir haben gerade darüber gesprochen, dass wir solche Augen in Cöln noch nie gesehen haben.«

Susanna lächelte hilflos. »Sie sind von unserer Mutter, in Augsburg sind sie nicht ungewöhnlich.«

»Gibt Frau Colomba den Neugeborenen eigentlich auch Klapse auf die Fußsohlen?«, ließ sich nun Frau Richartz vernehmen.

Susanna brach der Schweiß aus, jetzt war die Stoßrichtung glasklar. Im letzten Jahr hatten sie die Hebamme Marie Renoit genau deshalb der Hexerei bezichtigt.

»Warum sollte sie das tun?«, fragte sie zurück. »Außerdem hilft meine Schwester nur bei Entbindungen, wenn es unumgänglich ist, sie hat gar keine Zeit für eine Hebammentätigkeit, sie führt bei uns die Aufsicht über die Werkstatt.«

»Ich dachte, man macht es so, wenn man von der Kunst ist.«

Frau Richartz und Frau Geil grinsten hämisch, die Katze war aus dem Sack. Susanna begann zu zittern. Hatte Stimmeister Geil, zu dessen Aufgaben die Vorermittlungen bei Hexenprozessen gehörten, seine Frau zum Spionieren geschickt?

Meisterin Barbara war neben sie getreten und hatte die letzten Sätze gehört.

»Darf ich fragen, was Sie eben gemeint haben, verehrte Frau Geil«, fragte sie mit strahlendem Lächeln, »ich habe Ihre letzte Bemerkung nicht richtig verstanden.«

Die Frauen wurden rot und sahen sich an. »Nur so, nur so, ehrwürdige Meisterin, nichts habe ich damit gemeint, gar nichts.«

In Barbaras Stimme lag jetzt Schärfe. »Das erfreut mich ganz ungemein, liebe Frau Geil. Wissen Sie, zurzeit wird ja so viel gemeines Geschrei in den Gassen geführt, sicher haben Sie schon gehört, dass auch die Devotessengemeinschaft sich darüber heftig beklagt. Aber zum Glück sind wir ja unter gebildeten Frauen, wo solches Gossengewäsch keinen Platz hat.«

Ihre Augen zogen sich kurz zusammen, ihr Blick glühte und spießte die beiden Frauen auf, dann lächelte sie wieder und zog Susanna an der Hand fort. Sie trat in die Mitte des Raumes und erhob die Stimme. »Ich bitte Sie, Platz zu nehmen, verehrte Damen, wir kommen jetzt zum Vortrag.«

Die Frauen saßen nun aufgereiht an der Wand, Barbara winkte Gislind, die sich neben sie stellte. Sie sangen zweistimmig, Barbara mit einem klaren Sopran, Gislind dazu mit ihrer weichen Altstimme:

Oh Heiland, reiß die Himmel auf
Herab, herab vom Himmel lauf
Reiß ab vom Himmel Tor und Tür
Reiß ab, wo Schloss und Riegel für.

Oh Gott, ein' Tau vom Himmel gieß,
im Tau herab, oh Heiland, fließ.
Ihr Wolken brecht und regnet aus
den König über Jakobs Haus.

»Dieses Lied von unserem verehrten Grafen Friedrich Spee von Langenfeld, den die meisten von Ihnen noch in guter Erinnerung haben werden, meine Damen, gehört zu meinen Lieblingsliedern«, begann Barbara ihren Vortrag. »Wenn Spee sagt: Oh Heiland, reiß die Himmel auf, so setze ich hinzu: Oh Heiland, reiß die Herzen auf, oh Heiland, reiße Schloss und Riegel von den Herzen, die sich der Liebe und der Gnade verschließen, die unser Herr Jesus Christus uns als oberstes Gesetz aufgegeben hat. Warum spreche ich heute zu Ihnen über dieses Thema? Im letzten Herbst hatte ich die Gelegenheit, mit meinem Vater nach Paderborn zu reisen, um dort unseren verehrten Grafen sowie einige andere bedeutende Moraltheologen im Jesuitenorden zu treffen und Gespräche mit ihnen zu führen. Sie alle äußerten Sorgen, die auch mich und viele andere hier in den Mauern unseres schönen, heiligen Cöln umtreiben. Und nicht nur uns, sogar der Heilige Vater verurteilt einige Entwicklungen, die zurzeit um sich greifen. Papst Urban sei nicht nur besorgt, eröffneten uns die Jesuiten, er zürne sogar mit den Deutschen, denn sie hätten, wie Moses gesagt hat, ihren Geruch stinkend gemacht vor Pharao und seinen Knechten, der Ruf des Heiligen Römischen Reiches Deutscher Nation habe viel Glanz eingebüßt. Wie kommen der Heilige Vater und der verehrte Graf Spee zu so einem Urteil? Ich will es Ihnen sagen, meine Damen. Sie meinen damit ein schreckliches Übel, das sich in unserem Land ausbreitet, ein Übel, verheerender als die Pest, das im wahrsten Sinne des Wortes zum Himmel stinkt, sie meinen damit das gemeine Geschrei, die unseligen Klatschereien, die Hexengerüchte, die Hexenprozesse, die unser Land überziehen, die Scheiterhaufen, die um uns herum lodern. Graf Spee weiß, wovon er spricht, er hat einige der armen Opfer seelsorgerisch begleitet und dabei erfahren, welches Unrecht ihnen angetan wird.«

Barbara hielt inne, die Frauen hingen an ihren Lippen, Frau Kryn und Frau Praetorius hatten Tränen in den Augen und nickten eifrig, nur Frau Geil und Frau Richartz wichen Barbaras Blick aus.

»Wir leben in schweren Zeiten«, fuhr Babara fort, »vor einem Jahr haben Eiferer den Grafen verletzt, dem Herrn sei Dank, dass er den feigen Anschlag überlebt hat. Auch verwüstet ein unseliger Krieg weite Landstriche, die Armut wächst, viele suchen in den Mauern unseres trutzigen Cöln Schutz vor Verfolgung, viele können sich nicht selbst ernähren, immer wieder werden Menschen von Seuchen dahingerafft. Andererseits erleben wir große Fortschritte in der Wissenschaft, die Erde verliert ihre Stellung als Mittelpunkt unseres Denkens, die Menschen bereisen die Weltmeere, Bücher und Zeitungen verbreiten neues Wissen über alle Kontinente, allenthalben werden neue Türen aufgestoßen. Mir scheint, dass viele Menschen Angst haben, der Boden werde ihnen unter den Füßen fortgerissen. Je mehr sich die Zeit erneuert, meine Damen, desto stärker habe ich manchmal das Gefühl, dass sich der alte Geist anklammert, dass er sich mit Macht seine Pfründe sichern will, dass er mit bösen Schlichen seinen Einfluss behalten und die eigenen schlechten Eigenschaften anderen auferlegen will, sodass der Denunziation und dem Unrecht Tür und Tor geöffnet sind. Mancherorts werden sogar Menschen verfolgt, nur, weil sie sich einer besonderen Andacht befleißigen, weil sie den Rosenkranz ein wenig zu inbrünstig beten, manchmal reicht das aus, um eine Frau oder auch einen Mann unter Anklage zu stellen. Die Unvernunft regiert, es ist, um blutige Tränen darüber zu vergießen, hat Graf Spee gesagt.«

Barbara holte tief Luft und sah jeder der Zuhörerinnen ernst in die Augen, dann lächelte sie und fuhr fort:

»*Oh Erd, schlag aus, schlag aus oh Erd, dass Berg und Tal grün alles werd. Oh Erd, herfür dies Blümlein bring, oh Heiland, aus der Erden spring*. Mit diesem Liedvers unseres verehrten Grafen, meine Damen, möchte ich meinen Vortrag schließen, allerdings möchte ich Sie vorher noch auffordern: Werden Sie zu Gärtnerinnen Gottes, unseres Herrn, helfen Sie mit, die Knospen der Güte, das Grün der Menschlichkeit, die Blumen der Liebe hier in unserem Erdengarten, und vor allem in unserem schönen Cöln, zu hegen und zu pflegen, helfen Sie mit, die Saat des alten Geistes samt seiner tödlichen Ernte, der Barbarei und der Unmenschlichkeit, zu vernichten.«

Abgesehen von den Damen Geil und Richartz hatten sich die

Frauen bei den Händen gefasst, einigen liefen die Tränen. Barbara und Gislind stimmten die letzte Strophe des Liedes an, die alle ergriffen mitsangen.

Oh klare Sonn, du schöner Stern,
dich wollen wir anschauen gern;
oh Sonn, geh auf, ohn deinen Schein
in Finsternis wir alle sein.

Nachdem Barbara geendet hatte, gingen Frau Geil und Frau Richartz sofort, ohne sich umzuschauen, die anderen Damen verabschiedeten sich dankbar und bewegt. Anna Kryn und Maria Praetorius blieben noch und zogen Susanna und Barbara auf die Seite, während Gislind und Elsa mit dem Aufräumen begannen.

»Wir haben gehört, dass man Sie bezichtigt, Frau Susanna«, flüsterte Maria Praetorius, »unsere Männer haben es aus dem Rat berichtet. Aber wir glauben dieses verwerfliche Gerede natürlich nicht, wir werden uns mit aller Macht dagegen stellen. Ausgerechnet Sie, die Sie so fleißig und gütig sind, die immer ein Ohr für andere haben. Wenn wir irgendetwas für Sie tun können, lassen Sie es uns wissen.«

»Wir möchten Gärtnerinnen Gottes sein«, setzte Anna Kryn mit leuchtenden Augen hinzu, »wir wollen helfen, das Grün der Menschlichkeit in die Herzen zu senken. Wie schön Sie das gesagt haben, Frau Barbara, wie Sie unsere Seelen erquickt und gelabt haben, ganz hell und licht ist mir geworden, eine Freude ist in mich gefahren, ich kann es gar nicht sagen.«

Barbara nahm die Hände der beiden und strahlte über das ganze Gesicht.

»Wie froh mich das macht«, sagte sie, »und wie dankbar bin ich, dass der Herr meine Gebete erhört und wir immer mehr Mitstreiterinnen für das Gute finden. Und wenn es sich noch dazu um so edle Damen von so großer Geltung handelt, macht es mich umso glücklicher.«

Anna Kryn lächelte geschmeichelt, schob ihren Kopf nach vorne und flüsterte: »Die Geil und die Richartz sind alte Hetzerinnen, aber die müssen Sie nicht ernst nehmen, die haben zu

Hause überhaupt nichts zu melden. Der alte Geil ist ein Ekel, er gehört zu denen, die ins Tischtuch schnäuzen, außerdem legt er seine Frau mindestens einmal in der Woche über das Knie. Und der Richartz soll gar nicht mit der Seinigen sprechen, ich habe gehört, dass er ihr nur Befehle erteilt. Ob die so oder so reden, ist doch völlig egal. Wir werden jedenfalls unseren Einfluss auf unsere Männer geltend machen, sie werden sicher auf uns hören, nicht Maria?«

Ihre Schwester nickte eifrig, während sie genießerisch ihren Eierpunsch austrank und eine Schokoladenkugel hinterherschob. »Wir werden sie mit diesem Zeug füttern, dann tun sie sowieso, was wir wollen«, strahlte sie mit vollem Mund.

Die Schwestern gaben noch eine Weile ihrem Entzücken Ausdruck, dann verabschiedeten sie sich und zogen mit unzähligen Paketen beladen von dannen.

»Ich glaube, da haben wir eine wichtige Bastion genommen«, freute sich Barbara. »Mal sehen, wie weit ihr Einfluss reicht. Ich weiß jedenfalls genau, dass die beiden mit ihrer Mitgift ihre Männer vor ziemlichen Schwierigkeiten bewahrt haben.«

Vierter Mond

Ihr kommt nun in die Heimat, meine Kinder, euer Schicksal wird sich erfüllen, ihr seid euren Wurzeln nahe.

Ich sehe meine Schwestern in Trauer und Unglück, *mamma*, was ist mit ihnen?

Susanna hockt mit gesenktem Kopf auf ihrem Spinnschemel, die goldenen Haare fließen bis zum Boden.

Unter deinen Schutz und Schirm fliehen wir, oh heilige Gottesgebärerin; verschmähe nicht unser Gebet in unseren Nöten, sondern erlöse uns jederzeit von allen Gefahren, oh du glorwürdige und gebenedeite Jungfrau.

Seid ihr in Not, Susanna? Der Mond spiegelt eure Gesichter voller Angst und Qual. Was ist mit den Kleinen?

Ihr werdet sie nicht wiedersehen, meine Agatha, vielleicht werden wir uns alle nicht wiedersehen.

Das Schicksal erfüllt sich, im Himmel und auf Erden.

Susannas Haar fließt wie Sonnengold, Tränenbäche strömen.

Die Quadratur des Kreises, die vier Flüsse im Paradies. Feuer, Erde, Wasser, Luft. Das Kreuz. Gekreuziget, gestorben und begraben. Niedergefahren zur Hölle.

Auticara schwebt, streckt Arme und Beine in die Himmelsrichtungen. Es ist alles da, Kinder, die Vollendung ist nahe, der Morgenstern steht schon am Firmament.

Essen vom Baum der Erkenntnis.

Susanna flehend, mit erhobenen Armen, ganz allein im blau schimmernden Beginenhof, über dem der weiße Vollmond hängt wie eine Scheibe. Fünf leuchtende Sternenspitzen schweben hoch oben in der Unendlichkeit.

Lamm Gottes, du nimmst hinweg die Sünden der Welt.

Die stumme Nonna

Benedict hatte in Bozen dafür gesorgt, dass Agatha und Colomba bis Padua mit einem Konvoi von Tiroler Bauern reisen konnten, die Ziegenfelle und Käse auf den oberitalienischen Märkten verkaufen wollten. Beim Abschied hatte Colomba sich an Benedict geklammert, dabei hatte er ihr wortreich und hoch und heilig versichert, auf jeden Fall, was auch immer geschähe, spätestens in drei Wochen zurück in Bozen zu sein und im Gasthaus »Krone« am Marktplatz auf sie zu warten. »Wenn ihr in vier Wochen nicht zurück seid, breche ich nach Venedig auf«, sagte der lange Syndicus, sich zu der kleinen Colomba hinunterneigend, die bebend an seinem Hals hing, »und wenn ich das ganze Trentino, die *laguna* und jeden einzelnen Palazzo nach euch absuchen muss, ich höre nicht auf, bis ich euch gefunden habe. Ich schwöre es dir, meine Liebste, mein Leben.«

Agatha hatte Antoine zum Abschied nur flüchtig umarmt und sich schnell umgedreht, dann war sie zu Petronella gegangen, die abseits bei den Wagen stand, und hatte ihr die Hand hingestreckt. Petronellas Augen hatten zuerst Blitze geschleudert, und sie hatte Agathas Hand verschmäht, sich dann aber einen Ruck gegeben, Agatha flüchtig auf beide Wangen geküsst und gesagt: »Ich wünsche dir eine gute Reise und alles Glück der Welt, aber ich müsste lügen, wenn ich es bedauern würde, dass du gehst.«

Der alte Schmerz wühlte wieder in Agathas Brust, die abgrundtiefe Verzweiflung darüber, wie die Menschen sich gegenseitig Leid zufügten, sobald die Liebe ins Spiel kam.

Die Bauern behandelten Agatha und Colomba fürsorglich und respektvoll. Als sie merkten, dass die beiden jungen Frauen sicher im Sattel saßen, legten sie mit ihrer bepackten Maultierkarawane ein ordentliches Tempo vor, sodass sie schnell vorankamen.

Agatha und Colomba sprachen wenig und hingen ihren Gedanken nach, als sie nebeneinander die Etsch hinunterritten in das milde, duftende Trentino mit seinen Bauerngärten, die sich in leuchtender Frühlingspracht dicht an dicht an den Berghängen hinaufzogen. Auf den Märkten in den Dörfern und Städten unterwegs labten sie sich an den vertrauten italienischen Genüssen: der würzigen Salami, dem herben Olivenöl, dem salzigen Schafskäse, dem hellen, knusprigen Brot, den frischen Zwiebeln, den ersten Tomaten.

Über Trient, Verona und Vicenza erreichten sie nach vier Tagen Padua, wo sie sich von ihren freundlichen Begleitern verabschiedeten und ein Schiff bestiegen, das sie über den Brentakanal nach Venedig brachte. Wieder glitten sie an den prachtvollen, von dem berühmten Architekten Andrea Palladio gebauten Sommerresidenzen der Venezianer und den belebten Ortschaften vorüber und sprachen über Auticara, wie sie sich bei ihrer ersten Venedigreise hier auf dem Wasser aus ihrer Erstarrung gelöst hatte.

Am Kanal entlang verlief die verkehrsreiche Landstraße, auf der, je näher sie der Stadt kamen, ein zunehmendes Gewimmel von Planwagen, Kutschen und Karren, Fußgängern und Pferden der Stadt zu- oder von ihr fortstrebte. Wie schon auf ihren ersten Reisen bestaunten sie die bunt und auffallend gekleideten Venezianer, von denen die Wohlhabenden sich in Kutschen fahren ließen oder auf Pferden ritten, die Ärmeren zu Fuß unterwegs waren.

In der Ferne kam die *laguna* grauweiß glitzernd in Sicht, Möwen flogen um das Schiff herum, Schwaden des vertrauten Brackwassergeruchs wehten herüber. Neben dem Kanal dehnte sich ein flaches Sumpfgebiet, auf dem Agatha und Colomba in der Ferne zwei Reiter, einen größeren und einen kleineren, ausmachen konnten. Sie ritten in scharfem Galopp, der kleinere versuchte immer wieder, etwas von einem aufgestellten Stock herunterzuschlagen. Agatha stand an der Schiffsreling und nahm, die Augen mit der Hand gegen die Sonne abschirmend, die Reiter ins Visier.

»Er ist es«, sagte sie nach einer Weile mit zitternder Stimme zu Colomba, »er ist es, er lebt, ich glaube, der Onkel ist bei ihm. Da ist mein Paolo, ich erkenne seine Bewegungen, wir haben ihn wieder, er lebt, Colomba! Heilige Mutter, ich danke dir!«

Agathas Stimme schraubte sich zu einem Jubelschrei hoch, dann fiel sie auf die Knie und sprang wieder auf, fing an zu winken und so laut zu rufen, dass die anderen Schiffspassagiere neugierig herübersahen.

Die Reiter hielten inne und kamen in Richtung Ufer, dann erkannte Paolo sie und sprengte heran.

»*Mamma*! Colomba!«

Sie waren kurz vor Malcontenta, Paolo und Massimo, als den sie den zweiten Reiter unschwer erkannten, ritten voraus und erwarteten sie an der Anlegestelle des Schiffes. Agatha und Paolo fielen sich in die Arme.

»Ich wusste, dass ihr kommen würdet, ich bin jeden Tag mit *zio* Massimo hierhergeritten, weil ich wusste, irgendwann seid ihr da. Oh, *mamma*, wie froh ich bin.« Paolo sprach fließend Italienisch, er hatte seinen deutschen Akzent so gut wie verloren.

Massimo war noch bulliger und kräftiger als früher, seine grauen Locken umstanden zerzaust seinen breiten Schädel. An der Stirn war sein Haar licht geworden, was ihn milder aussehen ließ, als sie ihn in Erinnerung hatten.

Als Agatha Paolo endlich loslassen konnte und er Colomba umarmte, wandte Agatha sich mit bösem Gesicht dem Onkel zu.

»So, so, da ist also der ehrwürdige *signore* Massimo Benedetti, der meint, einfach ein Kind entführen, es einfach der Obhut seiner Familie entreißen zu dürfen!«

Ihre Stimme war schneidend, so scharf und wütend hatte Colomba sie selten erlebt. Massimo sah stumm auf die Erde.

»Kann der *signore* für ein so frevelhaftes Verhalten wohl eine Erklärung abgeben? Allerdings muss es eine gute Erklärung sein, denn so etwas traut man ja wohl eher Verbrechern zu, Lumpen, Strauchdieben, Wegelagerern, Gesindel, Pack, jedenfalls keinem anständigen venezianischen Bürger!«

Agatha erregte sich immer mehr, aus ihren Augen schlugen Flammen. Massimo sackte in sich zusammen und schnappte einige Male, bekam aber kein Wort heraus. Agatha wollte in ihrer Schimpfkanonade fortfahren, als Paolo beschwichtigend ihre Hand nahm.

»Lass ihn, *mamma*«, sagte er auf Deutsch »den Onkel trifft nicht so viel Schuld, wie es den Anschein hat, ich werde dir alles erzählen. Mir geht es gut, sie sind alle sehr freundlich zu mir, und ich habe Onkel Massimo wirklich gerne. Wir üben für die Ritterspiele nächste Woche auf dem Campo San Polo. Ich lerne eine Menge, ich bin ein guter Reiter geworden, und ich glaube, dass ich eine Chance habe, die Trophäe zu holen.«

Paolos Augen blitzten, Massimo lächelte ihm dankbar zu und gewann langsam seine Fassung wieder.

»Wir stellen die Pferde in Malcontenta unter«, sagte er hölzern. »Paolo und ich kommen oft mit dem Boot hierher, um zu reiten. Wir könnten die ehrwürdigen *signorine* Cramm mit nach Venedig nehmen, wenn sie das wünschen. Ich würde die *signorine* gerne zu uns nach Hause bitten, wenn es recht ist, in die Casa Benedetti in der Riva degli Schiavoni. Wenn die *signorine* belieben würden, dort Quartier zu nehmen, würde ihre Frau Großmutter sicher hocherfreut sein und ihre Enkelinnen gerne als Gäste begrüßen, und auch ich wäre froh, wenn die Töchter meiner Schwester unsere Gastfreundschaft nicht ausschlagen würden.«

Massimo schwitzte, die Worte holperten schwer aus seinem Mund. Er knetete hilflos die Hände, Demut, Angst und eine linkische Bitte um Vergebung lagen in seinem Blick. Agatha sah immer noch hochmütig an ihm vorbei, ihre Stimme war eisig.

»Wir werden bei Tante Mabilia wohnen, wie immer, wenn wir in Venedig sind.«

Massimo räusperte sich und sah betreten vor sich hin.

»Das wird nicht gehen, *signorina* Agatha«, sagte er leise, »die Schwester meines seligen Herrn Vater ist vor drei Jahren zum Herrn gegangen, aber vielleicht ist es den *signorine* ein Trost zu wissen, dass die *zia* Mabilia einen gnädigen Tod hatte. Sie wurde blutarm und war einige Wochen unpässlich, dann starb sie friedlich im Schlaf. Wir haben das Haus an der Calle Paradiso veräußert und den Anteil der *signorine* Cramm in Golddukaten auf der Banco della Piazza di Rialto deponiert.«

Die Erschütterung über diese Nachricht erinnerte Agatha daran, dass sie Paolo von Simons Tod erzählen mussten, aber sie beschloss, damit zu warten, bis sie in Venedig waren, und wich Paolos Frage, wie es den Lieben in Cöln gehe, aus. Stattdessen fragte sie ihn nach seinen Reitkünsten. Anstelle einer Antwort schwang sich Paolo auf sein Pferd, trieb es vorwärts und übersprang mit Schwung einen niedrigen Busch. Stolz trabte er zurück und ließ sich Agathas und Colombas bewundernde Ausrufe gerne gefallen.

Als sie die Pferde untergestellt und Massimos Gondel bestiegen hatten, bezog sich der Himmel, und es kamen Windböen auf. Die von Algengeruch geschwängerte, weiche Luft der *laguna* hinterließ einen salzigen Geschmack auf ihren Lippen, das Wasser schwappte grau und milchig.

Während Massimo sein Boot geschickt wie ein Gondoliere ruderte oder mit einer langen Stange durch die Untiefen stakte, setzte ein leichter Nieselregen ein. Paolo erzählte, wie es ihm seit der Entführung in Cöln ergangen war. Zunächst hatte er sich mit Händen und Füßen gewehrt, als sein Entführer ihn auf das Pferd gezogen hatte, er hatte Massimo gekratzt und gebissen, bis dieser ihm die Hände und die Füße zusammenband und ihn quer vor sich über das Pferd legte. Das war Paolo schnell unbequem geworden, er hatte dem Onkel Wohlverhalten bedeutet und um Gnade gebeten. Massimo war erleichtert und voller Schuldgefühle gewesen und hatte dem Jungen erklärt, weshalb er ihn unbedingt nach Venedig holen wollte.

»Es war wegen der *nonna* Alessandra«, sagte Paolo, »der *zio* hat geweint, als er mir die Geschichte erzählt hat. Im letzten Winter hat die *nonna* von einem deutschen Händler erfahren, dass wir in Cöln leben, es war ein reiner Zufall. Das hat sie so aufgeregt, dass sie einen Schlaganfall bekam. Seitdem kann sie nicht mehr sprechen, nur manchmal bringt sie noch ein paar Worte heraus, ihr werdet es sehen, wenn ihr sie trefft. Nachdem sie den Schlag bekommen hatte, trug sie immer eine Zeichnung von Großmutter bei sich und zeigte sie Massimo, und er merkte, dass sie an nichts anderes denken konnte als an Auticara und an ihre Enkelkinder in Cöln. Sie bekam eine schwere Melancholie, einmal hat der *zio* sie gerade noch davon zurückhalten können, aus dem Fenster zu springen. Da hat er gedacht, dass er ihr helfen muss, und die Idee, nach Cöln zu reiten, wurde immer stärker, schließlich erschien sie ihm als einziger Ausweg in dem ganzen Unglück. Er war sehr lieb und freundlich zu mir, nachdem ich aufgehört hatte, mich zu wehren, er hat gesagt, dass er mich wie seinen Sohn behandeln will, weil ich der Enkel von seiner Schwester bin, die er über alles geliebt hat und deren schrecklichen Tod er bis heute nicht verwinden kann, so hat er es mir gesagt.«

»Deshalb reißt man trotzdem ein Kind nicht gewaltsam von seiner Mutter fort«, sagte Colomba scharf, »dafür muss er uns schon noch eine stichhaltigere Erklärung geben.«

»Er hat sich sicher nicht richtig verhalten«, gab Paolo zurück, »aber wir sollten ihn nicht zu streng beurteilen. Er hat mich gut behandelt, und schließlich bin ich ja kein Säugling mehr. Wer weiß, ob ich sonst jemals nach Venedig gekommen wäre, ich bin sehr froh, dass ich hier alles kennen lernen kann. Außerdem wäre ich ohne den *zio* niemals ein so guter Reiter geworden.«

Paolo hatte die letzten Worte italienisch gesprochen und dann das Steuerruder übernommen. Massimo wandte sich zu seinen Nichten um, immer noch bedrückt.

»Es ist wahr, dass ich selten einen Jungen gesehen habe, der so geschickt mit dem Pferd umgeht«, sagte er, »ich bin sehr glücklich, meinen Neffen hier zu haben. Natürlich bedeutet das nicht, dass ich recht gehandelt habe. Ich möchte mich bei den *signorine* auch in aller Form entschuldigen, dass ich ihnen so viele Ungelegenheiten bereitet habe, und ich bin ihnen natürlich eine Erklärung schuldig. Vielleicht wissen die *signorine* von Auticara, dass unsere Mutter ein sehr harter und auf sich bezogener Mensch war, für den nur das eigene Wort galt, der nur Anweisungen und Befehle geben oder schimpfen und hadern konnte. Man kam eigentlich nie zu Wort bei ihr, und wenn man es versuchte, hörte sie nicht zu oder unterbrach einen. Man war sofort in einen Streit mit ihr verwickelt, und es wurde immer schlimmer, je älter sie wurde. Seitdem sie der Schlag getroffen hat, ist sie plötzlich stumm, ihre Stimme versagt, sie muss, wenn sie sich mitteilen will, über ihre Augen, ihren Gesichtsausdruck, ihre

Gesten sprechen. Und da merkte ich, dass sie unablässig von ihren Gefühlen und Gedanken heimgesucht wurde, sie litt sehr und tat mir richtig Leid. Vor allem lag ihr die Sache mit Auticara auf der Seele, der Cölner Händler, der ihr von Euch erzählt hatte, hatte ja alles wieder aufgewühlt.«

»Aber wie kam denn das zustande, wie kam der denn ausgerechnet auf uns?« Colombas Gesichtsausdruck wurde langsam milder.

Massimo berichtete seinen erstaunten Nichten, wie Alessandra die Webtechnik Auticaras erkannt hatte und dabei auf die Spur ihrer Enkelinnen und ihres Urenkels gekommen war.

»Einen solchen Zufall kann man sich ja eigentlich kaum vorstellen, für mich sieht es eher wie eine Fügung aus. Wie auch immer, es hat jedenfalls bewirkt, dass Mutter dringend ihren Frieden mit Auticara finden und mehr über ihr Schicksal wissen wollte. Ich war vollkommen ratlos, wie ich ihr helfen konnte, allerdings verstand ich sie gut, mich hatte es ja all die Jahre genauso gequält, dass ich nichts von Euch und meiner Schwester wusste, außer, dass sie auf diese entsetzliche Art ums Leben gekommen war. Nach Weihnachten wurde Mutter immer melancholischer, und eines Nachmittags kamen unsere Mädchen dazu, wie sie versuchte, ein Fenster im obersten Stockwerk zu öffnen um hinauszuspringen, sie konnten sie gerade noch zurückhalten. Da habe ich die Fenster vernagelt, aber ich stand immer mehr unter Druck und dachte, es muss etwas geschehen. Und da bin ich Anfang Januar einfach losgeritten, obwohl gar nicht klar war, ob ich im Winter überhaupt über die Alpen kam. Ich war nur von dem Gedanken besessen, meiner Mutter ein Zeichen von Euch zu bringen, ich konnte dem allen nicht mehr tatenlos zusehen.«

»Und wie haben Sie uns dann in Cöln gefunden?«

»Das war nicht schwer. Ich bin in einem Gasthof am Neumarkt abgestiegen, da kannte man die Benedetti-Beginen und wies mir das Haus in der Schildergasse. Ich habe mich ein paar Tage lang in die Schänke gegenüber dem Haus der *signorine* gesetzt und es beobachtet, zu dieser Zeit wusste ich noch gar nicht, was ich tun sollte. Ich habe Paolo und die *signorine* immer wieder aus- und eingehen sehen, immer unter den Kapuzen verborgen, aber ich erkannte sie trotzdem wieder, ich wusste von jeder Einzelnen, wer sie war. Dann kam der Tag, an dem ich die Jüngste mit Paolo herauskommen sah. Ich folgte ihnen, und als sie vor das Stadttor gingen und Paolo so weit hinter seiner Schwester zurückblieb, da hatte ich die Eingebung, ich müsse ihn meiner Mutter bringen, sie habe ein Recht darauf, ihn zu sehen. Ich habe ihn ohne Überlegung entführt, ich habe gar nicht darüber nachgedacht, was ich damit anrichte.«

»Aber warum ist der Herr Onkel nicht zu uns gekommen, wir hätten ihm doch nicht die Tür gewiesen.« Über Colombas Nasenwurzel saß immer noch eine steile, missbilligende Falte.

»Ich kannte die *signorine* ja nicht«, sagte Massimo leise, »ich sah sie immer nur in den Nonnenkutten, in denen sie mir sehr streng vorkamen, und da dachte ich, wie werden sie wohl auf den bösen Massimo reagieren, wenn sie ihn überhaupt noch in Erinnerung haben. Ich wusste ja nur, wie meine Schwester gewesen war und wie sie über mich gedacht hat. Sie hat mich gehasst, als wir Kinder waren, aus ihrer Warte sicherlich auch zu Recht, tatsächlich hat Mutter mich immer sehr vorgezogen. Aber die *signorine* erinnern sich vielleicht auch, dass es manchmal schwierig war, mit Auticara zu sprechen, sie konnte ja sehr aufbrausend sein, im Grunde genommen war sie wie unsere Mutter. Ich hatte die Vorstellung, ihre Töchter wären genauso und würden mich auf der Stelle hinauswerfen, womöglich mit Schimpf und Schande. Natürlich war mir klar, dass es Unrecht war, was ich tat, aber ich dachte immer nur daran, dass meine Mutter Frieden finden würde, wenn ich ihr ihren Urenkel mitbrachte. Ich bitte die *signorine*, mir zu glauben, dass ich stets um Paolos Wohl besorgt war und niemals zugelassen hätte, dass ihm etwas geschieht. Er hat sich schnell bei mir wohlgefühlt, er ist ein lieber und guter Junge«, setzte Massimo hinzu.

Paolo nickte die ganze Zeit eifrig zu seinen Worten, sodass Agatha schließlich versöhnlich sagte: »Vielleicht hat es wirklich alles so kommen sollen. Wir sind Agatha und Colomba, *zio* Massimo, und wir danken dir, dass du so gut für unseren Jungen gesorgt hast.«

Massimo lächelte erleichtert.

Sie erreichten Venedig und fuhren den Canal Grande hinunter, auf dem ein noch größeres Gewimmel herrschte als auf dem Brentakanal. An den Ufern glitt die traumverhangene Kulisse ihrer Mutterstadt vorüber, wie leicht hingetuschte, vom Regen vernebelte Aquarelle zogen die Ca' d'Oro, der Palazzo dei Camerlenghi, die Ca' da Mosto und all die anderen venezianischen Patrizierhäuser und Palazzi vorbei, die, wie Perlen an einer Schnur, einander in Schönheit und Eleganz überboten.

Agatha und Colomba mochten kaum nach links in die Calle Paradiso schauen, sie hielten sich bei den Händen, als sie unter der Rialto-Brücke hindurchfuhren, und ihnen kamen die Tränen bei dem Gedanken, dass Mabilia nun auf der Friedhofsinsel San Michele ruhte und sie sie nie mehr wiedersehen würden. Einen Augenblick lang blitzten die fröhlichen Augen der Tante aus den tief hängenden Wolken, perlte ihr helles Lachen im Schlag der Wellen.

Sie fuhren in das Hafenbecken von San Marco ein und schwebten beklommen auf die unvergleichliche, mächtige und trotzdem leichte Fassade des Dogenpalastes zu, der, zusammen mit den Kuppeln der Basilika und dem Glockenturm auf der Piazza San Marco, das Symbol für das Venedig der *nonna* Alessandra war.

Massimo steuerte die Gondel geschickt durch das Schiffsgewimmel am Kai, schließlich machten sie am Ende der Riva degli Schiavoni vor dem Handelshaus Benedetti fest, einem breiten, typisch venezianischen Patrizierhaus mit einer die ganze Fassade einnehmenden Loggia mit runden Bögen in der ersten Etage. Das Haus war solide gebaut, machte aber im Vergleich zu den benachbarten Palazzi einen heruntergekommenen Eindruck. Der goldene Schriftzug war zum Teil abgeblättert, die unteren Fenster waren zugemauert, offenbar hatte man lange nichts an der Fassade gemacht.

Unser Haus war das schönste an der ganzen Riva, Kinder, die Farben unserer Stoffe strahlten aus den Schaufenstern, sobald die Sonne herauskam, hängte ich meine Umhänge und Kleider vor die Ladentür, und sie wehten im Wind und leuchteten wie

Flaggen bis zu den Schiffen. Die Leute blieben stehen und schauten, sie rissen uns die Sachen aus den Händen. Die Nähmädchen und die Weberinnen – ich natürlich allen voran – arbeiteten Tag und Nacht. Wenn der Winter vorbei war, putzten wir die Fassade, besserten die Schrift mit Goldbronze aus und bepflanzten die Blumenkübel. Vom Frühjahr bis zum späten Herbst grünte und blühte es vor dem Handelshaus Benedetti, immer wieder bestätigten uns die Kunden, wie gerne sie bei uns kauften. Das waren alles meine Ideen, Kinder, aber glaubt ja nicht, dass meine Mutter mir jemals dafür gedankt hätte. Kein Sterbenswörtchen hat sie darüber verloren, es war vollkommen selbstverständlich, dass ich mich abrackerte und als Lohn Beschimpfungen und Ohrfeigen einkassierte, sobald ihr etwas nicht passte, und ihr passte niemals etwas.

Zaghaft und in höchster Anspannung folgten Agatha und Colomba Massimo und Paolo in das modrig riechende Haus. An die Eingangshalle, die zur Hälfte mit Ballen aus Schafswolle voll gestellt war, schloss sich Massimos Kontor an, aus dem hinteren Teil des Hauses ertönte dumpf das Klappern von Webstühlen und Spinnmaschinen.

Massimo führte sie in die erste Etage in den Empfangsraum und klingelte ungeduldig, gleich darauf erschien ein knicksendes Mädchen, das auf seine Anweisung Limonade, Brot, Käse, Schinken und eingelegtes Gemüse sowie einen großen Weinkrug brachte.

»Wohnst du auch in diesem Haus, Massimo? Bist du verheiratet? Hast du eine Familie?«, fragte Agatha, während sie sich stärkten. Massimo wurde rot und wollte gerade zu einer umständlichen Antwort ansetzen, als aus dem Nebenraum ein kräftiges Klopfen zu hören war.

»Die *nonna*«, sagte Paolo, dem Massimos Verlegenheit nicht entgangen war, schnell, »sie wird gehört haben, dass wir da sind.«

Agatha und Colomba sahen sich ängstlich an.

»Willst du sie nicht auf uns vorbereiten?«, wandte sich Colomba an Massimo. »Wenn wir einfach so zur Tür hereinkommen, erschrickt sie vielleicht.«

Massimo nickte und ging voraus.

»Wie ist sie?«, flüsterte Agatha Paolo zu. »Ich habe sie als sehr, sehr schwierig in Erinnerung.«

»Schwierig und kaltherzig«, ergänzte Colomba, »völlig ohne Gefühle. Weißt du noch, mit welchem Gesicht sie uns damals das Geld hingelegt hat? Sie hatte nicht ein einziges Lächeln für ihre Enkelinnen.«

»Kaltherzig ist sie nicht, schwierig vielleicht«, antwortete Paolo leise, »ich weiß es nicht genau, sie kann ja nicht mehr sprechen. Zu mir ist sie sehr freundlich. Sie ist ganz klar im Kopf und versteht, was man sagt, aber sie kann nicht antworten, sie ist darauf angewiesen, dass man ihre Gedanken abliest. Sie möchte alles von Großmutter und von Cöln wissen, ich gehe jeden Tag eine Stunde zu ihr und erzähle ihr von euch, alle unsere Geschichten, sie will sie immer und immer wieder hören.«

Massimo kam zurück und winkte sie in das Zimmer.

Alessandra lag in einen glänzenden, schwarzen Morgenmantel gehüllt auf ihrem Bett, neben ihr standen auf einem Tischchen Teller mit Obst und Naschwerk. Sie war eine kleine, magere Greisin geworden, Gesicht und Hände waren weiß und faltig, dünne weiße Haare lagen über ihrer durchschimmernden Kopfhaut. Nur ihre Nase war noch so spitz wie früher, und ihre Augen brannten dunkel und kaum getrübt aus tiefen Höhlen. Sie nahm Paolo ins Visier, hob gebieterisch die Hand und wies auf die Süßigkeiten, Paolo verbeugte sich und bedankte sich artig, bevor er ein Stück Konfekt nahm. Sie schaute ihm beim Essen zu und nickte zufrieden, dann bedeutete sie Agatha und Colomba, sich zu ihr auf das Bett zu setzen. Agatha lächelte sie an.

»Guten Abend, ehrwürdige *nonna*, ich bin Agatha, und dies ist meine Schwester Colomba, vielleicht erinnert Ihr Euch noch an Eure Enkeltöchter. Ihr habt uns gesehen, als wir kleine Mädchen waren.«

Colomba nahm Alessandras verschrumpelte Hände, die zitternd, wie junge Vögel, auf der kostbaren Seide ihres Gewandes lagen. »Wir freuen uns, Euch zu sehen, *nonna* Alessandra, und wir sind froh, wieder in dem wunderschönen Venedig zu sein.«

Alessandra deutete auf das graue Fenster, an dessen Scheiben immer noch der Nieselregen sprühte, und schüttelte den Kopf.

»Es macht nichts, wenn es regnet«, sagte Agatha, »Venedig ist bei jedem Wetter schön.«

Alessandra löste ihre Hände aus Colombas, richtete sich halb auf und strich ihren Enkelinnen vorsichtig über die Wangen und das Haar. *»Belline«*, flüsterte sie heiser, *»bellissime.«*

»Sie sind die ganze Zeit geritten, *nonna*, den ganzen Weg von Cöln sind sie hierher geritten«, sagte Paolo munter, »und wenn nächste Woche die Ritterspiele sind, werden sie zuschauen. Und du wirst auch mitgehen, wir werden dich in einer Sänfte tragen, du musst dir ansehen, was ich alles bei Massimo gelernt habe.«

Während er schwatzte, ließ Alessandra ihre Enkelinnen nicht aus den Augen und strich ihnen immer wieder über die Arme. Dann griff sie in die Falten ihres Mantels, holte ein kleines Bild heraus, das schon ganz speckig und abgegriffen war, und reichte es Agatha. Es war eine mit sparsamen Strichen hingeworfene Zeichnung von Auticara als etwa achtjährigem Mädchen. Ihre Kraushaare waren von einer Spitzenhaube gebändigt und ringelten sich um ihr schmales, edles, liebliches Gesicht, durch das noch kein Riss ging, aber ihre Augen schauten bereits ernst und leidenschaftlich.

Alessandra ließ sich zurücksinken, sie war kalkweiß geworden, ihre Stirn war nass vor Schweiß.

»Du musst ausruhen, *madre*«, sagte Massimo, »es wird dir sonst zu viel. Agatha und Colomba sind jetzt eine Weile hier, sodass ihr über Auticara sprechen könnt und auch über alles andere, was dir auf dem Herzen liegt, es hat keine Eile. Jetzt müssen sie sich auch erst mal erholen nach der langen Reise.«

Sie verabschiedeten sich und versprachen Alessandra, am nächsten Tag wiederzukommen und ihr von Auticara zu erzählen.

Agatha und Colomba bezogen ihren Schlafraum im oberen Stockwerk. Sie packten die Rucksäcke aus, und Paolo stieß Freudenschreie über die Geschenke von Elsa und Gislind aus: eine kleine Puppe mit fedrigem Haar, eine Schachtel mit winzigen Schokoladenkügelchen, ein glänzender Rheinkiesel. Das Reiterbild, das Simon gemalt hatte, hielt Agatha erst mal zurück, der Augenblick, in dem sie Paolo das Entsetzliche sagen mussten, würde noch früh genug kommen. Zuerst musste sie mit ihm über Francesco sprechen. Sie vergewisserte sich, dass niemand auf dem Flur war, und senkte die Stimme.

»Du musst mir jetzt eins sagen, Paolo, es ist sehr wichtig: Hast du mit Massimo über deinen Vater gesprochen? Hast du Francesco irgendwie erwähnt?«

»Ja, ich habe ihm gesagt, dass mein Vater der Glasbläser Francesco di Fiesole ist und dass wir nichts von ihm wissen, außer, dass er vielleicht in Rom ist.«

»Und was hat Massimo dazu gesagt?«

»Dass er die Familie di Fiesole aus Padua nur dem Namen nach kennt. Er weiß, dass es einen Glasbläser Andrea di Fiesole auf Murano gibt, aber er kennt ihn nicht.«

»Das ist Francescos Onkel, ich habe ihn einmal kennen gelernt. Du musst mir etwas ganz fest und in die Hand versprechen, Paolo. Du darfst Francescos Namen hier in Venedig nicht mehr in den Mund nehmen, nicht Massimo und auch sonst keinem gegenüber, hörst du? Ich kann dir das jetzt nicht genau erklären, ich kann dir nur so viel sagen, dass wir in Gefahr sind, wenn jemand erfährt, dass wir mit ihm zu tun haben.«

»Was ist mit meinem Vater? Du musst es mir sagen! Und fangt nicht gleich wieder damit an, dass ich vielleicht zu klein bin, um es zu verstehen.« Paolo sprach heftig, mit einem Seitenblick auf Colomba.

»Ich bin fast sicher, dass er in Cöln ist«, flüsterte Agatha ihm ins Ohr, »wir werden ihn wiedersehen, Paolo. Aber er scheint aus Venedig geflohen zu sein, und es ist gut möglich, dass die Agenten des Großen Rates hinter ihm her sind. Deshalb darf ihn niemand mit uns in Verbindung bringen, hörst du? Es ist sehr, sehr wichtig, unser Leben kann davon abhängen.«

Paolo blieb der Mund offen stehen, er nickte fassungslos.

»In Cöln? Woher weiß er von uns?«

»Aus der gleichen Quelle wie Massimo«, schaltete sich Colomba ein, »jedenfalls vermuten wir das.«

Sie berichteten Paolo von der Begegnung mit dem Reiter am Rhein und von Agathas Vision beim letzten Vollmond.

»Ihr könnt es ruhig dem *zio* sagen«, sagte Paolo leise, »wir können ihm auf jeden Fall vertrauen. Vielleicht kann er etwas in Erfahrung bringen, er kennt eine Menge Leute in Venedig.«

»Wir werden sehen, auf jeden Fall müssen wir so vorsichtig sein, wie wir nur können.«

In der Empfangshalle wartete Massimo bei einem Krug Wein und bat seine Nichten, sich zu ihm zu setzen, ganz offenkundig lag ihm noch etwas auf der Seele. Sie stießen auf das gute Ende der Reise an, dann begann Massimo stockend und mit rotem Kopf.

»Ich denke, das Beste ist, wenn wir die schwierigen Dinge gleich am Anfang besprechen. Agatha hat mich gefragt, ob ich verheiratet bin und ob ich eine Familie habe. Ich kann diese Frage nicht eindeutig beantworten. Ich habe eine Frau und eine Tochter, das ist auf jeden Fall klar, also, eine Familie habe ich. Meine Frau ist Sofia Scaffi, sie ist eine bekannte Frau hier in Venedig. Sie führt ein Haus in der Nähe der Ponte di Rialto, eines der größten Häuser, die wir hier haben, ein einwandfreies und gepflegtes Haus, in dem die Mädchen, die dort arbeiten, gut behandelt werden.«

Agatha verstand zuerst nicht. »Was ist es für ein Haus, *zio*, was meinst du?«

»Ein gutes Haus, du hast es doch gehört«, mischte sich Paolo ein und sah verlegen von einem zum anderen, »und Sofia ist sehr, sehr nett, ich habe sie schon oft besucht.«

»Es ist *so* ein Haus, Agatha, kein anständiges Haus, es hat ja keinen Sinn, drumherum zu reden«, platzte Massimo heraus. »Schließlich ist Venedig eine Stadt, in der über zehntausend Kurtisanen leben, irgendwo müssen sie ja unterkommen. Aber ich liebe Sofia seit fünfzehn Jahren, so lange sind wir zusammen, und wir sind uns treu, sie ist meine Frau, und ich bin ihr Mann. Sie ist wie ein Geschenk in mein Leben gekommen, ohne sie wäre ich sicher irgendwann bei einer Schlägerei ums Leben gekommen oder hätte mich totgesoffen. Ihr wisst ja sicher von eurer Mutter, dass ich früher ein Nichtsnutz und ein Raufbold war, ich wusste nicht, was Arbeit ist, ich war kein guter Sohn und Bruder, ich war durcheinander und hatte immer nur das Gefühl, kämpfen zu müssen. Nachts ging ich in die Schänken und die Häuser und trieb mich auf den Plätzen herum, tagsüber schlief ich meinen Rausch aus. Nachdem ich mit Mutter nur noch Krach und Scherereien hatte, fuhr ich zwei Jahre auf einer Handelsgaleone mit Gewürzen zwischen Venedig und Konstantinopel hin und her, aber da fand ich auch keine Ruhe. Dann lernte ich Sofia kennen, und plötzlich gab es einen Sinn in meinem Leben, alles wurde heller und froher, es war für mich wie ein Wunder, jeden Morgen neben ihr aufzuwachen.«

Massimo hielt inne und sah verlegen zu Paolo. »Ich habe mit ihm darüber gesprochen«, sagte er leise, »er ist ein sehr verständiger Junge. Ich wollte, dass er Sofia kennen lernt, und sie hat ihn sofort lieb gewonnen, sie sind ein Herz und eine Seele.«

»Du musst nicht denken, dass wir dich dafür verdammen«, sagte Agatha lächelnd, »moralische Urteile liegen uns fern. Schließlich sind wir die Töchter einer Hexe, wir wissen, was es heißt, wenn man von der Gesellschaft ausgegrenzt und verstoßen wird. Und wir haben Paolo so erzogen, dass er weiß, was in der Welt vor sich geht.«

»Ich konnte Sofia nicht heiraten«, fuhr Massimo fort, »obwohl es mein sehnlichster Wunsch gewesen wäre. Ich habe einmal versucht, mit Mutter darüber zu sprechen, aber sie hatte sich in den Kopf gesetzt, dass ich eine von den Caprianica-Töchtern nehmen sollte, lauter unscheinbare Mädchen, aber mit einer guten Mitgift ausgestattet. Das kam für mich überhaupt nicht infrage, eine solche Ehe hätte ich nicht führen können. Mutter hat sich wahnsinnig aufgeregt, als ich ihren Plänen nicht folgen wollte, sie hat gesagt, ich könne ja weiter zu meiner Hure gehen, aber so eine heiraten, nein, da würde sie niemals zustimmen, eher würde sie mich enterben und alles der Kirche vermachen. Ich war zu schwach, um mich gegen sie durchzusetzen. Hinzu kam, dass Sofia nicht ohne weiteres bereit gewesen wäre, ihr Haus aufzugeben und sich von mir abhängig zu machen, sie hatte sich ja eine gute Existenz aufgebaut. Damit war das Thema Heirat erledigt, und so beschlossen wir, so zusammenzuleben, und richteten uns eine kleine Wohnung in Sofias Haus ein. Einen Ruf hatte ich in Venedig ohnehin nicht zu verlieren, außerdem war es mir egal, was die Leute redeten. Mutter hatte damals schon den Laden geschlossen und auf die Manufaktur umgestellt, die auch recht gut lief. Aber sie wurde älter und beklagte sich oft, dass sie die Arbeit nicht mehr schaffte. Gleichzeitig festigte sich mein Leben an Sofias Seite, die Ausschweifungen und das Nachtleben waren mir immer weniger wichtig. Sofia redete mir zu, mich in die Manufaktur einzuarbeiten, um sie später von Mutter übernehmen zu können, sie sagte: Du brauchst einen Sinn und eine Aufgabe in deinem Leben, nimm, was der Herrgott dir gegeben hat und mache etwas daraus. Das ist typisch für meine Sofia, sie hat einfach einen praktischen Lebenssinn. Ich folgte ihrem Rat und merkte, dass ich im Geschäft durchaus etwas leisten konnte und nicht so dumm war, wie ich immer gedacht hatte. Da Mutters Kräfte nachließen und sie sich nicht mehr um alles kümmern konnte, hatte ich die Möglichkeit, mir immer größere Freiräume zu verschaffen, und seit etwa fünf Jahren führe ich die Manufaktur im Grunde genommen alleine. Sie läuft noch ganz gut, obwohl insgesamt die Geschäfte hier in Venedig sehr rückläufig sind. Unsere *serenissima* hat abgedankt, sie hat ihre Kraft und ihren Glanz verloren, das ist eine Tatsache, die viele Geschäftsleute immer noch nicht wahrhaben wollen. Ich wohne bei Sofia, komme aber jeden Morgen hierher, ihr seht also, der missratene Sohn arbeitet fleißig und ist auf den Pfad der Tugend zurückgekehrt. Nach außen hat es bei uns in den letzten Jahren also richtig gut ausgesehen.«

»Und nach innen«, fragte Colomba gespannt, »wie sah es da aus?«

Massimo wand sich. »Weniger gut«, stieß er hervor. »Ich weiß nicht, ob ihr euch jetzt noch vorstellen könnt, wie Mutter war, aber ihr müsst mir glauben, dass sie mir all die Jahre das Leben zur Hölle gemacht hat. Fast täglich gab es Gezänk und Geschrei, ohne das konnte sie offenbar nicht leben. Wie oft habe ich daran gedacht, alles hinzuschmeißen, einfach wegzugehen, so wie es damals Auticara gemacht hat. Aber das ging nicht, ich habe ja meine Verpflichtungen hier.«

Er hielt eine Weile inne und starrte vor sich hin, dann lächelte er.

»Vor zehn Jahren bekamen Sofia und ich eine Tochter, Chiara, sie lebt bei Sofias Eltern auf der Insel Burano, und wir besuchen sie fast jeden Sonntag, wir haben auch Paolo schon mitgenommen«, fuhr er fort.

»Chiara und ich sind Freunde«, nickte Paolo eifrig, »sie war auch schon hier in Venedig, und wir sind zusammen geritten. Chiara hat ein eigenes Pferd, eine junge Stute, draußen im Stall in Malcontenta.«

»Meine Tochter sieht aus wie Auticara«, fuhr Massimo fort, der jetzt mit den Tränen kämpfte, »sie ist ihr wie aus dem Gesicht geschnitten. Das Kind, das ihr eben auf Mutters Bild gesehen habt, könnte auch sie sein. Aber so, wie Mutter meine Beziehung zu Sofia ignoriert hat, hat sie auch ihre Enkeltochter nicht zur Kenntnis genommen. Immer wieder habe ich versucht, davon zu sprechen, immer wieder hatte ich die Hoffnung, dass sie eines Tages aufweichen und nach dem Kind fragen würde. Aber sie tat es nie, und so habe ich Chiara im letzten Herbst einfach mitgebracht, das war kurz vor dem Schlaganfall. Ich dachte, wenn Mutter sie sieht und die Stimme des Blutes spricht, kommt sie zur Besinnung. Aber das Gegenteil geschah, sie sah meine Kleine nur an, als wäre sie der Leibhaftige persönlich, dann ging sie hinaus und knallte im ganzen Haus die Türen. Ich war natürlich maßlos enttäuscht und habe Chiara gesagt, Alessandra sei eine böse, alte Tante, sie weiß bis heute nicht, dass es ihre Großmutter ist. Kurz darauf kam dieser Cölner Händler vorbei. Mutter erzählte mir vollkommen erschüttert, was sie von ihm erfahren hatte, und zwei Tage später traf sie der Schlag. Ich habe sie vorne in der Eingangshalle gefunden, sie lag mit schiefem Gesicht auf den Wollballen, sie lallte und konnte nicht mehr alleine aufstehen. Für mich war es wie ein Wunder, dass sie plötzlich verstummt war, ich konnte es kaum fassen, mit ihr reden zu können, ohne dass sie mir gleich über den Mund fuhr, ohne dass wir nach kurzer Zeit in einen Streit verwickelt waren. Wenn ihr mich fragt, ist es gut, dass es so gekommen ist, weil ich glaube, wenn sie so geblieben wäre, wie sie vorher war, hätte ich sie irgendwann umgebracht.«

»Also hat unsere Mutter doch Recht gehabt«, warf Colomba ein, »also war mit der *nonna* wirklich nicht gut Kirschen essen. Wir haben manchmal gedacht, dass *mamma* übertrieb, wenn sie so schimpfte, manchmal konnte sie ja genauso sein, so unbeherrscht und aufbrausend, immer wusste sie alles am besten.«

Massimo nickte, so hatte auch er seine Schwester in Erinnerung. »Sie hat es zu Hause nicht leicht gehabt«, sagte er dann, »das ist mir erst später richtig bewusst geworden. Ihr gegenüber hat Mutter mich immer in den Himmel gehoben, obwohl ich weiß Gott ein dummer Faulpelz war. Auticara hasste mich dafür, sie hat nur die Ungerechtigkeit gesehen, sie dachte immer, ich hätte es viel besser, sie hat nicht gesehen, dass auch ich kreuzunglücklich war.«

Paolo, der trotz seiner langen Beine auf Agathas Schoß gekrochen war, fielen die Augen zu, und sie beschlossen, schlafen zu gehen. »Was für ein Glück, dass ihr hier seid«, sagte Massimo, als er sich verabschiedete, um in die Riva del Ferro zu Sofia zu gehen, »ich habe ein Gefühl, als würde allmählich ein Fluch von diesem Hause weichen.«

Agatha schob den fast schon schlafenden Paolo die Treppe hinauf, Colomba trat auf die Loggia und sah in den Nebel hinaus, in dem die vierschrötige Gestalt des Onkels schnell verschwand. Das Wasser der *laguna* schmatzte träge und dickflüssig gegen die Ufermauer, das Geräusch war Colomba von ihren vorherigen Venedigreisen vertraut. Aber es löste nicht, wie früher, Leichtigkeit und Freude in ihr aus, sondern ein beklemmendes Gefühl, als steige eine Bedrohung aus den Fluten auf.

Beim Frühstück eröffnete Agatha Paolo, was mit Simon geschehen war, er weinte laut und war nicht zu trösten. Dann schlug seine Trauer in Wut um, er ballte die Fäuste, und es stand für ihn fest, dass die Hexenverfolger für Simons Tod verantwortlich waren.

»Wenn wir wieder in Cöln sind, gehe ich ins Rathaus und kämpfe sie nieder«, stieß er hervor, »ich klage sie überall an, es ist mir ganz egal. Sie sind Mörder, feige und jämmerliche Waschlappen, einfach ein Pestkind vor die Tür zu legen, so was Böses muss einem doch erst mal einfallen. Es sind Unholde, Scheusale, Bestien, man muss ihnen das Handwerk legen!«

Immer wieder begann er zu weinen, und Colomba musste ihm

in allen Einzelheiten erzählen, wie Simon gestorben war und wie sie ihm seine Leiden erleichtert hatte.

Obwohl es noch immer nieselte und die Wolken tief über der Stadt hingen, beschlossen sie schließlich, einen Spaziergang zu machen. Sie gingen hinunter in die Empfangshalle und hörten aus dem Kontor eine laute Männerstimme, gefolgt von Massimos leiserer, die beschwichtigend dazwischensprach.

»Die Gefahren werden immer wieder unterschätzt, zuerst schließt man die Augen, und nachher ist alles zu spät«, hörten sie die Stimme, bevor sie klopften und die Tür einen Spalt öffneten. Massimo sprang auf, kam ihnen schnell entgegen und versuchte ein aufmunterndes Lächeln, das den Ernst und die Besorgnis in seinem Gesicht allerdings kaum vertreiben konnte.

»Wir gehen ein bisschen hinaus, *zio*«, sagte Agatha, »wir wollen einen kleinen Rundgang machen und anschließend die *nonna* besuchen. Zu welcher Zeit ist es am besten für sie?«

»Um die Mittagszeit ist sie immer ganz munter.«

Massimo drehte sich zu seinem Besucher um, der immer noch vor dem Schreibtisch stand, dann trat er dicht an Agatha heran.

»Fahrt nicht auf die Giudecca, und geht nicht so weit nach Dorsoduro hinein«, flüsterte er mit einem Seitenblick auf Paolo, der traurig auf der Treppe hockte. »Zurzeit treibt sich viel Gesindel in Venedig herum, ich habe gehört, dass einige Male Ausländer beraubt worden sind. Bleibt lieber hier in San Marco, da seid ihr am sichersten.«

»Irgendwas stimmt nicht«, sagte Colomba zu Agatha, als sie aus dem Haus getreten waren und Paolo ein Stück vorausgelaufen war, »irgendwas passiert hier, das wir nicht sehen können, ich habe ein ganz seltsames Gefühl. Findest du nicht, dass sich Massimo merkwürdig verhalten hat? Irgendwie glaube ich das mit den Überfällen nicht.«

»Das geht mir genauso.« Agatha spürte, wie sie der Schwindel anfiel. »Lass uns vorsichtig und achtsam sein, wir sollten vor allem Paolo nicht aus den Augen lassen.«

Sie liefen die Riva entlang und erreichten nach wenigen Minuten die Piazetta, auf der trotz des trüben Wetters zahlreiche

Besucher den Dogenpalast bestaunten, Händler hin- und herwuselten, elegant gekleidete junge Männer vornehme Damen in einer Ausstaffierung, wie man sie nur in Venedig finden konnte, zu ihren Kutschen geleiteten. Viele trugen unter ihren ausladenden Röcken aus glänzendem Brokat, die mit juwelengeschmückten Klammern hochgerafft waren, die Zoccoli, hölzerne Schuhe mit sehr hohen Plateausohlen, auf denen die Frauen schwankten, als trügen sie Stelzen. So überragten sie ihre Galane nicht nur um mehr als Haupteslänge, sondern mussten sich auch an sie klammern, um nicht umzufallen.

Nirgends schlägt die Mode solche Kapriolen wie in Venedig, Kinder, manchmal denkt man, der Karneval dauert das ganze Jahr, so groß ist die Lust der Venezianer, sich zu schmücken. Vor vielen Jahren hat der Senat sogar ein Gesetz gegen das allgemeine Gepränge erlassen und versucht, das Tragen von Schmuck zu verbieten, stellt euch so etwas vor. Dabei putzen unsere Oberen sich selbst heraus wie die Papageien und spreizen sich in ihren Prachtgewändern. Unsere Prokuratoren solltet ihr sehen, wenn sie scharlachrot und violett über die Piazza schreiten und sich dem Volk zeigen, eitel wie die Pfauen. Die Venezianerinnen haben das dumme Gesetz natürlich einfach ignoriert und schmücken sich damals wie heute, niemals würden sie sich das verbieten lassen. Es ist ihr Lebenselixier, es ist Ausdruck ihrer Lebensfreude, es unterstreicht ihre Schönheit. Gott im Himmel, wie schön sind unsere Venezianerinnen, Frauen wie Milch und Honig, dazu ein bisschen Feuer, ein bisschen Pfeffer, eine wunderbare Mischung! Aber manchmal übertreiben sie, manchmal sind sie zu grell, viele haben keinen Geschmack und wirken nur noch lächerlich, wenn sie sich so herrichten, sie übertreiben es einfach. Im Übrigen auch die Männer, was stolzieren da manchmal für parfümierte Gecken herum, was für Lackaffen, dann dienern sie nach hier und nach da und protzen den ganzen Tag auf der Piazza herum, da wird ein dummes Zeug geredet, du lieber Himmel, da kann man gar nicht hinhören, so ein nichtssagendes Geplapper ist es. Oh ja, manchmal ist meine *serenissima* eine Hure, frivol ist sie, schielt nur nach der Oberfläche und nach dem schönen Schein, und Geld, Geld, Geld, das steht für sie an erster Stelle, sie verkauft ihre Großmutter, wenn es sein muss. Ganze Wagenladungen von Heiligenknochen werden gegen gutes Geld ins Ausland als Reliquien verscherbelt, die Heilige Jungfrau allein weiß, wer sich damit alles eine goldene Nase verdient.

»Was meint ihr, wo es war, wo haben sie sich wohl zum ersten Mal getroffen?« Colomba blieb mitten auf der Piazetta stehen.

»In der Nähe des Campanile, hat die *nonna* mir gesagt, da hat Großvater Großmutter nach dem Weg gefragt, aber es war eine Ausrede, er brauchte gar keine Wegbeschreibung, er hat nur nach einem Grund gesucht, sie anzusprechen, weil sie so unaussprechlich schön war«, antwortete Paolo.

Agatha sah ihn erstaunt an. »Die *nonna* hat dir das gesagt? Wie kann sie das, sie spricht doch gar nicht.«

»Trotzdem erzählt sie mir viel. Meistens kann ich schon an ihrem Gesichtsausdruck erraten, über was sie sprechen möchte. Ich zähle dann die verschiedenen Möglichkeiten auf, und sie nickt, wenn ich die richtige habe. Und so erzähle ich die Geschichten, und sie nickt oder schüttelt den Kopf, bis wir die richtige Version haben. Es geht, ihr werdet es sehen, man kann sich ganz gut mit ihr unterhalten.«

»Aber dass sie weiß, wie Mutter und Vater sich kennen gelernt haben, wundert mich schon«, sinnierte Colomba, »bei *mamma* klang es doch immer so, als habe ihre Mutter sich nicht für sie interessiert.«

Colomba und Paolo bogen auf die Piazza San Marco ein, deren prunkvolle Bauten sie in dem stärker werdenden Regen nur als verschwimmende Umrisse wahrnahmen: die runden Kuppeln der Markuskirche, die lang gestreckten Prokuratien, die Markusbibliothek, die Münze, die beiden hohen Säulen mit dem heiligen Theodor und dem goldenen, geflügelten Markuslöwen darauf. Die Spitze des Glockenturms war verhangen und nur zu erahnen.

Eine Windböe fegte über die ziegelrote Pflasterung des Platzes, Agatha blieb zurück, der Schwindel wurde so stark, dass sie sich an die Mauer der Logetta zu Füßen des Glockenturms lehnen musste. Eine zweite Böe brachte einen kalten Regenschauer mit und scheuchte die Leute unter die Arkaden an den Seiten des Platzes, auch Paolo und Colomba liefen mit über den Kopf gezogenen Umhängen und winkten Agatha, ihnen zu folgen. Sie wandte das Gesicht zum Himmel und schwankte ein wenig, der Regen benetzte ihre durchscheinende Haut.

Ihr müsst fort, Kinder, schnell, der Fluch legt sich auf die Stadt. Erledigt, was eure Aufgabe ist, und dann geht, haltet euch nicht auf. Gebt meiner Mutter ihren Frieden, heilt die Wunden, die in unserer Familie schwären, heile auch du deine Wunden, mein Kind. Ich bin bei euch, ich weise euch den Weg, wenn ihr nicht weiter wisst, ich gebe euch die Kraft des Himmels und der Erde. Sei ruhig, meine Agatha, auch diese Prüfung werdet ihr überstehen.

Welcher Fluch, *mamma*, sag mir, was geschehen wird!

Gehe mein Kind, sieh mit offenen Augen, die Gnade des Herrn ist mit dir und euch allen.

Agatha fror, die Schwäche wurde stärker, die Nässe schlug ihr durch die Kleidung, und sie beeilte sich, Paolo und Colomba unter die schützenden Arkaden zu folgen.

Einen Augenblick lang stand Gislind vor ihr, weinend, mit gesenktem Kopf, die Stimme ganz gebrochen: *Heilige Maria, bitte für uns, Heilige Mutter Gottes, bitte für uns, Heilige Jungfrau, bitte für uns, Lamm Gottes, du nimmst hinweg die Sünden der Welt*. Die Schwierigkeiten werden größer und größer, meine Agatha, sie hängen über uns wie riesige Mühlsteine, die uns jeden Augenblick erschlagen können. Hat das denn niemals und niemals ein Ende?

Unter den Arkaden des Dogenpalastes und eng an die Häuser der Riva gedrückt liefen sie zur Casa Benedetti zurück und zogen trockene Kleider an. Massimo sagte, die *nonna* warte schon ungeduldig und ließ ihnen heißen Tee und Gebäck in Alessandras Zimmer bringen. Eingehüllt in warme Decken saßen sie dann an ihrem Bett.

Alessandra war hergerichtet, sie trug wieder ihren seidenen Morgenmantel, darunter einen blütenweißen, zarten Spitzenkragen. Auf ihren Wangen schimmerte ein wenig Rouge, ihr dünnes Haar bedeckte eine kunstvoll gefaltete Haube aus schwarzer Spitze. Sie richtete sich halb auf, ihre Haut glänzte fiebrig. Colomba legte ihr die Hand auf die Stirn und fühlte ihren Puls.

»Ich werde dir ein wenig Arnika geben, ehrwürdige *nonna*«, sagte sie, »das wird dich kräftigen.«

»Du siehst sehr schön aus.« Agatha strich über die Haube der Großmutter. »Wie oft habe ich in Cöln an die wunderbaren venezianischen Spitzen gedacht. Was meinst du, wie die deutschen Frauen dich beneiden würden, wenn sie diese schöne Haube sehen könnten.«

Alessandra lächelte geschmeichelt, dann zeigte sie mit dem Finger auf Agathas und Colombas Augen, nickte anerkennend und flüsterte mehrmals »*bellissimi*«.

»Das sind die Augen unseres Vaters«, sagte Colomba, »außer uns haben sie noch Susanna und Gislind, vielleicht erinnerst du dich an unsere Schwestern?«

Alessandra nickte und lächelte, dann hielt sie die Hand hoch und reckte einen Finger nach dem anderen in die Luft.

»Damit meint sie euch«, erklärte Paolo, »der Daumen ist Susanna, der Zeigefinger Colomba, der Mittelfinger *mamma*, und so weiter, immer, wenn sie den entsprechenden Finger hochhält, weiß ich, nach wem sie fragt.«

»Wir haben in Cöln ein Geschäft für Damenkleidung«, wandte sich Agatha wieder an Alessandra, »wir weben und nähen, so wie unsere *mamma* es uns beigebracht hat. Aber so schön wie in Venedig sind unsere Gewänder nicht, die Cölnerinnen würden sich niemals so auffallend kleiden.«

»Das weiß die *nonna*«, sagte Paolo, »wir haben schon oft darüber gesprochen.«

Alessandra lächelte ihm zu und lehnte sich in ihre Kissen, dann hob sie die Hand und zeigte mit fragendem Ausdruck den Daumen, den Ring- und den kleinen Finger.

»Unsere Schwestern sind in Cöln geblieben«, sagte Colomba. »Susanna ist jetzt achtundzwanzig, sie ist für uns alle die Mutter, und wir lieben sie genauso, wie wir unsere Mutter geliebt haben. Gislind ist achtzehn und Elsa sechzehn, sie sind nun auch schon junge Frauen, nicht mehr die Kleinen. Es sind sehr schöne Mädchen, sie sind fleißig und geschickt, du kannst stolz auf sie sein.«

Alessandra verstärkte ihren fragenden Blick, der immer besorgter wurde.

»Wir haben über die Hexenverbrennungen gesprochen, hier in Norditalien tun sie es auch, hat mir Onkel Massimo erzählt«, sagte Paolo. »Ich glaube, sie möchte wissen, wie es damit jetzt in Cöln aussieht.«

Alessandra nickte ihm dankbar zu und behielt ihren gespannten Ausdruck bei.

»Es sieht schlimm aus«, sagte Agatha, »zurzeit verbrennen sie eine nach der anderen. Sie sind wie toll, wir überlegen schon, ob wir von Cöln fortgehen sollen. Susanna tut mir sehr Leid, es ist schwer für sie, jetzt dort auszuharren, die Stimmung ist nicht gut in der Stadt.«

Agatha schwieg, sie konnte der alten Frau unmöglich von der direkten Bedrohung erzählen, unter der sie standen, geschweige denn von den mannigfaltigen Schwierigkeiten, die Gislind und Elsa bereiteten.

Alessandra schloss die Augen, ihre Lider waren dünn und spröde und legten sich wie violettes Pergament über ihre Augäpfel. Sie atmete eine Weile tief, und sie dachten schon, sie wäre eingeschlafen, als sie in den Falten ihres Mantels fingerte und wieder die Zeichnung von der kleinen Auticara hervorzog. Mit bittendem Gesichtsausdruck hielt sie das Bild ihren Enkelinnen hin und zeigte abwechselnd darauf und auf die eigene Brust.

»Möchtest du wissen, wie sie zu dir stand, als sie gestorben ist?«

Alessandra nickte heftig und kniff ihre Augen zusammen, Tränen sickerten hervor. Paolo gab ihr ein Taschentuch und strich ihr über den Arm. Agatha nahm die Hand ihrer Großmutter und sah Colomba fragend an, die ihr ermunternd zunickte.

»Die Erinnerung schmerzt uns so wie dich, ehrwürdige *nonna*«, begann Agatha, »der Tod unserer Mutter, und vor allem, wie sie gestorben ist, ist eine große Wunde in unserem Leben, die sich nicht so schnell schließen will. Du weißt ja, dass man sie dieses absurden Verbrechens beschuldigte und sie im Kerker schmachten ließ, dass man sie quälte und torquierte. Aber vielleicht ist es dir ein Trost, so wie es uns immer ein Trost war, dass sie geläutert zum Herrn ging, dass sie Frieden geschlossen hatte mit uns allen, mit unserem Vater und auch mit ihrer Mutter.«

Alessandras Augen brannten, sie starrte Agatha an, als wolle sie ihr jedes Wort von den Lippen ablesen.

Kommt zu *mamma, piccoline, carissime*, ich will euch meinen Traum von der letzten Nacht erzählen.

Auticara hockt auf ihrem Schemel, die Füße in Ketten, sie weist den Kuchen zurück, den die Kinder mitgebracht haben. Durch das winzige Turmfenster fällt ein Sonnenstrahl und lässt ihren Haarkranz aufleuchten wie einen Heiligenschein. Sie kauern sich um Auticara, die bei dem Hexenkommissar durchgesetzt hat, dass man ihr die Fesseln von den Armen löst, wenn ihre Kinder kommen.

Ich reite auf dem goldenen Löwen, dann fliege ich mit ihm über den Canal Grande, über ganz Venedig hinweg, immer weiter hinauf in die blaue Luft. Es ist schön, ich sehe die Welt von oben, alles gleitet unter mir entlang, die Kanäle, die Gassen, die Riva, die Gärten. Ich schwebe ganz klein darüber, gleichzeitig wachse ich und fliege ins Universum, alles wird hell und strahlend, ein Engel berührt mich. Dann schieße ich hinunter, auf die Riva degli Schiavoni zu, das Haus brennt, mein Elternhaus brennt, meine Mutter steht im Dachstuhl und hat Feuer gefangen, Flammen züngeln an ihrem Kleid hoch. Ich stoße mit dem Löwen herunter, packe Mutter, schleudere sie nach oben, blase mit aller Kraft auf das Feuer in ihrer Kleidung, bis es erloschen ist. Wir fliegen nebeneinander über den Canal bis zur *laguna* hinaus, zu einem kleinen Wasserloch in den Sümpfen, einem verzauberten Ort, an dem wir uns niederlassen. Das Wasser ist milchig hellblau, es strahlt, als leuchte eine Lampe unter dem Wasser. Wir beugen die Köpfe darüber, die blaue Klarheit dringt in uns ein, unsere Körper leuchten. Bei uns sitzt der goldene Löwe, er ist auf dem Sprung. Du hast so viele Geschenke bekommen, sagt Mutter, der Himmel hat dir reichere Gaben gegeben als mir, und trotzdem war es dir nie genug, immer hast du dich gegen dein Schicksal aufgelehnt, immer hast du gewütet und getrotzt, wenn dich etwas beschränkte. Wir haben uns nicht verstanden, *mamma*, sage ich, wir haben uns nie richtig zugehört, ich dir nicht und du mir nicht. Ich bitte dich um Vergebung für alles, was ich dir angetan habe.

Wir verzeihen einander, stellt euch das vor, Kinder, wir fassen uns an den Händen, dann schweben wir über dem blauen Wasser und dem Löwen, strahlend wie die Engel, und wir fliegen immer höher in die Unendlichkeit, wo Gott auf uns wartet. Beim Aufwachen ist eine große Leichtigkeit in mir, keine Wut, kein Hass, kein Hader quälen mich mehr, es ist mir, als wären Mühlsteine von meinem Herzen gefallen.

Die Kinder stehen mit angehaltenem Atem. Auticara, die während des Traumberichtes gestrahlt hat, fällt grau in sich zusammen und zischt vor Schmerzen, sie fasst sich an die Schulter und zieht Luft durch die Zähne. Die Kinder sehen, wie schmutzig sie ist, sie sehen die eiternden Geschwüre an ihrem Hals und ihren Oberschenkeln, die Druckstellen und Abzesse, von denen ihr Körper übersät ist. Sie riechen, dass ihre *mamma* stinkt.

Agatha war tief in die Erinnerung eingetaucht, aber sie erzählte Alessandra nur den Versöhnungstraum und nichts von Auticaras elendem Zustand am Ende ihres Weges.

Alessandra sog die Worte von Agathas Mund und bewegte ihre Lippen mit, sie glühte, rang die Hände vor der Brust, ihr Gesicht verzerrte sich, ihre Augen weiteten sich, sie geriet in immer größere Aufregung und Verstörung. Als Agatha geendet hatte, versuchte sie, sich aufzurichten und klopfte sich heftig mit der Hand gegen die Brust, dann griff sie sich mit einer würgenden Bewegung an den Hals. Agatha und Colomba sahen Paolo ratlos an.

»Sie glaubt, dass sie schuld an Großmutters Leiden und an ihrem Tod ist«, übersetzte Paolo wieder, »es ist ihr nicht auszureden. Immer sage ich ihr, dass es nicht stimmt, dass es Auticaras Schicksal war, aber sie fängt jedes Mal wieder davon an, ich glaube, es quält sie immer und immer.«

Agatha beugte sich zu Alessandra hinunter.

»Du trägst keine Schuld, *nonna*«, sagte sie eindringlich, »du nicht und auch sonst niemand von uns. Wir alle glauben, dass wir schuldig sind, wir beschäftigen uns seit *mammas* Tod unentwegt damit, immer und immer denken wir darüber nach, ob wir es hätten verhindern können, wir können kaum damit fertig werden. Auch unser Vater hat es getan, solange er gelebt hat, ich glaube, er ist an dem Schuldgefühl gestorben, dass Mutter im Turm saß. Aber auch er konnte nichts dafür, es ist wie eine Heimsuchung über uns gekommen, die wir alle ertragen müssen. Wenn etwas schuld ist, dann ist es die Intoleranz der Menschen, die Sündenböcke für ihr eigenes Unglück brauchen, es ist die Unaufgeklärtheit, die Dummheit, der Hass. *Mamma* selbst hat immer gesagt, dass sie diesen Weg gehen musste, dass er wichtig für das Heil ihrer Seele war. Je näher sie dem Tod kam, umso mehr war sie davon überzeugt. Nein, sie hat niemals jemandem von uns einen Vorwurf gemacht, auch dir nicht, *nonna*, sie hat es getragen, als sei es nicht abzuwenden, und vielleicht war es das ja auch nicht.«

Alessandra hatte den Kopf zur Wand gedreht, ihre schmalen Schultern bebten. Agatha schob ihren Arm darunter, der zarte Körper der Greisin zuckte und schüttelte sich, Tränen sickerten in ihr weißes Spitzenkissen. Sie weinte bitterlich im Arm ihrer Enkelin, zum ersten Mal in ihrem Leben weinte sie um den Tod ihrer Tochter. Agatha hielt sie und sprach beruhigend auf sie ein, Alessandra schluchzte noch eine Weile, dann fiel sie in einen leichten Schlaf.

Auticara stand bei ihnen, der hohe Ton schwirrte leise durch die bläuliche Luft. Der Herr lasse leuchten sein Angesicht über uns und sei uns gnädig.

Lamento d'Arianna

Massimo vertäute die Gondel am Hinterausgang der Casa Scaffi, Sofia erwartete ihre Gäste in der Tür und begrüßte sie herzlich. Durch den Vordereingang an der Riva del Ferro, vor dem Fackeln leuchteten und livrierte Diener standen, gingen unablässig elegant gekleidete Männer und herausgeputzte Frauen hinein und hinaus.

Sofia Scaffi war eine große, kräftige Frau mit schwingendem Gang und wogendem weißem Busen, der kaum von ihrem Kleid und ihrem duftigen, von zarten Spitzen durchbrochenen Schultertuch bedeckt wurde. Groß waren auch ihre Nase, ihre funkelnden, freundlichen braunen Augen, ihr rot geschminkter Mund. Auf ihrem Hinter- und Oberkopf waren ausladende, schwarz glänzende Flechten zu kunstvollen, schneckenartigen Gebilden zusammengesteckt. Sie mochte um die vierzig sein, war lebendig und ununterbrochen in Bewegung, strahlte Tatkraft und Lebendigkeit aus. Über ihre kräftigen Hüften fiel ein gelbes Seidenkleid mit bauschigem Rock und pludrigen Ärmeln, die über und über mit feinen Glasperlen bestickt waren, an ihren Armen glänzten juwelengeschmückte goldene Reifen, um ihren Hals lag eine mehrfach geschlungene Kette aus dicken Perlen.

Durch ein schmales Treppenhaus stiegen sie in die zweite Etage hinauf und gelangten in einen prächtigen, ein wenig überladenen Salon mit vielen Samtportieren und geschnitzten, kostbaren Möbeln, Kristalllüstern, verzierten Spiegeln, gläsernen Kerzenhaltern in allen Größen, Formen und Farben. Zur Canalseite hin führten hohe Glastüren auf eine spitzbogige Loggia, die die ganze Breite des Hauses einnahm. Blickfang des Raumes war ein großes Ölgemälde, das, beleuchtet von geschliffenen Kandelabern, zwei nackte Frauen mit glatten, schwellenden, alabasterfarbenen Leibern auf einer Gondel zeigte, von denen eine einen hingesunkenen Ritter küsste. Der zweite Mann auf dem Bild war bemüht, die Gondel in der Balance zu halten, die mitsamt ihren Insassen in dem aufgewühlten, dunkelgrünen Lagunenwasser umzuschlagen drohte.

»Das ist ›Die Befreiung der Arsinoe‹, von unserem großen venezianischen Meister Jacopo Tintoretto«, sagte Massimo stolz, »Sofia hat es mir zum vierzigsten Geburtstag geschenkt.«

Agatha und Colomba standen andächtig vor dem wandfüllenden Bild. »Schau, wie bewegt es ist, welche Leichtigkeit und Sinnlichkeit es ausstrahlt«, sagte Colomba ehrfürchtig, »wie geschickt Tintoretto Licht und Schatten setzt. Ein Meisterwerk, schade, dass Jakobe es nicht sehen kann.«

Sofia drückte Agatha und Colomba an ihren weichen, duftenden Busen. »Wie oft hat Massimo von euch gesprochen, welche Sorgen hat er sich gemacht, als er vom Schicksal seiner Schwester hörte«, sagte sie mit ihrer sanften, dunklen Stimme, die gar nicht zu ihrem lauten, heftigen Lachen passte. »Was werden die kleinen Mädchen nur tun, meine kleinen Nichten, hat er immer wieder gesagt, sie sind nun ganz allein. Wer wird nur für sie sorgen? Immer sehe ich ihre Lagunenaugen vor mir, sie haben so unvergleichliche Augen wie Hans, wie ihr Vater. Und Massimo hat Recht«, strahlte Sofia, »eure Augen sind wirklich wie die *laguna, dio mio, che bella*!«

Sofia bat, in einer Sitzgruppe auf der Loggia Platz zu nehmen, und bot sizilianischen Süßwein und *golosessi* an. »Ich hoffe, dass ihr euch nicht geschämt habt, in dieses Haus zu kommen«, sagte sie ernst, »Massimo erzählte mir, dass ihr in Cöln in einem Nonnenkloster gelebt habt, das ist ja doch ein kleiner Unterschied.«

Agatha und Colomba hoben abwehrend die Hände.

»Wir sind Beginen«, sagte Agatha, »das sind keine richtigen Nonnen, sie legen keinen Profess ab, sondern geloben nur ein gottesfürchtiges Leben. Wir glauben zwar an Gott, aber nicht unbedingt an die Kirche. Es war die Idee unserer Mutter, einen Konvent zu gründen und darin Zuflucht zu suchen, nicht aus Gottesfurcht, sondern weil wir so besser geschützt sind.«

Sie erzählten von ihrem Cölner Leben, dann berichtete Sofia, dass sie aus einer Fischerfamilie auf der Insel Burano stammte, die durch ihre Spitzenmanufaktur berühmt war. Sehr zum Kummer ihrer Eltern hatte sie sich nicht als Spitzenklöpplerin verdingt, sondern war bei der großen Kurtisane Veronica Franco in dem berühmten Castaletto in die Lehre gegangen.

»Ich hatte keine andere Chance damals«, sagte sie, »zum Klöppeln hatte ich weder Talent noch Lust. Ich konnte nicht die ganze Zeit still sitzen, außerdem waren meine Finger zu ungeschickt. Und die Franco ist eine wunderbare Frau, sie hat mich ermutigt, und ich habe viel von ihr gelernt. Sie selbst ist ja sehr weit gekommen, immerhin hat sie es zur Mätresse des französischen Königs gebracht. Allerdings glaube ich nicht, dass man sie um diese Stellung beneiden muss, der König soll ja sehr exzentrisch sein. Ich habe bei ihr gelernt, dass wir Frauen das Recht haben, selbständig zu leben, dass wir uns unseres Wertes bewusst sein dürfen. Und dass zu den Kurtisanen die Nachfrage der Männer gehört wie die Butter zum Brot, ganz einfach. Wenn wir Frauen uns für so eine Arbeit schämen müssen, dann gefälligst auch die Männer, das hat Veronica immer gesagt, und ich finde, sie hat Recht. Sie hat uns alle gut ausgebildet, wir haben Lesen und Schreiben gelernt, und sie hat für diejenigen, die auf den Pfad der Tugend zurückkehren wollen, Schulen eingerichtet. Ihr müsst wissen, dass wir in Venedig mehr als doppelt so viele Kurtisanen haben wie bürgerliche Frauen, und etwa fünfmal so viele wie Nonnen. Ihr seht also, bei uns ist das Laster das Normale, das ist *bella Venezia*, nicht umsonst steckt die Venus schon im Namen.«

Während Sofia erzählte, beobachtete Agatha Massimo, der zusammen mit Paolo einen Folianten mit Bildern von Pferden und Schlachten betrachtete. Der Onkel schien mit seinem breiten Kopf seinem Vater nachzuschlagen, der gestorben war, als er noch ein kleiner Junge war. Auticara hatte immer wieder die Ähnlichkeit zwischen den beiden betont, während sie ausschließlich ihrer Mutter nachschlug. Massimos Fürsorglichkeit Paolo gegenüber rührte Agatha, auch hatte sie immer noch das Gefühl, dass er wegen der Entführung um ihre Vergebung bemüht war.

Von seiner früheren Großspurigkeit und Härte war nichts geblieben, vor allem in Sofias Gegenwart wirkte er sanft und geradezu hilflos. Er strahlte, wenn sie an ihm vorbeiging, tätschelte sie, nannte sie *la mia bella* und genoss ganz offensichtlich ihre pralle Schönheit und die Wärme, mit der sie ihn und die Gäste umsorgte. Als sie auf Chiara zu sprechen kamen, nahm er stolz ein kleines Ölporträt von der Wand, und die Ähnlichkeit seiner Tochter mit Auticara war so verblüffend, dass es heiß in Agatha hochschoss.

»Wir müssen sie unbedingt kennen lernen«, sagte sie, und Massimo versprach, Chiara am nächsten Wochenende nach Venedig zu holen.

Sofia bat an den Esstisch, mehrere Mädchen trugen ein reichhaltiges venezianisches Mahl mit vielen Gängen auf, zu dem es kühlen Weißwein aus dem Friaul gab.

Nach dem Essen servierte Sofia in winzigen Tässchen den neuartigen Kaffee, der erst vor wenigen Jahren nach Europa gekommen war und von dem Agatha und Colomba bisher nur gehört, ihn aber noch nie probiert hatten. Die Wirkung war anregend und verursachte leichtes Herzklopfen, der seltsam erdige und bittere Geschmack harmonierte auf erstaunliche Weise mit dem süßen Konfekt, das Sofia zum Kaffee herumreichte.

Agatha hatte die ganze Zeit überlegt, wie und wann sie über Francesco sprechen sollte, und kam nun zu dem Ergebnis, dass der richtige Zeitpunkt gekommen war.

»Paolo hat euch ja schon erzählt, dass sein Vater Francesco di Fiesole ist. Er stammt aus Padua, unsere Familien haben sich früher gekannt«, sagte sie zögernd.

»Ja, und ich weiß, dass es einen Glasbläser di Fiesole auf Murano gibt«, sagte Massimo, »das muss ein seltsamer Kauz sein. Ich selbst kenne ihn nicht, aber ich habe gehört, dass einer seiner Gehilfen geflohen und er dadurch in große Schwierigkeiten geraten ist.«

Agatha wurde rot und bleich und griff nach Colombas Hand.

»Der Gehilfe ist Francesco«, stieß sie heraus, »dann pfeifen die Spatzen es hier also schon von den Dächern.«

Massimo richtete sich erschrocken auf und schlug sich gegen

die Stirn. »Ich hätte darauf kommen können, Paolo hat mir ja gesagt, dass sein Vater Glasbläser werden wollte. *Dio mio*, er ist in großer Gefahr, und ihr auch, niemand darf euch mit ihm in Verbindung bringen. Sprecht am besten gar nicht von ihm.«

»Wir glauben, dass er in Cöln ist, wir bilden uns ein, ihn unterwegs gesehen zu haben«, flüsterte Agatha, »wahrscheinlich hat er aus der gleichen Quelle wie ihr gehört, dass wir dort sind.«

Dann berichtete sie leise, unter welchen Umständen sie Francesco damals verloren, die Hoffnung aber nie aufgegeben hatte, ihn wieder zu finden.

Sofia war tief bewegt von der Geschichte, sie unterbrach Agatha immer wieder mit teilnehmenden Zwischenfragen und hatte Tränen in den Augen.

»Und da hast du die ganze Zeit in Cöln gesessen und von ihm geträumt und nach ihm geschmachtet? Es erinnert mich an Ariadne, als Theseus sie an den Gestaden von Naxos zurückgelassen hat, sie wusste ja auch nicht, warum er sie verlassen hatte.«

»Und genauso habe ich auch um ihn gejammert und geklagt«, bestätigte Agatha, »wie oft habe ich mir ihr Wollknäuel gewünscht, damit ich zu Francesco zurückfinde.«

Bedienstete kamen herein, und sie wechselten schnell das Thema, Massimo und Paolo vertieften sich in ein Pferdebuch.

Als die Mädchen wieder draußen waren, beugte sich Sofia zu Agatha vor und lächelte.

»Und, hat es in den zwölf Jahren Einsamkeit niemals einen anderen gegeben?«

Agatha wurde rot und sah Colomba an. »In Cöln nicht, aber jetzt unterwegs, auf der Fahrt, ein Schauspieler. Aber ich habe Francesco nicht vergessen, im Gegenteil, ich spüre ihn die ganze Zeit sehr stark, und ich weiß, dass er derjenige ist, den ich liebe.«

»Und was ist mit dir Colomba? Gibt es jemanden in deinem Leben?«

Colomba schaute verlegen auf ihre Hände. »Es gibt einen Syndicus, ein sehr gelehrter Mann. Ich habe ihn auch auf der Reise kennen gelernt, er hat mir einen Heiratsantrag gemacht.«

Sofia strahlte zufrieden. »Dann habt ihr es unterwegs ja recht kurzweilig gehabt. Und ich bin sicher, dass Ariadne ihren Theseus wiederfinden wird, sie hält den Faden doch schon in der Hand. Alles wird gut werden, *carissime*, habt keine Angst. Dabei fällt mir übrigens ein, dass es am Samstag im Palazzo Vendramin-Calergi eine konzertante Aufführung der *Arianna* gibt. Claudio Monteverdi selbst wird sie dirigieren, er ist ja Kapellmeister am Markusdom. Wenn ihr Lust habt, können wir hingehen.«

»Oh ja«, sagte Colomba erfreut. »Wir haben in Cöln mit anderen Frauen einen Singkreis gegründet, wie oft haben wir das *Lamento d'Arianna* gesungen.«

»Dann wundert es mich nicht, dass Paolo so gerne singt«, sagte Sofia, »ihr müsstet ihn hören, wenn er mit unserem Pietro Monteverdis Madrigale schmettert, ein Ohrenschmaus, die reinsten Engelsstimmen. Kommt, wir holen Pietro, damit wir das Lamento vierstimmig singen können, es ist so wunderschön.«

Sofia schickte eines der Mädchen hinaus.

»Pietro Puppa ist einer von unseren Türstehern«, erklärte sie, »er hat eine wunderbare Stimme. Er hat als Kind Botengänge für uns gemacht und konnte schon damals fantastisch singen. Als er zehn war, verkauften ihn seine Eltern an das Konservatorium, damit er kastriert wurde, wir haben hier in Italien ja einen lebhaften Handel mit diesen armen Jungen, die Chöre sind wie toll auf die Kastraten. Aber Pietro konnte zu uns fliehen. Angesichts des schrecklichen Schicksals, das ihn erwartete, haben wir eine Ablösesumme für ihn bezahlt, und seitdem arbeiten er und auch sein Bruder Ignatio als *bravi* für uns. Es sind gute Jungen, stark wie die Bären und treu wie Gold, wir wüssten gar nicht, was wir ohne sie machen sollten.«

Pietro füllte den ganzen Türrahmen aus, als er, über das ganze Gesicht strahlend, hereinkam. Seine Haare waren kurz geschnitten, sein runder, im Verhältnis zum Körper ein wenig kleiner Kopf mit dunklen Knopfaugen saß auf einem kräftigen Hals, sein bis zum Hosenbund geöffnetes weißes Hemd legte eine breite, gebräunte Brust mit schwellenden Muskeln frei, die glänzten, als seien sie eingeölt. Er überragte Massimo sicher um Haupteslänge, bewegte sich ein wenig steif, als könne er vor lauter Kraft kaum laufen, und strahlte die deutschen *signorine* bewundernd an. Massimo sprach mit ihm in dem zischenden, schnalzenden venezianischen Dialekt, den Agatha und Colomba nur schlecht verstanden. Pietro nickte eifrig.

»Kommt«, sagte Sofia, »lasst uns anstimmen.« Sie gingen auf die Loggia und stellten sich im Kreis auf, Pietro sang die einzelnen Stimmen an.

Lasciaa-a-te mi morire

Massimo setzte mit hohem, klingendem Bariton ein, die Frauen folgten, dann Pietro mit einem geradezu überirdisch strahlenden, in den Höhen ein wenig metallischen Tenor. Die Stimmen schwangen sich aufeinander ein, und sie sangen den Klagegesang, Agatha und Sofia in hellem Sopran, Colomba darunter mit ihrer herben, dunklen Altstimme, in die auch Paolo einstimmte.

Volgiti Teseo o Dio,
volgiti indietro a rimirar colei, che
lasciato ha per te la patria e il regno

Die Melodien schlangen sich harmonisch umeinander, rieben sich in Dissonanzen, wehten von der Loggia in den diesigen Nachthimmel hinauf.

Come s'affana la povera Arianna,
forse, forse pentito rivolgeresti
ancor la prora al lito

Auf dem Wasser tanzten trübe Fackellichter, eine der vielen Gondeln, die vorüberglitten, drosselte die Fahrt in der Mitte des Canal. Im Bug stand eine Gruppe von Männern in samtenen, roten Pluderhosen und glitzernden Westen, sie schwenkten Weinflaschen, einige von ihnen küssten sich hemmungslos und drängten die Beine ineinander. Hinten saßen kreischende, zappelnde Frauen, deren Haare wie lackiert glänzten und zu aberwitzigen Flechtwerken hochgetürmt waren. Aus ihren sich bauschenden, berüschten, farbenfrohen Kleidern hingen die Brüste nackt heraus. Die Gesellschaft schaute neugierig zur Loggia der Casa Scaffi hinauf, aus der das Lied erklang, das zurzeit aus allen Kehlen tönte. Einige der Bootsinsassen grölten sofort mit, bei der letzten Strophe stimmten alle ein.

Parlò l'affano mio, parlò il dolore
parlò la lingua si,
ma non già il core.

Es war weit nach Mitternacht, und Paolo schlief in Agathas Arm ein, als Pietro und Massimo sie zur Casa Benedetti zurückruderten. Der Himmel war bedeckt, immer noch waren Nachtschwärmer in erleuchteten Booten unterwegs, und bei ihrer Einfahrt auf den Canale di San Marco blinkten rundherum aus dem Dunst der *laguna* immer wieder Lichter von den Booten und den Isole del Dolore auf.

Kurz bevor sie die Casa Benedetti erreichten, rissen die Wolken für kurze Zeit auf. Im Licht des halben Mondes sahen sie, wie ein Boot sich von der Giudecca her näherte und Kurs auf den Lido nahm. Schemenhaft erkannten sie darin zwei Gestalten in weiten, dunklen Kitteln, die spitze Kapuzen mit Sehschlitzen über die Köpfe gezogen hatten und zu deren Füßen lange, weiß eingeschlagene Pakete lagen. Colomba wurde kalkweiß und sprang so heftig auf, dass die Gondel fast gekentert wäre. Nun sahen auch Agatha, Massimo und Pietro das Boot und erstarrten.

»Der schwarze Tod, da holt er uns schon wieder ein.« Colombas Stimme war tonlos. »War es das, Massimo? Hast du uns deshalb vor der Giudecca gewarnt?«

Massimo nickte düster. »Ich habe Gerüchte gehört, man munkelt es nur. Die Behörden haben noch nichts veranlasst, aber die Ersten sollen schon die Stadt verlassen haben. Vor allem Torcello soll betroffen sein, da weisen sie bereits die Boote zurück. Ich weiß nicht, wann sie die Stadt abriegeln werden, das bedeutet ja hohe Einbußen für alle. Aber damit rechnen müssen wir.«

In der Casa Benedetti brachte Agatha Paolo ins Bett, Colomba berichtete Massimo von Simons Tod und beschrieb ihm die Maßnahmen, mit denen sie in Cöln ein Ausbreiten der Epidemie verhindert hatte.

»Du musst die Manufaktur zumachen und alle Arbeiter nach Hause schicken. Auch Sofia muss ihr Haus schließen, sie zu allererst, da gehen doch sehr viele Fremde ein und aus. Wir alle, auch die Bediensteten, dürfen nur noch aus dem Haus, wenn es unbedingt nötig ist, es dürfen auch keine Besucher mehr empfangen werden. Wir müssen alles ausräuchern, jede Ecke, alle Kleidungsstücke, die Vorhänge, die Vorratskammern. Außerdem müssen wir Rattengift um das Haus herum auslegen. Und wir sollten uns so schnell wie möglich darauf einrichten fortzugehen, auch die *nonna* und Sofia und Chiara.«

»Vielleicht wird es nicht so schlimm«, gab Massimo zu bedenken, »manchmal flackert die Pest ja nur vereinzelt auf, und man kann sie in Schach halten. So scheint es doch auch bei euch in Cöln gewesen zu sein.«

»Ich habe den Eindruck, dass es hier schlimmer ist. Wenn sie Torcello abriegeln und nachts heimlich die Leichen nach San Michele fahren, oder wer weiß, wohin, da dürfte es sich um was Größeres handeln.«

Agatha war wieder heruntergekommen, und Colomba bat sie zu versuchen, das Ausmaß der Pest zu sehen. »Ich hatte schon eine Vision, heute Mittag auf dem Markusplatz«, antwortete Agatha, »*mamma* hat uns gewarnt, sie hat gesagt, der Fluch legt sich über die Stadt, wir sollen alles schnell erledigen und dann gehen.«

Agatha schloss die Augen, ihr Oberkörper schwankte hin und her. Vor ihrem inneren Auge erstanden Kalkgruben mit Bergen von Leichen, über denen in beißenden Schwaden der Rauch von verbranntem Rosmarin und Menschenfleisch hing, und Boote voller siecher Menschen, die zum Lazaretto Nuovo trieben. Sie sah eine der entsetzlichsten Epidemien voraus, die Venedig jemals heimsuchte und etwa hundertfünfzigtausend Menschen in der Region dahinraffte.

»Wir müssen *mammas* Rat folgen, es wird grauenhaft werden«, flüsterte sie.

»Agatha sieht die Dinge vorher, wie unsere Mutter«, erklärte Colomba dem verunsicherten Massimo, »wir sollten ernst nehmen, was sie sagt.«

Massimo sah seine Nichten panisch an, er schien ihre Worte nicht in Zweifel zu ziehen.

»Auch in der Toscana wütet der schwarze Tod«, flüsterte er, »Volterra soll bereits geschlossen sein und viele andere Orte. Man spricht schon seit einiger Zeit davon, aber man will es doch nicht wahrhaben, man denkt doch immer, es trifft die anderen, nicht einen selbst. Was machen wir nur mit Mutter, wie sollen wir sie aus der Stadt bekommen? Sie wird sich sträuben mit allem, was ihr zu Gebote steht.«

»Dann müssen wir sie zwingen«, sagte Colomba kühl, »sie muss einsehen, dass es zu ihrem Besten ist.«

»Es wird nicht gehen, sie ist zu schwach«, sagte Massimo. »Aber dann werde ich eben bei ihr bleiben. Gleich morgen hole ich Chiara aus Burano, und dann seht ihr zu, dass ihr alle zusammen so schnell wie möglich fortkommt. Vielleicht könnt ihr Sofia und Chiara mit nach Bozen nehmen. Sofia hat dort eine Tante, und sie spricht schon länger davon, dass sie sie besuchen möchte.«

Massimo ging nach Hause und ließ ihnen Pietro da, der mit dicken Balken die Haustür verrammelte. Agatha und Colomba wollten ihm eine gute Nacht wünschen und zu Bett gehen, da hielt Pietro sie zurück, streifte grinsend die Ärmel seines Hemdes hoch und ließ mit angewinkelten Armen langsam die Arm- und Brustmuskeln anschwellen, bis die Adern dick hervortraten. Eine Weile stand er wie aufgepumpt da, puterrot und schwitzend, dann entspannte er sich, hob schnell sein Hemd und ließ ein langes Messer aufblitzen, das in seinem Gürtel steckte. Er lächelte aufmunternd und zischelte etwas, dann trank er in großen Zügen den Weinkrug leer, der immer noch auf dem Tisch stand, und ließ sich auf eine Liege direkt neben der Haustür fallen. Innerhalb weniger Atemzüge war er eingeschlafen, ein sanftes Lächeln auf seinem Kindergesicht.

Massimo kam früh am nächsten Morgen wieder und berichtete, er und Sofia hätten alles Notwendige eingeleitet, das Haus sofort geschlossen und die Mädchen, soweit möglich, nach Hause geschickt. Einige seien zwar geblieben, weil sie nicht wüssten, wohin, aber Sofia habe sie eindringlich instruiert und Wachtposten aufgestellt, damit sie nicht heimlich doch Besucher empfingen. Dann brach Massimo nach Burano auf, um seine Tochter zu holen, am frühen Nachmittag wollte er zurück sein.

Paolo heulte vor Wut und Enttäuschung, als Agatha ihm sagte, dass er nicht hinausdürfe und sie Venedig auf dem schnellsten Wege verlassen müssten.

»Und was ist mit den Ritterspielen? Ich habe so lange dafür geübt! Immer muss Colomba alles verderben, immer kommt sie einem mit ihren blöden Vorschriften dazwischen.«

Agatha wurde wütend und schlug den Unterton an, bei dem Paolo wusste, dass jedes Widerwort zwecklos war.

»Colomba ist nicht schuld an der Pest, und ich finde es sehr ungerecht, wenn du sie für Dinge verantwortlich machst, für die sie nichts kann. Sie hat uns in Cöln vor dem Unheil bewahrt, und sie tut es auch jetzt. Wir müssen ihr dankbar sein, anstatt sie zu allem Unglück und zu all ihrer Mühe auch noch zu beschimpfen.«

Paolo weinte haltlos, er konnte gar nicht mehr aufhören und lief auf die Loggia, wo Agatha ihn mehrmals kräftig auf den Boden stampfen hörte. Nach einer Weile rief sie ihm zu, dass Massimo mit Chiara zurückkommen werde, eine Aussicht, bei der er sich halbwegs beruhigte.

Colomba ging mit den Hausmädchen die Vorräte an Räucherwerk durch. Sie kramten Beutel voller Rosmarin, Wacholder, Lorbeer und Wermut aus den Schränken und bereiteten die Räucherpfannen vor, die die Dienstmädchen anzündeten und durch das Haus schwenkten, bis der dichte, bläuliche Rauch in jede Ecke gedrungen war. Dann ordnete Colomba an, alles mit heißem Essigwasser auszuwaschen. Es kam ihnen wie ein gespenstisches Ritual, eine genaue Wiederholung der Prozedur vor, die sie gerade erst in Cöln durchgemacht hatten.

»Uns fehlt Schwefel«, sagte Colomba, als die Mädchen bei der Arbeit waren, und Agatha bot sich an, in der Apotheke am Campo San Piovan etwas zu besorgen. Paolo bettelte, sie möge ihn mitnehmen, und sie stimmte unter der Bedingung zu, dass er einen Umhang über den Kopf legte und einen Zipfel davon vor den Mund hielt.

Draußen war es wärmer geworden, der Himmel war nur noch von einer dünnen Wolkenschicht bedeckt, hinter der die Sonne ein diffus gleißendes Licht verbreitete. Agatha zwang den maulenden Paolo, an ihrer Hand zu gehen, sie drückten sich an den Häusern entlang und machten einen großen Bogen um die Menschengruppen auf der Riva.

Als sie gerade in die Calle Dose einbiegen wollten, kam ihnen ein düster dreinblickender älterer Mann entgegen, dessen schmales, hartes Gesicht Agatha bekannt vorkam. Er verzögerte seinen Schritt und sah Agatha misstrauisch an, die Erkenntnis traf sie wie ein Schlag. Es war Andrea di Fiesole, Francescos Onkel und Paolos Großonkel. Agatha klammerte sich an Paolos Hand, die Knie wurden ihr weich. Andreas Blick verweilte nur kurz auf ihr. Wie damals, als Agatha ihn zusammen mit Francesco besucht hatte, lag Verächtlichkeit darin, nun gemischt mit Angst und Feindseligkeit. Als er Paolo ansah, schoss ihm das Blut in sein graues Gesicht, dann wurde er leichenblass, öffnete den Mund, schloss ihn aber gleich wieder, drehte sich auf dem Absatz um und lief eilig in Richtung Dogenpalast davon.

»Wer war das? Warum hat der so komisch geguckt? Kennst du den?« Paolo fiel der Umhang vom Kopf, Agatha zog ihn schnell wieder darüber.

»Ich weiß nicht, nein, ich kenne ihn nicht«, murmelte sie.

Meine Venezianer sind brutal, Kinder, sie sind überhaupt nicht zimperlich. Sie ertränken und erhängen Leute, die gegen ihre Regeln verstoßen oder ihnen sonst wegen irgendwas nicht in den Kram passen, gerne vierteilen sie sie auch, und es ist ganz egal, ob es der Onkel ist oder ein guter Freund des Hauses, wenn jemand in Ungnade fällt, ist er ruck, zuck einen Kopf kürzer. Zwischen den beiden Säulen auf der Piazetta schlagen sie ihnen die Köpfe ab, was meint ihr, was das für ein Volksfest ist. Und wisst ihr, was sie mit den beiden Meistern gemacht haben, die unseren schönen, bunten Uhrturm gebaut haben? Geblendet haben sie sie, damit sie für niemand anderen jemals wieder ein solches Meisterwerk schaffen konnten. So sind sie, selbstsüchtig und gewalttätig, sie machen kurzen Prozess, jeder, der ihnen in die Quere kommt, wird im Canale Orfano versenkt, vor dem Lido, da ist das Wasser sehr, sehr tief. Und man kann von Glück sagen, wenn sie einen töten, bevor man die Hände auf den Rücken gebunden bekommt, geknebelt und mit Gewichten beschwert und dann mitten in der Nacht in die stinkende *laguna* gestoßen wird, in diese Kloake, wo schon Hunderte vor sich hinmodern und von den Fischen aufgefressen werden. *Dio mio*, was für ein schrecklicher Tod. Da lobe ich mir doch mein braves Reutlingen, wo es zwar langweilig wie der Tod ist, aber höchstens alle Jahre mal ein Mörder gehenkt wird.

Agatha schob Paolo die Straße hinunter bis zur Apotheke. Sie verlangte Schwefel, aber der Apotheker hob bedauernd die Hände. »Schwefel, Schwefel, *signora*, ich könnte es säckeweise verkaufen, aber es gibt nichts mehr, ausverkauft, *finito, basta*.«

Sie hasteten zum Campo Bragora, wo der Apotheker ihnen den Rest seines Schwefelvorrats aus einer Tonne kratzte, dann liefen sie zurück in die Casa Benedetti. In Agathas Kopf drehte es sich, sie nickte nur zu Paolos Plappereien und verstand nicht, was er sagte.

Heilige Maria, bitte für uns, Heilige Mutter Gottes, bitte für uns, Heilige Jungfrau, bitte für uns, jetzt und in der Stunde unseres Todes.

Agatha erzählte der erschrockenen Colomba hinter vorgehaltener Hand von dem Zusammentreffen mit Andrea di Fiesole, dann half sie mit, das Haus zu desinfizieren. Zwischendurch schaute sie immer wieder in das Zimmer der *nonna*, die reglos in ihrem Bett lag.

Zum Mittagessen brachten sie kaum etwas herunter, auch die *nonna* wollte nichts von ihrer Suppe, obwohl Paolo sich mehrmals erbot, sie zu füttern, was sie sonst nie abgeschlagen hatte.

Pietro, der einige Stunden bei Sofia gewesen war, erschien wieder in Begleitung seines jüngeren Bruders Ignatio, der ihm wie aus dem Gesicht geschnitten, allerdings kleiner und noch ein Stück breiter und muskulöser war, ein regelrechtes Kraftpaket. Die beiden besetzten den Tisch in der Eingangshalle und übten mit Paolo, dessen Laune sich merklich besserte, unter lautem Gelächter Armdrücken. Dann animierten sie ihn zu einem Madrigal, das laut und dreistimmig durch das ganze Haus schallte.

Quel augellin che canta
Si dolcimente
E lascivetto vola
Hor da l'abete al faggio

Pietros und Ignatios Engelstenöre überstrahlten einander, und auch Paolo jubilierte mit seiner dunkleren Stimme in einer Klarheit, die Agatha bei ihm bis dahin noch nicht gehört hatte.

»Sie haben mir gezeigt, wie man die Kehle öffnen muss, siehst du, so, man kann es üben, dann wird die Stimme immer besser.«

Paolo stand mit weit aufgerissenem Mund vor Agatha und ließ das Zäpfchen in seiner Kehle auf- und abschnellen. Trotz ihrer gedrückten Stimmung musste sie lachen.

Massimo und Chiara kamen am frühen Nachmittag. Paolo strahlte, machte einen tiefen Diener vor seiner Cousine und küsste sie auf die Wangen. Agatha und Colomba schossen die Tränen in die Augen, als Chiara in einem gelben, spitzenbesetzten Kleid vor sie trat. Ihren Kopf umstanden schwarze, krause Locken, darunter leuchtete ein helles Auticara-Gesicht mit spitzer Nase, brennenden Augen und wie gemeißelten regelmäßigen Zügen. Massimo stellte seine Tochter voller Stolz vor, dann verdüsterte sich sein Blick, wanderte die Treppe hinauf und blieb schließlich Hilfe suchend an Agatha und Colomba hängen.

»Wir müssen aufpassen, dass die *nonna* sich nicht zu sehr aufregt«, sagte Colomba, »es wird sie erschüttern, Chiara zu sehen. Ihr Puls ist flach, und sie wird immer schwächer.«

Agatha nahm Massimo auf die Seite und berichtete ihm von ihrem Zusammentreffen mit Andrea di Fiesole.

Massimo trat der Schweiß auf die Stirn. »Das ist keine gute Nachricht, ihr müsst hier fort, je schneller, desto besser. Er wird es im Rat anzeigen, wahrscheinlich lungern die Agenten bald vor dem Haus herum.«

Er zischelte in Richtung Pietro und Ignatio, worauf sie die Oberkörper aufpumpten und mit düsteren Gesichtern in der Eingangshalle auf- und abpatrouillierten. Massimo ermahnte, unterstützt von Agatha, die Kinder streng, unter keinen Umständen allein aus dem Haus zu gehen.

Dann ging er voraus die Treppe hinauf ins Zimmer von Alessandra, Agatha, Colomba und die Kinder folgten auf Zehenspitzen.

»*Padre* hat mir gesagt, dass sie meine *nonna* ist«, flüsterte Chiara, »zuerst dachte ich, sie wäre eine Tante. Wir waren schon einmal bei ihr, als sie den Schlaganfall noch nicht hatte, da war sie sehr böse. *Padre* sagt, sie möchte sich jetzt entschuldigen und mit mir versöhnen.«

»Sie hat sich geändert, seitdem sie krank ist«, wisperte Paolo zurück, »zu mir ist sie sehr freundlich, und wenn sie dich erst kennt, wird sie es zu dir auch sein.«

Massimo war im Zimmer seiner Mutter verschwunden, Agatha zog Chiara an sich. »Ich glaube, die *nonna* hat damals einen großen Schrecken bekommen, weil du unserer *mamma* so ähnlich siehst, deshalb hat sie sich vielleicht dir gegenüber dumm verhalten. Du bist deiner Tante Auticara wie aus dem Gesicht geschnitten. Wie wir uns freuen, dich kennen zu lernen, *piccolina*.«

Massimo winkte sie herein. Alessandra lag wach und mit geröteten Wangen auf ihrem Kissen und versuchte, sich aufzurichten. Agatha und Colomba halfen ihr und betteten sie bequem. Sie sah Chiara, die verlegen vor ihrem Bett stand, unverwandt an.

Massimo gab Chiara ein Zeichen. »Guten Tag, ehrwürdige *nonna*«, sagte sie mit belegter Stimme und machte einen linkischen Knicks, »wie ist das werte Befinden?«

Alessandra zögerte zuerst und wandte ihren Blick nicht von ihrer Enkelin, dann winkte sie sie mit der Hand näher zu sich, strich ihr über die Wangen, fuhr vorsichtig mit dem Finger die Linien ihres Gesichtes nach und machte schließlich auf ihrer Stirn das Kreuzzeichen. *»Bellissima«*, flüsterte sie mühsam.

Dann sah sie Massimo verzweifelt an und versuchte, weitere

Worte zu formen. Als es ihr nicht gelang, gestikulierte sie aufgeregt und fuhr sich mehrmals mit der Handkante mitten durch das Gesicht.

»Sie möchte über die *nonna* Auticara sprechen«, sagte Paolo, »über den Riss in ihrem Gesicht.«

Massimo reagierte gereizt. »Warum kannst du diese alte Geschichte nicht lassen, Mutter, wie oft habe ich dir schon gesagt, dass es nichts als ein dummer Aberglaube ist, niemand kann etwas dafür, dass Auticara so ausgesehen hat, und Gott allein weiß, warum er ihr dieses Gesicht gegeben hat.«

Alessandra schüttelte erregt den Kopf, machte immer wieder die Handbewegung und zeigte auf Agatha und Colomba.

»Ich werde es ihnen erzählen, Mutter«, sagte Massimo resigniert, »später werde ich es ihnen sagen, ich verspreche es dir. Du musst dich ausruhen, es ist alles ein bisschen viel.«

Alessandra sank erschöpft zurück, sie war bleich und schloss die Augen.

»Verabschiedet euch von der *nonna*«, sagte Agatha leise, »sie braucht jetzt wieder Ruhe.«

Die Kinder küssten Alessandra die Hände, und sie verließen leise den Raum.

Massimo holte ein Fernglas aus dem Schrank, trat auf die Loggia hinaus und suchte sorgfältig die Riva, das Bootsgewimmel am Anleger und dann den ganzen Canale di San Marco ab, verweilte länger bei einigen Männergruppen, die vor dem Haus und bei den Booten herumlungerten, und trat, als einer der Männer heraufsah, schnell hinter eine Säule der Loggia. Als er wieder ins Zimmer kam, sah er blass und gequält aus, dann setzte er sich und zog seine Tochter auf den Schoß.

»Was hat die *nonna* gemeint? Was ist das für eine Geschichte? Erzähle sie uns, *padre*, los, mach schon!«

Massimo wehrte ab. »Es ist ein altes, dummes Märchen, *tesorino*, der Aberglaube einer alten Frau, eigentlich möchte ich darüber gar nicht sprechen.«

Doch schließlich gab er dem Drängen Chiaras, dem sich auch Paolo anschloss, nach und erzählte die Begebenheit, die, so glaubte Alessandra Benedetti felsenfest, zu dem Riss in Auticaras Gesicht geführt hatte.

Alessandra hatte die ersten Anzeichen ihrer Schwangerschaft gespürt, es ging ihr nicht gut, und sie stritt sich heftig mit ihrem Mann Paolo. Es kam ihr gar nicht gelegen, in der Hoffnung zu sein, es schwächte sie und verursachte ihr Übelkeit und eine schwere Melancholie, gemischt mit großer Reizbarkeit. Paolo war, wie später sein Sohn Massimo in seinen jungen Jahren, ein bequemer und nicht sehr entscheidungsfreudiger Mann gewesen, er hatte gerne getrunken und seine junge Frau kaum in ihren ehrgeizigen Plänen unterstützt. So lag ständig Streit in der Luft, aber dieses Mal eskalierte er dermaßen, dass ihr Mann sie irgendwann *strega* schimpfte. Daraufhin ohrfeigte sie ihn, er schlug zurück, und es wäre zu einer derben Prügelei gekommen, wenn nicht ein Kunde den Laden betreten hätte. In der folgenden Nacht träumte Alessandra, sie würde sich in einen Werwolf verwandeln, immer und immer wieder beschrieb sie Massimo später, wie im Traum aus ihrem Gesicht und ihrem ganzen Körper ein Fell gesprossen sei, die Hände und Füße sich in Klauen verwandelt hätten, aus ihrem Gesicht eine Wolfsschnauze mit spitzen Zähnen hervorgewachsen sei. Sie sei von einem solchen Grauen erfasst worden, dass sie sich selbst mit einem Messer das Wolfsgesicht aufgeschnitten habe, unter dem wieder ihr richtiges Gesicht zum Vorschein gekommen sei, dabei sei sie schreiend und vollkommen außer sich erwacht. Der Traum ging ihr niemals mehr aus dem Kopf, und als sich mit dreizehn, vierzehn der Riss in Auticaras Gesicht zeigte, war Alessandra überzeugt davon und blieb es ihr Leben lang, dass sie durch den Schnitt mit dem Messer die Frucht ihres Leibes geschädigt hatte.

»Es war ihr niemals auszureden, dass es nur ein Traum war«, sagte Massimo, »sie kam immer wieder darauf zurück, in all den Jahren, in denen Auticara nicht mehr da war. Immer wieder hat sie mir gesagt, der Traum habe einen Fluch über Auticara gelegt, sie, ihre Mutter, sei schuld daran, dass es mit ihr so ausgegangen ist.«

Die Kinder saßen mit offenen Mündern.

»Hältst du es für möglich, dass sie Salben genommen hat?« Colomba sah Massimo an. »Vom Eisenhut bekommt man solche

Visionen, er enthält Akonit, und das führt dazu, dass man das Gefühl hat, es wachse etwas aus der Haut heraus, zum Beispiel ein Tierpelz.«

»Möglich ist es schon, Mutter hat immer gerne alle möglichen Salben und Pülverchen genommen, weil sie immer irgendwelche Zipperlein hatte.«

»War Tante Auticara denn nun eine Hexe oder nicht?« Chiara piepste ängstlich und drückte sich an ihren Vater.

»Nein, das war sie nicht. Sie war die Tochter von der *nonna* und meine Schwester, sie war die *mamma* von Agatha und Colomba und von Susanna, Gislind und Elsa, die in Cöln sind. Sie war eine sehr, sehr liebe *mamma*, vielleicht manchmal ein bisschen schwierig, ein bisschen zänkisch, man hatte es nicht immer leicht mit ihr. Aber eine Hexe, niemals.«

»Sie war die beste Mutter der Welt, sie hat immer mit uns gespielt, getanzt und gesungen, sie war sehr klug, und wir haben viele nützliche Sachen von ihr gelernt.« Colomba sah Agatha an und lächelte. »Ein bisschen schwierig war sie in der Tat, aber deshalb ist man ja nicht gleich eine Hexe.«

»Gibt es denn nun Hexen, oder gibt es keine? Bei uns auf Burano glauben viele Leute, dass es sie gibt. Don Giulio wird allerdings immer fuchsteufelswild, wenn jemand davon spricht, er sagt, es sei dummes Gewäsch von alten Weibern.«

»Und damit hat Don Giulio mehr als Recht«, sagte Massimo nachdrücklich.

»Was ist mit den Werwölfen, *padre*, gibt es die?«

»Nein«, mischte sich Colomba entschieden ein, »die gibt es auch nicht. Es gibt Leute, die Drogen nehmen und sich dann einbilden, sich in einen Werwolf oder ein anderes Tier zu verwandeln, aber in der Wirklichkeit gibt es das nicht, nur in der Fantasie.«

»Warum glauben die Menschen an so dumme Sachen?«

Zwei brennende Augenpaare sahen Colomba gespannt an.

»Ich vermute, um es sich einfach zu machen. Wir alle wissen ja, wie es ist, schlechte Gefühle zu haben, Angst oder Traurigkeit, irgendeinen Schmerz oder Kummer hat man ja immer oder zumindest sehr oft. Und wenn man dann sagen kann, dies und das, ein Werwolf oder eine Hexe zum Beispiel ist schuld, dann glaubt man, dass es einfacher wird, dann muss man ja nicht mehr danach forschen, was man selbst vielleicht damit zu tun hat. Wenn man sagen kann: Schaut alle her, da ist jemand Böses, braucht man nicht mehr darüber nachzudenken, ob man selbst vielleicht etwas Unrechtes denkt oder fühlt.«

»Machen es nicht auch die Priester so? Sie sagen doch auch immer, dass wir alle Sünder sind, dabei sind sie selbst die größten Sünder. Denkt nur daran, was die Dominikaner mit Peter gemacht haben.«

Paolo glühte, Agatha schlug verzweifelt die Augen gen Himmel.

»Du hast Recht«, sagte Colomba, »auch die Priester machen es so, jedenfalls einige von ihnen. Aber das dürfen wir niemals laut sagen, Paolo, du weißt es. Du weißt, dass es uns um Kopf und Kragen bringen kann, es ist Ketzerei. Aber jetzt muss ich nach der *nonna* schauen.«

»Und Pietro und Ignatio bringen euch zu Sofia«, sagte Massimo zu den Kindern, »ich denke, es ist besser, wenn ihr dort schlaft. Ihr packt alles zusammen, und spätestens übermorgen in der Frühe brecht ihr mit Pietro und Ignatio nach Bozen auf. Ich bleibe bei der *nonna*, und komme mit ihr nach, wenn es ihr besser geht.«

Chiara strahlte bei der Aussicht, ihre Mutter bald zu sehen, und hüpfte von Massimos Schoß. Colomba kam aus Alessandras Zimmer, sie sah Agatha an und schüttelte unmerklich den Kopf.

Agatha packte für Paolo einen Beutel mit seinem Nachtzeug, und die *bravi* verließen mit den Kindern das Haus. Von der Loggia herunter sahen Agatha, Colomba und Massimo zu, wie sie zu Massimos Boot gingen, das in der Nähe des Hauses vertäut war.

Es dämmerte, auf der Riva und dem Wasser blinkten die ersten Lampen. Ignatio war gerade in das Boot gestiegen und wollte Chiara hineinhelfen, als plötzlich ein schwarz gekleideter Mann auf sie zusprang und versuchte, Paolo von Pietro fortzureißen. Agatha und Colomba stießen hohe Schreie aus und lehnten sich erregt über die Brüstung, Massimo stürmte aus der Loggia und die Treppe hinunter. Pietro wirbelte herum und stieß etwas Blinkendes in den Schwarzgekleideten hinein, der zusammenbrach und auf dem Pflaster liegen blieb. Während Pietro mit den Kindern zurücklief und Massimo sie ins Haus ließ, zog Ignatio den Körper wie einen Sack in sein Boot und ruderte schnell in die *laguna* hinaus. Das alles spielte sich innerhalb von wenigen Augenblicken ab.

Die Kinder waren blass und verstört, Agatha und Colomba versuchten, den Vorfall herunterzuspielen, Pietro ließ stolz seine Muskeln spielen und bemühte sich um ein verständliches Italienisch.

»Solange Pietro bei euch ist, braucht ihr keine Angst zu haben, *piccoline*, da kann kommen, wer will.« Er lachte, sah zwischendurch aber immer wieder wachsam zur Tür.

»Was ist mit dem Mann, ist er tot?« Paolos Augen waren schreckgeweitet, Chiara klammerte sich an ihren Vater.

»Entweder er oder ihr«, antwortete Pietro, »der schmort jetzt auf dem tiefsten Höllengrund und wird meinen Kleinen nichts mehr zu Leide tun.«

»Wenn Ignatio zurück ist, hole ich Sofia und bringe Domenico und Alberto mit«, entschied Massimo. »Sie können gut mit der Pistole umgehen und werden uns zusätzlich bewachen. Wir verbarrikadieren uns hier im Haus, da kommt niemand hinein. Ihr braucht euch nicht zu fürchten.«

»Hat es etwas mit diesem komischen Mann von heute Morgen zu tun? Ist es wegen meines Vaters? Haben sie es deshalb auf mich abgesehen?« Paolo sah verstört Agatha an, Chiara schluchzte und zitterte immer noch am ganzen Leib.

»Das wissen wir nicht, Paolino, aber egal, was sie wollen, sie werden ihr Ziel nicht erreichen. Wir werden euch vor ihnen beschützen.«

Massimo versuchte, Ruhe und Zuversicht auszustrahlen, aber seine Hände zitterten, und seine Augen waren voller Angst.

Ignatio kam eine Stunde später, er lachte, streckte einen Daumen in die Höhe und spuckte verächtlich in die Ecke der Eingangshalle.

»Plitsch, platsch, gluck, gluck«, flüsterte er Agatha zu und machte ein gurgelndes Geräusch, »der ist im Canale Orfano verschwunden, auf Nimmerwiedersehen, ein Leckerbissen für die Fische. Ich habe ihm Steine in die Taschen gesteckt, der taucht so schnell nicht wieder auf.« Agatha wurde blass und legte mit einem Seitenblick auf die Kinder den Finger auf den Mund.

Pietro und Ignatio begannen wieder, in der Eingangshalle herumzuturnen und ihre Kraftproben zu veranstalten. Dann animierten sie Paolo zum Armdrücken, wobei sie ihn gewinnen ließen, und holten schließlich die Spielkarten hervor, sodass die Kinder ein wenig abgelenkt wurden.

Massimo verschwand durch den Hinterausgang, um sich durch das Gassengewirr von San Marco zur Casa Scaffi zu schleichen und Sofia zu holen.

Colomba saß am Bett der *nonna*, die Agonie hatte eingesetzt. Alessandra atmete flach und schnappend, ihre geschlossenen Augen lagen tief in den Höhlen, ihre Haut war fahl und gespannt, ihre Nase und ihr Kinn traten spitz hervor und bildeten das magische Dreieck der Todgeweihten. Das hatte Colomba auch bei ihrem Vater gesehen, an dem Abend, bevor er starb.

Der Herr segne und behüte dich, mein Täubchen, er möge dir deine Fürsorge lohnen, du bist meine Hilfe und meine Erlösung, wenn ich dich nicht hätte, wenn du mir nicht das Wasser aus den Beinen massieren und die gute Medizin geben würdest, müsste ich elend ersticken. Hans ist weiß wie die Wand und völlig erschöpft aus dem Gefängnis gekommen und hat sich sofort ins Bett gelegt. Colomba bringt ihm, stumm wie meistens, seine Fleischbrühe und seinen Kräutersud und will es ihm einflößen, aber er weist es zurück und nimmt ihre Hand.

Du musst mir verzeihen, meine Taube, wenn ich mit meinen Töchtern in Frieden bin, kann ich zum Herrn gehen, es wird ganz leicht sein, hat *mamma* gesagt. Ich habe keine Angst vor dem Tod, meine einzige Angst ist, dass ich gehen muss, bevor du mir verziehen hast.

Colomba weicht seinem flehenden Blick aus und sagt nichts, sie drückt nur einen Augenblick ihre heiße Stirn auf seinen

Handrücken, der kühl ist und sich anfühlt, als sei er aus Papier. Er deutet dies als Verzeihensgeste und streicht ihr mit der anderen Hand dankbar über den Kopf. Aber sie hat es gar nicht so gemeint, sie kann ihm nicht verzeihen, sie kann die Szene, die gerade ein Jahr her ist, nicht vergessen. Immer und immer wieder ersteht sie vor ihr, wenn sie über ihren Vater nachdenkt, immer und immer wieder sieht sie ihn hinter dem Stalleingang stehen, breitbeinig, halb von den mit Läusen übersäten Rosenbüschen verdeckt, sieht, wie innen an seinem Bein ein dünner Fuß hinauffährt, weiß mit blauen Äderchen, mager, knochig, schmutzig, aufgesprungen, mit langen, spielenden Zehen. Schmutzigweißer Schleierstoff weht in Fetzen, der Fuß verschwindet unter dem Schoß von Vaters Jacke, entlockt ihm ein Stöhnen, einen Laut wie Schweinegrunzen. Er nestelt an seiner Hose, über seine Schulter weht das rote Haargespinst, ein feuchter Mund züngelt. Er drückt sich nach vorne und stöhnt wieder, ein weißer, blau geäderter Marmorarm legt sich um seinen Hals, und zwei dünne, drängende Schenkel umschließen seine Hüften. Er umgreift sie mit seinen schönen, zärtlichen Händen, er stößt, drückt, stöhnt, er sieht seine kleine Taube nicht, die wie erstarrt hinter den Rosen steht und Ziegengeruch in der Nase hat, die nicht sehen will, was sie da sieht, die am liebsten in sein sich windendes Hinterteil treten würde, in der ein namenloses Grauen hochsteigt, das ihr den Boden unter den Füßen wegreißt und sie in ein schwarzes, gähnendes Loch stößt.

So, wie Colomba ihrem Vater nicht verzeihen konnte, verzieh sie es auch sich selber nicht, dass sie ihn ohne Vergebung in den Tod hatte gehen lassen. Seit sie ihn am nächsten Morgen gefunden hatte – nicht qualvoll erstickt, wie sie es immer befürchtet hatte, sondern friedlich hinübergeschlafen – quälte sie, dass er mit dieser entsetzlichen Täuschung gestorben war. Auch jetzt noch überfiel sie, wenn sie darüber nachdachte, Hass auf diese Frau, deren Namen sie nicht denken mochte, und Verachtung für den Mann, der ihr so hörig gewesen war, dass er seine ganze Familie zerstört hatte.

Agatha war hereingekommen, sie erfasste den Zustand der *nonna* mit einem Blick. »Soll ich die Kinder holen?«

Colomba nickte, sie fühlte die Stirn und den Puls der Sterbenden. »Hoffentlich ist Massimo bald zurück, ich glaube, es geht nicht mehr lange.«

Agatha ging hinaus und kam mit Paolo und Chiara zurück, zusammen knieten sie sich vor das Bett, und Agatha sprach das Sterbegebet.

Mache dich auf den Weg, Schwester in Christus,
im Namen Gottes, des allmächtigen Vaters, der dich erschaffen hat; im Namen Jesu Christi, des Sohnes des lebendigen Gottes, der für dich gelitten hat;
im Namen des Heiligen Geistes, der über dich ausgegossen worden ist.
Heute noch sei dir im Frieden deine Stätte bereitet, deine Wohnung bei Gott im heiligen Zion,
mit der seligen Jungfrau und Gottesmutter Maria,
mit dem heiligen Josef und mit allen Engeln und Heiligen Gottes.

In dem Augenblick, in dem sie zusammen das Amen sprachen, kamen Sofia und Massimo, die sich ebenfalls vor das Bett knieten. Sie blieben zusammen in stiller Versunkenheit, bis die schnappenden Atemzüge aufhörten und ein Licht sich von Alessandra löste, das einen Augenblick über ihrem Bett schwebte. Massimo begann zu schluchzen und erhob sich, strich seiner Mutter über die Augen und faltete ihr die Hände, Sofia öffnete das Fenster. Agatha hatte die Augen geschlossen, ihr helles Gesicht war zum Himmel gewandt, sie schwankte ein wenig.

Herr, unser Gott, wir empfehlen dir unsere Schwester Alessandra.
In den Augen der Welt ist sie tot. Lass sie leben bei dir.
Und was sie aus menschlicher Schwäche gefehlt hat, das tilge du in deinem Erbarmen.
Herr Jesus Christus, Sohn Gottes, erbarme dich deiner Dienerin, die du aus der Mitte ihrer Familie weggerufen hast.

Nimm alle, die sie zurückgelassen hat, in deinen Schutz.
In Ewigkeit, Amen.

»Sie ist bei *mamma*, ich spüre es«, flüsterte Agatha.

Sofia ging mit den Kindern hinaus. Colomba stellte eine brennende Kerze neben die Tote und zündete Räucherwerk an, dann wandte sie sich an den weinenden Massimo.

»Du musst sie nach San Michele bringen, so schnell wie möglich«, sagte sie, »und du musst Schutzkleidung anziehen, Handschuhe, einen großen Kittel, eine Kapuze über den Kopf, hinterher müssen wir alles verbrennen. Und am besten bindest du dir ein essiggetränktes Tuch vor das Gesicht. Aber von uns darf niemand mitgehen, die Ansteckungsgefahr ist zu groß. Wer weiß, wie viele Pestopfer schon unter den Toten sind.«

»Es gibt keine Särge mehr in der Stadt«, flüsterte Massimo, »ich habe mich erkundigt, die Sargschreiner arbeiten Tag und Nacht und können trotzdem die Nachfrage nicht befriedigen. Was machen wir nur, wir müssen sie doch christlich begraben.«

»Wir werden Gebete sprechen und sie in Tücher einschlagen, wie die Sarazenen es tun«, entschied Colomba, »ich bin sicher, dass auch unser Gott das gutheißen wird. Bei allem, was wir jetzt tun, müssen wir bedenken, dass in der Nähe des Todes auch die Pestgefahr am größten ist, bei jedem Sargschreiner, bei jedem Totengräber kann die Pest lauern. Der Herrgott und die *nonna* werden es uns verzeihen, wenn wir uns dieser Gefahr nicht aussetzen.«

Massimo stimmte ihr zu, dann ging er auf die Loggia hinaus und schaute zu Domenico und Alberto hinunter, die vor der Haustür Wache standen. Es schien alles in Ordnung zu sein.

Sie wachten bei der Toten bis zum Morgengrauen, dann wickelten Agatha und Colomba sie sorgfältig in weiße Leinentücher. Massimo und Pietro zogen nach Colombas Anweisungen Schutzkleidung an und trugen das Paket durch den Hinterausgang zum Rio Ca di Dio, wo Massimos Gondel vertäut war.

Sie waren bereits kurz nach Sonnenaufgang zurück. Man hatte sie gar nicht auf die Friedhofsinsel gelassen, sondern schon vorher abgefangen, von San Michele waren riesige Rauchschwaden von verbranntem Rosmarin herübergeweht. Massimo und Pietro hatten die Leiche in ein anderes Boot werfen müssen, weil die Insel überfüllt und man dabei war, Massengräber auszuheben, die mit Kalk aufgeschüttet wurden.

»Wenn es noch eines Beweises für die Pest bedurfte, dann haben wir ihn jetzt«, sagte Colomba, »wir müssen fort, und zwar auf der Stelle. Die Stadt kann jeden Augenblick abgeriegelt werden.«

Massimo, der zwischendurch immer wieder mit seinen Wachleuten sprach, schüttelte den Kopf.

»Wir können frühestens bei Einbruch der Dunkelheit gehen«, sagte er, »wir müssen zusehen, dass wir unbemerkt aus dem Haus kommen. Auf der Riva lungern immer noch zwielichtige Gestalten herum, Domenico und Roberto haben wenigstens einen Agenten des Rates erkannt, einen von den ganz brutalen. Ich habe mir überlegt, dass Pietro und Ignatio heute Abend mit uns kommen und die anderen vor der Tür stehen bleiben und weiter Wache schieben. Außerdem lassen wir die Lampen brennen, damit es so aussieht, als wären wir noch im Haus. Wir fliehen durch den Hinterausgang und schlagen uns durch die *laguna* nach Norden, da kann uns keiner folgen. Ich kenne das Gebiet genau, ich weiß viele Schleichwege, wir müssten es eigentlich schaffen. Und in Jesolo gibt es einen guten Pferdestall, da kommen wir weiter. Es macht mir nur Sorgen, dass Sofia seit mindestens fünf Jahren nicht geritten ist.«

»Sie kann eine von unseren gepolsterten Reithosen nehmen«, sagte Colomba, »Gislind und Elsa haben sie für uns in Cöln genäht, und sie helfen sehr. Außerdem haben wir eine Salbe gegen das Wundreiten, wir haben sie unterwegs geschenkt bekommen und ausprobiert, sie hilft gut.«

Sie packten den ganzen Tag und bereiteten Vorräte für die Reise vor, Sofia und Agatha setzten einen breiten Keil in Agathas Reithose ein, damit sie Sofia passte, Massimo versorgte das Haus und brachte Wertsachen in seinen Banktresor.

Am Mittag zwangen Agatha und Sofia die Kinder, sich auf das Bett zu legen, damit sie sich für die Reise ausruhten. Agatha legte sich neben Paolo und Chiara und versuchte auch ein wenig zu schlummern, die durchwachte Nacht hatte sie erschöpft. Das Gewisper der Kinder drang ihr in den Halbschlaf.

»Vielleicht gibt es keine Hexen und keine Werwölfe, Paolo, aber ganz bestimmt gibt es die Melusia, ich habe sie selbst schon gesehen.«

»Wer soll das denn sein?«

»Das ist die Wasserfrau, es gibt sie bei uns auf Burano schon so lange ich denken kann. Sie hat lange grüne Haare und ganz glitschige Beine, iiihh, eklig, wie Fischschwänze, außerdem lächelt sie, so ein schönes Hexenlächeln, so: Haach, haach, lächel, lächel. Und schon bist du in der *laguna* ertrunken, schwupp, schwupp hat sie dich reingezogen. Sie zieht einen mit ihren Fischarmen ins Wasser, so schnell, dass man es gar nicht merkt, huuuh, glitschig und eklig, und sie greift ganz feste zu, huuh, huuh, und wenn sie einen erst mal hat, dann kommt man nicht mehr weg, dann zieht sie einen nach unten, und man ertrinkt, man kriegt keine Luft mehr und ist mausetot.«

»Haach, haach, lächel, lächel, das gibt's doch gar nicht, Hexenlächeln gibt's doch gar nicht.«

»Nein, eigentlich ja nicht, aber es ist wie Hexenlächeln, verstehst du? Jeder weiß doch, wie Hexenlächeln aussieht, eben so, wie die Melusia lächelt, ich hab sie selbst schon oft genug in der *laguna* gesehen.«

»Wie sieht es denn aus?«

»Na ja, so, dass man hinwill, haach, haach, es ist so schön, und es drängt einen irgendwie, man will zu ihr, weil sie so lieblich aussieht, haach, haach, und plötzlich ist man tot und im Himmel. Auf Burano gehen immer wieder Kinder zu ihr, vor allem die Kleinen, die noch nicht wissen, dass man sich nicht übers Wasser beugen darf. Letztes Jahr die kleine Marcellina, sie war so süß, sie ist immer so gewackelt auf ihren dicken Beinchen, und dann lag sie plötzlich bei der Melusia und war tot, ganz kalt und steif war sie, und ganz blau.«

»Erzähle nicht so was Gruseliges, da kriegt man ja Angst. Ich habe jedenfalls noch nie eine Melusia gesehen, ich glaube nicht, dass es so etwas gibt.«

»Doch, Paolo, es gibt sie, man sieht sie nicht immer, nur im Sommer, wenn das Wasser klar ist und ziemlich ruhig, wenn es sich nur ein kleines bisschen wellt. Es gibt sie in jedem Wasser, aber vielleicht sieht man sie nur bei uns, ich glaube, euer Rhein ist viel zu schlammig, außerdem fließt er schnell, hast du mir gesagt.«

»Und was sagt dein Don Giulio dazu? Glaubt er an die Melusia?«

»Natürlich nicht, Don Giulio sagt doch zu allem, dass es Aberglauben ist. Aber ich weiß, dass sie da ist, ich sehe sie doch immer wieder.«

»Vielleicht schicken wir sie mal zu unserem Don Ferdinand, damit sie ihn ersäuft. Das ist der Oberste von unseren Priestern in Cöln, er meint, alle Frauen wären Hexen. Du müsstest mal sehen, wie dumm der ist, er läuft am Rhein entlang und geißelt sich, meine Schwestern machen es immer nach, und dann lachen wir, bis wir Bauchschmerzen haben.«

»Ich möchte nicht, dass du zurück nach Cöln gehst, Paolo, ich finde, ihr solltet jetzt bei uns bleiben, das sagen *mamma* und *padre* auch.«

»Aber wir müssen, Susanna ist in Cöln, und Elsa und Gislind, und jetzt vielleicht sogar mein *padre*.«

»Ich weiß, aber ich möchte es trotzdem nicht, ich möchte, dass wir alle zusammen sind.«

»Man müsste ganz schnell durch die Luft fliegen können, dann wäre man vielleicht in ein paar Tagen in Cöln und wieder zurück in Venedig, dann könnte man immer hin und her, wie man Lust hat.«

»Don Giulio sagt, dass ein *signor* Leonardo da Vinci eine Flugmaschine erfunden hat, aber es hat sie noch niemand gebaut, niemand hat bisher ausprobiert, ob es geht.«

»Ich weiß, das habe ich auch im Gymnasium gelernt. Vielleicht kann ich ja eine Flugmaschine bauen, wenn ich größer bin, was meinst du? Dann könnten wir uns besuchen, so oft wir wollen.«

Am Spätnachmittag setzten Domenico, Alberto, Pietro und Ignatio sich vor das Haus auf die Riva und begannen lärmend, Karten zu spielen, zwischen sich einen großen Krug mit Wein. Colomba wollte zuerst empört dazwischenfahren, ließ es aber und nickte unbewegt, nachdem Massimo ihr etwas zugeflüstert hatte. Er spähte häufig durch ein kleines Guckloch in der Haustür auf das Treiben der Vier, das immer munterer wurde und einige Zuschauer anzog, vor allem, weil die Becher kreisten und die Kartenspieler die Umstehenden großzügig teilhaben ließen. Pietro kam immer wieder trällernd ins Haus, um den Krug aufzufüllen, und lachte dabei breit über das ganze Gesicht. Es dämmerte bereits, als sich zwei große Kerle, deren Muskeln denen von Ignatio und Pietro in nichts nachstanden, zu dem Kreis gesellten.

»*Salute*, liebe Freunde«, tönte Ignatio und reichte ihnen gleich den ganzen Weinkrug, »nehmt euch einen guten Schluck, Kameraden.« Massimo registrierte befriedigt, dass er vorher blitzschnell eine kleine Flasche über dem Krug ausgegossen hatte. Die Männer tranken in tiefen Zügen, dann reichten sie mit einem abfälligen Lächeln den leeren Krug zurück, spuckten auf die Straße und zogen sich in Richtung Anlegestelle zurück. Ignatio sah ihnen nach, dann rief er: »Die letzte Runde, *signori*, für heute ist Schluss, *finito, basta!*«

Sie warfen noch einige Karten ab, dann kamen sie ins Haus zurück. Massimo lief nach oben und sah von der Brüstung der Loggia aus, dass sich die beiden Männer in der Nähe des Ufers niedergelassen hatten. Einer legte sich auf den Boden und schien sofort einzuschlafen, der andere schwankte und sank schließlich ebenfalls um. Massimo wartete eine Weile, ob jemand aufmerksam wurde, aber niemand kümmerte sich um die beiden reglos daliegenden Gestalten.

Mit voll gestopften Rucksäcken schlichen sie sich, als die Dunkelheit hereingebrochen war, durch den Hinterausgang der Casa Benedetti zum Rio Ca di Dio. Die Gondel sank tief ins Wasser, als sie sich zu acht hineindrängten und ihr Gepäck verstauten. Sofia, Agatha und Colomba duckten sich mit den Kindern tief hinunter, Massimo stakte die Gondel und dirigierte sie durch winkelige Kanäle und Gräben in die nördliche *laguna*. Pietro und Ignatio starrten und horchten angespannt in die Dunkelheit, ob ihnen jemand folgte.

Bald lag die lichterglänzende Stadt hinter ihnen, stinkendes Brackwasser leckte schmatzend an den Bootswänden. Sie mieden die von den flackernden *bricoles* vorgezeichnete Fahrrinne, und bald war Massimo, der mit rundem Rücken am Bug stand, der Einzige, der in der alles verschluckenden Schwärze noch eine Orientierung hatte. Manchmal trieben sie im freien Wasser, manchmal durch schilfbewachsene Untiefen, durch die sich Massimo mit der Stange hindurchkämpfen musste. Wasservögel flogen auf, aus dem dunklen Röhricht tönte das vielfältige Gluckern, Quaken, Schnarren und Wispern der aufgescheuchten Tiere. Man konnte sich leicht vorstellen, dass diese undurchdringliche Wasserwildnis Venedig stets vor unliebsamen Eindringlingen geschützt hatte.

Die Kinder waren über dem monotonen Wiegen und Gleiten des Schiffes eingeschlafen, die Köpfe in den Schößen von Sofia und Agatha. Massimo schaute mit stoischer Ruhe nach vorne, am Heck wachten Pietro und Ignatio. Manchmal riss der Himmel kurzzeitig auf und goss das kalte Licht des aufgehenden, fast halben Mondes über die Fliehenden, bevor wieder Wolken aufzogen, hinter denen die Mondsichel glomm wie eine schwache Lampe. Irgendwann nickten auch die Frauen ein.

»Wer da?« Ein lauter Ruf Pietros schreckte sie auf. Sie fuhren am Rand eines Schilfgürtels entlang, Pietro stand mit ausgestrecktem Arm, in dem er eine Pistole hielt, und schaute in die Dunkelheit. Eine ganze Weile saßen sie reglos, dann kam wieder der Mond heraus und erhellte einen Kahn mit zwei Männern, der ein Stück hinter ihnen dümpelte. Einer der Männer stand wie Pietro und hielt ebenfalls eine Feuerwaffe im Anschlag.

»Die Köpfe runter!«

Massimo zischte, dann begann er, heftig zu staken und hielt auf die Schilfwand zu, der Kahn hinter ihnen setzte sich ebenfalls in Bewegung. Die Frauen warfen sich über die schlafenden Kinder, plötzlich ertönte ein lauter Knall, unmittelbar danach ein zweiter, dann ein dritter. Es roch scharf nach Pulver, auch Ignatio stand jetzt im Boot und hatte einen Schuss abgefeuert.

Agatha riskierte einen Blick und sah, dass die Pistole Pietro aus der Hand geflogen war, und er selbst sich mit weit aufgerissenen Augen zu Massimo gedreht hatte, in seiner weißen Hemdbrust klaffte an der Stelle seines Herzens eine dunkle Wunde, die schnell auseinander sickerte. Dann fiel er langsam über den Bootsrand rückwärts ins Wasser, es platschte laut, einen Augenblick leuchtete Pietros erstauntes, rundes Gesicht, bevor es im trüben Wasser versank.

Auch die Gestalt auf dem anderen Boot war zusammengesackt und hing halb über der Bootswand, hinter ihr war ein Mann zu sehen, der sich ans Herz griff und langsam nach vorne fiel. Bevor eine Wolke das Bild wieder verdunkelte, sahen sie den Kahn führerlos auf den Wellen dümpeln.

Massimo steuerte die Gondel ins Schilf, das sich in geheimnisvoller Weise vor ihnen öffnete und hinter ihnen wieder schloss. Ignatio hielt sich die Hände vor den Mund und begann nach einer Weile, fassungslos zu schluchzen. Massimo bedeutete ihm und den Kindern in höchster Anspannung, ruhig zu bleiben, er stand reglos und witterte in die Runde, aber es tat sich nichts.

»Ich glaube, wir haben sie erwischt, es waren nur zwei«, flüsterte Massimo nach einer Weile, »damit müssten wir sie endgültig abgeschüttelt haben. Wir sind bald in Jesolo, ich schätze noch eine Stunde. Bei Sonnenaufgang müssten wir da sein.«

»Aber was machen wir mit Pietro, wir können ihn doch nicht einfach hier lassen«, flüsterte Sofia.

»Das müssen wir, wo sollen wir mit ihm hin?«

»Die *laguna* ist ein gutes Grab für ihn, er hat sie geliebt«, stammelte Ignatio schließlich zwischen Schluchzern, »vielleicht können wir ein Gebet für ihn sprechen.«

Herr, unser Gott, wir empfehlen dir unseren Bruder Pietro, flüsterte Agatha unter Tränen, die anderen fielen leise murmelnd in das zweite Totengebet ein, das sie nun innerhalb kurzer Zeit sprechen mussten.

Im Osten zeigte sich ein heller Schein und machte ihre Gesichter fahl, das Boot glitt durch Wasserpflanzen. Massimo und Ignatio witterten und horchten immer wieder nach allen Seiten.

Dann begannen die Vögel ihr Konzert, die aufgehende Sonne ließ die *laguna* für kurze Zeit rot auflodern, bevor sich wieder Wolken davorschoben. In einer sandigen, von Büschen umstandenen Bucht gingen sie an Land. Massimo marschierte voll gepackt voraus, Agatha, Colomba und Sofia folgten mit den Rucksäcken und schoben die schlaftrunkenen Kinder, die sich kaum auf den Beinen halten konnten, vor sich her. Ignatio ging als Letzter, immer wieder sah er sich ängstlich um, ob ihnen jemand folgte, und wurde ruhiger, je weiter sie sich vom dichten Röhricht des Ufers entfernten.

Agatha hatte schon, als sie losliefen, gesehen, dass Colomba blass, fast grün war und schwarze Ringe unter den Augen hatte. Als der Kirchturm von Jesolo in Sicht kam, erbrach sie sich am Wegrand und lief kreidebleich weiter. Nachdem Sofia ihr ein Stück Brot gegeben hatte, ging es besser. Zunächst schwieg sie, als Agatha drängte, was denn mit ihr los sei, dann lächelte sie weich und zärtlich. »Es scheint so, dass immer eine von uns schwanger ist, wenn wir über die Alpen müssen.«

Turbulenzen

Francesco legte das Korkstück aus der Hand und betrachtete zufrieden die in der Morgensonne glänzende Kupferplatte, die er mit einer Paste aus Bimsstein-Granulat und Öl poliert hatte. Dann schaute er Friedrich über die Schulter, der, nachdem er mit einem haarfeinen Stichel die letzten Verästelungen eines zarten, von Bienen umschwirrten Gebindes aus Gräsern, Mohn- und Kornblumen nach einer Vorlage von Jakobe in eine andere Platte gestochen hatte, mit einem Wischer Druckerschwärze in die gravierten Linien rieb und die Platte sorgfältig säuberte.

Seit Susannas Verhör waren Friedrichs Geschäfte zurückgegangen, viele der städtischen Honoratioren hatten sich abgewandt und kauften jetzt ihre illustrierten Reisebücher und Drucke woanders. Aber einige treue Kunden waren geblieben, und Friedrich beeilte sich, alle Aufträge fertig zu stellen, damit noch ein bisschen Geld in die Kasse kam, bevor sie sich auf den Weg nach Italien machten. Friedrich hatte am vorhergehenden Tag eine Eildepesche mit der Mitteilung abgeschickt, dass Jakobe, Agatha, Colomba und Paolo gar nicht mehr zurück nach Cöln kommen, sondern in Reutlingen auf sie warten sollten. Friedrich hoffte, dass ihnen noch ein paar Tage bleiben würden, um zu packen und alles in Ruhe vorzubereiten, außerdem war Susanna gar nicht reisefähig. Sie war am Morgen mit Fieber im Bett geblieben und sprach selbst von einer leichten Frühjahrserkältung, aber Gislind und Elsa waren davon überzeugt, dass ihre Nerven und ihre Widerstandskraft am Ende waren.

Auch Friedrich ging es nicht gut. Er wusste vor lauter Aufgaben nicht, wo ihm der Kopf stand, hinzukam, dass die Angst ihm seit Tagen den Magen zuschnürte. Am Nachmittag sollte auf der Ratssitzung das Gutachten über den Hexenverdacht gegen Susanna Benedetti verkündet werden, außerdem hatte er am Tag vorher im »Aviso« gelesen, dass in Norditalien die Pest ausgebrochen war, und er wollte unter allen Umständen verhindern, dass Susanna davon erfuhr. Nun türmte sich auch noch die Angst um Agatha, Colomba und Paolo auf die anderen Sorgen, Friedrich wusste nicht, wie lange er seine Maske von Zuversicht und Ruhe noch aufrechterhalten konnte. Er hatte Herzschmerzen, schlief schlecht und wurde zunehmend von Krämpfen und Durchfällen heimgesucht.

Eine ganze Weile war er noch davon überzeugt gewesen, die Stimmung im Rat zu Susannas Gunsten beeinflussen zu können, aber in den letzten Wochen waren seine Hoffnungen vollends dahingeschwunden. Im Februar waren Catharina Bly und Sophia Haas hingerichtet worden, im März Entgen Schilds. Zurzeit wurden En Volmers und En Konigs verhört und torquiert, und vieles deutete darauf hin, dass auch ihr Ende auf Melaten bevorstand. Die Welle von Prozessen ebbte nicht ab, im Gegenteil.

Susanna war, wie sie Friedrich unter Tränen gestanden hatte, in einem entsetzlichen Zwiespalt. Einerseits wusste sie, dass es am besten war, unverzüglich fortzugehen, andererseits wurde ihr immer bewusster, dass Gislind und Elsa nicht mitgehen würden, und der Gedanke, die Kleinen zu verlieren, brachte Susanna fast um den Verstand. Friedrich hatte mehrmals versucht, mit ihr darüber zu reden, aber sie war jedes Mal rot und blass geworden, der Schweiß war ihr ausgebrochen, und sie hatte sich ans Herz gegriffen und hinsetzen müssen. Das nicht auch noch, das nicht auch noch, hatte sie nur gestammelt.

Friedrich hantierte eine Weile an der Presse, dann wandte er sich Francesco zu. »Der Kannengießer hat einen Planwagen zu verkaufen, viel Platz und eine stabile Radaufhängung, kaum gebraucht. Sollen wir nachher mal zusammen hingehen? Ich denke darüber nach, ob wir ihn heute noch holen und in den Hof stellen sollen.«

»Das ist eine gute Idee. Wir sollten alles so weit vorbereiten, dass wir jederzeit aufbrechen können.«

»Was machen wir nur mit Susanna?«

Francesco sah Friedrich bekümmert an. »Wenn ich das wüsste. Sie muss begreifen, dass die Dinge sind, wie sie sind. Oder meinst du, wir könnten Gislind und Elsa noch überreden, doch mit uns zu kommen?«

Friedrich schüttelte den Kopf. Er kannte die Starrköpfigkeit der beiden, außerdem wusste er aus Gesprächen mit Susanna, wie es um Gislinds Gefühle für Francesco bestellt war, sodass eine Trennung ohnehin das Beste für alle Beteiligten war. Hinzu kam, dass er, im Gegensatz zu Susanna, Gislind und Elsa durchaus für klug, selbständig und stark genug hielt, um die Strapazen und Gefahren einer solchen Reise einschätzen und überstehen zu können. Vielleicht sollte er noch einmal mit Susanna reden und ihr dies vor Augen halten.

Francesco half Friedrich, die Walzen der Druckerpresse genau übereinander zu justieren und vorsichtig einen Karton, die eingefärbte Kupferplatte sowie das feuchte Papier und eine Filzschicht dazwischenzuschieben. Sie arbeiteten Hand in Hand und schwiegen eine Weile. Friedrich drehte mit großer Kraftanstrengung die Schicht durch die Presse, dann nahm er vorsichtig den feuchten Druck ab und betrachtete ihn zärtlich.

»Niemand zeichnet so zarte Gräschen wie meine Jakobe, bei niemandem neigen sie sich so graziös, sieh nur, wie fein die Bienen gemalt sind. Ich kann dir gar nicht sagen, wie ich mich freue, sie wiederzusehen.«

»Und ich erst!« Francescos Augen leuchteten auf. »Ich weiß nicht, was ich tun werde, ich glaube, ich werde platzen, wenn ich vor Agatha stehe.«

»Wir könnten einen der Webstühle mitnehmen und sicherlich auch noch alles, was an Stoffen da ist, auch Jakobes Farben und meine Werkzeuge«, überlegte Friedrich, »und auch einiges von dem Papier. Wir können den Planwagen voll beladen, da passt eine Menge hinein. Die Kupferdruckpresse wird mir vielleicht der Drucker de Bruyn aus der Marzellenstraße abnehmen. Ich habe neulich so getan, als wolle ich mir eine neue kaufen, und er zeigte sich interessiert. Und den Hausrat lassen wir meinem Bruder und meiner Schwägerin hier, sie haben gerade erst geheiratet und können es sicher gut gebrauchen.«

»Den Kaschmir lagern wir ein und verkaufen den Rest der Kleider und Umhänge, ich habe gestern mit Gislind gesprochen.« Barbara Overstolz war unbemerkt hereingekommen und sah ihnen über die Schulter. »Sie ist sehr umsichtig und weiht mich in die geschäftlichen Dinge ein, und ich werde alles abwickeln, wenn ihr fort seid. Das Geld, das ich noch erlöse, transferiere ich euch auf ein Konto nach Rom, die Bank wird mir behilflich sein.«

»Oder du bringst es mit, wenn du uns in Italien besuchen kommst.«

Friedrich legte ihr die Hand auf den Arm, sie lächelte gequält, ihre Stimme war belegt, und unter ihrer weit ins Gesicht gezogenen Kapuze sah sie gehetzt und übernächtigt aus.

»Was ist passiert, Barbara?«

»Etwas Schlimmes, Hildegardis ist fort«, stieß die Meisterin hervor, »wir suchen sie seit heute Morgen. Die Nachtschwester weckte mich um sechs, da war sie schon verschwunden, sie hat mehrere Goldspindeln mitgenommen. Ich habe größte Angst, dass sie Elsa denunzieren will.«

»Noch eine Hexendenunziation gegen die Benedettis, das macht das Maß voll, das überstehen wir nicht.« Friedrichs Stimme war rau, und wenn Francesco nicht zugegriffen hätte, wäre ihm Jakobes Blumenbild aus den Händen gerutscht.

»Sie wird versuchen, das Gold im Hafen zu verkaufen«, sagte Francesco, »vielleicht finden wir sie da.«

»Zwei von unseren Schwestern suchen dort schon nach ihr, außerdem habe ich Schwester Bernarda und Schwester Elisabeth zum Rathaus geschickt, falls sie da auftaucht. Aber sie wird das Gold natürlich auch sonst überall in der Stadt los, es gibt ja genug Hehler.«

Friedrich hatte schon seinen Arbeitskittel ausgezogen und rieb sich die Hände sauber.

»Kommt«, sagte er verzweifelt, »wir müssen sie sofort suchen, wer weiß, was sie schon angestellt hat.«

Auch Francesco warf seine Arbeitskleidung ab, und sie hasteten zu dritt zum Alter Markt. Schon von weitem sahen sie, dass sich zwischen den Ständen der Gemüse- und Kornhändler und der Rathauslaube ein Menschenpulk versammelt hatte. Das Bild, das sich ihnen beim Näherkommen bot, übertraf ihre schlimmsten Befürchtungen. Hildegardis stand da, ohne Kutte und mit halb aufgelösten, wirr um den Kopf stehenden Haarflechten, flankiert von zwei Gewaltdienern sowie Schwester Bernarda und Schwester Elisabeth, die gestikulierend auf die Vertreter der Obrigkeit einsprachen.

»Niemand kann mich daran hindern, meine Aussage vor den hochehrwürdigen Rat zu bringen, auch meine ehrwürdigen Schwestern nicht«, rief Hildegardis, als Barbara sich durch die johlenden Umstehenden nach vorne drängte.

»Und erst recht nicht die Meisterin«, setzte die Begine schrill nach, als sie Barbara erblickte, »wer weiß, ob sie nicht auch zu denen gehört.« Hildegardis' Blick war starr, und sie schien nicht ganz bei sich zu sein.

»Ich bin Barbara Overstolz und Vorsteherin des Konventes, aus dem diese Begine heute Morgen trotz meines ausdrücklichen Verbotes entwichen ist«, sagte Barbara streng zu den Gewaltdienern. Sie hatte sich hoch aufgerichtet und schleuderte flammende Blicke.

»Hexengelichter, sie gehören alle zusammen, sie stecken alle unter einer Decke«, kreischte Hildegardis. »Auch sie, sie vor allem, sie hat sich mit denen verbündet.«

Barbara stellte sich dicht vor Hildegardis. »Komm nach Hause«, sagte sie sanft, »du weißt doch gar nicht, was du sprichst, komm, meine Liebe, dir ist nicht wohl.«

Hildegardis wurde unsicher, dann warf sie den Kopf zurück. »Mir ist sehr wohl, Meisterin, außerordentlich wohl ist mir. Und nun bitte ich Euch, mich nicht daran zu hindern auszusagen, was ich weiß.«

Barbara nahm Hildegardis blitzschnell den Beutel aus der Hand, den diese bei sich trug, griff hinein und hielt triumphierend zwei längliche Goldspindeln in die Höhe.

»Diese Jungfer ist eine Diebin, sie hat den Goldspinnerinnen dieses hier gestohlen!«

Hildegardis verstummte abrupt, Barbara senkte die Stimme und wandte sich leise und beschwörend an die Gewaltdiener, die misstrauisch von einer zur anderen schauten und nicht wussten, wie sie die Lage einschätzen sollten. »Bitte, lasst sie, ich nehme sie mit. Diese Jungfer ist krank, sie weiß manchmal nicht, was sie sagt, aber wir können sie bei uns im Konvent gut versorgen.«

Hildegardis lachte schrill. »Benedetti, alles paletti, Hagazussa, Zaubersche, Hex', Hex', Hex', lamia, incantatrix, strega, strega, sortilega!« Sie sprach rasend schnell, ihr Blick war immer noch ausdruckslos und gläsern.

Die Männer griffen sie fest an den Armen. »Sie muss vor einen Syndicus, und die ehrwürdige Meisterin kann gleich den Diebstahl zur Anzeige bringen«, blafften sie, »es muss alles seinen ordnungsgemäßen Gang gehen.«

»Ich will gar nichts anzeigen, ich habe ja das Gold wieder«, sagte Barbara hilflos, aber sie fand kein Gehör und folgte schließlich den Gewaltdienern, die Hildegardis in der Mitte führten, ins Rathaus.

Sie wurden in einen Raum mit vergitterten Fenstern gebracht, einer der Gewaltdiener machte sich auf die Suche nach einem Syndicus, der andere blieb lustlos an der Tür stehen, starrte vor sich hin und schien schließlich im Stehen einzuschlafen.

Barbara beobachtete Hildegardis, die in der Ecke stand und ruhelos von einem Bein auf das andere trat. Allmählich verlor sie den starren Blick, sie war jetzt bleich und hatte dunkle Augenringe. Barbara trat dicht an sie heran und legte ihr die Hand auf den Arm, sie sprach leise.

»Was ist es, das du hier im Rat anzeigen möchtest, Hildegardis? Was meinst du mit Hagazussa und Benedetti?«

Hildegardis sah auf die Erde, ihre Schultern zuckten, in ihr schien es heftig zu kämpfen.

»Sie ist eine Bestie, sie hat mich angeschrien und getreten«, flüsterte sie, »sie hat mir schrecklich wehgetan. Sie ist bösartig, sie ist eine verführerische Schlange, und wenn du nicht aufpasst, hackt sie dir Blutmale in den Hals, sie saugt dich an mit ihren Schlangenaugen und hält dich fest, bis du nicht mehr weißt, wo du hin sollst, und dann beißt sie zu mit ihren Giftzähnen.«

Barbara schaute nervös zur Tür, sie flüsterte beschwörend.

»Pass auf, wenn sie gleich kommen, sagst du, du hättest dich geirrt, du hättest gar nichts anzuzeigen. Und ich sage, du hättest das Gold nicht gestohlen, es sei alles in Ordnung, ein Versehen. Und dann gehst du mit mir in den Konvent, ohne Aufsehen, und tust, was ich dir sage. Hast du das verstanden?«

Hildegardis schaute auf, ihr Blick sprühte wieder Feuer.

»Und wenn ich das nicht tue? Ich denke nicht daran, diese dumme Kuh in Schutz zu nehmen, die soll nicht ungeschoren davonkommen.«

»Willst du Elsa wirklich dem Scheiterhaufen überantworten? Du solltest dich in Grund und Boden schämen, Hildegardis. Aber dann werde ich dich als Diebin bezichtigen, denn eine solche bist du ja in der Tat, es gibt genug Zeugen, die die Spindeln bei dir gesehen haben. Und was sie mit Diebinnen machen, weißt du ja wohl.«

Die Aussicht, mit einem Nachen in die Mitte des Rheins gerudert und dort ertränkt zu werden, schien Hildegardis zur Einsicht zu bringen, jedenfalls sah sie betreten vor sich hin und sagte nichts mehr. Barbara richtete ihr schnell das Haar, steckte die Flechten fest und strich ihr die Strähnen aus dem Gesicht.

Der inzwischen schnarchend an der Wand lehnende Gewaltdiener schreckte hoch, als sein Kollege in Ermangelung eines Syndicus' mit einem niedrigen Beamten erschien, dem die Sache ausgesprochen lästig zu sein schien. Barbara sprach für Hildegardis und stellte den Vorfall so dar, als wäre die junge Begine wegen eines vorangegangenen Streites ein wenig außer sich geraten und habe deshalb den Auflauf verursacht, ihre Äußerungen über Hexerei bezeichnete Barbara als dummes Gerede. Auch habe die Begine niemals versucht, Goldgarn zu stehlen, alles beruhe auf einem bedauerlichen Irrtum.

Der Beamte fertigte einen Vermerk an und war offenkundig froh, die beiden schnell wieder los zu sein.

Friedrich und Francesco hatten, während Hildegardis und Barbara im Rathaus waren, fieberhaft überlegt, ob Friedrich ihnen nachgehen und sich für ihre Freilassung einsetzen sollte. Er hatte es aber dann gelassen, weil er die Gaffelmeister Eberhard Praetorius und Alois Kryn Unter Cordweveren entlangkommen sah. Sie waren auf dem Weg zu dem Mittagsmahl, das die Ratsherren gewöhnlich vor ihren Sitzungen gemeinsam einnahmen.

Zwei Ehefrauen von Syndici hatten die Szene mit Hildegardis beobachtet und waren im Begriff, sich auf die beiden Zunftmeister zu stürzen, um ihnen den unerhörten Vorfall zu schildern. Friedrich kam ihnen zuvor und stellte sich seinen Ratskollegen lächelnd in den Weg.

»Gelobt sei Jesus Christus.«

»In Ewigkeit, Amen.«

Kryn und Praetorius setzten mit unbewegten Gesichtern ihren Weg fort, Friedrich folgte ihnen unsicher.

»Ich hoffe, Sie hatten einen angenehmen Vormittag. Wie laufen die Geschäfte?«

Die beiden blieben widerwillig stehen. Während der hagere, steifleinerne Praetorius zu einem umständlichen Vortrag über den steigenden Lederpreis, ganz zu schweigen von den unerschwinglichen Zöllen, ansetzte, behielt Friedrich nervös den Rathausvorplatz im Auge.

»Ich bin dagegen, dass wir dem Antrag der Stiftsdamen von St. Cäcilien, den Zuschuss für das Findelhaus zu erhöhen, stattgeben«, ließ sich nun Alois Kryn dröhnend vernehmen. Das breite Gesicht des schweren Mannes war gerötet, offenbar hatte er schon vor dem Essen ein paar ordentliche Schoppen genossen. »Ich finde nicht, dass es die Aufgabe der Bürgerschaft ist, das ganze Gelichter zu unterhalten, das hier bei uns unterkriecht. Sie sollen bleiben, wo der Pfeffer wächst, von denen hat keiner in Cöln was verloren. Wo kommen wir denn da hin! Einfach hier einrücken und sagen Hoher Rat, du musst uns jetzt durchfüttern, nein, nein, das geht nicht mehr länger so weiter, da müssen wir einen Riegel vorschieben, sonst locken wir immer mehr von denen an. Die geben die Parole aus: In Cöln ist es schön, da kann man sich den Bauch voll schlagen, ohne sich krumm zu machen. Das geht doch entschieden zu weit.«

»Das Gelichter und die Lutherischen, das sind die Übel unserer Zeit, die Plagen, die Heimsuchungen für unsere heilige Vaterstadt.« Eberhard Praetorius sah bekümmert seinen Schwager an. »Den Lutherischen hat unser wackerer und frommer Erzbischof ja Gott sei Dank Beine gemacht, aber das Pack, das Gesindel, ich weiß nicht, wir werden noch daran ersticken. Wir werden der Plage nicht Herr, wenn wir nicht energischer durchgreifen.«

»Und diese Beginen schüren es, da kann mir einer sagen, was er will.« Kryn sah Friedrich aus wässerigen Augen feindselig an. »Auch wenn meine Frau sie immer bis in den Himmel lobt. Ich meine, dass diese ganze Mildtätigkeit die Wurzel allen Übels ist, sie lockt den Pöbel doch erst an.«

Friedrich überlegte, wie er reagieren sollte, und als Kryn seinen provozierenden Blick nicht von ihm abwendete, beschloss er, aufs Ganze zu gehen und einen Teil seiner sorgfältig vorbereiteten Rede für die Ratssitzung schon vorwegzunehmen.

»Wir sind eine stolze und freie Reichsstadt, hochehrwürdiger Meister Kryn, wir sind keinem anderen verpflichtet als unserem Kaiser und unserem Gott. Unser Gott aber sagt uns durch seinen Sohn Jesus Christus, dass uns die Liebe zum Menschengeschlecht aufgegeben ist. Er ist nicht wie die Götzen der Heiden, die ihren Zorn nicht lassen können, er widerruft das Versprechen seiner Zuneigung nicht, er sichert auch den Armen ihre Würde und ihr Überleben zu. Sind Sie nicht auch dieser Auffassung, hochehrwürdige Kollegen des Hohen Rates?«

Kryn und Praetorius antworteten nicht, stattdessen sahen sie sich bedeutungsvoll an und wandten sich stumm ab. Da wusste Friedrich, dass er verloren hatte. Die ganze Zeit hatte eine namenlose Angst in seiner Magengrube gelauert, jetzt schoss sie hoch, und ihm wurde übel, einen Augenblick verschwammen die beiden Ratsherren, die jetzt mit festen Schritten Richtung Rathaus steuerten, und drehten sich vor seinen Augen. Zum Glück war Francesco hinter ihm und nahm seinen Arm.

Im gleichen Moment bemerkten sie erleichtert, dass Barbara und Hildegardis unversehrt aus dem Rathaus kamen. Die Ratsherren grüßten die Overstolz-Tochter ehrerbietig und sahen misstrauisch herüber, als Barbara bei Friedrich und seinem Begleiter stehen blieb und ihnen etwas zuflüsterte, bevor sie, die junge Begine an der Hand hinter sich herziehend, in Richtung St. Jakob eilte.

Francesco ging ebenfalls und versprach, sich zu Hause um Susanna zu kümmern.

Friedrich beschloss, den anderen Ratsherren nicht zur gemeinsamen Mittagstafel zu folgen, denn ihm war immer noch übel, und allein der Gedanke an das unmäßige Geschlemme und Gesaufe seiner Kollegen verursachte ihm einen Würgereiz. So suchte er sich eine leere Amtsstube und feilte an seiner Rede herum. Er ging noch einmal seine Notizen durch, ergänzte sie hier und da durch Anmerkungen und beschloss schließlich, am Ende nochmals Friedrich Spee mit dem Versprechen der Zuneigung Gottes zu zitieren. Sein Mut sank, er stellte sich die unbewegten Mienen der anderen Ratsherren vor und glaubte nicht mehr daran, einen von ihnen überzeugen zu können. Ruhelos lief er hin und her, pumpte Luft in die Brust und stieß sie wieder aus, räusperte sich, versuchte Töne zu bilden, die voll und überzeugend klingen sollten. Aber die Übelkeit blieb, die Angst saß als schmerzender Klumpen in seinem Bauch, trotz aller Stimmübungen hatte Friedrich das Gefühl, dass er umso zittriger klang, je weiter die Uhr vorrückte. Als die Glocke zwei Mal schlug, setzte er sich mit bebenden Knien in Richtung Ratssaal in Bewegung.

Bevor Gislind und Elsa sich auf den Weg zum Hafen machten, steckten sie sich die Haare zu festen Knoten zusammen und zogen die Kapuzen tief ins Gesicht. Sie sagten Susanna, die Speisekammer sei leer und sie müssten dringend einkaufen, dann schärften sie Entgen und Lyss ein, sich um die Kranke zu kümmern, ihr Brühe zu bringen, ein wenig mit Sandelholz zu räuchern und ihr das Gesicht mit lauwarmem Lavendelwasser abzutupfen. Die beiden versprachen es, und als Gislind und Elsa gingen, duftete es aus dem Obergeschoss, und sie hörten Entgen und Lyss mit ihren dünnen Stimmchen und Susanna in mattem Gelispel.

Heilige Mutter Gottes, bitte für uns, heilige Jungfrau, bitte für uns, du geheimnisvolle Rose, bitte für uns.

»Hast du das Geld?« Elsa flüsterte und sah immer wieder ängstlich und voller Schuldgefühle die Treppe hinauf.

Sie hatten mit Barbaras Hilfe ohne Susannas Wissen die Bankkonten, die Auticara ihnen vor ihrem Tod eingerichtet hatte, geplündert, um die Reise bezahlen zu können. Wenn es nicht reichte, hatten sie überlegt, konnten sie in Indien immer noch Umhänge weben und verkaufen, um sich die Rückfahrt zu verdienen. Jetzt wollten sie ein paar Goldtaler mit zum Hafen nehmen, um, falls sie eine Passage nach Amsterdam bekamen, sie gleich bezahlen zu können.

Sie öffneten leise die Haustür und horchten, bevor sie auf die Straße traten, noch einmal nach oben, von wo immer noch die Litanei summte.

Mutter der göttlichen Gnade bitte für uns, Mutter, du Reine, bitte für uns, Mutter, du Keusche, bitte für uns, Mutter, ohne Makel, bitte für uns.

Auf der Schildergasse kam ihnen Francesco entgegen, der in knappen Worten berichtete, was geschehen war, und dabei den Auftritt von Hildegardis vor dem Rathaus harmloser darstellte, als er gewesen war. Gislind bekam rosige Wangen, hing an seinen Lippen und rückte nahe an ihn heran, während Elsa grau wurde, einen Schritt zurücktrat, den Mund zusammenkniff und so tat, als würde sie das Thema Hildegardis in keiner Weise interessieren.

Francesco ging ins Haus, Elsa schoss im Eiltempo die Schildergasse hinunter.

»Ich finde, wenn er so aufgeregt ist, sieht er noch süßer aus.« Gislind glühte, sie hastete hinter Elsa her. »Warte doch, wir müssen doch nicht rennen, als wäre der Teufel hinter uns her.«

»Aber er ist hinter uns her, merkst du das denn immer noch nicht?« Elsas Nase war spitz, ihr Ton hart. »Uns legt sich die Schlinge um den Hals, und du hältst dich mit diesem Liebesgestöhne auf. Nicht nur Susanna, jetzt komme ich auch noch dran, aber das scheint dir ja völlig egal zu sein. Da rennt sie ins Rathaus und denunziert mich, dieses … dieses … dieses saublöde Miststück, diese dumme Kuh! Ich will nie wieder ein Wort über die hören, diesen Namen will ich nicht mehr hören, sprich ihn nie wieder aus, hörst du? Ich will hier weg, lieber heute als morgen, ich will nichts mehr von diesem widerwärtigen Cöln sehen, ich will nicht da landen, wo *mamma* gelandet ist. Aber nein, das ehrwürdige Fräulein Gislind nimmt es nicht zur Kenntnis, stattdessen stöhnt es sich weiter die Seele aus dem Leib nach dem Liebhaber seiner Schwester, haach, haach, haach, wie ist er schön, wie ist er toll, wie ist er süß, haach, haach, haach, mein Schoß verbrennt, wenn ich ihn sehe, ich stehe in Flammen, das Herz reißt er mir aus der Brust, haach, haach, haach. Weißt du, wie ich das finde? Abscheulich finde ich das, hinterhältig und gemein, ganz und gar bösartig, einer ekligen Schlange würdig, aber nicht meiner Schwester!«

Gislind schlich kleinlaut hinter Elsa her und sagte nichts, bis sie am Buttermarkt angekommen waren, wo die flachen Niederländer beladen wurden und es von Matrosen und Hafenarbeitern wimmelte. Gislind und Elsa streiften ihre Kapuzen ein Stück zurück, um die Schiffe und ihre Besatzungen mustern zu können. Gislind hoffte, einen Rechtschaffenen unter den vielen Männern zu finden, den sie nach einer Passage nach Amsterdam fragen konnten. Aber heute war es nicht wie sonst, wenn sie alleine ging. Die Männer starrten die beiden jungen Beginen an, und je länger sie mit suchendem Gesichtsausdruck über den Buttermarkt und den Fischmarkt bis zum alten Ufer und wieder zurück liefen, umso zotiger und direkter wurden die Bemerkungen, umso schamloser die Blicke. Unter diesen Kerlen war keiner, dem sie sich hätten anvertrauen mögen. Nachdem sie die Reihe der vertäuten Schiffe durchgegangen waren, schwanden ihre Hoffnungen, etwas Geeignetes zu finden, gegen Null.

Sie hatten die Kapuzen wieder weit in die Gesichter gezogen, als sie zwei Gewaltdiener mit schnellen Schritten auf sich zukommen sahen.

»Weg, die Gewalt«, zischte Elsa, aber Gislind hielt sie am Ärmel fest, weil es schon zu spät war, die beiden hielten direkt auf sie zu. Es waren zwei junge Burschen, von denen einer breit gebaut war und forsch daher kam, der andere von eher schmächtiger Statur und wesentlich schüchterner.

»Wenn ich die ehrwürdigen Beginen nach ihrem Begehr fragen dürfte, was haben Sie hier im Hafen zu suchen?« Der Forsche schlug einen strengen Ton an.

»Oh, wir haben ein wenig Fisch kaufen wollen, unserer Meisterin ist nicht wohl, deshalb suchten wir nach Fisch und Gewürzen«, stammelte Gislind, »und nach Heilkräutern, wir wollten Heilkräuter für unsere Meisterin kaufen, jawohl.«

»Und warum haben die Jungfern dann nicht auf die Händler, sondern nur zu den Schiffen hinübergeschaut? Warum haben uns dann Hafenarbeiter darauf aufmerksam gemacht, dass zwei als Beginen getarnte Schlupfhuren Unruhe unter den Männern stiften?«

Elsas schmales Gesicht war fast im Schatten der Kapuze verschwunden, sie drängte sich dicht an Gislind, die reglos stand. Elsa sah nur am Zittern ihrer Hand, wie groß ihre Anspannung war.

»Die Jungfern werden uns jetzt zur Wache folgen, wir werden ihre Namen notieren und sehen, ob sonst noch etwas gegen sie vorliegt. Bis dahin können sie sich eine gute Ausrede überlegen.«

Der Forsche wollte nach Gislinds Arm greifen, aber sie wich zurück und atmete tief ein. Dann ließ sie ihre Kapuze zurückgleiten und ihr Haar hervorschimmern, in ihren Augen erschienen Sternchen, mit denen sie die Männer anblinkte. Sie schob den Ärmel ihrer Kutte ein wenig nach oben, sodass ihr bräunlicher Arm mit den zitternden Härchen und der zarten Armbeuge zu sehen war. Ihre Lippen glänzten und öffneten sich leicht, ihre Augen funkelten wie die Sonnenstrahlen auf der türkisblauen *laguna,* Moschusduft hing in der Luft.

»Wie kann man so etwas Hässliches über zwei ehrbare Beginen sagen«, flötete sie mit süßem Atem, »wo wir doch nur in aller Unschuld ein gutes Heilkraut für unsere Meisterin suchen. Wissen Sie, sie ist auch ein wenig melancholisch, wir haben gehört, dass man seit Neuestem ein Kraut aus Indien zu uns bringt, ein spezielles Kraut gegen die Melancholie, eine ganz besondere Art Hanf, dessen Namen ich vergessen habe. Sie wissen nicht zufällig, wie es heißt?«

Elsa war fassungslos, wie konnte Gislind nur solch dummes, gefährliches Zeug reden! Aber noch fassungsloser war sie, dass die beiden Männer offensichtlich nicht merkten, wie Gislind sie auf den Arm nahm, dass sie sie verzückt anstarrten und auf ihre Frage nur blöde die Köpfe schüttelten.

»Komm, liebe Schwester im Herrn«, sagte Gislind dann schnell und nahm Elsas Ellenbogen, »wir müssen nach Hause eilen, ich spüre, dass die ehrwürdige Meisterin unseren Beistand braucht. Die ehrwürdigen Herren Gewaltdiener werden es uns verzeihen.«

Die Gewaltdiener starrten immer noch wie somnambul auf die funkelnde Gislind, die einen Knicks machte und Elsa fortzog. Als sie ein Stück entfernt waren, rannten sie, als ginge es um ihr Leben, bis zu dem Markt vor St. Jakob, in dessen Gewühl sie sich zunächst etwas sicherer fühlten. Dann tauchten mit suchenden Blicken die beiden Gewaltdiener auf, und Gislind schob Elsa an den Hauswänden entlang bis zum Konvent der Goldspinnerinnen, wo sie sich in den tiefen Eingang drückten und Gislind heftig an die Pforte klopfte.

»Ich will da nicht hin«, keuchte Elsa, »ich setze keinen Fuß da rein.«

Sie sahen, dass die Gewaltdiener vorüberhasteten und ihre Spur verloren zu haben schienen.

»Los, komm, sonst laufen wir ihnen direkt in die Arme, wir haben keine Wahl.«

Schwester Bernarda schaute misstrauisch durch das vergitterte Fenster in der Tür und öffnete erschrocken, als Gislind mit fliegendem Atem hervorstieß, sie solle sich beeilen, die Gewalt sei hinter ihnen her.

»Jesus, Maria!«, rief die schon betagte Begine, der die Aufregungen des heutigen Tages im Gesicht standen. »Was ist denn heute nur los? Der Herr von Essen ist auch schon bei der Meisterin, er kam eben völlig aufgelöst aus der Ratssitzung.«

Sie brachte die Mädchen eilig zu Barbara, die mit Friedrich in ihrem Zimmer über einem Bogen Papier saß und eifrig schrieb.

»Wir setzen gerade eine Verteidigungsschrift für Susanna auf«, stieß Friedrich heraus, »Aldenhoven setzt alles daran, ihre Verhaftung zu erwirken.«

Auf der Ratssitzung war er gar nicht mehr dazu gekommen, seine Rede zu halten. Nachdem der Rat mit vierzig gegen neun

Stimmen – unter denen sich Friedrichs befand – eine Erhöhung des Zuschusses an das Findelhaus abgelehnt hatte, hatte der Schöffe von Aldenhoven das die Begine Susanna Benedetti betreffende Hexengutachten verlesen.

»Er tat es langsam und genüsslich«, sagte Friedrich, »er ließ sich jedes Wort auf der Zunge zergehen, der Geifer tropfte ihm herunter.«

Das Gutachten sah nicht nur einen schweren Schadenszauber mit Blitzeinschlag und widernatürlich starken Sturmböen, hervorgerufen durch die Begine Susanna Benedetti zum Nachteil des ehrwürdigen Schöffen von Aldenhoven, als erwiesen an, sondern bezichtigte sie auch, ihren Kundinnen verdorbene Speisen gereicht zu haben, von denen diese starkes Leibgrimmen bekommen hätten und auf den Tod erkrankt seien. Dieser letzte Punkt war durch die Zeuginnen Dorothea Geil und Amalia Richartz belegt. Die gleichen Zeuginnen beschuldigten darüber hinaus die Begine Colomba Benedetti, zurzeit auf Reisen und dadurch der Cölner Gerichtsbarkeit entzogen, sich ohne Erlaubnis als Hebamme zu betätigen und den Wöchnerinnen vergiftete Tränke zu reichen, außerdem schlage sie die Neugeborenen auf die Fußsohlen, eine Praxis, die ein valides Hexenstigma sei und die man bereits von der Hebamme Marie Renoit kenne. Die sich zurzeit im Verhör befindliche En Volmers, die ebenfalls als Hexe angeklagt sei, habe im Übrigen sowohl Susanna als auch Colomba Benedetti auf einem Hexensabbat gesehen.

»Eine Lüge reiht sich an die andere!« Barbara schnaubte. »Die Geil und die Richartz sind einfach nur hinterhältige, falsche Schlangen. Ihnen hat die Schokolade prächtig gemundet, ich habe es selbst gesehen, wie sie sich damit voll gestopft und die Lippen abgeleckt haben, bis sie nicht mehr konnten. Kein Wunder, dass sie davon Leibgrimmen bekommen haben. Und bei unseren ehrwürdigen Ratsherren frage ich mich wirklich, wie sie ein solches Lügengebäude mit ihrem christlichen Selbstverständnis in Einklang bringen.«

»Es nützt alles nichts, wir sitzen am kürzeren Hebel«, seufzte Friedrich, »sie ziehen alle an einem Strang und setzen durch, was sie wollen, das Wort Gerechtigkeit existiert nicht mehr.«

Barbara schlug verzweifelt die Augen gen Himmel, als Gislind und Elsa von ihrem Zusammenstoß mit der Gewalt berichteten. Dann richtete sie sich kerzengerade auf und fand ihre alte, kämpferische Haltung wieder.

»Wir müssen handeln«, sagte sie entschlossen, »und zwar auf der Stelle. Ihr müsst so schnell wie möglich fort.«

»Ohne ein Schiff geht gar nichts«, sagte Gislind, »wenn ich nur wüsste, wo wir eins herkriegen.«

»Ich finde, wir sollten uns als Männer verkleiden, Haare abschneiden und Hosen an, dann passiert uns nicht so was wie heute Morgen. Schlupfhuren, die sind ja wohl nicht ganz bei Trost!« Elsa sprach hastig und sah immer wieder zur Tür, sie hockte verkrampft auf der Stuhlkante und zog die Schultern zusammen.

Gislinds Blick erhellte sich plötzlich. »Was ist denn eigentlich mit unseren Gärtnerinnen Gottes? Die sind doch immer so erpicht darauf, Gutes zu tun. Haben sie nicht etwas von Schiffen erzählt, die ihnen gehören? Haben sie nicht damit geprahlt, dass jede zwei Niederländer in die Ehe mit eingebracht hätte, die ständig zwischen Cöln und Amsterdam hin- und herfahren? Sollen wir sie vielleicht mal fragen?«

Barbara schlug sich an die Stirn. »Eine glänzende Idee, darauf hätten wir früher kommen sollen, ihr hättet euch die ganzen Aufregungen sparen können. Und die Haare abschneiden ist sehr gut, dann könnt ihr sie unterwegs auch leichter pflegen.«

Gislind durchfuhr es heiß, sie griff an ihren Haarknoten, der sich zu lösen begann.

»Ich werde noch heute Nachmittag zu Frau Kryn gehen«, fuhr Barbara entschlossen fort, »gebe Gott, dass sie etwas tun kann. Und ihr Männer holt den Planwagen und fangt im Hof an zu packen, Entgen, Lyss und Peter können euch helfen. Ihr werdet sehen, wir schaffen es!«

Sie tätschelte dem zusammengesunken dasitzenden Friedrich ermunternd den Arm, dann wandte sie sich an Gislind und Elsa.

»Und ihr geht mit Friedrich nach Hause, nehmt die Kapuzen, haltet den Kopf gesenkt und schaut nicht nach rechts und nicht nach links. Dann richtet ihr sofort euch und eure Sachen, damit ihr in jedem Augenblick aufbrechen könnt. Und wenn alles fertig ist, setzt ihr euch zu Susanna, betet mit ihr, tröstet sie, sagt ihr, dass ihr sie lieb habt und zu ihr zurückkehren werdet. Ich sage euch Bescheid, was ich bei Frau Kryn erreiche, vielleicht geht schon am Montag ein Schiff.«

Gislind und Elsa nickten aufgeregt und brachen auf, Elsa entspannte sich und wurde immer munterer und aufgedrehter, je weiter sie sich von St. Jakob entfernten.

Bevor sie sich auf den Weg zu Anna Kryn machte, lief Barbara die Treppe hinauf in das kleine Zimmer von Hildegardis, dessen Tür sie von außen abgeschlossen hatte. Die Begine war nach der Rückkehr aus dem Rathaus wieder sehr unruhig gewesen und hatte nach Opium verlangt, Barbara hatte ihr nur widerwillig eine kleine Dosis gegeben. Hildegardis war schnell eingeschlafen, warf sich jetzt aber wieder hin und her, die Wirkung des Schlafmohns schien nachzulassen.

Barbara strich ihr über die glatte Stirn, die gerade, energische Nase, den breiten, leidenschaftlichen Mund, der zuckte, als wolle er Worte formen. Hildegardis' Flechten waren aufgelöst, glatte, blonde Strähnen fielen über ihr schönes Gesicht. Auch für sie wurde es Zeit fortzukommen, sie konnte nur Ruhe finden an einem Ort, an dem sie nichts an Elsa erinnerte. Barbara beschloss, sie so schnell wie möglich in die Postkutsche nach Nürnberg zu setzen, und rief nach Bernarda, damit sie sich um Hildegardis kümmerte. Dann kniete sie sich vor ihr Bett.

Heilige Mutter Gottes, bitte für meine Hildegardis, Mutter des Schöpfers, Mutter des Erlösers, bitte für dieses junge Menschenkind und lasse es in Frieden so leben, wie unser Herrgott es geschaffen hat.

Anna Kryn saß mit einer Stickarbeit unter einer breiten, steifen, weiß leinernen Flügelhaube am Fenster ihres Hauses An Minoriten, als Barbara von dem Hausmädchen hereingeführt wurde.

»Ehrwürdige Meisterin, welche Ehre, du lieber Himmel, so eine Überraschung. Gelobt sei Jesus Christus!« Anna Kryn sprang überrascht auf, stammelte und wurde zuerst rot vor Verlegenheit, dann fing sie sich und strahlte vor Stolz über den vornehmen Besuch. Eilig schickte sie das Hausmädchen in die Küche, damit es eine Schokolade aufsetze, die man, so plapperte sie, seitdem man sie bei den Benedettis kennen gelernt habe, nicht mehr missen wolle. Dann beugte sie sich zu Barbara und lächelte verlegen.

»Nachmittags muss ich immer dieses Ding aufsetzen, weil mein Mann dann jeden Augenblick kommen kann.« Sie wies auf ihre Haube, die ihr halbes Gesicht beschattete und ihr das Aussehen einer ältlichen Nonne gab. »Er will nicht, dass ich die kleinen Hauben trage, obwohl sie doch viel hübscher sind, er behauptet, darin würden mich die Dienstboten weniger respektieren. Dabei sehe ich so doch aus wie meine eigene Großmutter, finden Sie nicht?«

»Sie verleiht Ihnen durchaus etwas Ehrwürdiges«, schmeichelte Barbara, dann kam sie ohne Umschweife auf ihr Anliegen zu sprechen. »Ich brauche Ihre Hilfe und Unterstützung, verehrteste Frau Kryn, ich bin in großer Not. Sie haben mir einmal zugesagt, dass Sie zu den Gärtnerinnen Gottes gehören wollen, die das Gute, den Segen, den unser Herr Jesus auf diese Welt gebracht hat, pflegen und düngen wollen, die mithelfen wollen, dass die Gnade des Herrn allgegenwärtig ist.«

Anna Kryns Augen begannen zu leuchten, ihre Wangen zu glühen. Sie nestelte an ihrer Gürtelschnalle und nickte eifrig.

»Die Knospen der Güte, das Grün der Menschlichkeit, die Blumen der Liebe hier in unserem Erdengarten, das haben Sie gesagt, ehrwürdige Meisterin, das werde ich niemals vergessen, das hat mir zu und zu gut gefallen, immer wieder habe ich es mit meiner Schwester wiederholt. Wir werden helfen, sie zu pflegen und die Saat des alten Geistes auszurotten, das haben wir uns gegenseitig fest in die Hand versprochen, und Sie können sich darauf verlassen, so wahr ich hier sitze.«

»Ich brauche Ihre Hilfe jetzt und auf der Stelle, es ist sehr dringend. Fräulein Gislind und Fräulein Elsa müssen sofort nach Amsterdam«, flüsterte Barbara eindringlich, indem sie sich weit zu Anna Kryns Ohr vorbeugte. »Wir brauchen so schnell wie möglich eine Schiffspassage für die beiden, aber die Obrigkeit darf nichts davon mitbekommen. Und ich dachte, Sie besitzen doch Schiffe und könnten uns vielleicht helfen.«

In Frau Kryns rundes Gesicht kam Leben, ihre Augen glänzten unternehmungslustig, ihre Haubenfalten zitterten.

»Das will ich gerne tun. Oh, wie ist das aufregend! Wir werden gleich zu meinem Bruder Heinrich gehen, er betreibt die Schiffsagentur unseres Vaters und müsste noch in seinem Kontor am Buttermarkt sein. Ich hoffe, ich kann ihn überreden, die beiden mitzunehmen, ohne dass er es gleich meinem Mann hinterträgt. Der kann übrigens jeden Augenblick kommen«, flüsterte sie, »das Beste ist, wir gehen jetzt gleich. Kryn darf davon um Gottes willen nichts erfahren, der sperrt mich ein, wenn ich den Benedettis helfe. Wir müssen alles in großer Heimlichkeit abwickeln, aber kommen Sie, Frau Barbara, ich fürchte mich nicht, ich werde jetzt tun, was ich für richtig halte. Schließlich sind es meine Schiffe, ich habe sie in die Ehe eingebracht, und ich kann damit machen, was ich will!«

Sie sprang mit einer Wendigkeit auf, die Barbara bis dahin noch nicht bei ihr gesehen hatte, riss sich die riesige Haube vom Kopf, stülpte sich hastig eine kleinere, elegante über, richtete sie vor dem Spiegel und zupfte einige Locken darunter hervor. Dann warf sie ihren Umhang um und klingelte nach dem Hausmädchen.

»Frau Overstolz und ich gehen noch eben zu meinem Bruder, bitte richte das dem Herrn aus. Unserer Mutter ist nicht wohl, Frau Overstolz will uns eine Rezeptur geben, die es bessern soll. Sage dem Herrn doch, falls er vor mir kommt, er möge schon ohne mich essen, es könne später werden. Sage ihm, ich sei in Sorge um meine Mutter.«

Draußen bekreuzigte Anna Kryn sich und flüsterte, der Herr werde ihr diese Lüge verzeihen, aber ihre Augen funkelten, und sie lief eilig vor Barbara her in Richtung Unter Goldschmied, wo sie ihre Schwester abholen wollten. Als Maria Praetorius hörte, worum es ging, strahlte sie ebenso aufgeregt, hüllte sich schnell in ihren Umhang und kam mit ihnen. Auf dem Weg zum Buttermarkt klärte Barbara Maria über ihr Vorhaben auf, dann überlegten alle drei fieberhaft, wie sie den staubtrockenen, humorlosen und konservativen Heinrich Fryge dazu bewegen konnten, auf die Schnelle zwei blinde Passagiere zu befördern, ohne dumme Fragen zu stellen.

»Zwei so schöne junge Frauen, das macht der nie«, sagte Anna Kryn. »Der sorgt sich doch mehr um Zucht und Ordnung, als um alles andere. Wenn er das goldene Haar von Fräulein Gislind sieht, wird er doch denken, dass sie dem Kapitän die ganze Mannschaft durcheinander bringt. Übrigens nicht zu Unrecht, was meinen Sie?«

»Die werden jedem den Kopf verdrehen, da bin ich ganz sicher«, kicherte Maria Praetorius. »Sie sind doch beide der Liebreiz in Person. Mein Gott, wie ich sie beneide, was werden sie nur alles erleben. Natürlich darf man sich die Gefahren überhaupt nicht vorstellen. Was kann ihnen unterwegs bloß alles zustoßen, die ganzen wilden Tiere, Tiger und Elefanten, du lieber Himmel, da würde es mich entsetzlich grausen! Stellt euch mal vor, ihr steht plötzlich vor so einem Ungetüm, mitten im Urwald, stellt euch das bloß mal vor! Oder Menschenfresser, oder diese riesigen, geflügelten Drachen, es soll ja dort alles geben, oh je, oh je, hoffentlich landen sie nicht in irgendeinem Kochtopf oder im Bauch von so einem Ungeheuer. Und wer weiß, vielleicht denken Fräulein Elsa und Fräulein Gislind ja dann manchmal an uns, wenn sie durch die Regenwälder streifen, vielleicht denken sie: Anna Kryn und Maria Praetorius, die Fryge-Schwestern aus Cöln, haben mitgeholfen, dass wir hier sein können. Heilige Jungfrau, wäre das nicht wunderschön?«

»Wir hatten schon überlegt, ob sie sich die Haare abschneiden und als Männer verkleiden sollen«, sagte Barbara, »wir könnten sie als Handelslehrlinge ausgeben, was meinen Sie? Zwei entfernte Neffen von mir, zwei junge Overstolzen, die in Amsterdam das holländische Handelsrecht und die Sprache erlernen sollen, wäre das nicht eine Idee?«

»Da wird mein Bruder allerdings fragen, weshalb es so eine Eile hat und weshalb sie nicht mit ordentlichen Papieren reisen.«

»Wir sagen, einer unserer Handelspartner in Amsterdam sei

in Kalamitäten geraten und brauche sofort und auf der Stelle wichtige Unterlagen, sonst werde ihm ein großer Wechsel platzen.«

»Das könnte gehen, allerdings, ich weiß nicht, Fräulein Elsa würde mit kurzem Haar ja vielleicht als Junge durchgehen, aber Fräulein Gislind? Sie wird doch immer aussehen wie die lieblichste Frau auf der Welt, und wenn sie sich den Schädel kahl rasieren würde.«

»Sie setzen beide große Hüte auf und schwärzen sich die Gesichter, und sie müssen sich die ganze Zeit in ihrer Kajüte aufhalten, wir schärfen ihnen ein, dass sie sich möglichst gar nicht vor der Mannschaft zeigen. Zum Glück dauert es ja höchstens drei Tage bis Amsterdam.«

»Aber danach, was wird dann mit ihnen? Indien, da müssen sie ja einmal um die ganze Welt, auf diesen Schiffen sind doch nur Männer, Gott im Himmel, wie werden sie sich nur durchschlagen!«

»Gott im Himmel wird ihnen beistehen, da bin ich ganz sicher.«

Als sie vor dem mürrischen Heinrich Fryge standen, der um etliches älter, aber genauso unscheinbar war wie seine Schwestern, setzte Meisterin Barbara ihren strahlendsten Blick auf und unterstrich immer wieder ihre Herkunft. Die beiden Neffen, so legte sie dem Schiffsagenten dar, stammten zwar aus der entfernteren Verwandtschaft der Overstolzen, aber sie seien ungemein begabte junge Kaufleute, und ihr Vater hege große Hoffnungen, dass sie einmal in Amsterdam eine Dependance aufbauen könnten.

»Sie würden meinem Vater sehr helfen«, sagte Barbara mit ihrer schmeichelndsten Stimme und rückte nahe an Fryge heran. »Leider kann ich Ihnen nicht genau sagen, in welcher Mission Herr Guntram und Herr Eberhard Overstolz nach Amsterdam reisen müssen, da ich den Grund selbst auch nicht genau kenne. Sie müssen wissen, dass die Sache strengster Geheimhaltung unterliegt. Selbstverständlich bezahle ich die Passage jetzt sofort in bar, wenn Sie es wünschen.«

Die mehrfache Nennung des Namens Overstolz und der Goldtaler, den Barbara aus ihrem Beutel zog, ließen auch das letzte Misstrauen von Heinrich Fryge weichen. Mit devotem Lächeln steckte er das Geld in die Tasche und flüsterte, die beiden Burschen sollten sich am Montag um drei in der Frühe an der Anlegestelle der »Herzogin Amalia« einfinden, dort werde der Kapitän sie an Bord nehmen, er, Fryge, werde es höchstpersönlich veranlassen und überwachen.

Sie brachten Maria nach Hause, und als sie sich An Minoriten von Barbara verabschiedete, nahm Barbara Annas Hand.

»Ich danke Ihnen von ganzem Herzen, liebe Frau Kryn, ich melde mich auf jeden Fall noch einmal bei Ihnen. Aber was ist, Sie sehen plötzlich so traurig aus.«

»Ich habe eine dunkle Ahnung in mir, Meisterin, als würde der Weggang von Fräulein Gislind und Fräulein Elsa bedeuten, dass ich auch Frau Susanna niemals wiedersehen werde, ebenso Frau Agatha und Frau Colomba, als würden sie nicht mehr zurückkommen, auch der kleine Paolo. Es zerreißt mir schier das Herz, wenn ich darüber nachdenke.« Anna hatte Tränen in den Augen.

Barbara nahm ihre kalten Hände. »Das kann durchaus möglich sein. Es sieht vieles danach aus, als werde der Rat sich für eine Anklage gegen Frau Susanna aussprechen, und wir werden alles daransetzen, dass sie nicht auf die Schlachtbank geführt wird, wie all die anderen armen Seelen. Aber ich bitte Sie inständig, dieses tief in Ihrer Brust zu vergraben, sprechen Sie mit niemandem darüber.«

Anna Kryn nickte unter Tränen und schluchzte auf, dann sahen sie in dem trüben Licht, das aus den Fenstern fiel, wie Alois Kryn breitbeinig schaukelnd die Straße herunterkam.

»Sie können sich felsenfest drauf verlassen«, flüsterte Anna Barbara zu, bevor sie ins Haus schlüpfte, »von mir erfährt niemand etwas, am wenigsten mein Mann. Da kommt er, er ist auch einer von den Mördern. Mir wird ganz übel, wenn ich dran denke, dass ich mit so einem das Bett teilen muss.«

Barbara lief in die Schildergasse und klopfte dreimal, wie sie es mit Friedrich und den Mädchen verabredet hatte. Francesco öffnete, zog sie gleich durch die Eingangshalle zum Hinterausgang und zeigte ihr den geräumigen Planwagen, der von Fackeln beleuchtet im Hof stand. Friedrich wuchtete eine schwere Kiste nach der anderen hinein. Barbara bestaunte das Gefährt, begutachtete die Radachsen und nickte anerkennend.

»Damit könnt ihr es bis Italien schaffen«, sagte sie, »jedenfalls, wenn die Straßen einigermaßen sind. Wir müssen nur noch sehen, wie wir euch unbemerkt aus der Stadt kriegen, aber es wird uns schon was einfallen.«

Sie schaute in die Küche, wo Entgen, Lyss und Peter dabei waren, Gerätschaften einzupacken.

»Wir gehen mit«, strahlte Entgen, »wir müssen nicht hier allein bleiben, Susanna braucht uns in Italien.«

Barbara streichelte ihnen die Wangen, dann lief sie die Treppe hinauf und klopfte vorsichtig an Susannas Zimmertür. Dahinter bot sich ihr ein herzergreifendes Bild. In jeder Ecke des Raumes verbreiteten Kerzen trauliches Licht, über manchen hingen an Gestellen kleine Schüsseln mit Wasser und Rosenöl, aus denen es süß dampfte und duftete. Gislind und Elsa lagen eng an Susanna geschmiegt bei ihr auf dem Bett, sie hatten rosige Wangen, und Susanna streichelte die Kleinen unablässig, spielte mit ihren Fingern in ihrem Haar, küsste immer wieder ihre Köpfe und Hände.

»Wie sollen wir es machen, jeden Sonntag aneinander zu denken, Sannina«, sagte Elsa. »Hier ist doch Nacht, wenn in Indien Tag ist, dort ist schon Montag, wenn hier noch Sonntag ist, da ist nichts zur gleichen Zeit, noch nicht mal der Vollmond.«

»Vielleicht könnten wir jeden Abend, wenn wir in Indien die Sonne untergehen sehen, ihr Grüße für euch mitgeben, sie geht ja dann bald hier auf. Ich glaube, es dauert nur ein paar Stunden. Wenn ihr sie morgens seht, wisst ihr, dass sie gerade noch bei uns war. Und wenn ihr unbedingt sofort mit uns sprechen müsst, dann schickt ihr es uns über einen Traum, oder sonst irgendwas, Agatha wird schon was einfallen.«

»Das ist ein guter Gedanke, *dolcissima*, und wenn abends die Sonne bei uns untergeht, geben wir ihr Grüße mit, weil sie ja dann schon bald wieder bei euch zum Vorschein kommt.«

Susanna war gefasst und offensichtlich dabei, sich mit dem Abschied abzufinden. Barbara setzte sich zu den dreien.

»Wie geht es dir, meine Liebe, mir scheint, etwas besser?«

»Ach ja, ach ja, wenn ich nur einmal richtig schlafen könnte und diese Mattigkeit nicht wäre, und wenn ich nur die Angst bezwingen könnte, die Angst, sie zu verlieren, ist so entsetzlich, sie schneidet mir in die Eingeweide, als würde man ein Messer darin herumdrehen. In den wenigen Stunden, die ich schlafe, träume ich, dass sie auf einer Eisscholle den Rhein hinuntertreiben, hinein in die weiten Ozeane, wo hohe Wellen über ihnen zusammenschlagen und Seeungeheuer auf sie lauern, ich sehe sie an ferne Gestade treiben, wo Schlangen mit Menschengesichtern hausen, es gibt Götzenbilder mit vielen Armen und riesigen Zähnen, Riesen mit pelzigen Tatzen greifen nach unseren Kleinen. Ich kann nichts dagegen tun, jede Nacht suchen mich die Alpträume heim.«

»Aber letzte Nacht war es doch anders, erzähle Barbara auch diesen Traum«, zirpte Elsa.

»Ach, plötzlich war es so schön, wie im Paradies. Ich sehe meine Kleinen am Strand eines weiten Meeres im warmen Wasser stehen, klar und türkisfarben, viel schöner noch als die *laguna*. Fische, die in unendlicher Farbenpracht schillern und leuchten und Gesichter wie freundliche Masken haben, umschwimmen ihre Zehen, manche springen auch silbrig aus dem Wasser. Algen schwimmen in den blauen Fluten, wie die schönsten Orchideen geformt, dazu Korallen, Krebse und Schnecken und überhaupt alles, was in den warmen Meeren kreucht und fleucht. Kleine braune Menschen paddeln in Booten mit hellen Segeln, am Ufer äsen Hirsche, deren Gehörn gewunden ist wie eine Schraube, und überall klettern Affen herum. Ich höre *mammas* Stimme, die sagt, ich solle Vertrauen ins Leben haben, alles geschehe zu unserem Besten, zu meinem und Gislinds und Elsas. Wenn es sie so stark fortdrängte, habe das einen Sinn für ihr Leben, ich müsse sie loslassen und diese Prüfung annehmen, an der ich wachsen könne. Ganz klar habe ich die Stimme gehört und gewusst, dass *mamma* Recht hat. Mehr denn je bin ich davon überzeugt, dass sie im Himmel für uns alle sorgen wird, wenn wir uns nun wieder aufmachen in die Welt. Ach, Barbara, was ist das nur ein Leben, warum kommen wir nicht zur Ruhe. Wenn das alles nur nicht so schwer wäre.«

Susanna sank zurück, und Barbara strich ihr über die Stirn, die kühl und trocken war.

»Es wird gut, meine Liebe, du wirst sehen. Wir stehen alle zusammen, wir sind in Gottes Hand, die Heilige Jungfrau und eure Mutter und euer Vater, überhaupt alle Seelen, die zu uns gehören, werden uns beschützen. Und für unsere Kleinen wird es nun ernst, am Montag früh um drei müssen sie am Hafen sein. Ich habe ein Schiff gefunden und werde sie persönlich hinbringen.«

Gislind und Elsa setzten sich abrupt auf und sahen Barbara mit weit aufgerissenen Augen an. Während sie Susanna die flatternden Hände hielt, berichtete Barbara von ihrer Mission am Buttermarkt, allerdings, um Susanna zu schonen, unter Auslassung der Tatsache, dass sie Gislind und Elsa als männliche Handelslehrlinge aus der Overstolz-Familie angemeldet hatte. Gislind und Elsa feixten vor Aufregung und wurden abwechselnd rot und blass.

Vor dem Fensterviereck von Susannas Zimmer rissen die Wolken auf und gaben den dreiviertel vollen Mond frei, der wie ein hellgelbes Ei am Himmel stand und den Beginenhof ausleuchtete. Gislind öffnete das Fenster, die hereinströmende Luft war wärmer geworden und wehte einen Hauch von Vanille, Zimt und Jasmin vom Rhein herüber.

Der Liebe leichte Schwingen

Benedict hatte in Bergamo von Pestausbrüchen in Venedig und anderen Orten Oberitaliens gehört und war nach wenigen Tagen wieder aufgebrochen. Er wartete in Bozen bereits im Gasthaus »Zur Krone« auf Agatha und Colomba und lachte, weinte und jauchzte durcheinander, als Colomba ihm gleich bei der stürmischen Begrüßung ihre Neuigkeit ins Ohr flüsterte.

Sie ruhten sich zwei Tage aus, Benedict fand eine Gruppe von Kaufleuten, der sie sich für die bevorstehende Brennerüberquerung anschließen konnten. Massimo wollte zunächst darauf bestehen, dass Ignatio sie bis Innsbruck begleitete, damit sie während des gefährlichsten Teiles der Reise einen zusätzlichen Schutz hatten, aber Benedict hielt das nicht für nötig. Er zeigte Massimo seine Pistole und erzählte stolz, wie er die Unholde auf der Hinreise vertrieben hatte. Mit seinen runden Brillenaugen verweilte er immer wieder besorgt auf Colomba, die vor allem morgens grün im Gesicht und von Übelkeit geplagt war. Er legte ihr die Hände auf den Bauch und äußerte die Befürchtung, die Reise durch das Gebirge werde zu anstrengend für sie und das Kleine sein.

»Die Cramm-Kinder sind robust«, sagte Colomba darauf nur lächelnd, »Susanna, Elsa und Paolo haben es geschafft, und das neue wird es auch verkraften, da bin ich ganz sicher. Man ist ja nicht gleich aus Zucker, nur weil man schwanger ist.«

Der Abschied von Massimo, Sofia und Chiara war tränenreich, und sie versprachen sich, alles daranzusetzen, sich wiederzusehen.

»Mein Gefühl sagt mir, dass wir nicht in Cöln bleiben werden«, sagte Agatha, »ich bin sicher, dass wir irgendwann wieder in Italien sind. Ich verspreche euch, dass wir ein Signal geben, sobald wir irgendwo eine feste Bleibe haben.«

Mit Mauleseln machten sie sich auf den Weg ins Gebirge, die Luft wurde klarer und dünner, das Reisetempo gemächlicher. Während Colomba und Benedict ununterbrochen redend nebeneinander ritten und Paolo sich vorne bei der Vorhut der Kaufmannskarawane herumtrieb, hing Agatha ihren Gedanken nach.

Trent'sei. Auticara zischelt und sieht aus wie eine Achtzigjährige, als sie vor Gericht ihr Alter mit sechsunddreißig angibt. Sie hat in der letzten Zeit nur noch venezianischen Dialekt gesprochen und antwortet auch ihren Bewachern nicht anders, sodass das Gericht einen Übersetzer bestellt hat. Es ist Enrico Haug, der Nachbar, dessen Mutter Venezianerin war. Er ist der Einzige im Umkreis, der der Sprache mächtig ist.

Hexenkommissar Jetter, der nach Auticaras Verhaftung in den Siebener-Rat gewählt wurde, sitzt in der Mitte des Ratssaales zwischen den anderen Amtsträgern in ihren schwarzen Mänteln und grauen Bärten, ihren kreisrunden, steif gefältelten, schneeweißen spanischen Krägen und hohen schwarzen Hüten. Sein Blick trifft immer wieder Auticara, selbstgerecht, triumphierend, und es ist dem Hochehrwürdigen nicht anzusehen, dass er sie im vergangenen Jahr dutzendfach genotzüchtigt hat. Die Crammin habe ihn in den Leib getreten, sagt er im Zeugenstand, außerdem habe sie Zauberformeln gegen ihn ausgesprochen, und unmittelbar danach seien ihm drei Kühe eingegangen, scheinbar grundlos hätten sie morgens verendet und mit Schaum vor den Mäulern im Stall gelegen.

Susanna, Colomba, Agatha und Hans sitzen mit grauen, nach innen gewendeten Gesichtern auf den Zuschauerbänken, um sie herum sind viele Plätze frei.

Eine Frau, die Männer schlägt, tuschelt es aus der anderen Ecke des Ratssaals, wo sich die Bürgersfrauen zusammendrängen, der Rabe mit reglosem Gesicht unter ihnen. Außerdem einige starr geradeaus blickende ältere Männer. Lorentz Cramm wird in den Zeugenstand gerufen und gibt an, seine Frau habe starke Ohren- und Zahnschmerzen bekommen, nachdem sie am

Vorweihnachtstag die junge Crammin getroffen habe und von ihr geohrfeigt worden sei. Mathilde Cramm ergänzt anschließend mit ihrer trockenen, dünnen Stimme, in ihrem Gesicht habe danach eine Wunde zu schwären begonnen, aus der ein festes, schwarzes Haar herausgewachsen sei. So wie eins von der da, stößt sie, auf Auticara weisend, hervor.

Die Cramm-Mädchen bekommen kaum etwas von der Verhandlung mit, sinnlose Wortfetzen fliegen an ihren Ohren vorbei: böser Blick, Incubus, Kindersalbe, Schadenszauber, Torturen, verhext, verhexen, Hexensabbat, Hexentanzplatz. Auticara lacht einige Male laut und schrill auf und sieht dabei wirklich hexig aus mit dem tiefen Riss.

Agatha, Colomba und Susanna sind außer Enrico die Einzigen im Gerichtssaal, die verstehen, was Auticara mit erhobenen Händen und verfilztem Haar dem Gericht zuruft, wenn es Fragen an sie stellt: Dummköpfe, Mörder, Folterknechte, macht doch mit mir, was ihr wollt, Recht und Gesetz interessieren euch doch sowieso nicht, torquiert und quält ruhig noch ein bisschen, mehr könnt ihr doch nicht, zu allem anderen seid ihr zu dumm, es trifft mich nicht mehr, es ist mir alles egal, das ist doch eine einzige Farce, ein Theater, ein Mummenschanz. Enrico, den puterroten Kopf gesenkt, übersetzt ganz anders: Nein, ehrwürdiges Gericht, damit habe ich nichts zu schaffen, oder: Natürlich weiß ich, dass ein Meineid eine Sünde ist, hochehrwürdiges Gericht. Auticaras Blick weilt fast zärtlich auf ihm. Als sie – nachdem das Gericht einen zweiten Verhandlungstermin in zwei Wochen angeordnet hat, um weitere Beweise zu erheben – hinausgeführt wird, bleibt sie vor der Bank mit ihren Töchtern stehen und ruft laut: Wir sehen uns im Himmel wieder, *carissime*, dahin wird uns keine von diesen Gestalten folgen, sie werden alle in der Hölle krepieren, dessen bin ich mir ganz, ganz sicher.

Dann schlurft sie, wegen der Fußfesseln mit kleinen, klirrenden Schritten, zu Hans, versucht, ihm mit ihren gebundenen Händen die Wangen zu streicheln, küsst ihn auf den Mund. *Scusa*, flüstert sie, *scusa, amore mio*, du, den meine Seele liebt. Hans macht keinen Versuch, seine Tränen zu verbergen, und Agatha sieht, wie die Eisaugen des Alten sich zusammenziehen und Verachtung gegen die Memme schleudern, sieht ihren Vater sich ducken unter der Welle von Kälte und Hass, sieht ihn dann zögernd seine Hand nach vorne schieben und an Auticaras Taille legen, sieht ihn ihren Kuss innig erwidern und, als die Gewaltdiener Auticara fortreißen, stolz und ohne zu zucken, mit stillem Triumph dem Blick seines Vaters begegnen.

Am Nachmittag sind nur Agatha und Susanna in der Zelle im Turm, nachdem Colomba hinausgelaufen ist, weil Auticara über Socia Yss sprechen möchte. Colomba wird grün, wenn sie nur diesen Namen hört.

Ich muss darüber sprechen, Kinder, obwohl ihr es nicht hören wollt. Aber ihr müsst die Wahrheit kennen, weil ihr leben werdet, das weiß ich, und ihr sollt mit der Wahrheit leben. Lasst meine Colomba nur gehen, wenn sie es nicht aushalten kann, ich verzeihe es ihr. Es ist ohnehin genug, was sie zu tragen hat, was ihr alle zu tragen habt.

Es war im letzten Jahr im Spätsommer, kurz nachdem ich Jetter getreten hatte und sie mich zum ersten Verhör ins Rathaus bestellt hatten. Ich war in dieser Zeit wie von Sinnen, ich kam überhaupt nicht mehr zur Ruhe, es war eine Raserei in mir, die erst aufhörte, als ich verhaftet wurde. Abends hatten wir schon wieder eins dieser unseligen Konventikel, weil der Ratsherr Redinger seine Wiederwahl feiern wollte. Hans arbeitete und arbeitete, ich sah ihn nur mit gesenktem Kopf in der Küche hantieren, er schaute nicht nach rechts und nicht nach links, und schon gar nicht zu mir. Ich fragte ihn, ob *sie*, deren Namen ich nicht aussprechen konnte, auch wieder kommen werde, und er nickte mit seinem gläsernen Blick, ihr wisst, wie er sein kann, wenn er etwas nicht wissen will und einfach durch einen hindurchsieht. Der Redinger besteht drauf, dass sie tanzt, murmelte er nur, was soll ich dagegen tun. Ich wusste nicht mehr, wohin, ich konnte nicht mehr denken, mein Kopf loderte, ich war fiebrig und gleichzeitig eiskalt. In der Küche stand ein großer Korb mit ungeputzten Pilzen, ich nahm ihn mir vor, einfach nur, um etwas in den Fingern zu haben, dabei betete ich zur Heiligen Jungfrau, dass sie mir Hilfe schicken möge in dieser namenlosen

Qual. Und genau in diesem Augenblick fiel mir der vermaledeite Knollenblätterpilz in die Hände, ihr wisst, Kinder, wie wir euch immer davor gewarnt haben, weil er so leicht mit dem Champignon zu verwechseln ist. Und da lag er vor mir, ich erkannte ihn genau an den dicken, weißen Lamellen und dem Ring unter dem Hut, und ich dachte, den schickt mir die Jungfrau, sie hat mein Gebet erhört, es ist ein Zeichen. Welch einer entsetzlichen Verblendung bin ich aufgesessen! Ich steckte ihn schnell in die Schürzentasche, da brannte er den ganzen Nachmittag wie Feuer, ich spürte es auf der Haut, ich dachte, jeder müsse es mir ansehen, dass ich den Tod in der Tasche trage. Und dann kam Socia. Durch die Hintertür schlich sie sich ins Haus, kurz bevor die Ratsherren vorne hereinpolterten. In der Küche war der Teufel los, es war so viel zu tun, dass niemand darauf achtete, was der andere tat. Es war ausgemacht, dass die Tänzerinnen vor der Arbeit eine Mahlzeit bekamen, und so machte ich ihr ein Omelett mit Pilzen zurecht und steckte den Knollenblätterpilz dazwischen, ganz zum Schluss hackte ich ihn einfach in Stücke und schob diese in das Omelett, gleich an den Rand, damit der Tod sie möglichst mit dem ersten Bissen erwischte. Dann brachte ich den Teller in das Zimmer neben der Gaststube, wo sie sich umzog und sich ihr elendes Madonnengesicht schminkte. Heute noch sehe ich die weiße Puderschicht auf ihrer dünnen, bläulich rosa Haut vor mir, das Rouge, das sie ungleichmäßig und fleckig auf ihren Wangen verrieb. Sie sah aus wie ein jämmerlicher Harlekin, sie roch scharf, und ihre Hände zitterten. Ich stellte den Teller hin und sah sie nicht an dabei, ging wortlos hinaus, half noch in der Küche, bis der erste Gang aufgetragen war, und ging dann nach oben, weil ich Fieber hatte und mir immer wieder die Beine einknickten. Ich weiß noch, wie ich mich ekelte vor der Völlerei der Ratsherren, vor dem widerlichen Gefresse, wie sie wie die Tiere über unser gutes Essen herfielen, als sei es Schweinefraß. Und ich vergesse niemals den Blick meines Mannes, der mich nicht wahrnahm und nur an der Tänzerin klebte und in dem sich ihre Froschschenkel spiegelten, ihr Schlangenleib, ihre Spinnenarme, ihr widerlicher rosa Mund, in dessen Winkeln Speichelbläschen hingen.

Im Bett riss ich mir die Haare heraus, weil ich mir immer wieder vorstellen musste, wie mein Ehemann später, wenn die Ratsherren, nachdem sie die anderen Tanzmädchen draußen vor der Tür genotzüchtig hatten, nach Hause gewankt waren, mit ihr im Heu liegen würde. Seltsamerweise wurde sie nie genotzüchtigt, obwohl die Männer wie toll waren, sobald sie auftauchte, vor allem Jetter, der am ganzen Leibe zitterte, wenn er sie sah. Ich wurde gepeinigt von den Bildern von Vater und ihr, ich sah hochgeschlagenen Schleierstoff und eine heruntergelassene Hose, sah ihre Leiber sich aneinander reiben, hörte sein Stöhnen, ihre Schreie, roch die Lust, ich konnte nichts dagegen tun und schlief keinen Augenblick, nicht in dieser Nacht und auch nicht in der nächsten. Das war die Hölle, Kinder, das war das Fegefeuer, dagegen ist das, was ich jetzt hier im Turm erlebe, gar nichts.

Am übernächsten Abend hörte ich vom Tod Socias, dass sie in der Nacht an Krämpfen verschieden sei. Ich empfand keine Freude, sondern nur Angst und Schmerzen, es wäre besser gewesen, wenn ich auch gleich mitgestorben wäre. Ich gestand die Sache mit dem Pilz sofort Gretel und Jakobe, und Gretel behauptete, sie habe das Omelett, von dem nur wenige Bissen gefehlt hätten, irgendwann aus dem Nebenzimmer genommen und den Teller in den Schweineeimer geleert, weil sie nicht wollte, dass jemand von der Familie etwas von dem Gericht dieser Frau bekam. Seltsamerweise hätten die Schweine an diesem Tag ihren Trog nicht, wie sonst, ratzekahl leer gefressen, sondern einen Rest übrig gelassen, den Gretel dann, so sagte sie, auf den Mist geworfen habe. Aber das hörte ich schon alles nicht mehr, ich war wie gefroren, wie ein steifes, kaltes Stück Eisen, ohne Gefühl, ohne Empfindung. Ich hörte nicht mehr, was sie auf mich einredeten, Hans, Gretel, Ludwig und Jakobe, wie sie weinten und jammerten, von euch Kindern sprachen, mich zum Kämpfen, zum Richtigstellen überreden wollten, wie sie mir einbläuten, mich nicht einschüchtern zu lassen von Jetter und Konsorten. Aber ich konnte nicht kämpfen, ich ergab mich meinem Schicksal, ich war am Ende, ich war die Mörderin der Geliebten meines Mannes. Ich konnte mit ihm niemals mehr zusammen sein angesichts dieser Schuld. Andererseits konnte ich auch nicht ohne ihn leben, lieber wollte ich tot sein, und wenn sie mich totmachen, dachte ich, ist es noch besser, als wenn ich es selber tun muss. Alles war besser als diese immer währende Qual, dieses vor meinen Augen herumtanzende Gesicht, diese weiße Pudermaske mit den Rougewangen und den Augenschlitzen, die aussahen wie tot und hinter denen ein Feuer glomm, das alles in Brand setzte, uns alle, lichterloh. Und dann die Überraschung, dass er nicht trauerte, dass er eher erleichtert wirkte nach der Todesnachricht und sich nun um mich bemühte, dass er nicht wollte, dass ich in den Turm kam. Aber ich glaubte ihm nicht, ich dachte, er ist froh, wenn er nicht mit einer Mörderin das Bett teilen muss, ich dachte, er ist froh, wenn er mich aus den Augen hat und nie mehr wiedersehen muss.

Die Reisegruppe folgte wieder dem Kuntertsweg an der Eisack entlang und überschritt bereits am dritten Tag nach der Abreise aus Bozen den Brenner, der in strahlendem Sonnenschein lag. Beim Abstieg gerieten sie in tief hängende Wolkenbänke, die sich bis weit hinter Innsbruck hartnäckig hielten. Als sie die Tiroler Berge hinter sich hatten, trennten sie sich von der Kaufmannskarawane und nahmen schnelle Pferde, sodass sie zügig vorankamen und zwei Tage später das flache, freie Lechfeld erreichten.

Hier gab es kein Halten mehr. Paolo gab seinem Pferd die Sporen und jagte in scharfem Galopp voraus. Agatha, den Wind im Gesicht, stieß einen hohen Schrei aus und preschte hinterher. Auch Colomba wollte zum Galopp ansetzen, aber Benedict hielt sie gebieterisch zurück und wetterte, das sei ja wohl noch schöner, eine Schwangere, die Pferderennen veranstalte.

Paolos Haare wehten im Wind, und seine Gestalt erinnerte Agatha, je größer er wurde, immer mehr an Francesco, an seine breiten Schultern, seine samtige, bräunliche Haut, die kräftige Statur, den federnden Gang.

Der Schwindel überfiel Agatha, und sie sah Francescos Augen vor sich, seine nackten Arme, von denen sie vorsichtig den Sand des Lido streift, seine honigfarbene Haut, die immer dunkler wird unter der Sonne, seinen Bauch, der sich auf ihren legt, sie riecht ihn und spürt seine Lippen auf dem Hals, den Augenlidern, den Brüsten, den Schenkeln, an denen sie sanft hinaufwandern, vorsichtig an der Haut knabbern, sich vortasten zum Paradies, zur Atemlosigkeit, zur Wonne, *la mia bella,* sie riecht seinen Schweiß, als wäre er neben ihr. Aber da ist noch eine andere Haut, eine hellere, Gislinds rosiges Pelzchen, Gislinds riesige, in Tränen schwimmende Augen, Gislinds Kirschlippen, in deren Winkel Tränen rinnen, und ihr Duft, Gislinds Moschusduft, dessen Süße mit nichts zu vergleichen ist. Ich weiß nicht, was der *signore* gegen meine Schwestern hat. Nichts, nichts, *cara mia*, aber drei schöne *signorine* sind vielleicht ein bisschen viel auf einmal. Nebelwölkchen schweben, leuchtende Wirbel, Elfen und Kobolde drehen sich, in Gislinds kurzen goldenen Haaren funkelt Sternenstaub, ihr zurückgebogener Hals liegt frei, ihre zarte Kehle. Sie seufzt, und Agatha fühlt die Haut von Antoine, der plötzlich auch da ist, stark und weich zugleich, sein Geruch, seine tiefblauen Augen, blitzend und warm auf ihrem frischen, duftigen Haar. *Ma belle, mon désir.*

»Colomba scheint immer noch zu denken, dass ich ein dummes Kind bin, ich lasse es mir jetzt wirklich nicht mehr gefallen!«

Paolos helle Stimme, in die sich immer wieder tiefe Kiekser mischten, schob sich in Agathas Gedanken.

»Da erzählt Benedict von den Schauspielern, die ihr auf der Hinreise kennen gelernt habt, und es wird gerade richtig interessant, mit dem Anführer Antoine und den Räubern, da fängt Colomba wieder mit ihrer dummen Art an, die ich überhaupt nicht leiden kann, spießt Benedict mit den Augen auf und schüttelt den Kopf, nicht vor den Kindern, nicht vor den Kindern. Du weißt, *mamma*, wie ich es hasse, sie begreift es nicht, dass ich kein Kind mehr bin. Was war denn da, was wollte sie mir verschweigen?«

Agatha wusste nicht, was sie sagen sollte. Der Liebe leichte Schwingen … Antoine stand vor ihr mit Francescos Augen, wie konnte sie Paolo solche Verwirrungen erklären? Und was war mit Gislind? War womöglich etwas zwischen Francesco und ihr? Das Blut schoss Agatha ins Gesicht, Angst umklammerte ihr Herz.

»Da gibt es nichts geheim zu halten«, sagte sie betont harmlos, »die Schauspieler waren sehr nette, lebendige, lustige Leute.«

»Und ihr Anführer? Es sei eine so große Sympathie zwischen dir und ihm gewesen, hat Benedict gesagt.«

Wenn er doch nicht immer so viel reden würde. Hoffentlich hörte Paolo bald auf.

»Er war ein sehr netter Mann, aber jetzt freue ich mich auf deinen Vater, du kannst dir gar nicht vorstellen, wie sehr, er ist der Einzige, den ich liebe. Wenn du wüsstest, wie du ihm gleichst, immer mehr, je größer du wirst.«

»Ich möchte auf jeden Fall Chiara heiraten, sie gefällt mir am besten von allen Mädchen, die ich bisher kennen gelernt habe. Und ich möchte mit ihr in Venedig leben, das ist die schönste Stadt der Welt. Meinst du, ich kann sie heiraten, wo sie doch meine Cousine ist?«

»Ich denke schon, bei einer Großcousine würde es gehen. Ach, Paolino, du solltest dich jetzt noch nicht entscheiden, du wirst noch viele Mädchen kennen lernen, die dir gefallen.«

Sie hatten das Tempo der Pferde gedrosselt und hörten jetzt Colomba und Benedict näher kommen, die immer noch diskutierten.

»Warum soll ein Mädchen nicht Medizin studieren?« Colombas Stimme war spitz. »Wie ich das hasse, wie ich das nicht mehr hören kann: Frauen sind für die Naturwissenschaften nicht begabt. Meine Tochter wird begabt sein, das weiß ich jetzt schon, ich bin es ja auch. Und einen Hauslehrer werden wir uns ja wohl leisten können, was meinst du?«

»Natürlich können wir das, Liebste, alle unsere Kinder werden die beste Ausbildung bekommen, die möglich ist.«

»Jungen und Mädchen, alle gleich?«

»Alle gleich, meine Colomba, wir werden keine Ausnahme machen. Aber eine kleine Philosophin muss dabei sein, oder vielleicht eine Dichterin, die Verse macht, was meinst du? Sie könnte uns an Ostern und Weihnachten selbst gedichtete Verse vortragen, das würde mir außerordentlich gut gefallen. Und vielleicht noch eine, die das Cembalo spielen lernt, was meinst du?«

»Aber zuerst eine Medizinerin!«

»Oh mein Gott, Liebste, du bist ja schon wieder ganz grün im Gesicht.«

Colombas Stimme klang matt, aber gleichzeitig triumphierend.

»Ich bin sicher, dass es ein Mädchen wird, eins mit dunklen, lockigen Haaren. Auch *mamma* ist grün gewesen, allerdings nur bei Agatha und mir, nicht jedoch bei Susanna, Gislind und Elsa, grün wie ein Laubfrosch, hat sie immer gesagt, aber nur bis zum dritten Monat, danach ging es ihr prächtig. Agatha dagegen war niemals grün, und du siehst es, sie hat einen Jungen.«

»Ich weiß nicht, ob das eine exakte wissenschaftliche Diagnose ist, meine Liebste, das scheinen doch eher Sprüche aus dem Volksmund zu sein.«

»Mein ehrwürdiger Herr Syndicus weiß es ja wohl immer am besten und muss bei allem das letzte Wort behalten.«

Agatha gab ihrem Pferd wieder die Sporen, sie hatte keine Lust auf das Gezänk. Die Vision mit Gislind, Francesco und Antoine beunruhigte sie. Was war, wenn Gislind ihre Verführungskünste eingesetzt hatte? Was würde sein, wenn sie vor Francesco stand? Hatte sie sich womöglich die ganze Zeit einer Illusion hingegeben? War die große Liebe vielleicht in den elf langen Jahren ihrer Trennung verflogen? Paolo galoppierte weit voraus und sah klein wie eine Spielfigur aus. Am Horizont tauchten die Türme von Augsburg auf, in fünf Tagen konnten sie, wenn sich keine Hindernisse einstellten, in Reutlingen sein.

Abschied

Ich denke, nun haben wir alles unter Dach und Fach«, sagte Friedrich, als sie zusammen beim Abendessen saßen. Im Haus waren die Reste ihrer Habseligkeiten ordentlich zusammengeräumt, der Planwagen stand voll gepackt im Hof, nur die Kisten und Körbe mit Reiseproviant mussten noch aufgeladen werden. Kurz vor der Dunkelheit waren zwei schwere, braune Ochsen gebracht worden, die jetzt im Hof standen, Wasser soffen, die frischen Blätter und das Gras zermalmten, das Entgen und Lyss ihnen hingeworfen hatten, und in einem großen Bund Heu herumschnoberten.

Susanna war wie ausgewechselt, immer wieder liebkoste sie Gislind und Elsa und beteuerte, wie sehr sie ihnen wünsche, in den warmen Meeren zu baden und das Paradies kennen zu lernen. Nach dem Besuch von Barbara am vorhergehenden Abend war sie in einen tiefen Schlaf gesunken, zum ersten Mal seit vielen Monaten. »Wie ein dunkles Samttuch ist er über mich gefallen und hat mich in die schönsten Gefilde entführt«, hatte sie am Morgen geschwärmt, »kein Alptraum, nur selige, süße, erquickende Bilder voller Goldstaub und Sternennebeln, *mamma* winkte mir zu und sah so schön und glücklich aus.«

Barbara hatte mit dem Turmmeister am Severinsturm, Josef Oeckhoven, gesprochen, der ihr gegen ein gutes Handgeld zugesagt hatte, die Reisenden vor dem Morgengrauen durch das Stadttor zu lassen. Dann war sie in die Schildergasse gekommen.

»Ich werde euch begleiten, um sicherzustellen, dass es klappt«, sagte sie. »Bis dahin bleibe ich hier und lege mich auf die Küchenbank, schlafen kann ich sowieso nicht. Ich traue diesem Oeckhoven nicht, nachher steckt er das Geld ein und bleibt einfach in den Federn liegen.«

Nachdem alles gerichtet war und die Männer sich noch einmal vergewissert hatten, dass der Wagen gut gepackt und die Ladung festgezurrt war, gingen sie schlafen.

Barbara lag hellwach, sie hörte es eine Weile aus dem Zimmer von Gislind und Elsa rumoren, dann tapsten Schritte auf der Treppe, und Elsa kam mit einer Kerze zurück in die Küche. Bei ihrem Anblick entfuhr Barbara ein leiser Schrei. Elsas Haare waren kurz und lagen glatt um ihren Kopf, sie sah aus wie ein junger, hübscher Page.

»Gislinds sind auch ab«, flüsterte sie. »Wir haben gewartet, bis Susanna eingeschlafen ist, und dann haben wir es einfach gemacht, schnipp, schnapp. Mir gefällt es, ich finde, wir sehen gut aus. Morgen früh ziehen wir ja sowieso die Männersachen an und setzen uns die Hüte auf, vielleicht merkt Susanna es gar nicht.«

»Und was ist mit Gislind?«

»Die liegt im Bett und heult Rotz und Wasser, weil die Haare ab sind und weil sie sich von Francesco trennen muss. Sie plärrt sich die Augen aus dem Kopf und geht mir wahnsinnig auf die Nerven.«

»Oh, die Arme, aber umso besser ist es, dass ihr fortgeht und er ihr aus den Augen kommt.«

»Ich kann nicht schlafen, Barbara, immer denke ich, wir können uns hier nicht so einfach wegschleichen, wir müssen es diesem Aldenhoven noch zeigen, die ganze Zeit denke ich, es kann doch nicht sein, dass wir uns fortjagen lassen wie die Hunde und dass der ungeschoren davonkommt.«

»Das geht mir genauso.«

»Ich muss die ganze Zeit dran denken, wie Gislind ihn in der Badestube getroffen hat, wir hatten doch mal überlegt, ob wir ihn da nicht aufspüren sollen. Gerade hat die Kirchmesse angefangen, da müsste heute eigentlich was an Unter Messermacher los sein. Sollen wir nicht hingehen? Vielleicht ist er da. Außerdem hätte ich riesige Lust, noch was zu erleben, und dann kann mir das ganze Cöln gestohlen bleiben. Gislind will nicht mit, sie will lieber heulen, und Susanna schläft wie ein Stein. Ich war bei ihr und habe sie mehrmals geküsst, aber sie merkt gar nichts.«

Barbara sah Elsa zweifelnd an.

»Komm, es hat gerade zehn geschlagen, Gislind sagt, da würden die erst richtig anfangen. Lass uns doch einfach mal vorbeigehen, nur mal gucken, wir können ja schnell zurück sein. Hier, du kannst dieses Kleid von Gislind nehmen, und ich ziehe die Männersachen an, kein Mensch wird uns erkennen.«

»Meinst du wirklich, wir sollen es tun? Ich bin jetzt doch ein wenig ängstlich.«

»Ausgerechnet du, Barbara, ich dachte immer, du wärst die Mutigste von uns allen.«

Das ließ Barbara sich nicht zweimal sagen, und so kam es, dass eine Viertelstunde später zwei verhüllte Beginen, die in einem Beutel Schminksachen und Masken mit sich trugen, durch das Gassengewirr hinter dem Heumarkt in Richtung Unter Messermacher schlichen, vorbei an dem gewaltigen Torso des unvollendeten Domes mit dem Baukran auf dem Südturm, der im Mondschein dunkel und mächtig in den Himmel ragte. Immer wieder hielten sie inne und horchten, ob Schritte eines Nachtwächters zu hören waren, aber alles blieb still. Kurz vor der Badestube schlüpften sie hinter eine Hausecke.

Der junge, schlanke Mann mit einer Maske unter dem tief heruntergezogenen Hut und die ältere, ebenfalls maskierte, tief dekolletierte Dame mit Federschmuck im aufgetürmten Haar und kirschrotem Mund wurden von dem Besitzer der Badestube, Anselm Butt, mit tiefem Bückling und breitem Grinsen eingelassen, nachdem sie ihm einen glänzenden Taler in die Hand gedrückt hatten.

Drinnen lärmten Leiern, Sackpfeifen und Flöten, Trommeln schlugen, eine Pauke wummerte, Fackeln qualmten, Bier und Wein wurden den leicht bekleideten Schankmädchen aus den Händen gerissen. In der Mitte des Raumes wogte eine ausgelassen tanzende Menge, aus Nebengelassen flackerte Kerzenschein, die Luft war geschwängert von schweren Duftwässern und menschlichen Ausdünstungen.

»Nicht schlecht hier, ordentlich was los.«

Leuchtend grüne Augen, mit braunen Einsprengseln versehen, funkelten unternehmungslustig hinter der Maske des jungen Mannes hervor.

»Früher bin ich manchmal auch heimlich gegangen, wie Gislind«, flüsterte Barbara, deren Brüste alabasterfarben aus dem Dekolletee quollen, »ich war genauso neugierig wie sie.«

»Und, hast du da auch richtig mitgemacht?«

Elsa wies auf die Tanzenden, von denen einige innig ineinander verklammert waren, andere mit obszönen Gesten und Bewegungen auf sich aufmerksam zu machen versuchten, wieder andere paarweise und sich heftig küssend in den Nebengelassen verschwanden.

»Ein, zweimal, ich wollte wissen, wie es ist, bevor ich mein Beginenleben antrat.«

»Oh, unsere hochehrwürdige Meisterin, na so was, na so was. Und? Wie war's?«

Barbara antwortete nicht, ihre Erinnerungen waren mehr schwül als schön. Wirklich anziehend hatte sie immer nur Männer aus dem geistlichen Stand gefunden, Gelehrte, wie den Grafen Spee, aber die hatten sich stets hinter ihrem Ornat verschanzt. Das andere, das brünstige Kopulieren, war niemals ihre Sache gewesen.

Elsa beobachtete Barbara grinsend, wurde dann aber abgelenkt, weil eine sehr schöne, große, ebenfalls maskierte Frau mit einem ebenso gewagten Ausschnitt wie Barbara, einem ausdrucksvollen, breiten, dunkelrot geschminkten Mund und einer schwarzlockigen Mähne sie lächelnd ins Visier genommen hatte.

»Großer Gott, was für ein Mund. Guck mal, die fällt auf meine Maskerade rein.«

»Da bin ich mir gar nicht so sicher, ich glaube eher, die hat den richtigen Blick.«

Elsa erglühte, Barbara lächelte und ließ gleichzeitig ihren Blick suchend über die Menge schweifen.

»Kannst es ja mal ausprobieren.«

Elsa zupfte nervös an ihrer Jacke, dann nahm sie den Hut vom Kopf und schüttelte, mit provozierendem Blick auf die Schwarzmähnige, ihre glänzenden, kurzen Strähnen, worauf die Frau interessiert näher kam. Barbara beschloss, da Elsa durchaus den Eindruck machte, der Situation gewachsen zu sein, einen Blick in die Nebengemächer zu werfen.

Sie begann in der hintersten Stube, wo eine lange Schlange vor dem Tisch der Salbenverkäuferin stand, unauffällig die Gesichter der Männer durchzumustern. Sie arbeitete sich langsam vorwärts, von Gelass zu Gelass, begutachtete stöhnende, sich windende Körper, prüfte Gesichter von Männern, die sich, auf Beute lauernd, in den Ecken herumdrückten, streifte an den Tanzenden vorbei, erhaschte anerkennende, gierige, auffordernde Blicke.

Heinrich von Aldenhoven, ob seiner Statur trotz breitrandigem Hut und schwarzer Maske unverkennbar, stand nur wenige Meter von Elsa und der schönen Frau entfernt, die, als Barbara zurückkam, gerade auf die Tanzfläche gegangen waren. Die Frau zog Elsa ohne Umschweife an sich und begann sich langsam und rhythmisch zu bewegen. Nach kurzem Zögern lag Elsa selig lächelnd in ihren Armen und ließ es sich gerne gefallen, dass die Hände der Frau gleich unter ihr Wams wanderten. Auf den beiden ruhte der lauernde Blick des Cölnischen Schöffen.

Barbara machte keine Umschweife. Sie stellte sich dicht neben Aldenhoven und zischte leise. Er zeigte keine Regung.

»Junges Fleisch, zarte Lendchen und Brüstchen«, flüsterte sie, »alles ganz frisch, unverdorben, lecker, lecker, lecker.«

Der schwere Mann regte sich und trat von einem Bein auf das andere.

»Frische Keulchen, unter vierzehn, mmhh, mmhh, da läuft einem das Wasser im Mund zusammen, heute habe ich sehr gute Angebote, schöne, weiche Osterlämmchen, sehr günstig, extra zur Kirchweih.«

Aldenhoven begann zu schwitzen und zu schnaufen.

»Warm und zart, jungfräulich wie der Morgen im Frühling.«

»Wie viel?«

»Zwei für einen Batzen, da sollte der ehrwürdige Herr nicht zögern, ich sage doch, es ist geschenkt.«

»Wo?«

Barbara wollte Elsa mit den Augen ein Zeichen geben, aber die hatte nur noch Augen für ihre Tanzpartnerin, die sich mächtig ins Zeug legte und ihren lockigen Kopf an Elsas Hals vergrub.

So wies Barbara mit dem Kopf in den hinteren Teil des Raumes und ging forsch voran, Aldenhoven schlich hinterher. Sie öffnete die Tür zu einem Nebengelass, das leer war, und ging mit ihm hinein.

»Hier kann der ehrwürdige Herr es sich schon mal bequem machen, ich werde ihm gleich das Gewünschte holen«, flötete sie, »aber zuerst das Geschäftliche.«

Er zog eine Münze aus seinem Beutel und reichte sie ihr mit herrischer Geste.

»Dafür kriege ich zwei, wie versprochen, jungfräulich und gewaschen, ohne Krankheiten, ist das klar?«

Barbara nahm lächelnd das Geld und drehte sich so, dass sie in der Nähe der halb geöffneten Tür stand. Dann zog sie Aldenhoven mit schnellem Griff die Maske vom Gesicht, das dunkelrot wurde und zu einer Fratze erstarrte.

»So, so, der ehrwürdige Herr Schöffe ist also ein Liebhaber von Kinderfleisch, das habe ich mir doch gleich gedacht.« Barbaras Stimme war schneidend. »Und wie verträgt sich das mit der großen Gottesfürchtigkeit des ehrwürdigen Herrn? Mit der Würde eines Mitglieds des Hohen Rates unserer Freien Reichsstadt? Mit seinem Geifer gegen Liederlichkeit und Lasterhaftigkeit, mit dem er unschuldige Frauen in dieser Stadt dem Scheiterhaufen überantwortet? Gibt er dem Erlöser die Ehre, indem er seine Kinder schändet und missbraucht? Was würden wohl die Heilige Kirche und der hochwohlgeborene Erzbischof dazu sagen, wenn sie einen ihrer eifrigsten Diener hier vorfänden auf der Jagd nach dem Fleisch von unschuldigen Kindern?«

Barbaras Busen wogte, sie wurde immer lauter. Durch die halb geöffnete Tür lugten andere Festbesucher neugierig herein, Aldenhoven schob sich schnell die Maske wieder hoch.

»Ja, ja, verhülle er sich nur wieder, bedecke er nur eilig wieder sein Haupt, verberge er seine Schandtaten, damit er weiter den unschuldigen Seelen nachstellen und sie hinterher verdammen kann, obwohl er eigentlich derjenige ist, der hinter Kerkermauern gehört.«

Barbara keifte, Aldenhoven öffnete den Mund, aus dem aber nur ein Krächzen kam, und machte mit der Hand eine drohende

Gebärde. Sie drehte sich zu ihm, riss kurz die Maske von ihrem zornroten Gesicht herunter und schob sie wieder hoch.

»Ich spiele mit offenem Visier, ehrwürdiger Schöffe, damit er es recht sehe, ja, ja, ich bin es, Barbara Overstolz ist mein Name. Vielleicht bekommt er nun auch Lust, mich der Hexerei zu beschuldigen und den Torturen zu unterwerfen, damit die Herren sich an meinen Schmerzen ergötzen können? Bei den Alten die Schmerzen, bei den Jungen das Fleisch, so haben die Herren es gerne, nicht wahr? Sicher steht der Herr Schöffe doch auch schon mal gerne in dem Kabinettchen im Frankenturm, von dem aus er unerkannt den Quälereien beiwohnen kann, und weidet sich an dem Anblick der Geschändeten, an ihren Leibern, die vor Schmerzen und vor Demütigung zucken. Kommt ihm da vielleicht eine angenehme Wollust, dem erzbischöflichen Büttel, dem hochwohlgeborenen, tugendhaften Herrn von Aldenhoven? Regt sich da womöglich ein Fleisch, das gegen gewöhnliche Reizungen unempfindlich geworden ist über all dem Torquieren, dem Morden und Schlachten? Zutrauen würde ich es ihm. Und dabei kommt er sich auch noch groß und mächtig vor, wenn er uns Frauen strafen und für seine liederlichen Begierden verantwortlich machen kann. Vielleicht glaubt der ehrwürdige Herr Schöffe ja nun, dass er auch mein Fleisch schmoren sehen wird, vielleicht glaubt er ja, wenn er mich nur recht denunziere, nütze mir meine gute Herkunft nichts mehr, wie sie einst der unschuldigen Katharina Henot nichts genutzt hat? Aber ich versichere dem ehrwürdigen Mitglied des Hohen Rates, so weit wird es nicht kommen, dazu ist meine Familie zu mächtig. Mit den Overstolz legt sich auch der hochwohlgeborene Erzbischof nicht an, sonst wird er bald auf Etliches in seinem Säckel verzichten und sich den Gürtel enger schnüren müssen. Auch wenn ich mit meinem Vater nicht immer einer Meinung bin und er nicht mit mir, so liebt er mich doch und würde seine Tochter niemals diesen Bluthunden ausliefern, diesen Unholden, diesen Teufeln in Menschengestalt.«

Aldenhoven machte zwei Schritte vorwärts, er schnaubte und bebte, einen Augenblick sah es so aus, als wolle er Barbara schlagen. Dann schob er sich mit seinem mächtigen Bauch an ihr vorbei zur Tür hinaus. Barbara folgte ihm und sah ihn in Richtung Ausgang im Qualm der Badestube verschwinden. Sie suchte die Tanzfläche nach Elsa ab und machte sich, als sie sie nicht fand, herzklopfend auf die Suche. Schließlich entdeckte sie sie in einer Nische, in heftigste Küsse mit der Schwarzmähnigen verstrickt, deren Hand zwischen Elsas Beinen verschwunden war. Barbara zerrte an Elsas Arm, bis diese sich widerwillig löste, glänzend, keuchend, mit blitzenden Augen und rot verschmiertem Mund.

»Das ist meine«, wollte die Frau aufbegehren, aber Elsa winkte ab, schlüpfte aus der Umarmung und hörte sich Barbaras geflüsterten Bericht an.

»Er hätte mich am liebsten erschlagen, komm, wir müssen nach Hause, wer weiß, was der sich heute Abend noch einfallen lässt. Womöglich kommt er mit der Gewalt zurück und lässt uns alle verhaften.«

Elsa schmollte, aber dann küsste sie die Frau noch einmal heftig, züngelte in ihren Mundwinkeln, flüsterte ihr etwas ins Ohr, warf ihr Kusshände zu und klimperte bedauernd mit den Augen.

»Die war himmlisch«, sagte sie mit glücklichem Gesicht, als sie, sich immer wieder umblickend, nach Hause hasteten, »und am himmlischsten ist, dass ich es geschafft habe, dass ich an sie denken werde, wenn ich fortgehe, und nicht an die dumme Kuh.«

»Wie mich das freut, dann hat es doch wenigstens ein Gutes gehabt.« Barbara lächelte, aber ihre Augen waren dunkel und voller Angst. Sie war zu weit gegangen, Aldenhoven war wie ein rasender Stier gewesen, und sie konnte sich nicht vorstellen, dass er Ruhe geben würde, bevor er sie auf der Streckbank sah.

Du kostbarer Kelch, bitte für uns, du Kelch der Hingabe, bitte für uns, du geheimnisvolle Rose, bitte für uns, du starker Turm Davids, bitte für uns, du goldenes Haus, du Pforte des Himmels, erbarme dich, erhöre mich, gütiger Gott, höre auf die Fürsprache der Mutter Maria.

Gislind wiegte sich auf ihrem nass geweinten Kopfkissen hin und her und starrte in der Hoffnung ins Dunkel, die Heilige

Jungfrau werde ihr Flehen erhören und sie aus ihren Qualen erlösen. Langsam tauchten vor ihrem inneren Auge die Konturen einer kleinen Statuette auf, einer graziösen, durchsichtigen, schimmernden Frauenfigur aus Muranoglas, deren Gesicht zum Himmel gewandt war und über deren Rücken ein rotgoldener Schwall bis zu ihren Füßen fiel. Die *signorina d'oro*, die Agatha ihr bei der Abreise anvertraut hatte! Sie lag noch in ihrer Seidenschachtel unter dem Bett, Gislind musste sie Francesco mitgeben. Sie konnte damit zwar auch bis zur Abreise am frühen Morgen warten, aber es schien der Wunsch der Heiligen Jungfrau zu sein, dass Gislind noch einmal zu ihm ging, sonst hätte sie ihr das Bild nicht gezeigt.

Sie holte die Schachtel unter dem Bett hervor, warf sich einen Umhang über, huschte durch die Hintertür über den Hof zu Francescos Fenster und klopfte leise an die Scheibe.

»Si?«

Er war also noch wach.

»Ich bin's, Gislind, ich habe etwas Wichtiges vergessen.«

Er öffnete das Fenster.

»Piccolina, komm herein, was stehst du da in der Dunkelheit.«

Er öffnete ihr die Hintertür und zog sie in seine Kammer.

»Wie siehst du denn aus, wo sind die Haare?«

Gislind stand bebend vor ihm und hielt ihm die geöffnete Seidenschachtel mit der Glasfigur entgegen. Ihr Umhang fiel zu Boden, ihre kurzen Locken kringelten sich goldblond um ihr gerötetes Gesicht. Sie erinnerte Francesco an einen der Engel auf den Gemälden von Sandro Botticelli, die er bei einem Besuch in Florenz gesehen hatte.

»Hier, die *signorina d'oro*, Agatha hat sie mir zur Aufbewahrung gegeben, du musst sie ihr wieder mitnehmen.«

»Oh mein Gott, die gibt es noch? Ich hatte sie schon ganz vergessen.«

Francesco griff nach der Schachtel und behielt seine Hände auf Gislinds.

»Sie ist so schön wie du, sie hat deine goldenen Haare. Was ist, *piccolina*, du zitterst ja wie Espenlaub.«

»Ja«, hauchte sie und sah ihn mit großen, schwimmenden Lagunenaugen an, »ja, ich zittere, weil es schwer ist, sehr, sehr schwer.«

»Hat meine Gislind Angst vor dem Abschied und vor der großen weiten Welt?«

Nein, wollte sie schreien, ganz gewiss nicht, das ist es doch nicht, Francesco, das Einzige, wovor ich Angst habe, ist, dich nie mehr wiederzusehen, ich sterbe bei dem Gedanken, er reißt mir das Herz aus dem Leib. Aber von ihren Kirschlippen kam nur ein Schluchzer.

Er stellte die Schachtel vorsichtig zur Seite und zog Gislind an sich, die sich steif machte und noch mehr zitterte.

»Arrivederci«, flüsterte er an ihrem Ohr, *»arrivederci, dolcissima, adorabile*, ich wünsche mir sehr, dass wir uns eines Tages wiedersehen, hörst du? Ich wünsche es mir, und ich bin sicher, dass es so sein wird. Ihr werdet nach Rom kommen, du und Elsa, wir werden alle wieder zusammen sein.«

Sie sank an seine Schulter, die nackt und samten unter seinem offenen Hemd hervorsah, sie roch seinen Schweiß, fühlte den Samt an ihren Lippen, spürte, wie er atmete und sich regte, wie ihre Körper sich erkannten, wie die heiße Flut hochstieg, wie er nach ihr seufzte, sein Mund sich entzündete, nach ihr suchte und glühte, blieb einfach so stehen, moschusduftend, zitternd, aber jetzt nicht mehr vor Angst. Beide wagten nicht, sich zu rühren.

»Ich liebe Agatha mehr als mein Leben, sie ist meine Schwester, sie ist mein Alles«, flüsterte Gislind schließlich, »aber dich liebe ich auch, Francesco, und bei dem Gedanken, dass ich dich niemals haben kann, möchte ich sterben.«

»Du bist das Wunderbarste, was ein Mann sich vorstellen kann, hörst du, *dolcissima*? Wie könnte ich dich nicht begehren. Aber Agatha ist meine Frau, sie ist die Wichtigste für mich und wird es immer sein.«

Er berührte ihr Ohr mit seinen Lippen, Gislind versagten die Beine, sie knickten ihr einfach weg, und sie wäre umgesunken, wenn er sie nicht hochgehoben und auf sein Bett gelegt hätte, wo er ihr das Hemd auszog und seine Hände nicht mehr von ihr nahm, seinen Mund nicht mehr von Gislinds Pfirsichhaut löste, die Tränen aus ihren Mundwinkeln küsste, ihren Körper mit den Lippen erkundete, bis sie sich stöhnend wand, fast erstickte an ihren Schreien, in seinen Handballen biss, sich wieder und wieder aufbäumte, unter seinen Küssen keuchte.

Francesco brachte Gislind von Höhepunkt zu Höhepunkt, bis sie erschöpft neben ihm lag, aber er drang nicht ein, obwohl sie mit heißem Atem darum bettelte, nach ihm wimmerte, sich ihm entgegenwarf, seine Lenden liebkoste und flehend zu sich heranzog. Schließlich ergoss er sich mit einem langen Seufzer auf ihren Bauch, und Gislind fiel enttäuscht zurück.

Mit keinem Gedanken dachten sie an Friedrich, der sich im Nebenraum schlaflos wälzte.

»Einer von uns muss vernünftig bleiben«, flüsterte Francesco, »eine Schwangerschaft ist das Letzte, was du gebrauchen kannst.«

Gislind weinte vor Wut und bearbeitete ihn mit den Fäusten, aber dann hörten sie Friedrich rumoren und die helle Stimme von Peter. Sie sprang auf, warf sich ihre Sachen über und huschte zurück in ihr Zimmer. Dort hockte Elsa in Männerkleidung neben dem gepackten Rucksack und war dabei, zwei lange, dicke Haarzöpfe, einen glatten, schwarzen und einen rotblonden, moschusduftenden, in ein Stück Seide einzuschlagen.

»Da bist du ja endlich«, zischte sie, »man hat das Gestöhne bis hierher gehört, ihr hättet euch ruhig ein bisschen am Riemen reißen können. Mein Gott, wie du stinkst.«

Gislind sagte nichts und schlüpfte ebenfalls in die Beinkleider, zog sich ein enges Wams über und stülpte den Hut über die Locken, dann dunkelten sie sich in aller Eile gegenseitig mit Schminke die Gesichter und malten sich Bartschatten auf die Wangen.

Susanna steckte ihren Kopf zur Tür herein, und sie gingen schweigend mit dem Gepäck in den Hof, wo Entgen und Lyss im Schein einer Fackel die letzten Sachen in den Wagen warfen. Francesco und Friedrich saßen bereits auf dem Kutschbock, zwischen sich Peter, der vor Stolz strahlte. Entgen, Lyss, Gislind und Elsa kletterten in den Wagen, Barbara und Susanna gingen

Hand in Hand hinterher. Barbara vergewisserte sich noch einmal, dass ihr Ziel das Gut der di Fiesole bei Laziale südlich von Rom sei, aber sie sagte Susanna nichts von ihren Sorgen wegen des Zusammenstoßes mit Aldenhoven. Sie wollte ihrer Angst keinen Raum geben und Besonnenheit bewahren. Zunächst würde sie alle anstehenden Dinge in Cöln erledigen, Hildegardis auf die Reise schicken und Bernarda in die Geschäfte des Konventes einweihen. Noch heute würde sie mit ihrem Vater sprechen und die Lage im Rat erkunden. Je länger Barbara darüber nachdachte, für eine Weile gen Sünden zu reisen, desto besser gefiel ihr der Gedanke. Genua, Florenz, Rom, wie oft hatte sie sich schon gewünscht, Italien und seine schönen Städte kennen zu lernen. Es musste ja nicht für immer sein, vielleicht reichte es, wenn sie für einige Zeit aus Cöln verschwand, bis sich die Lage beruhigt hatte.

Gislind brachte mit Faxen und dem Erzbischofsgesicht Entgen und Lyss zum Lachen. Elsa ermahnte sie, stets und ständig Susanna beizustehen und ihr zu helfen, worauf die beiden heftig nickten. Dann fing Lyss an zu weinen, weil sie Gislind und Elsa nicht gehen lassen wollte, aber Entgen gab ihr einen Klaps und beteuerte mit weit aufgerissenen Augen, aus denen ebenfalls Tränen kullerten, nicht traurig zu sein, sondern mutig und umsichtig, damit sich niemand sorgen müsse und alles gut werde.

Am Hafen dümpelte die »Herzogin Amalie« in der Dunkelheit, am Anleger wartete schon Johann Fryge mit einer Laterne, und Barbara verwickelte ihn gleich in ein Gespräch, sodass er die beiden Jünglinge, die aus dem Planwagen sprangen, nicht näher in Augenschein nahm.

Die Mädchen küssten Susanna und drückten ihr das Paket mit den Zöpfen in die Hand. Dann huschten sie über den schwankenden Steg, ohne sich noch einmal umzusehen. In dem Licht eines Lämpchens, das an Bord schaukelte, waren noch eine Weile ihre Schatten zu sehen.

Ein hoher Ton fuhr aus Susannas Mund, ihre Augen liefen über, und sie griff sich ans Herz. Die Männer trieben die Ochsen an, der Planwagen rollte wieder los. Susanna schwamm in Tränen, Barbara begleitete sie bis zum Bayentor und verabschiedete sich schnell, nachdem Oeckhoven ihnen aufgeschlossen hatte. So kamen sie kurz vor dem Morgengrauen ohne Hindernisse aus der Stadt.

Susanna weinte und presste die duftenden Zöpfe an ihre Wange, bis die Dämmerung einsetzte, dann schlug sie die Wagenplane zur Seite und schaute, die unentwegt plappernden Mädchen im Arm, der aufgehenden Sonne über dem dunstigen Rheintal entgegen. Es versprach, ein warmer, süßer Maitag zu werden, die Vögel stimmten ein ohrenbetäubendes Konzert an.

Auch Francesco strömte Moschusduft aus, Susanna hatte es gerochen, als er ihr in den Wagen geholfen hatte. Er saß müde und stumm auf dem Bock und starrte geradeaus auf die Rücken der Ochsen, die kraftvoll und stetig voranstrebten. Friedrich sah ebenfalls schweigend vor sich hin, während Peters Gesicht dem Tag entgegen leuchtete und dem breiten, schnell fließenden Strom, der in den ersten Strahlen des Tages glänzte wie ein rauchiger Diamant.

Friedrich stimmte ein Lied an, die hellen Stimmen der Kinder fielen ein, schließlich auch Susanna.

Wie schön leuchtet der Morgenstern
voll Gnad und Wahrheit von dem Herrn,
die süße Wurzel Jesse.
Du Sohn Davids aus Jakobs Stamm,
mein König und mein Bräutigam,
hast mir mein Herz besessen.
Lieblich, freundlich,
schön und herrlich, groß und ehrlich, reich von Gaben,
hoch und sehr prächtig erhaben.

Ein Freund aus alten Zeiten

Jakobe saß in der Maisonne und betrachtete andächtig das Mariengärtchen, das sie zusammen mit Gretel neben der Haustür vor dem knospenübersäten Rosenstock angelegt hatte. Aus hellgrünen Moospolstern sprossen Schlüsselblumen, Vergissmeinnicht und Gänseblümchen und umkränzten die kleine Marienstatue, und Jakobe dachte daran, wie inbrünstig Auticara und die Mädchen jedes Jahr zum ersten Mai, dem Monat der Jungfrau Maria, das Beet an der Rosenhecke im Garten der »Goldenen Traube« vorbereitet und geschmückt hatten. Dabei hatten sie Marienlieder gesungen und blaue Seidenbänder in ihre Haare geflochten. Jakobe hörte das Geplapper der Kinder, das Gurren von Auticara, das leise Lachen von Hans, sie sah seine leuchtenden Augen, wenn er aus der Küche einen Blick in den Garten auf seine eifrig herumwirtschaftenden Töchter warf.

Jakobe zog aus dem Stapel von Skizzen, der vor ihr auf dem Gartentisch lag, ein Porträt von Hans heraus. Sie hatte seinen breiten Kopf gezeichnet mit dem blonden, welligen Haar und den großen, hellen Augen, die meistens strahlend und liebenswürdig waren, manchmal auch verschwommen oder unendlich traurig. Einen Augenblick glaubte Jakobe, dass sein Mund sich bewegte und mit seiner warmen Stimme etwas Freundliches zu ihr sagte. Dann ein Bild von Auticara mit dem Riss, der ihre beiden schönen Gesichtshälften ein wenig gegeneinander verschob und ihr etwas Heftiges und Unerwartetes gab, etwas Jähes, als könnten jeden Augenblick Flammen oder Blitze daraus hervorschlagen.

Seitdem Jakobe in Reutlingen war, saß sie, wenn sie nicht ihrer Mutter im Haus und im Garten half, bei den Obststräuchern und zeichnete, in den ersten Wochen immer und immer wieder

Simon, als könne sie ihn dadurch zum Leben erwecken. Jeden Zug in seinem Gesicht vergegenwärtigte sie sich, jedes Grübchen, jede Locke, jede Wimper, jeden Schimmer in seinen treuen Augen. Am Anfang hatte sie Ströme von Tränen über den Blättern vergossen, sie hatte zu ihrem Sohn gesprochen, ihn angefleht, ihr zu antworten, mit Gott gehadert und gezürnt, die Güte der Heiligen Jungfrau in Frage gestellt, und Gretel hatte händeringend daneben gestanden und versucht, sie von dem Zeichnen abzubringen, weil es doch nichts weiter bringe als eine endlose Quälerei, ein immer währendes Rühren an den Schmerz, das ihn frisch und heiß halte wie am ersten Tag.

Dann hatte Jakobe sich an Hans und Auticara versucht, in ihrem Gedächtnis nach ihren Zügen geforscht, tagelang probiert und gestrichelt, bis die beiden voller Kraft und Leben vor ihr erstanden. Während Jakobe zeichnete, lachte und weinte sie zusammen mit Gretel und Ludwig, die oft mit ihr im Garten saßen. Sie sprachen über die alten Zeiten und beschworen zuerst die schönen Erinnerungen an die gemeinsame Zeit in Reutlingen, bis ihre Herzen ruhiger schlugen und der Schmerz nicht mehr so brannte. Später sprachen sie auch über das Entsetzliche und die Toten, sie sprachen mit ihnen, als wären sie da, und mehr als einmal sahen sie Simons kleine, helle Gestalt zwischen den Büschen im dämmerigen Garten stehen.

Nachdem Jakobe die Zeichnungen gerahmt und in der Stube aufgehängt hatte, wo sie sie wieder und wieder betrachtete, verlor ihre Trauer allmählich die Schärfe, und ihre Gedanken kreisten nicht mehr unausgesetzt um Simons Tod.

In der Nacht war das rötliche Haargespinst von Socia Yss durch ihre Träume geweht. Sie hatte die leise, heisere Stimme mit dem schnalzenden Zungenschlag gehört, die halb geschlossenen Augen, die mageren Füße mit den langen, spielenden Zehen gesehen, die sich unter den gierigen Augen der Ratsherren drehten und drehten.

Heißes Öl in das Madonnengesicht, glühende Stempel auf das faulige Fleisch!

Versündige dich nicht, Auticara, es ist nicht recht, so über einen Menschen zu sprechen, egal, was er dir antut.

Einen Menschen? Die nennst du Mensch? Eine Ratte ist sie, eine Kreatur, eine Schlupfhure, die ihre Mutter im Galopp verloren hat! Ein stinkender Abschaum!

Sprich nicht so, es ist nicht recht.

Und meine beste Freundin schlägt sich auch noch auf ihre Seite, das ist ja wohl … das ist ja wohl …

Mit Auticara ist nicht zu reden, sie ist grün vor Eifersucht und kann nur noch bittere Galle hecheln, aus ihrem bösen Gesicht schlagen Flammen.

Einmal versucht Jakobe, Socia anzusprechen.

Was du tust, ist eine große Sünde vor dem Herrn, Socia, du machst eine Familie kaputt, du zerstörst sie alle, und auch dich selbst.

Die Augen fast geschlossen, dreht sie langsam den Kopf hin und her, ihre Augenschlitze blitzen. Sie schnalzt stumpf, höhnisch.

Was soll das sein, eine … eine Sünde?

Eine Sünde ist, was Gott nicht gefällig ist und etwas, das anderen Menschen schadet.

Gott? Wen meinst du, von wem sprichst du? Ich kenne keinen Gott.

Du willst wirklich den Herrn leugnen, Socia? Besinne dich, mach nicht so weiter, es wird uns allen Unglück bringen, auch dir.

Der 'err?? *Qui est-ce? Aah, le maître, le seigneur!*

Socia verbeugt sich und macht mit weitem Armschwung übertriebene Reverenzen, lacht und grimassiert, äfft Jakobe nach, der Schauer den Rücken hinunterlaufen. Dann starrt sie wieder vor sich hin, wippt mit dem Fuß, kratzt sich den Oberschenkel, bis ihre papierdünne Haut von feuerroten Striemen überzogen ist.

Jakobe strichelte hier und da an dem feinen Haargespinst, bis es zerzaust und wie schwebend auf dem Blatt lag, rieb fort, schattierte, schraffierte, besserte aus, kolorierte schließlich sparsam mit den Farbstiften. Dann hielt sie die Zeichnung ein Stück von sich fort und kniff die Augen zusammen.

Ein Schatten fiel auf das Blatt, jemand war hinter Jakobe getreten.

»Du hast sie ja genau getroffen, mein Gott, da steht sie ja leibhaftig vor einem!«

Jakobe drehte sich überrascht nach dem Mann um.

»Roberto!«

Mit einem überraschten Aufschrei begrüßte sie Roberto Haug, der früher in der Nachbarschaft gewohnt hatte und mit Agatha und Susanna in die Schule gegangen war. Seine Großmutter war wie Auticara Venezianerin gewesen, sein Vater Enrico hatte bei Auticaras Prozess übersetzt. Roberto hatte als Vierzehnjähriger, einige Monate vor Auticaras Verhaftung, angefangen, in der »Goldenen Traube« auszuhelfen, als Auticara starb, war er fünfzehn. Sein Vater Enrico hatte Gretel vor einigen Jahren stolz berichtet, dass Roberto in Karlsruhe bei der Zeitung arbeitete und für den »Aviso« Berichte schrieb. Jakobe freute sich über alle Maßen, sein immer noch jungenhaftes, neugieriges Gesicht mit den hellgrünen Augen zu sehen, die sie an Elsa erinnerten. Sie umarmte ihn und strahlte.

»Mein Lieber, mein Guter, wo kommst du her? Was führt dich zu uns, wie geht es dir?«

»Gut geht es mir, aber sag mir doch, woher du kommst, Jakobe, mit dir hätte ich am wenigsten gerechnet. Und dass du ausgerechnet sie malst!«

Roberto wies auf die Zeichnung von Socia. »Ich beschäftige mich zurzeit mit der Geschichte von Auticara Cramm, deshalb bin ich hier. Ich überlege nämlich, ob ich für meine Zeitung etwas über diesen Fall schreiben soll. Ich wollte mit deinen Eltern sprechen, und nun bist du auch da. Dich schickt der Himmel, Jakobe, du kannst mir helfen. Lorentz Cramm wird ja von seinen ehemaligen Nachbarn in Betzingen beschuldigt, dass er ein Hurenhaus geführt und die Mädchen misshandelt und gequält hat. Jetzt versucht er, hier in Reutlingen die Mehrheit des Rates wieder auf seine Seite zu ziehen, damit sie ihn nicht anklagen.«

Jakobe schlug die Hände vor den Mund. »Er ist also tatsächlich zurückgekommen? Mutter hat schon davon gesprochen.«

»Er soll bei Jetter wohnen, in eurem ehemaligen Haus. Es heißt, dass er bei seinen alten Getreuen vorspricht, um sich seinen guten Leumund bestätigen zu lassen, aber anscheinend gibt es nicht mehr so viele, die das tun wollen.«

»Also gäbe es eine Chance, dass man ihn noch anklagt?«

»Das kann ich schlecht beurteilen, ich weiß nicht, wie sich die Mehrheiten im Rat formieren. Aber ich will den Anlass auf jeden Fall nutzen, den Fall Auticara Cramm noch einmal aufzurollen und als großes Unrecht zu brandmarken. Ich dachte mir, man könnte eine Flugschrift herausbringen und darstellen, wie sich die Geschichte wirklich zugetragen hat.«

»Du lieber Himmel, Roberto, das wäre ja ... das wäre ja ... ich weiß gar nicht, wie ich es finden soll ... aber das wäre ja wunderbar!«

Jakobe stammelte und wurde rot und blass, sie setzte sich und zog Roberto auf den anderen Stuhl. »Erzähle, wie du es machen willst.«

»Erinnerst du dich an Vincenz Kepler, der mit uns in die Schule gegangen ist? Er ist jetzt Schreiber beim Rat und hat mich die ganzen Protokolle einsehen lassen. Dass Cramm ein Dirnenhaus betrieben hat, bestätigen drei Zeugen unabhängig voneinander, ehemalige Nachbarn, die allerdings, wie das Protokoll auch vermerkt, mit Cramm in Streitigkeiten um die Grundstücksgrenzen liegen. Übereinstimmend haben sie ausgesagt, dass er seine Mädchen geschlagen und gequält hat. Zum Teil hätten sie Schreie von nebenan gehört, zum Teil hätten die Mädchen von schlimmen Misshandlungen erzählt und die Wunden gezeigt. Das steht dort schwarz auf weiß, und ich weiß, dass die Syndici sich eingehend mit den Protokollen befasst haben. Auch Cramm ist schon vernommen worden, natürlich streitet er alles ab und sucht nun nach Entlastungszeugen. Vincenz sagt, die Verhältnisse im Rat hielten sich ungefähr die Waage, die eine Hälfte sei für Cramm, die andere gegen ihn. Jetzt kommt es wohl darauf an, auf welche Seite sich das Geheime Kollegium schlägt.«

»Wann wird es sich entscheiden?«

»Das weiß man nicht. Der Rat hat zurzeit andere Sorgen, er ist damit beschäftigt, Söldner aufzustellen, weil man sich auf den Krieg vorbereitet. Aber vor zwei Tagen ist eine weitere Zeugin aufgetaucht, die behauptet zu wissen, wie Socia Yss damals ums Leben gekommen ist. Eine kranke, abgerissene Dirne, Kati Lechner heißt sie, ist im Rathaus vorstellig geworden und hat ausgesagt, sie habe zusammen mit Socia beim alten Cramm gearbeitet und alles mit angesehen. Sie lebt jetzt im Armenhaus, und sie hat gesagt, bevor sie sterbe, wolle sie die Geschichte loswerden, sie habe jetzt keine Angst mehr vor Cramm. Vincenz glaubt zwar nicht, dass ihrer Aussage irgendwelche Bedeutung beigemessen wird, der Syndicus wollte noch nicht einmal, dass ein Protokoll aufgenommen wird. Aber ich habe mir gedacht, ich suche sie auf, vielleicht kann ich ihre Aussage für die Flugschrift verwenden. Willst du nicht mitkommen?«

Jakobe stimmte freudig zu, sie glühte, ihr Haar war aus den Spangen gerutscht und fiel ihr in die Stirn. Sie gingen ins Haus, Roberto begrüßte Gretel und Ludwig und blieb zum Abendessen. Sie tranken Wein und setzten sich später wieder vor die Haustür in den warmen, mondbeschienenen Garten. Jakobe erzählte Roberto von ihrem Leben in Cöln, von Simons Tod und den vielfältigen Schwierigkeiten.

Dann kamen sie auf die alten Zeiten in Reutlingen und noch einmal auf Socia zu sprechen. Jakobe erinnerte sich, dass Roberto damals auch zu ihren Bewunderern gehört hatte. Der Fünfzehnjährige stand ihr vor Augen, der, als Socia die Gaststube betrat, einfach vergaß, den Krug wieder aufzurichten, aus dem er gerade Bier in einen Becher goss, sodass alles auf den Schanktisch platschte und auf den Boden lief, während Socia auf Zehenspitzen durch den Raum schwebte und durch die Tür zum Hinterzimmer wieder verschwand.

»Auch du hattest diesen dummen Ochsenblick«, sagte Jakobe, »entschuldige, Roberto, aber alle Männer guckten wie die Rindviecher, wenn Socia auftauchte, ihr Blick wurde starr, wie bei den Mondsüchtigen. Was war es nur, weshalb hat sie euch so betört?«

Roberto grinste verlegen. »Ich habe sie mir immer in einer rosa Blüte sitzend vorgestellt, die in einer Muschel mit frischem, klarem Wasser schwimmt. Sie war nackt, und ich sah sie über der Blüte schweben mit ihren Elfenarmen und ihren kleinen, runden Brüsten, alles an ihr war zart und nackt und sehr, sehr unschuldig. Unentwegt dachte ich darüber nach, wie es sein müsste, sie zu berühren, mit dem Mund nahe an ihren Hals zu kommen, sie zu riechen, die Hände auf ihre Hüften zu legen, die mich an die Nymphen erinnerten, ich konnte an gar nichts anderes denken als immer nur an sie und ihren Körper. Noch heute kommt sie mir manchmal in den Sinn, ich habe nie wieder eine Frau getroffen, die mir so schön und so begehrenswert erschien.«

»Dabei war sie doch eigentlich ein elendes, schmutziges Ding, Colomba behauptet, sie hätte gestunken. Sie konnte sich gut bewegen und wunderbar tanzen, das will ich gerne zugeben, aber sonst? Ich finde nicht, dass viel dran war an ihr. Man konnte kein richtiges Gespräch mit ihr führen, und ich glaube auch, dass sie reichlich Salben genommen hat, sie war doch oft so abwesend und guckte durch einen hindurch, erinnerst du dich nicht daran?«

»Doch, aber vielleicht war es ja gerade das. Sie machte den Eindruck, als sei sie völlig unabhängig, als brauche sie keinen anderen, als habe sie vor nichts und niemandem Angst. Irgendwie war sie bodenlos, anders kann ich es gar nicht sagen, sie war so unerreichbar, sie löste eine so heftige Sehnsucht aus, wie ich sie nie wieder empfunden habe.«

Die Absicht von Roberto und Jakobe, gleich am nächsten Tag zu Kati Lechner ins Armenhaus zu gehen, wurde durchkreuzt, weil am Morgen ein berittener Kurier einen Eilbrief aus Cöln brachte.

Jakobe erkannte Friedrichs Handschrift auf dem Kuvert, riss es eilig auf, überflog das Schreiben und rief mit aufgerissenen Augen: »Sie kommen, die Cölner kommen, sie sind mit einem Planwagen unterwegs, mit Sack und Pack, sie haben alles aufgelöst, die Werkstatt, das Geschäft, sie wollen nach Italien! Und

Francesco ist bei ihnen, Paolos Vater, du lieber Himmel, wir müssen Platz schaffen, Mutter, wir müssen sie alle hier unterbringen.«

»Großer Gott, alle? Friedrich und Susanna, und die Kleinen?«

»Er schreibt von Susanna, Francesco und den Kindern, von Gislind und Elsa schreibt er nichts. Und wir sollen Agatha, Colomba und Paolo aufhalten, wenn sie vorher kommen, damit sie gar nicht mehr nach Cöln gehen.«

Jakobe lief aufgeregt durch das Haus, dann rief sie nach den Nachbarmädchen, die ihnen gelegentlich halfen, damit sie die Bodenkammern putzten und Säcke mit sauberem Stroh aufschütteten.

Sie rechnete immer wieder mit den Fingern die Tage nach und kam zu dem Ergebnis, dass die Cölner durchaus in acht bis zehn Tagen in Reutlingen sein konnten.

»Vielleicht kommen sie alle gleichzeitig«, rief Jakobe, »wenn Agatha und Colomba zwei Wochen in Venedig waren, dürften sie jetzt auch auf dem Rückweg sein. Mutter, wir müssen Brot backen, wir müssen unsere Vorräte auffüllen, wir müssen Käse machen und Kompott kochen, ich glaube, die Stachelbeeren sind bald so weit. Gleich gehe ich zum Bintzle und bestelle Schinken und Würste, wie werden sie alle hungrig sein nach der langen Reise. Und mein Friedrich, Mutter, Vater, er wird schon ganz bald bei uns sein!«

Jakobe machte sich auf den Weg in die Stadt und merkte, als sie über den Weibermarkt lief, dass sie vergessen hatte, ihr Haar zusammenzustecken und die Haube aufzusetzen. Einige Frauen kamen ihr entgegen und steckten tuschelnd die Köpfe zusammen. Sie richtete sich hoch auf und sah ihnen stolz ins Gesicht, dann setzte sie ihren Weg fort und schüttelte ihre lockige, blonde Mähne, die in der Sonne glänzte.

Echo

Susanna, Friedrich, Francesco und die Kinder zogen im gemächlichen Tempo der Ochsen nach Süden. Friedrich sprach voller Sehnsucht von Jakobe, es zog ihn nach Reutlingen, und er drängte bei jeder Rast auf einen möglichst schnellen Aufbruch. Sie tränkten und fütterten ihre Zugochsen reichlich und suchten sich an den Stationen die kräftigsten Tiere aus, die eine große Tagesleistung schafften. Morgens brachen sie in aller Herrgottsfrühe auf und fuhren bis spät in die langen Abende hinein. Nachts schliefen Susanna und die Kinder im Wagen, die Männer wachten abwechselnd davor, Francesco hatte ein Messer und Friedrich eine Pistole dabei.

Susanna nutzte die Fahrt, um den Kindern die Kopfhaut zu massieren und die Haare einzuölen. Sie hatte damit schon in Cöln angefangen, und es zeigten sich die ersten Erfolge. Bei allen dreien spross dickeres, glänzenderes Haar nach, strohblond und glatt bei Entgen, mittelbraun und wellig bei Lyss, goldblond und lockig bei Peter. Außerdem stichelte Susanna zusammen mit den Mädchen, die sich immer geschickter anstellten, an einer neuen Ausstattung für die drei: ein rotes und ein blaues Sonntagsgewand aus Baumwolle mit bauschigen Röcken und weißen Spitzenkrägen für Entgen und Lyss, eine braune Hose und ein grünseidenes Wams mit einem weißen Hemd darunter für Peter. Wenn sie während einer Pause Anprobe machten, tänzelten die Kinder in ihrem Staat voller Stolz vor dem Wagen herum.

Sie passierten die Stelle, an der Francesco drei Monate zuvor Agatha, Colomba und Jakobe getroffen hatte. Hier unterbrach Francesco zum ersten Mal sein seit der Abfahrt währendes Schweigen und erzählte in lebhaften Worten, wie und mit welch seltsamen Gefühlen er an den drei Beginen vorübergeritten war. Dann versank er wieder in sein stummes Brüten, das Susanna mit wachsender Besorgnis beobachtete. Bereits am Mittag des dritten Reisetages waren sie an der Loreley angelangt und rasteten zwischen vielen anderen Gruppen von Reisenden, die ebenfalls das berühmte Echo erleben wollten. Sie tränkten die Ochsen und brachten ihnen Gras, dann aßen sie ihr Mittagsmahl und beobachteten den regen Schiffsverkehr stromauf- und stromabwärts.

»Das muss Hanselmännchens Loch sein«, sagte Friedrich und deutete auf eine große Höhle im Loreley-Felsen, der steil auf der anderen Seite des Flusses aufragte. »Da suchen die Leute Unterschlupf, wenn die Soldaten durchziehen.«

Peter konnte, wie Entgen und Lyss, nicht still sitzen bleiben und sprang von einem Bein auf das andere. Sie fieberten auf das Echo hin, von dem Susanna ihnen erzählt hatte, und starrten aufmerksam auf die Loreley, jeden Augenblick gewärtig auf Trolle oder Elfen, die hinter einem der Felsvorsprünge hervorlugen konnten. Nach dem Essen, so hatte Susanna versprochen, wollten sie das Wunder ausprobieren.

»Wohnt dort auch der Zwerg, der das Echo macht?« Peters Stimme war vor Aufregung ganz hoch.

»Ich weiß nicht, ob es ein Zwerg ist, ich glaube eher, dass es der Stein ist, der den Schall zurückwirft.«

»Doch, es ist ein Zwerg«, beharrte Peter, »ein Zwerg oder ein Riese, oder eine Wassernixe, jedenfalls ein Zauberwesen. Wenn jemand ruft, so muss es doch ein Wesen sein.«

»Vielleicht ist es der Windgeist, der die Worte durch die Luft wieder zu uns zurückträgt.« Susanna lächelte.

»Seine Haare sind grün und wehen«, ließ sich Lyss vernehmen, die versonnen auf den zügig fließenden Rhein sah, »seht mal, da schwebt er schon über dem Wasser, er ist ganz dünn, schaut, ganz leicht.«

»Dummes Zeug!« Entgen gab ihr einen Klaps. »Der Windgeist ist auf dem Berg oder in der Höhle, nicht auf dem Wasser, da sind höchstens die Wassernixen.«

»Manchmal wird er hier sein, manchmal dort, aber jetzt wird erst mal aufgegessen«, sagte Susanna energisch.

Sie beobachteten zwei Männer, die am Ufer entlangstapften und immer wieder schrille Pfiffe aus ihren Flöten ausstießen, die von dem Felsen zurückgeworfen wurden. Andere Reisende liefen herum und riefen »Hooh, Hooh«, oder »Aaah, aaah«, hohl und unwirklich schallte das Echo über den Rhein zurück.

Als sie sich gestärkt hatten, lief Susanna mit den Kindern ein Stück den Fluss hinunter bis zu einer Stelle, an der weniger Menschen waren. Sie formte mit den Händen einen Trichter und rief:

»Hallo!«

Oh … oh … oh … oh … oh … schallte es zurück.

»Fünfmal, es ist ein fünffaches Echo, hört nur!« Susanna blies erneut ihre Wangen auf, die ganz rot geworden waren:

»Wo ist meine Agatha?«

Da … da … da … da … da …

Die Kinder zählten mit und mussten eine Weile üben, bis ihre Rufe laut genug waren, um das Echo hervorzulocken. Susanna stachelte sie an, kräftig herauszuschreien, sie probierten und pumpten die Lungen auf, bis es schließlich gelang.

Entgen!!

Peter!!

Lyss!!

Yss … Yss … Yss … Yss … Yss …

Sie schrien immer lauter, ihre Augen blitzten, sie ergötzten sich an den Rufen, die fünffach widerhallten, in fünffachen Kaskaden an der schrundigen Felswand hinunterstürzten, fünffach über den Fluss wehten, sich dort vervielfachten, verhundertfachten, eine Flut von Schallwellen in Bewegung setzten, die ihnen um die Ohren sausten und über die Haut strichen. Schreie fuhren aus drei pumpenden Lungen und kleinen Mündern, glitzernder Staub rieselte auf drei glückstrahlende Gesichter, in der hohen, schwirrenden Luft hing zwischen den Sommerwolken der Stern mit fünf leuchtenden Spitzen.

Francesco blieb schweigsam. Während Friedrich unentwegt von dem Wiedersehen mit Jakobe sprach, sagte er kein Wort über Agatha und Paolo, und Susanna hatte das Gefühl, dass das schlechte Gewissen ihn fast auffraß.

Am achten Reisetag erreichten sie Karlsruhe, wo sie das Rheintal verließen und sich gen Pforzheim und Stuttgart wandten. Susanna liefen die Tränen, als sie den im Mittagslicht gleißenden, breit in seinem Tal strömenden Fluss hinter sich ließen.

»Zehn Jahre hat er uns begleitet und uns Leben gespendet, was hat er uns alles gebracht, unsere Waren, alles was wir zum Leben brauchten. Oh, wie werde ich sein Licht vermissen und den weiten Himmel, der sich wie Seide über unseren schönen Rhein spannt.«

»Aber viele der Menschen an seinen Ufern werde ich nicht vermissen«, brummte Friedrich. »Erinnere dich, unter welchen Umständen wir fortmussten, erinnere dich, wie viele Menschen gebrannt und mit ihrem Gestank den seidenen Rheinhimmel verpestet haben, erinnere dich, wie sie seine Ufer für ihre Prozessionen missbraucht haben.«

Entgen und Peter feixten und verzogen ihr Gesicht in Erzbischofsmanier, Susanna musste lächeln, und ihre Tränen versiegten. »Du hast Recht«, sagte sie, »wir müssen das Alte hinter uns lassen und dem Neuen freudig entgegensehen. Was ist mit dir, Francesco, freust du dich gar nicht auf Reutlingen? Willst du nicht ein Stück mit mir gehen? Ich würde mir gerne ein wenig die Beine vertreten.«

Francesco sprang vom Wagen und stürmte so schnell über den Fahrweg, dass Susanna kaum mitkam. Als sie ein ganzes Stück vor den anderen waren, stieß er heraus: »Meinst du, ich muss Agatha die Sache mit Gislind beichten? Es liegt mir so auf der Seele, es bringt mich fast um.«

Susanna schüttelte lächelnd den Kopf.

»Wenn es nichts mit ihr zu tun hat, gibt es doch eigentlich keinen Grund, oder? Warte doch erst mal ab, wie sich alles entwickelt, wenn ihr wieder zusammen seid.«

»Aber ich müsste lügen, wenn ich sagen würde, dass ich die Sache in Cöln so einfach vergessen kann. Agatha ist mir zurzeit ganz verschwommen, ich kann sie mir gar nicht mehr richtig vorstellen. Ich bin so schrecklich durcheinander, *Sannina mia*, ich bin völlig verwirrt und weiß nicht mehr, was ich denken soll.«

Susanna nahm Francescos Arm und zwang ihn, ruhiger zu laufen.

»So ist es, wenn die Liebe ins Spiel kommt«, seufzte sie, »immer bringt sie einen durcheinander, immer verstört sie einen. Man kann sie nicht berechnen, sie ist flüchtig, launisch und wetterwendisch, tut, was sie will.«

»Und sie gedeiht umso besser, je länger man warten muss«, ergänzte Francesco, »dieses lange, immer währende Warten und Sehnen ist ein Treibhaus für die Liebe. Wie lange warte ich jetzt schon auf Agatha, ich glaube, das hat auch dazu geführt, dass ich Gislinds Lockungen erlegen bin. Verstehe mich nicht falsch, ich will damit nicht sagen, dass ich gegen meinen Willen gehandelt hätte.«

»Das Begehren macht die Menschen toll, es nimmt ihnen den Verstand und lässt sie sich gebärden, als hätten sie Teufelsmus, Alraune oder Stechapfel genommen, als flögen sie plötzlich im Bilsenkrautrausch umher.«

»Woher weißt du das eigentlich so genau, Sannina? Man könnte ja denken, du hättest es schon oft erlebt.«

»Das habe ich doch auch, die Heilige Jungfrau ist meine Zeugin. Ich habe erlebt, wie bei uns alles aus den Fugen geriet, wie meine Eltern sich gegenseitig ihr Leben zerstört haben, nur wegen der Liebe, oder richtiger wegen des Begehrens, unsere ganze Familie ist daran zerbrochen. Und Gislind und Elsa, mein Gott, wie haben sie in Cöln gelitten, wie haben sie sich verzehrt unter diesen entsetzlichen Gefühlen. Nein, nein, damit will ich niemals und niemals etwas zu tun haben, es ist schon so alles schwierig genug.«

»Meinst du, dass Agatha mir verzeihen wird?«

»Sie kann dir nur etwas verzeihen, was sie weiß, und zurzeit sehe ich keinerlei Notwendigkeit, dass sie davon erfährt.«

»Also wirst du es ihr nicht sagen?«

»Natürlich nicht, und Friedrich auch nicht, dafür lege ich meine Hand ins Feuer.«

Susanna und Francesco gingen zum Wagen zurück. Es war schon spät, die Abenddämmerung überzog rosa und grün den klaren Himmel. Friedrich war dabei, die Ochsen zu tränken, und drängte, noch so lange weiter zu fahren, wie die Tiere es mitmachten. Schon in den letzten Nächten hatte der zunehmende Mond den Himmel erhellt, heute würde er voll und rund leuchten.

Fünfter Mond

Fünf ist die Zahl der Venus, der Mitte und der Fruchtbarkeit. Jesus starb aus fünf Wunden blutend am Kreuz. Fünfzählig sind das Weinblatt und die Blüte der Rose. Fünf Sinne haben wir bekommen, meine Kinder, damit wir sie gebrauchen können. Unser ist das Reich, und die Kraft und die Herrlichkeit, in Ewigkeit, Amen.

Fünf Engelschöre singen, lebendiges Licht, lichte Wonne. Fünf Leiber biegen sich in der blauen Nacht, fünf Gesichter glänzen der Mondscheibe entgegen. Die Quintessenz, die Vereinigung.

Die Zeit der Abenteuer vollendet sich nun, ihr werdet euch treffen, wo alles seinen Anfang genommen hat, ihr kehrt zurück zu euren Wurzeln. Der Morgenstern leuchtet über euch jetzt und immerdar.

Wir werden nicht mehr nach Cöln gehen? Niemals mehr das Wasser des Rheins sehen, das dahinfließt wie schimmerndes Blei?

Nein, meine Agatha, sie sitzen schon im Wagen, sie sind schon auf dem Weg nach Süden, sie haben alles aufgelöst und Cöln verlassen. Bleibt in Reutlingen, sie treffen euch dort.

Und Gislind? Und Elsa? Sie sehen aus wie schöne Knaben, was ist mit ihnen?

Sie befreien sich von den Gespinsten, die sie halten, sie gehen hinaus in die Welt, an die Gestade der warmen Meere, dahin, wo Himmel und Erde zusammentreffen, dahin, wo der Herr, unser Gott, das Paradies auf Erden geschaffen hat. Aber ihr werdet sie wiedersehen, ihr alle seht euch wieder, Kinder, niemals, niemals werdet ihr einander verloren gehen.

Colomba ist gesegneten Leibes, sie hat auf der Reise den Mann gefunden, den sie liebt.

Ich weiß, mein Kind, welches Glück, welches Wunder, welch ein Segen für meine Colomba. Schaut, Kinder, wie die goldenen Fäden in der Luft schweben und sich lösen, wie sie sich wieder verbinden und neue Geflechte bilden. Der Rosenstock blüht, der Weinstock trägt die Früchte der Liebe.

Aufgefahren gen Himmel, sitzend zur Rechten Gottes, des allmächtigen Vaters.

Auticara im Spiegel des göttlichen Auges. Sehet, der Mensch!

Katis Geschichte

Paolo war der Erste, den Jakobe am Gartentor stehen sah, eine ganze Woche früher, als sie gerechnet hatte. Dann folgten Agatha und Colomba in ihren Beginenkutten und ein langer Mensch, den Jakobe noch nie gesehen hatte. Sie stürzte hinaus und brach in Tränen aus, als Paolo ihr um den Hals fiel, und es dauerte eine ganze Weile, bis sie sich unter allgemeinem Schluchzen und Juchzen begrüßt hatten und Colomba Benedict verlegen als ihren zukünftigen Ehemann und Vater ihres Kindes vorstellen konnte.

Jakobe war außer sich, sie flatterte herum und lief ziellos in die Küche und wieder zurück, begann, Schinken und Würste aufzuschneiden und einen Teig für Brotfladen zu kneten, zwischendurch musste sie sich immer wieder hinsetzen und die Hände vor Freude und Rührung vor das Gesicht schlagen. Sie konnte die Neuigkeiten kaum fassen, die die Reisenden durcheinander plappernd berichteten. Schließlich brachten sie mit vereinten Kräften das Abendbrot auf den Tisch.

Erst spät, als die alten Schulers schon im Bett waren, erzählten die Ankömmlinge der entsetzten Jakobe von der Pest in Venedig, vom Tod der *nonna*, von der nächtlichen Flucht über die *laguna*, von Pietros Tod und den Agenten des Großen Rates, denen sie fast in die Hände gefallen wären.

Jakobe berichtete von Roberto Haugs Besuch und von der Zeugin im Armenhaus, die möglicherweise Näheres über die Todesumstände von Socia Yss wusste.

»Wir wollen zu ihr«, sagte Jakobe, »wir wollen uns auf jeden Fall anhören, was sie zu sagen hat.«

Colomba verzog das Gesicht. »Ich weiß nicht, ob ich mir alte Geschichten über diese Schlange anhören will«, sagte sie spitzmündig, »davon wird *mamma* auch nicht wieder lebendig.«

»Aber es könnte ihr doch endlich Gerechtigkeit widerfahren, Liebste, es könnte doch endgültig und offiziell festgestellt werden, dass eure Mutter keinen Mord begangen hat«, schaltete Benedict sich ein.

»Ach ja, ich bitte um Entschuldigung, ehrwürdiger Herr Syndicus, ich vergaß, dass Sie natürlich alles immer am besten wissen.«

»Es geht nicht ums Besserwissen, sondern um die Ehre eurer Mutter. Und ich weiß nicht, warum du jetzt wieder so gehässig bist, Colomba, ich weiß nicht, warum ich immer deinen Unwillen errege.«

Colomba brummelte vor sich hin, über ihrer Nasenwurzel saß immer noch eine steile Falte. Jakobe war verunsichert und schaute fragend Agatha an, die ihr beruhigend zuzwinkerte.

Später, als Colomba, Benedict und Paolo im Bett waren, sagte Jakobe: »Ich musste an Auticara denken, wenn sie ihre üblen Launen hatte, hat sie genauso mit eurem Vater gesprochen.«

Agatha schlug die Augen zum Himmel. »Colomba gleicht *mamma* in vielem, immer mehr, aber man darf es um Gottes willen nicht sagen, dann geht sie die Wände hoch. Und alles, was mit Socia Yss zu tun hat, ist für sie sowieso immer noch ein rotes Tuch, sie will nichts darüber hören.«

Dann nahm sie Jakobes Hände und druckste herum, es schien ihr etwas auf der Seele zu liegen.

»Was meinst du, wann wir mit den Cölnern rechnen können? Wann ist der Brief angekommen?«

»Vor einer Woche, wenn sie schnell sind, können sie in ein paar Tagen hier sein. Und Francesco ist bei ihnen, mein Gott, Agatha, bist du nicht schrecklich aufgeregt?«

Agatha nickte, aber ihr Blick blieb düster, und schließlich beichtete sie Jakobe flüsternd ihr Abenteuer mit Antoine.

»Ich habe ein so schrecklich schlechtes Gewissen, meinst du, ich werde es ihm sagen müssen?«

»Das kommt darauf an, wie weit dich dieser Schauspieler noch beschäftigt.«

»Ich habe ihn nicht vergessen, er war liebenswert und hübsch, er konnte sehr gewandt plaudern, aber Sehnsucht habe ich nur nach Francesco. Ich kann ihn mir nur nicht mehr richtig vorstellen, es ist alles so lange her. Manchmal verschwimmt mir sein Bild, und ich muss mir Paolo angucken, um ihn wieder vor Augen zu haben.«

»Bald wird er da sein, dann siehst du, wie es um eure Liebe bestellt ist.«

»Meinst du, er würde mir verzeihen?«

»Verzeihen kann er dir nur etwas, das er weiß, und ich wüsste eigentlich nicht, weshalb du es ihm erzählen solltest.«

»Und du wirst es auch nicht tun?«

Jakobe lächelte. »Das verspreche ich dir in die Hand, meine Agatha, es gibt keinen Grund, so etwas Dummes zu tun. Meinst du denn, dass Colomba ihren Mund halten kann?«

»Sie hat es mir geschworen, beim Andenken unserer Mutter.«

Agatha legte sich neben den schlafenden Paolo, durch die dünne Wand hörte sie Benedict und Colomba zuerst leise diskutieren, später heftig atmen und seufzen. Sie kuschelte sich an ihren Sohn, und es dauerte eine Weile, bis sie ihr wild klopfendes Herz beruhigt hatte und in einen unruhigen Schlaf fiel.

Colomba wollte zwar selbst nicht mit ins Armenhaus gehen, verwendete am nächsten Morgen jedoch viel Mühe darauf, eine Hühnersuppe mit stärkenden Kräutern zu kochen, die Jakobe und Agatha mitnehmen sollten. Jakobe packte ein Paket mit Wurst, Schinken und Brot zusammen und legte eine wollene Decke dazu.

Roberto kam kurz nach Mittag und begrüßte und umarmte seine ehemaligen Spielgefährtinnen Agatha und Colomba. Benedict bot ihm gleich an, ihn beim Verfassen der Flugschrift zu unterstützen.

Roberto freute sich über die Verstärkung und das positive Echo auf seinen Plan. »Vielleicht kann Vincenz Kepler uns eine Audienz bei Major Matthäus Beger verschaffen, unserem Kriegsingenieur. Er rekrutiert die Truppen und befehligt das Zeughaus, überdies ist er ein fortschrittlicher und sehr gebildeter Mann, er macht Übersetzungen und betreibt naturwissenschaftliche Studien. Er ist ein ganz entschiedener Kritiker der alten Seilschaften im Rat, es würde mich nicht wundern, wenn er demnächst Bürgermeister würde. Beger findet viel Zuspruch bei den jüngeren Leuten, er hat Einfluss in der Stadt und kann uns vielleicht raten, wie wir am besten vorgehen.«

Nach dem Mittagessen machten sich Roberto, Jakobe und Agatha auf den Weg ins Armenhaus am anderen Ende der Stadt. Dort wies ihnen eine brummige Wärterin den Weg zu Kati Lechner, die in einem kargen Raum auf einer Pritsche lag, klein und mager, mit grauer Gesichtshaut und glanzlosen, dünnen Haaren, die voller Läuse saßen. Ihr Mund war eingefallen, sie stank. Trotz des Sommerwetters war es feucht und kalt in dem bröckeligen Gemäuer, in einem Haufen Unrat in der Ecke raschelten Ratten.

Als die Besucher sich vorstellten, der geschwächten Frau die Suppe, das Essenspaket und die Decke zeigten und den Grund ihres Besuches nannten, glänzten Kati Lechners braune Augen kurz auf, dann legte sich wieder ein stumpfer Schleier darüber.

Jakobe und Agatha verständigten sich mit einem kurzen Blick, schon am Geruch erkannten sie, dass Kati die französische Krankheit im Endstadium hatte. Jakobe schob ihr die Ärmel und den Rock ein wenig hoch, und sie zuckten zurück, als sie die eiternden Geschwüre sahen. Da halfen, wenn überhaupt, nur noch Quecksilber und Opium, vielleicht konnte man der Frau auch mit Colombas Wundsalbe etwas Linderung verschaffen. Agatha legte die Wolldecke über Kati und schob ihr ein Bündel Lumpen unter den Kopf.

Sie glaube, sie sei etwa Mitte zwanzig, lispelte Kati aus ihrem zahnlosen Mund, als Jakobe sie nach ihrem Alter fragte, genau wisse sie es nicht. Aber sie erinnere sich an Frau Jakobe, einmal habe sie auch in der »Goldenen Traube« getanzt, und Jakobe sei so freundlich zu ihr gewesen, nachdem der Jetter sie genotzüchtigt hatte.

Blitzartig erstand vor Jakobe das blutjunge Tanzmädchen mit dunklen Augen und dicken schwarzen Schnecken, das Jetter, nachdem Auticara ihn getreten hatte, vor der Tür missbraucht hatte. Sie sah das schluchzende Ding vor sich, wie es wieder in die Gaststube zurückgestolpert kam, und den höhnisch grinsenden Mann, der sich den Gürtel festzog.

»Ich erinnere mich an den unseligen Abend«, sagte Jakobe und begann, Kati die Suppe einzuflößen, »du warst so schön und so jung, du konntest so wunderbar tanzen.«

Katis Mund verzog sich zu der Andeutung eines Lächelns, sie schluckte ein wenig von der Suppe, wies sie nach ein paar Löffeln jedoch zurück und hielt sich den Magen.

»Wir möchten mit dir über Socia Yss sprechen«, sagte Agatha, »du hast doch neulich im Rathaus gesagt, du wüsstest, wie sie gestorben ist. Meine Mutter hat ja immer behauptet, Socia umgebracht zu haben, aber wir haben es nie so recht geglaubt. Es würde uns sehr helfen, wenn du uns erzählen könntest, was wirklich geschehen ist. Dies ist Roberto Haug, er ist Journalist und möchte die ganze Geschichte für eine Flugschrift aufschreiben.«

Kati nickte, dann begann sie mit leiser, monotoner Stimme zu sprechen. Es kostete sie Kraft, und Agatha und Jakobe mussten sich vorbeugen, um sie verstehen zu können. Roberto schrieb eifrig mit, Jakobe nickte Kati immer wieder aufmunternd zu und tätschelte ihr die Hände.

Kati war etwa im vierzehnten Jahr, als sie nach Betzingen ging, wo Cramm gerade seine Schankwirtschaft eröffnet hatte. Ihre Eltern und ihre drei Geschwister waren innerhalb von einer Woche an den Blattern gestorben, sodass Kati niemanden mehr hatte und froh war, als Cramm sie nahm, obwohl sie ihn und seine Frau Mathilde von Anfang an nicht mochte. Sie arbeitete im Haushalt und in der Wirtschaft, putzte, kochte und bediente die Gäste. Der Laden lief gut, und Kati und die anderen jungen Mädchen schleppten Bier- und Weinkrüge, bis ihnen die Arme wehtaten. Die Gäste waren hohe Herren, Kaufleute, Ratsherren aus Reutlingen und den umliegenden Gemeinden, einer vornehmer und reicher als der andere.

Katis Stimme wurde zu einem Flüstern, als sie berichtete, dass Cramm nach einiger Zeit von den Mädchen verlangt hatte, mit den Männern aufs Zimmer zu gehen.

»Ich wollte es nicht, ich hatte Angst vor diesen dicken, alten Kerlen, ich hatte ja noch nie etwas mit Männern zu tun gehabt. Aber es gab kein Pardon, er drohte uns Schläge an, und so habe ich heimlich eine halbe Flasche Schnaps getrunken, bevor ich zu dem Ersten raufgegangen bin.«

Eines Tages brachte Lorentz Cramm Socia mit, die er auf einer Kirchmesse aufgelesen hatte. Sie wohnte bei Kati in der Kammer und erzählte ihr, sie sei bei einem Bärenführer aufgewachsen und mit ihm auf den Jahrmärkten in der Wallonie und im Norden Frankreichs herumgezogen, sie habe mit dem Bären tanzen müssen, solange sie denken könne.

Ihr gegenüber war Cramm freundlich, fast unterwürfig, auch zwang er sie nicht, mit den Gästen hinaufzugehen, obwohl ihm mehrfach hohe Summen für sie geboten wurden. Socias einzige Aufgabe war, für die Männer zu tanzen. Sie tat es samstags und sonntags, und ihre Auftritte sprachen sich schnell als Sensation herum. Die Männer kamen in Scharen und tranken Unmengen Wein, ihre Augen hingen an Socia, sie klatschten wie von Sinnen, wenn sie auf den Tisch sprang und sich barfuß vor ihnen drehte. Wenn sie fertig war, verschwand sie, dann mussten die anderen Mädchen die Hitze der Männer kühlen. »Ich bin der Lockvogel«, sagte sie zu Kati, »die Kerle kommen meinetwegen. Aber das Tanzen muss reichen, alles muss ich schließlich nicht machen. Er verdient auch so genug Geld mit mir.«

Irgendwann spekulierten die Mädchen, Cramm müsse ein Auge auf Socia geworfen haben, anders konnten sie sich die Sonderbehandlung nicht erklären.

Mathilde Cramm war mindestens ebenso hart wie ihr Mann. Sie beaufsichtigte die Küche, schrie und tobte und scheuchte die Mädchen herum. Sobald sie eine untätig sah, dachte sie sich gleich eine neue Schikane aus, etwa die Ställe sauber machen oder die Dielen in der Gaststube mit Sand scheuern. Dann stand sie mit dem Stock daneben und schlug ihnen auf die Hände, wenn es nicht schnell genug ging. »Wir haben oft gedacht, sie ist eine Hexe, sie ist im Bund mit dem Teufel, weil sie so böse war und überhaupt keine Gnade kannte. Je mehr wir uns quälten, desto größer war ihre Freude«, flüsterte Kati, »wir haben sie gehasst und uns überlegt, wie wir ihr schaden konnten, aber es fiel uns nichts ein, unsere Angst war zu groß.«

Vor allem Socia war Mathilde ein Dorn im Auge, aber sie konnte ihr nichts anhaben, weil der Alte wie ein Schutzschild vor ihr stand. Socia nutzte die Situation aus, sie war frech und schnippisch zu Mathilde, lachte über ihre Befehle, machte mit herausgestreckter Zunge affige Reverenzen und Bücklinge hinter ihr her.

Und dann brachte sie eines Abends das Teufelsmus mit auf die Kammer und sagte mit glänzenden Augen zu Kati, damit könne man direkt in den Himmel fliegen. Sie habe es von Cramm bekommen, es sei eine ganz besonders feine Zubereitung aus Bilsenkraut, Opium, indischem Hanf, Tollkirsche und Schierling. Sie gab Kati etwas zum Probieren ab, aß aber selbst das meiste. Kati bekam wunderbare Träume, sie flog, alles war leicht und lustig, und als sie spät in der Nacht noch zu einem Mann gerufen wurde, machte es ihr gar nichts aus.

Socia nahm jeden Abend von dem Mus und gab Kati nur manchmal ein bisschen ab, auch wenn sie noch so bettelte. »Später war ich froh darüber, weil ich sah, was das Zeug mit Socia anrichtete. Sie konnte gar nicht mehr damit aufhören und zitterte und schwitzte, wenn sie es nicht bekam.«

Agatha und Jakobe hingen gespannt an Katis Mund, Robertos Feder kratzte über das Papier.

»Aber wie war das dann mit der ›Goldenen Traube‹, wann ist sie dahin gekommen?«

Das erste Mal, fuhr Kati fort, ging Socia dorthin, kurz nachdem sie mit dem Teufelsmus angefangen hatte. Sie sagte, sie habe eine Stelle in der Stadt und ging mittwochs und donnerstags gegen Mittag fort. Dann kam heraus, dass sie bei dem Sohn Hans Cramm tanzte, und da drehte der alte Cramm fast durch. Kati hörte, wie er Socia anschrie, sie solle verschwinden, er wolle sie niemals wiedersehen. Darauf sagte sie, ja, gut, adieu, ehrwürdiger Herr, und wollte zur Tür hinaus, aber er hielt sie fest und flehte und winselte, sie solle bleiben, er werde alles tun, damit sie zufrieden sei. Spätestens da wusste Kati, dass Cramm Socia genauso verfallen war wie all die anderen Männer. So ging es eine ganze Weile. An den Abenden, an denen Socia nicht da war, war Cramm besonders schlecht gelaunt, Mathilde hatte allerdings Oberwasser und genoss den Triumph, dass Socia sich ihrem Mann entzog. Und dann nahm Socia Kati an einem Abend, an dem sie frei hatte, mit in die »Goldene Traube«, weil man dort zusätzliche Tänzerinnen brauchte, und weil, wie Socia ihr zuflüsterte, sie ihr ihren Liebsten zeigen wollte, den nettesten und hübschesten Mann auf der ganzen Welt.

»Ich konnte es gut verstehen, als ich Herrn Cramm sah. Er war so gar nicht wie seine Eltern, er war sehr angenehm, er hatte freundliche Augen. Aber ich wusste auch gleich, dass die Sache nicht gut ausgehen würde, wegen seiner Frau. Sie war so wütend auf Socia, dass sie ihr am liebsten die Augen ausgekratzt hätte.«

Kati war erschöpft und sprach immer leiser. Jakobe beugte sich zu ihr und flößte ihr wieder ein wenig Suppe ein.

»Und dann passierte das mit dem Jetter, er fasste die Frau Cramm an die Brust, worauf sie ihn trat, genau dahin, wo es den Männern am meisten wehtut. Ich war zuerst begeistert, ich fand sie so mutig, dass sie sich dem Kerl entgegenstellte. Aber was dann kam, war weniger schön, er hat ja seine ganze Wut an mir ausgelassen.«

Kati schloss die Augen und atmete schwer, sie brauchte eine Weile, bis sie weitersprechen konnte.

Die Lage in Betzingen spitzte sich immer mehr zu. Socia weigerte sich standhaft, die Stelle in der »Goldenen Traube« aufzugeben, und der Alte begann, ihr das Teufelsmus zu verweigern. Es ging Socia schlecht, sie zitterte, fror und schwitzte, ihr Gesicht zuckte, sie lief unruhig im Haus herum und bettelte Cramm mehrmals an, aber er wies sie ab, weil sie seine Bedingung nicht erfüllen wollte. Am Abend lag sie im Flur auf den Knien vor seinem Kontor und schlug gegen die Tür, sie flehte und wimmerte und schrie, aber er ließ sich nicht blicken. Dann schleifte Kati sie unter größten Mühen in die gemeinsame Kammer, dabei strampelte Socia mit den Beinen, schlug auf Kati ein und hatte Schaum in den Mundwinkeln. Und da sahen sie, was sie zuerst für eine Halluzination hielten: Eine ganze Schüssel randvoll mit Teufelsmus stand auf Socias Bett, sogar ein Löffel steckte drin. Nachdem sie begriffen hatte, was es war, stürzte sie sich darauf und schlang es gierig hinunter, als wäre es ein süßer Brei, sie gab Kati nur einen Löffel voll ab. Dann legten sich beide hin, um zu träumen, Kati schlief auch sehr schnell ein und wachte immer mal wieder davon auf, dass Socia auf ihrem Bett saß und sang oder wirres Zeug vor sich hinredete. Später warf sie sich heftig herum und erbrach sich, aber irgendwann war sie still, Kati wusste nichts mehr und schlief ihren Rausch aus.

Am nächsten Morgen lag Socia tot auf dem Bett mit blauem Gesicht, verrenkten Gliedern und verdrehten Augen, erstickt an ihrem Erbrochenen.

»Der Anblick war grauenhaft, ich werde ihn niemals vergessen«, flüsterte Kati.

»Mein Gott, was hast du durchgemacht. Und weißt du, wer es war? Wer hat ihr das Mus dahingestellt?« Agatha konnte vor Anspannung kaum atmen.

Kati wollte es nicht beschwören, aber sie war eigentlich sicher, dass es Mathilde Cramm war, die richtig zufrieden aussah, als Kati in die Küche stürzte und schrie, Socia bewege sich nicht mehr. So, so, sagte sie nur, dann hat es sich also ausgetanzt, dann hat es sich also ausgesprungen. Den Arzt und den Totengräber ließ sie erst gegen Mittag holen, Kati hatte das Gefühl, sie wollte auch wirklich sichergehen, dass Socia tot und nicht mehr zum Leben zu erwecken war. Der Arzt warf kaum einen Blick auf die Leiche und schrieb auf den Totenschein, was Mathilde ihm sagte, nämlich, dass Socia an Krämpfen gelitten habe und daran verstorben sei.

»Und er? Was hat der Alte gemacht?«

»Er war wie versteinert, als er es hörte, und dann verschwand er, er spannte seinen Wagen an und war fort, noch bevor sie Socia aus dem Haus gebracht hatten.«

Kati ging noch am gleichen Tag aus Betzingen fort, sie konnte es in dem Haus nicht mehr aushalten. Danach hatte sie verschiedene Stellungen als Dienstmädchen in den umliegenden

Dörfern, aber da die meisten Leute wussten, dass sie bei Cramm gearbeitet hatte, war sie Freiwild für die Männer und fand schließlich Unterschlupf in einem Freudenhaus in Gomaringen. Dort ging es ihr ganz gut, bis die französische Krankheit, die zwischendurch besser geworden war, sie wieder einholte. Als ihr vor zwei Jahren alle Zähne ausfielen und ihre Wunden nicht mehr heilten, war es vorbei, da guckte sie kein Mann mehr an, und sie musste gehen.

»Sie haben mich fortgejagt, obwohl ich gebettelt habe, sie sollten mich wenigstens zum Saubermachen behalten.«

Kati verstummte und schloss erschöpft die Augen. Jakobe strich ihr über die Stirn und versuchte, ihr noch ein wenig Suppe einzuflößen.

»Du hast uns sehr geholfen«, sagte sie, »jetzt wissen wir endlich, wie die Geschichte wirklich war. Wir kommen wieder, Kati, trinke deine Suppe, es ist Medizin drin. Bald bringen wir dir mehr, dann wird es dir besser gehen.«

Agathas Gesicht leuchtete, als sie durch die Stadt nach Hause gingen, und sie fragte Roberto immer wieder, ob er alles richtig notiert habe.

»Ich wünsche mir nur, dass unsere arme *mamma* im Himmel es gehört hat, damit sie es nun auch weiß, dass sie keine Mörderin ist und die Last der Schuld von ihr abfällt«, sagte sie.

»Was können wir nur für die arme Kati tun?« Jakobe sah Agatha bekümmert an. »Ich fürchte, dass ihr nicht mehr zu helfen ist. Ich habe schon überlegt, ob wir sie zum Sterben zu uns holen sollen, aber wir haben doch überhaupt keinen Platz mehr, wenn alle unsere Lieben angekommen sind.«

Als sie nach Hause kamen, stand der Planwagen vor der Tür, und sie stürmten hinein. Susanna, die Colomba im Arm hielt und ihr immer wieder das Gesicht streichelte, stieß helle Freudenschreie aus, als Jakobe, Agatha und Roberto hereinkamen. Jakobe flog in Friedrichs ausgebreitete Arme, während Francesco Agatha stumm entgegenstarrte. Er trat einen Schritt auf sie zu und berührte mit ausgestreckter Hand ihre Wangen, auf denen kreisrunde rote Flecken erschienen.

»*Carina*«, stammelte er, »*la mia bella, carissima.*«

Agathas riss ihre Augen auf, die ganz hell geworden waren, sie strich sich einige Male durch ihr rötlich glänzendes Haar und blieb noch eine Weile regungslos, mit fliegenden Augäpfeln stehen, dann sank sie mit einem tiefen Schluchzer an Francescos Schulter.

Eine ganze Weile war nur ein Stammeln, Stöhnen, Seufzen zu hören, dann redeten, lachten und riefen sie alle durcheinander und deckten unter unausgesetztem Plappern einen großen Tisch im Garten, die Männer schleppten Wein aus dem Keller heran. Während sie aßen und tranken, erzählten Agatha, Jakobe und Roberto der atemlos lauschenden Runde die Geschichte von Kati Lechner und breiteten den Plan aus, eine Flugschrift mit der ganzen Geschichte herauszubringen.

»Und ihr meint, wir sollen sie wirklich auf dem Markt ausrufen? Ich habe Angst, dass sie uns wieder bespucken und beleidigen. Und wer verbürgt sich dafür, dass wir nicht wieder denunziert werden?«, fragte Susanna besorgt.

»Ich spreche mit Matthäus Beger, er wird uns schützen«, erwiderte Roberto energisch. »Mein Vater kennt ihn recht gut und hat mir mehrmals bestätigt, dass er zu den fortschrittlichen Geistern in dieser Stadt gehört.«

»Ich weiß nicht, allein die Vorstellung, dass wir mitten auf dem Markt stehen sollen, womöglich noch vor unserem Haus, krampft mir den Magen zusammen und lässt mir die Knie zittern, ich kann euch gar nicht sagen, was mich da überfällt.«

Susanna blieb ängstlich und misstrauisch, bis Colomba ihre Hände küsste und an ihre Wange hielt. »Hab keine Angst, Sannina, wir werden vorsichtig sein, wir werden uns nicht in Gefahr begeben. Wir bleiben alle zusammen und gehen nur, wenn Beger uns eine Wache zur Seite stellt. *Mamma* würde es wollen, wir sind es ihr schuldig. Denke nur, wie gut es wäre, endlich wieder erhobenen Hauptes durch diese Stadt zu gehen.«

Auch Agatha brauchte eine ganze Weile, bis sie sich vorstellen konnte, auf dem Markt in aller Öffentlichkeit das Verbrechen gegen ihre Mutter anzuklagen. Aber je länger sie sich mit dem Gedanken beschäftigte, desto besser gefiel er ihr.

»Wir könnten eine von Jakobes neuen Zeichnungen von *mamma* auf die Flugschrift bringen, Friedrich könnte sie in Kupfer stechen«, sagte sie schließlich.

»Und das Porträt von Vater dazu«, ergänzte Susanna, »Vater und Mutter gehören zusammen, egal, was zwischen ihnen war. Oh, ich kann es mir immer besser vorstellen, der Gedanke wird immer süßer, oh meine Lieben, wenn ich nur meine Angst bezwingen könnte.«

»*Mamma* wird uns helfen, sie war bei all unseren Prüfungen dabei und hat uns gestützt, sie wird es jetzt auch tun.« Agathas Zuversicht wuchs.

Sie tranken sich zu und spannen den Plan weiter aus, erwogen das Für und Wider, schwankten zwischen Mut und Verzagtheit.

Jakobe saß glücklich in Friedrichs Arm, Francesco unterhielt sich lebhaft mit Paolo, Agatha glühte vor Verlegenheit, wenn sein Blick sie streifte. Glühwürmchen taumelten durch die Büsche, Nachtigallen stimmten ihr schluchzendes, vielstrophiges Lied an.

Jakobe hatte eingehend überlegt, wie sie die Paare unterbringen sollte, damit sie nachts einen Platz für sich hatten. Sie hatte Paolo, Susanna und den Kindern ihren Schlafraum im ersten Stock überlassen und die drei Bodenkammern mit farbigen Tüchern und Blütensträußen aus dem Garten geschmückt. Aus den Strohsäcken hatte sie mit Hilfe von Schafwolle und Decken drei bequeme Betten hergerichtet.

Agatha und Francesco standen beklommen voreinander, als sie allein waren. Francesco trat von einem Bein auf das andere, Agatha war blass und verschlossen. Schließlich setzte sie sich auf das Bett, zog ihre Knie an den Körper und legte den Kopf darauf.

»Komm«, sagte sie mit seltsam hoher Stimme, »setz dich zu mir, ich muss dich anfassen, damit ich sicher sein kann, dass du es bist, Francesco, ich kann es noch gar nicht glauben.«

»Und ich bin nicht sicher, ob ich dich sehe, *carina*, es ist mir wie ein Traum, jeden Augenblick glaube ich, du könntest zerplatzen, es könnte sich alles in Luft auflösen, so, schsch, schsch ...«

Er blieb stehen und ließ seine Hand durch die Luft flattern, seine Augen schwammen.

»Und Paolino, *dio mio*, ich wusste immer, dass ich einen Sohn habe, aber ich wusste nicht, wie großartig er ist, wie wunderschön und wie stolz, wie mutig, oh mein Gott, was ist er für ein prachtvoller Junge. Immer wieder musste ich mich heute Abend ins Bein zwicken, weil ich es gar nicht glauben kann. Ich danke dir, *cara mia*, dass du einen so wunderbaren Menschen aus ihm gemacht hast.«

Francesco setzte sich vorsichtig und ohne sie zu berühren neben Agatha, deren Augen sich mit Tränen füllten.

»Du hast unseretwegen deine Heimat verlassen, hast deinen Beruf, deine Kunst aufgegeben«, jammerte sie, »Murano, Venedig, alles, was dir lieb und teuer ist. Die schlimmsten Mörder sind hinter dir her, ich habe sie gesehen, sie sind brutal und böse, sie wollten unser Kind rauben und uns alle töten, sie schrecken vor nichts zurück. Du bist hinausgestoßen aus allem, was dir vertraut ist, und alles meinetwegen, wie ich musst du jetzt in der Welt umherziehen auf der Flucht vor deiner Vergangenheit und kannst nicht mehr nach Hause. Ich bringe dir Unglück, Francesco, es wäre besser, wenn wir uns niemals getroffen hätten.«

Sie weinte, ihr schmaler Rücken schüttelte sich. Francesco fasste sie vorsichtig an die Schulter.

»Warum weinst du, was redest du, *carissima*, ihr seid mein Zuhause, ihr seid mein Leben, ihr seid alles, was mir lieb und teuer ist, vom ersten Augenblick an, als ich euch sah, dich und deine Schwestern, und jetzt erst recht, wo Paolo da ist. Ihr seid meine Familie, zu euch gehöre ich, ob in Venedig oder anderswo, das ist doch ganz egal.«

Agatha entzog sich ihm, schlüpfte unter das Laken und schluchzte weiter. Francesco legte sich vorsichtig neben sie, er wagte nicht, sie zu berühren.

»Ich wollte dir vorschlagen, dass wir nach Laziale auf mein Gut gehen und uns dort eine neue Heimat aufbauen. Vielleicht brauchen wir eine Weile, um alles wieder in Schwung zu bringen, aber wenn wir zusammenstehen, müsste es doch gehen, was meinst du? Sannina würde gerne mit uns kommen, ich weiß nicht, was Colomba und Benedict vorhaben.«

»Sie können sich auch vorstellen, in Italien zu leben, wir haben schon darüber gesprochen. Aber Benedict möchte auf keinen Fall, dass sie jetzt die weite Reise machen, er findet, dass Colomba hier oder in Karlsruhe niederkommen soll. Colomba weiß noch nicht genau, was sie will.«

»Und wie ist es mit dir? Möchtest du nach Italien?«

»Natürlich, es ist ja genauso meine Heimat wie Deutschland.«

»Gislind und Elsa wollen auch direkt nach Rom kommen, wenn sie zurück sind, dann wären wir alle wieder zusammen. Sie rechnen damit, dass sie drei bis vier Jahre fort sind.«

»Mein Gott, was für eine lange Zeit.« Agatha hörte auf zu weinen und drehte sich mit weit aufgerissenen Augen zu Francesco.

»Wie war es mit ihnen in Cöln? Welchen Eindruck hattest du von unseren Kleinen? Als wir nach Italien aufbrachen, war es nicht einfach, und ich denke, dass die Indienreise auch eine Flucht aus den ganzen Schwierigkeiten war, die sie sich eingebrockt hatten.«

»Da kannst du schon Recht haben.«

»Wie ist es mit Elsa und dieser Begine weitergegangen, hieß sie nicht Hildegardis?«

»Oh, das wurde dann sehr schwierig. Elsa hat schrecklich gelitten, weil Hildegardis sie immer wieder gerufen und zurückgewiesen hat, wie es ihr gerade passte.«

Agathas Stimme wurde leise und zögernd.

»Und wie hat dir Gislind gefallen, Francesco?«

»Wie meinst du das?«

»Na ja, sie ist ja sehr gewachsen, seitdem du sie das letzte Mal gesehen hast.«

»Oh ja, oh ja, aber ich hätte sie doch gleich wiedererkannt, dieses goldblonde Haar und das wunderhübsche Gesicht, es ist doch alles gleich geblieben.«

»Also hat sie dir gefallen?«

»Natürlich hat sie das, ich kann mir keinen Mann vorstellen, dem sie nicht gefallen würde – und ich glaube, sie gefällt einigen.«

»Und einige gefallen ihr.«

»Auch damit kannst du Recht haben.«

»Glaubst du an die lebenslange Liebe und Treue, Francesco, glaubst du, dass es so etwas gibt?«

»An die ewige Liebe glaube ich schon, nein, ich weiß, dass es sie gibt, du bist meine ewige Liebe, Agatha, da bin ich mir sehr, sehr sicher.«

»Und wie ist es mit der Treue?«

Francesco wand sich, er seufzte, setzte sich im Bett auf und legte sich wieder hin, hob einige Male an zu sprechen. Schließlich schob er seinen Arm vorsichtig unter Agathas Kopf.

»Manchmal gerät man auf Wege, auf die man vielleicht gar nicht geraten möchte, manchmal treibt einen das Leben in so merkwürdige Situationen, aus denen man nicht mehr herauskommt, weißt du, was ich meine, *carina*? Da passiert plötzlich etwas, das man eigentlich gar nicht gewollt hat.«

»Oh ja, das weiß ich, das weiß ich, manchmal geht es einem so.«

»Aber deshalb würde ich noch nicht sagen, dass man wirklich untreu ist, wenn man sich mal verläuft, ich würde sagen, untreu ist man nur, wenn man sein Herz an jemand anderen verliert.«

Agatha schwieg eine Weile mit rotem Gesicht, dann lächelte sie, zuerst unsicher, dann immer strahlender.

»Auch mein Herz hat immer dir gehört, all die Jahre war ich sicher, dass nur du allein darin wohnst.«

»Da bin ich froh, meine Liebste, du glaubst nicht, wie sehr ich mir das gewünscht habe, immer und immer habe ich gebetet, dass es so sein möge.«

Nun schmiegten sie sich aneinander, und ihr Atem mischte sich mit den Geräuschen der Sommernacht, dem Zirpen der Grillen und den schweren Seufzern, die aus Jakobes und Friedrichs Zimmer drangen und zu hohen, mühsam unterdrückten Schreien und einem tiefen Stöhnen anschwollen. Alle vier sahen sie, wie ein feines Licht durch die Nachtluft schwebte, das sich in Jakobes Schoß festsetzte und zu einem hellen Schein wurde.

Der mächtige dunkle Vollbart von Matthäus Beger, Major und Kriegsingenieur der Reichsstadt Reutlingen, fiel auf seinen blütenweißen, runden Kragen und stand in seltsamem Kontrast zu seiner Stirnglatze und den dünnen schwarzen Haaren, die spärlich über seinen Hinterkopf fielen.

»Der Rat hat andere Sorgen, als Prozesse gegen ehrbare Reutlinger Bürger anzustrengen«, sagte er bedächtig, nachdem Roberto und Benedict ihm von der Aussage der Kati Lechner berichtet und demütig ihre Absicht bekundet hatten, seine Einschätzung bezüglich einer Anklage gegen Lorentz Cramm einholen zu wollen.

»Dass Lorentz Cramm ein ehrbarer Bürger ist, dürfte nach allem, was wir jetzt wissen, ja wohl zu bezweifeln sein«, entgegnete Benedict hochfahrend. »Ein Hurenhaus führen und die Mädchen quälen und schinden, sie mit Salben gefügig machen, das ist doch wohl nichts, was einen ehrenwerten Mann auszeichnet.«

Der Major sah ihn streng an. »Ist ihm klar, dass der Große Krieg uns bald erreichen kann? Das Defensionswerk zur Verteidigung der Heimat kostet uns Unsummen, wie die Herren vielleicht wissen. Hinzu kommen die Kontributionen und Verehrungen an unseren hochehrwürdigen Herzog Johann Friedrich, zurzeit brauchen wir dafür zwanzig- bis dreißigtausend Florin pro Jahr. Und wir müssen jeden Augenblick gewärtigen, dass kaiserliche Truppen vor dem Stadttor stehen. In solchen Zeiten können wir nicht sinnlos unsere Kräfte vergeuden, erst recht nicht an Dinge, die viele Jahre zurückliegen.«

»Aber die Beschuldigungen sind jetzt erst laut geworden.«

Beger wischte Benedicts Einwurf mit einer Handbewegung weg.

»Bedenke er, dass die Vorwürfe auf Aussagen von Nachbarn beruhen, die sich mit Cramm über Grundstücksgrenzen streiten, da sind also handfeste Interessen im Spiel. Im Übrigen bringen die Herren Anschuldigungen vor, aber sie präsentieren uns keine Zeugen, das steht alles auf sehr wackeligen Füßen. Und das mit dem Freudenhaus, du lieber Himmel, wollen wir denn päpstlicher sein als der Papst? Wollen wir über Dinge richten, für die wir wenigstens die halbe männliche Bevölkerung unserer schönen Vaterstadt in den Turm stecken könnten? Die Herren wollen mir doch nicht im Ernst erzählen, dass sie noch nie in ihrem Leben ein einschlägiges Etablissement in Anspruch genommen hätten?«

Roberto grinste verlegen, Benedict verzog keine Miene, seine Augen waren hinter funkelnden Brillengläsern verborgen.

Der Major beugte sich vor und ließ seine melancholischen dunklen Augen zwischen den beiden jungen Männern hin- und herwandern. »Nein, nein, ich kann mich nicht dazu durchringen, einen solchen Prozess mit ungewissem Ausgang zu befürworten. Wenngleich ich zugestehen muss, dass die Reputation, die Lorentz Cramm früher in unseren Mauern genoss, argen Schaden gelitten hat. Den Betrieb eines solchen Hauses hätten wir ihm allesamt nicht zugetraut, wir dachten, dass er in Betzingen eine ehrbare Schankwirtschaft führt.«

»Unsere Zeugin könnte alle Vorwürfe bestätigen«, ließ sich nun Roberto vernehmen. »Außerdem geht es nicht um die Tatsache eines Freudenhauses, ehrwürdiger Herr, sondern vielmehr darum, dass junge Frauen gequält und entwürdigt wurden und dass das Wirken des Herrn Lorentz Cramm und seiner Frau, soweit wir wissen, darüber hinaus mindestens zwei Menschen das Leben gekostet hat. Ich meine doch, dass unsere *Constitutio Criminalis Carolina* unbedingt die Ahndung solcher Verbrechen verlangt.«

Beger hörte aufmerksam zu, dann schnaufte er tief ein und stieß die Luft geräuschvoll wieder heraus. »So, so, er will mir also etwas über die Carolina erzählen. Da habe ich es ja ganz offenkundig mit einem jungen Heißsporn zu tun. Mit welcher Begründung will er denn wohl das höchste Recht in unserem Heiligen Römischen Reich bemühen, wenn ich fragen darf? Dass sich eine junge Tänzerin selbst eine zu hohe Dosis Salbe verpasst hat? Das glaubt er doch selbst nicht, dass so ein Sachverhalt eine

Anklage gegen diejenigen begründen könnte, die ihr die Salbe hingestellt haben.«

Roberto sah betreten vor sich hin, aber Benedict richtete sich kämpferisch auf.

»Aber unsere Erkenntnisse rechtfertigen doch durchaus, noch einmal den Fall Auticara Cramm aufzurollen. Wie der ehrwürdige Herr Kriegsingenieur sich sicher erinnern kann, wurde die Reutlinger Bürgerin damals von ihrem Schwiegervater, im Verein mit Hexenkommissar Jetter, wegen angeblicher Zauberei verleumdet und dem Scheiterhaufen überantwortet. Nach allem, was wir heute wissen, war es nichts als gemeines Geschrei, die Vorwürfe entbehrten jeglicher Grundlage.«

Beger lehnte sich zurück und blickte wohlwollend auf die beiden Bittsteller.

»Unter uns gesagt bin ich auch ein Gegner dieser um sich greifenden Flut von Hexenprozessen, und ich will alles tun, was in meiner Macht steht, damit der Cramm-Prozess der letzte seiner Art hier in Reutlingen war. Ich erinnere mich natürlich sehr gut an diese unglückliche Frau, sie war ja eine beeindruckende Person, die man nicht so schnell vergisst. Wenn mir die Sache noch richtig präsent ist, so hat sie doch selbst überhaupt nichts zu ihrer Verteidigung beigetragen, sie hat nicht geleugnet, sie hat gestanden und sich zusätzlich noch des Mordes an dieser jungen Tänzerin bezichtigt. Auch wenn wir jetzt wissen, dass es vielleicht nicht so war, was soll das ändern? Wird sie davon wieder lebendig?«

»Die Reichsstadt Reutlingen schuldet ihr zumindest, dass sie ihre Ehre wiedererhält, ihr und ihren Töchtern, die ebenfalls Fürchterliches durchgemacht haben.«

»Was ist eigentlich aus diesen Mädchen geworden? Waren es nicht fünf an der Zahl, und eine bezaubernder als die andere? Sie hatten doch damals auch den Vater verloren, wenn ich mich recht erinnere.«

»Sie haben in Cöln einen Beginenkonvent gegründet und einen erfolgreichen Handel geführt, es sind sehr tüchtige junge Frauen geworden, darin schlagen sie im Übrigen voll und ganz ihren Eltern nach. Allerdings mussten sie auch von dort wieder fliehen, weil sie in Cöln, und noch mehr in seiner Umgebung, zurzeit eine Hexe nach der anderen aburteilen, die Scheiterhaufen lodern jeden Tag. Jetzt sind die Cramm-Töchter wieder hier, sie sind auf der Durchreise, jedenfalls drei von ihnen.«

»Und wollen nun Rache am Großvater üben, wer könnte ihnen das verdenken. Alles, was die Herren mir vortragen ist verständlich und einleuchtend«, murmelte Beger, »ich fürchte nur, dass ich da in Anbetracht der Umstände wenig tun kann. Aber ich bitte, den Töchtern auszurichten, dass sie sich sicher in unseren Mauern bewegen können und unter meinem persönlichen Schutz stehen.«

»Wir möchten eine Flugschrift herausbringen«, sagte Roberto nun entschlossen, »wir möchten die Geschichte der Auticara Cramm aufschreiben und eine Streitschrift gegen die Hexenprozesse verfassen. Wir könnten den Schutz der Stadtsoldaten gebrauchen, wenn wir sie auf dem Markt ausrufen und verkaufen.«

Beger sah überrascht auf, dann lächelte er. »Das gefällt mir ganz außerordentlich, ein hervorragender Plan. Wenn die Herren noch Material für ihre Schrift brauchen, dürfen sie sich gerne in meiner Privatbibliothek umsehen, sie steht ihnen jederzeit zur Verfügung.«

Benedict strahlte Beger an. »Das würde mich außerordentlich interessieren, hochehrwürdiger Herr Major. Ich glaube, mit den philosophischen Schriften bin ich selbst ganz gut ausgerüstet, aber ich hörte schon, dass der Herr Major bedeutende mathematische Literatur sein eigen nennt, diese neuen Logarithmentafeln würde ich mir zum Beispiel sehr gerne ansehen.«

»Alles vorhanden, alles vorhanden, ich habe viele wichtige Werke kopiert und ins Deutsche übertragen, auch Abhandlungen von unserem berühmten Tübinger Professor Magister Michael Maestlin, ich kann ein eingehendes Studium nur empfehlen. Die Herren sind stets in meinem Haus willkommen, wenn ich selbst nicht da bin, wird meine Frau sie in die Bibliothek führen. Und für den Verkauf der Flugschriften werde ich selbstverständlich eine Eskorte bereitstellen, ich verbürge mich höchstpersönlich für die Sicherheit von allen Beteiligten.«

Beger lächelte aufmunternd, dann zog er seine Taschenuhr hervor, ein messingglänzendes Nürnberger Ei, warf einen Blick auf das Zifferblatt und erhob sich eilig. »Leider rufen mich wichtige Amtsgeschäfte, die Herren mögen mich wissen lassen, wann sie meine Hilfe brauchen.«

Die höchste aller Tugenden

Im Garten waren die ersten Stachel- und Johannisbeeren reif, an den hellgrünen Erbsenranken saßen junge Zuckerschoten. Susanna hatte am Morgen zusammen mit den Kindern einige Körbe voll gepflückt, nun hockten sie im Kreis im Garten, um die Ernte zu säubern und auszulesen.

»Wie oft träume ich davon«, sinnierte Agatha, »wie wir im Garten sitzen, wenn *mamma* uns die Haare zusammengeflochten hat, Kopf an Kopf, als wären wir zusammengewachsen, wisst ihr das noch? Wie das Licht durch unsere Haare fällt, als säßen wir in einem Zimmer mit einer Spitzengardine als Dach, wie wir aufeinander achten müssen und uns nur gemeinsam bewegen können. Und wie die Kleinen uns heimlich helfen, sie können es nicht aushalten, wenn *mamma* uns so hart straft, erinnert ihr euch? Sie kriechen zwischen uns und fingern mit ihren kleinen Händen in den Flechten herum, bis sie sich lockern und nicht mehr so ziepen, dann bleiben sie in der Mitte sitzen und hören unseren Geschichten zu, sie finden es so schön und gemütlich in unserer dämmerigen Höhle, sie lachen die ganze Zeit, und auch ich muss im Traum lachen, bis ich davon aufwache.«

Entgen und Lyss kicherten ebenfalls und wollten sofort ausprobieren, ob sich ihre Haare auch zusammenflechten ließen, mussten aber enttäuscht feststellen, dass es, obwohl sie ihnen inzwischen bis fast auf die Schulter fielen, noch nicht reichte.

»Wenn sie am Rücken angelangt sind, wird es gehen«, tröstete Colomba, »spätestens, wenn ihr in Italien angekommen seid.«

Als Agatha über Gislind und Elsa sprach, griff Susanna sich ans Herz und jammerte in ihrem hohen Ton. »Meine Kleinen, wo mögen sie nur sein, sie müssten längst Amsterdam erreicht haben, was meint ihr? Ich habe über den Aufregungen der Reise und des Wiedersehens gar nicht viel an sie denken können. Heilige Mutter, bitte für uns, dass sie am Leben und gesund sein mögen. Wo seid ihr, meine Gislind, meine Elsa, seid ihr in Sicherheit? Geht es euch gut?«

»Sie werden schon irgendwo ihr Unwesen treiben, ich spüre es, dass sie wohlauf sind, mehr als wohlauf, sagt mir mein Gefühl«, ließ sich Colomba vernehmen und stocherte mit spitzen Fingern in den Beeren herum. »Ich schwöre euch, dass sie gut für sich sorgen werden, sie sind beide ichsüchtige Menschen, und denen geht es niemals schlecht.«

Agatha schloss die Augen und wiegte den Oberkörper hin und her, Susanna legte den Finger auf den Mund, die Kinder saßen still und schauten gebannt. Agatha stieß Luft aus, wedelte mit den Armen, lehnte sich entspannt, mit halb geschlossenen Augen zurück. Ihre Stimme war klar und hell.

»Ich sehe sie auf einem Schiff, es liegt schräg in den Wellen und jagt durch das Wasser, eine Bojer, höchstens dreißig Meter lang. Überall liegen dicke Taue, Strickleitern führen zu den Masten hoch, die schief vor dem blauen Himmel stehen. Matrosen klettern flink hinauf und hinunter, muskulöse, dunkle Männer. Es ist windig, aber die Sonne scheint, das Meer ist tiefblau und hat kleine Schaumkronen. Da, jetzt sehe ich sie ganz deutlich, sie stehen zusammen auf dem Oberdeck und sind nach Art der Sarazeninnen gekleidet, sie haben bunte Tücher als Schutz vor dem Wind umgeschlungen, rot, orange- und safranfarben, und goldbestickte Hosen, wie wunderbar sie aussehen, unsere Kleinen. Sie sind gesund und bei Kräften, es scheint ihnen prächtig zu gehen.«

»Wer ist bei ihnen?«

»Sie gehen jetzt die Holztreppe hinunter, die zum Hauptdeck führt, da sitzt noch eine Frau in einem europäischen, sehr prächtigen Kleid, sie scheint wohlhabend und etwas älter zu sein. Sie hat Papier auf dem Schoß und zeichnet, Elsa stellt sich zu ihr, ihre Augen leuchten, oh, wie gut sie aussieht, unsere Elsa, nichts ist mehr von dem Cölner Elend zu sehen, rosig ist sie und sehr vergnügt, mein Gott, sie wird ja *mamma* immer ähnlicher. Sie ist vertraut mit der Frau, legt ihr die Hände auf die Schulter, beugt sich zu ihr hinunter. Nun richtet sie sich wieder auf, sie hält ihr Gesicht in die Sonne und den Wind, ach, meine Lieben, ich glaube, sie spürt es, dass wir bei ihr sind, ja, es klappt, sie sieht uns auch, sie lächelt uns an, spürt ihr es, wie unsere Elsa uns zulächelt?«

Agatha frohlockte, Susannas Gesicht war ganz hell, auch sie wiegte sich hin und her. Colomba strahlte und griff nach den Händen der Kinder.

»Und Gislind? Was macht sie?«

»Sie steigt hinunter in den Rumpf des Schiffes, jetzt streift sie das leuchtende Tuch vom Kopf, und ich sehe ihre kurzen Haare, wie süß sie aussieht, unsere *dolcissima*, wie ein Engel von Botticelli. Sie setzt ihre Beine so hübsch und wiegt sich in den Hüften, ein liebreizendes Frauchen ist unsere Gislind, und sie wird immer noch schöner. Jetzt ist sie in der dunklen Schiffsküche, die nur oben ein kleines, rundes Fenster hat, die Wellen schwappen dagegen. Es ist sehr eng dort, sie setzt sich auf den Boden vor einen Mahlstein, reibt Kakaobohnen, ist es denn zu fassen, streut Jasmin und Ambra dazwischen, nimmt Zucker aus einem kleinen Säckchen und lässt ihn darüberrieseln, probiert, rollt ein Kügelchen. Oh, da gibt es ja auch einen Mann, jetzt erst sehe ich ihn, weil er in der dunklen Ecke steht, jetzt erst sehe ich seine Augäpfel und seine weißen Zähne leuchten. Er trägt eine Schürze, es scheint der Schiffskoch zu sein. Sie reicht ihm die Schokoladenkugel, dabei lächelt sie so süß, oh, oh nein, Gislind, was sehe ich jetzt, was tut sie da nur?«

Agatha setzte sich abrupt auf und öffnete die Augen, Empörung im Gesicht.

»Sie ist unmöglich, unsere Gislind ist unmöglich. Ich möchte wissen, von wem sie das hat. So war weder Vater noch Mutter, so ist niemand von uns. Es ist wieder die gleiche Art Mann, wie sie ihn in Cöln schon mal hatte, ein Sarazene, dunkel und glutäugig, schwarze Locken, wisst ihr noch? Wir haben immer den Kaschmir von ihm bekommen.«

Colomba riss die Augen auf. »Mit dem hatte sie was? Das wusste ich ja gar nicht. Heilige Jungfrau, was ist sie nur für eine Person. Und seht ihr, wie ich es sage, sie sorgen gut für sich. Der

Schiffskoch, das ist doch eigentlich schlau, da sind sie immer nahe an den Essenstöpfen. Aber was hast du denn jetzt zuletzt gesehen, Agatha, was machte sie mit diesem Menschen?«

Agatha war außer sich. »Ich will mir das gar nicht mit ansehen, es treibt einem die Schamesröte ins Gesicht. Sie hat ihm die Schokoladenkugel in den Mund gesteckt und ihm dann ins Ohr gepustet, er ist ihr dabei unter die Tunika gegangen. An der Stelle habe ich aufgehört, ich denke, es reicht. Ist dieses Kind denn nicht unglaublich? Hat es überhaupt einen Funken Moral im Leib?«

»Und was ist mit Elsa? Was war das für eine Frau?«

Colombas Stimme war streng, Agatha machte eine abwehrende Handbewegung und schlug die Augen gen Himmel.

»Ich will es nicht wissen, Colomba, hörst du? Wir müssen damit aufhören, sie zu kontrollieren, wir können sowieso nichts mehr machen. Sie müssen selbst wissen, was sie tun, ich will mich damit nicht weiter beschäftigen.«

Susanna rang die Hände und kämpfte mit den Tränen, Colomba ereiferte sich.

»Sie hätten hier und da eine Tracht Prügel nötig gehabt, ich habe es immer gesagt, sie haben niemals ein moralisches Bewusstsein entwickelt. Unsere armen Kleinen, Gislind hier, Elsa dort, für alles hatten wir Verständnis, alles durften sie, wir waren viel zu zimperlich mit ihnen. Wenn ich ehrlich bin, glaube ich, dass die Ohrfeigen, die *mamma* uns gelegentlich verabreicht hat, nicht zu unserem Schaden waren.«

Susanna gab einen klagenden Ton von sich, dann schaute sie zu den Obstbüschen hinüber, und ihr Gesicht leuchtete auf. Sie sah Auticara in ihrem roten Kleid zwischen den Zweigen stehen, auf dem Kopf das Tuch der Sarazeninnen. Eure Schwestern sind, wie sie sind, meine Kinder, niemand ist schuld daran. Gott, der Herr, liebt die freien, mutigen Geister, er lässt sein Angesicht leuchten über ihnen und ist ihnen gnädig.

»Unsere Lehrer im Gymnasium Tricoronatum in Cöln haben gesagt, dass der Gehorsam die höchste aller Tugenden ist, sie kommt gleich nach der Gottesfürchtigkeit. Wenn es so ist, bist du nicht sehr tugendhaft, *padre mio*, du hast dem Dogen von Venedig nicht gehorcht, als du einfach geflohen bist.«

»Für mich stehen die Liebe und die Treue am höchsten unter den Tugenden, und ihnen bin ich gefolgt, *figlio mio*, damit ich bei dir und deiner Mutter sein kann. Da musste ich den Gehorsam leider zurückstellen.«

»Aber was ist, wenn sie dich finden? *Zio* Massimo hat gesagt, die Venezianer hätten die besten Agenten der Welt, der Arm des Dogen sei mächtig und stark und würde weit reichen.«

»Wie sollen sie mich hier in Deutschland finden? Sie haben keinen Anhaltspunkt, wo ich hingegangen sein könnte.«

»Es ist schade, dass wir keine *bravi* mehr haben. In Venedig hatten wir Pietro und Ignatio, sie haben immer auf uns aufgepasst. Leider ist Pietro, als wir geflohen sind, von den Agenten erschossen worden, zum Glück konnten Pietro und Ignatio sie aber auch töten. Wir hatten Pietro alle sehr gerne und waren sehr traurig.«

»Ich weiß, *carino*, ich weiß. Was hast du nur für schreckliche Dinge mit ansehen müssen. Ich glaube aber, dass wir auch ganz gut auf uns selbst aufpassen können, meinst du nicht?«

»Aber was ist mit dem Arm des Dogen, wenn wir wieder nach Italien gehen?«

»Der Doge wird seine Leute nicht bis Rom schicken, schon gar nicht wegen des kleinen Glasbläsers di Fiesole. Außerdem kommen wir gar nicht mehr in seine Nähe, wir nehmen den Weg über den St. Gotthard, dann über Mailand und Genua nach Rom, wir machen einen großen Bogen um Venedig.«

»Ist es schlimm für dich, dass du nicht mehr als Glasbläser arbeiten kannst? *Mamma* sagt, wenn man einem Künstler seine Arbeit verbietet, ist es, als würde man ihm den Atem abschnüren.«

»Da kann sie Recht haben, aber immer geht es leider nicht so, wie man gerne möchte. Wer weiß, wenn in Rom alles gut steht und wir mit dem Gut einen Ertrag erwirtschaften, kann ich mir vielleicht irgendwann auch wieder einen Schmelzofen anschaffen, was meinst du, Paolino? Dann könnte ich dir auch das Glasblasen beibringen, wenn du Freude daran hast.«

»Das wäre schön, ich würde es sehr gerne lernen. Aber am liebsten möchte ich Maler werden, ein berühmter, vielleicht wie Tintoretto oder Sansovino, und am allerliebsten würde ich eine Flugmaschine bauen, damit man schnell zwischen den Ländern hin- und herfliegen kann.«

»Wie Leonardo da Vinci?«

»Ja, vielleicht kann man seine Pläne ja noch verbessern. Ich würde gerne zu Chiara fliegen, und zu Massimo und Sofia.«

»Ich finde, mein Sohn hat sehr, sehr gute Ideen.«

»Was werden wir in Rom tun, *padre*? Können wir nicht lieber noch in Reutlingen bleiben und warten, bis Colombas Kind geboren ist? Und dann alle zusammen gehen?«

»Das dauert zu lange, außerdem möchten Colomba und Benedict auch eine Weile in Karlsruhe bleiben, damit Colomba Benedicts Familie kennen lernt. Aber sie werden nachkommen, Benedict möchte sich doch in Rom als Advokat niederlassen. Wir können so lange nicht warten, wir müssen doch sehen, was aus meinem Gut geworden ist, ich habe mich elf Jahre lang nicht darum gekümmert. Unser Geld wird auch irgendwann alle sein, wir müssen wieder unser Brot verdienen. Außerdem musst du in die Schule gehen, Paolo, *mamma* und ich finden, dass du ein geregeltes Leben brauchst.«

»Ich brauche kein geregeltes Leben. Wenn ich an die Jesuiten im Tricoronatum denke, kann ich ganz gut darauf verzichten.«

»Aber was ist mit deinen Lateinstudien? Und mit der Mathematik und der Philosophie? Latein brauchst du in jedem Fall, die meisten wissenschaftlichen Werke sind darin abgefasst. Doch, doch, Paolino, guck nicht so mürrisch, es ist wichtig, dass du gute Unterweisungen bekommst, damit du später einmal ein gelehrter Mann wirst.«

»Aber ich will doch nur Maler und Flugmaschinenbauer werden, da brauche ich doch nicht das langweilige Latein. *Esse, sum, es, est* … brrr, ich habe es immer gehasst, vor allem, wenn Colomba so lange darauf herumgeritten ist, bis Simon und ich es fehlerlos konnten. Uuhh, was sie dann immer für ein Gesicht gemacht hat! Können wir nicht wenigstens hierbleiben, bis Jakobe und Friedrich mitgehen, *padre*?«

»Jakobes Vater würde die anstrengende Reise vielleicht nicht überstehen.«

»Aber ich möchte nicht, dass wir alle auseinander gehen.«

»*Mamma* hat mir erzählt, wie gut du dich mit Simon verstanden hast, wie schön ihr immer zusammen gemalt habt. Er war ein guter Freund von dir, nicht wahr?«

»Ja, mein bester, es ist sehr schade, dass du ihn nicht kennen lernen konntest ...«

»Was ist Paolino, du weinst doch nicht? Komm, *carino*, komm zu *padre*, es ist entsetzlich traurig, wenn man seinen besten Freund verliert.«

»Ich weine nicht, ich bin bald ein Mann, da weint man doch nicht.«

»Wer hat dir denn so etwas erzählt? Auch Männer dürfen weinen, das macht sie umso stärker. Komm, weine ruhig ein bisschen, dann wird es dir leichter.«

»Padre?«

»Ja?«

»Glaubst du, dass man die Menschen, die man am meisten liebt, beim Herrgott im Himmel wiedertrifft?«

»Davon bin ich überzeugt.«

»Dann treffe ich also Simon wieder, und Pietro, und *mamma*, Colomba und Susanna werden die *nonna* Auticara wiedersehen?«

»So wird es sein, *figlio mio*.«

Über Kati Lechners Gesicht schwebte das magische Dreieck, sie war erschöpft und glänzte vor Schweiß, ihre Augen waren halb geöffnet. Sie stöhnte, als Agatha sich über sie beugte und vorsichtig den Lumpen wegschob, der ihre Beine bedeckte und handtellergroße Wunden freilegte. Jetzt half nur noch Opium, glücklicherweise hatte Colomba einen starken Theriak gemischt. Jakobe flößte Kati vorsichtig den braunen Saft ein und flüsterte beruhigend, Agatha stellte sich hinter den Kopf der Sterbenden und wiegte sich hin und her. Sie murmelte, das blaue Licht war um sie.

»Sei ruhig, meine Schwester, deren Zeit durch das Stundenglas rinnt, sei ruhig, fürchte nicht den Freund mit der Sense, der nun ins Zimmer tritt und mit dir den Reigen tanzt, fürchte dich nicht, denn die Heilige Mutter ist bei dir, deren Seele vom Schwert durchschnitten wurde, als ihr Sohn am Kreuze hing, die schmerzensreiche Jungfrau gibt dir Schutz und die Gewähr, dass die Leiden nicht ewig dauern. Sie hilft dir, zum Erlöser zu kommen, der dir die Schmerzen nimmt, der dich ins Licht führt, der dich tröstet und satt macht, bei ihm wirst du die Herrlichkeit sehen und in alle Ewigkeit erquickt in seinem Schoße sitzen.«

Agatha leuchtete, ihre Augen waren fast weiß, mit tiefschwarzen Pupillen.

»Und wenn dir deine Peiniger begegnen, weiche nicht zurück, gehe an ihnen vorbei ins Licht, in den Glanz, verzeihe ihnen, Schwester, die Seraphim geben dir die Kraft dazu. Siehst du, wie sie hinter dir stehen und ihre Flügel über dich halten? Siehst du, wie es ganz hell ist und ihr Licht dich erfasst? Sei gegrüßt, oh Königin, Mutter der Barmherzigkeit, unser Leben, unsre Wonne und unsre Hoffnung, sei gegrüßt. Zu dir rufen wir verbrannte Kinder Evas; zu dir seufzen wir trauernd und weinend in diesem Tal der Tränen.«

Kati lag in Jakobes Arm, ihr Gesicht leuchtete wie das von Agatha, ihre Augen waren weit geöffnet, sie sah jung und schön aus.

Mache dich auf den Weg, Schwester in Christus, im Namen Gottes, des allmächtigen Vaters, der dich erschaffen hat.

Kati atmete aus und fiel zurück, Jakobe strich ihr über die Augen, der Glanz löste sich leicht von ihr und stieg nach oben, verharrte ein wenig und schwebte zum Fenster hinaus, das Agatha geöffnet hatte.

Sie entzündeten Räucherwerk, sprachen die Totengebete und saßen noch eine Weile bei dem Körper, dessen Seele schon hoch oben war und nicht mehr zurücksah. Die Sonne stand tief, der blaue Himmel färbte sich an den Rändern rosa, Schwalben schossen wie Sicheln in weiten Schwüngen durch die Abendluft.

Roberto und Benedict hatten von morgens bis abends fieberhaft an ihren Manuskripten für die Flugschrift gearbeitet, Friedrich hatte die Porträts von Hans und Auticara so in die Kupferplatte gestochen, dass sie sich anmutig zueinander neigten. Dann hatten sie alles zum Drucker gebracht, der bis zum Markttag zweihundert Exemplare herstellen wollte.

Susanna geriet immer wieder in heftige Ängste, wenn sie an den bevorstehenden öffentlichen Auftritt dachte, sie war bleich und hatte keinen Appetit. Auch Agatha und Jakobe waren unruhig und wünschten sich, dass alles schon überstanden wäre. Colomba beschwichtigte, beruhigte und erinnerte an das Versprechen von Matthäus Beger, wenn sie sich ausmalten, was alles passieren konnte.

Die Tage bis zum Markttag dehnten sich, Jakobe und Susanna stiegen auf den Dachboden, um eine große Kiste durchzumustern, die die Cramm-Mädchen nach Auticaras Tod in Reutlingen zurückgelassen hatten.

»Wahrscheinlich ist alles verrottet und von Motten zerfressen«, sagte Susanna, »wir werden die Sachen wegwerfen müssen.«

Obenauf fanden sie Kinderkleider, die in der Tat durchlöchert waren und zerfielen, sobald sie sie anfassten. Außerdem Gislinds kleine Puppe, die Auticara genäht hatte, sie war voller Stockflecken und roch muffig. Susanna bürstete sie vorsichtig aus und legte sie auf die Fensterbank in die Sonne. Dann wickelte Jakobe andächtig ein schwach duftendes Paket aus, einige staubtrockene Lavendelzweige und Auticaras schwarze Spitzenmantilla kamen zum Vorschein. Die Mädchen hatten früher oft darüber getuschelt, wie ähnlich Auticara ihrer Mutter sah, wenn sie sie trug, vor allem, wenn sie in düsterer Stimmung war.

Dann zog Susanna einen großen, fleckigen Beutel aus der Kiste, und ihre Augen weiteten sich, als sie hineinschaute.

»Unsere venezianischen Stiefel, du lieber Himmel, die hatte ich ja vollkommen vergessen!«

Bei ihrem letzten Aufenthalt in Venedig hatte Auticara für alle Stiefel anfertigen lassen, auch für Elsa, obwohl sie noch gar nicht geboren war. Auticara hatte stets behauptet, von Anfang gewusst zu haben, dass es wieder ein Mädchen war. Die Stiefel waren aus feinem Saffianleder, hatten hohe Plateausohlen, wie es in Venedig Mode war, und waren mit Schleifen, bunten Glasknöpfen und Schnallen dekoriert. Auch an ihnen hatte der Zahn der Zeit genagt, aber abgesehen davon, dass die Farben verblasst und die Sohlen ein wenig hart geworden waren, waren sie unversehrt.

»Sieh mal, wir brauchen sie nur einzufetten, vielleicht passen sie noch.« Jakobe zog die weiße Stiefelette über den Fuß und streckte das Bein nach vorne. »Wie angegossen, ist das denn die Möglichkeit. Weißt du noch, unsere Tanzstunden, Sannina?«

Nehmt die Umhänge um, Kinder, wir beginnen mit der Pavane. Die Herren rechts, die Damen links, *andiamo, a posto*! Die Damen schlagen die Augen nieder, die Herren machen die Reverenz, jawohl, jawohl, sehr schön. Und jetzt den Pfauenschritt, links, rechts, *simple, double,* immer schön hintereinander, so, so, ihr müsst stolzieren, es muss majestätisch aussehen, hört ihr? Die Herren präsentieren Hut und Degen, die Frauen ihre prunkvollen Roben mit den langen Schleppen, wir tun jetzt einfach so, als hätten wir welche.

Sieben Paar Füße, ein wenig schwankend auf den Plateausohlen, stellen sich in die Reihe: Jakobe in weiß, Susanna in gelb, Colomba in grün, Agatha in blau, Gislind in orange, und Elsa, winzigklein, in rot, wie *mamma*. Colomba, Jakobe und Auticara nehmen die Position der Männer ein, sie schwenken Hüte in der Hand und vollführen groteske Hüpfer und Drehungen. Susanna, Agatha und Gislind haben den Frauenpart. Elsa versucht, auf ihrer kleinen Trommel den Sechsertakt zu schlagen, dazu singen Auticara und Jakobe mit schrillen Stimmen eine getragene Melodie. Auticara neigt den Oberkörper mit unvergleichlicher Eleganz ein wenig schräg nach vorne, dabei lächelt sie huldvoll, Susanna, Colomba und Agatha tun es ihr nach.

Gislind, nun nimm das Halsgeschmeide um und verbeuge dich auch, wie die Großen, ja, ja sehr schön, schaut nur, meine *dolcissima* ist eine richtige kleine Herzogin.

Auf die ehrwürdige Pavane folgt die muntere Galliarde, deren Sprünge mit den Plateausohlen nicht gerade einfacher werden. Hopp, hopp, meine Lieben, keine Müdigkeit vorschützen. Elisabeth die Große hat jeden Morgen fünf bis sechs Galliarden getanzt, bis ins hohe Alter, da werdet ihr ja wohl eine einzige zustande bringen. Bewegt euch, das Tanzen stärkt den Körper und den Geist, es macht euch kräftig und bringt euch in die Balance. *Tutti insieme*, los, los, nicht so müde, springen, ihr müsst springen, und euch drehen, so, so, eins, zwei, drei, vier, fünf und Sprung, eins, zwei, drei vier, fünf und Sprung, los, los, in die Höhe, so und so und so.

Auticara hopst und springt auf dem platt getretenen Boden der Scheune herum, immer kräftiger, immer höher, dabei versucht sie, ein fröhliches Gesicht zu machen. Aber man glaubt es ihr nicht, sie sieht schon einige Tage schlecht und unglücklich aus.

Sprung, Sprung, Susanna hört es noch am Abend, als sie nicht schlafen kann, weil sie sich solche Sorgen macht und fieberhaft überlegt, wie sie die Melancholie aufhalten kann, die wieder nach Auticara greift wie eine schwarze, schleimige Krake. Johanniskraut, sagt Colomba nur streng, wenn Susanna mit ihr darüber sprechen will, das ist das Einzige, was hilft, mehr als anbieten kann ich es ihr nicht, ich kann auch nichts dafür, wenn sie es nicht nehmen will. Magenbrennen, dass ich nicht lache, kein Mensch hat von Johanniskraut jemals Magenbrennen bekommen.

Und nun springt sie vom Küchentisch, immer und immer wieder, sieben, acht Mal rummst es so laut, dass das ganze Haus erzittert. Elsa wacht auf und kommt zu Susanna ins Bett. Dann Vaters leise Stimme und Auticaras keifende. Dann wieder die Sprünge, abwechselnd mit dem Keifen. Schon seit drei Tagen hat sie unentwegt Petersilie gehackt und in sich hineingestopft, hat noch kannenweise Petersilientee hinterhergekippt und im Garten geschuftet, als wären die Furien hinter ihr her. Petersilie lockt den Teufel an, sagt Gretel und hält sich gleich danach die Hände vor den Mund.

Morgens liegt Auticara in blutigen Laken, Colomba läuft schon in aller Herrgottsfrühe herum, macht Umschläge, verabreicht Blutwurz und Frauenmantel. Es ist alles draußen, sagt sie nur nach einem Blick in das blutige Tuch, das neben Auticaras Bett liegt, dann wirft sie es ins Herdfeuer. Vater steht dabei und weint, warum nur, stammelt er, wenn ich nur wüsste, was mit ihr ist, ich habe es nicht gewollt, ganz bestimmt nicht, vielleicht hätten wir noch einen kleinen Jungen haben können.

Auch dafür hat mich Gott gestraft, sagt Auticara später im Turm zu den Großen, bis heute weiß ich nicht, welcher Teufel mich da geritten hat. Vielleicht wäre alles anders gekommen, wenn ich diesem Kind nicht den Weg ins Leben verwehrt hätte.

Francesco brachte zusammen mit Paolo den Planwagen zu einem Wagenmacher, um ihn überholen und stabilere Räder anbringen zu lassen, die zur Alpenüberquerung geeignet waren. Susanna und Agatha nähten leichte Kittel für Entgen, Lyss und Peter, damit sie für das heiße Italien gerüstet waren. Jakobe stichelte an einem Taufkleid für Colombas Kind, das sie ihr mit nach Karlsruhe geben wollte.

Agatha und Francesco brauchten eine Weile, bis sie sich aneinander gewöhnt hatten. Mehrmals standen sie im Garten oder im Haus plötzlich voreinander und starrten sich an, bis einer von ihnen zu lachen anfing und sie sich gegenseitig versicherten, es sei keine Täuschung, sie seien nun wirklich und wahrhaftig beieinander. Agatha musste von Paolos Kindheit erzählen, Francesco stellte Überlegungen über den Charakter seines Sohnes an.

»Er ist doch zarter besaitet, als es den Anschein hat, Agatha, ich glaube, dass der Tod des kleinen Simon ihn sehr mitgenommen hat.«

»Ich weiß, er ist sehr empfindsam, allerdings versucht er, es durch ein besonders männliches Verhalten zu überspielen. Wie froh bin ich, dass er jetzt einen Vater aus Fleisch und Blut hat, und nicht einen, nach dem man sich immer nur sehnen muss. Ein Vater ist so wichtig für ein Kind, wenn ich nur an unseren Vater denke, an seine Güte, wie er uns alle mit seiner Liebe und seiner Kraft behütet und beschützt hat, wie geborgen wir uns bei ihm fühlten.«

»Ich hoffe, dass ich auch so gut zu meinem Kind sein kann, wie euer Vater es zu euch war, *carina*.«

»Ich habe dir noch gar nicht erzählt, Francesco, dass ich eine

Vision von den Kleinen hatte, ich habe sie auf einem Schiff gesehen, sie scheinen schon auf der Reise nach Lissabon zu sein.«

»Ach ja, und wie geht es ihnen?«

»Es sah aus, als wären sie ausgesprochen wohl, vergnügt und guter Dinge. Sie trugen Sarazeninnenkleidung.«

»Da machen sie es ja wie eure Mutter.«

»Und ich glaube, dass Elsa gespürt hat, dass wir bei ihnen waren, sie hat uns zugelächelt, ganz hell und schön sah sie aus. Und Gislind scheint sich mit dem Schiffskoch zu vergnügen, ich habe doch tatsächlich gesehen wie sie ihm Schokoladenkugeln geknetet und in den Mund gesteckt hat.«

»So, so, der Schiffskoch, Schokoladenkugeln, ja, ja, darin ist sie Meisterin.«

»Dann hat sie dich also auch damit verwöhnt?«

»Oh ja, oh ja, das hat sie.«

»Warum wirst du so rot, Francesco? Warum schwitzt du plötzlich so?«

»Ich? Werde ich rot?«

»Ja, ich sehe es doch.«

»Ach, das ist nichts, meine Agatha, gar nichts, es ist doch auch ziemlich heiß heute.«

»Ah so, heiß ist es, da mag der Vater meines Sohnes durchaus Recht haben. Vielleicht möchte er sich mit mir ein wenig in den Schatten der Obstbäume setzen, damit er kühler wird?«

»Mit dem größten Vergnügen. Dort könnte meine Liebste mir vielleicht noch ein wenig von der Reise nach Venedig erzählen, von der lustigen Schauspielertruppe, die sie unterwegs kennen gelernt hat. Die soll doch so einen ungemein sympathischen Anführer gehabt haben, einen, der die Laute geschlagen und die Räuber in die Flucht gejagt habe und überhaupt so überaus trefflich gewesen sei. Auf dem Bozener Marktplatz soll er doch mit so überwältigender Grandezza den Macbeth gegeben haben, war es nicht so? Ich meine doch, dass Colomba und Benedict etwas in der Art erwähnt hätten.«

»Geige, er hat Geige gespielt.«

»Ah ja, nicht die Laute.«

»Hmm.«

»So, so.«

»Warum kommt mein Francesco jetzt darauf zu sprechen?«

»Das Stichwort ›rot‹ hat mich darauf gebracht. Als Benedict von diesem Antoine sprach, wurde meine *carissima* auch so merkwürdig rot, und mir schien, als hätte sie ebenfalls ein wenig geschwitzt.«

Eine Weile saßen sie stumm unter den Obstbäumen, Agatha fächelte sich Luft zu.

»Francesco?«

»Ja?«

»Ich fange nicht mehr von Gislind an, wenn du nicht mehr von dem Schauspieler anfängst, einverstanden?«

»Einverstanden, *carissima*, wir müssen uns ja nicht mit Dingen aufhalten, die längst vergangen sind.«

Weiß wie Schnee

Am Nachmittag vor dem Markttag machten Roberto und Benedict sich auf den Weg zum Drucker, um die Flugschriften abzuholen, und trafen unterwegs Matthäus Beger, der in Richtung Rathaus eilte. Er machte ein ernstes Gesicht, winkte sie heran und raunte hinter vorgehaltener Hand, der Lorentz Cramm habe ihn aufgesucht, er habe von der Flugschrift läuten hören und ihn, Beger, gefragt, ob er davon wisse und ob man nicht etwas gegen solche Umtriebe tun könne. Er habe so getan, als sei er ahnungslos, dem Cramm allerdings klargemacht, dass es jedem Bürger der Reichsstadt Reutlingen freistehe, Flugschriften mit Nachrichten oder Kommentaren über das Weltgeschehen zu verhökern. Aber wenn diese gehässige Verleumdungen und falsche Anschuldigungen enthielten, habe Cramm daraufhin gefragt, stehe es da nicht in der Macht der Obrigkeit, solches zu verbieten und behördlich dagegen einzuschreiten? Dieses setze voraus, dass erst mal der Beweis der Verleumdung erbracht werden müsse, habe er, Beger, geantwortet, es sei ja auch sehr gut möglich, dass jemand ein Unrecht anprangere, das ihm widerfahren sei, und dass ihm Genugtuung daraus erwachse, dies im Angesicht der Öffentlichkeit und unter Nennung aller Tatsachen zu tun. Dieses Recht dürfe niemandem verwehrt sein, außerdem stehe es jenem, der verleumdet und falsch angeschuldigt worden sei, frei, in aller Öffentlichkeit Gegenrede zu erheben und seine Unschuld zu beweisen. Jedes Pack dürfe sich heutzutage verbreiten, jedes Geschmier finde seinen Weg in die Öffentlichkeit, habe der Cramm daraufhin geschimpft, Recht und Ordnung seien außer Kraft gesetzt, der Pöbel habe die Macht ergriffen. Er könne sich darüber herzlich gerne beim Bürgermeister beschweren, habe er dem Cramm entgegnet, er,

Beger, sei weder willens noch autorisiert und in der Lage, die Verbreitung eines gedruckten Werkes zu verhindern, gerade er, der ja nun ausgewiesenermaßen ein Mann des Wortes und der Schrift sei.

Roberto und Benedict waren beunruhigt, aber Beger versicherte, er habe sich mit dem Geheimen Kollegium dahingehend abgestimmt, dass man es unter allen Umständen dulden werde, wenn sie die Schrift zur Marktzeit am Rathaus anschlügen und ausriefen, dies schulde man dem redlichen Hans Cramm und seiner unglücklichen Gemahlin, Gott habe sie beide selig. Er werde persönlich mit einem Fähnlein Aufrechter zur Stelle sein und die Cramm-Töchter beschützen, wie er es versprochen habe, sie hätten nichts zu befürchten.

Beger wollte gerade gehen, als Roberto noch einmal nachsetzte. Was denn dran sei an dem Gerücht, der Cramm halte sich wieder in der Stadt auf und sei beim Karl Jetter untergeschlüpft, ob der ehrwürdige Herr Kriegsingenieur da Genaueres wisse?

Er habe das auch schon läuten hören, brummelte Beger, da seien ja die beiden richtigen zusammengekrochen. Aber deren Zeit sei abgelaufen, nun herrsche doch ein anderer Geist im Rat, die Herren sollten mal ganz beruhigt sein. Aber er müsse nun los, die Amtsgeschäfte riefen.

Roberto und Benedict erzählten lieber nichts von dieser Begegnung, als sie mit dem Stapel Flugschriften nach Hause kamen. Sie breiteten sie auf dem Küchentisch aus, und alle beugten sich aufgeregt darüber.

Die wahre und schreckliche Geschichte von einer Bürgersfrau, die zu Unrecht als Hexe verbrannt wurde stand in dicken Lettern über den Porträts von Hans und Auticara, die das obere Drittel des Blattes schmückten, und darunter, als Bildunterschrift: *Zwei Menschen, deren Liebe den Tod überdauerte.*

Roberto hatte alles wahrheitsgemäß aufgeschrieben, sich nach reiflicher Überlegung jedoch entschlossen, die Namen nicht zu nennen. Die älteren Reutlinger würden ohnehin wissen, wer mit der »schönen Venezianerin« und ihrem »gestrengen Schwiegervater« gemeint war.

Es sei, so schrieb er in seiner Einleitung, eine Geschichte von Leidenschaft und Eifersucht, von Intoleranz und Verblendung, von tödlichem Hass und großer Reue, von einer Liebe zwischen Mann und Frau, die über den Tod hinaus gedauert habe, und von der Liebe ihrer fünf Töchter zu ihnen, die bis zum heutigen Tag nicht erloschen sei und nach Gerechtigkeit dürste.

Colomba las zuerst Robertos Artikel, dann Benedicts Abhandlung über die Kritiker der Hexenverfolgungen vor, die sich auf der Rückseite des Blattes befand. Benedict hatte einen Satz von Friedrich Spee von Langenfeld vorangestellt: *Wenn unsere Sünden gleich rot wären wie Scharlach, so sollen sie doch weiß werden wie Schnee*. Dann hatte er die Kritikpunkte des Jesuiten zusammengefasst und weitere Gegner der Hexenverfolgungen wie Samuel Cassinis, Cornelius Loos, Adam Tanner, Johann Weyer und den Mathematiker Augustin Lerchheimer zitiert.

»Das ist sehr, sehr schön geschrieben, aber ich weiß nicht, ob unsere Reutlinger es verstehen werden«, sagte Susanna verzagt, als Colomba geendet hatte, »die meisten können so wohl abgewogenen Gedankengängen doch gar nicht folgen, sie sind doch nur auf Sensationen aus.«

»Aber das mit der Liebe über den Tod hinaus werden sie verstehen, und es wird ihnen gefallen«, sagte Agatha versonnen, »ich finde, das hat Roberto wunderbar dargestellt.«

Roberto nickte eifrig. »Das mögen die Leute, Liebe verkauft sich immer gut, erst recht, wenn sie so dramatisch verläuft wie in diesem Fall. Die Hexengeschichte würde wohl besser ankommen, wenn wir eine alte Vettel mit einem Buckel und einer Warze auf der Nase auf den Titel gesetzt hätten, vielleicht noch nackt und auf einem Besen, das kommt an. Im Grunde genommen sind sie an der Wahrheit nicht interessiert, da hat Susanna Recht, je schauerlicher und grausamer die Geschichten sind, desto besser laufen sie. Zurzeit verkaufen sich am besten die Kriegsgemetzel, je blutiger, desto höher die Auflage. Zum Beispiel hatten wir einen Soldaten auf dem Titelblatt des »Aviso«, der von einem Schwert durchbohrt war und aus dessen Schlachtross die Därme herausquollen, das haben sie uns aus den Händen gerissen. Es gibt einen Zeichner, der so etwas überaus trefflich darstellen kann, er verdient sich eine goldene Nase damit.«

In der Nacht fanden sie wenig Schlaf und waren um fünf schon wieder auf den Beinen. Susanna, Colomba und Agatha hatten beschlossen, ihre Seidenkleider anzuziehen und die Haare so zu tragen, wie es Auticara getan hatte, ohne Haube und lang herunterfallend, nur auf dem Hinterkopf lose zusammengesteckt. Sie machten sich sorgfältig zurecht und bürsteten ihr Haar, bis es glänzte.

Jakobe war blass und kämpfte gegen eine Übelkeit, sie ging in einem schwarzen Kleid und einer ebensolchen Calotte, nur Gretel, die gleichfalls schwarz gekleidet war, nahm ihre weiße Haube. Die Männer trugen hohe Stiefel und weiße Hemden mit lockeren Krägen und bestickten Westen darüber, Entgen, Lyss und Peter prangten in ihren neuen Gewändern und flüsterten und hüpften aufgeregt.

Gestärkt von einer Brühe, die Colomba am Vorabend gekocht hatte, setzten sie sich in Bewegung: Jakobe mit Ludwig am Arm, Friedrich mit Gretel, Colomba mit Benedict, Agatha mit Francesco und Paolo, und zum Schluss Susanna mit Entgen, Lyss und Peter, die einander fest an den Händen hielten.

Sobald sie die kleinen Gassen an der Stadtmauer verlassen hatten, tauchten sie in das Getriebe des Reutlinger Markttages ein, das ihnen noch von früher vertraut war. Händler mit voll beladenen Karren, Bauersfrauen mit großen Obst- und Gemüsekiepen auf den Rücken strebten dem Markt zu, Dienstboten trugen ihre Einkäufe in großen Körben eilig in die herrschaftlichen Häuser, an jeder Ecke saßen Bettler und turnten Gaukler herum, herausgeputzte Mädchen stellten sich kichernd zur Schau, zerlumpte Kinder warteten auf eine Gelegenheit, etwas Essbares zu erhaschen. Je näher sie dem Markt kamen, desto dichter wurde die Menschenmenge, die durcheinander wimmelte in glänzender Vorfreude auf das zu erwartende Geschachere und Gefeilsche, einen guten Handel, einen schönen Neuerwerb, auf Gesichter, Geschichten, Neuigkeiten, Sensationen.

Zuerst gingen sie zur Marienkirche am Weibermarkt, der goldene Engel auf dem Westturm glänzte in der Morgensonne. Die Frühmesse war gerade beendet, und die Gläubigen strömten erwartungsvoll heraus, um sich in das Marktgetümmel zu stürzen. Als die Kirche leer war, gingen sie hinein und knieten sich vor den Marienaltar, vor dem Dutzende von Kerzen leuchteten. Sie entzündeten ebenfalls jeder eine und knieten sich nieder, sie sahen Auticara, die bei ihnen war.

Mea culpa, mea maxima culpa. Ich bekenne vor Gott, dem Allmächtigen, und allen Brüdern und Schwestern, dass ich Gutes unterlassen und Böses getan habe. Ich habe gesündigt in Gedanken, Worten und Werken: durch meine Schuld, durch meine Schuld, durch meine große Schuld.

Hohl klingt ihre Stimme, ein Tongefäß, das einen Sprung bekommen hat. Wie immer am Mittwoch hat sie die schlaftrunkenen Mädchen in die Frühmesse gescheucht: Einmal in der Woche können meine Töchter der Heiligen Jungfrau wohl ein Stündchen Schlaf opfern!

Der vorhergehende Abend sitzt ihnen wie Blei in den Knochen, einer von den unseligen Abenden, die sich in der letzten Zeit häufen. Seitdem Auticara Elsa nicht mehr die Brust gibt, wird sie von der schlimmsten Melancholie heimgesucht, die die Mädchen jemals bei ihr erlebt haben. Elsa ist fast ein Jahr, ihre Zähne sitzen fest in ihren geschwollenen Kiefern und wollen nicht heraus, sie hat Fieber und Durchfall und ist entsprechend gelaunt. Obwohl Colomba ihr eine Bernsteinkette umlegt, eine Vielzahl von Tees für sie mischt und sie an Veilchenwurzeln kauen lässt, schreit sie oft wie am Spieß vor Schmerzen. Sie lässt sich nur von Vater und Susanna beruhigen, wenn Auticara sie nimmt, schreit sie noch lauter, und ihr kleines Kinn zittert vor Zorn. Auticara schaukelt und wiegt sie, singt, legt sie über die Schulter, schließlich schüttelt und droht sie, aber das kleine Biest schreit, bis es blau ist und Susanna herbeigeeilt kommt. Das ist die Strafe, flüstert Auticara erschöpft und genervt, sie könnte Elsa, die sich an Susannas Schulter sofort beruhigt, vor Wut an die Wand klatschen. Es ist nicht recht, wenn man seinen Mann betrügt und einen Bastard mit nach Hause bringt, es ist nicht recht, man verdient das Fegefeuer dafür, und man bekommt es, ihr seht es, Kinder, sogar mein eigenes Fleisch und Blut wendet sich ab von mir.

Niemand kann sie beschwichtigen, nicht Hans, der Elsa herzt und an sich drückt und wieder und wieder beteuert, dass er die Kleine liebe, als wäre sie sein Fleisch, und dass er ihr, Auticara, alles verziehen habe, so wie sie ihm verziehen habe; nicht Jakobe, die ihr vor Augen hält, dass sie alles immer noch schlimmer mache, wenn sie sich so in die zerstörerischen Gedanken verbeiße; nicht Agatha, die *mamma* umarmt und den Kopf an ihren Bauch legt, was sonst immer hilft.

Wenn Elsa ruhig ist, gibt es keinen Grund für schlechte Stimmung, dennoch sackt Auticara in den tiefsten Keller, als Vater am Spätnachmittag noch einmal weg muss. Es sind nicht viele Gäste da. Ludwig, Gretel und die beiden Küchenmädchen schaffen es alleine, sodass Auticara mit den Kindern hinaufgeht, um sie ins Bett zu bringen. Sie ist weiß im Gesicht, nervös und unruhig, läuft immer wieder zum Fenster, schüttet sich einen großen Becher Branntwein ein und stürzt ihn hinunter, dann einen zweiten. Sie steht dicht vor dem Spiegel und mustert jedes Fältchen um ihre Augen herum und in den Mundwinkeln, klagt, dass ihre Augen sich trübten und ihre Haut langsam werde wie die ihrer Mutter, wie schrumpeliges Papier. Agatha spielt mit den Kleinen, Colomba mischt einen Tee, Susanna schüttelt die Betten auf. Auticara redet nur über ihre Haut und über Hans, der immer noch nicht da ist. Bei jeder Fackel oder Laterne, die sich nähert, flattert sie und denkt, er ist es, und je länger er ausbleibt, desto unruhiger wird sie und desto mehr trinkt sie. Sie wird böse und schreit Colomba an, trinkt noch ein Glas, weint, und fordert ihre Töchter auf, sie zu umarmen. Sie tun es, aber es ist nicht schön, weil sie nach Schnaps stinkt. Susanna und Agatha bringen gegen acht die Kleinen ins Bett, hören, wie die Haustür geht und Vater unten im Flur ruft. Auticara schwankt von dem ungewohnten Alkohol, segelt auf die Tür zu und zischt, sie habe mit Vater zu sprechen, die Mädchen sollten oben bleiben. Um den Streit zu übertönen, der dann folgt, hocken sie sich in den Kreis, die Kleinen in der Mitte, flechten die Haare lose zusammen und sprechen laut ein »Ave Maria« nach dem anderen, hundert Stück oder noch mehr, bis das Geschrei vorbei ist.

Du bist gebenedeit unter den Frauen, und gebenedeit ist die Frucht deines Leibes, Jesus.

Bei der Morgenmesse kniet Auticara auf den kalten Steinen vor dem Altar und beugt sich mehrmals nach vorne, bis ihre Stirn den Boden berührt. Ihr Gesicht ist fahl, sie hat dunkle Ringe unter den Augen, ihr Mund ist bleich und rissig, und sie behauptet, keinen Augenblick geschlafen zu haben. Nach den Fürbitten richtet sie sich hoch auf, mit geschlossenen Augen und schmerzensreichem Gesicht, Agatha sieht, dass ein Schein um sie zittert. Sie verharrt eine ganze Weile.

Vor der Kirche küsst Auticara ihre Älteste, die Elsa auf dem Arm trägt und an deren Rock sich Gislind klammert, und bittet sie um Vergebung.

Wofür, fragt Susanna.

Dass ich dir die Last meines Lebens aufbürde, die Last meiner Schuld, die Last meiner Kinder. Ich kann es nicht aufhalten, *Sannina mia*, ich weiß nicht, was ich tun soll.

Du könntest Ruhe geben, einfach nur ein bisschen Ruhe geben.

Wenn das so einfach wäre, sagt Auticara, aber es ist etwas in mir, das mich treibt, ein Dämon, vor dem es kein Entrinnen gibt, der mich peitscht, der einen Fluch über mich geworfen hat. Wenn ich nur wüsste, wie ich ihn erlösen kann.

Sie beteten inbrünstig, angeführt von Agathas klarer Stimme, dann erhoben sie sich, verließen die Kirche und gingen schnell durch das Gedränge bis zum Marktplatz. Immer mehr Augen verweilten auf den Frauen mit den wehenden Haaren und den eleganten Kleidern, Köpfe wurden zusammengesteckt, der Name Cramm fiel und tuschelte sich durch die Menge. »Die Töchter«, raunte es, »die Töchter vom unglücklichen Hans und der Hexe.«

Die Sonne kam über die Dächer und beschien die »Goldene Traube«, deren Dachtraufe schief hing und von deren geschlossenen Fensterläden die Farbe abblätterte.

Vor dem Rathaus warteten schon Roberto und seine Eltern, zusammen mit einigen anderen Getreuen, die sie von früher kannten: der Scholar Pflaum, Colombas Lehrer aus der Lateinschule, der Apotheker Ensslin, der früher mit Hans Cramm befreundet gewesen war, und die Faulhaberin, Auticaras inzwischen alt und krumm gewordene Hebamme, die Susanna, Colomba, Agatha und Gislind entbunden hatte. In vielen Augen standen Tränen bei der freudigen Begrüßung, aus mehreren Häusern wurden Bänke gebracht, damit die Älteren sich setzen konnten.

Die Männer schlugen die Flugschrift an einen Balken des Rathauses und stellten eine kleine Tribüne auf. Die Leute blieben stehen und gafften, das Geraune schwoll an wie ein summender Bienenschwarm. Agatha wurde schwindlig, sie griff nach Colombas Hand. Entgen, Lyss und Peter drückten ihre Gesichter in Susannas und Jakobes Röcke, während Paolo ernst und erwachsen den Männern beim Aufschlagen des Brettergerüstes zur Hand ging.

Als es fast stand, hörten sie Kommandos über den Platz schallen, die Menge teilte sich, eine Gasse entstand. Ein Trupp bunt gekleideter Stadtschützen mit Pistolen im Gürtel und aufgepflanzten Piken marschierte hindurch, an der Spitze Matthäus Beger in hohen Stiefeln und roter Schärpe, einen breiten, federgeschmückten Hut auf dem Kopf. Vor sich her trug er eine bunte, mit Ornamenten und der Aufschrift: *Pro patria mori dulce et decorum est* bestickte Fahne. Vor der Tribüne gebot er Halt, der Trupp stellte sich zu beiden Seiten auf. Beger begrüßte leutselig die Anwesenden, überflog die Flugschrift und nickte zufrieden.

»Legen Sie doch einfach los«, sagte er zu Roberto, »und sprechen Sie laut und deutlich, damit auch alle unsere braven Reutlinger mitbekommen, wovon die Rede ist.«

Roberto schwang sich auf das Podest und las mit fester, tragender Stimme. Das Handeln und Feilschen auf dem Markt erstarb, ein Meer von Augen starrte auf die Töchter des jungen Cramm und der *venefica* mit dem Teufelskratzer im Gesicht. Es zischelte und brodelte, brummte und raunte.

Lärmen und Rufen kam auf, als Roberto fertig war. Dutzende drängten sich heran und hielten ihm Münzen entgegen, sodass Benedict, Agatha und Colomba ebenfalls auf die Tribüne kletterten, um beim Verkauf zu helfen. Die Flugschrift fand reißenden Absatz, überall standen Menschen in Grüppchen, um sie zu studieren.

Sie hatten sich vorgenommen, zu Beginn jeder neuen Stunde vorzulesen, bis alle Schriften verkauft waren. Vom Kirchturm schlug es acht, und Roberto wollte gerade wieder die Stimme erheben, als Agatha und Colomba von ihrem erhöhten Platz aus sahen, dass sich die Tür der »Goldenen Traube« öffnete und ein gebeugtes, altes Paar herauskam. Colomba wurde grün und sah Hilfe suchend zu Benedict, der sich dicht neben sie stellte und den Arm um sie legte. Agatha schaute zu Jakobe, die ihr beruhigend zunickte, dann richtete sie sich auf, stand im blauen Licht und sah ihren Großeltern mit hellen Augen entgegen.

Mathilde und Lorentz Cramm gingen an Stöcken, wieder tat sich eine Gasse auf dem Platz auf, und sie kamen mit langsamen, unsicheren Greisenschritten heran. Das Geplapper erstarb zunächst und schwoll wieder an, als die beiden vor der Tribüne standen.

Roberto sah fragend zu Agatha, die nickte und ihm bedeutete, mit dem Lesen anzufangen. Die stierende Menge hielt Abstand, die Soldaten standen mit aufgepflanzten Bajonetten, als aus Robertos Mund zum zweiten Mal die Geschichte der schönen Venezianerin ertönte, die sich aus enttäuschter Liebe ungerechtfertigt eines Mordes bezichtigt hatte und schließlich, getrieben vom Hass und der Rachsucht ihrer Schwiegereltern und eines verbrecherischen Hexenkommissars, verurteilt durch ein voreingenommenes Gericht, als Hexe im Feuer hingemeuchelt wurde.

Mathilde stand reglos, das Rabengesicht beschattet von einer schwarzen Haube, Lorentz Cramm, in hohen, abgewetzten Stiefeln, stützte sich auf seinen Stock und schaute mit trüben, wässerigen Augen geradeaus auf den Rathauseingang, vorbei an dem Redner und seinen Enkelinnen, vorbei an den Soldaten und dem Major, der trutzig die Fahne vor sich aufgestellt hatte.

Roberto endete, ohne dass die beiden Alten eine Regung zeigten.

Agatha trat einen Schritt nach vorn. »Guten Tag, ehrwürdiger Herr Großvater, ehrwürdige Frau Großmutter!« Sie sprach klar und gläsern, ein hoher Ton sirrte über den Platz. »Wir sind nach Reutlingen gekommen, um das Andenken unserer Mutter vom Makel der Hexerei reinzuwaschen, um ihr und uns Genugtuung zu verschaffen und den Menschen zu erzählen, wie es sich wirklich zugetragen hat.«

Cramm atmete schwer, er war blass, seine Lippen bläulich.

»Frechheit«, schallte es nun aus der Menge, »Zugereiste, ihr habt hier gar nichts zu melden.«

Matthäus Beger stampfte mit dem Fahnenstock auf, die Soldaten präsentierten die Säbel.

»Ho, ho«, tönte es wieder, dann brüllte eine Singstimme: *»Strega, strega, sortilega, lamia, incantatrix.«*

In einigen Ecken wurde laut gelacht, andere flüsterten mit ernsten Gesichtern, die Menge geriet in Bewegung. Colomba klammerte sich an Benedict, Francesco und Paolo schwangen sich ebenfalls auf die Tribüne und stellten sich zu Agatha. Susanna stand mit aufgerissenen Augen zwischen Jakobe und Friedrich, die Kinder drängten sich an sie.

Agatha schwankte, die heraufstarrenden Gesichter wurden zu weißen, ausdruckslosen Scheiben, die Köpfe zu einem hin- und herwogenden Wellenmeer, in dem Wirbel kreisten, konzentrische Kreise sich formierten und wieder auseinander strebten, sich verschoben, verwarfen, umeinander schlangen, lösten, bis die Menge schließlich – Agatha spürte es bis unter die Haut – in zwei Ringen vor ihnen stand: innen diejenigen, die ihnen zugetan und auf ihrer Seite waren, außen die feindliche Fraktion, die deutlich größer war und aus der es drohend murrte, murmelte und vereinzelt rief.

»Hexengelichter! Hexenbrut!«

Über die blauen Lippen Lorentz Cramms huschte ein zufriedenes Lächeln.

»Bürgerinnen und Bürger von Reutlingen«, rief Agatha nun, »ehrwürdige Nachbarn und Freunde. Den Grund, weshalb wir vor elf Jahren aus dieser unserer Vaterstadt fliehen mussten, habt ihr gerade gehört. Das letzte Mal, als meine Schwestern und ich über diesen Platz gingen, an dem unser Elternhaus steht und der lange unsere Heimat war, wehte der Geruch des verbrannten Fleisches unserer Mutter darüber, waren meine Schwestern und ich, die wir noch fast Kinder waren, dem Hetzen und Hecheln, dem Schimpf und der Schande, dem gemeinen Geschrei ausgeliefert. Wir mussten fliehen, weil wir nicht stark genug waren, um uns zu wehren, wir waren ja des Beistandes unserer Eltern beraubt. Aber nun sind wir zurückgekommen, weil unsere Seelen sich erholt haben und wir dem Pöbel widerstehen können. Wir möchten das Andenken unserer lieben Verstorbenen ehren, wir möchten all den Schmutz abwaschen, der über sie gehäuft wurde, wir möchten unserer Mutter ein Grab geben. Auch wollen wir noch einmal endgültig Abschied nehmen von unserer ›Goldenen Traube‹, die man uns damals ebenfalls gegen alles Recht entrissen hat.«

Agatha sah auf ihre Großeltern hinunter, die immer noch unbewegt vor der Tribüne standen, dann zu Friedrich, der ermunternd nickte, und hob die Stimme.

»Selbst unser allerhöchster Heiliger Vater in Rom zürnt mit den Deutschen, der Ruf des Heiligen Römischen Reiches Deutscher Nation hat Schaden erlitten, die Deutschen haben ihren Geruch stinkend gemacht vor Pharao und seinen Knechten, sagt Papst Urban, weil sie Menschen wegen des unsinnigen, heidnischen Hexenglaubens auf Scheiterhaufen werfen. Um dies vor allen Bürgerinnen und Bürgern hier auf dem Reutlinger Markt kundzutun, sind wir zurückgekommen, ehrwürdiger Herr Großvater, ehrwürdige Frau Großmutter, meine Schwestern und ich, denen man Mutter und Vater genommen hat und den Schutz und Schirm ihres Elternhauses.«

Der innere Kreis murmelte zustimmend, Agatha sah in freundliche, offene Gesichter.

»Lüge, nichts als Lüge, sie sind alle von der Kunst, alle, auch diese da!« Es war Mathilde Cramm, die dies aus ihrem dünnen, schrundigen Mund hervorstieß.

»Das Gelichter gehört ausgelöscht, die ganze Hexenbrut muss ausgerottet werden!«

Lorentz Cramm erhob seinen Stock und richtete ihn drohend gegen Agatha, aus dem äußeren Kreis hörte man Beifallsrufe.

Nun trat der Major mit rotem Kopf und hoch gestreckter Fahne vor, die Soldaten standen stramm.

»Hier gibt es kein Gelichter und keine Brut, hier gehört auch niemand ausgelöscht!«, donnerte er mit so lauter Stimme, dass die Umstehenden zusammenfuhren. »Die Töchter des ehrwürdigen Reutlinger Bürgers Hans Cramm und seiner Frau Autica-ra, Gott habe sie beide selig, stehen unter meinem persönlichen Schutz, und wehe allen, die sie verunglimpfen. Ich persönlich verbürge mich dafür, dass sie sich frei und unversehrt in unseren Mauern bewegen können.«

»Ja, ja, so soll es sein«, kam es aus dem inneren Kreis, »lasst sie doch endlich in Ruhe, sie haben genug gelitten!«

Sie verständigten sich untereinander durch einen kurzen Blick und kletterten von der Tribüne. Bevor sie aufbrachen, trat Colomba vor den alten Cramm, der um Luft ringend und mit blauen Lippen auf seinen Stock gestützt stand.

»Ich vermute, dass der Herr Großvater unter einer Herzschwäche leidet«, gellte sie laut und scharf über den Platz, »genauso, wie es bei seinem Sohn, unserem über alles geliebten Vater, vor seinem Tode der Fall war. Ich nehme an, dass dieser Zustand von seelischer Pein hervorgerufen wird, so war es jedenfalls bei unserem Vater, und ich empfehle dem Herrn Großvater dringend, einen Auszug aus der Digitalis einzunehmen, auch ein wenig Weißdorn und Baldrian könnten nicht schaden. Ich rate ihm darüber hinaus« – bei diesem Satz wurde Colombas Stimme klirrend – »einmal eine gute Kräuterhexe aufzusuchen, die kennt sicher wirksame Mischungen gegen sein Leiden. Aber abgesehen von der medikamentösen Behandlung rate ich dringend dazu, dass der Herr Großvater und auch die Frau Großmutter ihre Seelen vom Gift des Hasses, der Intoleranz und des Unverstandes reinigen mögen, ein Gift, das sich mehr noch als gegen ihr eigenes Fleisch und Blut gegen sie selber richtet!«

Colomba funkelte, der Rabe streifte sie mit einem vernichtenden Blick, und der Alte hob wieder drohend den Stock. Aber

Colomba sah nicht mehr hin, sondern führte zusammen mit Susanna und Agatha die Gruppe an, die sich hinter Matthäus Beger aufstellte. Wieder öffnete sich eine Gasse, eskortiert von den Soldaten schritt die kleine Prozession durch die Menschenmenge und die Reihen der Marktstände. Beger führte sie in Richtung der »Goldenen Traube«, vor der sie kurz anhielten und die Köpfe senkten, dann verließen sie den Platz. Um sie herum hatte sich schützend der innere Kreis formiert und ermunterte sie mit Zurufen und zustimmenden Blicken und Gesten. Dahinter tobte der Mob, wurden Hexenlieder gesungen, lärmte Gelächter und Geschrei, produzierte sich junges Volk mit Obszönitäten. Als auf dem Weibermarkt faules Gemüse geworfen und Susanna fast am Kopf getroffen wurde, zog Beger eine Pistole aus seiner Schärpe und schoss drei Mal in die Luft, worauf der Pöbel auseinander stob. Susannas Augen waren dunkel, und sie konnte nur mühsam die Tränen zurückhalten. Beger übergab demonstrativ seine Fahne an einen der Soldaten und führte sie am Arm bis zu Schulers Haus. Er ließ eine Wache dort und versprach den Schutz der Soldaten, solange sie in der Stadt waren.

Epilog

Bevor sie Reutlingen kurz vor dem sechsten Vollmond des Jahres 1630 wieder verließen, gingen sie zum Grab ihres Vaters auf dem Stadtfriedhof und ersetzten das alte, verwitterte Holzkreuz mit seinem Namen durch ein neues, das die Namen von Hans und Auticara sowie ihr Sterbedatum trug. Colomba kniete sich vor das Grab, weinte bitterlich und gestand ihren Schwestern, es habe bis jetzt gedauert, dass der Groll gegen Vater aus ihrem Herzen gewichen sei, aber nun sei endlich das Bild seiner Schande in ihr erloschen und habe sich durch sein Lächeln, seine Liebe und Güte ersetzt, endlich finde sie in sich wieder die Erinnerung an die Wärme und den Schutz seiner Arme, in die sie sich immer habe flüchten können. Bis zur Abreise wich Colomba nicht von Agathas und Susannas Seite und beteuerte unentwegt, die Zeit ihrer Trennung werde schnell vergehen, ehe sie sich versähen, seien sie alle wieder in Glück und Frieden vereint.

Auf Susannas inständige Bitte nahm Agatha noch einmal Verbindung zu Gislind und Elsa auf, die sie im Hafen von Lissabon aufspürte. Sie sah die beiden munter und vergnügt, braun und geschmeidig, in Sarazeninnenhosen und dünne Hemdchen gekleidet, in der Takelage eines Westindienseglers herumklettern und sich einen Wettstreit mit jungen Matrosen liefern. Elsa erklomm die höchste Mastspitze, und auf dem Deck stand wieder die gut gekleidete Dame, die zu Elsa hinaufrief und die Hände rang. Gislind sprang kreischend aus einer ziemlich großen Höhe auf die Schiffsplanken hinunter, direkt in die Arme des glutäugigen Kochs. Das geschäftige Getriebe auf dem Schiff – Ballen und Säcke wurden eingeladen und vertäut, die Segel ausgebessert, die Planken gestrichen, Kisten mit Salatpflanzen, Käfige mit Kaninchen und Hühnern und anderer Proviant an Bord genommen – deutete darauf hin, dass der Segler kurz davor war, in See zu stechen.

Lachend und weinend zugleich musste nun auch Susanna eingestehen, dass es keinen Grund zur Sorge gab und die Kleinen sich offenbar bestens in der Welt zurechtfanden. Agatha erzählte Francesco in aller Ausführlichkeit von dieser Vision und betonte mehrmals, wie innig und vertraut sich Gislind in die Arme des Sarazenen geschmiegt habe.

Paolo wich während der Reisevorbereitungen nicht von der Seite seines Vaters, gemeinsam bastelten, hämmerten und zurrten sie an dem Planwagen und seiner Ladung herum und sahen sich in den Reutlinger Ställen nach geeigneten Maultieren um. Außerdem diskutierten sie ausführlich über die Notwendigkeit, zur Schule zu gehen und Mathematik und Latein zu studieren, und Paolo beschwerte sich zwischendurch bei Agatha, nun, da er gerade im Begriff sei, Colomba zu entrinnen, trete der *padre* an ihre Stelle, auch er sei ein Besserwisser und habe nichts anderes im Kopf, als seinem Sohn Vorschriften zu machen. Aber dann nahm er doch dankbar Francescos Anregung auf, die lange Reisezeit zu nutzen, um sich Gedanken über die Konstruktion einer Flugmaschine zu machen, und sie kopierten gemeinsam die Skizzen Leonardo da Vincis aus einem Folianten, den Benedict bei Matthäus Beger ausgeliehen hatte.

Bei Jakobe zeigten sich Anzeichen, dass sie in der Hoffnung war, sie und Friedrich konnten ihr Glück kaum fassen. Gretel hatte zwar große Bedenken, ob Jakobe als Mittdreißigerin noch einmal unbeschadet eine Geburt überstehen werde, doch Colomba zerstreute ihre Zweifel mit dem Hinweis auf Jakobes gute Konstitution und fertigte eine ganze Batterie von Kräutermischungen an. Außerdem gab sie Jakobe genaue Anweisungen und zeigte ihr körperliche Übungen, mit denen sie aufs Beste für eine späte Schwangerschaft und Geburt gerüstet sei.

Friedrich plante mit Roberto die Herstellung weiterer Flugschriften mit aufklärenden Inhalten, zum Beispiel über Seuchenschutz, oder über das unsinnige Leid, das der Große Krieg über die Menschheit brachte. Sie überlegten, ein gemeinsames

Kontor in der Stadt anzumieten, in dem Roberto seine Artikel schreiben und Friedrich die passenden Kupferstiche anfertigen konnte.

An einem Junimorgen bestiegen Benedict und Colomba kurz vor Sonnenaufgang die Pferde, die sie schon am Abend vorher aus dem Stall geholt hatten, und begleiteten den Planwagen bis zum südlichen Stadttor. Der Morgenstern verblasste langsam am Firmament, als die Gruppe sich nach unzähligen Umarmungen trennte. Die beiden Reiter schlugen in gemäßigtem Trab den Weg nach Nordwesten ein, der Planwagen zockelte über die holperige Landstraße auf der Schwäbischen Alb in Richtung Süden. Paolo und Francesco saßen auf dem Kutschbock und trieben die Maultiere an, Susanna und die Kinder ließen bunte Tücher aus der Wagenöffnung flattern.

Agatha lief mit zum Himmel gewandtem Gesicht schnell voraus, sie trug ihr blaues Kleid, ihr Haar wehte hinter ihr her wie eine Fahne. Sie lief, und ein Rosenduft, gemischt mit Zitrone und Lavendel wehte durch die frische Morgenluft, ein Lächeln schwebte zwischen den bauschigen Sommerwolken und stieg weiter hinauf in die großen Höhen, sie lief, und der Herr tilgte, was sie gefehlt hatten, in seinem Erbarmen.

Glossar

Come s'affana la povera Arianna,
forse, forse pentito rivolgeresti
ancor la prora al lito
Wie sich die arme Ariadne grämt,
vielleicht, vielleicht würdest du in Reue
noch das Schiff zum Strand wenden

Parlò l'affano mio, parlò il dolore,
parlò la lingua si,
ma non già il core
Es sprach mein Kummer, es sprach der
Schmerz. Ja, es sprach die Zunge, aber
nicht schon das Herz

Quel augellin che canta
Si dolcimente
E lascivetto vola.
Hor da l'abete al faggio
Das Vöglein, das so lieblich singt.
Und von der Tanne zur Buche gleitet

Strega, strega, sortilega
Malefica, venefica
Hagazussa, incubus
Hexe, Hexe, Wahrsagerin
Übeltäterin, Giftmischerin,
Zaunreiterin, Buhlteufel

Volgiti Teseo o Dio,
volgiti indietro a rimirar colei, che
lasciato ha per te la patria e il regno
Wende dich, Theseus, o Gott,
wende dich um, jene zu betrachten,
die für dich das Vaterland und das Königreich verlassen haben

adorabile – Anbetungswürdige
allora, facciamo la treccia – also, machen wir den Zopf
andiamo, a posto – los geht es, auf die Plätze
arrivederci – auf Wiedersehen
bellina, bellissima – du Schöne
Bojer – Segelschiff
bravi – Leibwächter
bricoles – Wegweiser
cara mia – meine Liebe
carina – meine Hübsche
carissima – Liebste
carissima zia mia – meine liebste Tante
Castaletto – berühmtes Freudenhaus in Venedig
chère demoiselle – liebes Fräulein
Constitutio Criminalis Carolina – erstes deutsches Strafgesetzbuch
dio mio – mein Gott
dio mio, che bella – mein Gott, wie schön
dolci – Süßigkeiten
dolcissima – Allersüßeste
dottore – Arzt
faccia da strega – Hexengesicht
fegato alle cipolle – Leber mit Zwiebeln
figlio mio – mein Sohn
Fondaco dei Tedeschi – Handelsniederlassung der deutschen Kaufleute in Venedig
Foutez le camp, allez, allez, engeance infernale, puanteur de tous les diables! Que l'enfers vous avale! – Macht euch davon, haut ab, Höllenbrut, Gestank von allen Teufeln! Die Hölle möge euch verschlingen!
Franzosen (= Franzosenkrankheit) – Syphilis
golosessi – Trockenobst und Nüsse auf Holzspießchen gesteckt und in karamelisierten Zucker getaucht
Gratia Dei cum omnibus vobis – Die Gnade Gottes sei mit euch allen
Hundshaus – Irrenhaus

Il presidente – der Präsident, der Vorsteher
incubus – Buhlteufel der »Hexen«
Interrogatio – Vernehmung
la mia bella – meine Schöne
lamia – Gefräßige, Unholdin, die anderen das Blut aussaugt
Lasciate mi morire – Lasst mich sterben
Lazaretto Nuovo – Insel vor Venedig, auf der Pestkranke isoliert wurden, Ursprung der Bezeichnung Lazarett
ma belle, mon désir – meine Schöne, meine Sehnsucht
madre – Mutter
madre mia – meine Mutter
malefica, venefica, incantatrix – Übeltäterin, Giftmischerin, Zauberin/Hexe
Malefizien – Zauberei
Malleus Maleficarum – Hexenhammer
mascalzone, donnaiolo – Halunke, Schürzenjäger
Massimino mio, figlio mio grande – mein Massimo, mein großer Sohn
Mea culpa, mea maxima culpa – meine Schuld, meine große Schuld
mon ange – mein Engel
nonna – Großmutter
O domine, dimitte mihi debita mea, dimitte mihi peccata mea – O Herr, vergib mir meine Schuld, vergib mir meine Sünden
padre mio – mein Vater
piccolina – meine Kleine
Pro patria mori dulce et decorum est – Süß und ehrenvoll ist es, für das Vaterland zu sterben
purgieren – abführen
Qui est-ce? Aah, le maître, le seigneur – Wer ist das? Aah, der Herr, der Herr
ragazze – Mädchen (pl.)
scusa, amore mio – entschuldige, mein Geliebter
serenissima – Herrscherin
si – ja
signorina d'oro – goldenes Fräulein

simple, double - einfacher Schritt, Doppelschritt
spectaculum horrendum – schreckliches Schauspiel
stretti – Gassen
stumme Sünde – frühneuzeitlich für Homosexualität
Syndici – juristisch gebildete Ratsmitglieder
tedesca – Deutsche
tesorino – Schätzchen
tesoro mio – mein Schatz
Theriak – mit Opium versetzter Arzneimitteltrank
torquieren, Tortur – foltern, Folter
Trent'sei – sechsunddreißig
tutti insieme – alle zusammen
zio – Onkel

Quellen (Auswahl):

Fernand Braudel: Das Mittelmeer und die mediterrane Welt in der Epoche Phillipps II., Suhrkamp Verlag, Frankfurt/Main 1990
Paul Münch: Lebensformen in der frühen Neuzeit, Frankfurt/Main, Berlin, Propyläen 1992
Evelyn Heinemann: Hexen und Hexenangst, Vandenhoeck & Ruprecht, Göttingen 1998
Irene Franken und Ina Hoerner: Hexenverfolgung in Köln, Emons Verlag, Köln 2000
Heiner Jansen u.a.: Der historische Atlas Köln, Emons Verlag, Köln 2003
Wolfgang Lohmeyer: Die Hexe, Area Verlag, Erftstadt
Amalie Fößel, Anette Hettinger: Klosterfrauen, Beginen, Ketzerinnen, Schulz-Kirchner Verlag, Idstein, 2000
Jürgen Macha, Wolfgang Herborn: Kölner Hexenprotokolle des 17. Jahrhunderts, Mitteilungen aus dem Stadtarchiv von Köln 74, Köln 1992
Dieter Kühn: Frau Merian! S. Fischer Verlag, Frankfurt/Main 2002
Giuliano Procacci: Geschichte Italiens und der Italiener, C.H. Beck'sche Verlagsbuchhandlung, München 1983
Humbert Fink: Begegnung mit Venedig, Pinguin-Verlag, Innsbruck, Frankfurt 1989
Eckart Peterich: Italien, Prestel Verlag, München 1953
Irene Meier: Muranoglas zwischen Tradition und modernem Design, Neue Züricher Zeitung, 10.10.1998
Katja Doubek: Katharina Kepler, Piper Verlag, München 2004
Vasco da Gama: Die Entdeckung des Seewegs nach Indien, ein Augenzeugenbericht, Horst Erdmann Verlag, Tübingen 1980
Hildegard von Bingen: verschiedene Schriften
Johann Wolfgang von Goethe: Italienische Reise, dtv klassik, München 1988

Umberto Eco: Die Insel des vorigen Tages, Carl Hanser Verlag, München 1994
Katalog zur Sonderausstellung »Hexen« im Hamburgischen Museum für Völkerkunde, Verlag Clemens Zerling, Berlin 1986
Johann-Jakob Sommer: Matthäus Beger, Bürgermeister von Reutlingen 1588-1661, Reutlinger Geschichtsblätter NF 17
Darüber hinaus wurde für dieses Buch eine Vielzahl von Quellen aus dem Internet verwendet, für die ich stellvertretend den Server »Frühe Neuzeit« nennen möchte, ein Kooperationsprojekt des Historischen Seminars der Ludwig-Maximilians-Universität München und der Bayrischen Staatsbibliothek.

Ich danke allen unbekannten und bekannten Informanten, besonders:

Ursula, Thilo und Yves Besancon, Jonas Gibiec, Dr. Jutta Höfel, Petra Moll und Helena Pikon für Übersetzungen; Natascha Maiwald für medizinische Informationen; Harry Steiger und Petra Moll für Literatur über Italien; Christiane und Manfred Licht für Videos und Literatur über die Hexenverfolgungen; Annette Küpper-Wübbels für Informationen zur Marienverehrung; Gerald Kronberger vom Stadtarchiv in Reutlingen für Literaturangaben und Hinweise zu Matthäus Beger; Letha Böhringer für Hinweise zu den Beginen; dem Schnütgen-Museum in Köln für Informationen zu St. Cäcilien; der Stadtbibliothek Wuppertal für unermüdlichen und allerbesten Service; Dr. Christel Steinmetz für alle Ermutigungen; Dr. Marion Heister für ihr engagiertes Lektorat.

Die Shakespeare-Zitate folgen den Übersetzungen von Wilhelm Schlegel und Ludwig Tieck, Dorothea Tieck und Thomas Brasch.

CHRISTIANE GIBIEC
DIE REISE NACH
HELSINKI
HISTORISCHER KRIMINALROMAN